Anna Grue
Es bleibt in der Familie

PIPER

Zu diesem Buch

In Christianssund geht ein mysteriöser Stalker um. Doch bevor sich Dan Sommerdahl dem Verfolger widmen kann, kommt der Politiker Thomas Harskov auf ihn zu. Zwei seiner drei Kinder sind in den vergangenen Jahren genau 27 Tage nach ihrem jeweils 16. Geburtstag durch Unglücksfälle ums Leben gekommen. Die Polizei ging von tragischen Unfällen aus, doch Harskov ist sich da nicht so sicher. Und nun rückt der 16. Geburtstag von Malthe, seinem verbliebenen Kind, näher. Dan fürchtet, dass die Sorge des Vaters um sein letztes Kind berechtigt ist, denn bei seinen Ermittlungen stößt er auf verstörende Indizien …

Anna Grue, 1957 in Nykøbing geboren, ist eine der erfolgreichsten skandinavischen Krimi-Autorinnen. Nach einigen Stationen bei bekannten dänischen Zeitungen und Zeitschriften widmet sie sich seit 2007 ausschließlich dem Schreiben von Büchern. Ihre Serie um den kahlen Detektiv Dan Sommerdahl stand regelmäßig auf der dänischen Bestsellerliste. Anna Grue lebt mit ihren drei Kindern und ihrem Mann in der Nähe von Kopenhagen.

Anna Grue

Es bleibt in der Familie

Sommerdahls vierter Fall

Aus dem Dänischen
von Ulrich Sonnenberg

PIPER

Mehr über unsere Autoren und Bücher:
www.piper.de

Von Anna Grue liegen im Piper Verlag vor:
Die guten Frauen von Christianssund
Der Judaskuss
Die Kunst zu sterben
Es bleibt in der Familie

MIX
Papier aus verantwor-
tungsvollen Quellen
FSC® C083411

Ungekürzte Taschenbuchausgabe
ISBN 978-3-492-31115-1
Juli 2017
© Anna Grue 2010
Titel der dänischen Originalausgabe:
»Den skaldede detektiv«, Politikens Forlag, Kopenhagen 2010
© der deutschsprachigen Ausgabe:
Atrium Verlag AG, Zürich 2015
Umschlaggestaltung: zero-media.net, München
Umschlagabbildung: Tony Watson/Arcangel; FinePic®, München
Satz: Greiner & Reichel, Köln
Gesetzt aus der Sabon
Druck und Bindung: CPI books GmbH, Leck
Printed in the EU

*Für Rune, Astrid und Johan –
die nettesten Ex-Teenager der Welt*

1 HITZEWELLE IM APRIL

They fuck you up, your mum and dad
They may not mean to, but they do
They fill you with the faults, they had
And add some extra, just for you
> Philip Larkin, *This Be The Verse*

1

24. 04. 09, 17:48 Uhr:
Der Glatzkopf verlässt die Wohnung. Er geht zum gegenüberliegenden Gehweg und schaut hinauf zum Fenster der Göttin. Dort oben steht sie. Sie winken sich zu. Der Glatzkopf geht zum Parkhaus am Israels Plads. Die Göttin entdeckt mich. Sie schickt mir den Code des Tages und lässt das Rollo herunter. Alarmniveau 6–8.

Mogens schob den Kugelschreiber in die Lasche des roten Notizbuchs und steckte es in seinen gelben Rucksack, in dem eine Brieftasche, eine Digitalkamera, eine Banane, eine Rolle Kekse, ein Plastikbecher und eine mit Wasser gefüllte Colaflasche lagen.

Am liebsten wäre er nach Hause gegangen. In seine sichere Wohnung mit dem DVD-Player. Und hätte sich eine Folge von *Weiße Veilchen* angesehen. Eine ausgesprochen verlockende Vorstellung. Es war ein langer Freitag gewesen, er war müde. Andererseits hatte er eine gewisse Verantwortung übernommen. Der Glatzkopf war gegangen, also war die Göttin allein.

Mogens musste ihr beweisen, dass man sich auf ihn verlassen konnte. Er ging zur Freilaufzone für Hunde an der Nørre Voldgade. Von einer der Bänke aus konnte er die Haustür der Göttin im Auge behalten, solange keine Busse oder Lastwagen auf der Straße hielten. Er sah auf die Uhr. Eine Weile konnte er noch sitzen bleiben und sich ausruhen. Wenn die Göttin ausgehen wollte, würde es mindestens eine Stunde dauern, bis sie sich fertig gemacht hatte. Das wusste er inzwischen aus Erfahrung.

Er holte die Banane aus dem Rucksack und aß sie mit kleinen Bissen, die Augen starr auf die etwa fünfzig Meter entfernte Haustür gerichtet. Stundenlang konnte Mogens so dasitzen, beinahe regungslos. Nur selten wurde er gestört. Kaum jemand kam auf die Idee, den kleinen Mann mit der Windjacke und dem gelben Rucksack anzusprechen. Obwohl Mogens gepflegt und ordentlich aussah, seine Haare frisiert und sorgfältig über die kahle Stelle ganz oben am Kopf gekämmt, vermittelte er den Eindruck, anders zu sein. Und es machte die Sache nicht besser, dass er hin und wieder halblaute Selbstgespräche führte. Die meisten Menschen hatten ebenso viel Angst vor ihm wie er vor ihnen.

Natürlich mit Ausnahme der Göttin. Sie hatten keine Angst voreinander. Er hatte sie als Anita in der Fernsehserie *Weiße Veilchen* kennengelernt und sofort gewusst, dass sie ein guter Mensch war. In den vier Jahren, in denen die Serie lief, verfolgte er Anitas Lieben und Enttäuschungen – eine Schwangerschaft, eine Totgeburt, eine Scheidung. Er entwickelte Gefühle für sie, wie er sie im wahren Leben noch nie für einen Menschen empfunden hatte. Zum Ende der Serie hatte er sich sofort die DVD-Box gekauft, sodass er, wann immer er Lust hatte, von vorn beginnen konnte. Und das passierte oft. Eine Zeit lang hatte Mogens *Weiße Veilchen* beinahe ununterbrochen gesehen, vom Aufstehen bis zum Zubettgehen.

Nach und nach hatte er begriffen, dass Anita ihm codierte Mitteilungen zukommen ließ. In der Regel waren es Bitten um Hilfe oder Schutz. Hilfe, die er herzlich gern anbieten wollte, nur wusste er nicht, wie. Sie war schließlich im Fernsehen, und er saß davor.

Schließlich beschloss er, Anita in der wahren Welt zu finden, dort, wo sie Kirstine Nyland hieß. Sie stand tatsächlich im Telefonbuch, es war also kein großes Problem, sie zu finden. Und sie um ein Autogramm zu bitten, war eine gute Tarnung für sein eigentliches Anliegen, seine Mission.

Mogens war nicht dumm. Er wusste genau, dass Anita aus *Weiße Veilchen* eine Rolle und Kirstine Nyland real war. Es waren zwei verschiedene Personen, sagte er sich wieder und wieder. Aber Kirstine hatte sich von Anfang an erleichtert gezeigt, dass ihre Signale endlich aufgefangen wurden. Sie hatte so freundlich gelächelt, seiner Ansicht nach geradezu liebevoll. In seiner Vorstellung verschmolzen die beiden Frauen rasch zu einer. Der Göttin. Die über allen Menschen stand. Vielleicht war sie in Wahrheit *zu* gut. Die Guten waren ja immer die Opfer. Mogens hatte in seinem bald fünfzigjährigen Leben schon viele Filme gesehen. Und es war immer dasselbe. Die Guten wurden von den Bösen vergewaltigt, enttäuscht, gemobbt, betrogen, geschlagen oder ermordet. Die Göttin musste irgendwann etwas Böses auf sich ziehen. Er wusste es einfach. Und so erklärten sich die geheimen Signale, die sie ihm schickte. Die Göttin brauchte Schutz, eindeutig, und Mogens war dazu ausersehen, auf sie aufzupassen.

Die Banane war gegessen, Mogens stand auf, um die Schale wegzuwerfen. Der Mülleimer war voller kleiner schwarzer Plastiktüten, die meisten mit einem sorgfältigen Knoten verschlossen. Kotgestank schlug ihm entgegen. Einen Moment war er verwirrt, doch dann fiel ihm ein, wo er sich befand. Er ließ den Deckel des Mülleimers zufallen und sprang zwei Schritte zurück. Tüten voller Hundescheiße. Igitt.

Als er sich umdrehte, sah er, dass zwei Frauen vor der Haustür der Göttin standen. Eine hatte ein kleines pummeliges Kind im

Arm, die andere klappte einen Kinderwagen zusammen. Die Tür wurde geöffnet, die Frauen gingen hinein.

Mogens beeilte sich. Er hoffte, dass es sich nur um andere Hausbewohnerinnen handelte. Er postierte sich so, dass er die Fenster des Treppenhauses im Blick hatte, und beobachtete die Frauen, während sie Stockwerk für Stockwerk nach oben gingen. Nachdem sie die dritte Etage erreicht hatten, sah er sie nicht mehr. Mit ein wenig Glück war es die rechte Wohnung, in die sie mussten …

Das Licht im Treppenhaus verlosch. Mogens hielt den Atem an. Die Gardinen der rechten wie der linken Wohnung hingen einige Minuten reglos vor den Fenstern. Nichts war zu sehen. Plötzlich zeigte sich die Göttin an ihrem Fenster. Sie hielt das feiste Kind im Arm und drückte ihre Lippen auf dessen dünn behaarten Schädel. Unvermittelt schaute sie direkt hinüber zu Mogens und sah ihm für den Bruchteil einer Sekunde ins Auge, bevor sie sich abwandte und nicht mehr zu sehen war.

Mogens hatte ihr Signal aufgefangen: Das Alarmniveau konnte bei 2–7 justiert werden, er konnte jetzt beruhigt nach Hause gehen.

2

»… und so bleibt mir eigentlich nur noch, dir ein paar Worte zu sagen, Mutter.« Dan Sommerdahl wandte sich an das Geburtstagskind, und die Gäste ermunterten sich gegenseitig zur Ruhe. Er legte die Hand auf ihre Schulter. »Als ich ein Kind war, warst du das Wichtigste in meinem Leben, und auch wenn das wohl allen Müttern so geht, die wie du ihre Kinder allein großziehen müssen, bei dir war es sehr viel mehr als nur …« Dan fasste sich kurz, und er hoffte, der Rest der Gesellschaft würde seinem Beispiel folgen. Nach wenigen Minuten beendete er seine Ansprache: »Du bist noch immer – und wirst es immer sein – die klügste, hübscheste, stärkste und lustigste Frau in meinem Leben.« Stühle scharrten über den Parkettfußboden der Gaststätte, als sechsundachtzig festlich gekleidete Gäste sich erhoben und ein Hurra auf Birgit Sommerdahl ausbrachten, die jetzt ihre Augenwinkel mit einer Stoffserviette abtupfte.

Als Dan sich einige Augenblicke später wieder als Einziger erhoben hatte, bat er alle, die ein Lied, eine Rede oder sonst einen munteren Beitrag vortragen wollten, sich so rasch wie möglich bei ihm zu melden. Außerdem legte er – unter lautstarkem Protest – eine Zeitbegrenzung von fünf Minuten für alle Beiträge fest und erließ ein Verbot, Toasts auszubringen, bei denen man ebenso oft Hurra rufen musste, wie die Jubilarin Jahre zählte. Seine Mutter wurde in diesem Jahr immerhin fünfundsiebzig ...

Kurz darauf waren alle, die etwas auf dem Herzen hatten, in die Rednerliste eingetragen. Dan faltete seine Notizen zusammen und setzte sich auf den Platz neben seiner Mutter. Sie tätschelte seine Hand und unterhielt sich weiter mit ihrem ältesten Enkel, Rasmus. Der junge Mann hatte sich aus Anlass des Tages von seinem Vater einen dunkelgrauen Anzug und ein figurbetontes rostrotes Hemd geliehen, dessen oberster Knopf offen stand. Sein helles Haar war frisch geschnitten, das Kinn rasiert. Dan erkannte seinen Sohn kaum wieder. Er sah plötzlich erwachsen aus. Erwachsen und selbstsicher. Bei seinem vierten Versuch hatte es endlich geklappt, und Rasmus war an der Filmhochschule aufgenommen worden – im Fach Regie. Er strahlte vor Freude, als er seiner Großmutter von all den großartigen Dingen erzählte, die ihn nun erwarteten.

Dans Blick schweifte zu seiner Tochter, die ebenfalls am Tisch der Jubilarin saß. Laura ging noch immer aufs Gymnasium, aber auch sie sah mit einem Mal so erwachsen aus. Vielleicht, weil sie die Haare zu einer schweren Schnecke hochgesteckt hatte – eine fast perfekte Imitation der Frisur ihrer Großmutter. Möglicherweise lag es auch an dem einfachen indigoblauen Brokatkleid, das sie wahrscheinlich in irgendeinem Secondhandladen gefunden hatte. Oder hatte es damit zu tun, dass er sie nicht mehr jeden Tag sah?

Sein Blick flog unwillkürlich drei Tische weiter zu Marianne. Seiner Frau. Exfrau, korrigierte er sich. Seiner Exgeliebten, Exehefrau, Exhexe … Nein, jetzt war er ungerecht. Eine Hexe war Marianne nie gewesen. Im Gegenteil, während der gesamten Scheidung, die er selbst zu verantworten hatte, war sie unglaublich loyal und grundehrlich gewesen. Sie fühlte sich verletzt, wütend, gedemütigt und bestand auf die Trennung. Dennoch hatte sie ihn anständig behandelt, das musste man ihr lassen.

Glücklicherweise war das Haus in der Gørtlergade nahezu schuldenfrei, sodass Marianne dort wohnen bleiben konnte, obwohl sie Dan seinen Anteil ausbezahlt hatte. Er konnte sich ein gebrauchtes Audi A4 Cabriolet sowie die Anzahlung einer gemütlichen Zweizimmerwohnung an der Hafenpromenade leisten. Den Hund und die Kinder sah er regelmäßig, doch Marianne hielt Abstand. Ihre Toleranzgrenze hat während der Scheidung möglicherweise ein wenig gelitten, dachte er. Eigentlich kein Wunder.

Sie unterhielt sich lebhaft mit ihrem Tischnachbarn, dem örtlichen Küster. Mariannes dunkle Augen leuchteten hinter den langen Strähnen ihres Ponys, die ihr über die Stirn fielen, und Dan dachte wie schon Tausende Male zuvor, dass sie die Ausstrahlung eines frechen Shetlandponys hatte. Klein, muskulös. Energisch. Und dann dieser Pony, an dem sie immer herumfingerte, wenn sie sich ereiferte. Jetzt legte sie den Kopf in den Nacken und lachte. Sie drehte ihm den Kopf zu und fing den Blick ihres Exmannes auf.

Sofort wandte sie sich ab, als könnte allein sein Anblick sie verletzen. Dan schüttelte nur den Kopf.

»Dan, was ist denn?«

Er sah seine ältere Schwester an. »Ach, weißt du …«, sagte er und zuckte die Achseln. »Ich werde mich wohl nie daran gewöhnen, Bente.«

»Doch, wirst du. Es ist noch nicht mal ein Jahr her. Lass dir Zeit.«

»Ich habe gehört, Frauen fällt es leichter?«

Jetzt zuckte sie die Achseln. »Mir nicht«, erwiderte sie dann. »Es war eine harte Zeit. Oder … ist es eigentlich noch immer.«

»Ruft er dich immer noch zu allen möglichen und unmöglichen Zeiten an?«

»Meist zu unmöglichen.« Bente schnitt eine Grimasse. »Er hat ein ausgeprägtes Gespür dafür, wann ich gerade eingeschlafen bin oder Gäste zum Abendessen habe.«

»Du musst das Telefon doch nicht abnehmen.«

»Aber er braucht mich, Dan.«

»Das ist es ja, was ich sage: Für Männer ist es schlimmer.«

Bente schüttelte lächelnd den Kopf.

Dan aß den Rest seiner Suppe. Immer hatte er das Gefühl, seiner Schwester etwas zu schulden. Nähe, Fürsorge. Irgendetwas. Vor ein paar Jahren hatte Bente Petri eingewilligt, ihm bei einem komplizierten Fall als Lockvogel zu dienen. Glücklicherweise war *sie* unbeschadet davongekommen. Dan lebte seit den Ereignissen damals mit einer langen blanken Narbe an seiner linken Wange und hatte sich nie wirklich verziehen, sie in die Sache hineingezogen zu haben.

Er sah sich um. Die meisten Geburtstagsgäste hatten die Vorspeise beendet, die Raucher kehrten allmählich von ihrem ersten Aufenthalt im Garten auf ihre Plätze zurück.

Zeit für die nächste Rede.

Dan erhob sich und klopfte an sein Glas.

*

Bereits zehn Minuten vor elf konnte der Wirt sein Personal mit dem Abräumen der Tische beauftragen. Die Geburtstagsgesellschaft zog in den Raum, der normalerweise als Versammlungszimmer des lokalen Dartclubs genutzt wurde. Hier standen Kaffeetassen und Petits Fours auf den Tischen, man konnte sich selbst bedienen, bis der Saal zum Tanzen vorbereitet war.

Dan ging auf den Parkplatz und rief Kirstine an. »Geht's euch gut?«

»Sehr. Julius ist so groß geworden, Dan. Er kann fast schon alleine sitzen.«

»Wie schön … Was habt ihr gegessen? Wieder Fastfood?«

»Fie hat Sushi geholt. Es war superlecker. Wie läuft's bei euch?«

»Wir sind beim Kaffee.«

»Genießt sie ihren großen Tag?«

»Mutter? Sie ist begeistert.«

»Hast du deinen Job als Toastmaster hinter dir?«

»Gott sei Dank! Diese Leute hier sind nicht zu bändigen. Lieder und Gedichte, Sketche, Ratespiele, Reden, man glaubt es kaum. Ich werde mich jetzt besaufen.«

»Dann schläfst du heute Abend nicht hier?«

»Nein, heute nicht, Kis.«

»Ich könnte den Zug nach Christianssund nehmen, wenn die Mädchen gegangen sind? Dann warte ich auf dich in der Wohnung, bis du von dem Fest nach Hause kommst.«

»Kirstine, ich …«

Sie atmete tief durch. »Nein, nein, du musst nichts erklären«, sagte sie dann. »Ich habe begriffen, dass ich nicht erwünscht bin. Mach's gut.« Sie beendete das Gespräch, und Dan stand in der Dunkelheit und fühlte sich wie ein Idiot. Schließlich hatte sie ja recht. Sie *war* nicht erwünscht. Jedenfalls nicht hier und nicht jetzt. Alles war noch immer viel zu frisch.

In den letzten Wochen hatte er sich immer wieder mit Kirstine gestritten, weil Dans Mutter sie nicht zu ihrem fünfundsiebzigsten Geburtstag eingeladen hatte. Nicht, weil sie Kirstine nicht mochte. Im Gegenteil, sie schätzte sie ungemein. Aber Birgit wollte unbedingt Marianne auf ihrem Fest haben – Marianne, die Mutter ihrer beiden Enkelkinder. Sie kannten und liebten sich seit einem Vierteljahrhundert. Doch wenn Marianne kam, konnte Kirstine nicht teilnehmen. Das wollte sie Dans Exfrau einfach nicht zumuten. Noch nicht. Dafür musste Dan doch Verständnis aufbringen. Er war ein wenig beleidigt, akzeptierte dann aber die Entscheidung seiner Mutter. Birgit hatte ja recht. Wenn die Feier in einem Jahr erst stattgefunden hätte, wäre es vielleicht anders gewesen. Aber nicht jetzt.

Kirstine konnte die Sache nicht ganz so gelassen sehen. Im Gegenteil, sie machte die ausbleibende Einladung zu einem zentralen Punkt. Es war ihrer Ansicht nach geradezu ein Zeichen dafür, wie Dans Familie sich ihr gegenüber verhielt – was ausgesprochen ungerecht war, da alle sie von Anfang an mochten. Aber so war das mit Kirstine. Alle liebten sie. Nicht nur, weil sie wie eine jüngere Ausgabe von Grace Kelly in Brünett aussah oder eine berühmte Schauspielerin war. Nein, sie nahm die Menschen mindestens ebenso sehr mit ihrem Wesen für sich ein. Mit ihrer Herzlichkeit, ihrer Intensität, ihrem Humor. Sie war großartig, jedenfalls solange es nicht um diese für sie unerreichbare Geburtstagsfeier ging.

An diesem Punkt benahm sie sich, als würden sie alle wieder in die dritte Klasse gehen und Geburtstagseinladungen als harte Währung auf dem Schwarzmarkt des Schulhofes einsetzen.

»Dan Sommerdahl? Haben Sie einen Moment Zeit?« Ein ungefähr fünfzigjähriger, kompakt gebauter Mann mit Vollbart unterbrach seine Gedanken.

Sie gaben sich die Hand. Dan hatte den Mann sofort erkannt. Thomas Harskov saß im Folketing und wurde von den politischen Kommentatoren mehrerer Zeitungen als der nächste Vorsitzende einer der beiden großen linken Parteien gehandelt. In der breiten Bevölkerung kannte man Thomas Harskov jedoch auch durch eine Tragödie. Sein ältester Sohn war bei einem Zugunglück ums Leben gekommen. War nicht auch ein zweites Kind von ihm gestorben? Irgendetwas klingelte in Dans Erinnerung. Eine Drogengeschichte? Ihm fielen die Details nicht mehr ein. Es war inzwischen einige Jahre her.

Beide holten sie sich ein Glas Bier und zogen sich in eine friedliche Ecke des Gartens zurück.

Thomas ließ sich viel Zeit, um seine Pfeife zu stopfen und anzuzünden. Dann erzählte er, dass er und seine Frau seit elf Jahren in Yderup wohnten. Sie kannten Dans Mutter von einigen Veranstaltungen im Gemeindezentrum. Er und seine Frau, eigentlich eine Innenarchitektin, besaßen eine kleine Polstermöbelwerkstatt in Christianssund und hatten sich darauf spezialisiert, dänische Möbelklassiker zu restaurieren. Sie hatten einen gewissen Erfolg damit. Nicht, dass sie unbedingt reich geworden wären, aber es lief nicht nur rund, sondern warf auch noch etwas ab.

»Habt ihr Kinder?«, fragte Dan und ging zum Du über. Er konnte es ebenso gut gleich hinter sich bringen.

»Einen Sohn. Malthe. Er wird bald sechzehn.« Thomas zog kräftig an seiner Pfeife, bevor er sie aus dem Mund nahm und die Glut betrachtete. »Eigentlich hatten wir drei Kinder, die beiden Älteren sind tot.«

»Tut mir leid … Ich glaube, ich kann mich daran erinnern. Es war ein Unfall, nicht wahr?«

»Zwei verschiedene Unfälle. Zwei verschiedene Tage, zwei verschiedene Orte.«

»Das ist unfassbar tragisch.«

»Schlimmer, als du es dir vorstellen kannst … Und genau darüber wollen wir mit dir reden.«

»Wir?«

»Meine Frau Lene und ich.« Er wies mit dem Kopf auf eine kleine schlanke Frau in einem taillierten weißen Kleid. Ihr halblanges blondes Haar wurde von einer schmalen, silberfarbenen Haarspange gehalten, an den Ohren baumelten ovale Süßwasserperlen. Sie stand am Rand einer Gruppe von Frauen und verfolgte offensichtlich deren Gespräch, obwohl sie sich selbst nicht zu beteiligen schien. »Sie hat mich gebeten, dich allein anzusprechen, weil sie nicht wollte, dass ihr hier auf Birgits Fest die Tränen kommen. Sie kann über Rolfs und Grys Tod immer noch nicht reden, ohne …« Thomas trank einen großen Schluck Bier, stellte sein Glas auf einen Gartentisch und betrachtete es eingehend, bis er seine Stimme wieder unter Kontrolle hatte. »Hast du Zeit, eine Aufgabe zu übernehmen, Dan?«

»Was soll ich tun?«

»Ich möchte wissen, was mit unseren Kindern passiert ist. Warum sie sterben mussten.«

»Du glaubst, sie könnten …«

»Wir sind davon überzeugt, dass sie ermordet wurden.«

»Zwei verschiedene Morde, die beide als Unfall getarnt wurden?«

»Genau.«

»Die Polizei ist nicht eurer Meinung?«

»Nein.«

»Normalerweise sind die sehr gründlich, Thomas. Sollte es auch nur den geringsten Verdacht geben, würden sie Ermittlungen einleiten. Wieso glaubt ihr denn, dass es sich um Mord handelt?«

»Wir haben gute Gründe. Es gibt vor allem eine Sache, die …« Er zog einen Moment an seiner Pfeife, bevor er fortfuhr: »Kannst du morgen zu uns kommen, dann reden wir über die Details. Gegen zwei?«

»Morgen kann ich nicht. Ich muss zuerst ein paar andere Dinge erledigen. Es ist immer noch meine Werbeagentur, die mich wirtschaftlich über Wasser hält.«

»Was kostet es denn, dich als Detektiv anzuheuern?«

»Umsonst ist es nicht, aber für größere Aufgaben gibt es Spezialpreise. Du kannst auf meiner Homepage die Honorarsätze nachlesen.« Dan zog eine Visitenkarte aus seiner Brusttasche und reichte sie Thomas. »Es gibt feste Stunden- und Tagessätze sowie Kilometerpauschalen. Alle übrigen Ausgaben werden anhand der Quittungen abgerechnet. Die Rechnungen werden monatlich erstellt.«

»Gut.« Thomas steckte die Karte in die Sakkotasche.

»Ich könnte am Montag kommen.«

»Perfekt. Meine einzige Bedingung ist, dass du bis zum 4. Juli fertig sein musst. Du hast zweieinhalb Monate Zeit.«

»Bis zum 4. Juli? Was passiert an diesem Tag?«

»Wir befürchten, man wird an diesem Tag unser drittes Kind ermorden.«

3

»Malthe?« Die Stimme meiner Mutter. Scheiße. Ich hatte nicht damit gerechnet, dass sie so früh nach Hause kommen. Ich schaue mich um und sehe, welches Chaos hier herrscht.

»Malthe?« Ihre Schritte nähern sich. »Bist du da, Schatz?«

»Hm.« Ich versuche, das Schlimmste zu beseitigen. Die Pizzaschachtel. Zwei leere Colaflaschen. Die fettige Pommes-Tüte. Auf dem Boden ein paar heruntergefallene Pommes, ein Stück vom Pizzarand, meine stinkenden Socken, eine leere Plastiktüte vom Imbiss und drei offene DVD-Hüllen.

»Also, Malthe!« Sie bleibt an der Tür stehen. »Musste das sein, so ein Chaos …« Sie hält unvermittelt inne.

Ich schaue auf. Ihre Haarspange sitzt ein bisschen schief, ansonsten sieht sie so frisch, faltenlos und fleckenfrei aus wie immer. Man sieht ihr nicht an, dass sie gerade von einer Party kommt. Und nun steht sie da und explodiert innerlich wegen der Unordnung, die ich in ihrem sauberen, adretten Wohnzimmer angerichtet habe. Aber sie wagt nicht, so richtig mit mir zu schimpfen. Ich kann es nahezu vor mir sehen, wie ihr die Gedanken durch den Kopf schießen, während sie bis zehn zählt und dann ihr ewig nachsichtiges Lächeln aufsetzt. Als hätte sie Angst davor, ich könnte Selbstmord begehen oder von zu Hause weglaufen, wenn sie mir nur den Anschiss verpasst, den sie mir eigentlich so gern verpassen würde.

»Na, du hast es dir ja gemütlich gemacht, wie ich sehe.« Mein Vater taucht hinter ihr auf. Er legt die Hände auf ihre Schultern.

»Hm.« Ich falte die Pizzaschachtel zusammen, sodass sie in die Tüte passt, und stehe auf. »Ich hole den Staubsauger.«

»Das ist nicht nötig, Schatz.« Mutter hat ihr Gesicht jetzt wieder voll unter Kontrolle. »Hauptsache, du bringst den Müll raus und räumst die Filme weg, dann mache ich …« Sie huscht auf Socken in die Küche, noch immer in ihrem weißen Festkleid, die Tasche unter den Ellenbogen geklemmt. »Willst du eine Tasse Tee?«, ruft sie mir zu.

Ich tue so, als hätte ich sie nicht gehört, und stecke die DVDs in ihre Hüllen.

»Willst du, Malthe?«

Ich antworte noch immer nicht.

»Jetzt antworte deiner Mutter schon«, fordert mein Vater mich leise auf. Ich sehe ihn an. »Nein danke, Mama!«

Vater sieht mich einen Moment an, dann geht er ins andere Zimmer. Er hat nicht annähernd so viel Angst um mich wie sie. Er ist nicht ganz so hilflos. Allerdings ist er auch nicht so oft zu Hause. Wie Mutter an mir klebt, ist schon irgendwie krankhaft. Ich kann nicht mal aufs Klo gehen, ohne dass sie mich fragt, ob ich eine Tasse Tee oder ein Glas Wasser möchte, ob sie irgendetwas für mich waschen soll oder wie es in der Schule war. Ich könnte kotzen.

Die meiste Zeit verbringe ich in meinem Zimmer, aber ich muss natürlich mit ihr am Tisch sitzen, wenn wir essen. Meine Mutter kocht gut, ehrlich. Also muss ich mich auch damit abfinden, dass sie bei mir sitzt und mich anglotzt. Und fragt. Nach der Schule, nach meiner Laune, ob's nicht mal Zeit für eine Freundin wäre und all solchen Scheiß.

Ich bringe den Müll raus, bleibe einen Moment auf dem Hof stehen und genieße den Frieden, bevor ich wieder hineingehe. Durchs Fenster sehe ich, wie sie mit einem feuchten Lappen den Sofatisch abwischt. Sie hat sich eine Schürze umgebunden. Klar. Nicht auszudenken, wenn ihr weißes Kleid einen Fleck bekäme. Katastrophe! Hin und wieder habe ich einfach Lust auf Sauerei, Unordnung und Dreck …

»Kommst du wieder rein, Malthe?« Mutter steckt den Kopf aus der Haustür. »Ich habe dir ein paar Petits Fours mitgebracht.«

Als wäre ich vier Jahre alt. Auf der anderen Seite ... Das Mandelgebäck schmeckt verdammt gut. »Danke«, höre ich mich sagen, als ich hinter ihr ins Haus trotte.

Mist, dass sie so früh nach Hause kommen mussten, denke ich, als ich kurz darauf mit dem Mund voller Kekse und einem Glas Milch am Küchentisch sitze. Immerhin konnte ich zwei Filme auf dem großen Flachbildschirm im Wohnzimmer sehen. *Kap der Angst* und *American History X*. Zwei meiner Lieblingsfilme. Super finde ich auch *Fight Club*. Und *Pulp Fiction*. Und *Sieben*. Das sind die besten Filme überhaupt.

Ich weiß nicht, wie oft ich sie gesehen habe. Nicht gerade hundert Mal, so oft dann doch nicht. Aber fünfzig Mal bestimmt. Nur nie im Wohnzimmer. Immer oben in meinem Zimmer, auf meinem kleinen miesen Fernseher, und mit Kopfhörern, damit sie nicht mitkriegen, dass ich mir Filme reinziehe, während sie glauben, ich würde schlafen. Als könnte ich schlafen. Jeder weiß doch, dass man nicht schlafen kann, wenn man deprimiert ist. Jeder, außer meiner Mutter. Und sie behauptet ja immer, ich hätte eine Depression.

Ich stelle das Glas in die Spülmaschine und gehe die Treppe hinauf. »Malthe?«, höre ich aus dem Wohnzimmer.

»Ja?« Ich bleibe nicht stehen.

»Gehst du ins Bett?«

»Ja.«

»Gute Nacht, Schatz.«

»Nacht.«

4 Die Familie Harskov lebte auf Lindegården, einem vierflügeligen Hofgut, dessen Einfahrt auf den Dorfteich von Yderup zeigte. Zwei Gebäudeflügel wurden für die Polsterwerkstatt und als Lager genutzt. Thomas nahm Dan mit auf eine rasche Führung durch den Betrieb. Ein älterer Mann entfernte gerade den zerschlissenen Wollbezug eines original Børge-Mogensen-Sofas, soweit Dan es beurteilen konnte. Der Mann nickte, ohne sich bei der Arbeit unterbrechen zu lassen. Kurz darauf stand Dan wieder auf dem Hofplatz. Das Anwesen war in den letzten Jahren ganz offensichtlich renoviert worden. Die zartrosa Mauern sahen ebenso frisch gestrichen aus wie die weißen Fensterrahmen und die schwedisch-blauen Gartenmöbel. Nicht ein einziges Büschel Unkraut zwischen den Pflastersteinen oder in den Beeten am Hauptgebäude. Es war beinahe schon zu gepflegt. »Wie habt ihr das nur hingekriegt«, fragte Dan, »mit Roundup?«

»Bist du wahnsinnig, Mann? Den Namen dieses Giftzeugs darfst du hier im Haus nicht mal denken!« Thomas lachte. »Lene ist Vorsitzende der Vereinigung der Ökologischen Gartenbesitzer – und mich haben sie gerade zum umweltpolitischen Sprecher meiner Partei ernannt. Nee, das ist gute alte Handarbeit.«

»Bewundernswert, dass sie die Energie aufbringt, obwohl ihr ... Na ja, ich meine, obwohl ihr zwei Kinder ...«

»Für eine Perfektionistin wie sie ist das die reinste Therapie, Dan. Sie schuftet vierundzwanzig Stunden am Tag. Alles muss absolut perfekt ...« Er hielt abrupt inne, als die Haustür sich öffnete und Lene heraustrat. »Ah, da ist Lene ja«, sagte Thomas und führte Dan zur Tür. »Ich weiß nicht, habt ihr euch auf dem Fest eigentlich kennengelernt?«

Dan streckte lächelnd die Hand aus. »Nur sehr oberflächlich. Es war ja ein bisschen chaotisch.«

»Ja, ein munteres Fest.« Lene erwiderte seinen Händedruck. »Birgit wirkte sehr fröhlich.«

»Fröhlich? Ich habe heute Vormittag mit ihr gesprochen. Sie war ganz einfach glücklich und erleichtert, dass alles so gut gelaufen ist. Sie hatte wirklich das Gefühl, gefeiert zu werden.«

»Das freut mich.«

»Und sie hat sich sehr über eure Nachbarschaftsrevue gefreut, das soll ich ausdrücklich sagen.«

Lene lächelte. »Ich habe auf der Terrasse gedeckt«, sagte sie. »Wäre doch schade, bei diesem Wetter drinnen zu sitzen.«

Sie hatte vollkommen recht. Bereits seit Tagen schien die Sonne unverdrossen aus einem wolkenlosen Himmel. Dan konnte sich nicht erinnern, wann er zuletzt bereits im April so eine Hitzewelle erlebt hatte.

Im Gänsemarsch durchquerten sie die Eingangshalle, die Esskiche, das enorm große Wohnzimmer und erreichten die Terrasse. Als sie sich setzen wollten, klingelte Thomas' Handy. Er nahm den Anruf mit einer Grimasse an und trat ein paar Schritte beiseite, während er gedämpft ins Telefon sprach. Thomas trug ein abgetragenes Baumwollhemd, und auch seine graue Jogginghose sah ein bisschen schlampig aus. Dan ging davon aus, dass er an diesem Vormittag nicht in Christiansborg gewesen war.

»Ein Glas Weißwein?« Lene zog eine beschlagene Flasche aus dem Eiskühler.

»Nein, danke, ich muss noch fahren.«

»Noch nicht einmal ein Glas? Wir haben diesen Wein in einem kleinen Bergdorf in der Provence gefunden.«

Dan spürte, dass es ein schlechter Anfang der Zusammenarbeit wäre, jetzt abzulehnen, also gab er seinen Widerstand auf. Glücklicherweise stand auch eine Kanne mit Eiswasser auf dem Tisch.

Der Wein war ausgezeichnet, die Terrasse und der Garten wunderschön gestaltet. Weiße Stiefmütterchen und cremefarbene Narzissen blühten in einer länglichen Terrakotta-Wanne, und auf dem Gartentisch stand ein gewaltiger Strauß Märzenbecher. Das könnte hier auch die Musterterrasse aus einer Frauenzeitschrift sein, dachte Dan.

»Habt ihr einen Gärtner?«, erkundigte er sich.

»Das mache ich alles selbst«, erwiderte Lene. Ihr Lächeln spiegelte sich nicht in ihren Augen. »Es macht mir Spaß. Das Haus, der Garten, der Laden … Ich bin Innenarchitektin, das gehört sozusagen zu meinem Fachgebiet. Nur in der Werkstatt haben wir einen Mitarbeiter. Eigil, ein alter Möbelpolsterer. Ihr müsstet ihm begegnet sein?«

»Ja, ich denke schon.«

»Bitte entschuldigt die Unterbrechung«, sagte Thomas, der sein Telefonat beendet hatte. »Ich stehe momentan ein bisschen unter Stress.« Er sah seine Frau an. »Soll ich?«

Lene nickte und lehnte sich in ihren Stuhl zurück. Sie sah Dan direkt an.

»Unser ältester Sohn Rolf wurde vor fast sechs Jahren von einem Zug überfahren, kurz nachdem er die neunte Klasse beendet hatte. Er war sofort tot.« Thomas senkte den Blick. »An diesem Abend war er mit ein paar Fußballfreunden auf einer Party in einem Ferienhaus in Nordseeland. Es war das erste Mal, dass er die Erlaubnis hatte, so weit wegzufahren. Die Jungs sollten den Zug zurück nach Christianssund nehmen und dort bei einem Freund übernachten. Irgendwann im Laufe des Abends haben sie sich dann aus den Augen verloren. Als der letzte Zug fuhr, war Rolf nicht erschienen, und seine Freunde vermuteten, er sei schon nach Hause gefahren, um seinen Rausch auszuschlafen. Aber Rolf war nicht nach Hause gefahren. Wir werden wohl nie erfahren, wie und warum er die Zeit vertrödelte. Als er endlich am Bahnhof ankam, war der letzte Zug jedenfalls bereits weg. Er beschloss offenbar, auf den Schienen in Richtung Stadt zu gehen.«

»Ich begreife es nicht! Ich begreife es einfach nicht!«, warf Lene ein. »Warum hat er nicht angerufen? Er hatte sein Handy dabei. Und es war aufgeladen. Wir hätten ihn doch jederzeit …« Sie schüttelte den Kopf und verstummte.

Dan sah Thomas an. »War er betrunken?«

»Über 2,2 Promille.«

»Wieso konnte er von einem Zug überfahren werden, nachdem der letzte Zug bereits durch war?«

»Es war eine Lokomotive, die irgendwohin musste. Es gab keine Passagiere. Der Lokführer hatte keine Chance.«

Dan zog die Augenbrauen zusammen und versuchte, es sich vorzustellen. »Tja, wieso hat Rolf nichts gehört? Hörte er Musik, trug er Ohrstöpsel?«

Thomas nahm Lenes Hand, ohne sie anzusehen. »Er hatte sich hingelegt, um zu schlafen, Dan. Mit einer der Schienen als Kopfkissen.«

»Oh.«

Die Stille hielt an, bis Dan sich räusperte. »Und es gibt keinen Zweifel daran, wie es passiert ist? Es war ganz sicher ein Unfall?«

Thomas schüttelte den Kopf. »Die Polizei arbeitete sehr sorgfältig, um das Geschehen zu rekonstruieren. Sie untersuchten auch, ob es eventuell jemanden gab, der ihn gezwungen haben könnte, aber … Es gäbe keinerlei Hinweise, haben sie gesagt. Vielleicht hatte er in seinem Rausch die verrückte Idee, den Zug hören zu können, wenn er den Kopf direkt auf die Schiene legt. Vielleicht wollte er auch dem Lokführer signalisieren, mitgenommen zu werden.«

»Wie die Indianer, die den Feind hören, indem sie ein Ohr auf den Boden legen?«

»Genau. Er war schon so. Ein bisschen weltfremd. Jedenfalls manchmal.« Thomas griff nach der Weinflasche. »Aber er war ein guter Junge.« Wieder klingelte sein Mobiltelefon.

»Schalt endlich dieses Monstrum aus«, fauchte Lene. »Du hast versprochen, dass …«

»Entschuldigung.« Wieder trat Thomas ein paar Schritte beiseite, er beendete das Gespräch nach wenigen Sekunden und schaltete das Handy dann aus. »So«, sagte er. »Es gibt eine kleine Krise in der Folketing-Fraktion.«

»Dort gibt es doch immer eine Krise.« Es kam so leise, dass Dan den Satz kaum verstand. Lene erhob sich. »Willst du ein Foto von den Kindern sehen?«

»Sehr gern«, sagte Dan und füllte sein Glas mit Eiswasser, bevor Thomas ihm noch einmal Wein einschenken konnte.

Wenige Augenblicke später hielt er ein gerahmtes, offensichtlich von einem Profi gemachtes Foto in den Händen, das alle drei Kinder zeigte.

»Ein Fotograf der Wochenzeitung *Søndag* hat es gemacht«, erklärte Thomas, als könnte er Gedanken lesen. »Sie brachten eine Reportage über unser Haus und die Firma, dabei hat Lene den Fotografen die Kinder knipsen lassen. Also nur für uns. Süß, nicht?«

Die drei Kinder saßen aufgereiht auf der Bank, die Dan auf dem Hof gesehen hatte. Damals war sie weiß gewesen. Rolf, ein pickliger, pubertierender Junge mit hellen, lockigen Haaren, blickte ernst in die Kamera. Man hatte sofort den Eindruck, dass er gegen seinen Willen als Model agierte. Er trug ein schwarzes T-Shirt mit einem Totenkopf-Motiv, und seine Jeans waren so systematisch durchlöchert, dass es sich nur um sein eigenes Werk handeln konnte.

Sein kleiner Bruder saß mit etwas schiefen, graublauen Augen und einem von Sommersprossen übersäten Gesicht am entgegengesetzten Ende der Bank, er war auf dem Foto sieben oder acht Jahre alt. Im Oberkiefer fehlte ein Schneidezahn. Die Schwester der beiden schien auf dem Foto so etwa dreizehn oder vierzehn Jahre alt zu sein, sie hatte glatte, dunkelbraune Haare, die ihr locker über die sonnengebräunten Schultern hingen. Grys stark geschminkte Augen hatten die gleiche Farbe wie die ihrer Brüder. Ihre Wangen waren noch immer rund und weich wie bei einem Baby, die kräftige Schminke sah daher eher rührend als gewagt aus – wie bei einem Kind, das sich zu Fasching angemalt hat. Dan spürte, wie ein Kloß in seinem Hals aufstieg. Rasch legte er das Foto beiseite.

»Tja«, sagte er und räusperte sich. »Ungewöhnlich süß, alle drei.«
Wieder wurde es still.

Thomas richtete sich auf. »Rolf starb, knapp ein Jahr nachdem dieses Bild gemacht wurde.«

»Wie alt war er?«

»Sechzehn.«

Dan schüttelte langsam den Kopf, ohne etwas zu sagen. Er versuchte mit aller Kraft zu verhindern, an Laura und Rasmus zu denken und daran, wie es wäre, wenn einer von ihnen … Nein, Schluss! »Es vergingen ein paar Jahre, und wir begannen ganz langsam zu akzeptieren, dass er nicht mehr bei uns war. Es war hart, jeder einzelne Tag. Für uns wie für die Kinder. Wir haben ihn schrecklich vermisst.« Thomas trank einen Schluck Wein. »Jeder auf seine Weise. Am leichtesten fiel es noch Malthe. Hin und wieder weinte er natürlich, aber er war noch klein und ließ sich sehr schnell trösten. Lene und ich, wir …« Er warf seiner Frau einen Blick zu.

»Es war bestimmt nicht leicht. Und das ist es noch immer nicht«, fügte er hinzu. »Aber am schlimmsten war es für Gry. Sie ist ihrem Bruder ihr ganzes Leben lang immer sehr verbunden gewesen. Als Rolf starb, war sie knapp vierzehn, und sie reagierte sehr heftig auf seinen Tod. Zuerst kapselte sie sich vollkommen ab. Sie weigerte sich, mit uns über etwas anderes zu reden als über die absolut notwendigsten Dinge, und verbrachte viel Zeit in ihrem Zimmer hinter verschlossener Tür. Sie hörte Musik und …«

»Es fiel uns schwer, auf sie einzugehen«, unterbrach ihn Lene. »Keiner von uns hatte Erfahrung mit einer Pubertierenden, und man hört ja die wüstesten Geschichten, wie grässlich sie sein können. Eigentlich ist es ja völlig normal, dass sie sich in diesem Alter verschließen. Wir versuchten es mit einem Psychologen, aber Gry erschien dort nur ein einziges Mal und verließ nach zwanzig Minuten wütend die Praxis, weil sie meinte, der Arzt würde in ihrem Privatleben herumschnüffeln.« Lene verzog das Gesicht. »Ich weiß nicht, was sie sich vorgestellt hatte.«

»Ging sie normal zur Schule?«

»In der ersten Zeit, ja.« Lene räusperte sich. »Gry fing an, sich mit Rolfs alten Freunden in Christianssund herumzutreiben. Die waren etwas älter als sie.«

»Den Fußballfreunden? Denen, die an jenem Abend mit ihm zusammen waren?«

»Ja, genau. Zunächst hatten wir nichts dagegen. Ich dachte, wenn seine Freunde und Gry sich gegenseitig ein wenig trösten können, wäre das doch ganz schön.« Sie biss sich auf die Lippe. »Vielleicht verstanden sie sich untereinander ja besser, als wir ihn je … Du weißt schon.«

»Das Problem war nur«, Thomas griff nach der Hand seiner Frau, »dass diese Freunde in der Zwischenzeit ein bisschen älter geworden waren und ihren Lebensstil geändert hatten. Es gab wüste Partys mit Hasch und solchen Sachen.«

»Ihr seid also nicht mehr der Meinung gewesen, diese jungen Burschen wären der richtige Umgang für eure Tochter?«

Thomas verzog das Gesicht. »Sie waren schwer zu beurteilen. Rolfs Tod hatte natürlich auch seine besten Freunde sehr getroffen, und vielleicht waren all diese Exzesse nur ihre Art, darauf zu reagieren. Vor allem sein allerbester Freund, Christoffer, hatte es bestimmt nicht leicht. Er nahm sämtliche Schuld an Rolfs Tod auf sich. Wenn er an diesem Abend bloß Kontakt zu Rolf gehalten hätte, wenn er nur auf ihn gewartet hätte, statt den letzten Zug zu nehmen – er hat sich wirklich schwerste Vorwürfe gemacht.«

»Und wenn ihr ganz ehrlich seid, macht ihr ihm nicht auch Vorwürfe? Also nicht direkt, doch wer weiß ... Tief drinnen?«

»Würdest du das nicht tun, Dan?« Lenes Stimme war scharf. »Die Jungen hatten schließlich versprochen, aufeinander aufzupassen und zusammenzubleiben, oder? Irgendwie war es schon Stoffers Schuld, hätte er ...«

»Stoffer war betrunken, Lene«, warf Thomas ein. »Wahrscheinlich ebenso voll wie Rolf.«

Sie zog die Hand zurück. »Ja, ja. Und deshalb ist er von jeder Verantwortung freigesprochen, oder?«

Dan spürte, dass diese Diskussion schon sehr oft stattgefunden hatte und nie beendet sein würde. Er räusperte sich. »Also, Gry und Stoffer wurden Freunde? Auch ein Paar?«

»Woher weißt du das?«

»Ich rate bloß. Was ist dann passiert?«

»Na ja, du liegst falsch, wenn du glaubst, wir würden die Details kennen. Gry zog im Frühjahr bei Stoffer und seinen Eltern ein«, erzählte Thomas. »Eigentlich konnte ich sie gut verstehen. Wir haben uns gestritten, dass die Fetzen flogen, sobald wir uns sahen. Ein Vergnügen kann das für sie nicht gewesen sein.«

»Wie lange hat sie dort gewohnt? Bis zu ihrem …«

»Sie hat über anderthalb Jahre bei Stoffers Eltern gewohnt, in dieser Zeit haben wir sie nur wenige Male gesehen.«

Lene holte Luft, als ob sie etwas sagen wollte, entschied sich aber anders und atmete mit einem tiefen Seufzer wieder aus.

»In gewisser Weise kann man schon sagen«, Thomas warf seiner Frau einen Blick zu, »dass wir sie, anderthalb Jahre bevor sie starb, verloren haben. Jedenfalls hatten wir dieses Gefühl.«

Lene erhob sich unvermittelt. »Ich gehe in die Küche und backe einen Kuchen«, erklärte sie, ohne die beiden Männer anzusehen. »Malthe kommt in einer Stunde aus der Schule nach Hause, und ich bin sicher, auch Eigil braucht bald eine Kaffeepause.« Sie verschwand im Haus.

»Sie kann einfach nicht mehr darüber reden«, erklärte Thomas, als seine Frau außer Hörweite war. »Sie … Ja, natürlich machen wir uns wegen Gry Vorwürfe. Vielleicht hätten wir es verhindern können.«

»Erzähl einfach«, forderte Dan ihn auf. »Früher oder später muss ich es ja doch erfahren. Hat eure Tochter Selbstmord begangen?«

Thomas schreckte auf. »Wie kommst du denn auf die Idee?«

Dan zuckte die Achseln, ohne zu antworten.

»Sie nahm eine Überdosis und lag sechs Tage im Koma, bevor sie starb.«

»Eine Überdosis wovon? Heroin?«

»Kokain. Überdosis ist eigentlich das falsche Wort. Sie hat vergifteten Stoff genommen.«

»Vergiftet?«

»Ja, mit Rattengift verschnitten.«

»Pfui Teufel.« Dan wusste, dass die Dealer oft ein bisschen Rattengift ins Kokain mischten, um so die Abhängigkeit zu forcieren. Leider passierte es hin und wieder, dass ein Nichteingeweihter den Stoff überdosierte. Todesfälle dieser Art waren zwar selten, dennoch kamen sie vor. »Hat sie schon vorher Drogen genommen?«

Thomas blickte auf seine Hände und nickte.

»Wie lange?«

Thomas hob den Kopf. »Ein paar Monate, haben die Jungs gesagt. Und sicher nicht jeden Tag, sie rauchten regelmäßig Hasch zusammen, die harten Sachen konnten sie sich nur hin und wieder leisten.«

»Woher hatte sie das Koks?«

»Das weiß niemand. Sie war allein zu Haus. Die anderen waren bei einem Fußballspiel im Stadion, sie hatte keine Lust gehabt, mitzugehen. Irgendwann kurz davor war sie mit Stoffer nach Kopenhagen gezogen. In eine Einzimmerwohnung in der Nørregade.« Plötzlich konnte Thomas die Tränen nicht mehr zurückhalten. Er versuchte, sie mit dem Handrücken zu verreiben, aber sie flossen weiter. »Wir hatten sie seit Monaten nicht gesehen, als sie mitten in der Nacht anriefen. Hast du so etwas je erlebt? Dass das Telefon mitten in der Nacht klingelt, und du weißt, jetzt, jetzt ist es so weit ... Wir hatten es schon einmal erlebt. Und wir hätten es am liebsten klingeln lassen, dann ...« Er nahm eine der sorgfältig gefalteten Servietten von dem Tablett mit den Getränken und versuchte, damit seine Tränen aufzuhalten. »Sie lag im Krankenhaus. Auf der Intensivstation. Sie baten uns, sofort zu kommen, weil sie nicht glaubten, dass sie die Nacht überleben würde, sie ging dann *sechs* Tage lang, Dan. Sie hatte innere Blutungen, und die Ärzte konnten nichts ... Es war brutal. Einfach unfassbar brutal.«

»Wurde die Sache auch von der Polizei untersucht?«

»Ja. Und es wurde sogar wie bei einem Mordfall ermittelt, weil niemand wusste, wer ihr den Stoff gegeben oder verkauft hatte. Es wurden überhaupt keine Hinweise gefunden, und es gab auch niemanden, der sie das Haus hatte verlassen oder jemanden hineingehen sehen. Schließlich haben sie den Fall wohl zu den Akten gelegt. Wir haben jedenfalls seit Jahren nichts mehr von der Polizei gehört. Und wir haben auch aufgehört, uns zu erkundigen. Es war einfach zu deprimierend, immer wieder zu fragen.«

»Was ist mit Christoffer und den anderen, mit denen sie Kontakt hatte?«

»Die haben weder etwas gesehen noch gehört.« Thomas putzte sich gründlich die Nase. Dann warf er die zusammengeknüllte Serviette unter seinen Stuhl und richtete sich auf. »Gry muss an diesem Tag in einer seltsamen Stimmung gewesen sein. Das hatten sie mitgekriegt. Sie erzählten, dass Gry sie geradezu aus der Tür geschoben hätte, als sie zum Fußball gingen. Gerade dieses Detail bestärkte die Polizei in der Annahme, es müsse sich um Selbstmord gehandelt haben.«

»Und ihr seid anderer Ansicht?«

»Warum sollte jemand auf diese Weise Selbstmord begehen? Bist du dir klar darüber, wie schmerzhaft ihr Sterben gewesen ist? In den Minuten, bevor sie bewusstlos wurde ... Es muss entsetzlich gewesen sein. Und woher sollte sie den Stoff gehabt haben? ›Guten Tag, ich hätte gern ein halbes Gramm vergiftetes Kokain.‹ Das macht man doch wohl kaum, oder?«

»Nein.«

»Sie war bewusstlos, als Stoffer nach Hause kam, und sie kam nie wieder zu sich.«

5 Eine Katze glitt lautlos um die Hausecke auf sie zu und blieb beim Anblick des fremden Mannes einen Moment stehen. Dann beschloss sie offensichtlich, dass Dan ungefährlich war, stieß sich elegant ab und landete weich auf Lenes leerem Stuhl.

Thomas starrte in die Luft. Fast schien es, als hätte er Dans Anwesenheit vergessen.

»Thomas?«

»Ja?« Er blickte auf. »Oh, entschuldige, Dan. Ich war einen Augenblick abwesend. Natürlich willst du wissen, welchen Auftrag ich für dich habe.«

»Ja, danke. Glaubst du nicht, dass Lene dabei sein möchte?«

»Lass sie noch eine Weile in Ruhe arbeiten. Sie ist so verletzlich.«

»Das überrascht mich nicht.«

Thomas zuckte die Achseln, und in dieser kleinen Geste lag eine ganze Geschichte. Die Feststellung, dass seine Frau sich das Recht erworben hatte, die Verletzlichste in der Familie zu sein; das Einverständnis, dass er den Preis bezahlen und für sie beide stark sein musste. »Vielleicht sollte ich sie trotzdem …« Er las die zusammengeknüllte Serviette auf und ging durch die Terrassentür in die Wohnung. Dan beugte sich vor und streichelte die Katze, die sich sofort auf die Seite legte. Sie schnurrte wie ein gut geölter Dieselmotor, die weißen Pfoten arbeiteten wie Kolben.

»Na, hast du Bibi kennengelernt?« Lene zog sich einen anderen Stuhl heran und setzte sich. »Deine Mutter behauptet, du bist ein Hundemensch. Offenbar magst du auch Katzen.«

»Ich glaube, es ist umgekehrt. Viele echte Katzenmenschen machen sich nicht wirklich etwas aus Hunden, während sogenannte Hundemenschen in der Regel beides mögen. Ein bisschen schräg, aber so ist es.«

Sie lächelte. »Ich muss gestehen, dass ich ein echter Katzenmensch bin. Hunde sagen mir gar nichts.«

»Siehst du.« Er erwiderte ihr Lächeln.

Thomas räusperte sich. »Okay, jetzt sind wir lange genug um den heißen Brei herumgeschlichen, Dan.«

»Dann raus damit.«

»Die Todesfälle unserer Kinder waren – das ist klar geworden, denke ich – zwei völlig unterschiedliche Tragödien. Rolf und Gry starben in einem Abstand von zwei Jahren an zwei verschiedenen Orten, auf ganz unterschiedliche Weise. Es gibt keinerlei Zusammenhang – außer dass sie Geschwister waren.«

»Und sie hatten zum Zeitpunkt ihres Todes beide Verbindung zu Christoffer Udsen und seinem Anhang«, fügte Lene hinzu.

»Ja, stimmt.« Thomas klang ein wenig müde. »Nur glaube ich nicht, dass der Junge irgendetwas mit ihrem Tod zu tun hat.«

»Das wird sich zeigen.« Lene sah Dan an. »Du solltest dir jedenfalls alle Möglichkeiten offenlassen.«

Dan rutschte auf seinem Stuhl ein Stück nach vorn. »Ich verstehe nicht ganz …«

»Wie gesagt«, nahm Thomas den Faden wieder auf. »Es gibt keine unmittelbaren Zusammenhänge zwischen den beiden Fällen. Abgesehen von einer Sache, die Lene und ich durch Zufall entdeckten: als Rolf starb, war er sechzehn Jahre und siebenundzwanzig Tage alt. Und an dem Tag, an dem Gry das giftige Kokain nahm, war sie exakt genauso alt. Sechzehn Jahre und siebenundzwanzig Tage. Präzise.«

Lene und Thomas sahen Dan an, in ihren Blicken schien so etwas wie Triumph zu liegen.

»Und? Das ist alles?« Dan starrte zurück. »Das ist der springende Punkt? Beide waren gleich alt, als sie ihre tödlichen Unfälle hatten?«

Thomas runzelte die Stirn. »Findest du das nicht eigenartig?«
»Na ja, vielleicht schon.«
»Ich meine, wie groß ist die Wahrscheinlichkeit, dass so etwas passiert? Zwei Geschwister, die exakt das gleiche Alter erreichen?«

Dan sah ihn an. »Wenn du meine Meinung hören willst, dann muss ich dir leider sagen, es stützt meine erste Vermutung über Grys Tod.«

»Und was war deine erste Vermutung, Dan?« Lenes Stimme bekam wieder einen scharfen Klang.

»Sie hat es absichtlich getan.«

»Du glaubst, sie hat Selbstmord begangen?«

»Ja.«

Lene schüttelte den Kopf. »Dazu war sie überhaupt nicht der Typ.«

»Ich glaube nicht an eine einfache Schablone dafür, welche Menschen Selbstmord begehen, Lene. Und ich glaube schon gar nicht, dass Eltern entscheiden können, ob ein junger Mensch in eine derartige Schablone passt – wenn es sie denn geben sollte. Und erst recht nicht, wenn ihr Kontakt über ein Jahr lang eher sporadisch war. Entschuldigt, ich bin sehr direkt, aber in dieser Zeit kann Gry sich sehr verändert haben.«

»Also ich weiß einfach …«

»Du hast doch selbst gesagt, dass ich alle Möglichkeiten in Betracht ziehen soll, Lene. Und genau das tue ich. Wenn Gry so unglücklich über den Tod ihres älteren Bruders war, wie ihr sagt, und wenn sie genauso ichbezogen war wie die meisten anderen Teenager in diesem Alter, ist diese Schlussfolgerung nicht zu weit hergeholt. Ihr fällt auf, an einem bestimmten Tag genauso alt zu werden, wie es ihr Bruder war, als er starb, und beschließt, ihm aus diesem Leben zu folgen. Die Methode mit dem vergifteten Kokain ist eine eigenartige Wahl, das streite ich nicht ab. Ich sage noch nicht einmal, Selbstmord sei in diesem Fall wahrscheinlich, ich sage nur, dass es möglich ist.« Er trank einen Schluck Wasser und sah aus dem Augenwinkel, wie Lene sich in ihrem Stuhl zurücklehnte und die Arme übereinanderschlug. »Ich weiß im Übrigen noch immer nicht, was ihr eigentlich von mir wollt.«

»Nun ja, ich weiß, das alles klingt nicht gerade nach harten Fakten, Dan«, sagte Thomas, »aber du musst uns verstehen. Wir versuchen zu verhindern, dass es noch einmal passiert.«

Dan runzelte die Augenbrauen. »Was meinst du?«

Seine Gastgeber tauschten einen Blick aus.

»Also, selbstverständlich haben wir es der Polizei mitgeteilt, als uns dieses kleine, eigenartige Detail mit dem Alter auffiel«, fuhr Thomas fort. »Wir haben erklärt, es für eine Spur zu halten, an die jemand, der mehr von Ermittlungen versteht als wir, den einen oder anderen Gedanken verschwenden sollte.«

»Und was haben sie gesagt?«

Thomas hob die Schultern. »Sie haben höflich zugehört, es notiert, und dann wurde über das Thema nie wieder gesprochen.«

»Sie hielten uns für verrückt«, ergänzte Lene. »Das war schon ganz eindeutig.«

»Außerdem machte es die Sache nicht leichter, dass die beiden Todesfälle in verschiedenen Polizeibezirken passiert waren. Vielleicht fanden sie das alles zu beschwerlich«, meinte Thomas.

»Daran glaube ich keine Sekunde«, entgegnete Dan. »Hätte irgendein Detail bei der Ermittlungsleitung eine Glocke klingeln lassen, wären sie der Sache nachgegangen – auch wenn es ein paar Telefonate gekostet hätte. Da bin ich mir ziemlich sicher.«

»Vielleicht, aber ...« Noch ein Blick wurde gewechselt.

»Aber was?«

»Na ja, wir sind jedenfalls absolut überzeugt, dass es einen Zusammenhang gibt. Wir wissen nicht, wie und warum, es ist einfach so. Und du sollst ihn für uns finden.«

Dan ließ sich in seinen Stuhl zurückfallen. Sein Blick glitt über den sorgfältig manikürten Rasen, die getigerte Katze im Stuhl, die gerahmte Fotografie auf dem Gartentisch, die vergrämten Gesichter ihm gegenüber. »Du hast gesagt, bis zum 4. Juli?«

Thomas nickte. »Malthe hat am 7. Juni Geburtstag, deshalb.«

»Am 4. Juli ist er sechzehn Jahre und siebenundzwanzig Tage alt. Natürlich.« Dan kratzte sich geistesabwesend am Kopf. »Ich verstehe nur nicht … Wenn ihr solche Angst davor habt, jemand könnte ausgerechnet an diesem Tag euren Sohn ermorden, dann solltet ihr ihn von professionellen Personenschützern bewachen lassen. Das ist doch nicht so schwer. Es geht schließlich nur um einen Tag.«

»Dan, denk doch mal nach. Was ist am 4. Juli?«

»Der amerikanische Unabhängigkeitstag.«

»Ja, und?«

»Keine Ahnung.« Dan wurde langsam ärgerlich. Wie es aussah, wollten die trauernden Eltern ihn in einen Kokon aus Paranoia und Aberglauben einspinnen. Er war nicht in der Stimmung, zusätzlich auch noch Rätsel zu lösen. »Sag schon.«

»Zu diesem Zeitpunkt findet das Roskilde-Festival statt.«

»Na und?«

»Verflucht, Dan! Glaubst du, man kann einen Sechzehnjährigen davon abhalten, nach Roskilde zu fahren, wenn er sich das in den Kopf gesetzt hat?«

»Ich denke schon, ja.«

»Du begreifst es einfach nicht.« Thomas goss die letzten Tropfen aus der Weinflasche in sein Glas und trank es in einem Zug aus.

Dann schob er das Glas beiseite und stützte sich mit den Ellenbogen auf den Gartentisch. »Malthe ist im Schatten seiner beiden toten Geschwister aufgewachsen, Dan. Das war bestimmt keine ideale Kindheit, er hatte große psychische Probleme.«

»Du hast doch gesagt, er wäre gut damit zurechtgekommen?«

»Ja, das betraf die Zeit direkt nach Rolfs Unfall. Als Gry zwei Jahre später starb, war Malthe inzwischen zwölf und kam allmählich in die Pubertät. In den knapp vier Jahren, die seither vergangen sind, war er mal in der einen, mal in der anderen Behandlung. Er hat im Laufe der Zeit verschiedene Antidepressiva bekommen, er hat einen festen Psychiater, und er war bei einem Psychologen zur Gesprächstherapie.« Thomas sah seine Frau an, die kaum sichtbar nickte. Dann wandte er seinen Blick wieder dem Gast zu. »Wenn eines unserer Kinder jemals selbstmordgefährdet war, dann ist er es, Dan.«

»Umso mehr Grund habt ihr, ihn an diesem Tag im Auge zu behalten.«

Lene ergriff das Wort: »Hör zu. Malthe erzählt uns sehr selten, dass er auf etwas Lust hat, Dan. Das ist ein Teil seiner Depression, sagen die Ärzte. Er geht zur Schule, er erledigt seinen Schülerjob hier in der Firma, er isst zusammen mit uns, und er geht ins Bett, wenn wir ihn darum bitten. Er nimmt keine Drogen, er trinkt kaum je einmal Alkohol, er hat nur sehr wenige Freunde. Wir müssten glücklich sein. Vor allem nach der furchtbaren Zeit mit Gry.«

»Teenager sind verschieden.«

»Ja, glücklicherweise. Trotzdem ist es nicht normal, dass jemandem alles egal ist, dass jemand derart phlegmatisch ist.«

»Nein. Meine beiden Kinder sind jedenfalls nicht sonderlich phlegmatisch.«

»Siehst du? In diesem Alter besteht man aus Gefühlen. Guten wie schlechten – man durchläuft das ganze Spektrum. Manche Jugendliche sind hasserfüllt und verschließen sich, andere werden hyperaktiv, sind sexfixiert, wieder andere schwelgen in Liebesgedichten und Sentimentalität, die meisten machen all das abwechselnd durch. Das gehört dazu. Total gleichgültig zu sein, ist dagegen nicht in Ordnung. Nicht, wenn er es jahrein, jahraus ist. Verstehst du nicht, dass wir uns Sorgen um Malthe gemacht haben?«

»Gemacht haben?«

»Ja, haben.« Lene leerte ebenfalls ihr Glas. »Denn in den letzten Monaten hat sich etwas verändert, Dan. Als ob er plötzlich neuen Lebensmut geschöpft hätte. Er hat angefangen, abends mit Freunden auszugehen.«

»Geht er in Christianssund zur Schule?«

»Ja, seit der siebten. Unsere Grundschule geht nur bis zur sechsten Klasse. Malthe war nie sonderlich glücklich mit der Schule in Christianssund, wir haben oft darüber gesprochen, ihn anderswo hingehen zu lassen, aber jetzt sieht es plötzlich danach aus, als würde er dort gut zurechtkommen.«

»Klingt so, als ob ein Mädchen im Spiel sein könnte.«

»Ein Mädchen?« Lene schaute ihren Mann an. »Nicht, dass wir wüssten.«

»Entschuldige, erzähl weiter.«

»Na ja, er ist in letzter Zeit einfach fröhlicher. Nicht aufgedreht oder manisch, nur einfach normaler, natürlicher.«

»Klingt doch wunderbar.«

»Ja, wir sind ja auch unglaublich froh darüber. Drücken wir die Daumen, dass es so bleibt. Nicht wahr, Thomas?«

Thomas hielt beide Hände hoch, damit sie sehen konnten, dass er Zeigefinger und Daumen gegeneinanderdrückte. Er hatte ein schiefes Lächeln aufgesetzt.

»Nun gut.« Dan sah Lene an. »Und was ist mit Roskilde?«

»Vor vierzehn Tagen saßen wir beim Abendessen, als Malthe plötzlich sagte, er würde sich als Examensgeschenk zum Abschluss der neunten Klasse am meisten eine Karte fürs Roskilde-Festival wünschen. Er und ein paar seiner Freunde planen, gemeinsam dorthin zu fahren.« Sie sah Dan ins Gesicht. »Kannst du dir vorstellen, wie herrlich es ist, wenn dein grundunglücklicher, apathischer, depressiver, Tabletten nehmender, zu behandelnder und hochgeliebter Sohn so etwas sagt? Zu hören, er würde sich etwas sehnlich wünschen? Seine Augen strahlen zu sehen, während er von all den Bands erzählt, die er sehen würde, und davon, dass sie bereits über die Einkäufe, den Primuskocher und das Zelt diskutiert hätten. Und woher sie sich Schlafsäcke und Isomatten besorgen.«

»Ja, das kann ich mir tatsächlich gut vorstellen.« Dan nickte.

»Was hätten wir anderes tun sollen, als Ja zu sagen.« Thomas zuckte die Achseln. »Auf der Stelle. Wir bestellten im Internet, bezahlten und druckten das Ticket direkt aus. Den Rest des Abends war Malthe ein vollkommen anderer Mensch. Er redete und lachte. Wir haben es einfach nur genossen.«

Dan nickte, ohne etwas zu erwidern.

»Erst ein paar Tage später haben wir auf das Datum geguckt.«

»Wir hatten es verdrängt«, sagte Lene. »Irgendwie.«

»Was habt ihr getan?«

»Wir wussten natürlich sofort, dass es vollkommen unmöglich sein würde«, antwortete Thomas. »Schon für unseren Seelenfrieden müsste Malthe den ganzen Tag über Personenschutz bekommen, wie du gesagt hast. Aber wie soll das auf dem Roskilde-Festival gehen? Siebzigtausend besoffene und bekiffte Leute in

Feierlaune, die entweder im Matsch oder in einer Staubwolke baden und vierundzwanzig Stunden am Tag mit Musik zugedröhnt werden. Sicherheitstechnisch ist das der unübersichtlichste Ort der Welt, wenn du mich fragst.«

»Und ihr habt es nicht übers Herz gebracht, ihn zu bitten, zu Hause zu bleiben?«

»Wie könnten wir? Unser Einverständnis zurückziehen, das Ticket zerreißen? Bist du dir klar darüber, wie unglücklich wir ihn damit machen würden?«

»Habt ihr ihm die Situation erklärt?«

»Wir haben eine Woche darüber diskutiert. Ziemlich anstrengend ...« Thomas warf seiner Frau einen Blick zu und verzog das Gesicht. »Schließlich hatten wir ein vertrauliches Gespräch mit seinem Therapeuten. Und inzwischen sind wir so weit, dass wir uns das einfach nicht trauen. Wir können kaum abschätzen, welche Konsequenzen es für ihn hat, wenn wir ihn jetzt wieder so sehr mit dem Tod seiner Geschwister konfrontieren – jetzt, wo es ihm endlich besser geht. Und schon gar nicht, nachdem er selbst so sehr von der Sache betroffen ist.«

Lene schaute auf ihre Armbanduhr und stand auf. »Ich muss den Kuchen aus dem Ofen nehmen. Seht zu, dass ihr das Thema beendet habt, bevor Malthe und Eigil kommen.« Sie ging in die Küche, ohne auf eine Antwort zu warten.

Dan sah Thomas an, der zu Pfeife und Tabakbeutel gegriffen hatte. »Ihr wollt also, dass ich als Einzelkämpfer eine Verbindung zwischen den beiden Todesfällen finde, den Mörder aufspüre und verhindere, dass der Betreffende auch euren jüngsten Sohn umbringt?«

»Ja.« Thomas hob nicht den Kopf, sondern konzentrierte sich auf das Stopfen seiner Pfeife.

»Und der Junge darf nicht mitbekommen, was hier abläuft?«

»Unter gar keinen Umständen.«

»Aber ich darf mit ihm reden, oder?«

Thomas sah ihn an. »Wozu soll das gut sein?«

»Wenn es eine Verbindung zwischen den beiden Todesfällen gibt, könnte es nützlich sein herauszufinden, ob diese Verbindung auch Malthe miteinschließt, oder? Nur, um die Ermittlungen abzurunden.«

»Tja …«

»Thomas, ich muss mit ihm reden. Nicht sofort, später ganz bestimmt. Vorläufig kann ich ihn mir ja mal ansehen, er kommt ja gleich nach Hause. Weshalb bin ich eigentlich hier?«

»Das weißt du doch.«

»Nein, ich mein, was sagen wir Malthe?«

»Du bist hier, weil du … Ja, ich weiß auch nicht, Dan.« Thomas steckte den Tabakbeutel in seine Gesäßtasche und ließ sich viel Zeit mit dem Anstecken der Pfeife. »Hast du keine Idee?«, fragte er zwischen zwei Rauchwolken.

Dan biss sich auf die Lippe, während sein Gehirn eine Geschichte nach der anderen durchging. Dann hob er den Kopf. »Ich weiß es. Ich bin hier, weil die Partei mich als eine Art persönlichen Presseberater für dich angeheuert hat. Wegen der Wahl zum Vorsitzenden und so.«

»Aber ich habe bereits einen …«

»Der Berater, den du hast, ist dein Sparringspartner in politischen Fragen, nicht wahr? Einer, der sich im Umgang mit der Presse auskennt. Und den du dir mit dem Rest der Parteiführung teilst?«

»Äh, ja.«

»Wir sagen Malthe einfach, es sei mein Job, dich vor der Wahl des Vorsitzenden im Herbst in privaten Fragen zu beraten, für die sich die Presse interessieren könnte. Damit habe ich einen guten Grund, hier zu sein.«

6 03. 05. 09, 12:43 Uhr:
Der Glatzkopf geht um 10:22. Kehrt mit einer Brötchentüte um 10:51 zurück. 12:32 guckt die Göttin aus dem Fenster. Sie kämmt ihr Haar. Shampoo: Respons Daily Care. Eingekauft am 29. 3. 09 bei Superbest. Kein Augenkontakt, Code unklar.
Alarmniveau 5–8.

Die Göttin und der Glatzkopf kamen aus dem Hauseingang und blieben stehen, als sie ihn entdeckten. Die Göttin trug ein blau-weiß gestreiftes Kleid, ihre braun gebrannten Beine waren nackt. Sie hatte ihr Haar im Nacken mit einer großen weißen Plastikspange festgesteckt und hielt eine Handtasche und eine Decke mit Paisleymuster in den Händen. Der Glatzkopf trug nur eine pinkfarbene Kühltasche, die nicht sonderlich schwer zu sein schien.

»Guten Tag.« Mogens verbeugte sich vor ihnen.

»Ach, da haben wir ja mein kleines Maskottchen. Guten Tag, Mogens«, sagte die Göttin. »Möchtest du ein Foto machen?«

»Ja, danke.« Mogens holte die Digitalkamera aus seinem Rucksack und wartete, bis die Göttin den richtigen Gesichtsausdruck hatte. Dann drückte er auf den Auslöser. Der Glatzkopf gähnte, als er fotografiert wurde, aber egal. »Danke.« Wieder verbeugte er sich.

»Möchtest du, dass Dan ein Foto von uns beiden macht, Mogens?«

»Nein, danke. Vielen Dank.« Mogens bekam Bauchschmerzen

bei dem Gedanken. Die Göttin hatte den Glatzkopf vor einigen Wochen dazu gedrängt, solch ein Foto zu schießen – und das hatte Mogens' System total durcheinandergebracht. Denn der Glatzkopf hatte die Kamera falsch gehalten, es wurde ein hochformatiges Bild. Die vielen Tausend anderen Fotos in Mogens' Sammlung waren im Querformat, und es störte ihn ungemein, dass ein einzelnes Foto dieses Muster durchbrach. Er hätte es am liebsten weggeworfen, andererseits war es ein Bild von ihm mit der Göttin! Er könnte es natürlich auch mit dem Fotoprogramm des Computers beschneiden, aber er hatte nun einmal seine Prinzipien. Nach langer Überlegung kaufte er sich ein neues Fotoalbum, das nur dieses eine Bild enthielt. Auf diese Weise bildete es ein System für sich, und er musste sich nicht jedes Mal, wenn er in seinen normalen Alben blätterte, die gute Laune verderben lassen. Es war ein Kompromiss, mit dem er leben konnte. Allerdings sollte der Glatzkopf auf keinen Fall noch einmal seine Kamera benutzen! »Wo wollt ihr denn hin?«, erkundigte er sich.

»In den Wald.« Die Göttin nahm die Decke in die andere Hand. »Es ist schließlich Sonntag, und die Sonne scheint.« Sie zog eine Tüte mit zuckerfreien Menthol-Bonbons aus ihrer Tasche. »Möchtest du eins?«

»Danke.« Er nahm sich ein Bonbon, das hübsch in hellblaues Papier eingepackt war. »Und wo geht ihr in den Wald?« Er steckte das Bonbon in die Jackentasche.

»Wir finden bestimmt eine schöne Stelle irgendwo vor der Stadt.«

»Soll ich dir das abnehmen?«

»Danke, es geht schon. Weißt du, was, Mogens, es könnte sein, dass du …« Die Göttin blickte zu ihrem Begleiter auf. Der Glatzkopf war ihm plötzlich viel zu nahe gekommen. »Du wirst uns heute nicht nachfahren, Mogens. Wir möchten ein bisschen unsere Ruhe haben, okay?«

Mogens drehte sich auf der Stelle um und lief zu seinem Auto. Dieser verdammte Glatzkopf. Dieser verdammte Satan, Satan, Satan. Er steckte den Zündschlüssel ins Schloss, schnallte sich an und wollte schon in die Straße einbiegen, als er bemerkte, dass der Wagen vor ihm ein gutes Nummernschild hatte: SI 51515. Das war tatsächlich ungewöhnlich gut. Wie geschaffen für seine Sammlung. Einen Moment war er innerlich zerrissen, doch dann betätigte er den Blinker und fädelte sich in den Verkehr ein. Er hatte jetzt keine Zeit. Mit etwas Glück parkte der Wagen noch hier, wenn er in ein paar Stunden zurückkam.

Mogens fuhr ein bisschen zu schnell um den Block. Am Ørstedspark entlang, um die Ecke auf die Gyldenløvesgade, nach rechts in die Nørre Farimagsgade und dann auf die Westseite des Parks, bis er an der seiner Erfahrung nach taktisch klügsten Stelle hielt, um ein Auto im Auge behalten zu können, das aus der Tiefgarage unter dem Israels Plads kommen würde. Zum Beispiel ein Cabriolet mit einem kahlköpfigen Mann am Steuer und der Göttin auf dem Beifahrersitz. Er musste nicht lange warten.

Der silbergraue Audi rollte langsam auf die Gyldenløvesgade zu. Mogens sah, wie das Heck links in Richtung Rådhuspladsen verschwand – dann schaltete die Ampel auf Rot, und er musste halten. Scheiße, Scheiße, Scheiße. Seine Hände umklammerten das Lenkrad so fest, dass es in den Gelenken schmerzte. Bis zur Brücke erwischte er daraufhin für den ganzen H.C. Andersen Boulevard eine grüne Welle. An der Kreuzung direkt hinter dem Serum Institut bremste der Wagen des Glatzkopfs und blinkte. Kurz darauf fuhr der Audi auf den Amager Fælledvej, unmittelbar gefolgt von Mogens.

In Kongelunden hielt der Audi auf einem Parkplatz. Mogens hatte das Gefühl, ausgesprochen gerissen zu sein, als er noch fünfzig Meter weiter fuhr und erst dann parkte. Hier würde der Glatzkopf den Wagen nie entdecken. Er steckte sein Notizbuch und die Kamera in die Taschen seiner Windjacke und ließ den Rucksack im Auto, durch dessen leuchtendes Gelb er allzu leicht entdeckt werden konnte. Mogens war sich durchaus bewusst, dass es keine gute Idee wäre, ausgerechnet heute bemerkt zu werden, wo der Glatzkopf diese Laune hatte.

Als er sich dem Parkplatz näherte, sah er die pinkfarbene Kühltasche im Wald verschwinden. Mogens folgte in sicherem Abstand.

Nach ein paar Hundert Metern bogen sie auf einen schmalen Pfad. Mogens stellte sich leise hinter einen hohen Holzstapel und beobachtete, wie die Göttin an einer Lichtung stehen blieb und sich einmal um sich selbst drehte, bevor sie die Decke ausbreitete. Der Glatzkopf stellte die Tasche ab. Er streckte sich. Sagte etwas. Die Göttin legte den Kopf in den Nacken und lachte.

Der Glatzkopf legte seine Arme um die Göttin und küsste sie. Lange. Mogens schoss ein Foto von ihnen. Er wusste nicht recht, was er sonst hätte tun sollen. Die ganze Küsserei ließ ihn unsicher werden. Nach einiger Zeit lachte die Göttin und riss sich los. Sie fing an, das Essen auszupacken. Mogens konnte nicht sehen, was sie mitgebracht hatten, aber es waren verschiedene, mit Alufolie abgedeckte Schalen. Wein. Und Mineralwasser in einer grünen Flasche. Sie fingen an zu essen. Mogens machte mehrere Fotos.

Sein Magen knurrte. Er bereute, nichts aus seinem Rucksack mitgenommen zu haben, aber in seinen Taschen hatte er einfach keinen Platz mehr gehabt. Er fand das Bonbon, das die Göttin ihm geschenkt hatte. Eigentlich hatte er sich gedacht, es als Souvenir zu behalten, doch nun opferte er es. Das hätte ich nicht machen sollen, dachte er, als ihm ein paar Sekunden später vom Mentholgeschmack Tränen in die Augen traten und er das intensiv schmeckende Bonbon ausspucken musste.

Mogens spürte den heftigen Drang, zu husten, und wagte es nicht. Wenn sie ihn nun hörten! Vorsichtig räusperte er sich. Um auf andere Gedanken zu kommen, zog er sein Notizbuch aus der Tasche und begann langsam und sorgfältig, an dem vormittäglichen Bericht weiterzuschreiben.

Jeden Buchstaben führte er peinlich genau aus, sie mussten exakt auf der Linie stehen und genau die gleiche Höhe haben. Hin und wieder passierte es ihm, dass er sich verschrieb, zum Beispiel wenn ihn im Bus jemand schubste oder der Bus plötzlich durch ein Schlagloch fuhr. Dann musste er sich mit aller Kraft zusammenreißen, um vor Frustration nicht laut zu schreien.

Die Göttin trägt das Kleid mit den blauen und weißen Streifen. Und die weißen Ballerina-Schuhe.
Alarmniveau 3–8.

Mogens schaute eine Weile auf seinen Text. 8 ist als zweiter Wert vielleicht ein bisschen hoch angesetzt, dachte er. Das Potenzial lag hier streng genommen niedriger als an der Nørre Voldgade. Der erste Wert änderte sich von Stunde zu Stunde. Aber es war ja von vornherein klar, dass es sich bloß um eine Schätzung handelte. Er notierte eine Ergänzung:

Code des Alarmniveaus um 15:30 Uhr neu bewertet.

Dann blickte er von seiner konzentrierten Arbeit auf, um sich zu vergewissern, nichts bei der Beschreibung der Kleidung der Göttin vergessen zu haben. Er stellte fest, dass die beiden auf der Decke ihre Mahlzeit offenbar beendet hatten. Tatsächlich hatten sie sich zwischen Plastikschälchen, Flaschen und die Küchenrolle gelegt. Sie küssten sich, und die Augen der Göttin waren geschlossen. Mogens schoss ein paar Fotos und ließ den Sucher die beiden eng ineinander verschlungenen Körper entlanglaufen. Er stoppte bei der Hand des Glatzkopfes, die sich ein langes, braun gebranntes Bein hocharbeitete. Als sie das Knie erreicht hatte, bog sich das Bein und fiel zur Seite, während die Hand langsam den gestreiften Stoff beiseiteschob und sich auf der Innenseite des Schenkels weiterbewegte.

Die Göttin bog sich gegen den Körper des Mannes, öffnete sich seiner Hand. Ihr Rücken war in einem Bogen über der Decke gespannt, sie begann, merkwürdige Geräusche auszustoßen. Als hätte sie Schmerzen. Oder … Vielleicht war es auch das Gegenteil. Mogens war verwirrt. Er mochte diesen Klang ihrer Stimme nicht, und er hatte Angst vor dem, was er sah. Auf der anderen Seite wagte er es nicht davonzulaufen, denn was wäre, wenn das, was der Glatzkopf mit ihr machte, wirklich wehtat … wenn sie plötzlich Hilfe brauchte?

Plötzlich hörte der Glatzkopf auf, sie zu küssen. Er hockte sich auf die Knie und entfernte mit ein paar ausladenden, fegenden Bewegungen Essen, Besteck und Gläser von der Decke. Er lachte. Die Göttin blieb liegen. Auch sie lachte, doch ihr Lachen war jetzt anders. Tiefer, heiserer, beinahe ein wenig schläfrig, obwohl sie überhaupt nicht aussah, als ob sie schlafen wollte. Sie griff nach dem Glatzkopf und zog ihn an sich. Jetzt küsste er ihren Hals, ihre Brust. Die Göttin legte den Kopf in den Nacken. Und kurz darauf ertönten wieder diese Geräusche. Mogens hielt sich die Ohren zu. Der Glatzkopf zog den Reißverschluss seiner Hose herunter und … Nein! Mogens kniff die Augen zusammen. Es war schlimm. So schlimm, dass er nicht eingreifen und sie retten konnte. So schlimm, dass er nicht davonlaufen konnte. Er konnte nicht einmal weitere Fotos von den Vorgängen auf der Decke mit dem Paisleymuster knipsen. Das merkwürdige Jammern der Göttin wurde immer lauter. Mogens durfte unter keinen Umständen seinem Drang nachgeben, laut zu schreien, das wusste er. Stattdessen liefen ihm Tränen über die Wangen. Er kniff die Augen fest zusammen, um den breiten, muskulösen Rücken nicht länger ansehen zu müssen, der sich über den zart gebauten Körper der Göttin wölbte. Und die weißen Hinterbacken, die sich jetzt vor und zurück bewegten, zwischen zwei langen, sonnengebräunten Beinen, vor und zurück. Mogens bohrte die Finger immer tiefer in die Ohren, je lauter das Jammern wurde. Von ihm war kein Ton zu hören. Es war wichtiger denn je, nicht entdeckt zu werden.

Erst nach langer Zeit, als die Geräusche verstummt waren und die weißen Hinterbacken unbewegt zwischen den braun gebrannten Beinen lagen, nahm Mogens die Hände von den Ohren, drehte sich um und lief zu seinem Auto. Er hasste den Glatzkopf mehr als je zuvor. Diesen verdammten Satan, Satan, Satan.

*

»Ich weiß, dass ich paranoid bin«, sagte Kirstine. »Aber ich hatte die ganze Zeit so ein eigenartiges Gefühl, als würden wir beobachtet.«

»Ich hatte nicht unbedingt den Eindruck, dass du dich geschämt hast«, murmelte Dan, die Lippen an ihrer Wange. Er hob den Kopf, um ihr ganzes Gesicht zu sehen. »Aber vielleicht bist du ja eine kleine Exhibitionistin, wenn es darauf ankommt?«

Sie lachte. »Nenn mir einen Schauspieler, der keine Neigungen in diese Richtung hat.« Sie schob ihn von sich. »Würdest du bitte absteigen, Dannyboy. Du bist zu schwer, um auf mir drauf zu liegen.«

Dan drehte sich mit einer trägen Bewegung um und legte sich neben sie. Auf dem Rücken liegend schloss er den Reißverschluss seiner Hose. Dann setzte er sich auf, suchte in dem hohen Gras nach einem Glas, füllte es mit Mineralwasser und leerte es in einem Zug, bevor er sich wieder auf die Decke fallen ließ. Kirstine, die sich auch wieder angezogen hatte, legte ihren Kopf an seinen Arm. »Ich meine es ernst«, sagte sie. »Ich hatte das Gefühl, als würde Mogens hier irgendwo stehen und alles mit ansehen.«

»Er war nicht hier«, erwiderte Dan. »Ich bin mir sicher, ich hätte ihn bemerkt, wenn er uns gefolgt wäre.«

»Na ja.«

»Kirstine.« Dan strich ihr eine feuchte braune Locke von der Wange. »Vergiss Mogens. Ich war hier, und ich habe es genossen.« Er küsste sie auf die Stirn. »In vollen Zügen.«

»Ich auch.«

Kirstine steckte sich eine Zigarette an, und beide folgten dem Rauch, wie er in der windstillen Luft beinahe senkrecht aufstieg. Sie blieben noch einen Moment liegen und starrten in die Baumkronen. Die Buchen hatten gerade ausgeschlagen – über vierzehn Tage früher als gewöhnlich –, und das Licht flimmerte in einem wundersamen Hellgrün. »Findest du ihn nicht ziemlich unheimlich?«

»Wen, Mogens? Nein, er tut niemandem etwas zuleide.«

»Du willst also noch immer nicht die Polizei rufen?«

»Dafür gibt es wirklich keinen Grund. Es funktioniert doch, wenn man ihn bittet, sich fernzuhalten, oder?«

»Tja. Aber einen Tag später steht er wieder mit seiner Kamera und seinem kleinen Rucksack da.« Dan zog die Augenbrauen zusammen. »Ich finde ihn jedenfalls ziemlich unheimlich, muss ich sagen.«

»Ich finde ihn süß.« Kirstine zog fest an ihrer Zigarette und stieß den Rauch in einem dünnen Strahl aus. »Jedenfalls ist er ein treuer Fan, das musst du zugeben.«

»Ein treuer Fan ... Wurde John Lennon nicht von so einem ermordet?«

»Och, Dan! Mogens ist der sanfteste Mensch, den du dir vorstellen kannst. Es tut mir richtig weh, wenn du ihm wie heute den Spaß verdirbst.« Sie führte die Zigarette an die Lippen.

»Was hätte ich denn machen sollen? Ich musste mich doch so ausdrücken, dass er es versteht, oder?«

»Er hat mir schon ein bisschen leidgetan.«

Dan schüttelte den Kopf und schwieg eine Weile, dann sagte er: »Wie lange ist er eigentlich schon hinter dir her?«

»Ach, sicher schon seit ein paar Jahren. Ich habe mich so an ihn gewöhnt, dass ich ihn kaum noch bemerke.«

»Es muss schlimm für ihn gewesen sein, als wir auf der Insel waren.« Dan, Kirstine und einige andere Prominente oder Semi-Prominente hatten sich vor acht Monaten zu Aufnahmen für eine Reality-Show auf einer Insel aufgehalten. Dort hatten sich Kirstine und Dan kennengelernt und sich so stürmisch verliebt, dass Dans Ehe mit Marianne daran zerbrach. Die Insel war völlig isoliert gewesen, es gab keine Möglichkeit für Kirstines kleinen knochentrockenen Schatten, sie während dieses Aufenthalts zu beobachten. »Für Mogens war es sicher ein Segen, dass die Show nach einer Woche abgebrochen wurde«, meinte Dan.

Kirstine streifte die Asche im Gras ab und lachte. »Ja, bestimmt.

Wenn wir die vorgesehene Zeit dort geblieben wären, hätte er es vermutlich nicht überlebt. Er hat fast geheult, als er mich wiedersah.«

»Was fehlt ihm eigentlich?«

»Ich vermute, er ist Autist, jedenfalls hat sein Verhalten autistische Züge. Ganz verrückt wird er wohl nicht sein, immerhin fährt er Auto.«

»Und wo wohnt er? In einem Heim?«

Kirstine zuckte die Achseln und schickte eine letzte Rauchwolke in das flimmernde Hellgrün, bevor sie die Zigarette ausdrückte. »Keine Ahnung. Ich weiß überhaupt nichts über ihn, außer seinem Vornamen und seiner Vorliebe für Fernsehserien.« Sie setzte sich auf und holte die Tüte mit den Menthol-Bonbons heraus. »Willst du eins?«

»Danke.« Dan zerbiss das Bonbon geräuschvoll, als er aufstand. »Was machst du?«

»Zusammenpacken. Wir müssen allmählich nach Hause.«

»Jetzt?«

»Ich habe doch gesagt, ich muss bis morgen mit einer Sache fertig werden.«

»Das heißt, du fährst ganz nach Hause? Bis in das Scheiß-Christianssund?«

»Ich muss, Kis.« Dan hockte sich neben sie auf die Knie. »Es tut mir leid, aber …«

Sie schüttelte den Kopf, ohne aufzublicken. »Ich hatte gehofft, wir könnten den Tag heute zusammen verbringen. Es ist mein letzter freier Abend vor der ersten Vorpremiere, und du weißt, wie das ist, wenn es richtig losgeht.« Kirstine hatte endlich – nach langem Däumchendrehen – eine Rolle bekommen, die ihr wirklich gefiel. Nichts Großes, doch immerhin eine Rolle, die meilenweit von dem süßlich-netten Charakter Anita in *Weiße Veilchen* entfernt war. Allein deswegen liebte Kirstine die Rolle schon jetzt.

Dan nahm ihre Hand. »Ich komme zur Premiere am Freitag.«

»Ja, ja.« Sie stand auf. »Sicher.«

Kirstine ging auf dem schmalen Weg zum Auto vor und bemerkte deshalb nicht, dass Dan plötzlich vor einem großen Holzstapel stehen blieb und etwas vom Boden aufhob. Sie bemerkte auch nicht, wie er ein quadratisches, hellblaues Stück Papier glatt strich und mit gerunzelten Augenbrauen betrachtete, bevor er es langsam zusammenknüllte und in die Hosentasche steckte. Der Teufel sollte diesen kleinen Schleicher holen.

7

Natürlich waren Flemming und Ursula ausgerechnet jetzt auf ihrer Kreuzfahrt in der Karibik, und natürlich hatte der Mann sich entschieden, weder seine Mails zu checken noch auf Facebook zu gehen oder sein Handy mitzunehmen. Hoffnungslos. Dan benötigte dringend seinen Kontakt zur Polizei, wenn er an Informationen über die Ermittlungen in den Todesfällen der beiden älteren Harskov-Kinder kommen wollte. Doch es half nichts, er würde ohne Polizeikommissar Flemming Torp zurechtkommen müssen, jedenfalls noch ein paar Wochen.

Dan durfte sich nicht beschweren. Er hatte seinen alten Freund aus vollem Herzen bei der Entscheidung unterstützt, eine Weile zu verreisen. Flemming brauchte ganz offensichtlich eine Auszeit. Und er musste komplett loslassen, wenn sie ihm etwas bringen sollte. Die Verantwortung für die Ermittlungsgruppe der Polizei von Christianssund überließ er vorerst anderen. Flemming hatte einen großen Teil des Winters im Bett verbracht, eine Zeit lang sogar im Krankenhaus gelegen. Mehrfach musste er sich wegen irgendwelcher Infektionen krankmelden. Er wirkte müde und blass, obwohl es allen Grund für ihn gab, das Leben gerade jetzt zu genießen. Seine Freundin Ursula hatte endlich beschlossen, zum Ende des Schuljahres bei ihm einzuziehen. Ihre Stelle im Internat hatte sie gekündigt und sich an der Technischen Hochschule in der Oststadt beworben. Gleich nach den Sommerferien würde sie dort anfangen können. Nach und nach brachte sie ihre Bücher, Möbel und Bilder in Flemmings gelbes Backsteinhaus. Genau davon hatte er geträumt, er hätte überglücklich sein müssen. Dennoch wirkte er die meiste Zeit ausgebrannt und resigniert. Flemmings Hausärztin war Dans Exfrau Marianne Sommerdahl. Sie kannte ihn den größten Teil seines Lebens und wusste, dass er normalerweise über eine ausgezeichnete Gesundheit verfügte. Sie schickte ihn von einer Untersuchung zur nächsten – ohne Ergebnis. Zumindest hatte Dan so viel erraten. Denn sowohl Marianne wie auch Flemming weigerten sich, den Krankheitsverlauf mit anderen zu diskutieren, Dan wusste im Grunde nicht sonderlich viel.

Als Ursula einen langen Urlaub an einem warmen Ort vorschlug, unterstützte Marianne diese Idee sofort. Ursula konnte im Internat drei Wochen Ferien herausschlagen, während Flemming zu seiner Überraschung ein Genesungsurlaub geradezu nachgeworfen wurde. Sein Vorgesetzter war ebenso besorgt wie alle anderen im Umfeld des kränkelnden Polizeikommissars.

Nun waren sie aufgebrochen. Und Dan fehlten eine Menge Informationen über die beiden zu den Akten gelegten Unfälle.

Nun gut. Grübeln hatte keinen Sinn. Bis Flemming wiederauftauchte, musste er sich sein Hintergrundwissen anderweitig beschaffen. Montagmorgen, eine Woche nach dem ersten Treffen auf Lindegården, erinnerte Dan den Zeitungsjournalisten Anders

Weiss daran, dass er ihm einmal mit einigen Insider-Informationen geholfen hatte, im Gegenzug ließ er ihn nun bei Infomedia, dem wichtigsten Informationsarchiv der dänischen Presse, sämtliche Artikel heraussuchen, die sich mit den Todesfällen der beiden Harskov-Kinder befassten. Anders versprach, ihm noch am Abend alles zu mailen, was er fand.

Dan blieb mit dem Handy in der Hand sitzen, lehnte sich in seinem Schreibtischsessel zurück und stieß sich sanft ab. Der Stuhl drehte sich langsam, und er konnte sein neues kleines Reich übersehen. Das Zimmer, in dem er saß, war eher Büro als Wohnzimmer, obwohl ein cognacfarbenes Wildledersofa und ein großer Flachbildschirm darauf hinwiesen, dass man sich hier auch entspannen konnte. Vom Erkerfenster aus genoss er die absolut fantastische Aussicht über den Fjord. Dan wurde nie müde, übers Wasser zu blicken, das fast stündlich die Farbe zu wechseln schien. Bei klarem Wetter sah man hinüber bis Nyholm, wo er und Kirstine sich im letzten Jahr kennengelernt hatten. Dort hatte er sich auch seinen Sonderstatus bei der Polizei von Christianssund verdient – samt dem netten Messingschild, das der Hauptkommissar ihm aus Spaß geschenkt hatte: »DER KAHLKÖPFIGE DETEKTIV. Tag und Nacht zu erreichen«. Das Schild hing nun an Dans Wohnungstür und zauberte ihm jedes Mal ein Lächeln ins Gesicht, wenn er die Tür aufschloss.

Abgesehen von persönlichen Gegenständen wie Kleidung, Waschzeug und Arbeitspapieren sowie einigen Büchern und CDs hatte Dan bei seinem Umzug nichts mitgenommen. Warum auch? Sollten Marianne und Laura mit nackten Flecken an der Wand leben oder plötzlich ohne ein Küchengerät auskommen müssen, das fünfzehn Jahre an derselben Stelle gestanden hatte? Nein, das wäre einfach Quatsch gewesen, darin stimmten Dan und Marianne vollkommen überein. Stattdessen kaufte Dan alles neu. Möbel, Wäsche, Haushaltsgeräte. Alles. Er sammelte die Quittungen und rechnete die Beträge zusammen – und Marianne bezahlte kommentarlos ihren Teil. In dieser Phase hätte sie, um die Wahrheit zu sagen, nahezu alles getan, um Dan möglichst nicht sehen zu müssen. Wenn sie ihren Hausrat Gabel für Gabel, DVD für DVD geteilt hätten, wäre es unvermeidbar gewesen, einige Stunden miteinander zu verbringen. Und das wollte sich Marianne in jedem Fall ersparen.

Ihr Verhalten während der Scheidung war so rational und kontrolliert, dass Dan sich regelrecht Sorgen machte. Lange rechnete er mit dem einen oder anderen unerwarteten Angriff aus dem Hinterhalt. Doch dazu kam es nicht. Mariannes Entscheidung war gefallen, jetzt wollte sie mit so wenigen Kollateralschäden wie möglich einfach nur in ihrem Leben weiterkommen.

Anfangs hatte Dan sie noch hin und wieder unter irgendeinem Vorwand angerufen, wenn ihn das Bedürfnis überkam, ihre Stimme zu hören. Sie hatte stets kurz angebunden geantwortet und das Gespräch beendet, sobald sich eine passende Gelegenheit ergab.

Er bemerkte, dass er noch immer sein Handy in der Hand hielt, riss sich endlich zusammen, fuhr den Stuhl zurück an den Schreibtisch und suchte im Internet nach Informationen über die Person, die Rolf und Gry nahestand, als sie starben: Christoffer Udsen, das war ein einigermaßen ungewöhnlicher Name. Es müsste doch möglich sein ... Ja! Das war er. Oder jedenfalls eine Person dieses Namens mit einer Adresse in Vordingborg, und eine Handynummer gab es auch.

Rasch tippte Dan die acht Ziffern ein, und sofort meldete sich eine Stimme: »Wurde aber auch Zeit, du Clown. Scheiße, was hast du getrieben?«

»Öh, spreche ich mit Christoffer Udsen?«

Ein etwas zögerndes »Ja?«.

»Mein Name ist Dan Sommerdahl. Ich rufe an, weil ich ...«

»Ej, entschuldigen Sie, Mann. Ich erwartete einen Anruf, wissen Sie. Hab nicht aufs Display geguckt.«

»Ja, ist schon klar.« Dan legte so viel Lächeln wie möglich in seine Stimme. »Tut mir leid, dass Sie noch ein bisschen auf den Clown warten müssen.«

»Ist nur einer meiner Kommilitonen. Er hatte versprochen ... Ach, nochmals Entschuldigung. Kann ich irgendwie helfen?«

»Ich würde gern mit Ihnen reden, wenn Sie etwas Zeit haben.«

»Jetzt?«

»Nein, eigentlich habe ich mir gedacht, Sie zu besuchen, wenn das in Ordnung ist. Es redet sich leichter, wenn man sich gegenübersitzt.«

»Worüber denn? Wenn Sie mir etwas verkaufen wollen, dann ...«

»Nein, nein«, beeilte sich Dan zu sagen. »Ich rufe an, weil ich ... Also, jetzt muss ich mich entschuldigen. Ein ungeschickter Anfang.«

»Okay. Noch mal von vorn.« Christoffer klang, als würde er sich amüsieren.

»Mein Name ist Dan Sommerdahl, ich bin Privatdetektiv.«

»Privatdetektiv? Ohne Scheiß?«

»Ganz ohne Scheiß.«

»Dan Sommerdahl? Ach, Sie sind der kahlköpfige Detektiv, oder? Ich habe von Ihnen gelesen.«

»Ja, das kann ich nicht abstreiten.« Dan räusperte sich. »Ich arbeite momentan für Thomas und Lene Harskov.«

»Ah ja, natürlich.« Das Lächeln verschwand aus Christoffers Stimme. »Hat ja lange genug gedauert.«

»Was meinen Sie?«

»Ich habe nur darauf gewartet, dass dieses rachsüchtige Weib versucht, mir die Schuld an Grys Tod in die Schuhe zu schieben.«

»Also darum geht es hier nicht ...«

»Sie können ihr sagen, ich sei clean. Hundert Prozent. Ich habe nichts damit zu tun.«

»Hören Sie, was soll ...«

»Ich habe absolut nichts mit dem giftigen Koks zu tun. Ich kann mir das von der Polizei schriftlich geben lassen, falls ...«

»Christoffer, hören Sie«, unterbrach ihn Dan jetzt ein bisschen lauter. Als Udsen nichts erwiderte, wiederholte er: »Hören Sie einfach zu, was ich Ihnen zu sagen habe, ja?«

Noch immer keine Reaktion. Dann: »Okay.«

»Niemand beschuldigt Sie wegen irgendetwas.« Das war zwar eine Lüge, aber eine der zulässigen, ging Dan durch den Kopf, als er fortfuhr: »Tatsächlich ist es eine sehr lange und verwickelte Geschichte. Und es geht dabei nicht nur um Grys Tod, sondern ebenso sehr um Rolfs.«

»Oh.«

»Sie sind der Einzige, von dem ich weiß, dass er beide gekannt hat, deshalb dachte ich mir, Sie könnten mir möglicherweise ...«

»Es gibt noch jede Menge andere.«

»Andere?«

»Viele andere, die beide gekannt haben. Der Altersunterschied betrug nur zwei Jahre, sie hatten eine Menge gemeinsamer Bekannter.«

»Vielleicht können Sie mir bei einer Liste helfen.«

»Einer Liste worüber?«

»Über die Menschen, die sie beide gekannt haben. Ich versuche, eine Verbindung zu finden.«

»Es gibt keine Verbindung. Er starb, sie starb. Es war einfach ein

Scheißunglück, dass sie Geschwister gewesen sind und es dieselbe Familie gleich zweimal getroffen hat.«

»Es gibt noch weitere Verbindungen.«

»Was?«

»Haben Sie Zeit, sich heute mit mir zu treffen? Ich kann in einer Stunde bei Ihnen sein.«

Pause. »Geht's auch in zwei Stunden? Ich muss bis halb zwölf eine Arbeit abliefern.«

»Perfekt.«

Dan beantwortete einige Mails, schmierte sich ein Käsebrot, goss Kaffee in eine Thermoskanne und schaltete die Spülmaschine ein, bevor er losfuhr. Er hatte viel Zeit, sodass er einen Umweg machte und vor der Schule von Christianssund hielt. Hier waren Rolf und Gry zur Schule gegangen, und ihr jüngerer Bruder kämpfte sich gerade durch die letzten Monate der neunten Klasse. Dan hatte selbst diese Schule besucht – und seine beiden Kinder ebenfalls.

Langsam aß er sein Käsebrot, nippte an dem brühend heißen Kaffee und ließ seinen Blick über das rote Gebäude schweifen. Ob noch irgendeiner seiner alten Lehrer unterrichtete? Als Laura und Rasmus hier zur Schule gingen, saßen Dans alter Englischlehrer und einer der Musiklehrer noch immer im Kollegium, allerdings sahen sie damals schon einigermaßen pensionsreif aus. Vermutlich hatten sie das Rentenalter inzwischen längst erreicht. Aber man wusste ja nie. Die einzige Privatschule von Christianssund hatte eine eigene, ganz besondere Kultur. Die Lehrer blieben gern so lange wie möglich.

Rasmus und Laura mussten Rolf und Gry gekannt haben. Dan stopfte den letzten Bissen Brot in den Mund und kaute nachdenklich, während er versuchte sich auszurechnen, ob sie möglicherweise sogar in eine Klasse gegangen sein konnten. Aber Rolf war zwei Jahre jünger als Rasmus und zwei Jahre älter als Laura. Es war also sehr unwahrscheinlich, dass Dans Kinder mit ihm in einer Klasse gewesen waren. Gry hingegen war nur wenige Monate älter als Laura. Tatsächlich gab es die Chance, dass die beiden Mädchen in einer Klassenstufe gewesen waren. Vielleicht hatte Laura sogar zu Hause von Grys Tod erzählt, allerdings konnte sich Dan nicht daran erinnern.

Er wollte gerade den Zündschlüssel umdrehen, als es im Schulgebäude klingelte. Dan sah auf seine Uhr. Zehn vor elf. Es musste die große Pause sein. Ob die Schüler der oberen Klassen noch immer die Erlaubnis hatten, das Schulgelände in den Pausen zu verlassen?

Er entschloss sich, einen Moment zu warten. Wenn er Glück hatte ... Ja, jetzt kam eine erste Gruppe Schüler herangeschlendert. Lauter Mädchen. Sie kicherten, während sie auf hohen Absätzen zur nächsten Ecke balancierten und sich Zigaretten ansteckten. Die nächste Gruppe bestand aus ein paar Jungs mit Migrationshintergrund und einem blonden Kerl in Fußballklamotten. Sie hielten direkt auf den Kiosk an der Straße zu. Dann kam ein Liebespaar, eng umschlungen. Sie küssten sich, sobald sie aus dem Schultor getreten waren, und sahen nicht aus, als würden sie sehr viel mehr als sich selbst wahrnehmen.

Immer mehr Schüler versammelten sich im hellen Licht der Frühlingssonne. Und schließlich tauchte auch Malthe Harskov auf, in Gesellschaft von ein paar anderen Jungen in seinem Alter. Alle blickten konzentriert auf die Displays ihrer Mobiltelefone. Dan wusste im ersten Augenblick nicht, was sie so beschäftigte. Sie schrieben keine SMS, das sah er an der Art, wie sie ihre Finger bewegten. Es sah eher danach aus, als würden sie irgendein Spiel spielen. Aber auf dem Handy?

Plötzlich richteten sich alle drei Jungen gleichzeitig auf und riefen irgendetwas. Dan verstand sie nicht, aber ganz offensichtlich amüsierten sie sich. Zwei schlugen dem dritten auf den Rücken, während sie lachten und noch etwas riefen. Mit einem Mal wusste Dan, was dort vor sich ging: Die Jungen spielten tatsächlich auf ihren Handys, nur spielten sie alle das gleiche Spiel – gegeneinander und höchstwahrscheinlich über das stabile drahtlose Netzwerk der Schule. Noch vor wenigen Jahren hätten einem die Leute gesagt, man solle nicht so viel Science-Fiction lesen, wenn man das vorhergesagt hätte. Aber jetzt war es Realität. Schon seltsam.

Dan betrachtete Malthe, der jetzt offensichtlich ein neues Spiel begonnen hatte. Er sah ganz normal und fröhlich aus. Dem wortkargen, mürrischen Teenager, dem Dan vor zwei Tagen auf der Terrasse seiner Eltern gegenübergesessen hatte, ähnelte er nicht sehr. Hatte er wirklich mit den Folgen einer Depression zu kämpfen, wie seine Eltern behaupteten? Dan beobachtete ihn einige Minuten; den kantigen Körper, die sorgfältig zerwühlte Frisur, das überdimensionierte T-Shirt. Dan wurde immer klarer, dass er irgendeinen Vorwand finden musste, um mit dem Jungen ohne seine Eltern reden zu können. Einiges deutete darauf hin, dass Thomas' und Lenes bloße Anwesenheit den Sohn gewaltig blockierten.

8

»Ich muss mit dir reden.« Mia steht im Mittelgang des Schulbusses. Sie hält sich am Sitz vor mir fest, als der Bus auf die Umgehungsstraße biegt.

Ich rutsche einen Sitz weiter, ohne zu antworten. Mia ist eine der Schnitten aus der Parallelklasse, ich kenne sie kaum. Aber sie ist Stines beste Freundin, es ist also besser, wenn ich freundlich zu ihr bin.

»Stine braucht ein bisschen Platz«, sagt sie.

»Ach, fährt Stine heute mit dem Bus? Hinten ist doch jede Menge Platz.« Ich grinse dämlich. »Sie hat allen Platz der Welt.«

»Idiot. Du weißt genau, was ich meine.« Mia holt ein Lipgloss heraus und fängt an, sich den orangefarbenen Kleister auf die Lippen zu schmieren. Davon werden sie auch nicht hübscher. »Du setzt sie zu sehr unter Druck, Malthe.«

Scheiße, Stine. Ich setze sie unter Druck? Schließlich hat sie gestern Abend gesagt, dass sie mich liebt. Mit diesen Worten. Wir haben uns Zungenküsse gegeben. Und sie hat ihn angefasst. Nicht besonders lange, und richtig gut war es auch nicht. Sie hat ihn mit einem Nagel gekratzt, aber trotzdem. Und heute schickt sie Mia, um … ja, was eigentlich? »Muss ich das als Drohung auffassen? Macht sie Schluss mit mir?«

»Du weißt sicher am besten, worum es hier geht, Malthe.« Mia steht auf.

»Sag Stine, wenn sie mir etwas sagen will, dann soll sie selbst kommen. Wir sind keine Babys mehr.«

Mias Blick ist voll höhnisch. »Jetzt beruhig dich mal wieder, ja.« Sie dreht sich um und geht zurück zu der Gruppe von Mädchen hinter dem Fahrer. Eine kichert. Scheiß auf sie. Scheiß auf Stine. Scheiße, Scheiße, Scheiße. Gut, dass ich Mads und Kasper nie etwas davon erzählt habe. Ihre unglaublich lustigen Kommentare würden kein Ende nehmen. Schwachköpfe.

Ich steige in Yderup aus und laufe die letzten hundert Meter nach Hause. Auf dem Hof sehe ich Vaters Wagen. Ein Berlingo. Der Mann hat einfach keinen Stil. Damit könnte er doch gleich einem feministischen Frauenkollektiv beitreten. Ich bleibe am Tor stehen, bevor er mich entdeckt.

Normalerweise bin ich den ganzen Nachmittag allein zu Haus.

Mutter schließt ihren Laden erst um halb sechs, danach muss sie aufräumen, Abrechnungen machen oder sonst was erledigen. Sie ist abends selten vor halb sieben hier. Und Vater ist normalerweise ebenso lange fort. Es gehört zu den ganz großen Ausnahmen, wenn er tagsüber zu Hause ist, und immer erwartet er dann Beifall und Hurrageschrei. Wäre ich acht, zehn oder zwölf Jahre alt, hätte ich mich beim Anblick seines Wagens total gefreut. Jetzt geht das einfach nicht mehr.

Ich schmeiße den Rucksack in den Schuppen mit dem Brennholz und will wieder gehen, als ich unseren schwachsinnigen Nachbarn entdecke, der in seiner Einfahrt den Kies harkt. Der Tierquäler Helge. Ich würde ihm gern die Zunge herausstrecken, aber Mutter sagt, ich soll es lassen, weil es sonst nur noch schlimmer wird. Ich schaue auf den Boden, während ich vorbeigehe, und tue so, als würde ich ihn nicht hören, als er mir hinterherruft: »Hose hochziehen, Junge!« Die ewige Leier der Erwachsenen. Werden sie nie müde, sich immer wieder dasselbe sagen zu hören?

Die Tür des Pfarrhauses steht offen. Ich stecke den Kopf hinein und rufe »Hej!«. Kurz darauf erscheint Vibeke mit der Kleinen im Arm. Sie lächelt, holt die Leine und ruft den Hund.

Oskar ist eine Deutsche Dogge und wiegt mehr als ich. Wie gewöhnlich wirft er mich fast um. Vibeke sagt immer, es sei eine ausgesprochen unglückliche Kombination, so groß, so munter und so dumm zu sein. Ich finde das unfair. Oskar ist durchaus nicht dumm.

Ich unternehme einen besonders langen Spaziergang mit ihm bis zu dem kleinen Wald, und als ich stehen bleibe, um zu pinkeln, bemerke ich, dass an der Stelle, wo mich Stines Nagel gestern gekratzt hat, noch immer ein kleiner roter Riss zu sehen ist. Es tut ein bisschen weh. Scheiß auf Stine.

9 Das GPS fand Christoffer Udsens Adresse ohne Schwierigkeiten; ein dreistöckiges Gebäude aus gelbem Backstein am Rand von Vordingborg. Dan wurde mit einem Brummen der Eingangstür eingelassen und nahm die Treppe hinauf in den zweiten Stock mit großen Schritten.

»Hej!« Ein junger, asiatisch aussehender Bursche stand in der offenen Tür.

»Gemütlich hier«, sagte Dan, als er die Wohnung betrat. Er sah sich in dem unglaublichen Chaos des Wohnzimmers um, wo auf sämtlichen waagerechten Flächen übervolle Aschenbecher und stapelweise Papier um ihren Platz kämpften. »Wohnen Sie allein oder …«

»Ich wohne zusammen mit zwei Kommilitonen«, antwortete Christoffer. »In dem Zimmer …«, er zeigte auf die Tür am Ende des schmalen Flurs, »… wohnt Julle. Er ist momentan nicht zu Hause. Und hier …«, er schob eine andere Tür auf, »… ist das Zimmer von meiner Freundin und mir.«

Ein pummeliges Mädchen mit langen blonden Haaren und einem blauen Similistein im Nasenflügel stand von einem der zwei Schreibtische auf, die man in das enge, jedoch verblüffend aufgeräumte Zimmer gezwängt hatte. Sie stellte sich als Ida vor und erklärte, dass sie morgen eine Englischarbeit abliefern müsse. Abgesehen davon schien sie nichts erzählen zu wollen. Als sie das Zimmer verließen, saß Ida bereits wieder an ihrer Aufgabe.

Christoffer ging ins Wohnzimmer voraus. »Ich habe Tee gekocht, wenn Sie lieber Kaffee trinken, dann …«

»Tee ist gut.« Dan schob einen Haufen Klamotten zur Seite, um sich auf eine Seite des Sofas zu setzen.

Christoffer zog vom Esstisch einen Stuhl heran und setzte sich ihm gegenüber.

Als sie sich Tee eingossen, erzählte Christoffer, wie Ida vor einem Jahr die Wohnung durch einen reinen Zufall bekommen hatte.

»Tja, aber warum sind Sie eigentlich hier?«

Nachdem Dan seinen Auftrag erklärt hatte, blickte Christoffer eine Weile in seine Teetasse, ohne ein Wort zu sagen. Dann hob er den Kopf. »Das ist schon etwas gespenstisch.«

»Was meinen Sie? Das identische Todesalter?«

Christoffer nickte. »Das auch ... Aber da war ja noch viel mehr, wissen Sie.«

»Das müssen Sie mir erklären.«

Christoffers rabenschwarze Augen wurden plötzlich feucht, er zuckte die Achseln. Stand auf, ohne etwas zu sagen. Ging in die Küche und setzte einen neuen Kessel Wasser auf. Dan hörte, wie er sich die Nase putzte.

»Sorry«, sagte er, als er wieder hereinkam. »Ich komme wohl nie ganz darüber hinweg.«

»Sie deuteten an, es gäbe weitere Gründe, warum ein Mordverdacht nicht aus der Luft gegriffen sein könnte?«

»Na ja«, begann Christoffer und setzte sich. »Das Ganze war komisch, wissen Sie. Warum sollte ein vernünftiger Bursche wie Rolf sich zum Schlafen auf die Gleise legen? Und warum sollte Gry sich einen Abend aussuchen, an dem sie allein zu Hause war, um irgendwelches giftiges Zeug zu schnupfen, das sie sich selbst besorgt hatte? Sie hatte nur zwei Mal in ihrem Leben Koks ausprobiert, und sie hatte sich den Stoff vorher nie selbst gekauft.«

»Das stimmt nicht ganz mit dem überein, was mir ihre Eltern erzählt haben. Sie behaupten, Gry wäre zu diesem Zeitpunkt seit einem Jahr drogenabhängig gewesen.«

Christoffer schüttelte den Kopf. »Die wissen doch nicht, worüber sie reden. Die kannten sie doch überhaupt nicht mehr.«

Dan lehnte sich auf dem Sofa zurück und streckte seine langen Beine aus. »Dann seien Sie bitte so nett und erzählen Sie mir Ihre Version der Geschichte.«

»Ich habe alles der Polizei erzählt.«

»Zum einen habe ich keinen Zugang zu deren Unterlagen. Und zum anderen ist das nicht dasselbe. Ich würde gern von Ihnen als Freund der beiden hören, wie sie waren, wen sie kannten, welche Launen sie hatten und so weiter.«

»Wo soll ich anfangen?«

»Chronologisch. Erzählen Sie mir von Ihrer Freundschaft mit Rolf.«

Christoffer sah Dan einen Augenblick an. Dann räusperte er sich und begann damit, wie die beiden Jungs sich in der siebten Klasse kennenlernten, als Rolf auf die Schule in Christianssund kam. Sie hatten schnell über ihre Leidenschaft zum Fußball zueinandergefunden, Rolf wurde in die Mannschaft von Christoffer im Christianssund SV aufgenommen.

»Er war gut. Sehr viel besser als ich«, sagte Christoffer.

»Wie oft habt ihr gespielt?«

»Training war dreimal in der Woche, und an den meisten Wochenenden in der Saison fanden Spiele statt. Wir machten eigentlich kaum noch etwas anderes.«

»Was ist mit dem Rest der Mannschaft? Und der Klasse, wenn wir schon dabei sind. Hatte Rolf noch andere Freunde?«

»Ja, sicher. Er war ziemlich beliebt. Haben Sie einen Kugelschreiber?« Christoffer nahm ein Blatt Papier von einem der Haufen auf dem Sofatisch und kritzelte einige Namen darauf, wobei er erklärte, in welcher Beziehung die einzelnen Personen zu Rolf standen. »Der hier …«, er notierte einen letzten Namen, »… Jesper Nielsen. Mit ihm sollten Sie bestimmt reden. Er war unser Sportlehrer und außerdem der Hilfstrainer unserer Mannschaft. Jesper kannte Rolf wirklich gut.«

»Kannte er auch Gry?«

Christoffer zuckte die Achseln. »Das kann ich mir nicht vorstellen. Gry war Sport total egal. Und Jesper interessierte sich im Grunde für nichts anderes.«

»Gibt es welche darunter, die auch Gry kannten?«

»Ja, sicher ... er hier ... und er ...« Christoffer setzte ein kleines Kreuz vor zwei Namen auf der Liste. »Morten wollte mit einigen von uns ein paar Tage später zum Roskilde-Festival, doch dann starb Rolf, und irgendwie hatte in dem Jahr keiner mehr Lust hinzufahren.«

»Was ist mit Gry? Wer waren ihre besten Freunde?«

»Ihre besten Freunde?« Er verzog das Gesicht zu einem Lächeln. »Das war ich.«

»Na ja, es wird doch auch ein paar Freundinnen gegeben haben? Aus der Schule. Oder in Yderup vielleicht?«

Christoffer schüttelte langsam den Kopf, während er nachdachte. »Niemand, mit dem sie noch Kontakt hatte. Ich glaube, es gab da einen Therapeuten. Jedenfalls eine Zeit lang.«

»Einen Therapeuten? Sind Sie sicher?«

»Nicht hundertpro. Sie redete nicht gern darüber. Aber es gab jemanden, mit dem sie hin und wieder redete.«

»Ihre Eltern sagten, sie wäre nur einmal bei einem Psychologen gewesen und hätte die Therapie dann geschmissen.«

»Dann war das vielleicht das zweite Mal. Was weiß ich?«

»Sie kennen keinen Namen?«

»Nein.«

»Erzählen Sie mir von dem Abend, an dem Rolf starb.«

Christoffer legte den Kuli beiseite und richtete sich in dem unbequemen Stuhl auf. »Rolf, Lukas, Frederik und ich sind zusammen auf eine Fete gegangen, eine Woche vor den Sommerferien am Ende der Neunten. Wir waren alte Klassenkameraden und haben alle vier in der Fußballmannschaft gespielt.«

»Diese Fete, wo war das?«

»In Vejby, einem kleinen Kaff in the middle of nowhere in Nordseeland. Wenn man kein Auto hat, braucht man hundert Jahre, um dorthin zu kommen. Erst mit dem Zug von Christianssund nach Kopenhagen, dann geht es mit der S-Bahn weiter nach Hillerød – und schließlich mit einem winzigen Lokalzug, der abends einmal in der Stunde fährt, aber nicht nachts. Vollkommen hoffnungslos.«

»Wieso fand die Fete dort statt? So weit weg?«

»Es war bei einem der anderen aus der Mannschaft, er hieß William. Seine Eltern hatten ein Ferienhaus da oben.«

»Wie viele waren auf der Fete? Doch nicht nur Jungs, oder?«

»Nein, es gab auch ein paar Mädchen. Natürlich bei Weitem nicht genug, wenn Sie verstehen, was ich meine. Nicht alle kamen an diesem Abend zum Schuss.«

»Was ist mit euch vieren? Hattet ihr Glück?«

»Ich, ja.« Christoffer lächelte. »Aber sie wurde gegen Mitternacht von ihrem Vater abgeholt, so viel ist also nicht gelaufen.«

»Und die anderen?«

»Rolf hat sich lieber besoffen.«

»War das normal?«

Christoffer hob die Schultern. »Er trank nicht jeden Tag, doch wenn eine Party anstand und wir am nächsten Tag nicht spielen mussten, kam es schon vor, dass er sich total die Kante gab.«

»Wie wurde er dann?«

»Was meinen Sie?«

»Wie benahm er sich, wenn er betrunken war? Weinte er? Kotzte er? Wurde er aggressiv? Wollte er sich prügeln?«

»Nein, nein, nichts von alledem. Wenn ein Mädchen da gewesen wäre, hätte er die Zeit bestimmt am liebsten mit ihr verbracht, aber … Er schwafelte so vor sich hin, wissen Sie. Tanzte ein bisschen, wenn Musik aufgelegt wurde. An diesem Abend stand er irgendwann vor dem Haus und sang. Total laut. Ich erinnere mich, wie wir über ihn lachten. Also in aller Freundschaft. Wir haben ihn nicht ausgelacht oder so.«

»Wann ungefähr war das? Können Sie sich daran erinnern?«

»Es war noch nicht so spät. Das müsste in den Berichten der Polizei stehen. Ich weiß, dass ich denen davon erzählt habe. Wissen Sie, ich hatte irgendwie das Gefühl, Rolf auszuliefern. Zu erzählen, dass er ganz allein vor sich hin singend draußen stand.«

»Was ist dann passiert?«

»Wenn ich ganz ehrlich sein soll, weiß ich es nicht genau. Ich war mit diesem Mädchen beschäftigt. Gesucht habe ich erst nach ihm, nachdem das Mädchen abgeholt worden war und wir den letzten Zug erreichen mussten. Aber ich konnte ihn nicht finden.«

»Und die anderen beiden hatten ihn auch nicht gesehen?«

»Nein. Sie hatten in einem der Zimmer eine Playstation gefunden. Nerds.«

»Und sie wollten auch nach Hause?«

»Ja.«

»Was war für den Heimweg verabredet?«

»Der letzte Zug fuhr um halb eins oder so, die ganze Umsteigerei miteingerechnet, wären wir um Viertel vor sechs in Christianssund gewesen. Das hatten wir ausgerechnet, wirklich wahr! Fünf bescheuerte Stunden hätte es wegen der ganzen Nachtfahrpläne gedauert. Deshalb hatten wir vereinbart, die Nacht über in Vejby zu bleiben, wenn die Fete gut wäre – und falls wir uns langweilen würden, wollten wir den letzten Zug nehmen, in Kopenhagen aussteigen und noch zweieinhalb Stunden in die Stadt gehen, bis der erste Zug nach Christianssund fuhr.«

»Ihr wolltet in die Stadt? Mitten in der Nacht? Mit sechzehn?«

»Na ja.« Christoffer lächelte. »Wir haben den Bus nach Christiania genommen. Haben im Nemo ein Pfeifchen geraucht und Backgammon gespielt. Nur eine Stunde. Es war ziemlich gemütlich. In aller Ruhe.«

»Aber Rolf war nicht dabei?«

Christoffers Lächeln verschwand ebenso rasch, wie es gekommen war. »Also, ich weiß, dass wir versprochen hatten, zusammenzubleiben, aber als wir zum Zug mussten, konnten wir ihn einfach nicht finden. Wir haben ihn in der Hütte gesucht und rund ums Haus, wir haben nach ihm gerufen und dachten dann, dass er wohl schon zum Bahnsteig vorgegangen sein musste. Doch dort war er auch nicht. Ich habe versucht, ihn auf seinem Handy zu erreichen. Oft. Er ging nicht ran. Als der Zug kam, trafen wir einen schnellen Entschluss und stiegen ein. Sonst hätten wir bis zum nächsten Morgen dort warten müssen. Ich weiß bis heute nicht, wo Rolf gewesen ist.«

»Sie haben sich doch sicher Gedanken darüber gemacht, was passiert sein könnte? Also damals, meine ich. Was glaubten Sie?«

»Inzwischen glaube ich, dass ich dachte, wahrscheinlich liegt er am Strand und schläft seinen Rausch aus. Wir waren ja schon am frühen Abend dort draußen gewesen, und Rolf fand es großartig. Er redete den ganzen Abend davon, wie geil es wäre, dort zu übernachten und so. Es war ja auch superschönes Wetter.«

»Aber in Wahrheit hatte er beschlossen, sich zum Schlafen auf eine Zugschiene zu legen.«

Christoffer nickte.

»Wann haben Sie erfahren, was passiert ist?«

»Meine Mutter hat mich am nächsten Vormittag geweckt und es mir erzählt.« Er schaute auf seine Hände. Dann stand er auf. »Ich mache uns noch eine Tasse Tee«, murmelte er, griff nach der Teekanne und verschwand wieder in der Küche. Kurz darauf wurde wieder die Nase geputzt. Offenbar war dies Christoffers Art, seine Würde zu bewahren. Ein rascher Gang in die Küche, wenn es ihm zu viel wurde.

»Irgendwann später am Tag kam dann die Polizei«, fuhr er fort, als er kurz darauf die volle Teekanne auf den Tisch stellte. Auch eine Rolle Reiskekse hatte er mitgebracht. »Natürlich habe ich alles erzählt. Außer, dass wir im Nemo Shit geraucht haben. Das brauchten sie ja nicht unbedingt zu wissen.«

»Nee.« Dan fischte einen Keks aus der Packung und biss ab. Er verzog das Gesicht bei der trockenen Konsistenz. »Was passierte in der Zeit nach Rolfs Tod?«

Christoffer wurde sofort wieder ernst. »Es war furchtbar. Das können Sie sich ja vorstellen. Ich war total am Ende, weil ich dachte, es sei meine Schuld gewesen.« Er starrte eine Weile in die Luft. »Ich bin lange in psychologischer Behandlung gewesen. Krisenhilfe, wissen Sie. Hat die Krankenkasse bezahlt.«

»Konnten Sie zur Schule gehen?«

»Ja. Das hat irgendwie immer funktioniert. Die Schule und ich, wir sind like this.« Er hielt zwei zusammengepresste Finger in die Luft und grinste.

»Sie sind gern zur Schule gegangen?«

»Klingt total schwachsinnig, oder? Aber ja, bin ich. Das ist auch der Grund dafür, dass ich Lehrer werden will.«

»Sie sind weiter zur Schule gegangen und zu einem Psychologen. Und was geschah dann? War es nicht so, dass alles ein bisschen aus dem Ruder zu laufen begann? Alkohol, Feten, Drogen?«

»Wie kommen Sie denn auf die Idee?« Christoffer starrte Dan verblüfft an. »Wir waren nicht schlimmer als andere Jugendliche, und ... ach, natürlich!« Er unterbrach sich selbst. »Lene und Thomas. Scheiße, die beiden gehen absolut zu weit.«

»Tja, das ist der Eindruck, den sie bekommen haben. Warum erzählen Sie mir nicht, wie es wirklich war?«

10

»Na ja ... Die Zeit verging.«

»Ja?«

»Und auch wenn es mir schlecht ging, es ...« Er hielt inne.

»Was versuchen Sie mir zu erzählen, Christoffer?«

»Nennen Sie mich einfach Stoffer. Das machen alle.« Er räusperte sich. »Ich meine im Grunde nichts anderes, als dass ich nach dem Unfall jeden Tag auf meinem Zimmer hockte und trauerte. Ich war unglücklich und arbeitete trotzdem für die Schule, versäumte mein Training nicht, feierte mit Freunden und ...« Er zuckte die Achseln.

»Sie müssen sich bei mir nicht entschuldigen, Mann. So ist das schließlich. Sie waren sechzehn, mein Gott. Natürlich ging Ihr Leben weiter – mit allem, was dazugehört.«

Christoffer nickte. »Jedenfalls vergingen einige Monate. Und eines Tages gab es ein Riesenfest an meiner alten Schule. Der hundertste Geburtstag wurde gefeiert, alle Lehrer und Schüler waren eingeladen. Auch die ehemaligen.«

»An das Fest kann ich mich noch gut erinnern. Aus irgendeinem Grund weiß ich sogar noch das Jahr: 2003.« Dan lächelte. »Ich war auch dort. Und meine beiden Kinder. Meine Jüngste ging damals noch auf die Schule in Christianssund. Superfest.«

»Ja, nicht wahr? Es war wirklich eine tolle Party!« Christoffer schüttelte lächelnd den Kopf. »Ein paar aus meiner alten Klasse hatten in dem Beet vor der Schule Schnaps versteckt, wir sind zwischendurch immer mal wieder nach draußen gegangen und haben uns einen Kleinen gegönnt. Mein Gott, waren die Leute besoffen!«

»Ich nicht.«

»Natürlich nicht, wenn Sie Ihre Kinder dabeihatten. Ich war auch nicht so blau, dass es mich aus der Bahn geworfen hätte. Ich sollte am nächsten Tag spielen und hatte mir und meinem Trainer versprochen, früh nach Hause zu gehen. Deshalb habe ich mich etwas zurückgehalten.«

»Vernünftig.«

»Plötzlich stand Gry neben mir. Sie ging damals noch zur Schule. In die Achte, soweit ich mich erinnere.«

»Sie kannten Gry?«

»Ja, natürlich, sie war schließlich die kleine Schwester meines besten Freundes. Irgendwie war sie schon immer da gewesen.«

»Hatten Sie nach Rolfs Tod Kontakt zu ihr?«

»Nur beim Begräbnis. Und da haben wir nicht miteinander geredet.«

»Und bei der Party in der Schule kam sie plötzlich zu Ihnen?«

»Sie hätte das Bedürfnis zu reden, sagte sie. Mit jemandem, der Rolf gekannt hatte. So richtig. Nicht wie ihre Eltern. Auf keinen Fall so wie ihre Eltern. Sie hatte ihre Eltern wirklich satt. Vor allem ihre Mutter. Aber für Lene war das sicher auch nicht leicht.«

»Davon können Sie getrost ausgehen. Sie hatten gerade ihren Sohn verloren, und die Tochter war … Warten Sie, bis Sie selbst eine Tochter in diesem Alter haben.«

»Na ja, jedenfalls sind wir zusammen spazieren gegangen. Weg von dem Fest, auf dem man sein eigenes Wort nicht verstand.« Sein Blick wurde leer.

Nach einigen Sekunden unterbrach Dan die Stille: »Und was dann? Haben Sie und Gry alles durchgesprochen?«

»In Wahrheit gab es gar nicht so viel zu bereden. All das, was passiert ist, war natürlich hässlich, dennoch … Eigentlich glaube ich, das Wichtigste für uns beide war, mit jemandem zusammen zu sein, der dieses Gefühl verstand. Dass man zum Beispiel ein schlechtes Gewissen bekam, weil man über irgendetwas lachen musste, oder man sich plötzlich nicht mehr erinnern konnte, wie Rolf ausgesehen hat.«

»Ja, ich weiß, was Sie meinen. Haben Sie diesen Abend zusammen mit Gry verbracht?«

»Zusammen? Also Sie meinen, so richtig zusammen? Nein, wir haben relativ viel Zeit miteinander verbracht und wurden richtig gute Freunde an diesem Abend. Wir gingen durch den Park, redeten über alles Mögliche, Musik und Filme. Und Comedy-Shows. Sie konnte ganze Sketche auswendig. Es war total lustig.«

»Wann wurden Sie und Gry ein Paar?«

»Erst mehrere Monate später. Nach dem Fest kam Gry nach der Schule und an den Wochenenden immer öfter zu mir oder meinen Freunden, manchmal guckte sie auch zu, wenn wir trainierten oder ein Spiel hatten. Obwohl man ihr deutlich ansah, dass sie das überhaupt nicht interessierte.« Christoffer fuhr sich mit der Hand durch sein kurz geschnittenes blauschwarzes Haar. »Ich habe mich wirklich in sie verliebt. Ehrlich. Aber ich tat nichts. Ich meine, sie war ja noch minderjährig und schien in gewisser Weise sehr verletzlich zu sein.«

»Ja?«

»Aber dann ist es doch passiert. Eines Abends, als wir in der Stadt waren, übernachtete sie bei mir. Glücklicherweise war sie inzwischen fünfzehn geworden.« Christoffer lächelte. »Sie war wahnsinnig süß. Echt.«

»Hatten Sie ein Zimmer in einem Studentenwohnheim?«

»Nein, damals habe ich noch bei meinen Eltern gewohnt. Ich bin erst nach dem Abitur zu Hause ausgezogen. Zusammen mit Gry.«

»Bis dahin wohnte sie bei Ihnen und Ihren Eltern?«

»Über ein Jahr, ja. Fast anderthalb. Es ist unglaublich, dass es möglich war, aber es lief die meiste Zeit richtig gut.«

»Ich verstehe nicht recht, Grys Eltern sagen, sie sei nicht mehr zur Schule gegangen, hätte Drogen genommen und was weiß ich nicht noch alles. Und jetzt erzählen Sie mir, Gry lebte in Wahrheit mit ihrem Freund und seinen Eltern in einer gut funktionierenden Kleinfamilie?«

»Ich habe nicht gesagt, dass sie zur Schule gegangen ist.«

»Nein.«

»Das tat sie nämlich nicht. Sie schwänzte immer öfter. Es ging ihr richtig schlecht. Meine Mutter versuchte, mit Grys Mutter zu reden, aber das ging völlig daneben. Lene warf meiner Mutter alles Mögliche an den Kopf, sie haben sich fürchterlich gestritten. Es war ...« Er schüttelte den Kopf. »Eines Tages kamen sie plötzlich unangemeldet und wollten Gry abholen. Ihre Eltern. Und genau an diesem Tag hatten wir ein bisschen getrunken und waren auch ziemlich bekifft. Es war ein Freitagabend. Ich meine ... Come on!«

»Sie meinen also, Lenes und Thomas' Eindruck, Gry hätte Drogen genommen und ihr wäre alles entglitten, könnte von diesem einen Erlebnis herrühren?«

»Bestimmt. Sie reagierten völlig hysterisch.« Christoffer raufte sich ständig seine schwarzen Haare. »Natürlich machten sie sich Sorgen, trotzdem hatte ich eigentlich immer den Verdacht, sie hätten mindestens ebenso große Angst vor einem Skandal. Thomas ist ja ziemlich ambitioniert, und alle wissen doch, dass am Namen eines Politikers nicht allzu viele Geschichten kleben dürfen.«

»Ach, schon ganz andere Karrieren haben es überlebt, wenn der Drogenkonsum der Kinder öffentlich wurde.«

»Ich weiß. Aber es ist nicht gerade eine Situation, die man sich wünscht, oder? Es kann ebenso gut schiefgehen, wenn irgendein Parteirivale die Gelegenheit nutzt und dir das Messer in den Rücken sticht. Thomas und Lene bestanden jedenfalls darauf, Gry mit nach Hause zu nehmen.«

»Und Gry wollte nicht zurück?«

»In diese Grabkammer? Nein, ganz bestimmt nicht.«

»Was passierte dann?«

»Sie ließen sie mehr oder weniger in Ruhe. Hin und wieder riefen sie an, aber Gry nahm die Anrufe nicht an.«

»Und falls es etwas Wichtiges gewesen wäre?« Dan hatte Bauchschmerzen vor Mitleid mit den armen Eltern. Von seinem eigenen Kind auf diese Weise abgewiesen zu werden. Noch dazu unmittelbar nach einer solchen Tragödie. »Wenn nun jemand krank geworden wäre?«

»Dann hätten sie eine SMS schicken können. Kein Problem. Also…« Christoffer beugte sich vor. »Ich verstehe schon, dass es für die Eltern furchtbar gewesen sein muss. Für mich als Grys Freund war es das Wichtigste, dass sie glücklich war. Ihre Eltern konnten da nicht an erster Stelle stehen. Jedenfalls nicht für mich.«

Dan schüttelte den Kopf. »Wie war das, als Sie und Gry dann nach Kopenhagen zogen? Hatte einer von Ihnen einen Ausbildungsplatz bekommen?«

»Nein, wir sind eigentlich aus Spaß umgezogen. Wir wollten das einfach ausprobieren. Träumen davon nicht alle Jugendlichen aus der Provinz? In Kopenhagen zu wohnen, jedenfalls eine Zeit lang? Ich musste auf jeden Fall von zu Hause fort, und meine armen Eltern hatten vermutlich auch das heftige Bedürfnis, endlich ihren erwachsenen Sohn und seine etwas verhaltensauffällige Freundin loszuwerden.« Er verzog ein wenig das Gesicht. »Mein Vater hat uns mit ein paar Adressen geholfen.«

»Wie war der Plan? Was wollten Sie tun?«

»Ich hatte ein Praktikum als Mitarbeiter einer Tagesstätte in Østerbro und machte mir Gedanken, was ich studieren wollte. Die Arbeit mochte ich eigentlich ganz gern. Ich habe kaum etwas anderes getan, als mit den Jugendlichen Fußball zu spielen. Und Tischtennis. Manchmal half ich ihnen auch bei den Schularbeiten. Es war ziemlich cool.«

»Und Gry? Was hat sie gemacht?«

»Sie hatte sich von ihren Eltern bescheinigen lassen, dass sie mit ihrer Erlaubnis bei mir wohnte. Sie ist dann in Kopenhagen in die neunte Klasse gegangen und hatte gerade auf der Nyboder Skole angefangen, als sie ... Sie wissen schon.«

»Was ist an diesem Abend passiert?«

Christoffer sah aus, als ob er überlegte, noch einmal die Küchenrolle zu benutzen, doch dann schluckte er ein paarmal, richtete sich auf und sah Dan direkt an. »Gry hat Selbstmord begangen.«

»Warum sagen Sie das?«

»Weil Sie das glauben, oder? Alle glauben, sie habe es absichtlich getan, weil sie ihren Bruder so sehr vermisste.«

»Ihre Eltern glauben das nicht.«

Plötzlich klatschte Christoffer seine flache Hand auf den Tisch, dass die Teetassen klirrten. »Nein, soll ich Ihnen sagen, was die glauben?« Er beugte sich vor. »Die glauben, dass ich Gry einige Monate vorher abhängig gemacht habe, sie regelmäßig Drogen genommen hat und ich ihr das Koks besorgt habe. Die glauben, ich hätte ihr den Stoff gekauft, um in aller Ruhe zum Länderspiel gehen zu können. Das ist es, was die glauben, Dan. Sie haben es mir sogar gesagt. Und meinen Eltern auch.« Eine einzelne Träne lief über seine Wange, aber er schien sie nicht zu bemerken. »Sie haben so viele Geschichten über Gry und mich in die Welt gesetzt ... Ich werde nie wieder in Christianssund wohnen können. Nie. Die Leute zu Hause glauben, ich hätte Schuld an Grys Tod. Dafür haben ihre Eltern gesorgt.«

Dan wusste nicht, was er sagen sollte. Er hatte schließlich mit eigenen Ohren gehört, wie Lene genau diesen Eindruck vermittelte. Der junge Mann ihm gegenüber hatte vermutlich recht.

»Was ist an diesem Abend passiert, Stoffer?«

Christoffer sank in sich zusammen. »Wir hatten Karten für ein Länderspiel im Stadion. Mittwoch, den 17. August.«

»Gegen wen haben wir gespielt?«

»England.« Er bekam ein Funkeln in die Augen. »Wir haben sie vom Platz gefegt. 4 : 1.«

»Ja, ich habe das Spiel im Fernsehen gesehen. Das war stark.«

»Gry sollte eigentlich mitkommen. Aber wie ich schon sagte, im Grunde hat sie sich überhaupt nicht für Fußball interessiert, deshalb war ich nicht sonderlich überrascht, als sie am Tag vorher zu mir kam und fragte, ob ich die Karte nicht irgendeinem der anderen geben könnte.«

»Warum wollte sie nicht mitkommen? Hat sie das gesagt?«

»Nur, dass sie keine Lust hätte und es doch schade wäre, wenn eine Karte für sie verschwendet würde.«

»Sie hat nicht gesagt, was sie stattdessen machen wollte?«

»Nein. Sie ... Ich weiß nicht.« Christoffer fuhr sich erneut mit der Hand über das kurz geschnittene Haar. »Ich habe seither oft darüber nachgedacht. Und ich bin mir mehr und mehr sicher, sie wartete geradezu ungeduldig darauf, dass ich gegangen bin. Also, sie hat mich nicht gerade aus der Tür geschoben, doch es war kurz davor.«

»Erwartete sie Besuch?«

»Ich vermute es, obwohl sie nichts davon gesagt hat.«

»Glauben Sie, es gab einen anderen? Waren Sie eifersüchtig?«

»Nein, eigentlich nicht. Ich dachte nur, es war alles so komisch, oder?« Christoffer stellte die Tassen zusammen. »Sie müssen entschuldigen, wir haben momentan sehr viel zu tun. Das Examen beginnt in einem Monat.«

»Natürlich.« Dan erhob sich. »Nur noch eine Frage: Kennen Sie Malthe Harskov?«

»Den kleinen Bruder von Rolf und Gry? Nein, nur vom Sehen. Und auch das kaum. Es muss bald vier Jahre her sein, seit ich ihn das letzte Mal gesehen habe. Bei Grys Beerdigung. Ich sehe diese Familie überhaupt nur bei Beerdigungen.«

11

Christoffer hatte recht gehabt. Der Hilfstrainer Jesper Nielsen bestritt, Gry gekannt zu haben – abgesehen davon, dass sie Rolfs jüngere Schwester gewesen war. Der Mann hatte sie lediglich einmal von Weitem gesehen, und mehr gab es dazu nicht zu sagen.

Andererseits hatte er Rolf sehr gut gekannt. Einen besseren Fußballer hatte es selten gegeben, wenn man dem jungen Sportlehrer glauben wollte. Außerdem war er ein guter Kumpel gewesen. Immer fröhlich und hilfsbereit. Ein richtiger Musterschüler.

Fast ein bisschen zu dick aufgetragen, diese Lobeshymnen, dachte Dan, als er am späten Nachmittag die nett eingerichtete Wohnung im Westen von Christianssund verließ. Zeitweilig hatte Jesper Nielsen geradezu verliebt geklungen. Aber was wusste man schon? Ganz unmöglich war es schließlich nicht. Vielleicht hatte er ein Verhältnis mit Rolf, und irgendetwas war total schiefgelaufen. Vielleicht hatte Gry es ein paar Jahre später entdeckt und versucht, ihn zu erpressen?

Hm, na ja, dachte Dan, als er den Wagen anließ und blinkte. Das klang nicht sonderlich wahrscheinlich. Jedenfalls erklärte in dieser Theorie nichts die Altersparallelität. Es sei denn, der erste Fall war ein Mord und der zweite ein Selbstmord, wie Dan es ja die ganze Zeit schon vermutete. Er entschloss sich, bei Gelegenheit herauszufinden, ob der Sportlehrer für die beiden Tatzeitpunkte ein Alibi hatte. Es war inzwischen fünf Uhr, Dan konnte mit gutem Gewissen den Tag beschließen. Kirstine war bei ihrer Vorpremiere, er selbst hatte keine Pläne. Keine Deadlines in seiner Werbeagentur, keinerlei Verabredungen in der Abteilung für detektivische Arbeiten. Nur ein wunderbar leerer Kalender. Heute Abend hatte er ausnahmsweise einmal richtig frei.

Aber natürlich konnte er sich nicht beherrschen. Als er zu Abend gegessen hatte, schaltete er den Computer an. Er wollte nur schnell die Mails checken, bevor er sich mit einem Buch auf sein weiches Sofa legen würde, sagte er sich. Vielleicht ein rascher Blick auf Facebook – nichts, was lange dauerte.

Vier Stunden später stand er auf, gerädert vom langen, angespannten Sitzen in der gleichen Position. Warum passierte das immer wieder? Was war bloß so unwiderstehlich am Internet? Jedes Mal verschwendete er sehr viel mehr Zeit als geplant, weil er sich in allen möglichen Nebensächlichkeiten verlor.

Okay, er hatte einige wichtige Mails bekommen. Nicht zuletzt von Anders Weiss, dem Journalisten, der Wort gehalten und Dan einen ganzen Stapel von Artikeln aus dem Pressearchiv geschickt hatte. Viel über den Unfall, der Rolf das Leben gekostet hatte, ein bisschen weniger über Grys Tod, obwohl in diesem Fall wie in einer Mordsache ermittelt worden war. Dan hatte die Dateien geöffnet, ohne sie zu lesen, und alles ausgedruckt. Auf seinem Schreibtisch lag ein veritabler Stapel Papier. Es würde morgen ein paar Stunden dauern, alle Artikel durchzusehen.

Das konnte maximal eine Stunde gedauert haben. Wo war der Rest der Zeit geblieben? Dan dachte nach. Er hatte einen Satz neuer Felgen für den Audi gesucht und auf diversen Portalen die aktuellen Nachrichten durchgesehen. Eine herrliche halbe Stunde lang hatte er auf YouTube ein ulkiges Musikvideo aus den Achtzigern nach dem anderen gesehen. Einige der Videos hatte er auf Facebook gepostet und erhielt prompt einige Kommentare von alten Kollegen. Dan hatte geantwortet – und ehe er sich's versah, steckte er mit einigen von ihnen mitten in einem munteren Meinungsaustausch. So waren vier Stunden vergangen.

Er sah auf die Uhr. Kurz nach elf. Kirstines Stück müsste zu Ende sein, der erste Durchlauf vor Publikum. Es war jedes Mal aufregend, wie die Vorstellung aufgenommen wurde, und Dan wusste, dass sie das Bedürfnis haben würde, ihm alles zu erzählen. Allerdings konnte es noch einige Zeit dauern, bis sie nach Hause gehen konnte, und Dan war keineswegs überzeugt, dass er sich so lange wach halten würde. Er entschloss sich, selbst anzurufen, obwohl es gegen ihre übliche Absprache war. Mit etwas Glück saß sie in der Garderobe und schminkte sich ab. Und wenn sie nicht wollte, musste sie den Anruf ja nicht annehmen.

»Hej, Schatz.« Ihre Stimme klang hell und glücklich, und Dan spürte zu seiner Überraschung, dass seine Schulter sich entspannte. Hatte er sich wirklich wegen ihr so verkrampft? »Wie lief's?«

»Über alle Erwartungen. Sogar die letzte Szene, mit der wir so große Probleme hatten. Ich weiß nicht ... Plötzlich war alles klar. Es war supergut. Vier Vorhänge und stehende Ovationen.«

»Fantastisch.«

»Ja. Yngve kam hinterher auch und sagte mir ...« Es folgte ein langer Bericht über den vergötterten Regisseur des Stücks und seine offenbar ausgesprochen begeisterte Reaktion auf die Darbietung des Abends. Dan begnügte sich damit, in regelmäßigen Abständen ein Ja oder Nein einzuwerfen und ansonsten zuzuhören. »Das freut mich für euch«, sagte er, als sie ihren Bericht beendet hatte. »Herzlichen Glückwunsch!«

»Oh, Dan! Du darfst uns doch vor der eigentlichen Premiere nicht beglückwünschen. Das bringt Unglück.«

»Sorry.«

»Kommst du noch vorbei? Ein paar von uns wollen noch etwas essen gehen, und es wäre doch schön, wenn du ...«

»Ich bin einfach zu müde, Kis. Tut mir leid. Es war ein langer Tag, und ich habe ab morgen früh Verabredungen.«

»Och.«

»Ja, och. Aber so ist es nun einmal. Am Freitag feiern wir durch, ja? Nach der Premiere. Da lassen wir die Hosenträger knallen.«

»Noch immer och.«

Dan hörte, dass es weiterer Angebote bedurfte. »Was machst du morgen? Wollen wir uns zum Mittagessen treffen?«

»Wir haben um zehn Uhr Probe, aber ...«

»Ich habe Geburtstag.«

»Oh, Dan, warum hast du das nicht gesagt?«

»Ach, ich mache mir nicht sonderlich viel daraus.«

»Natürlich sehen wir uns an deinem Geburtstag. Wir sind allerdings erst am Nachmittag fertig.«

»Ich bestelle einen Tisch im Lumskebugten.«

»Aber nicht vor zwei.«

»Nein, nein.«

»Und Dan? Ein Geschenk hast du dann noch gut. Das schaffe ich nicht bis morgen.«

»Ich wünsche mir nur Naturalien.«

»Was meinst du denn damit? Oh!« Sie lachte. »Abgemacht.«

Dan ging direkt ins Badezimmer und weiter ins Bett. Allein die Vorstellung, sich jetzt noch einmal ins Auto zu setzen und loszufahren. Um Himmels willen. Ich bin schließlich nicht mehr der Jüngste, dachte er und löschte das Licht.

*

Lene stand mit der getigerten Katze im Arm an der Tür, als Dan am Dienstagmorgen auf dem Lindegården auftauchte. »Thomas ist leider nicht zu Hause, Dan. Es wurde eine außerordentliche Fraktionssitzung in Christiansborg einberufen.«

»Ich hatte gehofft, dich noch zu treffen, bevor du in den Laden gehst. Ich denke, du kannst mir ebenso gut helfen wie er.«

Diesmal saßen sie in der Küche. Auch heute schien es wieder ein sehr sonniger Tag zu werden, aber noch war es erst neun Uhr morgens und die Luft kühl. »Wie lange dieses Wetter wohl so bleibt?«, sagte Lene. Sie setzte die Katze auf den Boden und schüttete ein bisschen Trockenfutter in ihre Schale. »Grünen Tee?«

»Ja, danke.«

»Womit kann ich dir helfen?« Sie reichte ihm eine Tasse und setzte sich. »Hast du mit Stoffer geredet?«

»Ich war gestern bei ihm. Er geht aufs Lehrerseminar.«

»In Vordingborg. Ja, ich weiß. Gut, dass ihn meine Kinder nicht als Lehrer bekommen werden.«

»Lene, ich glaube, du tust ihm unrecht.«

Sie zuckte die Achseln. »Wenn du das sagst.«

»Kannst du nicht versuchen …«

»Hast du etwas herausgefunden?«, unterbrach sie ihn. »Etwas Verwertbares?«

Dan sah sie einen Augenblick an und überlegte, ob er versuchen sollte, ihr Christoffers Sicht auf die Angelegenheit zu erklären. Sollte er an ihre Großzügigkeit und Toleranz appellieren, sie bitten, das Ganze aus einem neuen Blickwinkel zu betrachten? Er versuchte es gar nicht erst. Sie hatte sich für einen eindeutigen Standpunkt entschieden, er würde nur unnötig Pulver verschießen.

»Vielleicht«, erwiderte er. »Er hat mir tatsächlich einige interessante Dinge erzählt, die ich mir ein bisschen näher ansehen will.«

»Was?« Sie schlug die Arme übereinander.

»Stoffer war unter anderem sicher, dass Gry in den letzten Monaten vor ihrem Tod irgendeine Form von Gesprächstherapie besucht hat.«

»Ich habe dir doch erzählt, dass sie …«

»Ja, ja, ich weiß. Sie ist nach zwanzig Minuten gegangen. Das hast du gesagt. Aber es geht nicht um den Therapeuten, Lene. Es könnte sich um einen Psychologen handeln, zu dem sie über die Beratungsstelle für Jugendliche selbst Kontakt aufgenommen hat. Allerdings denke ich, ihr müsstet in diesem Fall informiert worden sein, weil sie noch minderjährig war.«

»Ich habe keine Ahnung.«

»Ich überprüfe das heute noch. Wenn es ein Psychologe war, den die Schule besorgt hat, muss es irgendwo dokumentiert sein.«

Plötzlich sah er, wie sehr sie allein der Gedanke verletzte, ihre Tochter könnte mithilfe der Schule einen Psychologen aufgesucht haben, ohne dass sie darüber informiert gewesen war. Dan verstand sie nur allzu gut, dennoch musste er diese dünne Spur noch eine Weile verfolgen. »Stoffer hatte unbedingt das Gefühl, dass Gry Kontakt zu einem Erwachsenen hatte, dem sie vertraute. Könnte es ein Lehrer gewesen sein? Vielleicht einer aus der Schule? Oder ein Gruppenleiter der Pfadfinder? Klingelt da irgendetwas bei dir?«

Lene sah ihn eine Weile an, bevor sie antwortete. »Mir fällt nur ein Einziger ein. Unser Pastor, Arne Vassing. Er betreibt eine sehr aktive Jugendarbeit in der Gemeinde, und er ist sehr beliebt bei den Jugendlichen.«

»Kannte Rolf ihn auch?«

»Ja, sicher.«

»Und Malthe?«

»Selbstverständlich. Arne hat schließlich die meisten Jugendlichen des Orts konfirmiert.« Lene blickte auf die Tischdecke. »Das ist fast schon so etwas wie ein Witz im Dorf: Der Pastor kennt Yderups Jugendliche besser als die Eltern.«

»Wenn jemand Grys Vertrauter gewesen sein könnte, dann also am ehesten Arne Vassing?«

»Vielleicht. Möglicherweise weiß er aber auch, wer es war. Die Chance besteht zumindest.«

»Wie kann ich ihn erreichen?«

»Du kannst im Büro der Kirchengemeinde fragen. Oder einfach bei ihm zu Hause klingeln. Der Pfarrhof liegt gleich auf der anderen Seite des Dorfteichs. Du kannst ihn nicht übersehen, wenn du aus dem Tor trittst; es ist das große, weiß verputzte Gebäude mit der Fahnenstange davor.«

»Danke.« Dan stand auf.

»Was hat er sonst noch gesagt?«

»Wer? Stoffer? Ach, alles Mögliche. Lene, ich würde am liebsten ein bisschen warten, bevor ich dir alles erzähle. Bis ich alles in eine Art Zusammenhang gebracht habe.«

»Okay.«

Lene begleitete ihn über den Hofplatz bis ans Tor. Sie zeigte Dan das Pfarrhaus und die Kirche und wies ihn bei dieser Gelegenheit auch auf ein rotes Ziegeldach hin, das hinter den Bäumen des Friedhofs zu erkennen war. Es war die kleine Privatschule des Ortes, die von einer Gruppe von Bürgern unterhalten wurde. Neben ihr und Thomas gehörte auch der Pastor dazu, erklärte sie.

»Kennst du den Ort eigentlich gar nicht?«, unterbrach sie sich mit einem Mal selbst. »Bist du nicht von hier?«

»Nein, nein.« Dan lächelte. »Ich bin in Christianssund geboren und aufgewachsen.«

»Aber deine Mutter?«

»Sie ist vor ... ja, inzwischen müssen es fünfzehn oder achtzehn Jahre sein, hierhergezogen.«

»Und ich dachte, sie hätte ihr ganzes Leben hier verbracht.«

»Das glaubt sie vermutlich inzwischen auch selbst.«

12

Mutter und dieser Privatdetektiv sitzen in der Küche und unterhalten sich. Ich überlege einen Augenblick, nach unten zu gehen und an der Tür zu lauschen, lasse es aber. Offiziell habe ich Halsschmerzen, also bleibe ich besser im Bett. Jedenfalls bis Mutter zur Arbeit gegangen ist.

Es wäre nur schön herauszufinden, was die Alten eigentlich vorhaben. Dieser Dan Sommerdahl hat etwas ausgesprochen Verdächtiges. Ich glaube nicht eine Sekunde an die Geschichte mit Vaters persönlichem Ratgeber. Als ob diese Hippiepartei jemals so jemanden gebraucht hätte. Und wann hat man übrigens je von einem Privatdetektiv gehört, der als persönlicher Ratgeber für einen Politiker arbeitet? Das stinkt doch schon von Weitem. Vielleicht ist er in Wahrheit ja vom Geheimdienst, ein PET-Mann. Möglicherweise überprüft er irgendeine Drohung gegen Vater. Von irgendwelchen muslimischen Banden oder so. Und mich wollen sie damit verschonen, weil ich ohnehin psychisch angeschlagen bin. Ich kann Mutters Geheule geradezu hören: »Er ist viel zu sensibel, das dürft ihr ihm nicht sagen, es beunruhigt ihn nur, er ist so empfindlich …«

Blöde Kuh.

Jetzt höre ich ihre Stimme auf dem Hof.

Ich stehe auf und trete ans Fenster. Sehe, wie sie nebeneinander zum Tor gehen. Mutter redet und redet. Sie fährt sich ein bisschen zu oft durch die Haare. Schaut zu ihm auf. Lächelt. Schließlich verabschiedet er sich und geht. Mutter lächelt noch immer, als sie zum Haus zurückgeht.

Ob er sie fickt? Ich glaube, mit Vater ist im Bett nicht mehr viel los. Wahrscheinlich kriegt er ihn nicht einmal mehr hoch. Jedenfalls ist es lange her, dass ich sie gehört habe. Vielleicht braucht Mutter hin und wieder einen richtigen Mann, und dieser Dan sieht aus, als hätte er so etwas im Griff.

Es gibt viele Frauen, die verrückt nach Männern mit Glatze sind. Jedenfalls behauptet das Mads. Wenn sie einen nackten Schädel sehen, erinnert es sie an die Eichel eines riesigen Penis. Sie werden total feucht, wenn sie diesen krassen Typen aus der Jury von *X Factor* sehen, sagt Mads. Aber vielleicht muss man sich ja nicht sämtliche Haare rasieren? Soweit ich weiß, sind die Rapper von Malk de Koijn nicht ganz kahl.

Wer weiß, wie ich aussehen würde, wenn ich ... Im Badezimmer betrachte ich mich im Spiegel und streiche mit den Händen mein Haar zurück. Sieht das geil aus? Schwer zu entscheiden. Ich will jedenfalls nicht wie ein Spasti aussehen. Ich kann mich an die Typen aus der Parallelklasse entsinnen, als sie gewettet haben, wer sich kahl scheren lassen würde. Es endete damit, dass drei es taten, und die sahen voll bescheuert aus. Dort, wo sie vorher Haare hatten, waren sie jetzt kahl und ganz weiß, der Rest des Kopfes hellbraun. Sie wurden tagelang von der gesamten Schule verhöhnt. Dazu hätte ich überhaupt keine Lust.

»Malthe?« Mutter kommt die Treppe rauf. Ich bediene eilig die Toilettenspülung und vergesse nicht, ein leidendes Gesicht zu ziehen, als ich die Badezimmertür öffne.

»Ja?«, antworte ich mit schwacher Stimme.

»Oh, Schatz. Dir geht es gar nicht gut, oder?« Mutter legt mir eine Hand auf die Wange, und ich zwinge mich, stehen zu bleiben. »Geh wieder ins Bett. Ich muss in fünf Minuten los.«

»Okay.«

»Brauchst du noch etwas? Eine Tasse Kamillentee? Ich habe sicher irgendwo auch noch eine Schachtel mit Halspastillen.«

Sie plappert drauflos, begleitet mich bis ans Bett und schüttelt mein Kopfkissen auf. Einen Moment wünsche ich mir, wirklich krank zu sein und gepflegt zu werden. Aber das geht schnell vorbei. Endlich verschwindet sie. Die Haustür klappt zu, dann ist es still.

Ich stehe auf, ziehe meine Jeans an und schalte die Playstation ein, dabei denke ich noch immer an diesen Privatdetektiv. Wenn es sich wirklich um einen geheimen Einsatz gegen Terroristen oder so was handelt, sollten sie zuerst einmal unsere Nachbarn überprüfen. Die sind wirklich eine Gefahr für die Gesellschaft. Ich glaube, die kommen auf die übelsten Gedanken.

Ich habe mal gesehen, wie Helge einen Hund getreten hat, der vor sein Haus kackte. Nicht in die Einfahrt, sondern vor die Einfahrt. Der Hund jaulte auf und rannte davon, die Scheiße hing ihm noch am Arsch. Glücklicherweise war es nicht Oskar, sonst hätte ich diesem Scheißtierquäler eine reingehauen. Es war ein anderer Hund, so ein kleiner weißer, den ich noch nie gesehen hatte. Vielleicht kam er aus der neuen Reihenhaussiedlung.

Helge schießt auch auf Eichhörnchen. Und schmeißt mit Steinen nach unserer Katze. Das habe ich auch gesehen. Ich kann von hier oben viel sehen, weil ein Fenster zum Hof geht und eins hinüber zu Helge und seiner dämlichen Frau.

Das ist einer der Vorteile, wenn man das einzige Kind in der Familie ist: Ich habe das größte aller Zimmer ganz für mich allein. Eigentlich wäre es Rolfs Zimmer. Gry wollte es nicht, und als sie plötzlich auszog, ist Mutter total ausgeflippt. Dann soll es niemand bekommen, hat sie gesagt. Ich hatte lange die kleine Kammer an der Treppe, bis Vater irgendwann sagte, dass ich in Rolfs Zimmer ziehen könnte, falls ich das wollte.

Ich habe ein Vorhängeschloss gekauft, das ich anbringe, wenn ich nicht da bin, und eine Sicherheitskette, wenn ich zu Hause bin. Ich will meine Ruhe haben.

13

Im Pfarrhaus war niemand zu Hause. Dan klingelte zwei Mal, die einzige Reaktion war ein tiefes Bellen irgendwo aus dem Inneren des Hauses. Er ging über die Hauptstraße zum Friedhof und genoss die Ruhe zwischen den Gräbern. Ein hübsches Emailleschild wies den Weg zum Gemeindebüro an der Ostseite der Kirche – ein niedriges, weiß verputztes Gebäude, das halb verborgen hinter einer Hecke aus knallgelben Forsythien stand. An der Tür stand, das Gemeindebüro sei täglich zwischen 09:00 und 10:30 Uhr sowie jeden Donnerstag einige Stunden am Nachmittag geöffnet. Jetzt war es 10:32 Uhr. Dan griff nach der Klinke, die Tür war natürlich abgeschlossen. Wie viel Pech durfte man haben?

Er hatte bereits den Rückweg angetreten, als er hinter sich eine Stimme hörte. »Na, so etwas? Ist das nicht Dan Sommerdahl?«

Dan drehte sich um. In der offenen Tür des Gemeindebüros stand ein circa sechzigjähriger Mann mit einem sorgfältig gestutzten, silbergrauen Oberlippenbart. Dan konnte sich an das Gesicht von der Geburtstagsfeier seiner Mutter erinnern. »Ja, guten Tag. Ken, nicht wahr?«

»Alle nennen mich Ken B., Ken B. Rasmussen.« Bevor er seine rechte Hand zum Gruß ausstreckte, nahm er einen Dartpfeil in die linke. Ken B. registrierte Dans Blick. »Heute Abend ist ein Turnier im Gasthaus«, erklärte er und hielt den Pfeil hoch. »Wir spielen gegen eine Mannschaft des Centerpubs aus Christianssund.«

»Und wer gewinnt?«

»Normalerweise die«, sagte der Küster. »Aber die Hoffnung stirbt ja zuletzt.« Er ging ins Büro und legte den Dartpfeil vorsichtig auf den Rand eines Schreibtisches. Dan sah sich um. »Und wo ist die Scheibe?«

»Hinten, im Konfirmandenraum. Spielen Sie?«

»Ist viele Jahre her.«

Dan lächelte.

»Spielen wir eine Runde?«

»Tut mir leid. Heute nicht. Ich habe ein bisschen viel zu tun.« Er steckte den Kopf durch die Tür an der Rückwand des Büros und sah, dass die beiden Pfeile, die bereits geworfen waren, direkt in der Mitte der Scheibe saßen. Bull's Eye. »Außerdem bin ich ein schlechter Verlierer.«

»Wollen Sie zum Pastor?« Ken B. Rasmussen setzte sich hinter den Schreibtisch und wies auf einen der Gästestühle. »Hoffentlich ist alles in Ordnung. Mit Birgit, meine ich.«

»Ja, ja.« Dan setzte sich. »Meiner Mutter geht's gut.«

»Gut. Aber bestimmt haben nicht ich und meine Dartpfeile Sie zur Kirche von Yderup gelockt?«

»Ich suche tatsächlich den Pastor«, antwortete Dan. »Wissen Sie, wo er ist?«

»Vassings Wege sind unergründlich.« Der Küster zauberte zwei Dosen Bier aus einer Schreibtischschublade und reichte eine seinem Gast. Als Dan den Kopf schüttelte, stellte er die Dose zurück in die Schublade. »Gibt es etwas Besonderes?«

»Ich wollte nur ein bisschen mit ihm plaudern«, sagte Dan. »Hören, ob er von einem Fall weiß, mit dem ich mich gerade beschäftige.«

»Ach, die toten Harskov-Kinder. Ja, eine fürchterliche Geschichte.« Ken B. trank einen Schluck und trocknete sich den Mund mit der Rückseite seiner Hand. »Schrecklich. Sie wurden hier auf dem Friedhof begraben.« Er stellte die Bierdose ab.

»Warum glauben Sie eigentlich, ich sei deswegen gekommen?«

»Das ist ein kleiner Ort hier. Die Leute bemerken es, wenn ein fremdes Auto zwei Mal hintereinander vor einem bestimmten Haus hält.« Er lachte. »Und dann so ein Auto. Egal, Arne Vassing ist jedenfalls nicht da. Er trifft sich mit irgendeiner humanitären Organisation. Womit sich der Mann aber auch alles befasst …« Ken B. schüttelte den Kopf.

»Ja, soweit ich Lene Harskov verstanden habe, haben Sie einen sehr aktiven Pastor.«

»Oh ja. Nie sitzt er still. Jugendarbeit, Pasta-Gottesdienste für kinderreiche Familien, Gospelchor, es ist unglaublich. Ich glaube, dem Kirchenvorstand ist er manchmal schon fast etwas zu umtriebig. Vor allem unser Vorstandsmitglied Lilly Johnsen hat es auf ihn abgesehen. Sie könnte sich durchaus einen traditionsbewussteren Pastor vorstellen.«

»Hat er Familie?«

»Zwei kleine Mädchen und einen riesigen Hund. Und die Frau natürlich, Vibeke.«

»Wissen Sie, wann ich ihn sprechen kann?«

Ken B. richtete sich in seinem Stuhl auf. Er blätterte in einem Tischkalender. »Ich kann Ihnen für Freitag einen Termin geben«, sagte er. »Um siebzehn Uhr. Sieht so aus, als wäre da ein Loch.«

»Das passt nicht besonders gut. Ich muss zu einer Premiere.«

Erneutes Schulterzucken. Der Küster blätterte weiter. »Dann sind wir bei Mittwoch nächster Woche.«

»Das kann doch nicht sein. Muss man wirklich acht Tage auf einen Termin beim Pastor warten?«

»Wenn es eilt, müssen Sie versuchen, einen Abendtermin zu bekommen. Allerdings habe ich keinen Überblick über seine freie Zeit.« Der Küster zog eine Visitenkarte aus einem Aluminiumständer auf dem Schreibtisch. »Hier ist seine Handynummer. Er ist den größten Teil des Tages in Sitzungen, wenn Sie ihm eine SMS schicken, antwortet er, sobald es möglich ist.«

14

Mogens erkannte den Glatzkopf, als Dan irgendwann vom Tisch aufstand. Den Rest der Zeit gab es nichts zu tun. Die Fensterbänke des Restaurants waren sehr hoch und standen voller Topfpflanzen und alter Modellschiffe. Man konnte unmöglich hineinsehen.

Mogens ging Esplanaden ein Stück hinauf, bis er eine Bank fand, auf der er seinen Tagesbericht schreiben konnte. Es war nicht furchtbar viel vorgefallen, dennoch galt es, dies und jenes festzuhalten. Er war der Göttin am Vormittag zur Probe ins Theater gefolgt. Sie im Bus Nr. 14, er in seinem hellblauen Honda. Sie hatte ihn bemerkt, sobald sie aus dem Hausflur getreten war, doch weder gelächelt noch gewinkt, Signale von ihr konnte er keine auffangen. War sie möglicherweise böse auf ihn? Mogens schrieb nichts darüber in sein Notizbuch.

Während die Göttin auf der Probe war, vertrieb Mogens sich so gut wie eben möglich die Zeit. Er wusste ja, dass es mindestens ein paar Stunden dauern würde, bis sie das Theater wieder verließ, und hielt im Viertel um die Frederiksberg Allé und den Gammel Kongevej solange Ausschau nach guten Nummernschildern. Zweimal hatte er Glück: SS 77077 hat eine eigene Schönheit, dachte er sich, während er die Kamera sorgfältig scharf stellte und auf den Auslöser drückte. Wenn die beiden S-Buchstaben auf jeder Seite der Ziffern gestanden hätten, wäre die Symmetrie perfekt gewesen. Das andere Kennzeichen, das er gefunden hatte, lautete HI 56789. Die Buchstaben folgten im Alphabet aufeinander, und die Zahlen waren in der numerischen Reihenfolge. Sehr nahe an einem perfekten Nummernschild, fand Mogens. Um 11:30 Uhr aß er ein paar Brötchen vom Bäcker an der Ecke der Madvigs Allé, und als der Kartenverkauf des Theaters öffnete, kaufte er Karten für sämtliche Mittwoch-Vorstellungen der gesamten Spielzeit. Natürlich hatte er sich bereits einen Platz für die Premiere am Freitag gesichert. Sein guter Anzug hing zu Hause auf einem Bügel bereit, sein weißes Hemd hatte er frisch gewaschen und gebügelt. Gleich zwei Mal, zur Sicherheit.

Um 13:30 Uhr kam die Göttin aus dem Theater. Sie ging mit kleinen hastigen Schritten zur Ecke der Pile Allé und sprang in ein Taxi. Glücklicherweise hatte Mogens in der Nähe geparkt, sodass er den Motor anlassen konnte, bevor das Taxi um die Ecke verschwunden war.

Das Taxi war beklebt mit einer bunten Reklame für M&M's, sodass es ihm nicht schwerfiel, dem Wagen in dem langsamen fließenden Verkehr durch die Stadt zu folgen. Sobald Mogens die Göttin aussteigen und im Restaurant Lumskebugten verschwinden sah, hatte er seinen Wagen gewendet und in einer der Buchten vor dem Gefionsbrunnen geparkt.

Nun saß sie dort drinnen und aß mit dem Glatzkopf, und Mogens saß hier draußen und schrieb seinen Bericht. Langsam und sorgfältig schrieb er, die Zunge spielte in einem Mundwinkel, und seine gesamte Aufmerksamkeit richtete sich auf die Spitze des Kugelschreibers, die akkurat einen Buchstaben nach dem anderen formte.

Halbbögen, senkrechte Striche, Querstriche … G-Ö-t-t-I-N schrieb er und spürte, wie ein angenehm wohliges Gefühl sich in seinem ganzen Körper ausbreitete. Allein ihren Namen zu schreiben, gab ihm Ruhe.

Plötzlich fiel ein Schatten über das Notizbuch. Mogens zuckte zusammen. Er hob den Kopf und traf auf den Blick des Glatzkopfs.

»Na, hier sitzt du also, Mogens?« Sein Lächeln war ein wenig zu künstlich.

Mogens klappte sein Notizbuch zu und stand auf. »Ich gehe ja schon.«

»Das ist eine sehr gute Idee, Mogens.«

»Ich habe nichts getan.« Mogens legte die Kamera in den Rucksack.

»Du bist uns am Sonntag nach Kongelunden gefolgt.«

»Nein.«

»Obwohl du versprochen hast, es nicht zu tun.«

»Wo ist die Göt… Kirstine Nyland?«

»Sie sitzt im Lokal, Mogens. Ich habe ihr gesagt, dass ich mich mit dir allein unterhalten will.«

»Nein.«

»Doch, so ist es.«

»Nein.« Mogens drehte sich um und wollte gehen.

»Doch.« Der Glatzköpfige legte eine Hand auf Mogens' Arm. »Bleib hier, Mogens. Wir müssen uns unterhalten.«

»NEIN!« Mogens versuchte, sich loszureißen. Panik schnürte ihm den Hals zu. »Loslassen!«

»Beruhig dich, Mann. Ich tu dir schon nichts.«

Mogens schrie. Ein lauter, schriller Schrei. Als der Glatzkopf ihn endlich losließ, schrie er weiter, während er mit geballten Fäusten auf die Brust des Glatzkopfs einschlug. Er schlug so fest zu, wie er konnte. Mogens hörte, dass jemand angelaufen kam und der Glatzkopf etwas sagte, das sicherlich beruhigend sein sollte, aber er konnte den Panikanfall nicht unterdrücken. Mogens schlug weiter, blind vor Tränen und krank vor Angst, bis er sich plötzlich um sich selbst drehte und in einem steifen, zuckenden Laufstil über die Grasfläche in Richtung Kastell davonrannte. Der Rucksack hüpfte, er hörte die Wasserflasche gluckern und musste seine gesamte Konzentration aufwenden, um nicht zu stolpern.

Rasch bemerkte er, dass niemand ihm folgte, dennoch lief er weiter, ohne sich umzudrehen. Erst als er bei Grønningen hinter ein Gebüsch kam, blieb er stehen und japste nach Luft. Er sah den großen Urinfleck, der sich von seinem Schritt aus über das rechte Hosenbein ausgebreitet hatte. Der Stoff klebte eiskalt an seiner Haut. Er stand ganz still, Tränen liefen ihm über die Wangen, Pisse übers Bein. Er hasste den Glatzkopf. Diesen Satan, Satan, Satan.

*

»In deiner eigenen Gewichtsklasse findest du wohl nichts, Mann?« Eine zierliche Brünette mit einem riesigen Kinderwagen starrte Dan böse an, der dem flüchtenden Mogens mit einem einfältigen Gesichtsausdruck hinterherblickte.

»Ich rufe die Polizei.« Ein jüngerer Mann im Anzug zog ein Handy aus der Tasche.

»Nein, Augenblick mal.« Dan trat einen Schritt auf ihn zu. »Es ist nicht so, wie Sie glauben.«

»Das kann jeder sagen«, erwiderte der Anzugträger. »Erklären Sie das der Polizei.«

»Er verfolgt meine Freundin«, sagte Dan. »Er spioniert ihr Tag und Nacht hinterher. Ich wollte ihn lediglich bitten, damit aufzuhören.«

»Klingt nach einer Aufgabe, die Sie der Polizei überlassen sollten. Aber das können Sie ihnen ja erklären, wenn sie kommen.« Die Kinderwagenfrau drehte sich um. »Haben Sie die Polizei erreicht?«, fragte sie den Anzugträger.

Er hielt eine Hand hoch, offensichtlich hatte er Kontakt mit der Ordnungsmacht und erklärte gerade, was geschehen war.

»Verdammt«, fluchte Dan. »Ich hole meine Freundin. Dann kann sie Ihnen das Ganze erklären.«

»Sie gehen nirgendwohin«, sagte ein dritter Zuschauer, ein älterer Herr mit einem Dackel an der Leine.

»Sie sitzt dort im Lokal.« Dan zeigte auf das Restaurant. »Wir haben friedlich zu Mittag gegessen, als ich bemerkte, dass dieser Stalker uns schon wieder verfolgt.«

»Und dann wollten Sie dem armen Kerl gleich eins aufs Maul hauen?« Die Stimme des Dackelmanns troff vor Verachtung.

»Die Polizei ist unterwegs«, erklärte der Anzugträger und klappte sein Handy zusammen.

»Oh, verdammt«, sagte Dan erneut.

»Was ist denn hier los?« Kirstine war plötzlich aufgetaucht.

Die Kinderwagenfrau öffnete schon den Mund, um ihre Version des Dramas wiederzugeben, als sie die berühmte Schauspielerin erkannte. Ein roter Fleck breitete sich über ihrem Gesicht aus, und sie schloss den Mund ebenso schnell, wie sie ihn geöffnet hatte.

»Dan, was geht hier vor?«, fragte Kirstine noch einmal.

Dan hob die Schultern. »Ich wollte nur mit Mogens reden. Es war überhaupt nicht meine Absicht, ihn …«

»Oh, Dan!« Sie sah sich um. »Wo ist er? Hast du ihm Angst gemacht?«

»Er hat den Mann zu Tode erschreckt«, teilte der Anzugträger mit und trat näher. »Er hat ihn geschüttelt, bis der arme Kerl sich losriss und geflohen ist.«

»Ich habe ihn überhaupt nicht geschüttelt.«

»Was hast du zu ihm gesagt, Dan?« Kirstine versuchte, den aufdringlichen Mann zu ignorieren.

»Henrik Smith.« Der Anzugträger schob die Brust heraus und fügte mit einer Verkäuferstimme hinzu: »Es ist mir eine Ehre, Ihnen Guten Tag sagen zu dürfen, Frau Nyland. Ich habe die Polizei gerufen.«

Jetzt beachtete sie ihn. Endlich richtete sie ihren Blick auf ihn. »Was haben Sie?«

»Die Polizei gerufen«, wiederholte er ein wenig verunsichert.

»Und wozu soll das gut sein?«

»Man kann sich doch nicht einfach umdrehen, wenn man Zeuge eines gewalttätigen Überfalls wird.«

»Gewalttätig?« Kirstine sah Dan an. »Hast du Mogens geschlagen?«

»Aber nein, verdammt!« Dan fuhr mit beiden Händen über seinen kahlen Schädel. »Ich habe ihn am Arm festgehalten, das war alles.«

»Hart?«

»Nein. Ich wollte, dass er einen Moment stehen bleibt, damit wir reden können.«

»Und warum um alles in der Welt?«

»Oh, Kis. Das weißt du doch. Ich ertrage es nicht, wenn er uns ständig verfolgt.«

»Er tut doch niemandem etwas zuleide.«

Dan sah sie an. »Bist du dir darüber im Klaren, dass er uns Sonntag gefolgt ist?«

Sie zog die Augenbrauen zusammen. »Nach …?«

»Ja.«

»Und du glaubst, dass er gesehen hat, wie …?«

»Ich weiß es.«

»Oh.«

Jetzt wurde Kirstine rot, eifrig beobachtet von der kleinen Gruppe Zuhörer. Dan stellte sich vor, wie es schon in den Fingern des Anzugträgers kribbelte, irgendeine Zeitschriftenredaktion anzurufen und von einer offensichtlich ziemlich heftigen Geschichte zu erzählen.

Kirstine wandte sich an die Zuschauer. »Mir tut der ganze Wirbel leid. Mogens will niemandem etwas Böses, aber ... Na ja, es ist durchaus lästig, einen Stalker zu haben. Ich weiß nicht, ob Sie sich so etwas vorstellen können. Er verfolgt mich seit Jahren, und manchmal wird es eben ein bisschen viel, obwohl er sonst ganz in Ordnung ist.«

»Was ist denn ein Stal-ker? So etwas wie ein Autogrammjäger?« Der Dackelmann räusperte sich. »So jemanden wird man nur schwer wieder los, oder?«

»Ah, genau wie diese Paparazzi«, ergänzte die Kinderwagenfrau mit einem sensationslüsternen Strahlen in den Augen.

»Nein, nicht ganz so«, erwiderte Kirstine, die jetzt wieder ihre normale Gesichtsfarbe hatte. »Eigentlich überhaupt nicht so. Es ist nicht ganz leicht zu erklären. Mogens ist nur ein Fan. Er folgt mir, macht Fotos von mir, nur für sich. Ich glaube, wir schaffen das jetzt allein.« Sie gab der Kinderwagenfrau die Hand. »Danke Ihnen allen für Ihre Hilfe.«

»Aber sollen wir nicht hierbleiben, bis die Polizei ...«

»Das ist nicht nötig.«

»Aber«, versuchte es der Anzugträger noch einmal. »Wir sind schließlich Zeugen.«

Kirstine hob eine Augenbraue. »Wovon, wenn ich fragen darf?«

Der Anzugträger zuckte die Achseln und setzte sich ein paar Meter entfernt auf eine Bank. Offensichtlich dachte er nicht daran aufzugeben, obwohl die beiden anderen widerstrebend weitergingen.

Kurz darauf tauchte ein Streifenwagen auf. Die Beamten hörten mit unerschütterlicher Ruhe den Bericht des Zeugen, befragten

Dan und Kirstine, sahen sich den hellblauen Honda Civic des Opfers an, den Dan inzwischen vor dem Gefionsbrunnen entdeckt hatte, und gingen dann in die Anlage, um nach Mogens zu suchen. Sie fanden ihn nicht, aber als sie endlich ihre Suche einstellten, war eine Stunde vergangen und der Nachmittag nahezu vorbei.

Dan hatte sich für den Tag ein leckeres Mittagessen gewünscht, dann ein paar Stunden entspannte Gespräche und vielleicht ein bisschen Geburtstagssex in Kirstines Wohnung, wenn sie noch genügend Zeit hätten. Stattdessen hatten sie eine Menge Zeit mit Mogens und seinem Unfug vergeudet. Als sie endlich in Kirstines Wohnung waren, hatten sie sich furchtbar gestritten. Kirstine brauchte derartige Szenen in der Öffentlichkeit schlichtweg nicht, und schon gar nicht, wenn sie kurz vor einer Premiere stand, verstand er denn wirklich nicht, dass sie all ihre Energie für ihre Rolle benötigte, und konnte er nicht überhaupt ein wenig mehr ... Es hatte sich nicht einmal die Spitze von Amors Pfeil gezeigt, als Dan eine halbe Stunde später die Tür hinter sich zuschlug und die Treppe hinunterstürmte.

*

Dan zog seine Joggingkleidung an, sowie er nach Hause kam. Er wollte sich durch diese lächerliche Episode nicht auch noch den Rest des Tages verderben lassen.

In zwei Stunden würde er mit seinen beiden Kindern in einem mexikanischen Restaurant aus Anlass seines Geburtstages zu Abend essen. Er konnte die Zeit bis dahin ebenso gut zum Laufen nutzen, dachte er, als er die Hafenpromenade überquerte, seinen iPod einschaltete und am Wasser entlang lostrabte. Er fiel sofort in einen guten Laufrhythmus, sein spezieller Laufmix mit Songs von

James Brown, Wilson Pickett, Aretha Franklin, Prince und einem halben Dutzend anderer drang direkt in den Körper, als bekäme er eine Infusion. Zusammen mit den Endorphinen, die vom Laufen freigesetzt wurden, hatte die Musik eine nahezu magische Wirkung. Wenn er R&B hörte, konnte er schneller und länger laufen und dabei seine Umgebung vollkommen ausblenden. Die physische Welt – die Autos, die anderen Läufer, das Wetter – wurde bedeutungslos. Und auch seine innere Welt, in der seine Gedanken sonst ständig kreisten und allen möglichen Irritationen nachhingen, kam endlich einmal zur Ruhe.

Er konzentrierte sich auf seine Atmung, schwitzte nach und nach die Frustrationen aus, während Brown von seinem *brand new bag* sang, Franklin sich ein wenig *respect* ausbat, Pickett von *the midnight hour* fantasierte und Prince begeistert feststellte, dass sein Date ein *sexy motherfucker* war. Dan wurde mit jedem Schritt etwas glücklicher. Laufen war ein Wundermittel, in vielerlei Hinsicht besser als Sex. Zumindest unkomplizierter.

2 PLATZREGEN IM MAI

Well, the rain keeps on coming down
It feels like a flood in my head
And that road keeps on calling me
Screaming to everything lying ahead
Bonnie Somerville, »Winding Road«

15

»Herein, herein!« Der Pastor trat zur Seite, sodass sein Gast ins Trockene springen konnte. Neben ihm stand eine enorme schwarz-weiße Deutsche Dogge und wedelte freundlich mit dem Schwanz. »Was für ein Wetter, nicht wahr?«

»Das kann man wohl sagen.« Dan wischte sich die Hand am Hosenbein ab, bevor er sie ausstreckte. Er war auf dem kurzen Weg vom Auto bis zur Eingangstür des Pfarrhauses beinahe durchnässt worden. »Danke, dass Sie mich empfangen. Noch dazu so kurzfristig. Wirklich nett von Ihnen.«

»Ich habe Thomas und Lene so verstanden, dass es eilt, deshalb ... Aber kommen Sie doch erst mal rein.« Arne Vassing half Dan aus seiner nassen Jacke.

»Wie heißt er?«, erkundigte sich Dan und streichelte den Riesenhund. »Oskar.« Arne lächelte. »Er ist sanft wie ein Kätzchen. Und hat nicht die geringste Ahnung davon, wie groß er ist.«

»Schöner Hund.«

»Sie müssen auch meine Frau begrüßen«, sagte der Pastor und öffnete eine Tür ganz hinten in der imponierenden Eingangshalle, wo eine Treppe in den ersten Stock führte und an einem Laubengang endete. Eine Frau saß auf dem Fußboden und spielte mit einem ungefähr drei oder vier Jahre alten blonden Mädchen mit einer Eisenbahn. Fast unheimlich, wie ähnlich sich Mutter und Tochter sehen, dachte Dan, als er sie begrüßte.

»Vibeke kannte Gry und Rolf auch sehr gut«, sagte Arne.

»Ah ja?«

»Ja, ich hatte einen Teilzeitjob im Jugendzentrum, bevor ich die Prinzessin hier bekam.« Vibeke nickte lächelnd in Richtung Tochter, die sich in einem Anfall von Verlegenheit mit dem Gesicht an den Bauch ihrer Mutter gedrückt hatte und ihr die Arme um den Leib schlang. »Sagst du dem Mann Guten Tag, Sara? Er heißt Dan. Kannst du Hej zu Dan sagen?«

Als einzige Reaktion presste sich das Kind noch enger an seine Mutter und bohrte den Kopf in ihren Bauch. Ganz offensichtlich wollte sie keinem Mann Guten Tag sagen. Und schon gar nicht diesem riesengroßen, kahlen Kerl, der sich jetzt über sie beugte. Das war eindeutig.

»Ich habe Rolf bei den Hausaufgaben geholfen«, fuhr Vibeke fort. »Er war ein wenig legasthenisch. Und Gry, ach, sie war einfach ein hübsches Mädchen.« Sie blickte auf den blonden Schopf ihrer eigenen Tochter. »Es war ein großer Verlust für uns alle.«

»Das verstehe ich gut«, sagte Dan. »Kennen Sie Malthe auch?«

»Ja, er führt ein paarmal in der Woche den Hund aus. Ich habe auch versucht, ihn bei einigen Sommeraktivitäten hier im Pfarrhof miteinzubeziehen, aber ich bezweifele, dass es mir gelungen ist. Er ist ein sehr verschlossener Junge.«

»Na ja, er ist auch schon ein bisschen zu alt für Brot am Spieß und Pfadfinderlieder, Vibeke«, schob der Pastor ein. »Er muss doch bald sechzehn sein.«

In diesem Moment war ein Schluchzen aus dem Nebenzimmer zu hören.

»Oh«, sagte Vibeke. »Anna wacht auf. Komm, Sara, lass uns zu ihr gehen.«

Mutter und Tochter verschwanden durch eine Doppeltür, und

die beiden Männer gingen durch die Halle in ein Büro, das bei freundlicherem Wetter ebenso hell wie einladend gewesen wäre. Jetzt verschatteten die schweren Regenwolken den Raum so effektiv, dass man das Licht einschalten musste, obwohl es erst vier Uhr nachmittags war.

»Was nehmen Sie?«, fragte der Pastor. »Kaffee? Tee? Ein Glas Rotwein?«

»Kaffee wäre gut, danke.«

Dan sah sich um, als er allein gelassen wurde. Ein überdimensionierter Mahagonischreibtisch mit einer eleganten Intarsienleiste bildete das Zentrum des Arbeitszimmers. Der Schreibtischstuhl war ein klassisches Eames-Modell, die ganz einfachen weißen Regale kannte er aus dem Ikea-Katalog. Die übrigen Möbel sahen aus, als hätte man sie auf dem Flohmarkt gefunden, sorgfältig restauriert und mit einer cremeweißen Ölfarbe gestrichen. In den Fenstern standen ein paar hoch aufgeschossene Geranien, an den Wänden hing eine ausgewogene Mischung aus Kinderzeichnungen und ein paar gerahmten modernen Lithografien in klaren Farben. Es war vielleicht kein ganz traditionelles Büro eines Pastors, aber es war gemütlich. Dan war überzeugt, dass Arne Vassings Gemeindemitglieder gern zu ihm kamen.

Er setzte sich auf einen der beiden gepolsterten Gästestühle, und der große Hund, der ihm seit seiner Ankunft wie ein ungeheuer neugieriger Schatten gefolgt war, setzte sich mit einem tiefen Seufzer neben ihn und legte seinen Kopf in Dans Schoß. Der Pastor kam mit zwei Bechern zurück. »Nehmen Sie etwas in den Kaffee?«

»Nein, danke«, log Dan, der sah, dass Vassing keine Zuckerdose mitgebracht hatte. Der viele Zucker tat ihm ohnehin nicht gut. Es war wirklich an der Zeit, diese schlechte Angewohnheit aufzugeben, beschloss er. Am besten sofort.

»Okay«, sagte Arne Vassing und lehnte sich in dem Eames-Stuhl zurück. »Soweit ich weiß, sollen Sie einen Zusammenhang zwischen Rolfs und Grys Tod finden, sofern es einen geben könnte.«

»Sie glauben nicht daran?«

»Mir fällt es schwer, einen Zusammenhang zu sehen.«

Dan berichtete von den Vermutungen der Harskov-Eltern, und der Pastor hörte aufmerksam zu. Er nickte, als Dan zu der Schlussfolgerung kam, dass der Zeitpunkt der Todesfälle ein merkwürdiger Zufall war, der eine Untersuchung der Angelegenheit durchaus als sinnvoll erscheinen ließ. Wenn es wirklich einen Zusammenhang gab, könnte auch Malthes Leben in Gefahr sein, so weit hergeholt es sich auch anhören mochte. »Was glauben Sie?«, wollte der Pastor wissen. »War es Mord?«

»Ich weiß es nicht.« Dan kraulte Oskar hinter einem Ohr. »Ich kenne die Berichte der Kriminaltechnik noch nicht, ich habe also keine Ahnung, ob es irgendwelche Indizien für die eine oder die andere Theorie gibt. Aber man darf davon ausgehen, dass die Polizei einen guten Grund hatte, die Fälle abzuschließen. Auch beim geringsten Verdacht auf Mord wäre das sicher nicht passiert. Auf der anderen Seite habe ich bisher kein schlagendes Argument gehört, warum es kein Mord gewesen sein kann.«

»Wenn wir nun annehmen, die beiden Kinder seien von irgendjemandem ermordet worden, was könnte das Motiv gewesen sein?«

Dan hob die Schultern. »Schwer zu sagen. Unmittelbar würde ich vermutlich zuerst nach einem Motiv suchen, warum jemand Rolf ermorden wollte.«

»Der Mord an Gry wäre dann geschehen, weil sie etwas herausgefunden hatte?«

»Ja, oder sie hat wirklich Selbstmord begangen. Es würde immerhin das gemeinsame Todesalter erklären.«

»Aber nicht, warum Malthe in Gefahr sein könnte.«

Dan hob die Hände. »Ich weiß nicht einmal, ob er es ist.«

»Sechzehn Jahre und siebenundzwanzig Tage«, sagte der Pastor langsam und trank einen Schluck Kaffee. »Das ist wahrlich kein langes Leben.«

»Nein.« Dan schaute hinunter und traf auf Oskars ihn anhimmelnden Blick. Er fragte sich, wie offen er dem Pastor gegenüber sein konnte. Dann entschied er sich, ihm zu vertrauen. Er musste sich eingestehen, dass es angenehm war, mit jemandem über den Fall zu diskutieren, zumal weder Flemming noch Marianne zur Verfügung standen. »Ich habe das starke Gefühl, es könnte um etwas ganz anderes als um die beiden Kinder gehen. Mit Thomas und Lene habe ich noch nicht darüber gesprochen, ich muss Sie deshalb bitten, es für sich zu behalten.«

Arne Vassing richtete sich auf. »Mir würde nicht im Traum einfallen, von einem Gespräch zu berichten, das in diesem Raum stattgefunden hat«, erklärte er. »Entschuldigung, wenn ich etwas feierlich klinge, aber das ist tatsächlich ein wesentliches Prinzip von mir. Ich bin der Ansicht, dass ein vertrauliches Gespräch mit einem Pastor ebenso unantastbar ist wie das Gespräch mit einem Arzt. Egal, wie bedeutend oder unbedeutend die Angelegenheit ist.«

»Danke«, sagte Dan. »Also ...« Er räusperte sich. »Ich komme einfach nicht von dem Gedanken los, die Sache müsse mit ihren Eltern zu tun haben.«

Der Pastor runzelte die Stirn. »Sie glauben doch nicht, sie selbst hätten ...«

»Nein, natürlich nicht. Ich denke nur ... Wen treffen Todesfälle von Kindern am meisten? Die Eltern, oder? Schlimmer als jeden anderen. Für Eltern ist es die Höchststrafe, ihr Kind zu verlieren. Es ist eine bekannte Tatsache, dass man Menschen in kriegerischen

Auseinandersetzungen effektiver dazu bringt, etwas zu verraten, wenn man nicht sie selbst, sondern ihre Kinder foltert.«

Der Pastor nickte.

»Lene und Thomas sind beide öffentliche Personen«, fuhr Dan fort. »Thomas ist als profilierter Parlamentarier der Bekanntere der beiden. Wenn es so kommt, wie die Opposition und die Meinungsumfragen es sehen, wird er unser nächster Ministerpräsident, und es gibt keinen Zweifel, dass er sich während seiner Karriere Feinde gemacht hat.«

»Das ist sicher anzunehmen.«

»Lene ist ebenfalls eine Person, die in der Öffentlichkeit steht. Sie ist die Vorsitzende der Vereinigung Ökologischer Gartenbesitzer, die bekanntlich den traditionellen Landwirten den Guerillakrieg erklärt haben – und Bauern gibt es hier in der Umgebung ja einige. Es sollte mich wundern, wenn sie nicht auch den einen oder anderen Feind hätte.«

»Und wie stellen Sie sich das vor? Ein Kindermord als eine Form der Erpressung? Oder glauben Sie an einen Racheakt?«

»Ich habe keine Ahnung.«

»Und wie passt die Sache mit den sechzehn Jahren und siebenundzwanzig Tagen da hinein?«

»Es könnte ein Zufall sein. Beim ersten Mal könnte es zufällig passiert sein – dann wurde es wiederholt, weil den Eltern die Pointe noch nicht klar war.« Dan grübelte einen Moment. »Vielleicht ist es aber auch eine Jahreszahl. Sechzehnhundertsiebenundzwanzig. Oder eine Uhrzeit. Möglicherweise weist die Zahlenkombination aber auch auf einen Code hin, den Thomas und Lene verstehen können.«

»Haben Sie die beiden gefragt?«

»Noch nicht. Im Augenblick stochere ich nur herum und versuche, ein Muster zu erkennen. Ich würde gern mehr über Rolf und Gry wissen. Wie waren sie? Wen kannten sie? Worüber haben sie gelacht? Das gilt natürlich auch für Malthe. Wenn ich eine oder mehrere Personen finde, die mit allen dreien zu tun gehabt haben, komme ich des Rätsels Lösung vielleicht einen Schritt näher.«

»Sie können mit mir und Vibeke anfangen«, bot der Pastor an und leerte seinen Becher. »Ich habe alle drei Kinder konfirmiert und zwei begraben. Und Vibeke hatte viel mit den beiden Älteren zu tun.«

Dan sah den Pastor eine Weile an. »Vielleicht wissen Sie ja, ob es stimmt, dass Gry in den letzten Monaten ihres Lebens irgendeine Therapie gemacht hat? Ihr ehemaliger Freund ist davon überzeugt, doch ihre Eltern wissen nichts darüber. Und soweit ich weiß, muss das Elternhaus unterrichtet werden, wenn ein Minderjähriger über die Behörden psychologische Hilfe in Anspruch nimmt. Oder?«

»Ihr Freund? Stoffer?«

»Ja. Kennen Sie ihn?«

»Ich habe ihm ein paarmal Guten Tag gesagt. Ein netter Kerl, obwohl er eine Zeit lang etwas zu viel Hasch geraucht hat. Was macht er jetzt?«

Dan lieferte eine Kurzfassung von Christoffers derzeitigem Leben. »Aber Sie haben meine Frage nicht beantwortet«, sagte er. »Wissen Sie etwas über einen eventuellen Therapeuten von Gry?«

Arne Vassing sah ihm ins Gesicht. »Ich glaube, er meint mich.«

16

»Da sitze ich jetzt in der Klemme«, fuhr der Pastor fort. »Auf der einen Seite habe ich Gry versprochen, niemals irgendjemandem zu erzählen, dass wir uns ab und an gesehen haben, auf der anderen Seite kann ich Ihnen viel Zeit ersparen, wenn ich ...« Er hielt inne, deutlich hin- und hergerissen.

Dan brach die Stille. »Sie war bei Ihnen in therapeutischer Behandlung?«

»Das ist vielleicht etwas zu hoch gegriffen. Wir haben uns regelmäßig unterhalten, ja. Im letzten halben Jahr ihres Lebens haben wir uns ein paarmal im Monat getroffen. Sie erzählte von ihrem Leben, ihrer Beziehung zu Stoffer und ihrem schlechten Verhältnis zu ihren Eltern. Ich gab ihr einen Rat, wenn sie mich darum bat.«

»War sie religiös?«

»Sie war gläubig, ja. Allerdings nicht gerade *fromm*.« Der Pastor lächelte. »Sie befürchtete sogar, dass man sie dafür halten könnte, und bestand deshalb darauf, unsere Treffen vor dem Rest der Welt geheim zu halten.«

»Was ist falsch daran, gläubig zu sein?«

»In einer Gesellschaft, in der sämtliche Geschlechtsteile und sexuellen Leistungen in den Schlagzeilen der Zeitungen und bei eigentlich anständigen Abendeinladungen verhandelt werden und in der Satan von allen im Mund geführt wird, ist Gott das einzige noch verbliebene Tabu. Gläubig zu sein ist – vor allem für Jugendliche – mit Scham verbunden, es sei denn, man gehört irgendeiner speziellen religiösen Gemeinschaft an. Inzwischen kann ein junger Mensch nur bei der Inneren Mission, den Zeugen Jehovas oder der Pfingstgemeinde den Namen Gottes noch laut aussprechen, ohne dass es als Kraftausdruck gemeint ist.«

»Sie meinen, Gry hat sich geschämt?«

»So könnte man es sagen, ja. Gleichzeitig gab es eine Reihe anderer Gründe, warum ihre Eltern nicht von unseren Treffen erfahren sollten. Unter anderem hatte sie Angst davor, sie könnten ins Pfarrhaus kommen, wenn sie hier ist. Sie wollte auf keinen Fall etwas mit ihnen zu tun haben. Also haben wir uns an allen möglichen anderen Orten getroffen. Wir machten Waldspaziergänge, fuhren durch die Gegend oder trafen uns in einem Café in Kopenhagen.«

»Waren Sie der Besuch an dem Abend, als sie sich mit Kokain vergiftete?«

»Wie meinen Sie das?«

»Stoffer glaubt, es müsse an diesem Abend jemand bei ihr gewesen sein.«

»Nein, ich war nie in der Wohnung, in der sie gewohnt haben.«

»Es war nur ein möbliertes Zimmer.«

»Sehen Sie.« Der Pastor räusperte sich. »Ich leide sehr unter ihrem Tod, weil ich sie und ihre Eltern in den schweren Tagen, als sie im Koma lag, nicht unterstützen konnte.«

»Wo waren Sie?«

»Ich hatte mir ein paar Monate freigenommen, um in einem Flüchtlingslager im Sudan zu arbeiten.«

»Sind Sie oft auf solchen Einsätzen?«

»Seit ich Gemeindepastor geworden bin, war ich nur wenige Male unterwegs. Unser Kirchenvorstand sieht es nicht gern, wenn der Pastor in der Weltgeschichte herumdüst … Und nachdem die beiden Mädchen kamen, habe ich diesen Teil meiner Seelsorge ganz eingestellt. Aber früher war ich häufig unterwegs. Nach Naturkatastrophen oder in Kriegsgebieten. Es gibt so viele Menschen auf der Welt, die Hilfe brauchen.« Er zuckte die Achseln. »Diesmal war es der Sudan; ich war außer Landes, als es passierte. Thomas schickte mir am Tag nach dem Unfall eine Mail, und ich konnte eine Woche vor Ablauf der Zeit nach Hause fliegen. Aber ich habe Gry nicht mehr gesehen, bevor sie starb.«

*

»Sie müssen darüber mit Thomas und Lene sprechen«, sagte Arne Vassing, als sie kurz darauf in der Halle standen und sich verabschiedeten.

»Sie haben recht.« Dan trat einen Schritt zurück. Der nette Pastor war einer der Menschen, die anderen immer eine Spur zu nahe kamen. »Es gibt nur irgendetwas in mir, das sich sträubt, sie mit dieser Theorie zu konfrontieren.«

»Und was?«

»Ich würde es als Anklage empfinden, wenn mir jemand sagt, es sei möglicherweise meine Schuld, dass meine Kinder ermordet wurden. Können Sie mir folgen?«

»Natürlich. Aber ich glaube, Sie unterschätzen die beiden, vermutlich ist ihnen dieser Gedanke selbst schon einmal gekommen. Sie sind schließlich intelligente Menschen.« Der Pastor öffnete die Haustür zum Hof, auf den noch immer dicke Regentropfen prasselten. »Warten Sie«, sagte er, als Dan sich gerade auf den Weg in den Regen machen wollte. »Ich werde Sie zum Auto begleiten.« Er nahm etwas großes Schwarzes von der Garderobe. »So. Das ist mein Butler-Schirm. Darf ich Sie bitten daruntertzutreten.«

Dan tätschelte Oskar ein letztes Mal den Kopf und trat unter das Halbdach des Schirms. »Doggen wollen mit Wasser absolut nichts zu tun haben«, erklärte Arne, »nicht mit irdischem Badewasser und auch nicht mit himmlischem Regenwasser.« Dan drehte sich um und blickte dem Hund in die Augen. Oskar stellte die Ohren auf und wedelte freundlich mit dem Schwanz, blieb aber in der Türöffnung stehen.

Dan parkte hinter Arne Vassings Wagen, einem Volvo Amazon Kombi, der neben einem schwarzen Ford Ka unter einem Halbdach des Pfarrhauses stand. Bei seiner Ankunft hatte der Regen Dan so abgelenkt, dass er den perfekt erhaltenen taubenblauen

Klassiker mit den roten Lederpolstern und den schönen Originalfelgen gar nicht bemerkt hatte. Aber jetzt, unter dem Schutz des Regenschirms, blieb er beim Anblick des Wagens stehen.

»Wow!«, rief er. »Der ist ja tipptopp erhalten.«

»Danke.« Arne legte seine freie Hand aufs Autodach. »Baujahr 66. Mein Küster hat ihn 1982 für siebzehntausend Kronen gekauft.«

»Ken B.?«

»Ja, es war sein Wagen. Allerdings wurde ihm schon vor vielen Jahren der Führerschein entzogen.«

»Alkohol?«

Ein fast unmerkliches Nicken. »Er hat sich nie bemüht, den Schein wiederzubekommen, doch er brachte es auch nicht fertig, sich von seinem Amazon zu trennen. Es war sein erstes Auto, und er hat es selbst restauriert.« Auf dem Gesicht des Pastors zeigte sich ein schräges Lächeln. »Als ich die Gemeinde übernahm, stand er nur in der Garage und verstaubte.«

»Sie haben ihn gekauft?«

»Auf diese Weise kann Ken B. den Wagen sehen, sooft er will. Tatsächlich hält er ihn noch immer wunderbar instand. Er wäscht und repariert ihn auch, soweit er es selbst kann.«

»Ein Wagen für einen Herrensitz«, sagte Dan. »Es war das luxuriöseste Auto, das ich mir als kleiner Junge vorstellen konnte. Ich kann mich sogar noch an die Werbung erinnern.«

»Man bekommt immer noch vollständig restaurierte Exemplare zu einem vernünftigen Preis«, erwiderte der Pastor. »Ich habe gute Kontakte zum Amazon-Club, also wenn …«

»Nein, nein, vielen Dank. Ich habe mir gerade den da gekauft.« Er wies mit dem Kopf auf den Audi. »Damit bin ich sehr zufrieden. Ich glaube auch nicht, dass ich für einen Oldtimer der Richtige bin. So etwas muss schließlich gepflegt werden.«

»Sicher, ich kenne auch einen wirklich guten Mechaniker ...«

»Nein, nein, besser wir reden nicht mehr davon.« Dan öffnete die Wagentür und stieg in den Audi. »Sonst komme ich noch in Versuchung.«

»Sind wir nicht alle nur sündige Menschen?«, entgegnete der Pastor lächelnd.

Dan ließ den Motor an. »Vielen Dank, Arne. Sie waren eine große Hilfe. Ich hoffe, ich darf Sie anrufen, wenn ...«

»Natürlich. Und das nächste Mal kommen Sie abends, wenn die Mädchen im Bett sind. Dann kann Vibeke auch dabei sein. Ihr fällt sicher noch das eine oder andere ein, das wichtig ist.«

»Ich fahre jetzt zu Thomas und Lene. Das Gespräch mit ihnen kann ich genauso gut gleich hinter mich bringen.«

17

Thomas und Lene Harskov nahmen es erstaunlich gelassen. Sowohl den unangemeldeten Besuch an einem verregneten Sonntagabend als auch die unangenehmen Fragen, die Dan ihnen stellte. Malthe war nicht zu Hause, deshalb gab es keinen Anlass für Ausflüchte. Es wurde ohne weiteres Palaver ein zusätzliches Gedeck auf den Tisch gestellt, und sie unterhielten sich beim Essen.

»Ja, natürlich haben wir Feinde«, bestätigte Thomas und ließ sich von Dan die Platte mit der selbst gebackenen Pizza reichen. »Ich wäre nicht so weit gekommen, wenn ich mir unterwegs nicht auch einige Feinde gemacht hätte.«

»Wen zum Beispiel?«

»Ich weiß nicht einmal, wo ich anfangen und wo aufhören sollte.« Thomas hatte die Pizza zerteilt und setzte sich wieder. »Natürlich gibt es einige in der Partei, die das Gefühl haben, beiseitegedrängt worden zu sein. So ist das nun einmal, wenn ein jüngerer Mann die alten, treuen Parteisoldaten auf der Innenbahn überholt, schämen muss ich mich dafür hoffentlich nicht. Ich habe meine Wehrpflicht abgeleistet und finde ehrlich gesagt, dass ...«

»Halten wir uns an die Fakten, Thomas.« Lene unterbrach ihn. »Wenn du den ganzen Abend den Selbstdarsteller spielst, werden wir nie fertig.«

Thomas nannte ein paar Namen aus den Reihen der Partei. Dan hörte sie zum ersten Mal, dennoch notierte er sich die Namen. Eine Parteifreundin hatte Thomas nie verziehen, dass er zum Spitzenkandidaten gewählt worden war, nachdem sie in ihrem Bezirk seit zwanzig Jahren ohne einen einzigen Fehltritt Wahlkämpfe geführt hatte. Einen anderen hatte Thomas beim Manipulieren von Belegen erwischt; das hatte den Mann den Sprecherposten gekostet, obwohl die Fraktion es geschafft hatte, den Fall herunterzuspielen, bevor die Presse davon Wind bekam. »Wie lange ist das her?«

»Dass Torben entdeckt wurde? Zwei Jahre, glaube ich. Vielleicht zweieinhalb.«

»Dann hat er sicher nichts mit der Sache zu tun. Sollte meine Theorie stimmen, müssen wir weiter zurückgehen. Mindestens sechs Jahre.« Dan pustete auf den geschmolzenen heißen Käse und stopfte sich einen Bissen von der Pizza in den Mund.

Thomas nickte. »In die Zeit vor Rolfs Tod. Natürlich.«

Eine Weile aßen sie, ohne dass ein Wort fiel.

»Gibt es in den anderen Parteien jemanden, der dich nicht ausstehen kann?«

»Tja ...« Thomas schluckte ein Stück Pizza. »Sehr viele sind nicht meiner Meinung. Sonst wäre ich ja ein eigenartiger Politiker. Aber mich nicht ausstehen?« Er trank einen Schluck Wasser. »Nein, ich glaube, so etwas kommt eher in den eigenen Reihen vor. Für die Regierung und die Parteien, die sie unterstützen, bin ich doch nur ein Gegenspieler und deshalb nicht gleich ein Feind. Es sind oft nicht die Gegner, die man am meisten fürchten muss. Verstehst du, was ich meine?«

»Natürlich. Ich hatte auch mal einen Karrierejob. Die schlimmsten Feinde findet man unter seinen eigenen Leuten.« Dan sah Lene an. »Noch andere?«

Es entstand eine kleine Pause, als die Gastgeber nachdachten.

»Steen Iversen«, sagte Lene dann. »Er ist der Vorsitzende des Ortsverbandes der Pelztierzüchter, und er tobt, weil Thomas versucht, diese Schweinerei zu stoppen, die auf vielen Nerz- und Fuchsfarmen passiert.«

»Seit wann gibt es diese Feindschaft?«

»Seit Jahren«, antwortete Thomas. »Seit acht bis zehn Jahren, schätze ich. Das lässt sich herausfinden.«

»Gab es direkte Feindseligkeiten?«

»Mehrfach. Wir sind uns bei Podiumsdiskussionen und Anhörungen begegnet. Außerdem habe ich Leserbriefe und Artikel veröffentlicht, wir wurden beide in den Zeitungen und im Fernsehen interviewt. Und er hat mir tonnenweise anonyme Drohbriefe geschrieben, auf die ich allerdings nie reagiert habe.«

»Woher wusstest du, dass sie von ihm kamen, wenn sie anonym waren?«

»Ich habe seine Formulierungen wiedererkannt.«

»Womit hat er gedroht?«

»Mit allem Möglichen. Enthüllungen über meine wahre Natur, allerdings ohne irgendwelche Details zu nennen. Dass er mir die Hölle heißmachen wolle. Wenn er ich wäre, würde er jedenfalls aufpassen. So etwas halt. Ich habe es nicht sonderlich ernst genommen. Ich wollte ihn nicht einmal anzeigen.«

»Hast du die Briefe aufgehoben?«

»Sie liegen bei all den anderen.«

Dan runzelte die Stirn. »Den anderen?«

»Ich habe ein ganzes Archiv voller mehr oder weniger anonymer Zuschriften. Als ich vor vielen Jahren den ersten anonymen Brief bekam, fragte ich einen Polizisten um Rat, und der empfahl mir, sie komplett aufzubewahren – soweit vorhanden mit den Umschlägen, Poststempel und Eingangsdatum. Man weiß nie, hat er gesagt, ob man sie nicht eines Tages doch noch für irgendetwas braucht.«

»Damit könnte er recht gehabt haben. Machst du dir eigentlich gar keine Sorgen, wenn du solche Briefe bekommst?«

»Die meisten sind reiner Blödsinn. Nicht wert, auch nur einen Gedanken darauf zu verschwenden. Manche sind regelrecht unterhaltsam. Früher haben wir hin und wieder daraus vorgelesen, wenn wir Gäste hatten.« Er lächelte. »Es gibt erstaunlich viele Idioten auf der Welt.«

»Na ja, wenn sie auch sonst kaum zu gebrauchen sind, liefern diese Briefe doch fantastisches Material, wenn du irgendwann deine Autobiografie schreiben willst.«

»Daran habe ich auch schon gedacht.« Thomas stand auf. »Bist du sicher, dass du keinen Wein willst?«

»Ganz sicher, danke.«

»Was ist mit dir, Lene?«

»Nein danke. Setzt du bitte etwas Wasser auf? Dann mach ich Kaffee.«

Dan räusperte sich. »Diese Briefe … Könnte ich davon Kopien bekommen?«

»Du kannst einfach die ganze Kiste mitnehmen, wenn du willst«, erwiderte Thomas. »Ich gehe nicht davon aus, dass ich in naher Zukunft dazu komme, meine Memoiren zu schreiben.«

»Danke. Gibt es noch jemanden, der ein Hühnchen mit euch zu rupfen hat?«

Thomas wechselte einen Blick mit seiner Frau. »Helge natürlich«, sagte er dann. Lene nickte. »Helge Johnsen.«

»Johnsen? Ist der nicht Mitglied im Kirchenvorstand?«

»Nein, das ist seine Frau. Lilly.«

»Aha.«

»Helge und Lilly sind unsere Nachbarn, sie wohnen in dem roten Haus.«

»Mit dem Fischteich und dem Plastikstorch davor?«

»Ja.« Lene verzog das Gesicht. »Und mit fünfhundert Gartenzwergen, einer Biergartengarnitur und dem lautesten Kleintraktor der Welt. Die Johnsens lassen ihre Enkelkinder stundenlang mit dieser Höllenmaschine spielen – und zwar immer dann, wenn wir im Garten sitzen und essen.«

»Sind sie schon älter?«

»Ich glaube, sie sind über sechzig, jedenfalls Rentner, wir dürfen sie also rund um die Uhr genießen.«

»Lene.«

»Ja, du spielst gern den Toleranten. Und wenn es hier Probleme gibt, fährst du einfach nach Christiansborg.«

»Er geht euch also auf die Nerven«, unterbrach sie Dan. »Aber mich interessiert im Moment die andere Seite. Hat Helge Johnsen einen besonderen Grund, euch zu hassen?«

»Ja, wenn du ihn und seine Frau fragst, dann haben sie jede Menge Gründe. Wir haben ihnen Lindegården seinerzeit abgekauft, als er die Landwirtschaft aufgeben musste und stattdessen einen Job bei der landwirtschaftlichen Genossenschaft bekam. Der Hof sah aus, du glaubst es nicht.«

»In so schlechtem Zustand?«

»Nein, im Gegenteil. Alles war in Ordnung und frisch gestrichen – und so sauber, man hätte vom Boden des Schweinestalls essen können.« Lene schüttelte den Kopf. »Das Problem war nur, dass alles, was sie an den Gebäuden gemacht hatten, unfassbar hässlich war. Imitiertes Eichenholz an den Wänden, abgehängte Gipsdecken, hässliche Holzverkleidungen an den Giebeln, Thermofenster in dunklen Holzrahmen ohne Sprossen. Das Wohnhaus sah aus, als wäre es misshandelt worden.«

»Und ihr habt das alles umgebaut?«

»Na klar.« Lene stand auf und goss kochendes Wasser in eine Stempelkanne mit Kaffee. »Wir haben ein paar Jahre lang geschuftet, es kostete fast unser ganzes Vermögen. Glücklicherweise war das Ergebnis perfekt.«

»Nur Helge war gekränkt.«

»In gewisser Weise konnte ich ihn sogar verstehen. Er und seine Frau waren der Ansicht, sie hätten Lindegården modernisiert und rundum instand gesetzt. Und dann kamen wir – ein Folketing-Politiker und eine Innenarchitektin – mit unserem guten Geschmack und unseren vornehmen Stadtmanieren und haben alles auseinandergerissen. Der ganze Ort konnte diesen Prozess verfolgen. Das feine neue, avocadogrüne Badezimmer, das die Nachbarinnen so sehr bewundert hatten, als es eingebaut wurde, fanden sie nun in kleinen Teilen in einem Container wieder. Damit fing das Gerede an. Es muss demütigend für sie gewesen sein.«

»Aber ihr wart im Recht. Ihr hattet das Haus schließlich gekauft und bezahlt.«

»Hätten wir vorher gewusst, dass die Johnsens ins Nachbarhaus ziehen würden, bin ich nicht sicher, ob wir den Hof überhaupt gekauft hätten«, sagte Lene und setzte sich. »Das erfuhren wir erst, als die Papiere vom Rechtsanwalt zur Unterschrift kamen – und da war es zu spät.«

»Was ist dann passiert?«

»Zunächst kamen sie ein paarmal in der Woche, um zu sehen, wie die Arbeiten vorangingen; so in aller Freundschaft. Sie rangen die Hände und wunderten sich lautstark darüber, warum wir ihre schmiedeeisernen Lampen nicht haben wollten und was mit den schicken, braun geflammten Kacheln nicht in Ordnung wäre, die Helge erst kürzlich in der Küche angebracht hatte. Wir luden sie auf ein Bier ein und versuchten, sie zu beruhigen, völlig vergeblich.« Sie zuckte die Achseln.

»Plötzlich machten alle möglichen Gerüchte im Ort die Runde«, übernahm Thomas. »Wie sich die Neuen auf dem alten Hof benahmen, also wir. Zu unserer großen Überraschung hörten wir, dass Lene trank und ich eine Geliebte hätte, die jedes Mal zu Besuch käme, wenn Lene außer Haus wäre. Wir hörten von mehreren Seiten, dass unser Nachbar all diese Geschichten verbreitete. Anfangs lachten wir noch darüber. Zumindest fehlt es ihm nicht an Fantasie, dachten wir. Herrgott. Aber irgendwann wurde es dann zu viel. Es tauchten Gerüchte auf, ich würde meine Tochter missbrauchen, Gry war damals erst neun. Das war einfach krank. Da konnte ich nicht mehr.«

»Was habt ihr unternommen?«

»Zuerst einmal sind wir zu ihnen gegangen und haben mit ihnen geredet. Wir haben versucht, ihnen zu erklären, dass Helge missverstanden haben musste, was er bei uns gesehen hat. Zum Beispiel war es natürlich nicht Lene gewesen, die all die Flaschen geleert hatte, die nach den Herbstferien im Flaschencontainer gelandet waren. Wir hatten eine Menge Gäste zu Besuch gehabt. Und die angebliche Liebhaberin war in Wahrheit meine Schwester gewesen, die sich damals scheiden ließ und deshalb häufig das Bedürfnis hatte, sich vertraulich mit ihrem älteren Bruder zu beraten.«

»Was hat er dazu gesagt?«

»Nicht viel. Helge tobte, weil wir ihn verdächtigten, die Gerüchte verbreitet zu haben. Er stritt es so vehement ab, dass überhaupt kein Zweifel mehr darüber bestehen konnte, wer die Geschichten in Umlauf gebracht hatte.«

»Und dann?«

Thomas hob die Schultern. »Sie kamen nicht mehr zu Besuch. Und das war eigentlich ganz angenehm. So lustig war es nämlich nicht, ihn ständig hier herumschnüffeln zu sehen. Dafür hatten wir uns Feinde fürs Leben gemacht. Seit damals hat vor allem Helge Johnsen getan, was er konnte, um uns zu stören und zu verärgern. Wenn er seinen Anhänger vor unserer Einfahrt parken kann, tut er es. Und sobald der Wind in unsere Richtung weht, verbrennt er seine Gartenabfälle. Er schmeißt mit großen Steinen nach unserer Katze, beschwert sich bei der Polizei über Lärm aus der Werkstatt, es kommt zu Sachbeschädigungen, kurzum, er wendet eine gewaltige Menge Energie auf, um uns das Leben schwer zu machen.«

»Sachbeschädigungen?«

»Okay, es ist inzwischen ein paar Jahre her, und wir können nicht beweisen, dass er es war, nur ... Eines Abends, als wir von einer Feier nach Hause kamen, war unsere Eingangstür mit Schweineblut beschmiert. Auf der Mauer stand mit Blut ›GESTEHE!‹ geschrieben. Das war er. Wer auch sonst?«

»Was solltet ihr denn gestehen?«

Wieder zuckte Thomas die Achseln. »Meine Geliebten, den Inzest, was weiß ich.«

»Habt ihr Anzeige erstattet?«

»Nein, wir wollten die Stimmung nicht noch weiter aufheizen.«

»Könnt ihr euch erinnern, wann das gewesen ist?«

Sie sahen sich an. »Jedenfalls vor Rolfs Tod«, sagte Lene dann. »Ich vergesse nie, wie wütend der Junge geworden ist.«

»Und Gry hatte Angst«, ergänzte Thomas.

»Das kann ich verstehen.«

»Er oder Lilly haben uns auch anonyme Briefe geschrieben. Aber noch einmal, beweisen können wir das nicht.«

»Liegen sie bei den anderen Briefen?«

»Ja, klar.«

»Klingt ziemlich unangenehm. Aber glaubt ihr, er könnte eure Kinder ermordet haben?«

Lene und Thomas sahen sich an.

»Das geht dann vielleicht doch ein bisschen zu weit«, sagte Thomas. »Immerhin ist es eine sehr schwere Beschuldigung. Aber man weiß nie, was im Kopf anderer Menschen vor sich geht.«

»Wohl wahr. Ich werde mich in den nächsten Tagen mal mit ihnen unterhalten.« Dan nahm den Kaffee, den Lene ihm reichte, und verneinte zum zweiten Mal an diesem Tag, dass er Zucker brauche. Er war regelrecht stolz auf sich. »Fällt euch noch jemand ein?«

Eine neue Pause. Lene hatte sich mit ihrer Kaffeetasse hingesetzt und schob eine Schale Kekse hinüber zu Dan. Thomas blieb beim Wein.

»Ich könnte einige aufzählen«, sagte Lene. »Also einige, die entweder etwas gegen Thomas oder gegen mich haben. Aber du hast ja recht. Sobald man darüber nachdenkt, ob jemand dabei ist, der sich an unseren Kindern rächen könnte, begrenzt sich die Zahl beträchtlich.«

»Ich finde, ihr solltet trotzdem weiter darüber nachdenken«, erwiderte Dan. »Möglicherweise fallen euch noch mehr Personen ein, wenn ihr es ein wenig sacken lasst. Und denkt bitte auch in andere Richtungen. Gibt es in eurer Vergangenheit Menschen, die sich vielleicht von euch beleidigt oder verletzt gefühlt haben könnten, darauf aber nie reagiert haben? Vielleicht wisst ihr nicht einmal davon und seht jemanden gar nicht als Feind an, der euch nicht wohlgesinnt ist.«

»Tja, aber dann gibt es Tausende von Möglichkeiten.« Thomas runzelte die Stirn. »Als Politiker greife ich doch permanent in den Alltag anderer Menschen ein, ohne sie persönlich zu kennen.«

»Überlegt trotzdem weiter. Zum Beispiel euer wütender Nerzzüchter Steen Iversen. Ihr wisst, wer er ist, und ihr wisst, dass er Thomas hasst. An ihn zu denken, ist naheliegend, doch er ist nicht der einzige Pelztierzüchter, der sich durch die Gesetzesänderungen, an denen Thomas über die Jahre gearbeitet hat, benachteiligt fühlte. Vielleicht gibt es die eine oder andere verbitterte Seele, die mit ihrer Silberfuchsfarm pleitegegangen ist und nach jemandem sucht, an dem sie es auslassen kann.«

»Ja, ja, das sollte man untersuchen, aber wir haben doch keine Möglichkeit …«

»Nein, es ist mein Job, den Fall zu untersuchen. Und vielleicht wird es zu einem späteren Zeitpunkt der Job der Polizei sein. Ich suche nach ein paar Ideen, mit denen ich arbeiten kann. Und die können nur von euch kommen.«

»Okay.«

»Ich finde, wir sollten uns in einer Woche wiedersehen. Bis dahin habe ich bestimmt weitere Fragen.«

»Guter Plan«, stimmte Thomas zu.

»Ach, und noch etwas. Das identische Todesalter von Rolf und Gry.« Dan entwickelte seine Theorie, dass die vier Ziffern – eins sechs zwei sieben – vielleicht eine Spur sein könnten. Eine Jahreszahl, eine Uhrzeit, irgendein Code. »Ich weiß, es klingt ziemlich weit hergeholt, aber beziehet die Zahlen mit ein, wenn ihr die Liste eurer eventuellen Feinde durchgeht. Könnten diese Zahlen für irgendwen auf eurer Liste Sinn ergeben? Ihr müsst nicht jetzt antworten«, sagte er, als Lene den Mund öffnete, um zu protestieren. »Denkt einfach darüber nach.«

Sie hörten die Haustür, und einen Augenblick später verkündeten ein paar Geräusche, dass jemand seine feuchten Schuhe in den Flur warf.

»Das ist Malthe.« Lene saß stocksteif auf ihrem Stuhl. »Bitte kein Wort mehr darüber.«

Thomas streckte die Hand nach ihr aus. »Er kommt nicht herein, Lene, er geht direkt in sein Zimmer.«

Das Geräusch schwerer Schritte auf der Treppe bestätigte seine Vermutung.

»Malthe?« Lene erhob sich halb. »Bist du das?«

»Ja«, tönte eine ferne Stimme. »Gute Nacht!«, klang es nun noch entfernter, dann wurde eine Tür im ersten Stock zugeschlagen.

Stille legte sich über das Haus.

»Kinder in dem Alter.« Lene versuchte es mit einem Lächeln, doch Dan bemerkte, wie sehr sie das abweisende Verhalten des Jungen schmerzte.

»Tja, ich muss los«, sagte er. »Denkst du an die Briefe, Thomas?«

Es hatte aufgehört zu regnen, und das Licht der Designerlampen an der Haustür glitzerte in den spiegelblanken Wasserpfützen auf dem Hof. Thomas wartete, bis Dan sich die Jacke angezogen hatte, bevor er ihm einen flachen, abgegriffenen Pappkarton überreichte.

»Sind das alle Briefe?« Dan hob den Deckel und schaute auf die Briefumschläge in allen Größen.

»So ist es.« Thomas begleitete Dan ans Tor und blieb stehen. »Du, Dan?«

»Ja?«

»Ich vermute, du teilst inzwischen unsere Ansicht, dass Rolf und Grys ermordet und beide Todesfälle als Unglück getarnt wurden.«

Dan nahm die Kiste unter den anderen Arm. »Es ist nicht mehr als ein Gespür, von dem ich mich bisher leiten lasse. Und ihr beiden habt mich vermutlich beeinflusst. Trotzdem bin ich tatsächlich ziemlich überzeugt davon.«

»Ich wollte dich das nicht in Anwesenheit von Lene fragen, aber hast du eine Theorie, wie sie möglicherweise ermordet wurden?«

»Die habe ich, ja, doch bevor ich die Obduktionsberichte gelesen habe, würde ich sie ausgesprochen ungern mit anderen teilen.« Außerdem muss ich tief in meine Lieblingslektüre als Jugendlicher einsteigen, dachte er. Aber das sagte er nicht laut. Sollte seine Idee sich als vollkommen verrückt herausstellen, wollte er sich damit nicht vor mehr Menschen als unbedingt notwendig blamieren.

18

»Malthe?« Ich habe mir kaum die Schuhe ausgezogen, schon quakt sie. »Malthe? Bist du das?« Scheiße, das ist so armselig.

»Ja!« Ich laufe die Treppe hinauf. »Gute Nacht.«

Ich habe Dan Sommerdahls Auto vor dem Haus gesehen, ich

weiß also, dass er unten mit ihnen zusammensitzt. Keine Lust, mich unten blicken zu lassen, solange er da ist. Auch nicht, wenn es im ganzen Haus nach selbst gebackener Pizza duftet und mein Magen vor Hunger schreit.

Ich bin nass, mir ist kalt, und ich habe beschissene Laune.

Mutter ruft noch einmal, ich tue so, als hätte ich sie nicht gehört, und gehe direkt ins Badezimmer. Ziehe meine klatschnassen Klamotten aus und lasse sie auf einem Haufen liegen, während ich mich unter die kochend heiße Dusche stelle.

Es hilft kaum. Ich wickele mir ein Handtuch um den Bauch und gehe in mein Zimmer. Schließe die Tür ab. Schalte die Anlage an und drehe auf. Nine Inch Nails. Die volle Dröhnung. Langsam geht es mir besser. Äußerlich jedenfalls. Innerlich ist das Chaos so groß wie immer, vielleicht sogar noch ein bisschen größer. Ich weiß einfach nicht, ob ich Stine noch ertrage. Ich meine, es ist erst ein paar Tage her, seit sie Mia geschickt hat, um mich zu bitten, es locker anzugehen. Heute kam sie an und wollte mich plötzlich treffen, um zu reden. Wir saßen in ihrem Zimmer, sie quatschte eine Menge Zeug, sie wäre sich nicht im Klaren, sie wäre zu jung und all so etwas. Ich dachte eigentlich, dass sie mit mir Schluss machen wollte, und in gewisser Hinsicht war ich auch erleichtert. Aber plötzlich stürzte sie sich auf mich. Wir küssten uns, und ich durfte ihre Brüste anfassen und einen Finger hineinstecken für fünfeinhalb Sekunden. Und dann hat sie ihn wieder berührt. Diesmal, ohne dass es wehtat. Ich kam fast auf der Stelle, und sie wischte mich mit einem hellgelben Gästehandtuch ab. Hinterher benahm sie sich, als wären wir so was wie Scheißverlobte. Sie wollte meine Eltern kennenlernen und fragte, ob ich nicht bald meinen Freunden etwas von »unserer Beziehung« erzählen wollte. Als müssten wir nächste Woche den Wohnungsmarkt abchecken und eine Startbox bei Ikea kaufen. Ziemlich verwirrend. Erst war sie sich nicht im Klaren, und einen Augenblick später sollten wir heiraten. Bescheuerte Tante. Als wäre ich nie weg gewesen.

Mein Magen knurrt plötzlich durchdringend. Hoffentlich verschwindet dieser glatzköpfige Idiot bald, damit ich mir etwas zu essen holen kann. Ich schalte die Musik ab und gehe zur Treppe, um zu lauschen. Er ist noch da. Zurück ins Zimmer.

Wer weiß, was da im Busch ist? Natürlich könnte ich Mutter morgen fragen, aber wenn ich das mache, wird sie vollkommen entzückt darüber sein, dass ich überhaupt etwas zu ihr sage. Und dann will sie sich »richtig« mit mir unterhalten, darüber, wie es mir geht und so. Das packe ich schlichtweg nicht. Lieber lebe ich in Ungewissheit.

»Malthe?« Mutters Stimme direkt vor meiner Tür.

»Hm?«

»Hast du keinen Hunger?«

Es ist ein Dilemma. Vielleicht bedeutet die Frage, dass ich in die Küche kommen und essen kann, vielleicht bedeutet sie auch, dass sie mir etwas raufbringen will. Antworte ich mit Ja, meint sie vermutlich das Erste, nur, was ist, wenn ich Nein sage? Mein Magen knurrt wieder.

»Malthe? Ich habe dir Pizza mitgebracht. Vielleicht fühlst du dich ja noch unwohl?«

Ich reiße die Tür auf.

»Ist er weg?«

»Wer? Dan? Vater begleitet ihn gerade nach draußen.«

Ich nehme ihr das Tablett ab. »Danke«, sage ich. »Danke, Mutter.« Ein Teller mit einem Riesenstück Pizza und einem Glas Milch. Lecker.

»Ich dachte, du würdest lieber hier oben essen.«

»Ja, danke.« Ausnahmsweise ist mein Lächeln total echt. Sie lächelt zurück. »Das ist doch selbstverständlich, Schatz.« Manchmal ist meine Mutter echt ganz okay.

19

Mogens putzte. Oder tat jedenfalls etwas, das einen ähnlichen Effekt hatte. Ganz sauber wurde seine Wohnung im dritten Stock einer Seitenstraße der Toftegårds Allé nie. Die Fenster hatte er in den sieben Jahren, die er hier wohnte, noch nie geputzt, und der Fußboden wurde nur ein paarmal im Jahr gesaugt, wenn die Staubflusen so dick waren, dass nicht einmal Mogens sie noch ignorieren konnte.

Das Boxenset mit den Folgen von *Weiße Veilchen* thronte in der Mitte eines Regalbretts über dem nagelneuen Flachbildfernseher mit integriertem DVD-Player. Links neben der mauersteindicken Kassette mit den Blumenmotiven stand ein gerahmtes und signiertes Bild der Göttin, rechts eine Vase mit einer getrockneten Rose. Die hatte sie Mogens vor ein paar Jahren geschenkt, als er nach einer Premiere vor dem Bühneneingang des Folketeater stand. Sie war mit einer der anderen Schauspielerinnen herausgekommen, und als sie ihn bemerkte, schenkte sie ihm eine Rose, die sie auf der Bühne bekommen hatte. Sie hatte ihn sogar der anderen Frau vorgestellt. Damals nannte sie ihn zum ersten Mal »mein Maskottchen«.

Das Regalbrett mit den drei Kleinoden war stets blitzsauber. Die einzige Stelle, die Mogens regelmäßig mit dem Staubtuch bearbeitete und sogar regelmäßig nass abwischte. Warf man einen Blick auf den Rest des Regals, war der Kontrast offensichtlich. Auf den übrigen Brettern sammelte sich verstaubter Ramsch: alte Gummibänder, ein ungleiches Salz- und Pfefferset, Stapel von unbenutzten, aber ziemlich dreckigen Einwegtellern, die er im Park von Søndermarken gesammelt hatte, Zeitschriften, aus denen er Geschichten über die Göttin ausgeschnitten hatte.

Alles stand so, wie es Mogens' Ansicht nach stehen sollte, allerdings folgte die Anordnung keinem erkennbaren System. Die Wände der Wohnung waren weitgehend nackt, abgesehen vom Wohnzimmer, wo er eine Menge Fotos der Göttin mit glänzenden Reißnägeln aufgehängt hatte.

Die Küche sah sauber und ordentlich aus, sofern man akzeptierte, dass die hohen Stapel von Einwegplastikbechern zum Interieur gehörten. Mogens liebte Einweggeschirr, und bei Plastikbechern störte es ihn nicht, wenn sie benutzt waren. Hatten sie keine Risse, wusch er sie glücklich aus, trocknete sie sorgfältig und stapelte sie zusammen mit Hunderten von anderen Plastikbechern auf dem Küchentisch.

In der Essecke stand eine Batterie Medikamentengläser, daneben lag ein kleiner Haufen Rechnungen. Mogens ging immer mit einer einzigen Überweisung zum Postamt und bezahlte exakt an dem Tag, der auf dem Überweisungsträger stand. Niemals früher, niemals später. Miete, Autoversicherung, Wasser und Strom. Er hatte alles unter Kontrolle. Er wusste genau, dass seine Sachbearbeiterin eingreifen würde, sollte er diese Dinge nicht ordentlich erledigen. Mogens beendete den Putztag, indem er die Bettwäsche wechselte. Seine Sachbearbeiterin hatte gesagt, er solle das einmal im Monat machen. Außerdem musste er sich alle drei Monate eine neue Zahnbürste kaufen und alle vierzehn Tage in die Münzwäscherei gehen. Diese festen Termine hielt er ebenso akribisch ein wie die Zahlungsfristen auf den Postschecküberweisungen. Es gab andere Dinge, die man ihm nicht direkt gesagt hatte – zum Beispiel, den Fußboden zu wischen oder den Spiegel im Badezimmer zu putzen –, also tat er es auch nicht.

Er stopfte die benutzte Bettwäsche in eine Netto-Tüte. In der zweiten Tüte lagen die Sachen, die er in den vergangenen zwei Wochen getragen hatte. Er füllte eine leere Mineralwasserflasche mit Leitungswasser, steckte sie zu den anderen Dingen in den Rucksack, zog die Windjacke an und prüfte, ob er seine Schlüssel und ein paar Münzen für die Waschmaschine hatte.

Als die Maschine lief, setzte sich Mogens an den wackligen Resopaltisch der Wäscherei. Er stellte die Wasserflasche vor sich und schlug den letzten Bericht in seinem Notizbuch auf, den er an diesem furchtbaren Tag vor etwas über einer Woche verfasst hatte, als ihn der Glatzkopf packte, um ihn zu verprügeln. Mogens hatte nach vielen Jahren zum ersten Mal wieder in die Hose gepinkelt und seitdem keine Zeile mehr geschrieben, es wurde Zeit, dass er wieder damit anfing. Er konnte es sich nicht erlauben, seine Pflichten gegenüber der Göttin noch länger zu vernachlässigen.

Am Montag nach dem Überfall des Glatzkopfs hatte Mogens Besuch von zwei uniformierten Polizisten bekommen, einer Frau mit einem langen blonden Pferdeschwanz und einem Mann, der aussah wie ein Inder. Keiner der beiden passte in Mogens' Bild von einem Polizisten, und er ließ sich von beiden ihre Ausweise zeigen, bevor er die Kette seiner Tür aushakte und sie in die Wohnung ließ.

»Dürfen wir uns ein wenig umsehen?«, erkundigte sich der Mann.

Mogens wagte nicht, etwas anderes zu tun, als zu nicken.

Sie betrachteten die Fotos der Göttin und die Stapel von Einweggeschirr in der Wohnung, und Mogens empfand es als fast genauso gewalttätigen Übergriff wie die Berührung des Glatzkopfs.

Dennoch hatte er sich nicht getraut, etwas zu sagen. Er wusste, die Polizei, die Leute von der Gemeinde und dem Bezirkspsychiatrischen Zentrum würden miteinander reden, und er hatte Angst davor, die ganze Tretmühle könnte wieder von vorn beginnen, wenn er protestierte. Daher stand er still und stocksteif da, während die Polizistin das gerahmte Foto der Göttin in die Hand nahm und es betrachtete.

Mogens hatte das Gefühl, dass es richtig gut funktionierte, sich nichts anmerken zu lassen, doch dann wurde er von den einzigen Körperteilen entlarvt, die er nicht unter Kontrolle hatte: seinen Tränenkanälen. Die Polizistin wandte ihm plötzlich den Kopf zu und bemerkte, wie es um ihn stand.

»Ach Mogens!«, sagte sie daraufhin und stellte das Foto zurück ins Regal, natürlich in einem völlig falschen Winkel. »Was haben Sie denn?«

Dann war auch noch ihr männlicher Kollege ins Zimmer gekommen. Er hatte mit den Händen auf dem Rücken im Schlafzimmer die Fotos über dem Bett betrachtet. »Was jetzt?«, fragte er. Er klang gereizt.

Mogens hatte seinen Tränen freien Lauf gelassen. Die Polizistin legte ihm eine Hand auf den Arm, den er mit einem Ruck wegzog, der ihn ebenso erschreckte wie sie.

»Ganz ruhig«, hatte sie gesagt. »Ich tue Ihnen nichts. Kommen Sie, setzen Sie sich.« Sie wies auf das Sofa, ohne ihn noch einmal anzufassen, während der Mann nur danebenstand und zusah. »Soll ich Ihnen einen Schluck Wasser holen, Mogens?«

Er nickte und saß kurz darauf mit einem seiner Einwegbecher etwas ruhiger da.

»Wir wollen uns nur ein wenig mit Ihnen unterhalten, Mogens«, hatte die Frau gesagt und sich ihm gegenüber auf den Stuhl gesetzt. Der Mann stand vor dem Regal, glücklicherweise rührte er nichts an.

Mogens wischte sich die Augen mit dem Ärmel aus. »Worüber?«

»Wie ich sehe, haben Sie Kirstine Nyland sehr gern.« Die Polizistin zeigte mit dem Kopf auf das Porträt, die Rose und die DVD-Box.

»Ja.«

»Haben Sie von ihr mal ein Autogramm bekommen?«

Mogens nickte vorsichtig. Plötzlich kamen ihm Zweifel, ob es gestattet war, um ein Autogramm zu bitten.

»Ist Kirstine Nyland nett zu Ihnen?«

Wieder nickte er.

»Reden Sie hin und wieder auch mit ihr?«

»Ja.«

»Das hört sich gut an.« Die Polizistin lächelte.

Lachte sie ihn aus? Mogens schielte hinüber zu dem Mann, doch der sah noch immer sehr ernst aus. Also war das kein Witz. Mogens fühlte sich nie richtig wohl, wenn jemand Witze riss.

»Was wollen Sie?«

Die Frau und der Mann sahen sich an, endlich ging der Mann weg von seinem Regal und setzte sich. Er zog einen kleinen Block aus der Tasche. »Fahren Sie einen Honda Civic mit dem amtlichen Kennzeichen UV 52505?«

»Ja.«

»Parkte der Wagen am Dienstag letzter Woche vor dem Gefionsbrunnen in Kopenhagen?«

»Ja.« Mogens richtete sich auf. »Ich habe bezahlt. Ich habe einen Parkschein gekauft. Ich kann Ihnen den Schein zeigen.«

»Nein, danke, das ist nicht notwendig. Wir glauben Ihnen.« Der Mann zog einen Kugelschreiber aus der Brusttasche. »Können Sie uns erzählen, was letzten Dienstag vorgefallen ist? Sie waren in ein Handgemenge verwickelt, oder?«

Mogens spürte, wie seine Wangen rot wurden. Hatte der Glatzkopf ihn tatsächlich angezeigt? »Das war ich nicht.«

»Ich denke schon.« Der Mann sah ihn mit seinen dunkelbraunen Augen an. Er war viel zu groß. Fast so groß wie der Glatzkopf. »Wir haben mehrere Zeugen, die Sie beschrieben haben. Sie hatten einen Zusammenstoß mit einem Mann namens Dan Sommerdahl.«

»Er hat angefangen.«

»Er behauptet, Ihnen nichts getan zu haben.«

»Doch, das hat er.«

»Hat er Sie überfallen? Wollen Sie ihn anzeigen?«

»Nein.« Wieder traten ihm Tränen in die Augen.

»Tja, wenn er Sie überfallen hat, müssen wir uns schon darum kümmern«, sagte der Mann mit den dunklen Augen. »Vielleicht sind Sie sich ja nicht ganz sicher, ob er Sie tatsächlich überfallen hat?«

»Doch!« Die Tränen quollen hervor. »Doch, das hat er.«

»Aber Sie wollen ihn nicht anzeigen?«

»Nein, das sage ich doch.«

»Erzählen Sie uns einfach, was passiert ist, Mogens«, mischte sich die Polizistin ein. Sie reichte ihm eine Packung Papiertaschentücher. »Was haben Sie vor dem Gefionsbrunnen gemacht? Fangen Sie einfach damit an.«

Langsam hatten ihm die beiden Polizisten die ganze Geschichte aus der Nase gezogen. Wie er auf die Göttin aufpasste und wie nett sie immer zu ihm war und wie gemein der Glatzkopf. Er erzählte von dem Überfall, wie er von einigen Männern, einem Hund und einer Frau gerettet wurde und wie er geflohen war und sich versteckt hatte. Er erzählte nicht, dass er sich in die Hose gepinkelt hatte, das ging niemanden etwas an.

Der Polizist hatte ab und zu etwas auf seinem Block notiert, während die Frau nur mit den Händen im Schoß dasaß und ihm zuhörte.

Als Mogens seine Geschichte beendet hatte, ergriff sie das Wort: »Hören Sie, Mogens. So wie ich das sehe, beruht die kleine Episode am Dienstag auf einer Menge Missverständnisse, also, ich denke, wir werden das nicht weiterverfolgen.«

»Nein.«

»Aber, Mogens ... Ich finde, Sie sollten aufhören, Kirstine Nyland zu verfolgen.«

»Ich bin doch ihr Maskottchen. Das sagt sie selbst.«

»Schon, sie hat sich auch nicht über Sie beschwert. Es liegt keine Anzeige gegen Sie vor, Mogens, so ist es nicht.«

»Nein.«

»Vielleicht ist sie nur höflich, Mogens. Haben Sie mal daran gedacht? Vielleicht mag sie Sie einfach nicht bitten aufzuhören.«

Mogens kniff die Lippen zusammen und schüttelte den Kopf.

»Ihr Freund sagt zumindest, dass sie es beide ein wenig lästig finden, wenn Sie ihnen ständig folgen.«

»Der Glatzkopf.«

»Ja, so könnte man ihn bezeichnen.« Sie lächelte, und wieder war Mogens unsicher, ob sie ihn möglicherweise auslachte. Dann wurde sie wieder ernst. »Ich versuche nur, Ihnen einen guten Rat zu geben, Mogens. Hören Sie auf, Kirstine Nyland zu verfolgen. Sie sollen überhaupt niemanden verfolgen. Es ist ausgesprochen unangenehm, ständig von jemandem überwacht zu werden. Können Sie sich das gar nicht vorstellen?«

»Doch«, log Mogens. In Wahrheit hatte er überhaupt keine Vorstellung davon. Er wusste nur, welche Antwort die Polizistin hören wollte. Die bekam sie. »Doch, sehr gut«, sagte er noch einmal. Nur zur Sicherheit.

»Sie riskieren, dass Kirstine Nyland Sie irgendwann einmal richtig satthat«, fuhr die Frau fort. »Dann wird sie vielleicht nicht mehr so nett zu Ihnen sein, hat vielleicht keine Lust mehr, sich mit Ihnen zu unterhalten und Ihnen Autogramme zu geben.«

»Ich bin ihr Maskottchen«, wiederholte Mogens stur. »Das sagt sie. Ich passe auf sie auf.«

»Wenn Sie ihr überdrüssig werden, wird sie das nicht mehr sagen, Mogens.«

Er antwortete nicht. Wenn, wenn. Dieses Gespräch war viel zu abstrakt für ihn.

»Lassen Sie uns eine Vereinbarung treffen, Mogens.« Die uniformierte Polizistin beugte sich noch weiter vor, berührte ihn aber nicht.

»Und welche?«

»Wie wäre es, wenn Sie sich damit begnügen, nur hin und wieder um ein Autogramm zu bitten? Einmal im Monat oder so. Und damit aufhören, Kirstine zu verfolgen. Nicht mit dem Auto und auch nicht per pedes. Denn das wird irgendwann schiefgehen.«

»Was ist per pedes?«

»Zu Fuß. Wenn man zu Fuß geht. Verstehen Sie?«

»Ich bin ja nicht dumm.«

»Nein, natürlich nicht, Mogens.«

»Ich wollte nur wissen, was es bedeutet.«

»Selbstverständlich. Haben wir eine Vereinbarung?«

In den Wochen nach diesem Besuch war Mogens der Göttin nicht ein einziges Mal gefolgt, obwohl es ihm sehr schwerfiel. Nicht einmal am Freitag, als die Premiere stattfand. Da war er bloß in seinem guten Anzug und dem gelben Rucksack auf dem Rücken unter den Zuschauern gewesen. Der Schlips saß vorschriftsmäßig. Es war noch immer derselbe Knoten, den seine Mutter vor bald zwanzig Jahren gebunden hatte, lange vor ihrem Tod.

Mogens hatte in einer Balkonreihe gesessen und sich wie alle anderen Zuschauer das Theaterstück angesehen. Er war der Göttin nicht von zu Hause bis zum Theater gefolgt, und er hatte auch nicht danach am Hintereingang auf sie gewartet, obwohl er eine merkwürdige Leere empfand.

Die eigentliche Vorstellung war eine Enttäuschung gewesen. Eine Menge Schauspieler bewegten sich auf der Bühne und sagten Dinge, die irgendwie nicht zusammenpassten. Einer von ihnen krabbelte sogar auf einem Gerüst über das Publikum hinweg. Die Schauspieler trugen sonderbar bunte Kostüme, und die anderen Zuschauer lachten sehr viel. Offenbar war es ein lustiges Stück.

Mogens hatte es nicht bemerkt. Er war viel zu beschäftigt, nach der Göttin Ausschau zu halten. Und als sie sich endlich auf der Bühne zeigte, trug sie ein Federkostüm, das sie dick aussehen ließ. Das Haar hatte sie unter einer roten Badekappe versteckt, und ihr reizendes Gesicht war von einer dicken Schicht Schminke bedeckt. Anfangs hatte Mogens überhaupt nicht gewusst, um wen es sich handelte. Erst als sie etwas sagte, hatte er ihre Stimme wiedererkannt und schockiert zur Kenntnis genommen, wer dieses wenig charmante Wesen auf der Bühne war. Die Göttin spielte nur eine bescheidene Rolle, was Mogens' Enttäuschung natürlich zusätzlich steigerte. Die meiste Zeit blieb sie hinter den Kulissen oder hörte zu, wenn die anderen Schauspieler sprachen. Mogens ballte im Dunkeln die Fäuste vor Wut auf die Mitspieler der Göttin, die sie so in den Hintergrund drängten. Er bereute bitter, Karten für sämtliche Mittwoch-Vorstellungen gekauft zu haben, jetzt war es zu spät.

In der Pause entdeckte er den Glatzkopf. Er befand sich in Begleitung eines jungen Mädchens, das ihm ausgesprochen ähnlich sah. Mogens war sofort klar, dass es seine Tochter sein musste. Sie hatte ihr blondes Haar in einem Knoten im Nacken gebunden und trug ein hellgraues Spitzenkleid. Sehr hübsch, dachte Mogens. Nicht so hübsch wie die Göttin, natürlich nicht, aber dennoch.

Mogens hielt Abstand, als der Glatzkopf ein Bier und eine Cola kaufte und sich den Weg zurück zu seiner Tochter bahnte. Von der Bar brauchte er nichts. Er hatte seine Wasserflasche im Rucksack und sich eine Orange mitgebracht, die er einer Ecke schälte, aß ein Stück nach dem anderen und spülte mit Wasser nach. Dabei betrachtete er die festlich gekleideten Premierengäste und achtete peinlich genau darauf, dass niemand ihn zufällig berührte. Einen Mülleimer, in den er seine Orangenschalen hätte werfen können, fand er nicht, er steckte sie in ein leeres Bierglas auf einem der niedrigen Tische im Foyer.

Als er sich aufrichtete, traf er auf den Blick des Glatzkopfs. Der hob sein Glas und lächelte ihm zu. Mogens zuckte zusammen, drehte sich auf der Stelle um und verschwand, so schnell er konnte. Er rempelte andere Gäste an und hörte jemanden lachen. Sicherlich machten sich der Glatzkopf und seine Tochter über ihn lustig.

Dieser Satan, Satan, Satan.

20

»Arne? Hier ist Dan Sommerdahl.« Dan lehnte sich in seinem Bürostuhl zurück und legte die Füße auf den Tisch. »Entschuldigen Sie, dass ich störe.«

»Sie stören nicht.« Die Stimme des Pastors hallte, als gäbe es ein Echo in dem Raum, in dem er stand.

»Wo sind Sie gerade?«

»In einem leeren Silo außerhalb von Yderup. Ich überlege, ob es ein geeigneter Ort für das Sommerfest der größeren Jugendlichen ist. Jedenfalls origineller als der Pfarrhof, oder? Ein kreisrunder, nackter Raum. So was hat man hier in der Stadt noch nicht gesehen. Man könnte ein tolles Licht installieren. Ich kenne jemanden, der uns professionelle Scheinwerfer leihen kann. Es gibt Platz für eine Tanzfläche, für einen DJ und eine Saftbar hier drüben in der Ecke.« Offenbar ging der Pastor durch das Silo, während er redete. »Vibeke macht ganz fantastische alkoholfreie Cocktails. Die Frage ist, ob die Akustik einen ganzen Abend lang auszuhalten ist.«

»Stellen Sie einen Ghettoblaster hinein und drehen Sie die Lautstärke voll auf. Dann wissen Sie, ob es funktioniert.«

»Gute Idee. Ich werd's versuchen.«

»Ich wusste nicht, dass so etwas zu Ihrer Stellenbeschreibung gehört. Die Organisation von Partys in leeren Silos.«

»Nicht unbedingt in einem Silo, aber die eine oder andere Fete habe ich in all den Jahren schon auf die Beine gestellt. Außerdem war ich viele Jahre freiwilliger Helfer beim Roskilde-Festival, ein gewisses Lärmniveau bin ich also gewohnt. Wir fahren übrigens auch in diesem Jahr nach Roskilde.«

»Gibt es eigentlich irgendetwas, das Sie noch nicht gemacht haben?«

»Nicht viel, Dan, nicht viel.« Er lachte. »Ich bin eine rastlose Seele.«

»Was sagt denn der Kirchenvorstand zu einem Silofest?«

»Ach, in dieser Hinsicht habe ich nur mit einem Mitglied Schwierigkeiten. Und mit ihr werde ich schon fertig. Der Vorsitzende und die anderen sind eigentlich ganz okay, solange nicht Schnaps, Sex oder Drogen ins Spiel kommen.« Die Stimme veränderte sich, das Echo verschwand. »So, jetzt bin ich draußen. Was haben Sie auf dem Herzen?«

»Thomas Harskov hat mir eine ganze Kiste anonymer Briefe gegeben, die er in den zwanzig Jahren seiner politischen Laufbahn bekommen hat.«

»Ja?«

»Wissen Sie, ob Gry diese Briefe kannte?«

Eine kleine Pause. »Wieso fragen Sie Thomas nicht danach?«

»Er sagt Nein. Er hat die Briefe in einem abgeschlossenen Schrank seines Arbeitszimmers aufbewahrt, gerade damit kein Unbefugter sie in die Finger bekommt.«

»Und?«

»Nun ja, ich habe den Verdacht, Gry könnte sie möglicherweise trotzdem …«

Ein tiefes Durchatmen. Dann ein Seufzer. »Sie hat sie gesehen, ja. Ein paar Monate nach Rolfs Tod hatte ihr Vater vergessen, den Schrank abzuschließen.« Arne Vassing hielt inne. »Müssen wir das am Telefon besprechen?«

»Natürlich nicht. Sagen Sie mir einen Termin, und ich komme vorbei.«

»Ich muss zu Hause in meinem Kalender nachsehen, dann schicke ich Ihnen eine SMS. Allerdings wird es sicher nichts vor nächster Woche. Im Moment ist hier der Teufel los.«

»Schon okay.« Dan räusperte sich. »Da ist noch etwas … Ich hatte bisher keine Gelegenheit, mit Malthe zu sprechen. Ganz offensichtlich will er weder etwas mit mir noch mit seinen Eltern zu tun haben. Dass ich angeblich der Berater seines Vaters bin, ist vollkommen unbrauchbar. Der Junge ist total verschlossen. Ich dachte, vielleicht haben Sie einen etwas besseren Kontakt zu ihm als seine Eltern.«

»Dazu gehört nicht viel.«

»Könnten Sie ein Treffen mit ihm arrangieren?«

»Sie wollen, dass ein Pastor ein Treffen zwischen einem fünfzehnjährigen Jungen und dem falschen PR-Berater seines Vaters arrangiert? Nein, Dan. Tut mir leid. Derartige Intrigen mag ich nicht. Man soll nicht lügen – und schon gar nicht bei einer so wichtigen Angelegenheit wie dieser.«

»Was soll ich Ihrer Meinung nach tun?«

Das Schweigen im Telefon dauerte so lange, dass Dan schon eine Unterbrechung der Verbindung vermutete. Dann sagte der Pastor: »Wäre es nicht eine gute Idee, die Wahrheit zu sagen? Erzählen Sie Malthe, wer Sie sind und warum seine Eltern Sie engagiert haben. Sagen Sie ihm, dass seine Eltern um sein Leben fürchten.«

»Das wollen Thomas und Lene nicht.«

»Dann müssen Sie die beiden überzeugen.«

»Sie sagen, er ist zu schwach, rein psychisch.«

»Blödsinn. Malthe hat eine Menge Probleme, ja, aber tief in seinem Inneren ist er vollkommen gesund.«

»Dann wollen Sie nicht helfen?«

»Doch, sehr gern sogar. Ich will nur nicht lügen, und ich will Malthe nicht manipulieren.« Er machte eine kleine Pause. »Wissen Sie, was«, sagte er dann. »Ich bin am Wochenende bei Lene und Thomas. Ich werde versuchen, mit ihnen zu reden.«

»Es wäre großartig, wenn Sie die beiden überreden könnten.«

»Ja, ja, immer mit der Ruhe. Ich kann nichts versprechen.«

»Ich werde Ihnen die Daumen drücken.«

»Sie hören von mir, Dan.«

Dan holte sich eine Tasse Kaffee und ging zum Esstisch, der übersät war mit Thomas' Sammlung von anonymen Briefen. Dan hatte sie thematisch sortiert.

In einigen ging es um ganz konkrete Angelegenheiten – so gab es einige E-Mails von diversen nichtssagenden Hotmail-Adressen. Es waren verschiedene Absender, doch die Wortwahl der Anschreiben ähnelte sich verblüffend, sie konnten durchaus von einer oder mehreren Personen geschrieben worden sein, die den gleichen Vortrag gehört oder die gleichen Artikel gelesen hatten. Vielleicht waren es sogar Mitglieder einer Vereinigung. Dan vermutete irgendeine landwirtschaftliche Organisation. In den Briefen wurde Thomas in üblem Ton vorgeworfen, ein Lakai der Umweltfanatiker in der EU zu sein. Im Übrigen waren die Schreiben verhältnismäßig harmlos – abgesehen von den fehlenden Unterschriften. Die Drohungen in diesen Briefen begrenzten sich auf ein paar dunkle Andeutungen, dass man an die Presse gehen würde, um ihn zu entlarven. Worum es eigentlich ging, stand nirgendwo. Diese Briefe waren nicht wirklich ernst zu nehmen. Dan hatte den Stapel deshalb gleich ganz ans Ende des Tisches geschoben. Seiner Meinung nach waren sie für den Fall bedeutungslos.

Daneben lagen einige andere E-Mails, ausgedruckt auf A4-Blättern. Sie empfahlen Thomas, sich umzusehen, wenn er sich in einsamen Gegenden aufhielt; überhaupt sollte er »ein bisschen aufpassen«. Das schlimmste Schimpfwort des Briefschreibers war »Du Scheißveganer«. Dan war überzeugt, dass diese Schreiben von jemandem stammten, der davon lebte, Tiere zu verkaufen. Oder vielleicht: Teile von Tieren. Ihr Fleisch, ihre Haut – oder ihren Pelz. Es konnte sich mit anderen Worten durchaus um Briefe des Pelztierzüchters Steen Iversen handeln. Dan hatte noch keinen Kontakt zu dem Mann aufgenommen, der sich benachteiligt fühlte, aber natürlich musste er mit ihm reden.

Dreizehn handgeschriebene Briefe, die offensichtlich ein und dieselbe Person geschrieben hatte, lagen in einem Haufen vor ihm.

Keiner der Umschläge war frankiert, obwohl sie sorgfältig mit Namen, Adresse und Postleitzahl versehen waren. Diese Briefe waren interessanter als die aus den beiden ersten Stapeln. Setzte man die Schrift mit der Rechtschreibung und der Wortwahl in Beziehung, konnte man von einer älteren männlichen Person ohne akademische Ausbildung ausgehen. Der Briefschreiber hatte nichts Konkretes auf dem Herzen – außer dass Thomas wieder nach Vejle verschwinden und seine dumme Drecksau mitnehmen sollte. In einem der Briefe fügte der Absender noch eine sehr malerische Beschreibung hinzu, was der Drecksau eigentlich fehlte – ohne sich allerdings als derjenige anzubieten, der dies liefern könnte.

War das Helge Johnsens Werk? Der Nachbar mit dem Plastikstorch, der ehemalige Eigentümer Lindegårdens? Dan hielt es für sehr wahrscheinlich. Er las die unbeholfenen Briefe noch einmal. Der erste stammte aus dem Februar 1998, ein halbes Jahr nachdem die Familie Harskov Lindegården übernommen hatte, der letzte war knapp sieben Jahre alt. Der Briefschreiber hatte sich ein paarmal pro Jahr gemeldet, seit die Familie nach Yderup gezogen war. Nach Rolfs Tod hatten die Schmähschriften aufgehört. Das ließ sich unterschiedlich interpretieren. Wenn Johnsen für Rolfs und Grys Tod verantwortlich war, hatte er möglicherweise herausgefunden, dass eine größere Befriedigung darin lag, die Nachbarn systematisch zu ermorden, als ihnen anonyme Briefe zu schreiben. Andererseits konnte die Erklärung auch ganz einfach lauten, dass er nach dem Tod des Jungen die Lust am Briefeschreiben verloren hatte. Vielleicht war er der Ansicht, Thomas und Lene hätten ihre Strafe bekommen, egal ob er oder jemand anderer die beiden Kinder umgebracht hatte.

Dan beschloss, die Briefe zu dem Gespräch mit Herrn und Frau Johnsen am nächsten Tag mitzunehmen. Als er anrief, um einen

Termin zu vereinbaren, hatte er sich mit seinem richtigen Namen gemeldet und behauptet, er würde ein Buch über Thomas Harskov schreiben. Und er hatte hinzugefügt, es wäre ihm wichtig, sowohl positive wie negative Geschichten über den Politiker zu erfahren, damit er sich ein komplettes Bild machen könne. Helge Johnsen hatte sofort angebissen und Dan begeistert auf einen Kaffee eingeladen. Sein Eifer, dem Nachbarn etwas anzuhängen, war unüberhörbar.

Dan legte die vermutlich von Johnsen stammenden Briefe beiseite und griff nach einem weiteren Stapel. Er beinhaltete ganz unterschiedliche Botschaften, eindeutig von verschiedenen Personen verfasst. Einige waren mit der Maschine oder dem Computer geschrieben, andere handschriftlich. Es war alles dabei, von ausgesprochen rassistischen Beschimpfungen aus der Zeit, als Thomas an der Spitze einer Kampagne stand, die die Bedingungen von Asylsuchenden verbessern wollte, bis hin zu allgemeinen Anzüglichkeiten über die Familie auf Lindegården. Ein einzelner Brief enthielt das Gerücht über Thomas und seine Geliebte, die seine kleine Tochter Gry missbrauchen würden. Dan verglich ihn mit Johnsens Briefen, aber es handelte sich offensichtlich nicht um denselben Verfasser. Dieser Brief war in Blockschrift abgefasst – und von jemandem, der die Rechtschreibung beherrschte. Er legte ihn zur Seite.

Dan arbeitete sich langsam und methodisch durch den Haufen. Hin und wieder surfte er auf den Seiten unterschiedlicher Nachrichtenarchive, um herauszufinden, welches Ereignis der Anlass für einzelne Briefe gewesen sein könnte.

Es war schwieriger, als er gedacht hatte. Es gab keine unmittelbaren zeitlichen Zusammenhänge zwischen dem Einbringen eines Gesetzentwurfs und dem hasserfüllten anonymen Brief irgendeines aufgebrachten Bürgers. Aber natürlich konnten auch andere Dinge eine Rolle spielen, dachte Dan. Wenn der Briefschreiber zum Beispiel von einem Gesetzentwurf erst auf einer örtlichen Anwohnerversammlung mehrere Monate später gehört hatte, kam die Reaktion natürlich entsprechend verzögert. Das hatte nicht wirklich etwas zu bedeuten.

Schließlich hatte er eine Handvoll Schreiben vor sich, die sich mit keinerlei aktuellen Ereignissen erklären ließen und die er deshalb bei seinem nächsten Besuch auf Lindegården besprechen wollte. Zunächst gab es eine Postkarte, abgeschickt aus Christianssund, ein halbes Jahr vor Rolfs Tod. In dem kurzen Text wird Thomas vorgeworfen, eine Liebesbeziehung zu einer Lehrerin der Schule von Christianssund zu unterhalten. Die Schrift sah aus, als wäre die Karte von einem großen Kind geschrieben. Vermutlich hatte es nichts zu bedeuten, aber Dan wunderte sich inzwischen doch über die zahlreichen Gerüchte, die Thomas eine Geliebte unterstellten.

Ein anderes anonymes Schreiben hatte jemand unmittelbar nach Grys Tod auf die Rückseite einer Rechnung des Gasthauses von Yderup gekritzelt und ohne Umschlag in den Briefkasten geworfen: »1 Fotze weniger im Haus. Zu ärgerlich, was?« Wahrscheinlich hatte einer der lokalen Säufer diese üble Notiz verfasst. Dan musste Thomas fragen, ob er sich irgendwelche Gedanken darüber gemacht hatte. Hoffentlich hatte die Mutter des Mädchens den Zettel nicht gelesen.

Dann kam ein Blatt gewöhnliches Druckerpapier mit Notizen in Thomas' Handschrift. Die Überschrift lautete: »Anonyme SMS«. Darunter stand eine kleine Liste mit sieben kurzen, ziemlich nichtssagenden Texten, die er unmittelbar nach dem Empfang mit unterschiedlichen Kugelschreibern abgeschrieben hatte. Bei jedem einzelnen Text standen eine Telefonnummer und ein Datum. Thomas war ein systematischer Mann, das musste man ihm lassen. Dan beschloss, die SMS zu einem späteren Zeitpunkt mit Thomas und Lene durchzugehen. Vielleicht konnten sie sich an den Grund für die Kurznachrichten erinnern.

Den kleinen Stapel der Briefe legte er beiseite, den Rest packte er wieder in den Karton. Dan wollte diese Briefe nicht offen herumliegen lassen. Er hatte das Gefühl, all der Hass, der in diesen Schreiben steckte, könnte wie Dampf aufsteigen und seine Wohnung verpesten.

Sorgfältig legte er den Deckel auf die Kiste.

21

Es ist fast so, als wäre man wieder ein kleiner Junge, dachte Dan und nahm sich noch eine selbst gebackene Zimtschnecke. Seine Mutter hatte sich riesig gefreut, als er sie angerufen und gefragt hatte, ob er sie vor seinem Treffen mit den ehemaligen Eigentümern von Lindegården am Vormittag auf einen Kaffee besuchen dürfe. Aber wie sie es geschafft hatte, in der kurzen Zeit zu backen, in der er geduscht und sich angezogen hatte und bis Yderup gefahren war, blieb ihm ein Rätsel. »Ich habe gehört, dass du dich mit Ken B. unterhalten hast?«, erkundigte sie sich.

»Dem Küster? Ja.« Dan biss in die Zimtschnecke. »Netter Kerl.«
»Jedenfalls spielt er gut Dart.«
»Magst du ihn nicht?«
Sie zuckte die Achseln. »Ich finde, er steckt seine Nase zu tief ins Glas. Und er beschäftigt sich mehr mit dem alten Auto des Pastors und seiner Dartmannschaft als mit seinem Beruf. Ich finde, die Ge-

meinde hätte wirklich einen etwas engagierteren Küster verdient. Aber ja, nett ist er natürlich.«

»Wieso nennen ihn eigentlich alle Ken B.? Gibt's im Dorf mehr als einen Ken?«

»Nein. Er nennt sich selbst so.«

Dan trank einen Schluck und verzog das Gesicht. Es würde Zeit brauchen, bis er sich daran gewöhnt hatte, den Kaffee ohne Zucker zu trinken. »Hast du Marianne mal gesehen?«, fragte er.

»Sie hat am Freitag hier zu Abend gegessen.«

»Hier? Bei dir?«

»Ja.« Ihre Blicke trafen sich. Er wusste, dass es der falsche Ort war, um mit Sympathie zu rechnen. Marianne, die vor einigen Jahren beide Eltern verloren hatte, und ihre Schwiegermutter hatten ein enges Verhältnis. Und obwohl die Scheidung Mariannes Entscheidung gewesen war, gab es keinen Zweifel, wem Birgit – und der Rest der Welt – die Schuld dafür gaben. Dennoch war etwas in ihrem Blick, ein kleiner, vibrierender Punkt von Mitleid, der seinen Verdacht erregte.

»War's gemütlich?«

»Sehr.« Er sah den Punkt noch immer.

»Ist sie allein gekommen?«

Seine Mutter schlug ihren Blick nieder. »Dan, also …«

»Was?«

Birgit richtete sich auf. »Nein. Sie hatte einen Freund dabei.«

»Wen?«

»Du kennst ihn nicht.«

»Wie heißt er denn?«

»Henrik. Er ist auch Arzt. Aber du kennst ihn nicht.« Sie stand auf. »Ich will nicht darüber reden. Du musst Marianne selbst fragen, wenn du so neugierig bist.«

»Aber ...«

»Nein, habe ich gesagt.« Sie ging zum Küchentisch und begann, die restlichen Zimtschnecken in ein paar Plastiktüten zu stecken, um sie einzufrieren. Ihr Rücken signalisierte in aller Deutlichkeit, dass sie die Diskussion für beendet hielt.

Dan betrachtete den stämmigen, kompakten Körper seiner Mutter. Ihr Hinterteil, das mit den Jahren ziemlich breit geworden war; ihren Hinterkopf mit der schweren Schnecke aus grauem Haar; ihre weichen Hände, die nie einen Ehering getragen hatten. Seine Mutter war nicht verheiratet gewesen und auch nie verlobt. Dans ältere Schwester Bente ging aus einer Affäre mit einem verheirateten Mann hervor. Dans eigener Vater war verschwunden, bevor Dan ein Jahr alt war, er hatte sich seither nie wieder blicken lassen. Birgit hatte es mit ihren Kindern allein geschafft, ihr Liebesleben hatte sich immer außer Haus abgespielt. Sie brauche keinen Mann im Haus, hatte sie immer gesagt. Das führt nur zu Problemen.

Aber ein wenig romantisch war sie schon, und sie hatte sich immer aus ganzem Herzen über die offenbar grundsoliden Ehen ihrer beiden Kinder gefreut. Umso größer waren die Enttäuschung und ihr Kummer, als Bente vor einigen Jahren ihren manisch-depressiven Ehemann verlassen hatte, einen Musiker. Und als auch Dans Ehe in die Brüche ging, hatte es ihr beinahe das Herz gebrochen. Sie versuchte, die unerschütterlich muntere Fassade aufrechtzuerhalten, doch Dan kannte sie zu gut, um sich täuschen zu lassen. Es war etwas in ihr zerbrochen, als sie erfuhr, dass Marianne sich von ihm trennen würde. Vielleicht würde sie ihm nie ganz verzeihen. Und das konnte man ihr wohl auch nicht verdenken.

Dan beschloss, das Thema fallen zu lassen. Wenn Marianne einen anderen gefunden hatte, würde er es schon erfahren, egal ob seine Mutter es ihm erzählte oder nicht. Er räusperte sich. »Kennst du Helge Johnsen, Mutter?«

»Ja, natürlich.« Sie drehte sich um, erleichtert über den Themenwechsel. »Alle hier im Ort kennen ihn. Er war in der dritten Generation auf Lindegården. Und seine Frau wurde vor ein paar Jahren in den Kirchenvorstand gewählt – wie auch immer das vor sich ging. Ich habe ihr meine Stimme jedenfalls nicht gegeben.«

»Magst du ihn?«

Sie verzog ihr Gesicht zu einem schiefen Lächeln. »Waren sie etwa zu meinem Geburtstag eingeladen?«

»Nein.«

»Helge und Lilly sind grässlich. Jetzt ist es heraus.«

Dan hob eine Augenbraue. Es sah seiner großzügigen Mutter überhaupt nicht ähnlich, sich so kategorisch über andere Menschen zu äußern. »Dann muss es aber schlimm sein.«

»Sie glauben, dass sie mehr Recht hätten, hier zu wohnen, als andere Menschen, und besonders schwierig wird es bei Zugezogenen. Bei den Harskovs natürlich. Und der Familie des Pastors. Hinter mir waren sie übrigens auch her.«

»Hinter dir? Weshalb?«

»Weil ich eine Zeit lang in einem Ausschuss saß, der für die Säuberung und Neugestaltung des Dorfteichs zuständig war. Das empfanden sie als unangebrachte Einmischung und Kritik daran, wie ›die Alten‹ den Ort verwaltet haben.«

»Ach, diese Geschichte. Ich kann mich noch gut daran erinnern. Haben sie die Gerüchte darüber verbreitet, du hättest dich an Buster vergriffen?«

»Es war derartig pervers.« Buster war Birgits inzwischen gestorbener Cockerspaniel, der in seinen letzten Jahren taub, nahezu blind und ausgesprochen übergewichtig war. Allein der Gedanke, dass sich jemand zu dem alten Hund hingezogen fühlen könnte, war schlicht absurd. »Glücklicherweise gab es niemanden, der es glaubte.«

»Ging die Sache mit der Hecke auch auf Helge Johnsens Konto?« Dan vergaß das Wochenende vor sieben oder acht Jahren nie, als er die abgestorbene Dornenhecke seiner Mutter allein ausgegraben und in ihrem Garten verbrannt hatte. Dann hatte er ihr geholfen, eine neue Hecke zu pflanzen.

»Ja.« Birgit schüttelte den Kopf. »Er hat Unkrautvernichter daraufgegossen, sodass sie innerhalb einer Woche einging. Ich hatte natürlich keine Beweise, dass er es war.«

»Unglaublich.«

»Ach, er wirft auch mit Steinen nach den Dorfkatzen, wenn sie sein Grundstück betreten. Manchmal trifft er sogar.«

»Ja, davon hat mir Lene Harskov auch erzählt.«

»Du willst dich mit den Johnsens treffen, nicht wahr?«

»Ja.«

»Pass auf ihn auf. Er erfindet gern Geschichten.«

»Ich weiß.«

»Er ist ein notorischer Lügner.« Birgit legte die Tüten mit den Zimtschnecken ins Gefrierfach und setzte sich wieder.

»Wie gut kennst du die Familie des Pastors, Mutter?«

»Vassings? Ziemlich gut. Es sind nette Menschen, findest du nicht?«

»Ich habe sie nur flüchtig kennengelernt, aber mit Arne habe ich schon mehrfach gesprochen. Ich mag ihn sehr.«

»Vibeke ist wirklich großartig.«

»Ihr Mann nicht?«

»Arne ist ein sehr tüchtiger und angenehmer Pastor, aber Vibeke ist ernster. Sie hat mehr Tiefe, wenn man so will. Man kann sich sehr gut mit ihr unterhalten, sie ist sehr sensibel. Ich denke oft, dass sie eine hervorragende Pastorin geworden wäre.«

»Was macht sie eigentlich?«

»Ursprünglich war sie Krankenschwester, aber bis sie ihre Kinder bekam, hat sie in den letzten Jahren hier im Jugendclub gearbeitet, jetzt ist sie Hausfrau und Mutter.«

»Wieso waren sie eigentlich nicht bei deinem Geburtstag?«

»Sie mussten auf ein anderes Fest. Irgendeine Familienfeier auf Fünen, glaube ich. Sonst wären sie selbstverständlich gekommen.«

Dan erhob sich. »Ich muss jetzt gehen, Mutter. Danke für den Kaffee.«

Sie umarmte ihn, nachdem er sich die Jacke angezogen hatte. Ihr Kopf befand sich auf der Höhe seines Brustkastens, einen Moment lang legte er die Wange an ihr Haar. Sie roch nach Zimt. Es fühlte sich tatsächlich genauso an wie damals, als er noch ein kleiner Junge war.

*

Auch Lilly Johnsen bot Kuchen an. Sogar zwei Sorten. Noch einmal war alles selbst gebacken, sodass man nicht ablehnen konnte, egal wie voll der Magen bereits war. Dan stöhnte innerlich, als er am Tisch Platz nahm und eine ordentliche Portion Rhabarberkuchen mit Schlagsahne überreicht bekam.

Es kostete ihn einige Anstrengung, dem misstrauischen Ehepaar zu erklären, wie ein Privatdetektiv plötzlich auf die Idee kam, sich als Autor einer Politikerbiografie zu versuchen, doch dann entschlossen sie sich, ihm zu glauben. Der kahlköpfige Detektiv war ja – per se und durch seinen Status als Freund von Kirstine Nyland – eine Art Berühmtheit in den Zeitschriften, die den Johnsens als einziger Lesestoff dienten. Und ungeachtet seines Anliegens war es ja geradezu eine Ehre, jemanden wie ihn zu Besuch zu haben.

Jetzt schaltete Dan das Diktafon seines Handys ein und legte es auf den Tisch. »So«, sagte er. »Wann haben Sie Thomas Harskov denn kennengelernt?«

Und nun brach es aus Helge heraus. Der frisch ins Parlament gewählte Politiker hätte den Preis von Lindegården vollkommen unangemessen heruntergehandelt, obwohl Helges Großvater den Hof seinerzeit gebaut hatte und Thomas Harskov sich doch hätte ausrechnen konnte, wie schwer es ihm fallen musste, das Anwesen zu verkaufen. Dann wären Thomas und seine Frau samt ihren lauten Kindern aus Vejle hierhergezogen, und die Frau hätte alles ruiniert, was von Generationen der Johnsens aufgebaut worden war. Auf dem Hof hätten die Harskovs keinen Stein auf dem anderen gelassen, obwohl er in bester Ordnung gewesen wäre. Pure Boshaftigkeit.

Lilly Johnsen nickte. Sie hielt vor allem Lene Harskov für ungewöhnlich infam. Eigentlich überraschte es nicht, dass Thomas meinte … »Ach nein«, unterbrach sie sich selbst, »ich will ja nicht klatschen.«

»Doch, klatschen Sie ruhig«, ermunterte sie Dan und schob das Diktafon ein paar Zentimeter näher in Richtung Frau Johnsen. Er wollte auch nicht einen Tropfen der Galle vergeuden, die von ihren Lippen tropfte. »Je mehr ich weiß, desto mehr Facetten kann ich in meinem Porträt unterbringen, verstehen Sie.«

Lilly brauchte keine weiteren Aufforderungen. Es zeigte sich, dass es nicht nur um eine Geliebte ging. Thomas Harskov hatte angeblich mehrere gehabt. Alle jünger als er. Einige von ihnen hätte er sich sogar mit seinem ältesten Sohn geteilt. Rolf, der sich später vor einen Zug geworfen hat.

»Die Frau des Pastors hat es aber nur mit dem Bengel getrieben«, ergänzte Helge. »Obwohl sie so alt wie der Vater sein dürfte. Es gibt ja junge Burschen, denen ältere Damen gefallen, und sie war durchaus eine attraktive Frau, bevor sie die Kinder bekam.«

»Woher wissen Sie, dass die Frauen Thomas' Geliebte waren? Könnten es nicht Kolleginnen und Mitarbeiterinnen gewesen sein? Kunden der Polstermöbelwerkstatt vielleicht?«

»Polstermöbelwerkstatt? Pfff!« Helge wedelte das Wort weg, als wäre es eine irritierende Fliege. »Nennt man so etwas Polstermöbelwerkstatt?«

»Aber sie leben doch davon?«

»Dann sehen Sie sich mal die Belegschaft an. Ein alter Mann und ein junger Bursche, der ein paar Stunden in der Woche hier ist. Davon kann wohl kaum jemand leben.«

»Was wollen Sie damit andeuten?«

Die Johnsens tauschten einen Blick aus. »Wir meinen ja«, erklärte Helge, »es handelt sich lediglich um einen Vorwand. Wenn bekannt würde, welche Filme dort produziert werden, dann wäre Schluss mit Harskovs Karriere im Parlament.«

»Entschuldigung, aber ...«

»Sexfilme, Herr Sommerdahl. Der übelsten Art!«

Dan hob die Augenbrauen. »Sie meinen, Thomas produziert auf dem Hof Pornofilme?«

»Nicht mehr. Die Tochter ist ja ebenfalls gestorben, deshalb ...«

»Deshalb was? Was hat das denn mit Gry zu tun?«

»Tja, nun denken Sie mal nach«, sagte Lilly und verzog ihr Mündchen zu einem Lächeln. »Vermutlich hat sie sich ja deshalb das Leben genommen.«

»Nein, Sie können doch nicht behaupten ...«

»Das war mehr als offensichtlich.« Helge tippte sich mit dem Zeigefinger neben die Nase. »Dazu hat er sie benutzt. Ich habe es geradezu gerochen.«

Dan zweifelte nicht, dass Helge imstande war, alles Mögliche zu riechen. Abgesehen von dem Mist, den er selbst von sich gab. Er zog den Umschlag heraus und legte die dreizehn anonymen handschriftlichen Briefe auf den Tisch.

»Hat die einer von Ihnen geschrieben?«, fragte er.

Trotz ihres heftigen Leugnens verriet sich Helge durch seine Körpersprache. Würde ein so eifriger Mann nicht sofort nach einem Stapel privater Briefe greifen, wenn er deren Inhalt nicht von vornherein kannte? Helge blieb stocksteif sitzen, die Arme übergeschlagen, während seine Frau einen Brief nach dem anderen las. Ihre Wangen flammten auf. Ob aus Freude oder Verärgerung, war schwer zu entscheiden.

Wenige Minuten später warfen sie Dan hinaus, schimpfend, dass er es wagte, sie derart zu beschuldigen. Dan hatte sie nicht einmal mehr nach der Schweineblut-Schmiererei auf Lindegården fragen können. Oder nach ihrem Alibi für die Todeszeit der beiden Kinder. Darum musste sich die Polizei kümmern – sollte der Fall noch einmal aufgerollt werden.

Dan überlegte einen Moment, ob er den Harskovs noch einen Besuch abstatten sollte, doch mit einem Mal hatte er das Bedürfnis, Yderup sofort zu verlassen. Er bekam Klaustrophobie in diesem Ort. Den Rest des Tages würde er zu Hause arbeiten. Es gab einige Anrufe zu erledigen, außerdem hatte er mehrere Stunden Recherche- und Lesearbeit vor sich.

Das allerdings war ein Problem. Denn was er lesen wollte, befand sich in einem Umzugskarton auf dem Dachboden seines alten Hauses in der Gørtlergade. Und Marianne wünschte nicht, dass er sich im Haus aufhielt. Das hatte sie ausdrücklich gesagt. Er musste den Karton holen, bevor seine Exfrau aus der Praxis nach Hause kam. Nur hatte er keinen Schlüssel mehr.

Die Lösung könnte sein, dass er sich mit Laura verbündete. Er rief sie auf dem Handy an. Ja, sie war gerade von der Schule nach Hause gekommen. Und ja, sie würde ihm aufmachen, dann könnte er auf dem Dachboden seine alten Comics suchen.

22

»Ich dachte, wir schlagen zwei Fliegen mit einer Klappe, gehen mit Rumpel Gassi und unterhalten uns unterwegs ein bisschen. Also, nur wenn du willst.«

»Das ist eine großartige Idee, Laura.« Dan stand vom Fußboden auf, wo er die Hündin der Familie begrüßt hatte. Die kleine braun gelockte Promenadenmischung wackelte mit dem ganzen Körper und war offensichtlich der Ansicht, dass Dans Besuch der Höhepunkt des Tages war. »Ich hole nur schnell den Karton vom Dachboden, bevor wir gehen. Marianne wäre sicher nicht sonderlich erfreut, wenn sie nach Hause käme und ich würde dort oben herumwühlen.«

»Das stimmt. Mach's lieber gleich. Ich esse inzwischen einen Happen.«

Dan fühlte sich wie ein Einbrecher, als er die Treppe zum ersten Stock hinaufging. Vollkommen grotesk, dachte er. Dieses Haus war fünfzehn Jahre sein Zuhause gewesen. Die meisten Wände hatte er selbst gestrichen, und jeden einzelnen Quadratzentimeter des Fußbodens hatte er so oft gesaugt, dass er es nicht zählen konnte. Der Großteil der Möbel stand so wie immer, die Bilder hingen an ihrem gewohnten Platz, die tiefen Kerben im Geländer waren auch noch da. Trotzdem fühlte es sich bereits wie ein fremdes Haus an, wie das Haus anderer Menschen. Und er war erst vor acht Monaten ausgezogen.

Auf dem Flur steckte er den Kopf in die kleine Kammer, die in all den Jahren sein Arbeitszimmer gewesen war. Sie war leer, abgesehen von ein paar Umzugskartons und einigen Koffern, die normalerweise im Keller standen. Die Tür zum Schlafzimmer stand einen Spalt offen. Vorsichtig schob er sie auf und erlaubte sich einen raschen Blick. Das Bett war nicht gemacht, aber er konnte nicht erkennen, ob ein oder zwei Menschen darin geschlafen hatten. Mariannes Nachthemd lag auf dem Boden, und der Duft ihres Parfüms hing in der Luft. Er zog die Tür zu.

Dan ließ die Leiter herunter und kletterte durch die Dachbodenluke. Selbst an der höchsten Stelle war der fensterlose Raum mit den schrägen Wänden so niedrig, dass er den Kopf einziehen musste, wenn er stand. Der Dachboden war gut isoliert, das wusste er, schließlich hatte er persönlich eine Woche seines Sommerurlaubs damit verbracht. Es war staubig, und es roch muffig. Man hätte irgendeine Ventilation einbauen sollen, dachte er, als er anfing, Kisten aus dem Weg zu räumen. Glücklicherweise unterlag das nicht mehr seiner Verantwortung. Wenn in der Gørtlergade gelüftet werden sollte, musste sich jemand anderes darum kümmern.

Dan fand die Kiste nach einigen Minuten und schob sie zur offenen Dachluke. Er ließ sie auf dem Boden stehen, kletterte die Leiter hinunter und ging zur Treppe.

»Laura? Hilfst du mir mal?«

»Komme!« Sie war in fünf Sätzen oben. Mit einem Butterbrot in der Hand und einer bettelnden Rumpel auf den Fersen. »Was soll ich machen?«

»Iss erst mal auf«, sagte Dan und streichelte die Hündin. Rumpels klarer, nussbrauner Blick klebte an Lauras Brot, sie ignorierte Dan vollkommen. »Du musst mir hier oben auf dem Boden mit der Kiste helfen. Ich bleibe hier unten und nehme sie an, wenn du sie mir herunterreichst.«

Zusammen trugen sie die schwere Kiste die Treppe hinunter zum Kofferraum des Audi, kurz darauf schloss Laura die Haustür hinter sich. Dan hielt Rumpels Leine und betrachtete seine Tochter, während sie kontrollierte, ob die Tür verschlossen war. Sie war groß geworden. Und vernünftig. Aber sie war schließlich auch fast erwachsen.

»Wie geht's dir denn?«, erkundigte er sich, als sie die Algade entlanggingen. »Läuft's gut zu Hause?«

»Bestens.« Sie sah ihn an. »Ich vermisse dich natürlich, und Rumpel würde es bestimmt auch vorziehen, wenn tagsüber jemand zu Hause wäre, und sonst ... Eigentlich kommen wir gut klar, Mam und ich.«

»Stimmt es, dass sie jemanden kennengelernt hat?«

»Henrik, ja. Er ist wirklich sehr nett. Ob das was auf Dauer ist, weiß ich nicht.«

»Wieso nicht?«

Laura zuckte die Achseln. »Er ist ein bisschen zu ... richtig, wenn du weißt, was ich meine.«

»Ehrlich gesagt weiß ich es nicht.«

»Henrik ist so fürchterlich politisch korrekt und besserwisserisch; und ich glaube, er hat nicht den geringsten Sinn für Humor.«

»Ist er einer von Mariannes Kollegen?«

»Ein Studienkollege, glaube ich. Orthopädischer Chirurg. Er verdient Unsummen.«

»Woher weißt du das?«

»Er hat seine eigene Praxis und arbeitet noch für ein Privatkrankenhaus. Mam sagt, solche Leute scheffeln Geld.«

»Das macht ihn wohl so attraktiv.« Dan versuchte, seinen lockeren Ton beizubehalten. »Geld kann man immer gebrauchen.«

Laura sah ihn an. »Mann, wie hört sich das denn an?«

»Es war nur ein Scherz.«

Sie gingen über den Rathausplatz, vorbei an einem Pølserwagen, vor dem ein Schwarm plumper grauer Tauben trippelte und die Steinplatten von Krümeln säuberte. Der Würstchenmann hob eine Hand zum Gruß, Dan nickte zurück. Netter Kerl. Den größten Teil von Dans Leben hatte er in seinem Wagen gearbeitet, im Grunde gehörte er wie der Springbrunnen zum festen Inventar.

Dan wandte sich an seine Tochter. »Hast du eigentlich Gry Harskov gekannt?«

»Ja, ein bisschen. Sie ging in meine Parallelklasse, wir hatten Sport zusammen. Aber wir hatten nie so richtig was miteinander zu tun. Sie war so etwas ...«

»Wie?«

Laura hob die Schultern. »Ein bisschen komisch. Das fanden alle. Jedenfalls wurde sie es nach dem Tod ihres Bruders. Sie benahm sich regelrecht feindselig uns anderen gegenüber. Vielleicht war das gar nicht so merkwürdig, dennoch ...« Ein neues Schulterzucken. »Gry blieb meist für sich. Außerdem war sie nur ein paar Monate auf der Schule.«

Dan rechnete es im Kopf nach. »Sie muss doch ungefähr anderthalb Jahre auf deine Schule gegangen sein. Die ganze Siebte. Und im Herbst kam sie in die achte Klasse.«

Laura sah ihn an. »Kann schon sein. Du weißt das offenbar besser als ich. Arbeitest du an dieser alten Geschichte?«

»Ja, ich seh mir das mal an. Sei bitte so lieb und halt die Klappe darüber, ja?«

»Okay.«

»Weißt du, ob Gry eine Freundin hatte, mit der ich mich mal unterhalten könnte?«

»Ich glaube nicht. Sie hatte keine Freundinnen.«

»Das kann nicht sein.«

»Wie gesagt, Gry blieb meistens für sich. Abgesehen von … Sie hatte einen Freund, mit dem sie fast immer zusammen war. Diesen Chinesen, Stoffer, glaube ich.«

»Ich habe mit Christoffer Udsen gesprochen, er stammt aus Korea.«

»Ist doch dasselbe. Wenn jemand etwas über Gry weiß, dann er.«

Sie hatten die kleine Anlage am Yachthafen erreicht, und als sie sicher waren, dass keine Kinder oder Kampfhunde in der Nähe waren, ließen sie Rumpel von der Leine.

»Und wie geht es dir, Papa?«

»Was meinst du?«

»Was ich gefragt habe. Wie geht es dir eigentlich? Also nach der Scheidung und all dem.«

»Gut. Es geht mir sehr gut.«

Sie antwortete nicht, sie sah ihn nur an.

»Okay, hin und wieder fühle ich mich ein wenig einsam.«

»Wieso lebst du eigentlich nicht mit Kirstine zusammen?«

»Ich finde, das ist zu früh.«

»Ihr seid doch schon über ein halbes Jahr ein Paar.« Sie bückte sich und pflückte ein Gänseblümchen vom Rasen. »Bereust du es, ausgezogen zu sein?«

»Was ist das denn für ein Verhör?« Dan blieb stehen und schaute in die Luft. Dann räusperte er sich. »Ich vermisse eine Familie.«

»Bereust du es?«

Dan sah Rumpel hinterher, die mit flatternden Ohren über die große Rasenfläche rannte. Runde um Runde. Ab und zu stieß sie ein Bellen aus, aber die meiste Zeit lief sie bloß herum. Runde um Runde. Es sah aus, als sei dies die sinnvollste Beschäftigung aller Zeiten.

»Oh, Laura ...« Er wusste nicht, was er sagen sollte. Es gab vermutlich auch Grenzen, was man seiner Tochter im Teenageralter anvertrauen konnte – egal wie erwachsen und reif sie wirkte. »Das ist eine ganz schwierige Frage.«

»Trotzdem, antworte!«

Dan atmete tief ein. »Könnte ich alles ändern, wäre ich geblieben, wo ich war.«

Laura zog die Augenbrauen zusammen. »Und was ist mit Kirstine?«

Dan knöpfte seine Jacke zu und steckte die Hände in die Taschen.

»Wir haben momentan eine etwas schwierige Phase.«

»Hat sie die Premierenaufregung noch nicht überwunden? Das ist doch schon fast eine Woche her? Und die Kritiken.«

»Kritiken?« Er lächelte. »Darüber beschwert sich bestimmt niemand. Und schon gar nicht Kirstine.«

»Aber sie hat deswegen auch keine bessere Laune bekommen?«

»Na ja ... Es ist nicht so, Laura ...«

Wie sollte er ihr das erklären? Würde er es überhaupt versuchen wollen? Er war sich selbst noch nicht richtig über die Situation im Klaren. Wie sollte er es dann Laura erklären? In den letzten Wochen war das Verhältnis zu Kirstine mehr als problematisch gewesen. Der Streit nach seinem Zusammenstoß mit dem kleinen verrückten Mogens war heftig gewesen, am Tag vor der Premiere hatten sie sich jedoch wieder versöhnt. Als er Laura nach der Premierenfeier in ein Taxi nach Christianssund gesetzt hatte, ging für ihn und Kirstine die Premierenfeier auf äußerst befriedigende Weise zu Hause im Doppelbett weiter – und nachdem sie endlich eingeschlafen waren, hatte Dan das Gefühl gehabt, alle Probleme seien gelöst. Am nächsten Morgen hatte Kirstine allerdings mit erneuerter Kraft von vorn begonnen, und diesmal machte sie keinen Hehl daraus, warum sie so unzufrieden mit ihm war. Es ging nicht allein um Mogens. Durchaus nicht. Nein, sie beklagte sich darüber, dass Dan nicht mit ihr zusammenziehen wollte und nicht sonderlich begeistert auf den Gedanken reagierte, eines Tages zu heiraten. Und vor allem, dass er es kategorisch ablehnte, weitere Kinder zu bekommen.

Den ganzen Samstag verbrachten sie mit aufreibenden Diskussionen, und als Kirstine am späten Nachmittag sein Rasierzeug, die Zahnbürste und ein paar CDs in eine Supermarkttüte warf, war er aufrichtig erleichtert und schlug die Tür hinter sich zu.

Seither hatten sie ein paarmal telefoniert, das war auch schon alles. Dan war sich nicht sicher, was er noch von ihrer Beziehung halten sollte. Er hatte zwischendurch größte Lust, Kirstine zu besuchen, tief in seinem Inneren wusste er, dass nur seine Libido versuchte, ihn zu überreden. Als wäre sie nicht schon für genug Katastrophen verantwortlich.

Wenn es eine Wahlmöglichkeit gäbe, mit Kirstine eine Liebesbeziehung wie zu Beginn zu unterhalten – mit Sex, gemütlichem Beisammensein und Spaß, aber ohne dieses Gerede über die Zukunft –, dann gäbe es überhaupt kein Problem. Doch so würde es nie wieder werden, das musste er sich eingestehen. Sie war eine ganz normale Frau, sie hatte ganz normale biologische Bedürfnisse, und sie konnte schließlich nichts dafür, dass er so viel älter war und keine Lust hatte, noch einmal von vorn zu beginnen. Damals hatte er es geliebt, kleine Kinder zu haben. Er liebte es noch immer, Vater zu sein. Aber ein Wurf reichte ihm.

»Wir nehmen momentan eine Auszeit«, sagte er laut.

»Habt ihr euch getrennt?«

»Mal sehen, was passiert«, erwiderte er bloß. »He, wo ist eigentlich Rumpel?«

»Sie war doch gerade noch da.« Laura sah sich um. »Dort!« Sie zeigte auf die kleine Grilleinrichtung der Anlage, wo ein paar Tische mit fest verschraubten Bänken neben einem länglichen Grill aus Gusseisen standen. »Dort darf sie doch gar nicht hin! Da liegen Kanülen und anderes Zeug. Rumpel!« Sie fing an zu laufen. Dan folgte ihr in gemessenerem Tempo. Durch das kurze Gespräch hatte er noch schlechtere Laune. Warum schaffte er es nicht, eine normale Beziehung zu führen, so wie alle anderen in seiner Umgebung. Flemming und Ursula, Marianne und dieser Henrik.

Er fühlte sich kindlich und unreif. Wie ein Pubertierender, der seine Hormone nicht im Griff hat und außerstande ist, ein normales Leben zu führen. Das alles passte viel zu genau zu seinem Gemütszustand: Der Tag hatte mit Zimtschnecken seiner Mutter begonnen und sollte laut Plan mit der Lektüre seiner alten *Tim und Struppi*-Alben enden.

23

»Darf ich einen Augenblick hereinkommen, Mogens?« Die Sachbearbeiterin hatte nasse Haare. Ein Tropfen lief ihr über die Stirn und wurde von der Augenbraue aufgehalten. Dort verschwand er scheinbar zwischen den dunklen Haaren der Braue, und Mogens konnte ihn nicht mehr entdecken, sosehr er sich auch bemühte. »Mogens?« Ein gereizter Unterton hatte sich in die Stimme der Sachbearbeiterin geschlichen. »Wollen wir uns nicht setzen und eine Tasse Tee trinken?«

»Ich habe keinen Tee.«

»Das macht doch nichts.«

»Auch keinen Kaffee.«

»Dann bloß ein Glas Wasser. Das wäre schön.«

Mogens blieb stehen, ohne zu antworten. Sein Blick hing noch immer an der tropfenschluckenden Augenbraue der Frau.

»Oder möchtest du lieber in mein Büro kommen?«

Mogens' Blick wanderte zu einem Fleck direkt zwischen ihren Augen. Er schüttelte den Kopf.

»Na, dann.« Die Sachbearbeiterin beugte sich an der Tür vor, bis er einen kleinen Schritt zur Seite trat, und drückte sich an ihm vorbei in die Wohnung.

»Du hast nicht angerufen.«

»Ach, ich bin einfach so vorbeigekommen, Mogens. Und dachte, ich schaue mal, wie es dir geht.« Sie zog den Regenmantel aus und versuchte, ihr Haar mit einem dünnen Seidentaschentuch zu trocknen. »So ein Regenwetter, was?«

Mogens sah sie an, während sie das nasse Taschentuch zusammenfaltete und in die Tasche des Regenmantels steckte. Er hing an einem Haken im Flur und tropfte auf seinen Fußboden. »Du hast gesagt, du würdest vorher anrufen«, sagte er. »Das ist unsere Vereinbarung, hast du gesagt.«

»Beruhig dich, Mogens.« Sie machte eine Bewegung, als wollte sie ihm den Arm tätscheln, und er trat einen Schritt zurück. Sie ließ die Hand fallen. »Setzen wir uns ins Wohnzimmer?«

Mogens antwortete nicht. Er folgte seiner Sachbearbeiterin ins Wohnzimmer und sah, wie sie einen Augenblick stehen blieb und die Anordnung der CD-Box, der Rose und des Porträts der Göttin betrachtete, bevor sie sich auf das Sofa setzte.

»Gemütlich hast du es hier, Mogens.« Sie lächelte, als sie das sagte, doch ihre Augen waren kühl registrierend auf sein Gesicht gerichtet.

»Was willst du?«

»Komm schon, Mogens. Setz dich, damit wir uns ein bisschen unterhalten können.«

Er setzte sich auf einen Stuhl und rang die Hände im Schoß. »Was willst du?«

»Wie geht es dir, Mogens?«

»Gut.«

»Nimmst du deine Medizin?«

»Ja.«

»Und gehst du zu den Sitzungen beim Psychiater?«

»Was willst du?«

»Ich will nur hören, wie es dir geht, Mogens. Ob wir irgendetwas für dich tun können.« Sie sah sich in der staubigen Wohnung um, ließ den Blick über die nicht geputzten Fensterscheiben und den Haufen mit sauberer Wäsche gleiten, der auf seinem Platz auf dem Sofa lag. »Brauchst du zum Beispiel Hilfe im Haushalt? Ich könne eventuell ...«

»Nein.«

»Das entscheidest du, Mogens. Es wird sicher nicht leicht, einen Pflegedienst bewilligt zu bekommen, aber ...«

»Nein.«

»Es wird ja überall gespart, du könntest dir einen privaten Dienst leisten, wenn es sein müsste. Ich könnte dich vermitteln.«

»Ich brauche keine Hilfe.«

Einige Sekunden war es ganz still. Man konnte den Stadtbus

hören, der an der Haltestelle an der Toftegårds Allé anfuhr. Sie sah ihn an. »Wie ich höre, hattest du neulich Besuch von der Polizei?«

»Ja.«

»Magst du mir erzählen, was sie wollten?«

»Das weißt du doch genau. Sonst wärst du überhaupt nicht hier.« Er sah sie an. »Ich bin nicht dumm.«

»Natürlich nicht, Mogens. Ich würde nur gern von dir hören, was passiert ist.«

Mogens presste die Lippen zusammen und schüttelte den Kopf.

»Im Zentrum beginnt eine neue Gruppe«, sagte sie dann. »Ich glaube, das ist genau das Richtige für dich. Es ist ein Fotoworkshop, ein Fotograf wird euch zeigen, wie man …«

»Ich muss in keine Gruppe.«

»Das entscheidest selbstverständlich du selbst, aber vielleicht ist es ja gut für dich, wenn du ein bisschen herauskommst.«

»Ich will nicht mit Idioten zusammen sein.« Wenn sie doch bloß gehen würde.

»Ach, Mogens. Jetzt sei mal nett. Das sind keine Idioten. Das sind Menschen mit allen möglichen verschiedenen psychischen Krankheiten. Du kannst doch nicht …«

»Ich finde, du solltest jetzt gehen.«

»Aber Mogens …«

»Das ist meine Wohnung, und ich kann bestimmen, wen ich zu Besuch haben möchte. Das hast du selbst gesagt. Geh jetzt.«

»Na gut.« Die Sachbearbeiterin erhob sich zögernd. »Wir haben ja in drei Wochen einen Termin. Wir sehen uns dann. Und wenn du vorher reden möchtest, kannst du jederzeit anrufen. Du hast ja meine Nummer.«

»Ja.« Er blieb auf seinem Stuhl sitzen, die Hände zwischen den Knien. »Geh jetzt.«

Endlich verschwand sie. Als die Tür zuschlug, stand Mogens auf und ging in den Flur, um sicherzugehen, dass sie fort war. Er konnte ihre Schritte auf der Treppe hören. Sie ging langsam, zögerlich. Dann klappte die Haustür, und es wurde ruhig. Mogens ging in die Küche und füllte einen Einwegbecher mit Wasser aus dem Hahn. Er trank langsam und spürte, wie der Drang, zu schreien, langsam verschwand. Dann aß er eine Banane und ein paar Kekse, trank noch ein Glas Wasser und ging zurück ins Wohnzimmer.

Er musste sich mit irgendetwas stärken. *Weiße Veilchen*, dritte Staffel, zweite Folge, dachte er. Es war eine von Mogens' Lieblingsfolgen, und als er sich im Sofa zurücklehnte, hatte er sich beinahe beruhigt.

Mogens war der Göttin seit vierzehn Tagen nicht mehr gefolgt. Er hatte sie nur im Theater gesehen. Er war jetzt dreimal in der Vorstellung gewesen, und langsam gewöhnte er sich an das Stück, obwohl er noch immer nicht viel von dem verstand, was sich auf der Bühne abspielte. An das unkleidsame Federkostüm der Göttin würde er sich allerdings nie gewöhnen. Er mochte Wiedererkennbarkeit, Routine. Und der Text war jeden Mittwoch gleich.

Es war angenehm und schön, in einem Raum mit der Göttin zu sein, ohne dass jemand sich darüber beschwerte oder versuchte, ihn loszuwerden. Aber das Verlangen nach direktem Kontakt wurde immer stärker. Mogens versuchte wirklich, sich zu beherrschen. Er hatte die Botschaft verstanden, ganz hinten in seinem Bewusstsein nagte dennoch ein kleiner Wurm. Und wenn es gar nicht stimmte, was die gesagt hatten? Es waren ja nur andere Menschen, die behaupteten, dass die Göttin ihn am liebsten nicht mehr sehen würde. Wenn der Glatzkopf und die Polizei sich nun irrten? Wenn die Göttin ihr kleines Maskottchen so sehr vermisste wie er sie?

Vielleicht war sie unglücklich, dass er nicht mehr wie gewöhnlich ihre Signale auffing und sie beschützte.

Mogens schaute auf seine Uhr. Fünfzehn null sieben. Die Göttin war höchstwahrscheinlich zu Hause. Die Vorstellung begann erst um acht, und sie brauchte sicher ein paar Stunden, um geschminkt zu werden und sich dieses plumpe Kostüm anzuziehen. Er wettete, dass sie gegen siebzehn Uhr von zu Hause aufbrechen würde. Er hatte noch viel Zeit.

24

Jetzt geht das schon wieder los. Unten streiten sie sich wie die Wahnsinnigen.

Eigentlich sah alles nach einem friedlichen Sonntag aus. Pfannkuchen zum Frühstück. Ein Smoothie. Bacon und Rührei. Und die Alten redeten tatsächlich miteinander. Vater schielte nicht dauernd in die Zeitung, und Mutter zickte nicht einziges Mal herum. Ich habe angeboten abzuwaschen, und Mutter sah aus, als würde sie in Ohnmacht fallen – also zum Spaß.

Dann sind sie gegangen. Sie wollten zu einem Wohltätigkeitsmarsch, den der Pastor jedes Jahr organisiert. Irgendeine Schuhfirma stiftet Geld für jeden Kilometer, der gewandert wird. Anyway. Jedenfalls fühlen sich die Erwachsenen als enorme Wohltäter, und gleichzeitig haben sie das Gefühl, unglaublich viel für ihre Gesundheit zu tun. Das war wohl auch der Grund für die gemütliche Sonntagsatmosphäre beim Frühstück. Dazu kommt, dass ein Fotograf der *B.T.* Fotos gemacht hat. Vater freut sich jedes Mal, wenn ihn jemand fotografiert. Vor allem, wenn er dabei zufällig Wanderklamotten trägt und von seiner hübschen Frau begleitet wird.

Anderthalb Stunden vergehen, bis ich die Haustür klappen höre. Sie sind nach Hause gekommen. Mit der gemütlichen Atmosphäre ist Schluss. Kaum haben sie die Tür hinter sich geschlossen, fängt Mutter an, ihn zu beschimpfen.

»Wie kannst du überhaupt einen Gedanken daran verschwenden, Thomas?« Ihre Stimme ist scharf. »Das ist gegen jede Absprache.«

»Ach, jetzt reg dich ab, Lene.« Das ist Vater. »Ich finde, sie haben recht.«

»Dieser Dan hat viel zu viele gute Ideen. Aber ich kenne den Jungen am besten. Du bist ja nie hier.«

Der Junge? Jetzt spitze ich die Ohren.

»Lass uns ins Wohnzimmer gehen. Du kannst doch so etwas nicht hier ...« Vaters Stimme ist nicht mehr zu hören, als die Tür zum Wohnzimmer geschlossen wird.

Mist. Gerade, als es interessant wurde. Wieso reden sie über den Detektiv und gleichzeitig über mich? Wir haben doch nichts miteinander zu tun. Ich schleiche die Treppe hinunter zur Wohnzimmertür. Ihre Stimmen kann ich nur als Murmeln hören, obwohl sie jetzt ziemlich laut sind. Dieses Haus ist einfach zu gut isoliert, denke ich und lege ein Ohr an die Tür.

Nur vereinzelte Worte sind deutlich zu verstehen.

Vater: »*Murmel, murmel* ... vielleicht sein Leben retten ... Dan sagt ... *murmel, murmel* ... Sicherheitsaspekt ... gesunder Menschenverstand ... *murmel* ... in meiner Position.«

Mutter: »... viel zu anfällig ... *murmel, murmel* ... rücksichtslos ... reines Vabanquespiel ... *murmel, murmel* ... Ich bin nicht einverstanden, dass ...«

Dann kommen ein paar Sätze, die ich nicht verstehen kann, doch der nächste Satz ist deutlich zu hören: »Wenn wir ihn nur von diesem Scheiß-Festival abbringen könnten«, sagt Vater. »Dann wäre das überhaupt kein Problem.«

Ich drehe mich um und laufe die Treppe hinauf in mein Zimmer. Ich schließe die Tür ab. Jetzt weiß ich, worum es geht. Der glatzköpfige Schwanzkopf hat ihnen weisgemacht, es gäbe irgendeine lächerliche muslimische Terrordrohung gegen das Roskilde-Festival, und nun wollen sie verhindern, dass ich hinfahre. Scheiße. Wenn sie glauben, mich davon abhalten zu können, dann irren sie sich gewaltig. Das schaffen sie nicht einmal, wenn sie mich einsperren. Schwachköpfe. Und wenn ich das Fenster einschlagen und herunterklettern muss, irgendwie komme ich schon weg. Die mit ihren Terrordrohungen. Wenn ich schon sterben soll, dann doch besser in Roskilde bei Malk de Koijn, anstatt in diesem Scheiß-Yderup zu verrotten.

25

»Klingt, als hättet ihr eine schöne Reise gehabt.« Dan war gerade von seiner morgendlichen Joggingrunde zurückgekehrt. Jetzt stand er am Erkerfenster und blickte über den Fjord, während er mit seinem alten Freund telefonierte.

»Schön ist nicht das richtige Wort«, sagte Flemming. »Es ist wirklich lange her, dass ich so weit weg gewesen bin. Sowohl physisch wie mental. Dass wir die Telefone und Computer zu Hause gelassen haben … einfach genial! Genau das hatte ich gebraucht.«

»Bist du wieder vollkommen gesund?«

»Auf jeden Fall habe ich einiges an Kraft zurückgewonnen. Hoffen wir, dass es so bleibt.«

»Fit for the fight und bereit, wieder zur Arbeit zu gehen?«

»Ich gönne mir noch ein paar Tage, um den Jetlag zu überwinden, aber sonst ... Ja, ich glaube schon, dass alles okay ist.«

»Gut.«

Die Pause dauerte nur einen kurzen Moment, doch sie war lange genug, dass Flemmings scharfes Polizeiohr sie registrierte. »Und du?«, fragte er, und es gelang ihm, mehrere Nuancen in seinen Tonfall zu legen. »Was treibst du so, Dan?«

Dan räusperte sich. »Ich brauche deine Hilfe.«

»Oh, verflucht. Kann man nicht einmal nach Hause kommen, ohne ...«

»Kannst du mir alles beschaffen, was ihr über zwei alte Fälle im System habt?«

»Mordfälle?«

»Nein, nicht direkt ...« Dan erklärte seinen Auftrag. Flemming unterbrach ihn immer wieder mit einer Verständnisfrage und hörte sonst zu, ohne die Geschichte zu kommentieren. Erst als Dan seine Theorie erläuterte, dass das Todesalter der Kinder – sechzehn Jahre und siebenundzwanzig Tage – möglicherweise eine Art Code sein könnte, stieß der Polizeikommissar ein skeptisches Grunzen aus.

»Na ja, es war einfach so ein Gedanke«, erwiderte Dan hastig. »Vielleicht liege ich damit ja auch vollkommen falsch.«

»Was willst du haben?« Flemmings Stimme klang, als hätte er Papier und Bleistift vor sich.

»Dann willst du mir also helfen?« Dan konnte seine Verblüffung nicht unterdrücken. Er hatte sich auf längere Verhandlungen eingestellt. Diese Bereitschaft zur Zusammenarbeit sah Flemming überhaupt nicht ähnlich.

»Selbstverständlich ist es gegen alle Regeln, Dan. Das muss ich dir ja wohl nicht sagen.«

»Nein.«

»Vorläufig besorge ich mir die Akten und sehe sie mir erst einmal selbst an. Solltest du sie lesen dürfen, hältst du die Klappe. Entdeckt jemand, dass ich vertrauliches Material an dich weitergegeben habe, werde ich gefeuert – egal, wie vernarrt die Chefetage in dich ist. Hast du verstanden?«

»Darf ich die Obduktionsberichte einem Sachverständigen zeigen?«

»Einem anderen Rechtsmediziner?«

»Zum Beispiel.«

»Lass uns das diskutieren, wenn wir so weit sind. Mir wäre es lieber, die Unterlagen kommen direkt von mir, dann kriegen wir keinen Ärger.«

Dan buchstabierte die Namen der beiden Kinder und gab Flemming ihre Personennummern.

»Ich rufe die beteiligten Polizeibezirke noch heute an«, versprach Flemming. »Aber es kann ein paar Tage dauern, bis die Akten hier sind. Es handelt sich ja nicht gerade um einen aktuellen Fall.«

»Und was ist mit Malthe? Wenn er in Gefahr ist …«

»Vielleicht sind die Unterlagen in zwei Tagen hier. Ich bitte die Kollegen, sich zu beeilen. Für mich hört sich das nach einer ziemlich dünnen Geschichte an, Dan. Zwei Unglücksfälle, die in kurzer Zeit ein Elternpaar treffen. Das ist ausgesprochen tragisch, ja, aber möglicherweise auch nicht mehr.«

»Ich weiß. Am Anfang ging es mir genauso. Inzwischen schrillen meine Alarmglocken umso lauter. Da ist irgendetwas faul, Flemming, ich bin mir sicher.«

»Du steigerst dich doch da nicht in etwas hinein, oder? An Fantasie hat es dir ja noch nie gefehlt.«

»Nein.« Dans Blick folgte einer Schar Gänse, die in eleganter V-Formation den milchig weißen Himmel kreuzten. »Vielleicht hast du recht, Flemming. Könnte durchaus sein, dass Malthe nach dem 4. Juli in bester Verfassung weiterlebt, egal, was wir tun oder nicht tun. Trotzdem finde ich einfach, dass ich gezwungen bin zu handeln. Die Vorstellung, dem Jungen könnte etwas zustoßen und wir hätten nicht getan, was wir können, ist furchtbar. Würdest du damit leben wollen?«

»Punkt für dich. Ich besorge dir, was du brauchst, Dan. Bring du bitte nicht zu viel Chaos in die Geschichte. Schon mir zuliebe.«

Dan warf sein verschwitztes Joggingzeug in die Waschmaschine, stopfte den Inhalt des Wäschekorbes dazu und schaltete das 40-Grad-Programm ein. Er duschte ausgiebig und rasierte sich sorgfältig Gesicht und Glatze. Hinterher stand er ein paar Minuten vor dem Spiegel und betrachtete seinen Eierkopf. Er hatte nach der Scheidung abgenommen, an seinen Augenwinkeln zeigten sich deutliche Falten. Die Narbe an der linken Wange war ein wenig heller und blanker als der Rest der Haut, aber sie war mit der Zeit sehr schön verwachsen. Er wirkte noch immer jünger als fünfundvierzig, doch allmählich fing er an, wie ein Mann auf dem Weg in die besten Jahre auszusehen.

Einen Moment überlegte er, das Badezimmer zu putzen, da es ohnehin pitschnass war. Doch dann ließ er nur den Lüfter laufen, als er die Tür hinter sich schloss. Wenn er ganz ehrlich sein sollte, endeten seine Reinigungsbemühungen immer häufiger in dieser nicht sonderlich subtilen Form der Verdrängung. Allmählich sah seine Wohnung wie eine Junggesellenbude aus. Nicht gerade dreckig, aber durchaus ein wenig unaufgeräumt und staubig. Na und, dachte er, als er sich anzog. Das ging schließlich nur ihn selbst etwas an.

Dan trank einen doppelten Espresso am Küchentisch, diesmal nahm er Zucker, obwohl man zu seiner Verteidigung sagen muss, dass seine Hand mit dem Zuckerwürfel einen Moment über der Tasse zögerte, bevor er den Würfel in die fast kochend heiße Flüssigkeit fallen ließ. Neue Regel, dachte er, während er umrührte: Nur in gewöhnlichem Kaffee ist Zucker absolut verboten. Bei Espresso kann man einfach nicht darauf verzichten.

Er nahm einen Apfel aus dem Kühlschrank, überprüfte, ob er seine Schlüssel, das Portemonnaie und sein Handy eingesteckt hatte, und warf die Wohnungstür hinter sich zu. Als er die Treppe hinunterging, überlegte er, ob er Kirstine anrufen sollte. Nein, dachte er. Lass sie diesmal die Initiative für eine Versöhnung ergreifen. Das gab ihm einen etwas besseren Ausgangspunkt für ihren nächsten – und ganz gewiss unvermeidbaren – Streit.

*

Kurz darauf hielt Dan vor Lene und Thomas Harskovs kleinem Möbelgeschäft in der Smedestræde. Als er die Tür öffnete, klingelte eine Glocke im hinteren Raum, und einen Augenblick später zog Lene Harskov einen grob gewebten, olivgrünen Vorhang beiseite und kam in den Laden.

»Dan? Hej!« Sie streckte die Hand aus, und Dan ergriff sie. Er sah, dass sie gerade geweint hatte, sie war dennoch geistesgegenwärtig genug, um höflich zu lächeln.

»Ein schönes Sofa habt ihr da im Fenster.«

»Das Finn-Juhl-Sofa?« Jetzt strahlten auch ihre Augen. »Ja, ich bin auch ganz begeistert. Wir sind gerade mit der Restaurierung fertig geworden. Neue Polster, neuer Bezug. Die blaue Farbe ist original.«

»Perfekt. Wenn man es sich leisten könnte.«

»Ich überlasse es dir zu einem vernünftigen Preis, Dan. Für Freunde des Hauses gibt es fünfzehn Prozent Rabatt.«

»Es ist noch immer viel Geld.«

»Du kannst es dir ja überlegen.« Sie sah ihn an. »Du bist doch aber nicht gekommen, um dir das Sofa anzusehen?«

Dan schüttelte den Kopf. »Habt ihr mit dem Pastor gesprochen, Lene?«

Das Lächeln verschwand umgehend, sie zog die Hand zurück. »Ja, er hat uns am Sonntag besucht. In deinem Auftrag, soweit ich es verstanden habe.«

»Und?«

»Wir haben Nein gesagt, Dan. Malthe darf nicht wieder in seine Depression zurückfallen, nur weil du dir in den Kopf gesetzt hast ...«

»Der Junge ist sehr viel stärker, als du glaubst«, unterbrach sie eine Stimme aus dem Hinterzimmer. Einen Augenblick später tauchte Vibeke Vassings blonder Schopf an der Tür auf. »Hej, Dan.«

»Hej«, sagte er überrascht. »Ich wusste nicht, dass Sie auch hier sind.«

»Woher sollten Sie das auch wissen?« Vibeke legte eine Hand auf Lenes Schulter, hielt ihren Blick aber auf Dan gerichtet. »Ich war mit Anna beim Arzt und habe dann hier vorbeigesehen, weil ich dachte, ich könnte ...«

»... die hartnäckige Lene ein bisschen bearbeiten«, vollendete Lene den Satz und verzog das Gesicht. »Die hartnäckige Lene sagt immer noch Nein.«

»Was ist mit Thomas?«

»Er musste plötzlich zu einer außerordentlichen Hauptvorstandssitzung und hat mir die Entscheidung überlassen. Typisch für ihn. So muss er nicht Stellung beziehen.«

»Wollen wir uns nicht hinsetzen und noch einmal darüber reden, Lene«, versuchte es Vibeke – gemeinsam mit Dan, der ebenfalls sagte: »Komm, wir müssen miteinander reden.«

Lene ließ ihren Blick von einem zum anderen wandern. »Was ist denn das hier für ein Gruppenzwang?«

»Entschuldige.« Vibeke tätschelte kurz Lenes Schulter und nahm die Hand wieder herunter. »Ich gehe. Wir bedrängen dich ein bisschen zu sehr.«

In diesem Moment ging die Tür auf, und ein junges Paar kam herein. Das Ladenlokal war jetzt voll, und die ohnehin angespannte Situation wurde Dan eine Spur zu klaustrophobisch. »Ich habe auch noch einen anderen Termin«, log er. »Kümmere dich ruhig um deine Kunden.«

Er drückte sich aus der Ladentür und seufzte erleichtert, als er einen Augenblick später vor dem Geschäft auf dem Gehweg stand.

Die Sonne war zwischen den Wolken hervorgekommen. Dan hatte fast die Algade erreicht, als er eilige Schritte hinter sich hörte.

»Warten Sie.« Vibeke Vassing lief mit einem schwarzen Buggy hinter ihm her, in dem ihre kleine Tochter saß.

»Haben Sie den Hinterausgang genommen?«

»Ich hatte den Wagen mit der Kleinen in den Hof gestellt.«

»Schläft sie?«

»Solange sie schläft, wie ein Stein.«

Dan schaute unter das Verdeck des Buggys. Die wenigen Haare des kleinen Mädchens waren beinahe weiß. Ihre Wangen leuchteten feuerrot, das Kinn glänzte vor Sabber.

»Sie bekommt Zähne«, erklärte die Mutter. »Und schläft im Moment nachts kaum.«

»Wie alt ist sie?« Dan richtete sich auf. Er hatte das schlafende Kind gerade so lange betrachtet, wie es die allgemeine Höflichkeit gebot. »Anderthalb?«

»Dreizehn Monate.«

»Süß«, sagte Dan und sah, wie die Mutter über dieses winzige, anerkennende Wort strahlte.

»Haben Sie Kinder?«, erkundigte sich Vibeke, als sie nebeneinander in die Algade bogen.

»Zwei. Ein Mädchen und einen Jungen. Aber sie sind inzwischen erwachsen.«

Sie unterhielten sich angeregt über alles Mögliche, nur nicht über Malthe und seine Eltern, während sie auf den Rathausplatz zuliefen.

Als sie vor dem Springbrunnen standen, sagte Vibeke: »Ich würde gern mit Ihnen reden, Dan.«

»Ja?«

»Über Malthe. Ich mache mir Sorgen um ihn.«

»Jetzt gleich, oder sollen wir warten, bis ich morgen zu Besuch bei Ihnen bin?«

»Haben Sie eine Verabredung mit Arne?«

»Ja.«

»Ah ja ... wegen Gry. Und der Briefe, die sie gefunden hat.«

»Ach, das wissen Sie?«

»Ich weiß so manches.« Sie warf einen Blick in den Kinderwagen. »Lassen Sie uns jetzt reden, solange Anna schläft. Haben Sie Zeit?«

»Sicher. Gehen wir dorthin«, erwiderte er und wies mit dem Kopf auf das Straßencafé des Hotels Marina. »Dann können wir auch gleich einen Happen zu Mittag essen.«

26

»Hatten Sie eigentlich eine Beziehung zu Yderup, als Sie sich entschlossen, sich dort niederzulassen?«, erkundigte sich Dan, als der Kellner zwei Teller mit Caesar's Salad gebracht hatte. »Absolut nicht. Yderup brauchte einen neuen Gemeindepastor, und wir suchten einen netten Ort zum Leben.« Vibeke schmierte Butter auf ein Stück Baguette. »In all den Jahren, die wir uns kannten, sind wir in der ganzen Welt herumgekommen – von einem Katastrophengebiet ging es zum nächsten. Wir hatten Glück, dass wir an den meisten Orten zusammen sein konnten, zeitweise mussten wir natürlich auch getrennt leben. Wenn wir in Dänemark waren, wohnten wir in möblierten Wohnungen zur Untermiete, sodass wir eigentlich so gut wie keine eigenen Sachen hatten. Nur Kleidung und Bücher und so etwas. Unser gesammeltes Hab und Gut passte in zehn Umzugskisten, als wir vor acht Jahren im Pfarrhof einzogen.«

»Und was war mit Möbeln?«

»Das meiste kam vom Flohmarkt, dies und jenes bekamen wir geschenkt. Ich hasse den Gedanken, etwas Neues zu kaufen, wenn es etwas Altes gibt, das man noch brauchen kann.« Sie spießte ein Stück Huhn auf ihre Gabel und steckte es zwischen ihre hübsch geschwungenen Lippen. Dan betrachtete sie. Ihre Haut war so hell, dass sie an bestimmten Stellen beinahe durchsichtig wirkte, ihr Haar platinblond, an der Grenze zum Elfenbeinweiß.

»Gefällt es Ihnen hier?«

Sie nickte eifrig, während sie kaute und schluckte. »Sehr«, sagte sie dann. »Wir haben in der Gemeinde viele gute Freunde gefunden. Die Harskovs, Ihre Mutter, den Küster. Von den Jugendlichen im Ort ganz zu schweigen. Zu ihnen haben wir ein ganz besonderes Verhältnis. Arne hat sie fast alle konfirmiert, und ich habe mich im Jugendclub um sie gekümmert.«

»Und der Kirchenvorstand? Wie läuft's damit?«

Vibeke senkte den Blick und lächelte. »Ich weiß genau, was Sie hören wollen. Ich werde nichts dazu sagen.«

»Auch nicht off the records?«

Sie schaute ihn einen Moment an. »Die meisten von ihnen sind durchaus in Ordnung, das möchte ich betonen. Der Vorsitzende ist der Leiter der Ydinbjerg-Hochschule, ein anständiger Mensch, würde ich sagen. Gebildet, intelligent, freundlich. Glücklicherweise deutet nichts darauf hin, dass er sein Amt abgeben wird. Und er hat die Mehrheit im Kirchenvorstand auf seiner Seite.«

»Bei Lilly Johnsen ist das anders.«

Vibeke wand sich ein wenig auf ihrem Stuhl. »Wir kennen sie noch nicht so gut. Sie wurde erst letztes Jahr in den Kirchenvorstand gewählt.«

»Und?«

Vibeke seufzte. »Das können Sie sich doch denken. Sie haben sie doch kennengelernt, oder? Lilly kann aus dem kleinsten, unwichtigen Detail eine große Sache machen. Vor allem hat sie es auf die Jugendlichen abgesehen. Wenn es nach ihr ginge, gäbe es ein Kinderverbot in Yderup. Kein Zugang für Menschen unter fünfundzwanzig Jahren. Und kein Zugang für alle, die nicht dort geboren und aufgewachsen sind. Wie auch immer diese beiden Dinge vereinbar sein sollen.« Vibeke grinste und schüttelte den Kopf. »Die Versammlungen des Kirchenvorstands haben etwas von einem Kampf, seit sie dazugekommen ist. Es erfordert große Geduld und eine gehörige Portion Diplomatie vom Vorsitzenden und von Arne, Lilly Johnsen in Schach zu halten.«

»Das glaube ich sofort. Ich habe sie und ihren Mann nur eine halbe Stunde erlebt, und ich leide noch immer unter Ticks, Ausschlag und Angstanfällen.«

»Psst!« Vibeke lachte und sah sich schuldbewusst um, als hätte sie Angst, dass ein Gemeindemitglied das Gespräch mithören könnte.

Sie aßen und plauderten weiter über Gemeindemitglieder. Dan war hungriger, als er gedacht hatte. Er bereute, nur einen Salat bestellt zu haben, aber nach einem zusätzlichen Körbchen mit Baguette ging es ihm besser.

»Worüber wollten Sie eigentlich mit mir reden?«

»Ich mache mir Sorgen um Malthe«, wiederholte Vibeke. »Und ich finde es bedauerlich, dass Lene und Thomas es nicht zulassen, ihm die Wahrheit zu sagen. Deshalb habe ich sie im Laden besucht. Malthe weiß, dass irgendetwas zu Hause vor sich geht, und es beschäftigt ihn ganz offensichtlich, obwohl er versucht, den Coolen zu spielen. Ich wünschte, ich könnte es ihm einfach sagen.«

»Was sagen?«

»Na ja, all das, worüber wir geredet haben. Den Tod seiner Geschwister, wie sehr seine Eltern um sein Leben fürchten und welche Rolle Sie spielen. Er wundert sich sehr, Sie ständig auf Lindegården zu sehen, das kann ich Ihnen sagen.«

»Und Sie mögen es nicht, ihn zu belügen?«

»Ich mag es nicht, irgendwen zu belügen«, erwiderte Vibeke und erhob sich halb, sodass sie einen Blick unter das Verdeck des Kinderwagens werfen konnte, in dem ihre Tochter noch immer tief und fest schlief.

»Klingt fast so, als hätten Sie mit ihm über die Situation gesprochen?«

»Ein bisschen. Er sagt ja nie sehr viel, doch es beschäftigt ihn, wie gesagt, ganz offensichtlich, und das ist einfach ärgerlich. Er hatte gerade begonnen, sich wieder aufzurappeln.«

»In diesem Frühjahr, meinen Sie?«

»Ja. Alles schien sich wieder eingerenkt zu haben. Er hatte neue Freunde, und ich glaube auch, er ist ein wenig in ein Mädchen aus seiner Klasse verliebt. Aber das sollen andere nicht wissen. Und schon gar nicht seine Eltern.«

»Warum nicht?«

Vibeke blickte in ihr Glas und schwenkte es langsam von einer Seite zur anderen, sodass die letzten Tropfen Mineralwasser über den Boden rollten. »Ich weiß es nicht. Jedenfalls nicht genau. Er ist erst sechzehn, nicht wahr? Und nirgendwo gibt es so dichte Schotten wie zwischen Eltern und einem pubertierenden Sohn. Oder … Na, auf jeden Fall ist das mein Gefühl«, sagte sie und leerte ihr Glas mit einer ungeduldigen Bewegung. »Ich habe nie versucht, ein sechzehnjähriger Junge zu sein. Trinken wir noch eine Tasse Kaffee?«

Dan rief den Kellner, bestellte und lehnte sich wieder zurück. »Ich wusste nicht, dass Sie Malthe so nahestehen.«

»Ach, nahestehen ist ein großes Wort. Im Moment bin ich wohl diejenige, mit der er am meisten redet. Obwohl er sowieso nie viel sagt.«

»Und Arne?«

»Ja, ein bisschen. Malthe kommt oft am Nachmittag, direkt nach der Schule. Der Schulbus hält ja vor dem Pfarrhof. Er geht gern mit dem Hund spazieren, und das ist uns sehr recht. Malthe ist ein prima Junge, und Oskar liebt ihn.«

»Haben seine Geschwister den Hund auch ausgeführt?«

»Wir haben Oskar erst bekommen, nachdem Rolf … Ich habe Rolf bei den Hausaufgaben geholfen. Vor allem in Dänisch. Er war Legastheniker.« Ihre Augen wurden plötzlich feucht. »Er war ein netter Kerl, Dan. So fröhlich und so lebendig.«

»Sie kannten ihn aus dem Jugendclub?«

»Ja. Und durch Arne. Rolf hat bei ihm den Konfirmandenunterricht besucht. Gry natürlich auch. Und Malthe. Ich hatte damals noch keine Kinder und viel Zeit, mich um die Jugendlichen zu kümmern, die den Kontakt zu einem Erwachsenen brauchten.«

»Etwas verstehe ich nicht, Vibeke.« Dan lächelte den Kellner geistesabwesend an, der ihnen den Kaffee servierte. »Sie und Ihr Mann beschreiben Rolf, Gry und Malthe als Menschen, denen es in ihrem Leben an Erwachsenen fehlte. Soweit ich weiß, gibt es in der Familie einen Vater und eine Mutter. Was ist denn da schiefgegangen? Wieso haben gerade die Kinder der Familie Harskov ein so großes Bedürfnis, mit Ihnen über ihre Probleme zu reden?«

Vibeke schüttelte langsam den Kopf. »Ich habe das nie ganz verstanden. Lene würde man vielleicht nicht direkt als herzliche Person beschreiben, doch sie ist eine fürsorgliche Mutter und liebt ihre Kinder ganz zweifellos. Natürlich kommt sie in der Regel spät nach Hause – so ist das nun einmal, wenn man ein eigenes Geschäft betreibt –, aber sobald sie zu Hause ist, steht sie ihrer Familie wirklich zur Verfügung. Sie dürfen nicht von ihr denken, sie sei eine schlechte oder lieblose Mutter. Das hat sie nicht verdient.«

»Und Thomas Harskov?«

»Er liebt seine Kinder, allerdings ist er nicht so oft zu Hause.«

»Ich finde ihn ausgesprochen sympathisch.«

»Sicher.« Vibeke zupfte an ihrer Serviette. »Thomas ist in Ordnung, und er ist ein Vollblutpolitiker.«

»Sie denken, er hat zu viel um die Ohren?«

»Das auch. Aber es geht eher um seine Persönlichkeit. Wie alle anderen tüchtigen Politiker hat Thomas etwas von einem Chamäleon. Sein Charakter ändert sich den Gegebenheiten entsprechend. Ich glaube gern, dass er Ihnen gegenüber den liebevollen, pflichtbewussten Vater zeigt, nur …«

»Was?«, fragte Dan nach einer Pause. »Was ist mit ihm?«

»Ich weiß es nicht.« Vibeke richtete sich auf. »Vielleicht irre ich mich, vielleicht stimmt es gar nicht. Ich habe nur immer wieder das Gefühl, dass er versucht, den Rest der Welt zu manipulieren.« Sie sah Dan an. »Ich glaube, es ist schwer, ihn wirklich zu kennen.«

»Auch für seine Familie?«

»Vor allem für sie, ja. Selbstverständlich muss man eine Menge relativieren, wenn Teenager sich über ihre Eltern beschweren, aber zählt man zusammen, was seine drei Kinder unabhängig voneinander über ihn erzählt haben, dann ist Thomas niemand, dem man sich anvertrauen würde. Er ist nie wirklich präsent, nie ganz er selbst – und auf so etwas reagieren Kinder instinktiv.«

Dan hob eine Augenbraue. »Sie meinen, Thomas könnte jemand sein, der ein Doppelleben führt?«

»Vielleicht. Ich glaube jedenfalls, es gibt Dinge, die andere nicht über ihn wissen.«

»Wollen Sie damit andeuten, Helge Johnsens Fantasien über die Liebhaberinnen und das Pornofilmstudio im Stall könnten einen realen Hintergrund haben?«

»Ach, diese Geschichten kennen Sie auch schon?« Sie schüttelte lächelnd den Kopf.

»Ja, sicher.« Dan lächelte ebenfalls. »Aber mal im Ernst: Sie meinen, es könnte durchaus Thomas' Schuld sein, dass die beiden Kinder gestorben sind?«

»Das ist vielleicht zu viel gesagt.«

»Dennoch könnte es in seiner Vergangenheit etwas geben, das zu den Ereignissen mit beigetragen hat?«

»Ich weiß es nicht.«

»Er und Lene haben ja schon einiges erlebt.«

Vibeke sah ihn an. »Sie meinen die anonymen Briefe?«

»Sie wissen davon?«

»Ja, ich habe davon gehört.«

»Haben Ihnen die Harskovs …?«

»Nein, das würden sie nie tun. Gry hat mir davon erzählt.«

»Ah ja, natürlich. Wissen Sie, was passiert ist?«

»Darüber wollen Sie mit Arne sprechen, oder?«

»Ja. Ich würde ebenso gern von Ihnen etwas darüber hören.«

»Arne kennt die Details besser als ich. Mit ihm hat sie sich in der Zeit danach am häufigsten unterhalten. Aber ich war dabei, als sie an diesem Nachmittag zu uns kam.«

»An welchem Nachmittag?«

»Ein paar Monate nach Rolfs Beerdigung war Gry allein zu Haus. Malthe war im Freizeitheim, die Erwachsenen arbeiteten. Sie lief ein bisschen im Haus herum und steckte die Nase in die Sachen der Erwachsenen, durchsuchte die Nachttischschublade ihrer Mutter und so. Bestimmt ganz unschuldig. Vierzehn Jahre alt und allein zu Haus, ich glaube, sie hat sich ganz einfach gelangweilt. Plötzlich entdeckte sie, dass ihr Vater vergessen hatte, die Tür zu seinem Arbeitszimmer abzuschließen. Das kam sonst nie vor.«

»Und dann fand sie die Briefe?«

»Sie fand jedenfalls einen Brief auf dem Schreibtisch ihres Vaters. Der Briefschreiber drohte, Thomas' Kinder nach und nach zu ermorden. Es muss eine erschütternde Lektüre für ein junges Mädchen gewesen sein, das gerade erst seinen älteren Bruder begraben hatte.«

»Sie haben den Brief nicht gesehen?«

Vibeke schüttelte den Kopf. »Sie hat ihn zurückgelegt und ist dann direkt zu uns gekommen. In Hausschuhen. Sie war in Tränen aufgelöst.«

»Ich kann mich nicht erinnern, in einem der Briefe so konkret von der Ermordung der Kinder gelesen zu haben. Höchstens, dass Thomas auf sich und seine Familie aufpassen soll.«

»Sie hat das als Todesdrohung empfunden. Und da der Brief einige Tage vor Rolfs Tod datiert war, fand ich ihre Angst sehr verständlich.«

»Oh, darauf habe ich gar nicht geachtet. Ich muss die Briefe noch einmal durchsehen. Was haben Sie getan?«

Vibeke zuckte die Achseln. »Sie wollte nicht, dass wir ihren Eltern etwas sagen. Sie hatte Angst davor, ihr Vater könnte böse werden, weil sie in seinen Schubladen gestöbert hatte. Und ein Pastor unterliegt ja der Schweigepflicht. Gry kam ja zu ihm, zu uns, weil sie uns vertraute. Sie musste sich jemandem anvertrauen. Und solch ein Vertrauen verrät man nicht so leicht.«

»Da haben Sie recht.«

»Andererseits hat sie nie wieder ein vernünftiges Verhältnis zu ihren Eltern aufbauen können. Sie war überzeugt davon, Rolf wäre noch am Leben, wenn sie auf diesen Brief reagiert hätten.«

»Hat sie deshalb mit ihren Eltern gebrochen?«

Vibeke warf noch einen Blick in den Buggy. Sie betrachtete ihr schlafendes Kind eine Weile, ohne zu antworten. Dann wandte sie sich wieder Dan zu: »Gry stand Todesängste aus, als sie noch bei ihren Eltern wohnte. Sie war überzeugt davon, sich in Lebensgefahr zu befinden, solange sie mit Thomas zusammenwohnte.«

»Deshalb zog sie zu Christoffer?«

»Genau. Sie hat daraufhin auch die Behandlung bei ihrem Psychologen abgebrochen, bevor die Gesprächstherapie überhaupt begonnen hatte. Der Psychologe hat sie sofort nach ihrem Verhältnis zu ihren Eltern gefragt, und Gry wollte sich auf keinen Fall verraten. Sie fürchtete, Thomas könnte auf diese Weise alles erfahren.

Reine Paranoia. Ein Psychologe unterliegt ja ebenso der Schweigepflicht wie ein Pastor, aber das wollte sie uns nicht glauben. Für sie war entscheidend, dass Thomas und Lene nicht erfuhren, welche Rolle wir in ihrem Leben spielten.«

Dan nickte. »Und Sie haben ihnen auch weiterhin nichts gesagt?«

»Sie ahnen nicht, wie ernst Arne die Schweigepflicht nimmt.«

»Doch, allmählich bekomme ich eine Ahnung.«

Sie schwiegen einen Moment. Dan ging in Gedanken die Informationen durch, die er bekommen hatte, dabei betrachtete er diskret den feinen hellen Flaum auf Vibekes Arm.

Die Ruhe wurde jäh unterbrochen, als ein junger Mann unter schallendem Gelächter rücklings gegen die Tische des Straßencafés prallte. Verzweifelt versuchte er, eine Frisbee-Scheibe zu fangen, die einer seiner Freunde geworfen hatte. Er riss den Nebentisch um, stolperte über einen Stuhl und stieß gegen den Kinderwagen. Die Sportkarre kippte um, der schlafende Säugling purzelte auf den Boden und erwachte mit einem erschrockenen Schrei.

Dan war sofort bei dem Kind. Er hob es auf und drückte den kleinen warmen Körper an sich, bis dessen Schreien in ein hicksendes Weinen überging. Erst als er sich einen Augenblick später umdrehte, um zu sehen, wo der Bursche geblieben war, registrierte er, was vor sich ging.

Vibeke schrie den jungen Mann dermaßen an, dass der vor Schreck die Augen aufriss.

Dan ging mit dem Kind in den Armen zu ihr und legte ihr eine Hand auf die Schulter. »Vibeke«, sagte er. »Ruhig. Anna ist okay.«

Sie drehte sich zu ihm um, und einen Moment befürchtete er, sie könnte stattdessen auf ihn losgehen. Sie war blind vor Wut. Dann veränderte sich ihr Gesichtsausdruck. Sie trat einen Schritt beiseite und griff nach ihrer Tochter. Als sie die Arme um das Kind legte, wurde ihr Blick wieder herzlich und die entstellende Röte verschwand von ihren Wangen. Sie drehte Dan und dem jungen Mann den Rücken zu und kümmerte sich um ihr Kind.

»Entschuldigung«, sagte der Bursche, der nun wieder auf die Beine gekommen war und in sicherem Abstand zu ihr stand. »Das war keine Absicht.«

»Pass das nächste Mal auf«, sagte Dan nur und stellte den Buggy wieder auf. »Das hätte leicht ins Auge gehen können.«

»Ja, tut mir leid.« Der Junge warf Vibeke einen Blick zu, aber sie ignorierte ihn vollkommen. Sie hatte nur Augen für ihr Kind, das nun mit einem blauen Schnuller im Mund dasaß und sich mit einem zufriedenen Ausdruck in den noch immer feuchten Augen umsah.

Der junge Mann hob mit einem letzten erschrockenen Blick sein Frisbee vom Boden auf und lief zu seinen Freunden, die grinsend an der Hafenpromenade standen.

27

»Nanu, Mogens! Das ist aber lange her!«, sagte die Göttin. »Wo hast du dich denn versteckt?«

Eine Welle des Glücks durchströmte Mogens und zauberte ein wenig Farbe auf seine mageren Wangen.

»Darf ich um ein Autogramm bitten?«, fragte er und hielt ihr einen Block hin. »Natürlich nur, wenn du Zeit hast«, fügte er hastig hinzu.

»Für dich habe ich doch immer Zeit, Mogens«, erwiderte die Göttin und schrieb ihren Namen. »Du bist doch mein Maskottchen. Weißt du das nicht mehr?«

»Doch.«

Die Göttin zeichnete ein rundes, lächelndes Gesicht unter die Signatur.»Wo hast du die ganze Zeit gesteckt?«, erkundigte sie sich und gab ihm den Block zurück.

Mogens zögerte. Selbstverständlich könnte er ihr die ganze Geschichte mit dem Glatzkopf, der Polizei und der Frau von der Gemeinde erzählen, aber irgendwie war das alles zu kompliziert, und die Göttin sah aus, als hätte sie es eilig, obwohl sie sich die Zeit nahm, mit ihm zu reden. Die Polizei hatte gesagt, er solle sich nicht aufdrängen, wenn sie es nicht wollte.

»Ich hatte Angst.«

Sie zog die Augenbrauen zusammen. »Wovor?«

»Vor dem Glatzkopf.«

»Dan?«

Er nickte. »Er hat mich geschüttelt.«

»Ich werde mit ihm reden«, versprach die Göttin. »Natürlich darf er dich nicht schütteln, Mogens. Er muss nett zu meinem Maskottchen sein.« Sie legte ihm für eine knappe Sekunde die Hand auf den Arm, zog sie aber zurück, bevor er in Panik ausbrechen konnte. Als könnte sie spüren, dass er körperlichen Kontakt nicht ertrug. »Ich werde mit ihm reden«, wiederholte sie, richtete den Riemen ihrer Schultertasche und verabschiedete sich.

Mogens lächelte vor sich hin, als er den Block und den Kugelschreiber wieder in den Rucksack packte. Dann richtete er sich auf und sah der Göttin nach. Sie drehte sich um, als könnte sie seinen Blick spüren, und er konnte noch ein Foto von ihr machen, bevor sie um die Ecke der Larsbjørnstræde verschwand. Dann folgte er ihr.

Sie ging schnell und zielstrebig durch das alte Universitätsviertel. Am Rathausplatz setzte sie sich in ein Taxi, und als es an Mogens vorbeifuhr, sah er der Göttin direkt in die Augen. Lag nicht ein milder Spott in ihrem Blick? Dachte sie etwa, sie hätte ihn zum Narren gehalten? Mogens ging zurück zur Nørre Voldgade. In der Vestergade entdeckte er ein gutes Nummernschild und fotografierte es. HO 40444. *Du bist doch mein Maskottchen*, hatte die Göttin gesagt. Der Satz dröhnte in Mogens' Kopf, und nach ein paar Minuten hatte er den kleinen Anflug von Zweifel vergessen, der ihm beim Anblick ihres spöttischen Lächelns vom Rücksitz des Taxis aus gekommen war. Es war lange her, dass Mogens so glücklich war. Jedenfalls nicht seit dem schrecklichen Tag mit dem Glatzkopf. Er beschloss, die Göttin erst in ein paar Tagen wieder aufzusuchen, damit sie ihn wieder ein bisschen vermisste. Sie würde sich freuen, wenn sie ihn das nächste Mal sah.

*

»Dan?« Kirstine klang außer Atem. »Hast du Zeit?«

»Für dich habe ich immer Zeit. Das weißt du doch.« Dan stieß sich vom Schreibtisch ab. Der Bürostuhl rollte über den Parkettboden zum Fenster. Er drehte sich um, damit er während des Telefonats seine Füße auf die niedrige Fensterbank legen und über den Fjord blicken konnte. »Es ist lange her, Kis.«

»Wie geht's dir?«

»Ja, danke, ich habe kein Problem, mir die Zeit zu vertreiben. Und du?«

»Wir sind für den Rest der Saison ausverkauft. Und die Spielzeit wurde gerade verlängert. Nur um vier Tage, doch immerhin.«

»Fantastisch, gratuliere.«

Es entstand eine unangenehme Pause. Eine dieser Pausen, in denen man entweder seinen Drang bekämpfen musste aufzulegen oder starr vor Angst war, dass der andere es tat – je nach Situation und Kräfteverhältnis der Beteiligten.

»Mogens ist zurückgekommen«, sagte sie dann.

»Ja?«

»Plötzlich stand er da, auf seinem alten Platz. Mit dem gelben Rucksack, der Windjacke und allem anderen Zubehör. Ich habe mich richtig gefreut, ihn wiederzusehen.«

»War es das erste Mal seit …«

»Ja.«

»Ich dachte, die Polizei wollte mit ihm reden.«

»Das haben sie bestimmt auch getan.«

»Ich begreife nicht, dass du es zulässt.«

»Quatsch. Ich finde ihn süß. Er hat gesagt, du hättest ihm Angst gemacht, Dan.«

»Oh, Kis. Müssen wir das schon wieder diskutieren?« Dan stand auf und ging mit dem Telefon am Ohr in die Küche.

»Ich habe ihm versprochen zu sagen, dass er Angst vor dir hatte.«

»Okay, das habe ich inzwischen begriffen. Der süße, kleine Mogens bekommt Angst, wenn man ihn anfasst«, knurrte er. »Ich verspreche, dass es nicht wieder vorkommt.« Dan ließ Wasser in den Elektrokocher und schaltete ihn ein. »War das alles?«

»Es gibt keinen Grund, sauer zu werden.«

»Ich bin nicht sauer. Höchstens genervt, dass wir mit dieser Geschichte schon wieder unsere Zeit verschwenden.« Er schüttete ein wenig löslichen Kaffee in einen Becher und stellte ihn neben den Elektrokocher.

»Hauptsache, du bist nett zu ihm, wenn du ihn das nächste Mal siehst.«

»Die Chance, ihn zu treffen, ist nicht sonderlich groß, so selten, wie wir uns sehen.«

»Genau das wollte ich doch …«

»Was?«

»Ach, Dan.«

»Was denn?«, wiederholte er.

»Nichts. Ich muss jetzt in die Maske. Du … sollst nicht …« Ihre Stimme brach ab.

Dan atmete tief durch. »Entschuldigung.«

Sie weinte.

»Entschuldigung, Kis«, wiederholte er. »Vertragen wir uns wieder.«

Noch immer keine Antwort.

»Hast du nach der Vorstellung etwas vor?«

»Nein.« Sie schniefte.

»Darf ich dich abholen? Wir könnten etwas essen gehen.«

»Ja.«

»Gut, dann bin ich um elf bei dir, Kis.«

»Ich habe dich vermisst.«

»Ich dich auch.«

Eine neue Pause. Wieder schniefte sie, räusperte sich. »Ich muss jetzt wirklich los. Sonst gerät der Zeitplan durcheinander.«

»Bis nachher. Ich freue mich darauf, dich zu sehen.«

»Ich mich auch. Und, Dan?«

»Ja?«

»Von mir aus können wir das Essen auch überspringen.«

»Dann gibt es doch noch etwas, worin wir uns einig sind.«

Dan steckte das Handy in die Tasche. Er goss kochendes Wasser in den Becher mit löslichem Kaffee und sah auf die Uhr. Es war fast sieben. Er hatte etwas mehr als drei Stunden, um seine Notizen zu ordnen und vielleicht noch einmal die anonymen Briefe durchzugehen. Allerdings war er nicht sonderlich konzentriert.

Plötzlich spürte er, wie sehr er Kirstine in den letzten beiden Wochen vermisst hatte. Oder zumindest manches von ihr. Er hatte das unbedingte Bedürfnis, sich mit etwas anderem zu beschäftigen als mit den toten Teenagern von Yderup.

Dan stellte sich an seinen Lieblingsplatz am Fenster und blickte über den Fjord, während er langsam an dem kochend heißen Kaffee nippte. Er gewöhnte sich allmählich daran, ihn ohne Zucker zu trinken. Aber so richtig begeisternd war es nicht. Als der Becher leer war, hatte er einen Entschluss gefasst. Keine Arbeit mehr heute. Zuerst eine Runde Joggen, dann etwas Ordentliches essen, und schließlich eine Stunde schlafen. Auf diese Weise würde er für das mitternächtliche Rendezvous fit sein.

*

Die erste halbe Stunde verlief dann merkwürdig unbeholfen. Dan hatte Kirstine wie verabredet abgeholt, sie begrüßten sich freundlich, aber nicht euphorisch. Er hielt ihr die Autotür auf, sie bedankte sich höflich. Sie fragten sich nach der Arbeit und führten ein unverbindliches Gespräch, während er den Audi durch die erleuchteten Straßen lenkte. Er hatte Glück und fand einen Parkplatz in der Nähe von Kirstines Wohnung.

Dan hatte den Zündschlüssel umgedreht und das Verdeck geschlossen, sodass der Wagen die Nacht über verschlossen war. Als er sich nach rechts drehte, um den Sicherheitsgurt zu lösen, bemerkte er, dass Kirstine im Begriff war, das gleiche Manöver auszuführen – plötzlich kamen sich ihre Köpfe sehr nahe. Er schaute auf und begegnete ihrem Blick, zwanzig Zentimeter entfernt. Sie lächelte vorsichtig. Und mit einem Schlag war alles Unbeholfene verschwunden.

Die folgenden Stunden bestätigten eine von Dans Grundthesen: Kein Sex ist so gut wie Versöhnungssex. Eines der Probleme mit Kirstine bestand nur darin, dass sie im Gegensatz zu Marianne das Konzept nie ganz begriffen hatte. Wenn Kirstine auf ihren Liebhaber wütend war, kam sie nicht auf den Gedanken, ihre starken Gefühle in Begehren zu verwandeln. Es vergingen immer mehrere Tage, bis sie sich so weit beruhigt hatte, dass sie nachgeben konnte. Und diesmal waren zwei Wochen vergangen. Das war vermutlich ein Rekord, dachte Dan, als sie endlich das Licht löschten und schlafen wollten. Aber es war die Wartezeit wert gewesen. BEEEP. Er hatte das Gefühl, gerade eingeschlafen zu sein, da klingelte auch schon sein Mobiltelefon. Als er seine Augen so weit aufgeschlagen hatte, um das Zifferblatt seiner Armbanduhr erkennen zu können, sah er, dass es fast halb zehn war. Die Sonne strahlte aus einem klaren, blauen Himmel, und die Vögel im Ørstedspark waren bis in die Wohnung zu hören. Kirstine schlief noch tief und fest. Sie hatte ein Bein über ihn gelegt und drückte ihn damit auf die Matratze, sodass er sich kaum bewegen konnte. BEEEP. Das Telefon steckte in der Hosentasche, die Hose lag auf dem Fußboden am Fenster. Dan wand sich aus der Beinfessel und wackelte zum Fenster. BEEEP. Er hob die Hose auf und fummelte das Telefon aus der Tasche, bevor es ein viertes Mal klingeln konnte. »Ja?«

»Dan?«

»Öh ... Hallo, Mutti.«

»Schläfst du noch?«

»War ein bisschen spät gestern.«

»Entschuldige.«

»Kann ich dich in fünf Minuten zurückrufen?«

Er legte das Handy auf das Regal über dem Waschbecken, pinkelte, wusch sich die Hände und spritzte sich etwas Wasser ins Gesicht. Danach ging er in die Küche. Erst als er den ersten Schluck Kaffee getrunken und sich die Hose angezogen hatte, rief er zurück.

»Jetzt bin ich wach.«

»Ich wollte nur hören, ob du heute nach Yderup kommst?«

»Ich habe um eins eine Verabredung mit dem Pastor. Wieso?«

»Hast du Zeit, mir danach behilflich zu sein?«

»Tja, das wird eng. Meine nächste Besprechung ist schon um drei in Christianssund. Worum geht's denn?«

»Es müssen nur ein paar Sachen für den Sperrmüll rausgebracht werden. Nichts Besonderes, aber mein Rücken macht mir momentan zu schaffen.«

»Wann werden sie denn abgeholt?«

»Montag.«

Er dachte nach. »Und wenn ich am Samstag komme? Wäre das okay?«

»Dann komm zum Mittagessen.«

»Ja, und ich bringe Kirstine mit. Wir haben verabredet, das Wochenende gemeinsam zu verbringen.«

»Ach, ich dachte, ihr seid nicht mehr zusammen. Aber ja, natürlich«, unterbrach sich Birgit. »Kirstine ist immer willkommen.«

Dan beendete das Gespräch und steckte das Handy wieder in die Tasche. Er streckte sich und gähnte.

»Hmm, ein nackter Oberkörper! Du solltest nur so herumlaufen«, hörte er eine Stimme hinter sich.

Er drehte sich um. Kirstine stand an der Küchentür, die Bettdecke um sich gewickelt. Ihr dunkles Haar war zerzaust, und die Haut um ihre Augen nach dem Schlaf ein bisschen geschwollen.

»Du aber auch«, erwiderte er und legte die Arme um sie. »Du bist ein Traum.«

Er küsste sie. Kleine, hastige Küsse auf die Wangen, in die Augenwinkel, am Nasenflügel, in den Mundwinkel, ihren nahezu legendär langen Hals entlang. Kirstine legte den Kopf in den Nacken und ließ sich die Küsse gefallen. Ihr Lachen verwandelte sich in Seufzer, die Seufzer wurden lauter, und als er die Bettdecke wegzog und sie sich wie eine Wolke zu ihren Füßen legte, protestierte sie nicht. Sie schafften es nicht bis zum Bett, sondern blieben in der Küche, auf der warmen Wolke, bis ihre Atmung sich wieder normalisierte und ihnen kalt wurde.

Sie passten gerade so zusammen in die Duschkabine. Dan holte Croissants, während Kirstine sich die Haare föhnte.

Wenn man es nicht besser wüsste, könnte man meinen, dass es uns fantastisch geht, dachte er, als er die Treppe mit der Bäckertüte und einem Liter Milch hinauflief. Tatsächlich glaubte er hin und wieder selbst daran.

28

Auf dem Platz vor dem Pfarrhaus stand Arne Vassings taubenblauer Amazon, und unter dem Volvo sah Dan zwei Beine in ölfleckigen Jeans und schwarzen Clogs hervorragen. Neben den Beinen lag der Riesenhund Oskar und verfolgte interessiert das Geschehen. Den Kopf leicht schräg gelegt, die Augen starr auf die Stelle gerichtet, an der die Beine in den Körper übergingen, der ganz unter dem Auto verschwunden war.

Als Dan die Pforte hinter sich schloss, erhob sich der große Hund und kam ihm schwanzwedelnd entgegen.

»Hej, Oskar.« Dan brauchte sich nicht zu bücken, um ihn zu begrüßen. »Wie geht's dir, alter Junge?«

Sekunden später wusste er, wie groß eine Deutsche Dogge ist, wenn sie sich mit beiden Vorderpfoten auf die Schultern eines erwachsenen Mannes stellt. Gleichzeitig bekam Dan eine sehr feuchte Lektion über die Zungengröße dieser Hunderasse.

»Nein, Oskar!«, brüllte eine Stimme. »Aus!«

Sofort stand das Tier wieder auf dem Boden, und Dan versuchte mit einer gewissen Erleichterung, Balance und Würde wiederzufinden.

Erst nach einer Weile wurde ihm klar, wer sein Retter war. Malthe Harskov hatte Oskar mit festem Griff am Halsband gepackt und hielt den verspielten Hund zurück, während er grinsend Dans Gesicht betrachtete.

»Tja, er ist ziemlich stark, nicht wahr?«

Dan benutzte seinen Hemdsärmel, um sich den Hundesabber aus dem Gesicht zu wischen. »Das kann man wohl sagen.«

»Und zum Glück vollkommen harmlos.«

»Ich weiß. Er kann einen höchstens zu Tode küssen.« Dan lächelte. »Aber du hast ihn voll im Griff, wie ich sehe.«

Malthe schien sich über das Lob zu freuen. »Das ist nicht so schwer. Ich gehe ein paarmal in der Woche mit ihm spazieren. Meistens ist er ein Schatz.« Er ließ das Halsband los, woraufhin der Hund sofort zu einem Obstbaum lief und die Vorführung beendete, indem er dagegenpinkelte. »Oskar, du altes Ferkel!«, grinste Malthe. »Und ich nehme dich auch noch in Schutz!«

»Sind Sie okay, Dan?« Der Küster hatte sich unter dem Auto hervorgezwängt. »Hat der Köter Ihnen was getan?«

»Er hat sich nur ein bisschen zu sehr gefreut, Ken B.« Dan reichte dem sitzenden Mann eine Hand und zog ihn auf die Beine. »Was machen Sie?«

»Mit dem Auspuff ist irgendetwas nicht in Ordnung, und ich komme im Augenblick nicht weiter, muss zuerst ein paar Ersatzteile besorgen.« Der Küster griff nach einer Plastiktüte auf dem Rücksitz des Wagens. »Ein lauwarmes Bier?«

»Nein danke. Ich habe in fünf Minuten einen Termin beim Pastor.«

»Ich würde eins nehmen«, sagte Malthe etwas übermütig, nach seinem Erfolg als Hundedresseur.

»Du? Das kannst du schön vergessen, Junge.« Der Küster öffnete sein Bier und legte den Rest der Dosen zurück in die Tüte. »Glaubst du, ich stehe hier auf geweihtem Boden und trinke mit Minderjährigen?« Er nahm einen großen Schluck.

»Ich bin nicht minderjährig«, erwiderte Malthe mit einem beleidigten Gesichtsausdruck. »Ich werde am 7. Juni sechzehn.«

»Dann musst du ja nicht mehr lange warten«, sagte Ken B. und rülpste, »bis du dir dein Bier selbst im Supermarkt kaufen kannst.«

Dan hatte Mitleid mit dem Jungen, der feuerrote Ohren bekommen hatte und versuchte, sich unsichtbar zu machen. Er wandte sich an den Küster: »Arne hat erzählt, dass das Auto früher Ihnen gehört hat?«

»Genau.« Ken B. strich seinen Schnurrbart sorgfältig glatt. »Ich habe ihn 1982 gekauft. Von einem Maurermeister aus Brøndby.«

Dan ging um den Wagen herum und blieb an der Heckklappe stehen. Er zog die Augenbrauen zusammen. »Hatte man 82 noch schwarze Nummernschilder?«

»Nee. Die waren schon damals veraltet, aber ich finde, sie sehen einfach gut aus. Ich durfte sie behalten, nachdem ich denen auf der Zulassungsstelle eine Kiste Bier ausgegeben habe.«

Aus den Augenwinkeln sah Dan, wie Malthe die Treppe zum Hauseingang hinaufging und im Haus verschwand.

»Na«, sagte er rasch. »Danke für den Plausch. Ich muss los.« Er klopfte dem Küster rasch auf die Schulter und folgte Malthe in den Hausflur. Jetzt hatte er endlich eine Art Kontakt zu dem Jungen, und den wollte er um Himmels willen nutzen. »Was hast du mit Oskar gemacht?«, erkundigte er sich, als er sah, wie Malthe an der Garderobe zwischen den Mänteln suchte. »Er ist im Garten.« Malthe griff nach einer kräftigen, schwarzen Nylonleine und zog sie vom Kleiderhaken. »Ich nehme ihn jetzt mit in den Wald.«

In diesem Moment ging die Tür zum Wohnzimmer auf und Vibeke Vassing kam mit Anna auf dem Arm heraus.

»Hej, Dan«, grüßte sie und stellte sich auf die Zehen, um ihm einen raschen Kuss auf die Wange zu geben. »Ich dachte doch, dass ich Ihre Stimme gehört habe. Nochmals danke für das Mittagessen gestern.«

»Ich habe zu danken. Es war nett.«

Sie wandte sich an Malthe. »Und du bist auch hier?«

»Ich wollte mit Oskar spazieren gehen.« Malthe stopfte sich ein paar Hundebeutel in die Gesäßtasche. »Im Wald, dachte ich.«

»Was sollten wir bloß ohne dich machen, Malthe?« Sie lächelte.

Dan traf eine rasche Entscheidung. »Darf ich mitgehen?«

»Mit mir?« Der Junge runzelte die Stirn. »Na ja, aber ich wollte nur ...«

»Ich würde gern sehen, wie du mit diesem Energiebündel zurechtkommst.« Dan lächelte. »Weil ich überlege, mir selbst einen anzuschaffen.«

»Eine Dogge?«

»Ja«, log Dan, ohne zu zögern. »Ich bin verrückt nach diesen Hunden. Aber zuerst muss ich mich ein bisschen damit beschäftigen.«

Vibeke schaute Dan an. »Aber wollten Sie nicht mit Arne reden?«

»Ich rufe Arne nachher an, Vibeke. Ich habe ja gestern von Ihnen bereits die Antworten auf die meisten meiner Fragen bekommen.«

Endlich begriff sie die Situation. Sie nahm das Kind auf den anderen Arm. »Ich sage ihm Bescheid. Schöne Tour.«

Dan folgte Malthe auf dem Weg durch den Garten. »Wo gehst du normalerweise lang?«

»Den Koldgaardsvej hinunter und von dort bis zum Wald.«

Langsam gingen sie durch den kleinen Ort, durch ein Reihenhausviertel, vorbei an der landwirtschaftlichen Genossenschaft und dem Feld mit den Freilandschweinen. Solange sie über Hunde redeten, funktionierte die Konversation. Dan erzählte von Rumpel, und Malthe beschwerte sich über seine Eltern, die ihm keinen Hund erlaubten.

»Sie sind nicht wegen Oskar mitgekommen, oder?«, sagte Malthe plötzlich, als sie das Wäldchen von Yderup erreicht hatten. »Sie wollten mit mir reden, nicht wahr?«

Dan sah ihn an. Er war eigentlich nicht überrascht. »Ja.«

»Weil Sie mich überreden sollen, nicht zum Festival zu fahren?«

»Wieso glaubst du, dass ich das will?«

»Weil ihr das doch alle wollt, oder? Ich merke es doch.« Er spuckte aus. »Erst sind sie total begeistert, kaufen mir ein Ticket und einen Zeltplatz und finden es eine tolle Idee, dass ich nach Roskilde will. Und jetzt ...« Wieder spuckte er.

»Weißt du auch, warum sie am liebsten möchten, dass du zu Hause bleibst?«

»Wegen der Terrordrohungen, denke ich.« Er sah Dan von der Seite an, um dessen Reaktion abzuschätzen.

»Terrordrohungen? Okay, das ist mal was Neues.« Dan konnte ein Grinsen nicht unterdrücken. »Wer um alles in der Welt hat dir das denn erzählt?«

Malthe zuckte die Achseln. »Ich schnappe hier und da etwas auf. Mir erzählt ja sonst niemand was.«

»Was willst du denn wissen?«

Der Junge hatte einen Zweig aufgesammelt und schlug auf ein paar Brombeerzweige ein, ohne zu antworten.

»Wenn du Informationen von mir willst, Malthe, dann musst du den Mund aufmachen und mir erzählen, was dir durch den Kopf geht.«

»Das sagen alle, und sie lügen dann trotzdem.«

»Wer lügt?«

»Meine Mutter. Mein Vater. Der Pastor. Sie.«

»Vielleicht versuchst du es trotzdem mal.«

Malthe blieb stehen und sah ihn an. »Wenn ich Sie etwas frage, versprechen Sie mir dann, nicht zu lügen?«

Auch Dan war stehen geblieben. Er betrachtete das junge Gesicht unter den zerzausten mittelblonden Locken. Die graublauen Augen des Jungen leuchteten vor Ernst, der Zug um seinen Mund sah entschlossen aus. Er war unsicher, ja. Und bestimmt auch sehr verletzbar. Aber mehr als alle anderen Sechzehnjährigen? Gab es wirklich einen jungen Menschen, der so labil war, dass es gefährlich sein konnte, ihm die Wahrheit zu erzählen? Dan schloss sich dem Urteil des Pastorenpaares an: Malthe war robuster, als seine Eltern glaubten.

Er nickte. »Okay, ich verspreche es.«

»Weshalb haben meine Eltern Sie angeheuert?«

Dan setzte sich wieder in Bewegung. »Du weißt, dass ich Privatdetektiv bin, oder?«

»Ja. Ich weiß auch, dass Sie ein Lifestyle-Experte sind.« Malthe warf den Ast weg. »Und ich glaube nicht eine Sekunde, dass Sie der persönliche Ratgeber meines Vaters sind.«

»Das haben wir auch nur so gesagt.«

»Sehen Sie. Ihr lügt.«

»Wir lügen, weil deine Eltern dich nicht erschrecken wollten.«

»Ach, Quatsch.«

»Das ist die Wahrheit, Malthe.« Dan fing an, dem Jungen seine Aufgabe zu erklären. Er erzählte die ganze Geschichte ohne Ausflüchte und Euphemismen, weil er vermutete, sein junger Zuhörer wurde damit schon viel zu oft abgefertigt. Malthe hörte zu, ohne ein Wort zu sagen. Seine Miene war ernst, und als Dan von Grys Tod sprach, lief ein Zucken über sein Gesicht. Aber nichts deutete auf einen Zusammenbruch hin.

»Was glauben Sie?«, fragte er schließlich. »Glauben Sie, dass sie ermordet wurden?«

Dan sah ihn an. »Ja, Malthe. Das glaube ich tatsächlich. Ich kann dir nicht alles erzählen, was ich herausgefunden habe, aber ich werde meiner Sache immer sicherer, je tiefer ich grabe.«

»Wissen Sie, wer es getan hat?«

Dan schüttelte den Kopf. »Leider nein. Ich arbeite mit aller Kraft daran. Es muss in der Vergangenheit deines Vaters oder deiner Mutter etwas geben, das die Ursache dafür ist.«

Malthe ging eine Weile weiter, ohne ein Wort zu sagen. Dann sah er Dan an. »Und was hat das alles mit Roskilde zu tun?«

»Tja, siehst du ...« Dan räusperte sich. »Als Rolf ermordet wurde, war er sechzehn Jahre und siebenundzwanzig Tage alt. Und an dem Tag, als Gry das vergiftete Kokain nahm, war sie exakt genauso alt.«

»Und ich werde sechzehn Jahre und siebenundzwanzig Tage ...« Er zählte es an den Fingern ab. »Wie viele Tage hat der Juni?«

»Dreißig.«

Malthe rechnete weiter. »Also am 4. Juli.« Er ließ die Hände sinken. »Wenn ich in Roskilde bin.«

»Genau.«

»Ihr wollt nicht, dass ich nach Roskilde fahre, weil ihr glaubt, dass ich am 4. Juli umgebracht werden könnte?«

»Das ist doch einleuchtend, oder?«

Malthe ging mit gesenktem Kopf weiter. Dann blickte er wieder Dan an. »Ganz ehrlich? Nein, oder?«

»Was meinst du?«

»Erstens: Der Mörder könnte bis dahin überführt sein.«

»Hoffentlich.«

»Zweitens: Ich kann gut auf mich selbst aufpassen. Jetzt weiß ich ja, worauf ich achten muss. Und an welchem Tag.«

»Du musst die Sache schon ernst nehmen, Malthe. Falls deine Geschwister tatsächlich ermordet wurden, waren es sehr, sehr gut vorbereitete Verbrechen. Es ist nicht leicht, einen Mord so perfekt nach einem Unfall aussehen zu lassen, dass man die Polizei und die Rechtsmedizin zum Narren hält. Wir reden hier nicht über irgendeinen durchgeknallten Junkie. Es ist ein Mörder, bei dem du sehr vorsichtig sein musst.«

»Ich muss nur dafür sorgen, in Roskilde vierundzwanzig Stunden mit anderen zusammen zu sein. Und das ist dort nicht so schwer.«

»Damit verlangst du von deinen Freunden, eine ziemlich große Verantwortung zu übernehmen. Und kannst du auch dafür garantieren, wirklich jede Sekunde des Tages mit ihnen zusammenzubleiben? Was ist, wenn einer von euch ein Mädchen abschleppt?«

Der Junge hob die Schultern, ohne zu antworten.

Sie hatten das Waldstück durchquert und liefen wieder auf dem Schotterweg. Auf dem Feld spielte eine große Gruppe von Spanferkeln, während die großen Säue zwischen ihren Blechschuppen herumstapften und fraßen. Dan und Malthe blieben stehen und betrachteten das muntere Treiben ein paar Minuten. Oskar saß mit gespitzten Ohren neben ihnen. In regelmäßigen Abständen fiepte er ein wenig. Wahrscheinlich hätte er gern mit den rosafarbenen Ferkeln gespielt.

»Okay«, sagte Malthe, als sie sich losrissen und in Richtung landwirtschaftlicher Genossenschaft weitergingen. »Ich werde das ernst nehmen, obwohl ich finde, dass es alles ziemlich weit hergeholt klingt.«

»Gut.« Dan zog an der Leine, als Oskar keine große Begeisterung zeigte, sich von den kleinen Ferkeln zu verabschieden. »Dann bleibst du zu Hause?«

»Nein, verdammt noch mal, bestimmt nicht!«

»Du könntest vielleicht am 4. nach Hause kommen?«

»Von Mitternacht bis Mitternacht?«

»Ja.«

»Niemals. In der Nacht auf den 5. Juli betreten Malk de Koijn um Punkt zwei Uhr zum ersten Mal seit fünf Jahren wieder eine Bühne, und alle wahren Fans werden seit Samstagabend Schlange stehen. Das wird ein Fest im Fest. Riesig. Das lasse ich mir auf keinen Fall entgehen.«

»Bist du ein Fan von denen?«

»Ein Megafan! Ich kann sämtliche Songs des letzten Albums auswendig.«

Dan sah ihn an. »Du willst also nicht zu Hause bleiben? Dann sollten wir darüber nachdenken, wie wir das hinkriegen.«

»Lassen Sie mir ein paar Tage Zeit. Ich überlege mir etwas.«

29

»Ist alles dabei?«

»Ja, ich denke schon.« Flemming Torp schob Dan die beiden dicken, gelben Umschläge zu. »Aber sei vorsichtig, das ist vertrauliches Material.«

»Ich passe auf.«

Die beiden Männer saßen sich am Esstisch in Flemmings Küche gegenüber. Es war Freitag, später Nachmittag. Sie hatten die Tür zum Wohnzimmer geschlossen, dort herrschte mehr oder weniger Chaos. Ursula hatte am Vortag von einem Umzugsunternehmen die Regale und Bücher aus ihrer Internatswohnung holen lassen und war nun dabei, ihre und Flemmings Bücher zu sortieren. In regelmäßigen Abständen hörten sie ein leises Plumpsen aus dem Wohnzimmer, hauptsächlich aber drangen die Töne von Beethovens Klavierkonzerten durch die Tür.

»Klingt, als würde es ihr Spaß machen«, sagte Dan lächelnd.

»Darauf kannst du dich verlassen. Sie konnte es kaum abwarten, wieder nach Hause zu kommen, um den letzten Teil ihres Umzuges in Angriff zu nehmen.«

»Und euch geht es nach wie vor gut?«

»Besser, als ich es je erwartet hätte.«

Dan griff nach dem Umschlag, der oben lag. Er war mit dem Text »Rolf Harskov, Polizei Nordseeland« versehen. Dann kamen einige Nummern und Codes. Dan öffnete ihn.

»Wie gesagt, es sind ziemlich brutale Bilder«, sagte Flemming. »Nur, damit du gewarnt bist.« Er griff in die Innentasche seiner Jacke. Ein kleines Klicken ertönte, und einen Augenblick später kam seine Hand wieder zum Vorschein und wurde direkt zum Mund geführt, ohne dass man sehen konnte, was darin war. Er begann zu kauen.

»Was um alles in der Welt?«, erkundigte sich Dan, der das kleine

Manöver verfolgt hatte. »Nikotinkaugummi? Du wärst der Letzte gewesen, von dem ich das gedacht hätte.«

Flemming hob eine Augenbraue. »Woher weißt du, dass es ein Nikotinkaugummi ist? Verfügst du neuerdings über den Röntgenblick oder was?«

»Ich erkenne das Geräusch des Klicks beim Herausdrücken aus der Plastikverpackung. Kirstine kaut Nicotinell, wenn wir im Restaurant sind und sie nicht rauchen kann.«

»Ich rauche seit dreieinhalb Wochen nicht mehr. Seit wir losgefahren sind.«

»Sehr gut!«

Flemming zuckte die Achseln. »Es ist eigentlich gar nicht so schlimm, Spaß macht es allerdings auch nicht.«

»Hat Ursula damit zu tun?«

»Eher Marianne. Sie meint, dass es meiner Gesundheit guttun würde, wenn ich aufhöre.«

»Kluge Frau.«

Flemming nickte, drückte das Sieb der Bistrokanne bis zum Boden und goss Kaffee in die Tassen. »Bring es hinter dich.«

Dan zog den Papierstapel aus dem Umschlag. Eine hellblaue Akte mit Fotografien vom Unglücksort lag oben. Tatsächlich waren sie ungewöhnlich grauenerregend. Der Körper des Jungen war so ziemlich als Einziges übrig geblieben. Von Kopf und Hals waren nur blutige Reste zu erkennen – und auch nur auf den Bildern, die aus mehreren Metern Entfernung vom Körper fotografiert waren.

»Pfui Teufel«, murmelte Dan und blätterte rasch den kleinen Stapel durch, ohne einzelne Fotos allzu lange zu betrachten. Er legte die Fotos zurück in die Akte und legte sie beiseite, bevor er sich weiter mit dem Rest beschäftigte. Ein Vernehmungsprotokoll nach dem anderen. Dan entzifferte Christoffer Udsens Name auf dem umfangreichsten. Lukas und Frederik, die beiden anderen Jungen, die dabei waren, hatte man ebenfalls befragt, außerdem hatte der Lokomotivführer eine detaillierte Beschreibung über den Bruchteil der Sekunde geliefert, als die Scheinwerfer der Lokomotive den Jungen auf den Schienen erfassten, bis zu dem Moment, an dem alles vorbei war. Rolf hatte still und entspannt mit geschlossenen Augen auf den Schienen gelegen. Keine aufgerissenen Augen, keine Angst. Der schockierte Lokführer war sich ganz sicher. Der Junge hatte offensichtlich geschlafen, als er überrollt wurde. Es gab Abschriften von Gesprächen mit Thomas und Lene Harskov; der junge Mann, der die Party veranstaltet hatte, war ebenfalls befragt worden.

Dan schob die Protokolle zusammen und legte sie auf den blauen Aktendeckel. Er wollte sie später genau lesen, wenn er sie mit nach Hause nehmen durfte. Es gab keinen Grund, mehr von Flemmings Zeit zu vergeuden als unbedingt nötig.

Als Nächstes folgte ein sorgfältiger Bericht des KTC, des Kriminaltechnischen Zentrums, das Rolfs Kleidung, den Inhalt seiner Schultertasche, die Schottersteine und das Gras direkt am Unfallort analysiert hatte. Am bemerkenswertesten fand Dan die lakonische Mitteilung, auf der Innenseite von Rolfs T-Shirt hätten sich mehrere lange blonde Haare befunden. Hatte Christoffer nicht gesagt, dass *er* an diesem Abend Glück gehabt hätte?

»Weißt du, ob man herausgekriegt hat, von wem die Haare waren?« Dan zeigte auf die Stelle im Bericht. »Wenn ja, wo würde das stehen?«

»Lass mal sehen.« Flemming las den Abschnitt aufmerksam und blätterte in einigen anderen Papieren derselben Akte. »Nein«, sagte er dann und gab Dan den Stapel zurück. »Sieht nicht so aus, als hätte sich jemand darum gekümmert. Es war schließlich ein Unfall. Bei einem Unfall wird nicht so genau ermittelt wie bei einem Mord.«

Ah ja, dachte Dan und legte den Bericht des KTC beiseite. Vielleicht hatte es nichts zu sagen. Es könnte sich um die Haare von Rolfs Mutter handeln. Vermutlich hatte sie Rolfs Sachen gewaschen. Aber er entschloss sich doch, Christoffer noch einmal danach zu fragen. Wenn Rolf in dieser Nacht mit einem Mädchen zusammen war, hatte sie möglicherweise irgendetwas Wichtiges gesehen oder gehört.

Bei der letzten Akte handelte es sich um den Obduktionsbericht. Sofortiger Tod durch Überrollen des Kopfes und des Halses. Keine Zweifel. Der Alkoholanteil in dem bisschen Blut, das sich noch in dem verstümmelten Körper befand, betrug 2,3 Promille. Keine Anhaltspunkte für weitere Drogen. Der Sechzehnjährige war im Übrigen kerngesund, hatte der Arzt festgehalten. Keinerlei Anzeichen für sexuellen Missbrauch, keine alten Verletzungen. Der Mageninhalt bestand ausschließlich aus Bier und Chips.

»Könnte jemand Rolf auf den Schienen festgehalten haben, bis er überfahren wurde?«

»Dann hätten die Rechtsmediziner Fingerspuren des Täters gefunden, typischerweise am Oberarm. Es würde auch nicht mit der Aussage des Lokführers übereinstimmen.«

»Könnte er festgebunden gewesen sein? Vielleicht hat jemand hinterher das Seil entfernt?«

»Auch das hätte man gesehen. Jedenfalls, wenn er noch am Leben war, als es passierte.«

Dan ließ die Augen über die Liste mit den Versuchen gleiten, die von den Rechtschemikern vorgenommen worden waren. Man hatte Rolf auf eine lange Reihe Medikamente und Giftstoffe überprüft, ohne positives Ergebnis.

»Werden die Opfer immer auf dieselben Stoffe getestet?«

»Ich glaube schon. Das ist eine Standardliste, man kann das Screening auch ausweiten, sofern der Rechtsmediziner aus irgendeinem Grund darum bittet.«

»Wenn der Mörder also«, begann Dan und lehnte sich auf dem Stuhl zurück, »ein sehr seltenes Gift benutzt, würde es nicht entdeckt werden?«

Flemming legte das Nikotinkaugummi mit einer kleinen Grimasse auf seine Untertasse. »Kommt darauf an. Wenn man keine Todesursache findet und den Verdacht hat, es könnte sich um eine Vergiftung handeln, wird weitergetestet, bis man den richtigen Stoff gefunden hat.«

»Bei einer offensichtlichen Todesursache gibt es nur Standardtests?«

»Ja, dann testen sie vermutlich nur die üblichen Dinge. Lass mich mal sehen.« Flemming griff nach der Liste. »Also, wenn die Ermittler den Verdacht gehabt hätten, dass Rolf zum Beispiel betäubt oder danach auf die Schienen gelegt worden ist, hätten sie nach Flunitrazepam oder anderen üblichen Schlaftabletten gesucht. Vielleicht auch Heroin, denn …« Er zog die Augenbrauen zusammen und ging die Punkte der Liste durch. »Es wurde nichts Derartiges gefunden.«

»Und wenn er nun mit irgendeinem exotischen Gift betäubt worden ist? Irgendetwas, das man normalerweise hier bei uns nicht benutzt. Dann wäre das nie entdeckt worden, oder?«

»Möglicherweise nicht.« Flemming legte die Testresultate zurück. »Aber das ist schon sehr hypothetisch, Dan. Pass auf, dass deine Fantasie nicht mit dir durchgeht.«

Dan nickte etwas geistesabwesend, während er die Rolf-Harskov-Unterlagen zurück in den Umschlag steckte. Er öffnete Grys

Umschlag, der mit einem anderen Etikett versehen und durch einige handschriftliche Zahlen und einen Stempel mit dem Datum ergänzt worden war, an dem man die Akte geschlossen hatte. Die Akte stammte von der Polizei in Kopenhagen.

Es gab keine Fotos der Leiche, nur eine Reihe allzu scharfer Farbfotos eines jungen bewusstlosen Mädchens mit Schläuchen in der Nase und einem Tropf an beiden Armen. Sie war so blass, dass sie auf dem weißen Bettzeug beinahe leuchtete. Das lange dunkle Haar war zu einem Zopf geflochten, der über ihrer rechten Schulter lag. Ihre Augenlider waren lila, die Lippen bläulich. Es gab Nahaufnahmen von ihrem Hals, ihren Oberarmen, dem Brustkorb. Sie glich einer Leiche, obwohl sie noch am Leben war, als die Aufnahmen gemacht wurden.

»So lag sie sechs Tage lang im Sterben«, sagte Dan und schob Flemming ein Foto zu. »Armes Mädchen.«

Flemming nahm das Bild in die Hand. »Arme Eltern.«

»Warum hat die Polizei sie fotografiert? Sie war zu diesem Zeitpunkt doch noch nicht tot?«

»Um zu dokumentieren, dass es keine Verletzungen gab.«

»Ah ja.«

Dan blätterte weiter. Noch mehr Vernehmungsprotokolle. Noch einmal Christoffer, ein paar Freunde, die mit ihm beim Länderspiel waren, ein Nachbar der Wohnung in der Nørregade. Sanitäter, Grys Eltern, ein Klassenkamerad. Er legte sie beiseite und griff nach dem Obduktionsbericht. Tod durch innere Blutungen, verursacht durch mit Rattengift vermischtes Kokain. Den Stoff hatte sie durch die Nase eingenommen; in beiden Nasenlöchern, den Lungen, der Mundhöhle und dem oberen Teil der Speiseröhre fanden sich Kokain- und Giftreste, als ob Gry, unmittelbar nachdem sie das Zeug geschnieft hatte, heftig gehustet hätte. Keine Anzeichen auf sexuellen Kontakt am letzten Tag vor dem Unfall, und wie ihr älterer Bruder war sie bei bester Gesundheit gewesen. Der Laborbericht zeigte positive Ergebnisse bei Kokain und Rattengift – blieb aber negativ bei allem anderen, einschließlich Alkohol.

Flemming räusperte sich. »Dieser Fall wurde von den Ermittlern wie ein Mord behandelt, Dan.«

»Ja?« Dan blickte von der Liste auf.

»Das bedeutet, die Kollegen sind sehr gründlich vorgegangen, sowohl mit dem technischen Beweismaterial als auch bei den Verhören.«

»Worauf willst du hinaus?«

»Ich versuche nur, dich darauf aufmerksam zu machen«, erwiderte Flemming, »dass die Wahrscheinlichkeit, etwas zu finden, das die Ermittler nicht bereits untersucht haben, sehr, sehr gering ist.«

»Ja?«

»Ich habe das Ganze gestern Abend gelesen, und glaub mir, sie haben jeden Stein umgedreht. Es gibt keinerlei Anzeichen, dass jemand eine gesunde Sechzehnjährige gezwungen hat, Kokain zu schnupfen. Jedenfalls nicht, ohne dass es nicht irgendwelche Spuren hinterlassen hätte. Gry hat den vergifteten Stoff selbst genommen, Dan.«

»Und wo hatte sie ihn her? Sie hatte kein Geld, und sie hatte Kokain nur ein paarmal vorher ausprobiert, sie kannte sich damit nicht aus. Ich bezweifele, dass sie ohne einen ihrer Freunde Koks geschnupft hätte. Ohne irgendjemanden, zu dem sie Vertrauen hatte.«

»Es könnte eine Erklärung geben, die wir noch nicht untersucht haben. Hatte sie vielleicht Geld, von dem ihre Freunde nichts wussten? Oder könnte sie von jemandem besucht worden sein, der ihr das Kokain als Geschenk mitgebracht hat? Und vielleicht gibt es auch Dinge, für die es niemals eine Antwort geben wird. Das ist bei tödlichen Unfällen und Morden nicht ungewöhnlich.«

Dan schüttelte den Kopf, nahm den Obduktionsbericht. »Und dann gibt es noch diese Sache.« Er blätterte, bis er die richtige Stelle fand. »Gry hat mit beiden Nasenlöchern geschnupft. Ich stelle es mir extrem schmerzhaft vor, Rattengift in dieser Menge hochzuziehen. Wie wahrscheinlich ist es denn, dass sie dieses Manöver nach dem ersten Schock wiederholt hat? Hätte sie eine zweite Nase überhaupt durchgestanden?«

»Ich gebe zu, das ist eigenartig.«

Es klopfte an der Tür, und Ursula steckte den Kopf in die Küche. »Störe ich gerade?«

»Nein, alles gut«, sagte Flemming und streckte eine Hand nach ihr aus. Sie nahm sie, bückte sich und küsste ihn.

»Was gibt's, Urs?«, fragte er.

»Ich wollte nur fragen, ob Dan zum Essen bleibt.« Ursula sah den Gast an.

»Tja ...«

»Ich habe Koteletts hier, vom dänischen Ökoschwein«, erklärte sie. »Genug für uns drei.«

»Na, dann bedanke ich mich.« Dan lächelte. »Wunderbar.«

»Sollen wir umziehen, damit du hier loslegen kannst?«, fragte Flemming.

»Ich muss noch schnell ein paar Kleinigkeiten einkaufen, wenn ich zurückkomme, dürft ihr gern ins Wohnzimmer umziehen.« Ihr Blick streifte ein Foto von Grys weißem, glattem Hals, über dem dünne, durchsichtige Plastikschläuche lagen.

»Und seid so nett und nehmt das Foto mit.«

30

Als sie gegangen war, sah Flemming Dan an. »Jetzt sag schon«, forderte er ihn auf.

»Was?«

»Du hast doch eine Theorie. Das kann ich dir ansehen.«

Dan stützte sein Kinn in die Hände. »Du lachst mich bloß aus.«

»Ganz bestimmt. Erzähl sie mir trotzdem.«

»Ich glaube, Rolf und Gry wurden ermordet.«

»Das habe ich begriffen. Nur, wie?«

»Ich glaube, man hat sie beide mit einer Droge betäubt, die im Labor nicht entdeckt worden ist.«

»Es gibt keinerlei Zeichen einer Vergiftung.«

Dan ignorierte die Unterbrechung. »Eine Droge, die sie gelähmt hat, sodass man mit ihnen machen konnte, was man wollte, ohne dass sie Widerstand leisteten. Und die sie am Leben ließ, bis sie ermordet wurden, das geht ja auch aus den Berichten hervor.«

»Gelähmt?« Flemming hob eine Augenbraue. »Willst du auf so etwas Exotisches wie Curare hinaus?«

»Daran dachte ich zunächst, dann bin ich ein bisschen durchs Netz gesurft. Von lähmenden Giften wie zum Beispiel Curare und den meisten Schlangengiften sind zuerst die Atemorgane betroffen.«

»Und?«

»Das stimmt in keiner Weise mit Grys Tod überein. Sie hat noch geatmet, als man ihr das vergiftete Koks in die Nase geblasen hat. Und sie war in der Lage, zu husten. Sonst hätte sich das Pulver niemals so gründlich in den Lungen, der Speiseröhre und der Mundhöhle verteilt.«

»In die Nase geblasen hat? Wie stellst du dir das vor?«

»Was weiß ich? Vielleicht mit einer Ohrenspritze? Eines dieser Gummidinger, die …«

»Ich weiß, wie eine Ohrenspritze aussieht, danke.«

»Ich bin sicher, so etwas lässt sich auf vielfache Weise bewerkstelligen. Nur bei dem Betäubungsmittel bin ich mir nicht sicher.«

»Bestimmt gibt es mehrere Möglichkeiten, andererseits belegen die Untersuchungen doch, dass …«

»Ein großer Teil der Stoffe, die infrage kommen, können mit Spritzen verabreicht werden.«

»Ja?«

»Aber ganz abgesehen davon, dass keine Einstichspuren bei den beiden Kindern gefunden wurden, bin ich sicher, sie wurden mit etwas vergiftet, das sie gegessen oder vielleicht auch eingeatmet haben, ohne es zu wissen.«

»Warum?«

»Vor allem, weil es keinerlei Anzeichen eines Kampfes oder sonstiger Gegenwehr gibt. Außerdem wirkt dieses ganze Verbrechen sorgfältig vorbereitet, meines Erachtens passt es einfach nicht zu diesem Mörder, plötzlich mit einer Injektionsspritze zu hantieren. Damit hätte es eine Spur gegeben – entweder an der Leiche oder an der Fundstelle. Es war ihm oder ihr wichtig, alles so aussehen zu lassen, als wäre ein Unglück geschehen – nichts anderes.«

»Aber weshalb der ganze Aufwand? Warum die beiden erst betäuben und dann ermorden? Warum hat er ihnen nicht einfach die doppelte Dosis gegeben und sie mit dem Gift getötet?«

»Weil es aussehen sollte wie ein Unglück. Hätte der Mörder die beiden Kinder mit einem seltenen Gift ermordet, wäre im Labor danach gesucht worden. Bei dem unerklärlichen, plötzlichen Tod eines Sechzehnjährigen hätte man sicher das ganz große Testprogramm durchgeführt. Und wenn nicht beim ersten, dann spätestens beim zweiten Opfer. Irgendwann hätten die Pathologen herausgefunden, welches Gift benutzt worden ist, und weil es entsprechend selten gewesen wäre, hätte es vielleicht direkt zum Mörder geführt. Es war ganz einfach zu riskant. Verstehst du?«

»Was ist deiner Ansicht nach passiert?«

»Ich stelle mir vor, dass Gry und Rolf betäubt wurden, ohne Verdacht zu schöpfen. Sie kannten ihren Mörder – vielleicht nicht wahnsinnig gut, doch gut genug, um ein Getränk oder vielleicht irgendeine Süßigkeit von dem Betreffenden anzunehmen. Es war niemand, vor dem sie sich fürchteten.«

»Du meinst, sie haben gar nicht mitbekommen, was passiert ist?«

»Genau. Und mit Blick auf das Verhalten der Opfer könnte diese Vorgehensweise durchaus beabsichtigt gewesen sein. Sie haben etwas zu essen oder zu trinken bekommen und wurden schläfrig und gefügig.«

»Und als sie ruhig schliefen …«

»Rolfs Leiche wurde auf die Schienen gelegt.«

»Es gab keinerlei Spuren an seiner Kleidung, die darauf hindeuteten, dass er dorthin geschleppt worden ist.«

»Vielleicht wurde er auf einer Decke transportiert. Vielleicht ist der Mörder Weltmeister im Gewichtheben. Vielleicht hat er einen Kran gehabt. Vielleicht hat Rolf das Betäubungsmittel so fügsam werden lassen, dass er sich dorthin legte, wo man es ihm sagte. Es gibt eine Unmenge Möglichkeiten.« Dan beugte sich vor und stützte sich auf die Ellenbogen. »Das finden wir eines Tages hoffentlich heraus. Im zweiten Fall hat der Mörder, als Gry bewusstlos war, ihr das Gift erst in das eine, dann in das andere Nasenloch geblasen, und ihr den Mund zugehalten, sodass sie automatisch durch die Nase inhalierte.«

»Aber sie ist nicht gestorben.«

»Nein, das Rattengift war zu niedrig dosiert, um sie sofort zu töten, leider jedoch nicht niedrig genug, um zu überleben.«

»Angenommen, sie wäre irgendwann nachts aufgewacht und hätte erzählt, mit wem sie an diesem Abend zusammen war?«

»Für den Mörder war es ganz sicher ein Albtraum, als bekannt wurde, dass Gry noch lebte.«

Flemming sah ihn an. »Und jetzt kommt vermutlich deine Theorie.«

»In der Tat.« Dans Lächeln war geistesabwesend. »Kannst du dich an unsere Gymnasialzeit erinnern? Wir haben doch ständig *Tim und Struppi* gelesen.«

»Und?«

»Wir haben die Bände wieder und wieder verschlungen und konnten sie fast auswendig.«

Flemming runzelte die Stirn. »Worauf willst du hinaus?«

»Kannst du dich an *Die sieben Kristallkugeln* und *Der Sonnentempel* erinnern?«

»Das ist die Geschichte, in der Professor Bienlein entführt wird, oder?«

»Ja. Und einige Wissenschaftler werden mit einem alten Inka-Fluch belegt. Sie werden mit irgendeinem Giftstoff in kleinen Glaskugeln betäubt. Wenn die Kugeln auf den Boden geworfen werden und zerspringen …«

»… setzen sie die giftigen Dämpfe frei, von denen die Wissenschaftler betäubt werden. Und dann können sie mithilfe von ein paar Voodoo-Puppen aus der Entfernung gefoltert werden. Ja, natürlich kann ich mich daran erinnern. Das war meine Lieblingsgeschichte.« Flemmings Lächeln erstarrte plötzlich. Er sah Dan an. »Das meinst du jetzt nicht ernst, oder? Du willst doch nicht etwa irgendeinem mystischen Hypnosegift aus einem Comicstrip nachjagen?«

Dan lachte ein wenig verlegen. »Nicht so direkt. Ich dachte …

Es gibt eine Unmenge merkwürdiger Gifte, von denen wir gewöhnlichen Idioten keine Ahnung haben. Pflanzengifte, Schlangengifte, Krötengifte, was immer du willst. Ich bin in Gedanken jedenfalls immer wieder bei den *Tim und Struppi*-Alben gelandet und habe mich schließlich entschlossen, die Sache zu untersuchen.«

»Und?«

»Ich konnte überhaupt nichts finden. Ich habe mir sogar einige sehr gründliche Werke über Tim und Struppi beschafft, in denen die Details der Comics durchgegangen und dokumentiert werden. Autos, Gebäude, Pflanzen, Waffen und so weiter. Ich fand zum Beispiel mehrere Artikel über Curare, doch kein Wort über das Gift in den Kristallkugeln. Das könnte ein Hinweis darauf sein, dass es eine Erfindung von Hergé ist, nicht wahr?«

»Sicher.«

»Also habe ich einen Fachmann gefragt.«

»Du bist zu einem Rechtsmediziner gegangen?«

»Nein, noch besser. Ich habe einen norwegischen Professor in Pharmakologie gefunden, dessen Fachgebiet Giftstoffe sind. Ich habe ihn gefragt, ob es Giftstoffe gibt, die ihr Opfer betäuben, ohne die Atmungsorgane zu blockieren, die oral oder durch Inhalation verabreicht werden können – und die normalerweise bei einer Obduktion nach einem Unfall nicht getestet werden, wenn die Todesursache offensichtlich eine ganz andere ist.«

Flemming lehnte sich auf seinem Stuhl zurück. »Und was hat er gesagt?«

»Er hat über eine Stunde ununterbrochen geredet. Ich sage dir, das ist ein ganz großes Thema, und man kann sehr, sehr viel darüber erzählen. Aber ich will dir den Vortrag ersparen, obwohl ich die ganze Herrlichkeit auf dem Diktafon meines Handys aufgenommen habe. Du musst nur eins wissen: Gibt es solch ein Gift? Die Antwort ist eindeutig Ja. Tatsächlich kann man sogar unter mehreren wählen.«

»Die beiden Leichen sind allerdings längst eingeäschert.«

»Ja, und wir haben keinerlei Gewebe oder Blut, um nachträglich eine Untersuchung vornehmen zu können, obwohl der nette Pharmakologe von dem Gedanken begeistert war.«

»Und nun?«

»Ich muss in eine andere Richtung arbeiten. Für mich war das Wichtigste, mir von einem Fachmann bestätigen zu lassen, dass es so gewesen sein könnte, wie ich es mir vorstelle. Ich muss nicht unbedingt wissen, wie dieser Giftstoff heißt. Es reicht mir vorerst zu wissen, dass es in beiden Fällen tatsächlich keinen Beweis dafür gibt, durch den sich ein Mord ausschließen lässt.«

»Was meinst du mit ›in eine andere Richtung arbeiten‹?«

»Ich will den Mörder finden und ihn zu einem Geständnis bringen.«

Flemming konnte ein Lächeln nicht unterdrücken. »Nun ja, das ist ein bescheidener Wunsch. Viel Glück.«

»Du willst mich nicht daran hindern?«

»Ich wüsste nicht, wie. Du machst ja doch, was du willst.«

»Spüre ich da einen bitteren Unterton?«

Flemming zuckte die Achseln. »Ich finde, du solltest anfangen. Und wenn du Hilfe brauchst, sagst du es einfach – dann werde ich dich unterstützen, soweit es im gesetzlichen Rahmen möglich ist. Vielleicht liegst du ja gar nicht falsch, dann muss deine Theorie eben überprüft werden. Im Augenblick ist sie noch zu dünn, um die beiden Fälle wieder aufzurollen. Der Staatsanwalt würde da nicht mitmachen.«

»Vermutlich hast du recht.«

»Aber ich muss noch einen Moment den Advocatus Diaboli spielen und eine alternative Möglichkeit erwähnen.«

»Ja?«

»Thomas Harskov ist ein ambitionierter Politiker. Es deutet einiges darauf hin, dass er bei den Vorstandswahlen seiner Partei im September Parteivorsitzender wird. Und wie du weißt, sind nicht alle in der Parteiführung von ihm begeistert.«

»Ja, ich habe von Plänen gelesen, einen Gegenkandidaten aufzustellen. Diese ... wie heißt sie noch? Inger Irgendwie-Petersen.«

»Genau. Thomas Harskov weiß das natürlich, und es würde ihm gar nicht ähnlichsehen, wenn er nicht mit Händen und Füßen um diesen Posten kämpfen würde.« Flemming sah Dan direkt ins Gesicht. »Mein persönlicher Eindruck von ihm ist, dass er bereit ist, alle Mittel einzusetzen. Auch die unfeinen.«

»Versuchst du mir etwa einzureden, Thomas hätte seine Kinder selbst umgebracht, um ein paar Jahre später die Wahlen zum Vorsitzenden zu gewinnen?«

»Nein, sicher nicht, ich versuche nur, mit dir darüber nachzudenken, ob möglicherweise etwas anderes dahinterstecken könnte, dass er dich ausgerechnet jetzt angeheuert hat. Passiert ist passiert. Die Kinder sind tot, daran kann er nichts mehr ändern. Aber wenn er den publicityträchtigsten Privatdetektiv des Landes engagiert, um die Tragödie zu erforschen, dann könnte der Grund dafür ja auch sein ...«

»... alle – auch seinen eigenen Parteivorstand – daran zu erinnern, dass es sich bei ihm um einen Mann handelt, der eine persönliche Tragödie erlitten hat. Und der die Kraft hatte, diese Tragödie zu überwinden.« Dan nickte langsam, als er Flemmings Gedankengang beendete.

»Genau.«

»Du meinst, er versucht, ein paar zusätzliche Pluspunkte durch den Tod seiner Kinder herauszuholen – egal, ob sie ermordet wurden oder nicht?«

»Ja.«

Dan biss sich auf die Lippe, den Blick auf unendlich gestellt. Dann sah er seinen alten Freund an. »Dieser Gedanke war mir bisher nicht gekommen. Du bist verdammt zynisch, Flemming.«

»Eine Berufskrankheit.«

»Ich hoffe sehr, du liegst falsch.«

»Das tue ich doch auch.«

»Danke.«

»Keine Ursache.«

Eine Weile sagte keiner der beiden ein Wort. Dann räusperte sich Flemming. »Abgesehen davon ... Nehmen wir einmal an, du hast recht, Dan. Die beiden Todesfälle waren kalkulierte Morde, die darüber hinaus zusammenhängen, und der jüngste Harskov soll das nächste Opfer sein ...«

»Ja?«

»Ich wage kaum, mich zu wiederholen, aber dann musst du es mir sagen. Hast du verstanden? Ich will Bescheid wissen. Wenn da draußen ein Doppelmörder herumläuft, musst du die Sache der Polizei überlassen.«

»Ja, ja.«

»Dan!«

»Okay. Ich versprech's. Bist du zufrieden?«

»Muss ich ja wohl.«

Plötzlich fasste sich Flemming an die Nase. Ein Tropfen Blut lief ihm über die Hand. »Au, Mist«, sagte er und stand auf.

»Hast du Nasenbluten?«

»Ja, verflucht.« Er holte ein Stück Küchenrolle und presste es unter die Nase. »Ich muss noch etwas sagen, bevor wir das Thema wechseln.«

Dan hob eine Braue: »Was denn?«

»Tolle Arbeit, Dan. Wirklich klasse.«

»Nimmst du mich jetzt auf den Arm?«

»Nein. Ich meine es ernst.« Flemming holte sich ein weiteres Blatt von der Küchenrolle. »Du hast ausgezeichnet gearbeitet.«

31

»Ist er noch da?«

»Ja, klar. Drei Autos hinter uns.«

Es war Samstag. Die Sonne schien aus einem wolkenfreien Himmel, und Dan und Kirstine waren auf dem Weg nach Yderup, um Dans Mutter mit dem Sperrmüll zu helfen. Mogens folgte ihnen, aber sie hatten entschieden, so zu tun, als würden sie ihn nicht bemerken.

»Er wird uns bis Yderup hinterherfahren.«

»Sieht so aus.«

»Stört es dich?«

Dan zuckte die Achseln. »Wenn es ihm etwas bringt, sich ein paar Stunden vor dem Haus meiner Mutter zu langweilen, dann ist er willkommen.«

»Ich bin froh, dass du inzwischen so entspannt reagierst.« Kirstine tätschelte Dans Schenkel. »Er tut niemandem etwas zuleide.«

»Tja, vermutlich hast du ja recht.« Dan warf noch einen Blick in den Rückspiegel. »Ich glaube, das größte Problem wird meine Mutter.«

»Wieso? Glaubst du, Birgit bekommt Angst vor ihm? Das braucht sie nicht, Mogens ist vollkommen harmlos.«

»Angst?« Dan grinste. »Sie könnte eher auf die Idee kommen, ihm eine Tasse Kaffee anzubieten. Und bevor wir uns umsehen, hat sie ihn zu Hering und Schnaps eingeladen.«

Kirstine lachte. »Das könnte doch sehr komisch werden.«

»Ja, glaubst du. Es würden keine fünf Minuten vergehen und er müsste sich Fotos von mir als kleinem Jungen ansehen.«

»Klasse!«

»Und wenn wir in ein paar Stunden nach Hause müssten, hätte sie längst seine Maße. Dann hätte sie ihm nämlich einen schönen Pullover gestrickt, der ihn warm hält, wenn er meiner Freundin nachts hinterherschleicht.«

»Och, Dan.« Kirstine stupste ihn an der Schulter. »Das macht er doch gar nicht so oft.«

»Was war das dann gestern Abend.«

»Ja, nur ...«

»Lass uns nicht streiten«, unterbrach Dan rasch. »Nicht schon wieder.«

»Nein.«

»Entschuldige.«

»Schon okay. Aber amüsieren dürfen wir uns darüber.«

»Genau.« Er warf ihr einen Blick zu und spürte das bekannte Stechen in der Brust, als er ihrem Blick begegnete. Wieso überraschte es ihn jedes Mal wieder, wie hübsch sie war?

»Pass auf die Straße auf.« Sie lächelte. »Sonst fahre ich.«

»Nie im Leben.«

»Niemand darf Dans Spielzeug anfassen.«

»Ganz genau.«

*

Der Wagen des Glatzkopfs blinkte weit vor der Ausfahrt nach Yderup, und das war auch gut so. Hätte Mogens nicht aufgepasst, wäre er geradeaus weitergefahren – und hätte sie verloren. Dann hätte er nie herausgefunden, wohin die Göttin wollte.

Am Rand des kleinen Orts bog der silbergraue Audi rechts ab in eine abschüssige Seitenstraße. Als Mogens sah, dass der Glatzkopf bremste, hielt er ebenfalls an. Er sah sie aussteigen. Die Göttin nahm einen großen Strauß Tulpen aus dem Kofferraum, während der Glatzkopf zum Himmel hinaufblickte. Er sagte etwas, und die Göttin zuckte die Achseln. Dann setzte er sich wieder ins Auto, und einen Moment später schob sich das Verdeck über den offenen Wagen. Kurz darauf waren beide durch eine Pforte verschwunden.

Mogens wartete noch ein paar Minuten, dann ließ er sein Auto ein Stück die Straße hinabrollen, bis er das Haus sehen konnte, in das sie gegangen waren. Er hielt den Wagen an und zog die Handbremse.

Mogens schaute auf das kleine, rot gestrichene Haus, das zwischen blühenden Büschen und einer sorgfältig geschnittenen Hecke stand. Er wollte gerade aussteigen, um nachzusehen, was auf dem Briefkasten stand, als die Tür aufging und der Glatzkopf herauskam. Mogens zuckte zusammen. Er rutschte ganz tief in den Sitz und betete, dass er von außen nicht gesehen werden konnte – oder dass der Glatzkopf seinen Wagen nicht erkannte.

Vorsichtig guckte er über den unteren Rand des Seitenfensters. Der Glatzkopf trug etwas. Eine große Pappkiste. Sie sah schwer aus. Langsam stellte er sie neben das Gartentor und ging sofort zurück zum Haus. Jetzt kam die Göttin mit einer Stehlampe. Auch sie wurde auf den Gehweg gestellt. Der Glatzkopf erschien mit ein paar kaputten Klappstühlen. Die Göttin schleppte eine fleckige

Matratze. Und so ging es weiter. Sie trugen alle möglichen Dinge aus dem hübschen kleinen Haus.

Schließlich waren sie fertig. Sie blieben einen Moment stehen und betrachteten die beeindruckende Sammlung von Gegenständen, die sie herausgeschleppt hatten. Plötzlich drehte der Glatzkopf sich um und sah Mogens direkt an. Dieser durchdringende blaue Blick löste eine erstickende Welle der Angst in ihm aus. Er ließ sich so tief wie möglich in den Sitz sinken. Der andere Mann hob die Hand zum Gruß und entblößte seine Zähne zu einem Lächeln. Mogens versteckte sich.

Als er kurz darauf wieder wagte, durch seine Finger zu sehen, war die Gefahr vorüber. Die Göttin und der Glatzkopf gingen den Gartenweg hinauf zum Haus, Mogens konnte erleichtert aufatmen. Eine ältere Frau trat aus dem Haus. Sie lächelte, als sie ihren Gästen die Tür aufhielt, und als der Glatzkopf an ihr vorbeiging, gab sie ihm einen Klaps auf den Hintern. Er drehte sich um und lachte. Mogens war verwirrt. Wie kam eine anständige alte Dame auf die Idee, so etwas zu tun?

Als sie die Tür hinter ihnen geschlossen hatte, wurde es still auf der Straße. Ein leichter Nieselregen setzte ein, und Mogens' Augenlider wurden schwer. Er schob den Vordersitz so weit wie möglich zurück und streckte die Beine aus, bevor er seinen Rucksack öffnete und die Kekse, eine Banane und die Wasserflasche herausholte. Er aß langsam und bedächtig und starrte dabei durch den Regen auf das rot gestrichene Haus.

Als er satt war, legte er die Keksrolle und die Wasserflasche zurück in den Rucksack. Die Bananenschale platzierte er vorsichtig auf den Rand des Beifahrersitzes, damit er sie nicht vergaß, wenn er irgendwann ausstieg. Er nahm den Notizblock und den Kugelschreiber zur Hand und setzte sich zurecht.

23. 05. 09, 13:16 Uhr:
Die Göttin und der Glatzkopf in Yderup, 14 Kilometer westlich von Christianssund, Seeland, Dänemark. Haben für die alte Dame, die in dem Haus wohnt, viele Sachen auf den Gehweg getragen. Evtl. die Mutter des Glatzkopfs??? Die Göttin in einer Bluse mit Sternen und Cowboyhose. Alarmniveau 4–8. Keinen von beiden seit 12:43 Uhr gesehen. Essen evtl. zu Mittag mit der alten Dame. Der Glatzkopf ist …

Mogens klimperte desorientiert mit den Augenlidern. Hatte er einige Sekunden geschlafen? Das ging nun wirklich nicht. Er richtete sich auf dem Sitz auf und spürte, wie müde er war.

Er fasste einen Entschluss, legte das Notizbuch in den Rucksack und stieg aus dem Wagen. Vielleicht ist es gut, dass es ein bisschen regnet, dachte er, während er die Hosenträger zurechtrückte. Ein kleiner Spaziergang in dem kühlen Nieselregen würde ihn sicher erfrischen.

32

»Aber er kann doch nicht da draußen sitzen und frieren, Dan. Bist du sicher, dass ich nicht …«

»Ganz sicher.«

»Ihm geht es gut, Birgit«, sagte Kirstine. »Mogens ist so etwas gewohnt.«

»Abgesehen davon würde er grüne Ferkel scheißen, wenn du zu ihm hinausgehst, Mutter. Du hättest ihn sehen sollen, als ich mich umgedreht und ihm gewinkt habe. Er sah aus, als bekäme er einen Herzanfall.«

Kirstine schüttelte den Kopf. »Warum kannst du ihn nicht einfach in Ruhe lassen, Dan?«

Birgit zog die Gardinen auseinander. »Wenigstens sitzt er im Auto. Bei dem Wetter. Nanu, jetzt steigt er aus.«

Kirstine stellte sich neben Dans Mutter. »Pass auf, dass er uns nicht sieht.«

Dan konnte ein Grinsen nicht unterdrücken. »Entschuldigung«, sagte er schuldbewusst, als die beiden Frauen sich umdrehten und ihn ansahen. »Es ist urkomisch, wie ihr beiden euch Sorgen macht, ob Mogens euch sehen könnte. Er müsste sich eigentlich schämen, dass er uns beglotzt. Nicht umgekehrt.«

Birgit und Kirstine sahen sich an, und die ältere Frau machte eine wegwerfende Handbewegung. »So kann man es natürlich auch sehen«, sagte sie.

»Jetzt geht er«, teilte Kirstine mit, die wieder auf die Straße hinaussah. »Wo will er denn nur hin?«

»Who cares?« Dan griff nach der Platte mit den Fischfilets. »Vielleicht hat er ja Hunger. Oder er muss pinkeln.«

»Oh Dan«, sagte Birgit. »Findest du nicht, wir sollten ihm etwas anbieten?«

»Nein, jetzt hör aber auf, Mutter. Er muss sich selbst irgendetwas suchen. Es liegt weder in deiner noch in meiner Verantwortung, wenn Kirstines Stalker pinkeln muss.« Er nahm sich von der Remoulade. »Setzt ihr euch auch irgendwann wieder? Ich fühle mich langsam einsam hier am Tisch.«

»Entschuldige.«

Die beiden Frauen setzten sich. »Apropos Dach für sein Auto. Es ist nicht gerade das diskreteste Transportmittel, das du dir angeschafft hast, Dan«, sagte seine Mutter und trank einen Schluck Bier. »Alle im Ort wissen, wo du bist und wen du besuchst.«

»Woran denkst du?«

»Du bist der Einzige, der hier einen Sportwagen fährt.«

»Mein Auto ist doch kein Sportwagen, das ist ein Cabriolet.«

»Ja, ja, ja. Ich nenne das einen Sportwagen. Gestern wurdest du von mindestens drei Leuten gesehen, als du Harskovs Jüngsten nach Hause gefahren hast.«

»Und alle drei meinten, dir Bericht erstatten zu müssen?«

»Ich bin schließlich deine Mutter, Dan. Da ist es doch wohl normal, wenn ...«

Er legte seine Hand auf ihre. »Ich mache doch nur Scherze.«

»Wieso hast du Malthe nach Hause gefahren?«, wollte Kirstine wissen. »Wo seid ihr gewesen?«

»Ich wollte ihn etwas fragen und habe ihn von der Schule abgeholt. Bei der Gelegenheit habe ich ihm gezeigt, was meine Kiste so draufhat.«

»Du bist doch nicht etwa zu schnell gefahren?« Birgit hielt mitten in ihrer Bewegung inne, die Schnapsflasche schwebte über Kirstines Glas.

»Nein, nein.« Dan kreuzte unter dem Tisch die Finger. »Das würde mir doch im Traum nicht einfallen.«

»Was wolltest du den Jungen denn fragen?« Kirstine ließ nicht locker. Dan schüttelte den Kopf, als seine Mutter versuchte, ihm noch einen Schnaps aufzunötigen. »Ich dachte, wenn ich ein bisschen Spaß mit Malthe habe, erzählt er mir vielleicht mehr über sein Leben. Je mehr ich über ihn weiß, desto besser kann ich ihn beschützen.«

»Hat er es getan?«

»Bis zu einem gewissen Grad schon. Ich habe jedenfalls ein paar Ansatzpunkte. Namen von Freunden und Lehrern, zum Beispiel. Das ist mehr, als seine Eltern wissen. Ich weiß, was er tagsüber treibt, und kenne seine Vorlieben, wenn ihr so wollt. Und ich weiß sehr viel über seinen Musikgeschmack, welche Autos ihm gefallen und welche Hunderassen – und welchen Film er am häufigsten gesehen hat.«

»Du magst ihn«, stellte Kirstine fest.

»Mehr und mehr, je öfter ich ihn sehe.« Dan verzog das Gesicht. »Malthe erinnert mich ein bisschen an Rasmus im Teenageralter. Und an mich sicher auch, als ich in dem Alter war. Seltsam, verschlossen und abweisend an der Oberfläche, verträumt, unsicher und sexfixiert im Inneren.«

»Als wenn sich Sexfixierung nur aufs Teenageralter begrenzen würde«, warf Birgit ein. »Meinem Eindruck nach hält das bei den meisten Männern ihr Leben lang an.«

Dan lachte. »Da liegst du sicher nicht ganz falsch.«

»Hat er auch etwas gesagt, das du verwenden kannst?« Kirstine war zu keinem Themenwechsel bereit. »Etwas Konkreteres, meine ich.«

»Konkret haben wir einige Zeit darauf verschwendet, ein paar Koinzidenzen auszuschließen.«

»Was heißt das?«

»Also, in der ganzen Geschichte bewegen wir uns ja noch auf einer sehr hypothetischen Ebene. Wir wissen nicht mit Sicherheit, was mit Rolf und Gry passiert ist, und wir wissen nicht, ob Malthe tatsächlich in Gefahr ist.« Dan trank einen Schluck Bier. »Sollte es jedoch so sein, ist der Täter höchstwahrscheinlich jemand, der Malthes Geschwister persönlich kannte und der auch ihn kennt. Jedenfalls gut genug, um nah an ihn heranzukommen, wenn es so weit ist. Das jedenfalls ist meine Theorie.«

»Ihr habt die Liste der Bekannten seiner beiden älteren Geschwister mit jenen von Malthe verglichen?«

»Genau.«

»Gibt es Gemeinsamkeiten?«

»Einige. Vor allem in der eigenen Familie, unter den Dorfbewohnern und bei einem Lehrer der Schule in Christianssund. Die drei Kinder haben jedoch keinen einzigen gemeinsamen Freund – was allerdings in Anbetracht des Altersunterschiedes auch nicht so merkwürdig ist. Abgesehen vom Jugendclub hier in Yderup waren sie zu keinem Zeitpunkt Mitglied desselben Vereins oder hatten auch nur die gleichen Freizeitinteressen.«

»Malthe spielt also nicht Fußball?«

»Nur, wenn er sich nicht drücken kann. Er betreibt auch sonst keinen Sport. Er hat sich für Breakdance interessiert, als er jünger war, das Interesse für diese Musik hat er sich bewahrt, obwohl er nicht mehr trainiert. Er hört Musik, eine Menge Musik. Meist Hip-Hop und auch sonst alles Mögliche. Er hat's auch mit Graffiti versucht, aber die Phase ist wohl überstanden. Es gibt mit anderen Worten keine Berührungspunkte zwischen ihm und seinen Geschwistern, was ihre Freizeitinteressen betrifft.«

»Und was heißt das? Für dich, meine ich?«

»Ich konzentriere mich auf sein unmittelbares Umfeld.«

Kirstine zog die Augenbrauen zusammen. »Verdächtigst du die Eltern? Willst du das damit sagen?«

»Nein, nein. Ich arbeite noch immer mit der Theorie, dass der Täter darauf aus ist, einem der Elternteile zu schaden. Derjenige, den ich suche, hat ein Rachemotiv – und kannte beziehungsweise kennt alle drei Kinder. Der Pastor und seine Frau, der Küster, jemand aus dem Supermarkt, Johnsens. Auch du, Mutter, wenn man so will. Alle, die in irgendeiner Weise eine nähere Beziehung zur Familie Harskov haben.«

»Der Pastor, der Küster und ich?« Birgit, die sich gerade vom Roastbeef nehmen wollte, hielt abrupt inne. »Sag mal, bist du völlig verrückt geworden, Dan?«

»Du musst das nicht wörtlich nehmen, Mutter.« Dan hatte sich ein Kümmelbrot geschmiert und griff nach dem Lachs. »Ich meine nur, dass ich im Moment niemanden außer Betracht lasse, der Kontakt zu Rolf, Gry und Malthe hatte oder hat.«

Birgit hob die Schultern, das Thema war ihr offensichtlich unangenehm. »Reden wir über etwas anderes«, Dan goss Dilldressing auf sein Lachsbrot. »Hast du mal wieder mit Bente geredet?«

»Sie hat gestern angerufen«, antwortete seine Mutter. »Die beiden Mädchen kommen im Juli zu Besuch, sie freut sich sehr. Ich glaube, sie überlegt, das Ferienhaus zu mieten, wo sie mal …« Birgit begann mit einer längeren Beschreibung der Ferienpläne ihrer Tochter, und Dan hörte zu, nickte und aß den Lachs. Kirstine schob hin und wieder eine höfliche Frage ein und konzentrierte sich sonst auf das ausgezeichnete Mittagessen.

Bis zum Kaffee hatte sie alles besprochen. Bente und ihre Töchter, Rasmus und seine neue Freundin, Laura, der ihre Großmutter gerade eine Reise nach London spendiert hatte. Kirstines nächste Rolle. Marianne und der etwas zu korrekte Henrik wurden nur kurz erwähnt, aber Birgit erzählte doch, dass das Paar im Sommer eine Wanderung in den norwegischen Bergen plante. »Wanderung? Marianne?« Dan hob eine Augenbraue. »Das muss der Neue durchgesetzt haben.«

»Woher willst du das wissen? Vielleicht hat Marianne schon immer Lust gehabt, ihren Urlaub mit Rucksack und Mütze zu verbringen«, meinte Kirstine. »Sie war vielleicht nur klug genug, dir nichts davon zu erzählen.«

Er zuckte die Achseln.

»Abgesehen davon«, fuhr Kirstine fort, »müssen wir allmählich aufbrechen, Dan.« Sie sah Birgit an. »Ich habe heute Abend eine Vorstellung.«

»Ja, natürlich«, erwiderte Dans Mutter und erhob sich. »Es war doch sehr schön, dass ihr Zeit für einen Happen hattet. Und tausend Dank für eure Hilfe mit dem Sperrmüll.«

Birgit begleitete sie durch den Vorgarten.

»Nanu?« Dan schaute auf das blaue Auto, das auf der anderen Straßenseite parkte. Es war leer. »Ist Mogens noch unterwegs?«

»Glaubst du nicht, dass er sich nur versteckt, damit wir ihn nicht sehen?« Kirstine sprach mit gedämpfter Stimme. »Das macht er manchmal«, wandte sie sich an Birgit.

»Wir werden es merken, wenn wir losfahren«, sagte Dan und umarmte seine Mutter. »Wenn er da ist, wird er uns folgen.«

»Und wenn nicht?«

»Dann tut es mir leid. Für ihn. Aber er findet schon allein nach Haus.«

Kirstine umarmte Birgit ebenfalls und stieg ins Auto.

Dans Mutter sah zu, wie er den Wagen in der Einfahrt des Nachbarn wendete, und winkte, als sie langsam auf die Hauptstraße zufuhren.

Mogens' Wagen blieb stehen.

3
AUFKLÄRUNG IM JUNI

If I am frightened then I can hide it
If I am crying, I'll call it laughter
If I am haunted, I'll call it my imaginary friend
If I am bleeding, I'll call it my wine
But if you leave me then I am broken
And if I'm broken then only death remains

                      Elvis Costello, »Broken«

33

»Flemming?« Dan öffnete die Tür. »Und Pia? Hej. Ist lange her.«

Der Polizeikommissar nickte seinem alten Freund verhalten zu und trat ein, während Dan der Ermittlerin Pia Waage die Hand gab und sie ins Wohnzimmer bat.

»Was verschafft mir die Ehre? Darf ich euch etwas anbieten? Kaffee? Tee?«

»Nein, danke. Wir müssen dir lediglich ein paar Fragen stellen.« Pia setzte sich auf das Wildledersofa und schlug die Beine übereinander. Flemming ließ sich auf einem der Stühle nieder.

Dan sah die Polizisten nacheinander an. »Malthe ist doch hoffentlich nichts zugestoßen?«

»Malthe?« Pia glich einem Fragezeichen.

»Nur ein gemeinsamer Bekannter«, sagte Flemming. »Nein, Dan, Malthe ist nichts passiert. Wir sind hier, um uns nach deinem Verhältnis zu Mogens Kim Pedersen zu erkundigen.«

Dan zog die Augenbrauen hoch. »Entschuldige, wem?«

»Mogens Kim Pedersen«, wiederholte Flemming und sprach den Namen dabei langsam und deutlich aus. »Neunundvierzig Jahre alt, wohnhaft in Valby. Du hattest vor knapp einem Monat eine kleine Auseinandersetzung mit ihm.«

»Ach ... Mogens!« Dan lehnte sich in seinem Bürostuhl zurück. »Was gibt es denn jetzt schon wieder?«

»Erzähl uns, was du von ihm weißt.«

Dan berichtete, was er von dem kleinen sonderbaren Mann mit der Windjacke und dem gelben Rucksack wusste. Viel war es nicht.

»Was für einen Zusammenstoß hattet ihr denn an Esplanaden?«

»Wenn du schon davon gehört hast, steht das doch bestimmt in irgendeinem Bericht. Kannst du den nicht einfach lesen?«

»Ich würde es gern von dir persönlich hören.«

Dan seufzte. »Ich wollte lediglich mit ihm reden und ihm begreiflich machen, dass er uns nicht ständig verfolgen soll, dass wir es leid wären.« Er referierte den Vorfall und schloss: »Wenn Kirstine es wollte, hätte man mit dieser Geschichte vor Gericht gehen können. Mogens hätte sich ganz leicht eine gerichtliche Unterlassungserklärung einhandeln können.«

»Auf welcher Basis? Ist er jemals gewalttätig oder bedrohlich gewesen?«

»Nicht dass ich wüsste. Nein, aber es kann doch unmöglich erlaubt sein, auf diese Weise an einem Menschen zu kleben, Tag für Tag, Monat für Monat. Jedes Mal, wenn wir vor die Tür gehen, steht er davor und folgt uns auf Schritt und Tritt. Und fotografiert Kirstine.«

»Wieso habt ihr ihn nicht angezeigt, wenn er wirklich so aufdringlich ist?«

Dan zuckte die Achseln. »Kirstine findet Mogens süß. In diesem Punkt werden wir uns vermutlich nie einig sein. Mich macht er verrückt.«

Flemming sah hinüber zu Pia, die nun einen dicken, schreiend gelben Plastikringordner aus einer Tragetasche zog.

»Wir verstehen, was du meinst, Dan«, sagte sie und blätterte durch die Kunststoffhüllen des Ringordners. »Wir haben ein paar

Fotos gefunden, die deine Geschichte bestätigen. Bitte sieh sie dir an.«

Jede einzelne Kunststoffhülle des Ordners hatte vier Taschen. In jeder Tasche steckten zwei Farbfotos mit den Rückseiten aneinander. Jedes Foto war mit Datum und Uhrzeit versehen. Alle Fotos waren im Querformat, die Taschen der Kunststoffhüllen hatten allerdings ein Hochformat, sodass man den Ringordner um neunzig Grad drehen musste, um sich die einzelnen Motive ordentlich ansehen zu können. Dan starrte mehrere Sekunden auf die acht Fotos vor ihm. Eine Picknickdecke mit Paisleymuster, eine pinkfarbene Kühlbox. Dans Hand an Kirstines nacktem Knie, sein Mund an ihrem Hals, ihr Bein um seinen Körper, sein nackter Rücken. Langsam wurden seine Ohren feuerrot.

Er blickte auf. »Das lasse ich mir nicht mehr gefallen.«

»Du wusstest nichts davon?«

Dan schüttelte langsam den Kopf. »Ich wusste, dass Mogens hin und wieder Kirstine fotografieren durfte, wenn wir ihn auf der Straße trafen, aber ...«

»Es gibt noch sehr viel mehr Fotos, Dan.«

»Von mir? Uns?«

»Meist von Kirstine.«

Dan schob den Ordner beiseite. »Findet ihr nicht, dass es an der Zeit ist, mir zu erzählen, was eigentlich los ist?«

Flemming räusperte sich. »Wo warst du letzten Samstag?«

Dan zog die Augenbrauen zusammen. »Weshalb willst du das wissen?«

»Beantworte einfach die Frage.«

»Samstag? Wir haben bei meiner Mutter zu Mittag gegessen. Und abends war ich mit Kirstine im Theater.«

»Was habt ihr gesehen?«

»Wir saßen nicht im Publikum. Sie war auf der Bühne, und ich habe mit meinem Laptop in ihrer Garderobe gearbeitet. Nach der Vorstellung mussten wir noch auf ein Fest.«

»Wo?«

»In einer Wohnung in Østerbro. Es war das Bergfest für alle Mitwirkenden beim Regisseur der Vorstellung. Yngve Loe heißt er.«

»Wann seid ihr gegangen?«

»Gegen zwei oder drei. Wir sind direkt nach Hause ins Bett. Willst du auch noch wissen, was im Schlafzimmer passiert ist?«

»Hör auf.« Flemming lehnte sich zurück. Die Erleichterung darüber, dass sein alter Freund offensichtlich ein sicheres Alibi hatte, breitete sich in seinem Körper aus. »Klingt, als wärst du den ganzen Tag mit anderen Menschen zusammen gewesen.«

»Jede einzelne Sekunde. Mit Kirstine, meiner Mutter, Kirstines Kollegen.«

»Hast du Mogens Kim Pedersen gesehen?«

»Das kann man wohl sagen. Er wartete seit dem frühen Morgen auf uns, als wir aus der Wohnung kamen.«

»Habt ihr mit ihm geredet?«

Dan schüttelte den Kopf. »Wir wollten nicht. Er ist uns bis Yderup gefolgt.«

»Und was ist dann passiert?«

»Er behielt uns im Auge, als wir meiner Mutter halfen, Sperrmüll auf die Straße zu stellen. Und als wir zu Mittag aßen, hat er das Haus beobachtet.«

»Und hinterher?«

»Als wir aufbrachen, war er verschwunden. Sein Wagen stand noch da, aber er selbst war weg. Es war schon ungewöhnlich, ihn für den Rest des Tages los zu sein.«

»Hat es irgendeine Form der Konfrontation mit ihm gegeben? Oder einfach nur Kontakt? Zwischen dir und Mogens?«

»Nein ... doch, irgendwann habe ich ihm zugewinkt.«

»Und wie hat Mogens darauf reagiert?«

Dan sah die beiden an. »Sagt mal, worum geht es hier eigentlich? Hat er mich angezeigt? Ich habe keinen Finger gegen ihn erhoben, und wenn er etwas anderes sagt, ist das eindeutig eine Lüge.«

»Mogens Kim Pedersen hat niemanden angezeigt. Und er wird es auch nicht mehr tun. Er wurde vor neun Tagen tot aufgefunden. Vorletzten Sonntagnachmittag, um genau zu sein.«

»Tot?« Dan runzelte die Stirn. »Wie kann das sein? Seid ihr sicher?«

»Pedersen wurde im Wald von Yderup mit einer Plastiktüte über dem Kopf gefunden. Als man ihn fand, war er schon mindestens vierundzwanzig Stunden tot. Der Rechtsmediziner veranschlagt den Todeszeitpunkt auf Samstag zwischen vierzehn und achtzehn Uhr.«

Dan war blass geworden. »Hat er sich das Leben genommen?«

»Es sah so aus, der Rechtsmediziner sagt jedoch Nein. Jemand hat ihn mit ein paar starken Schlaftabletten betäubt, ihm die Plastiktüte über den Kopf gezogen und zugedrückt, bis er tot war. Wir haben den Obduktionsbericht gestern erhalten.«

»Aber ...«

»Du musst doch in den Zeitungen davon gelesen haben, Dan?«

»Nein, ist mir nicht aufgefallen.« Dan überlegte. »Könnte er die Schlaftabletten selbst eingenommen haben? Er schien irgendeine psychische Krankheit zu haben, vermutlich hatte er die Möglichkeit, an starke Medikamente zu kommen.«

»Mogens war schizophren. Ja, er bekam eine Reihe verschiedener Psychopharmaka und hatte zu Hause auch einige Schlaftabletten. Wir haben mit seinem Psychiater im Bezirkspsychiatrischen Zentrum in Valby gesprochen, und wir haben mit seinem Hausarzt und der Sozialarbeiterin geredet, die seine Kontaktperson für die alltäglichen Dinge war. Mogens hatte nie Schlaftabletten von der Sorte bekommen, mit denen er vor der Erdrosselung betäubt wurde.«

»Die kann man sich sicher besorgen.«

»Außerdem hat die Rechtsmedizin einige Spuren gefunden, die zeigen, dass jemand ihn kurz vor seinem Tod fortgeschleppt hat. Es gibt Spuren am Waldboden, an seiner Kleidung und so weiter.« Flemming schüttelte den Kopf. »Abgesehen davon ist jemand gleichzeitig oder unmittelbar nach dem Mord in seine Wohnung eingebrochen. Ich finde, das sind etwas zu viele merkwürdige Zufälle.«

»Was wurde gestohlen?«

»Nichts, so wie es aussieht. Die einzige Spur ist eine eingeschlagene Hintertür. Aber wir sehen uns die Wohnung heute Nachmittag mit seiner Sachbearbeiterin an. Vielleicht weiß sie ja, ob irgendetwas fehlt.«

Dan stand auf und trat ans Erkerfenster. Er starrte einen Moment über den Fjord, bevor er sich umdrehte und Flemming ansah. »Warum kommt ihr zu mir?«

»Mogens Kim Pedersens Auto haben wir schräg gegenüber vom Haus deiner Mutter gefunden, und als wir dann die Information bekamen, dass du vor einigen Wochen eine Auseinandersetzung mit ihm hattest, dachten wir …«

»Und wir haben diese Fotos in seiner Wohnung gefunden«, warf Pia Waage ein. »Selbstverständlich mussten wir dich fragen, was du weißt.«

»Natürlich.« Dans Gesicht war ernst.

»Kannst du näher beschreiben, wie Pedersen an dem Tag aussah?«, fuhr Pia fort. »Was hatte er an? Was hat er getan? Hat er mit jemandem gesprochen? Fang einfach von vorn an.«

»Also, Mogens sprach nie mit irgendjemandem. Abgesehen von Kirstine natürlich. Andere Menschen schienen ihm vollkommen egal zu sein. Vor mir hatte er regelrecht Angst.«

»Ja, das bestätigen mehrere Zeugenaussagen.«

»Meinst du … habt ihr mit Kirstine gesprochen?«

»Noch nicht. Zu ihr fahren wir, wenn wir hier fertig sind. Aber ich habe dabei nicht an sie gedacht. Ich meinte die drei Augenzeugen des Vorfalls an Esplanaden und die beiden Beamten der Kopenhagener Polizei, die bei Mogens zu Hause waren, um herauszufinden, was passiert war. Sie hatten jedenfalls keinen Zweifel, dass er sich von dir eingeschüchtert fühlte.«

Dan atmete tief durch. In der folgenden Viertelstunde besprachen sie alles, was er aus seinem Gedächtnis graben konnte. Am deutlichsten erinnerte er sich an Mogens' Reaktion, als er ihm in Yderup gewinkt hatte. Wie er sich in den Autositz rutschen ließ, sodass durch das Seitenfenster nur noch der oberste Teil seiner dünnen Haarpracht zu ahnen war.

»Meine Mutter und Kirstine haben ihn zuletzt gesehen«, sagte Dan schließlich. »Also abgesehen von seinem Mörder. Sie standen am Fenster und schauten zu, als er plötzlich aus dem Auto stieg, sich den Rucksack aufsetzte und verschwand.«

»In den Ort?«, fragte Flemming.

»Vermutlich. Es kommt jedenfalls nichts Interessantes, wenn man die Straße in die andere Richtung hinuntergeht. Nur ein paar Vorgärten. Und dahinter sind Felder. Aber frag Kirstine. Sie weiß bestimmt, in welche Richtung er gegangen ist.«

»Oder Birgit?«

»Oder meine Mutter, ja.« Dan setzte sich wieder in seinen Bürostuhl.

»In seinem Rucksack haben wir ein Notizbuch mit Aufzeichnungen über Kirstine und dich gefunden«, sagte Flemming. »Allerdings fehlt die Kamera, und das finden wir eigenartig. Ganz offensichtlich hat er ja eine Menge Zeit mit Fotografieren verbracht.«

»Ich habe ihn nie ohne Fotoapparat gesehen.«

»Und an dem Tag? Also am Samstag?«

Dan starrte eine Weile in die Luft, während er nachdachte. Dann schüttelte er langsam den Kopf. »Nein. Ich glaube nicht, dass er fotografiert hat. Aber ich habe ohnehin nicht viel von ihm gesehen.«

»Er hat nicht fotografiert, als ihr den Sperrmüll herausgebracht habt?«

»Ich glaube nicht. Fragt Kirstine. Vielleicht hat sie etwas bemerkt.«

Sie standen auf, und Pia steckte den gelben Ringordner wieder in die Plastiktüte. Dan sah Flemming an. »Darf ich Kirstine anrufen und es ihr erzählen? Dass Mogens tot ist, meine ich?«

»Ehrlich gesagt wäre ich sehr froh, wenn du es nicht tun würdest, Dan.«

»Sie wird verflucht sauer auf mich sein.«

»Damit musst du leben. Aber ich ziehe es vor, ihr die Neuigkeit selbst zu berichten.« Flemming betrachtete ihn durch leicht zusammengekniffene Augen. »Kann ich mich auf dich verlassen?«

»Okay.«

»Du könntest natürlich auch ein Stündchen mit aufs Revier kommen, bis wir bei ihr sind ...«

»Ich sage doch, es ist okay. Ich werde nicht mit ihr sprechen.«

Flemming sah ihn noch einen Moment an, dann entspannte er

sich. »Sollte dir noch etwas einfallen, Dan, ruf bitte an. Wir müssen in jedem Fall noch einmal mit dir reden.«

»Ich rufe an.« Dan begleitete sie durch den kleinen Flur und öffnete die Tür. »Aber ich frage mich ...«

»Ja?« Flemming stand bereits am Treppenabsatz. Er drehte sich um. »Sag schon.«

»Waren Kirstine und ich die Einzigen, von denen Mogens Fotos gemacht hat?«

»Weshalb fragst du?«

»Ich meine, ich verstehe gut, dass ihr uns verdächtigen müsst. Wir haben ja sozusagen ein Motiv, oder?«

Flemming nickte.

»Allerdings ist es so, dass wir beide ungewöhnlich solide Alibis haben, wir können es also nicht gewesen sein.«

»Unmittelbar nicht, nein.«

»Gibt es noch andere, die sich von ihm verfolgt fühlten? Vielleicht hat er ja die Affäre eines verheirateten Mannes enthüllt, ohne es zu wissen. Wenn es also ähnliche Fotos von anderen Menschen gibt, dann solltet ihr vielleicht herausfinden, wer ...«

Flemmings Gesichtsausdruck blieb neutral. Hin und wieder war Dan unglaublich treffsicher mit seinen Vermutungen. »Wir kümmern uns darum, Dan.«

»Ja, also ich will mich bestimmt nicht einmischen.«

»Nein, das höre ich.« Flemming schüttelte den Kopf. »Wir sind noch nicht damit fertig, Mogens' Fotoarchiv durchzusehen. Aber Kirstine war ganz klar sein bevorzugtes Motiv.«

»Abgesehen von Autokennzeichen«, fügte Pia Waage hinzu.

Flemmings Blick rief zwei rote Flecken auf ihren Wangen hervor. Sie tat Dan leid. In den letzten Jahren hatte sie mehrere Fälle zusammen mit Dan aufgeklärt, man konnte ihr nicht verdenken, in ihm so eine Art von Kollegen zu sehen. Flemming zuckte die Achseln, um sie zu beruhigen. Es war schließlich keine Katastrophe. Er bestimmte nur gern selbst den Kurs und entschied, welche Information herausgegeben werden durfte.

»Warum darf ich nicht wissen, dass es Fotos von Nummernschildern gibt?«, fragte Dan, der das stumme Intermezzo mit interessiertem Gesichtsausdruck verfolgt hatte.

»Dan, verdammt noch mal. Wir haben keine Ahnung, ob das irgendeine Bedeutung hat. Du bist in diesen Fall verwickelt. Und zwar auf der falschen Straßenseite. Es gibt viele Dinge, die wir dir nicht erzählen können, es bringt überhaupt nichts, wenn du versuchst, uns noch mehr Informationen zu entlocken.«

34

Kirstine Nyland war in Tränen aufgelöst. Sie saß in ihrem überdimensionierten mintgrünen Sofa, das Gesicht in den Händen begraben. Die Tränen tropften von ihren Fingern, und sie schien es noch nicht einmal zu bemerken.

Flemming hatte eine etwas zurückhaltendere Reaktion auf die Nachricht von Mogens' Tod erwartet. Vielleicht eine einzelne Träne, ein paar sentimentale Klischees. Etwas in der Richtung. Aber nicht diesen totalen Zusammenbruch. Wie konnte Kirstine so untröstlich einem Mann nachtrauern, der sie jahrelang verfolgt hatte und obendrein der Anlass für einige Auseinandersetzungen mit ihrem Freund gewesen war? Flemming begriff es nicht. Seltsamerweise zweifelte er nicht eine Sekunde daran, dass ihre Trauer echt war. In den vielen Jahren, in denen er Menschen vernahm, hatte er ein sehr genaues Gespür dafür entwickelt, wann sich jemand verstellte.

Kirstine stand auf und holte eine Schachtel Kleenex aus dem Schlafzimmer. Sie putzte sich die Nase und hielt sich einen Moment das Tuch vors Gesicht. Dann ließ sie die Hand sinken, schloss die Augen, richtete sich auf und holte tief Luft. Atmete langsam aus. Und noch einmal. Bei jedem Atemzug wurde das Geräusch ihres Ausatmens ruhiger, ihre Schultern senkten sich nach und nach.

Flemming und Pia sagten nichts. Sie saßen wie hypnotisiert da und verfolgten den Vorgang, bis Kirstine wieder die Augen öffnete.

»Entschuldigung«, sagte sie und tupfte sich ein letztes Mal die Augen, bevor sie das Taschentuch zusammenknüllte und in den Aschenbecher legte. »Ich weiß nicht, was mit mir los ist.«

»Es war wohl der Schock.«

»Ja, und dann noch so früh am Tag.«

»Hast du noch geschlafen, als wir kamen?«

»Wie ein Stein. Ich bin nach der Vorstellung gestern Nacht noch mit ein paar Kollegen ausgegangen.« Sie lächelte blass. »Jetzt bin ich jedenfalls wach. Wollt ihr noch eine Tasse Kaffee?«

»Danke, wir müssen weiter.« Flemming legte die Hände auf die Knie, um sich zu erheben. »Darf ich noch mal eben auf die Toilette?«

»Hier entlang.« Sie nickte in Richtung Schlafzimmer. »Ihr verdächtigt doch nicht etwa Dan, oder?«

»Nicht direkt. Eure Angaben stimmen.«

»Er hat nichts getan, Flemming.«

»Das glaube ich auch nicht. Trotzdem müssen wir es überprüfen. Mit dir müssen wir auch noch einmal reden, Kirstine. Du hast hoffentlich nichts dagegen, irgendwann nach Christianssund zu kommen? Wir haben ein paar Fotos, die du dir ansehen sollst.«

»Natürlich«, sagte sie. »Sag einfach Bescheid.«

Sie hatte wieder ihre normale Gesichtsfarbe bekommen, nur ein hellroter Rand um die Augen verriet, dass sie geweint hatte. Sie ist wirklich unglaublich hübsch, dachte Flemming – nicht zum ersten Mal.

Anfangs war Flemming ziemlich verlegen gewesen, wenn er Kirstine privat begegnete. Es war ja eine Sache, sich dienstlich mit ihr zu unterhalten, wie damals, als sie in einen Mordfall verwickelt war; als sie danach zu einem festen Bestandteil von Dans Leben wurde – und damit in gewissem Maß auch von seinem eigenen –, fiel es ihm schwer. Kirstine war der Grund für die Scheidung der Sommerdahls, diese Tatsache ließ sich nicht einfach ausblenden. Flemming wusste, dass er seine Enttäuschung auf Dan lenken sollte, und das tat er auch, wenn sie sich – selten genug – sahen. Marianne hatte mehr Raum in dem Verhältnis der beiden alten Freunde eingenommen, als sie möglicherweise selbst zugaben. Nicht nur als Objekt ihrer ewigen Rivalitäten, sondern auch als Katalysator, als Schlichterin. Auf diese *Jetzt hört aber sofort mit dem Scheiß auf, setzt euch und esst was*-Art. Vielleicht, dachte Flemming, als er sich ein paar Minuten später die Hände in Kirstines Badezimmer wusch, vielleicht hatte ihre Männerfreundschaft über all die Jahre in Wahrheit an Marianne gelegen. Die Götter wussten, welche Fehden sie im Laufe der Zeit ausgetragen hatten, aber jedes Mal hatten sie sich wieder vertragen, und Flemming hatte unbedingt das Gefühl, dass das weitgehend an Marianne lag.

*

»Wir fahren jetzt in die Wohnung, oder?« Pia Waage startete den Motor, während Flemming den Sicherheitsgurt einrasten ließ.

»Ich muss vorher noch etwas essen.«

»Wir können irgendwo halten.« Sie blinkte und fädelte sich in den Verkehr ein. »Ich glaube, es gibt einen Würstchenstand neben ...«

»Ich muss etwas Ordentliches essen. Suchen wir eine gute Sandwichbar. Lass uns einen Umweg über den Godthåbsvej machen, dort liegt ein kleiner italienischer Laden. Ich sage Bescheid.«

Pia warf ihrem Chef einen Blick zu, entschied aber, eventuelle Kommentare für sich zu behalten. Sie wusste, dass Flemming nach den vielen Krankheitsphasen der letzten Zeit seine Lebensweise geändert hatte, aber sie wusste auch, dass er weder darüber noch über seinen Gesundheitszustand im Allgemeinen diskutieren wollte. »Sind die Kollegen in der Wohnung fertig?«

»Sie packen gerade zusammen und warten nur noch auf uns.«

»Dann müssen sie halt noch einen Moment warten. Ich bestehe darauf, mir die Wohnung mit Helle Kongsberg anzusehen, bevor irgendetwas entfernt wird. Es darf absolut nichts fehlen.« Er nickte in die Richtung der Plastiktüte, die auf dem Rücksitz lag. »Denk dran, den Ordner an seinen Platz zurückzustellen, bevor sie auftaucht.«

»Wie ist diese Sozialarbeiterin?«

»Helle Kongsberg? Keine Ahnung. Janssen und Andersen haben mit ihr geredet. Sie arbeitet als Sozialarbeiterin beim Bezirkspsychiatrischen Zentrum, wo Mogens Kim Pedersen in Behandlung war. Mehr weiß ich nicht.«

»Und wieso glaubst du, dass sie wissen könnte, ob in der Wohnung etwas fehlt? Hatte sie ein besonders enges Verhältnis zu ihrem Klienten?«

Flemming zuckte die Achseln. »Soweit ich weiß, ist sie die Einzige, die ihn jemals besucht hat – außer den beiden Streifenpolizisten, die sich um die kleine Auseinandersetzung mit Dan kümmerten.«

»Wann kommt sie?«

»Um drei. Wir haben noch viel Zeit.«

Die italienischen Sandwiches waren perfekt: Huhn, Avocado und kleine Tomaten in warmem, hausgebackenem Brot. Beide bestellten sich ein Mineralwasser dazu und setzten sich in den Aksel Møllers Have, um dort die Mittagspause zu verbringen. Als sie fertig waren, drückte Flemming ein Nikotinkaugummi aus der Verpackung und erhob sich. »War das etwa nicht gut?«

»Mehrere Klassen besser als der Imbiss.« Pia knüllte die Serviette zusammen und warf sie in den Mülleimer. »Den Laden werd ich mir merken.« Sie kniff die Augen zusammen und beugte sich vor zu Flemming. »Du hast da irgendetwas ... hier.« Sie berührte ihr eigenes Nasenloch mit der Fingerspitze.

»Mist.« Flemming zog ein Papiertaschentuch heraus. »Ich hatte heute Morgen Nasenbluten, deshalb ...« Er tupfte sich die Nase mit einem irritierten Gesichtsausdruck.

Wenige Minuten später waren sie in Mogens' Wohnung, und Pia hatte den gelben Ringordner an seinen Platz im Regal gestellt.

Die Kriminaltechniker waren gegangen. Die einzigen Spuren, die sie hinterlassen hatten, waren einige verwischte rötliche Staubflecken an den Stellen, an denen sie nach Fingerabdrücken gesucht hatten. Ansonsten hatten sie ordentlich aufgeräumt. Ein Stapel zusammengefalteter Umzugskartons stand im Schlafzimmer bereit, Flemming und Pia trugen sie ins Treppenhaus. Die Wohnung sollte möglichst genau so aussehen wie immer, wenn die Sachbearbeiterin auftauchte.

Helle Kongsberg klingelte fünf Minuten vor der vereinbarten Zeit. Ihr Händedruck war trocken und fest, der Blick neugierig, das dunkelblonde Haar kurz und lockig. Flemming mochte sie sofort.

Langsam gingen sie durch die kleine Wohnung. Helle sah sich

alles genau an. Die Anrichte mit den staubigen Stapeln aus Einwegbechern und die halb leeren Schränke, in denen eine Rolle Kekse und eine Packung Salzstangen die einzigen Dinge waren, die man als Lebensmittel bezeichnen konnte. Der Kühlschrank enthielt nur einige dunkelbraune Bananen und drei Äpfel. Helle blieb am Esstisch stehen, fummelte ein bisschen an dem vom rötlichen Staub der Techniker überzogenen Computer.

»Ich glaube, den hat er für seine Fotos gebraucht«, sagte sie.

»Wissen Sie, was seine Motive waren?«

»Nummernschilder.«

»Unsere Techniker nehmen den Computer mit, sobald wir hier fertig sind. Dann überprüfen wir ihn natürlich. Vermutlich werden wir einen Spezialisten benötigen, weil er mit einem Passwort gesichert sein wird. Sie kennen es nicht zufällig?«

Sie schüttelte den Kopf und ließ den Blick über den kleinen Stapel Überweisungen und zu der Medikamentensammlung gleiten. »Darf ich das anfassen? Ich habe seinen Psychiater und den behandelnden Arzt angerufen, um eine Liste der ihm verschriebenen Medikamente zu bekommen.« Sie zog ein zusammengefaltetes A4-Blatt aus ihrer Tasche.

»Gute Idee.«

»Brauche ich keine Handschuhe?«

»Nein. Wir nehmen einfach hinterher Ihre Fingerabdrücke, damit wir sie unterscheiden können, falls weitere Untersuchungen notwendig werden.«

»Okay.« Helle Kongsberg ging in die Hocke und sortierte die einzelnen Tablettendöschen und Pillengläser, eins nach dem anderen, und hakte dabei ihre Liste ab. »Es ist alles da. Mogens hat seine letzte Dosis am Samstagmorgen genommen.« Sie zeigte auf eine neongelbe Dosierungsbox. »Die Abendration liegt noch hier.«

»Ja, haben wir vermerkt. Das passt alles sehr gut mit den übrigen Fakten zusammen«, bemerkte Pia.

Helle Kongsberg sah sich die zertrümmerte Hintertür an. Nachdem sie aufgebrochen worden war, ließ sie sich nicht mehr ganz schließen, aber die Polizei hatte sie mit einem Beschlag und einem Vorhängeschloss versehen, sodass Neugierige abgehalten wurden.

»Wissen Sie, wann der Einbruch stattfand?«

»Alles deutet darauf hin, dass es am vergangenen Wochenende geschah, höchstwahrscheinlich am Sonntag, dem 24. Mai. Am Sonntagabend bemerkte einer der anderen Bewohner die kaputte Tür.«

»Und da wussten Sie bereits Bescheid?«

»Nicht wirklich. Sie müssen bedenken, dass wir den Mord in Christianssund zunächst als Selbstmord untersucht haben. Die Kopenhagener Polizei hat ungefähr zum gleichen Zeitpunkt den Einbruch aufgenommen, es verging also ein wenig Zeit, bis die beiden Fälle in Verbindung gebracht wurden.«

Flemming berichtete nicht, dass es tatsächlich mehrere Tage gedauert hatte, bevor ihm der Zusammenhang klar geworden war. Irgendjemand hatte gepennt, die Abteilung war mit anderen Fällen befasst, wegen der Pfingstferien war die Mannschaft ausgedünnt, und er selbst war mit seinen Gedanken überall gewesen, nur nicht bei einem offensichtlich banalen Selbstmord im Wäldchen von Yderup. Solche Pannen kamen vor, und man musste ja nicht unbedingt damit prahlen.

Die Sozialarbeiterin nickte und ging weiter ins Schlafzimmer. Sie schaute sich das nicht gemachte Bett und die Wand mit der riesigen Kirstine-Nyland-Collage an, öffnete Mogens' Kleiderschrank und ging die wenigen Kleidungsstücke durch. Sie blickte Flemming an. »Es sieht aus wie immer«, sagte sie. »Aber ich muss zugeben, dass ich nur wenige Male in seinem Schlafzimmer gewesen bin, und das ist über ein Jahr her.«

»Sie haben gewöhnlich im Wohnzimmer mit ihm gesprochen?«

»Was heißt schon gewöhnlich.« Ein schiefes Grinsen zeigte sich auf ihrem Gesicht. »Mogens war nicht sonderlich begeistert über Besuch. In den sieben Jahren, in denen wir uns kannten, haben wir uns fast immer in meinem Büro getroffen. In die Wohnung kam ich nur ein paarmal im Jahr – um mich zu vergewissern, dass er nicht in seinem eigenen Dreck erstickt.«

»Tja, sauber ist es hier nicht gerade«, meinte Pia und sah sich um. Helle lachte. »Dann sollten Sie mal ein paar andere Wohnungen sehen, die ich betreue. Verglichen damit sieht es hier wie gekärchert aus. Mogens war in vielerlei Hinsicht mein Musterklient. Er war ...« Sie hielt inne, und Flemming sah, dass ihr Tränen in den Augen standen. »Sorry«, sagte sie und wischte sich über die Augen. »Irgendwie ist das nur schwer zu verstehen.«

Sie auch?, dachte Flemming. Wer hätte gedacht, dass der Tod eines älteren schizophrenen Männchens gleich zwei Frauen zum Weinen bringt? Dieser Mogens musste schon etwas Besonderes gewesen sein.

35

Die Sozialarbeiterin ging ins Wohnzimmer, stellte sich in die Mitte des Zimmers und drehte sich langsam um die eigene Achse, wobei sie ihren Blick von einem Einrichtungsgegenstand zum nächsten gleiten ließ. Ein Haufen zerknitterter, aber frisch gewaschener Kleidung lag auf dem Sofa, ein Stapel schmutziger Pappteller stand auf dem Couchtisch, die DVD-Box, das gerahmte Porträt und die getrocknete Rose standen im Regal.

»Was wissen Sie über Mogens' Besessenheit von Kirstine Nyland?«, erkundigte sich Flemming.

Helle schüttelte den Kopf. »Ich wusste schon, dass er unglaublich gern *Weiße Veilchen* sah. Als die Polizei uns über den Vorfall an Esplanaden informierte, war ich allerdings überrascht. Ich hatte keine Ahnung, dass Mogens so viel Initiative aufbringen konnte. Ich meine, es gehört ja schon etwas dazu, einem Prominenten jahrelang auf den Fersen zu bleiben, oder?«

»Womit hat er sich Ihrer Meinung nach beschäftigt?«

»Ich weiß es nicht. Ich habe mir wohl vorgestellt, dass er hier saß und Fernsehen guckte. Und na ja, die Nummernschilder.«

»Er sammelte Nummernschilder?«

»Nur solche, die seiner Meinung nach schön waren. Also, wenn die Buchstaben und Zahlen irgendeine Logik oder Symmetrie aufwiesen. Ich habe das System nie ganz verstanden. Mogens hat sein ganzes Leben lang Autokennzeichen notiert, und seit er sich diesen Fotoapparat gekauft hatte, machte er auch Fotos davon.«

Flemming nickte. »In den Ordnern finden sich mindestens ebenso viele Fotos von Kirstine Nyland. Wussten Sie das nicht?«

»Nein. Ich wünschte, ich hätte mehr über ihn gewusst, doch er war sehr verschlossen. Nur wenn ich ihn heftig unter Druck setzte, redeten wir über mehr als das Allernötigste.«

»Was, zum Beispiel?«

»Ob er putzt und aufräumt, daran denkt, alte Lebensmittel wegzuwerfen. Ob er seine Rechnungen bezahlt und seine Termine beim Psychiater oder beim Zahnarzt einhält. So etwas.« Helle berührte die getrocknete Rose. Ein kleines Stück brach von einem dunkelbraunen Kronblatt ab und fiel aufs Regal. Sie zog die Hand zurück. »War das alles?«, wollte sie wissen.

Flemming hatte plötzlich einen leichten Schwindelanfall.

Sie ließen sich auf dem Sofa nieder, und er nickte Pia zu, das Gespräch fortzusetzen.

»Erzählen Sie uns von Mogens«, begann sie.

»Sein Psychiater kann sehr viel besser erklären, was ihm fehlte.«

»Ich denke dabei weniger an eine Diagnose. Mehr an seinen Hintergrund. Sie kannten ihn am längsten. Woher stammt er?«

Helle zog eine Akte aus ihrer Tasche. »Ich habe eine Zusammenfassung seines Falls für Sie vorbereitet«, sagte sie. »Die können Sie behalten.« Sie reichte Pia die hellbraune Papphülle.

»Danke.« Pia blätterte in den sorgfältig geordneten Notizen. »Haben Sie je an eine Karriere bei der Polizei gedacht?«, fragte sie lächelnd. »Jemanden wie Sie könnten wir gut gebrauchen.«

Helle errötete. »Vielen Dank. Das Angebot ist schmeichelhaft.«

Pia schloss die Akte und gab sie Flemming. »Unterhalten wir uns trotzdem, Helle. Mogens wurde 1960 geboren, soweit ich weiß. Und er wuchs in Valby bei Kopenhagen auf. Was war das für eine Familie?«

»Der Vater besaß eine Reihe von Schuhgeschäften, und die Mutter hatte eine Ausbildung als Bürokauffrau, soweit ich weiß, sie blieb zu Hause, als sie Mogens bekamen.«

»Wo haben sie gewohnt?«

»In einem dieser großen Kästen an einer der Nebenstraßen der Valby Langgade, gegenüber von Søndermarken. Teures Auto, Dienstmädchen, der Sohnemann auf der Krebs Skole. Materiell hat es ihnen bestimmt an nichts gefehlt.«

»War Mogens damals schon krank?«

»Also, das steht alles in der Zusammenfassung, die ich Ihnen gegeben habe.« Helle Kongsberg wirkte zum ersten Mal ein wenig entnervt.

Pia lächelte sie freundlich an, ohne etwas zu erwidern.

Helle seufzte: »Mogens war tatsächlich ein intelligenter Junge. Er kam in der Schule bestens zurecht, lieferte seine Arbeiten rechtzeitig ab, hielt seine Sachen in Ordnung. Aber von Anfang an war er ein Einzelgänger. Seine Lehrer bemängelten, dass er sich in den Stunden nie meldete, obwohl er die Antworten kannte. Der Junge war fast krankhaft. Man meinte, das würde sich mit dem Alter geben, dieses Problem hatte schließlich nicht nur er. Doch in seiner Gymnasialzeit verschloss er sich mehr und mehr. Er wollte mit niemandem sprechen, schloss sich in sein Zimmer ein, wollte das Dienstmädchen nicht hereinlassen, um sauber zu machen, weigerte sich zu essen.«

»Ich habe auch schon von pubertierenden Kindern gehört, die sich so benehmen«, warf Flemming trocken ein.

»Sicherlich nicht ganz so schlimm wie in diesem Fall. Als man endlich die Tür aufbrach, hatte er sämtliche Wände, die Decke und alle Möbel vollgekritzelt. Die Buchstaben waren winzig, geschrieben mit einem dünnen schwarzen Stift. Trotzdem bedeckten die Worte so gut wie sämtliche Flächen.«

»Und was hatte er geschrieben?« Pia kam Flemming mit der Frage zuvor.

»Notizen über alles, was sich in seinem Kopf abspielte. Merkwürdige Dinge. Codes. Ich kenne die Details nicht. All das erkannte man erst nach seinem Zusammenbruch.«

»Den er wann hatte?«

»Im Winter 78, soweit ich mich erinnere. Wenige Monate vor dem Abitur.«

»Was ist passiert?«

»Eines Tages überfiel Mogens seinen Vater mit einem Bügeleisen in der einen und einem Küchenmesser in der anderen Hand. Der Vater erlitt nur oberflächliche Verletzungen und eine kleine Gehirnerschütterung, doch es hätte auch buchstäblich ins Auge gehen können. Mogens verschanzte sich im Schlafzimmer, die Mutter rief die Notrufzentrale an. Polizei, Krankenwagen, das ganze Aufgebot rückte an, und kurze Zeit später waren Vater und Sohn eingewiesen – der eine in die Notaufnahme, der andere in die geschlossene Abteilung.

Mogens wurde sofort irgendein Beruhigungsmittel verabreicht. Als es anfing zu wirken, erklärte er, er hätte in Notwehr gehandelt. Sein Vater hätte seit Längerem versucht, ihn zu vergiften, deshalb hätte er keine andere Wahl gehabt. Er meinte, sein Vater wäre der Sendbote eines feindlichen Universums. Es war völlig irre. Der Junge behauptete, Signale aus dem Erdinneren zu empfangen, er hatte Halluzinationen und heftige Angstanfälle, er lebte vollkommen in seiner eigenen Welt.« Sie schüttelte den Kopf. »Mogens war wochenlang zwangseingewiesen und entschied sich danach freiwillig für einen längeren Aufenthalt in einer psychiatrischen Klinik. Irgendwo bei Glostrup, soweit ich mich entsinne. Auch das steht natürlich in den Papieren, die ich …«

»Danke. Dafür sind wir Ihnen sehr dankbar. Wie lange war er insgesamt in Kliniken?«

»Oh, eine genaue Zahl kenne ich nicht. Es müsste sich herausfinden lassen, jedenfalls jahrelang, wenn man alles zusammenzählt. Er war in verschiedenen Institutionen. Und sobald er stabilisiert war, wollte er natürlich gern nach Hause. Nach einigen Monaten glaubten seine Eltern dann, dass man die Medikamente absetzen könnte.« Sie zuckte die Achseln. »Und damit ging es natürlich wieder von vorn los. Wieder und wieder.«

Flemming räusperte sich. »Sie meinen, seine Eltern waren schuld an seiner Krankheit?«

»Nein, an der Krankheit an sich ist niemand schuld. Sie lag wohl in seinen Genen. Aber es ist offensichtlich so gewesen, dass seine Eltern den Verlauf verschlimmerten, indem sie die Medikation unterbrachen. Denn jedes Mal, wenn es passierte, ging es Mogens hinterher noch schlechter.« Helle Kongsberg sah sie an. »Natürlich kannte ich ihn damals noch nicht, aber ich habe seine Krankenakte gelesen. Solange Mogens seine Medikamente bekam, ging es ihm einigermaßen gut, wenn es nicht so war, lief er völlig aus der Spur. Im Grunde ganz einfach. Das Problem bestand nur darin, dass seine Eltern das nicht kapierten. Sie glaubten, er wäre geheilt und bräuchte die Medikamente nicht mehr, wenn er richtig eingestellt war. Das ist ein Klassiker bei fast allen medikamentösen Behandlungen und besonders verbreitet in der Psychiatrie. Hätte Mogens stattdessen eine Herzkrankheit gehabt und jedes Mal einen Herzanfall bekommen, sobald er seine Medikamente nicht genommen hätte – seine Eltern hätten sich vermutlich viel besser gekümmert. Die Leute sind eben dumm.« Helle ärgerte sich offensichtlich, sie hatte ganz rote Wangen bekommen.

»Manche Leute.«

»Ja, ja, manche Leute. Sie waren es jedenfalls. Es wurde auch nicht gerade besser dadurch, dass sein Vater sich außerordentlich schämte, einen psychisch kranken Sohn zu haben. Er war sicher, dass Mogens sich im Grunde nur ordentlich zusammenreißen müsste.«

»Hätte man ihm das im Krankenhaus nicht erklären können?«

»Glauben Sie mir, es wurde versucht. Mehrfach lud man die Eltern ein, sich an einer Angehörigengruppe zu beteiligen, das lehnten sie ganz entschieden ab. Sie wollten nur mit der Chefärztin sprechen, die es inzwischen gewaltig leid war. So steht es natürlich nicht wörtlich im Krankenbericht, aber ich kann gut zwischen den Zeilen lesen.«

»Was passierte dann?«

»Die große Veränderung vollzog sich Anfang der Neunzigerjahre, als der Vater Krebs bekam. Lungenkrebs, soweit ich mich entsinne. Er konnte nicht mehr vernünftig behandelt werden und starb wenige Monate später. Mogens war damals Mitte dreißig und wohnte noch immer zu Hause. Er war nicht sonderlich traurig über den Tod des Vaters, stellte sein fester Therapeut fest. Über die Reaktion der Mutter weiß ich nichts. Sie hat jedenfalls kurz darauf die Villa und die Schuhgeschäfte verkauft und sich eine große Wohnung in der gleichen Gegend gekauft. Dort zog sie mit Mogens ein. Von da an nahm er seine Medikamente, hielt seine Termine beim Psychiater ein, und die Zeitspannen zwischen den Einweisungen wurden immer länger.«

»Also war der Vater das Hauptproblem?«

Helle zuckte erneut die Achseln. »Vielleicht. Möglicherweise war auch die Konstellation der beiden Elternteile nicht sonderlich glücklich.«

»Bekam Mogens eine Schwerbehindertenrente oder so etwas?«

»Ja, natürlich. Man hatte ihm die höchste Stufe bewilligt. Ausbezahlt wurde ihm lediglich der Grundbetrag. Denn er besaß ja ein kleines Vermögen. Tatsächlich hatte er zeitweilig auch einen Job und half, bis es schiefging, mehrmals in der Woche im Supermarkt aus. Mit Mitte dreißig machte er auch den Führerschein. Er bestand die Prüfung beim ersten Mal, sowohl in der Theorie als auch in der Praxis, und seine Mutter kaufte ihm ein kleines Auto, mit dem er sie herumfahren konnte. Sie selbst hatte nie fahren gelernt, und nach dem Tod ihres Mannes war sie auf den öffentlichen Nahverkehr angewiesen. Das hatte der Dame offenbar nicht gepasst.«

»War es vertretbar, Mogens Auto fahren zu lassen?«

»Warum nicht? Er war ein ausgezeichneter Fahrer, sehr vorsichtig. Er hielt die Verkehrsregeln garantiert besser ein als viele von uns.«

»Dieser Job im Supermarkt … Was ist da vorgefallen?«

»Er hat sich mehrmals mit Kunden gestritten und musste deshalb entlassen werden.«

»Hatten ihn Stimmen aus dem Erdinneren dazu gebracht?« Flemming schmunzelte.

»Machen Sie sich nur lustig. Für Mogens waren die Stimmen und Signale sehr real.« Helle sah ihn an. »Aber nein, ich glaube eigentlich nicht, dass es die Stimmen waren. Das hat mit der Zeit offenbar nachgelassen. Dafür entwickelte er kleine Besonderheiten, die sich als echtes Handicap erwiesen. Mogens konnte schlichtweg keinen physischen Kontakt zu anderen Menschen mehr ertragen.«

»Ah ja, genau das lief an diesem Tag an Esplanaden auch schief, soweit ich es verstanden habe.«

»Genau. Dieser kahlköpfige Detektiv hat eine Hand auf seinen Arm gelegt – das genügte. Mogens bekam die wüstesten Panikanfälle, wenn so etwas passierte.« Helle schüttelte den Kopf. »Uns, die wir ihn gut kannten, wäre es nie eingefallen, ihn zu berühren. Ich glaube, bei dem ersten Zwischenfall im Supermarkt ging es um einen munteren Säufer, der plötzlich auf die Idee kam, den kleinen Mann zu umarmen, der am Container die Pappkartons zerkleinerte. Das hätte er nicht tun sollen. Mogens hat ihn ganz einfach niedergeschlagen. Einfach so. Peng! Man sollte nicht glauben, dass dieser kleine, schmächtige Mann in der Lage war, so hart zuzuschlagen – er konnte es. Das Supermarktpersonal musste dem armen Kerl einen Krankenwagen rufen, Mogens bekam einen Anschiss und wurde nach Hause geschickt, um sich zu beruhigen.

Ein paar Monate später kam es erneut zu einem Vorfall. Ein älterer Herr stolperte im Laden und wollte sich an Mogens festhalten. Bang! Ihm hat er auch eine geknallt. Und diesmal wurde Mogens abgeholt. Von einer Polizeistreife.«

»Kann man solch eine Zeitbombe denn frei herumlaufen lassen.«

»Tja, das ist nicht so einfach, oder? Vielleicht hätte man ihm ein Schild um den Hals hängen sollen: Finger weg!«

»So etwas in der Art.«

»Nun ja, natürlich wurde er wieder eingewiesen. Mogens durchlief eine intensive Verhaltenstherapie. Dabei konnte man ihm offenbar begreiflich machen, dass es eine inakzeptable Reaktionsform ist, die Leute zu Boden zu schlagen, nur weil sie ihn berührt hatten. Er lernte, sich verbal zu äußern. Und wenn das nichts half, sollte er einfach gehen.«

»Hat es funktioniert?«

»Soweit ich weiß, ja. Es gab jedenfalls keine weiteren Fälle, bei denen er irgendjemanden physisch attackiert hätte. Aber den Job im Supermarkt bekam er natürlich nicht zurück.« Helle sah auf ihre Armbanduhr. »Ich muss in zwanzig Minuten bei einem anderen Klienten sein, deshalb …«

»Erzählen Sie uns noch schnell, was dann passierte«, bat Flemming.

»Okay.« Helle richtete sich auf. »Mogens' Mutter starb vor sieben Jahren. Sie hatte dafür gesorgt, dass er sich eine kleine Wohnung kaufen konnte und lebenslang einen bescheidenen monatlichen Betrag für den Lebensunterhalt erhalten würde – unter der Voraussetzung, dass er sich regelmäßig behandeln ließ. Seit ihrem Tod ist er nicht mehr eingewiesen worden. Ich persönlich glaube, es entsprach sehr gut seinem Temperament, allein zu wohnen und im Alltag nicht von anderen Menschen behelligt zu werden. Zumindest freute er sich nicht, mich oder irgendjemand anderen vom Zentrum zu sehen. Er hat nie an irgendwelchen gemeinsamen Aktivitäten teilgenommen, sondern ist immer für sich geblieben.« Wieder sah Helle auf die Uhr und erhob sich. »Es tut mir leid, ich muss jetzt gehen.«

»Nur noch eine Frage.« Auch Flemming stand auf. »Glauben Sie, Mogens könnte Kirstine Nyland in irgendeiner Form bedroht haben? Könnte er geplant haben, ihr irgendetwas anzutun? Sie zu vergewaltigen, zum Beispiel?«

Helle Kongsberg hatte ihre Jacke angezogen und hielt die Hand auf der Türklinke, während sie nachdachte. »Mogens hat sich Frauen gegenüber niemals aggressiv verhalten. Jedenfalls nicht, soweit ich weiß«, sagte sie dann. »Es gab während seiner Klinikaufenthalte einige Zusammenstöße mit anderen Patienten, es waren immer Männer. Das können Sie im Original des Krankenberichts nachlesen. Er ist für Sie sicher leicht zu beschaffen.«

»Sie meinen also …«

»Ich meine«, sagte sie und öffnete die Tür zum Treppenhaus, »dass es Mogens' Charakter absolut widerstrebt hätte, Kirstine Nyland oder irgendeiner anderen Frau irgendetwas zu tun.«

36

»Danke, dass du dich hierherbemüht hast.« Flemming ließ Kirstines Hand los. »Es wäre ein wenig beschwerlich gewesen, all das hier in deine Wohnung zu transportieren.«

Zwei Tage waren vergangen, seit er sie das erste Mal vernommen hatte. In der Zwischenzeit hatte die Polizei von Kopenhagen sämtliche Ordner und Sammelmappen aus Mogens' Wohnung zum

Polizeipräsidium von Christianssund geschafft. Der Tisch des Sitzungszimmers stand voll, es sah aus wie in einem Büroartikel-Geschäft nach einem Erdbeben.

»Sind das alles Fotos?«

»Das meiste, ja. In den kleinen Zeitschriftenordnern sind Notizbücher, in allen Aktenordnern sind Fotos.«

Kirstine sagte nichts. Kopfschüttelnd betrachtete sie den Haufen aus Mappen und Ordnern.

»Möchten Sie eine Tasse Kaffee?« Pia Waage zog einen Stuhl für ihren Gast unter dem Tisch hervor, Kirstine nickte mit einem geistesabwesenden Gesichtsausdruck. »Zucker? Milch?«

»Einfach schwarz, danke.« Kirstine setzte sich. »Und in wie vielen geht es um mich?«

»In den blauen Ordnern gibt es nur Fotos von Nummernschildern. Mit denen haben wir noch gar nicht angefangen.« Flemming stand am Kopfende des Tisches. »Die grünen sind voller Zeitungsausschnitte über dich. Hier«, sagte er, klappte einen Ordner auf und schob ihn Kirstine zu.

»Meine Güte.« Kirstine blätterte die Mappe durch. Die einzelnen Artikel waren sorgfältig ausgeschnitten und auf schwarzen Karton aufgeklebt, und unter jedem Ausschnitt klebte ein weißes Schild, das peinlich genau das exakte Datum und das Medium vermerkte, aus dem der Artikel stammte. Außerdem hatte Mogens sie alle mit Sternen versehen, um zu vermerken, was er von dem einzelnen Artikel hielt. »Das ist die gründlichste Sammlung, die ich je gesehen habe. Meine Mutter würde grün werden vor Neid.«

»Ich bin sicher, dass du sie alle aus dem Nachlass bekommen kannst«, meinte Flemming schmunzelnd. »Das wäre mit Sicherheit Mogens' Wunsch gewesen – und soweit ich weiß, hat er keine Erben. Wenn es so weit ist, würden wir es doch nur wegwerfen.«

»Danke. Das muss ich mir erst noch überlegen. Wie viele Ordner sind es eigentlich?«

»Mit Zeitungsausschnitten?«

»Ja.«

Flemming ging den Tisch entlang und sortierte die Haufen. »Sieben, glaube ich. Nein, acht und neun, mit dem, den du in der Hand hältst.«

Wieder schüttelte Kirstine den Kopf. »Das ist überwältigend.«

»Tja.« Flemming hob einen der gelben Ordner hoch. »Du sollst dir hier eigentlich nicht die Ausschnitte ansehen. Jedenfalls nicht heute. Hat Dan dir von den Fotos erzählt?«

Kirstine klappte den grünen Ordner zu und sah Flemming an. »Ja«, antwortete sie. »Ein ziemlich unangenehmer Gedanke. Dass Mogens uns fotografiert hat, während wir …«

»Das verstehe ich gut. Aber ich fürchte, es kommt noch schlimmer.«

Sie zog die Augenbrauen zusammen. »Wie, schlimmer?«

»Dan ist nicht der Einzige, mit dem er dich fotografiert hat.«

»Du meinst … oh.« Sie riss die Augen auf. »Wie weit gehen die Fotos zurück?«

»Das erste Album ist vom Mai 2004.«

Pia Waage kam mit einem Becher Kaffee, den sie vor ihren Gast stellte.

Kirstine dankte und hielt den Blick dabei fest auf Flemming gerichtet. »2004? Das heißt, es gibt Fotos, auf denen ich zusammen bin mit …«

»Oh yes. Auch mit ihm.«

Flemming wusste genau, an wen Kirstine dachte. Die entlarvenden Fotos von ihr mit einem geradezu legendär glücklich verheirateten Hollywoodstar hatten bei der gesamten Ermittlungsgruppe einen gewissen Eindruck hinterlassen. Gerieten diese Fotos durch ein Versehen an die Öffentlichkeit, wäre ein Skandal vorprogrammiert.

»Darf ich sie sehen?«

»Hier.« Flemming hatte bereits die richtige Seite des Albums aufgeschlagen und legte es vor Kirstine. Er beobachtete sie aus den Augenwinkeln, als sie die Seiten mit sich und dem berühmten Mann durchblätterte. Aus ihrem Gesicht war jegliche Farbe gewichen, abgesehen von den roten Flecken, die sich am Hals ausbreiteten und sich langsam wie Ausschlag über ihre Wangen zogen.

»Ich hatte keine Ahnung, dass Mogens diese Fotos gemacht hat.« Sie blätterte eine weitere Seite des Albums um. »Um ehrlich zu sein, wusste ich zu diesem Zeitpunkt nicht einmal etwas von seiner Existenz. Oh, verflucht!« Sie blieb an einer Bilderfolge hängen, die Kirstine und den amerikanischen Vorzeigeliebhaber händchenhaltend am Strand zeigte. Auf einem der Fotos waren sie stehen geblieben und küssten sich leidenschaftlich. »Wir dachten, wir wären allein.«

»Was ist mit dem da?« Flemming zeigte auf einen breitschultrigen Mann, der auf einem der Fotos im Hintergrund auftauchte. »Ist das nicht ein Bodyguard?«

»Ja, sicher …« Sie zuckte die Achseln. »Seine Sicherheitsleute plaudern nicht. Nicht, wenn sie ihren Job behalten wollen.«

»Na ja, hätte der Leibwächter nicht entdecken müssen, dass da ein Paparazzo in den Dünen liegt, meine ich?«

»Ja, natürlich, ganz klar. Das war schließlich sein Job. Aber niemand ist unfehlbar.«

»Was ist danach passiert?«

»Mit ihm und mir? Er machte Schluss, als es kompliziert wurde. Anständig, höflich und absolut eindeutig. Ein paar Wochen später bemerkte ich, dass er seine private Handynummer gewechselt hatte, und ich war so blöd, seine Managerin anzurufen. Ich solle das lassen, sagte sie eiskalt.« Kirstine verzog die Mundwinkel zu einer kleinen, traurigen Grimasse.

»Hat es dir leidgetan?«

»Was glaubst du denn?« Kirstine schloss das Album und schob es beiseite. »Ich war doch verliebt in den Mann.«

»So wie ich es sehe, bist du rasch darüber hinweggekommen.«

»Wie meinst du das?«

Nun zuckte Flemming die Achseln. »Ich finde, wir sollten diese Alben zusammen durchgehen. Eins nach dem anderen.« Er nickte in Richtung der Stapel auf dem Sitzungstisch. »Ich möchte gern die Namen aller Männer erfahren, mit denen du zusammen warst, seit Mogens Kim Pedersen dich verfolgte.«

»Was meinst du mit alle? Das klingt, als wäre ich ein Wanderpokal?« Die Flecken hatten sich ausgebreitet, sodass die wenig kleidsame Röte nun ihr gesamtes Gesicht bedeckte.

»Na ja, eben alle. Es handelt sich um sechs oder acht Männer, inklusive Dan und ihm hier.« Flemming blickte auf den geschlossenen Aktenordner. »Aus meiner Sicht sind das viele.«

»In fünf Jahren? Ich bin da anderer Ansicht.« Ihre Augen waren schmal vor Wut.

»Vielleicht hast du recht«, sagte Flemming. »Es wäre jedenfalls nett, wenn du uns helfen würdest.«

»Warum wollt ihr wissen, wie meine Exliebhaber heißen? Was geht euch das eigentlich an?«

Flemming und Pia wechselten einen Blick.

Pia zog ebenfalls einen Stuhl unter dem Tisch hervor und setzte sich so darauf, dass sie ihre Arme auf die Stuhllehne legen konnte. »Kirstine«, sagte sie, »wir sind dabei, in einem Mordfall zu ermitteln, einem wirklich hässlichen Mordfall. Ein wehrloser, psychisch kranker Mann wurde das Opfer eines geplanten Mordes, und wir wissen nicht, warum. Wir müssen allen Spuren nachgehen, über die wir stolpern, und diese Fotos sind eine Spur.«

Kirstine starrte in ihren Becher, ohne zu antworten.

»Höchstwahrscheinlich haben sie nichts zu bedeuten«, fuhr Pia fort. »Trotzdem müssen wir feststellen, ob sie uns irgendwo hinführen.«

Kirstine sagte noch immer kein Wort.

»Wenn man sich nun vorstellt, dass einer der Männer, mit denen Sie zusammen waren, plötzlich herausgefunden hat, dass Fotos von ihm und Ihnen existieren ... Vielleicht ist er verheiratet, vielleicht hat er irgendeinen anderen Grund, diese Beziehung geheim zu halten. Vielleicht hat Mogens versucht, ihn zu erpressen.«

Kirstine blickte auf. »So etwas hätte Mogens nie getan.«

»Vielleicht nicht. Dennoch, wir müssen es verifizieren.«

»Wollt ihr jeden einzelnen meiner Ehemaligen aufsuchen und verhören?«

»Wir können sehr diskret sein.«

»Ha!« Kirstine richtete ihren Blick wieder in den Becher. »Eurer Diskretion traue ich nicht sonderlich.«

Im Grunde verstand Flemming ihre Skepsis. Im Zusammenhang mit dem Mordfall, in den Kirstine und Dan im Jahr zuvor verwickelt waren, hatte die Presse einige saftige Details aufgeschnappt – nicht zuletzt über Kirstines gerade beendetes Verhältnis zu einem der übrigen Hauptpersonen des Falls. Es war für sie natürlich unangenehm gewesen, das konnte er nachvollziehen. Er sagte nichts.

Pia gab nicht auf. »Der einzige Mensch, der Mogens etwas bedeutete, waren Sie, Kirstine.«

Sie sank auf ihrem Stuhl zusammen und antwortete nicht.

»Zählt das denn nicht?«, fügte Pia Waage hinzu.

»Natürlich zählt das«, murmelte Kirstine mit gesenktem Kopf. Eine Träne blieb einen Moment ganz außen an ihrer Wimper hängen, bevor sie fiel.

»Dann helfen Sie uns.«

Kirstine richtete sich auf und rieb sich die Augen mit dem Handrücken. Dann sah sie Pia an. »Wenn diese Fotos das Motiv waren, hätte der Mörder sie bei dem Einbruch doch wohl mitgenommen?«

»Da haben Sie recht. Aber wir müssen es trotzdem untersuchen«, erwiderte Pia unerschütterlich. »Vielleicht suchen wir in Wahrheit nach einem Mann, der gar nicht dabei ist.«

»Sie meinen …?«

»Ich meine, so könnte es zusammenhängen. Mogens könnte auch von jemandem ermordet worden sein, der in seine Wohnung eingebrochen ist und die Fotos gestohlen hat, auf denen er selbst zu sehen war. Das ist absolut denkbar. Es gibt jedoch nur eine Person, die weiß, ob in diesen Alben irgendwelche Bilder fehlen.«

Kirstine dachte einen Augenblick nach. Dann nickte sie, bevor sie endlich einen Schluck des lauwarmen Kaffees trank. Flemming lächelte Pia zu. Das war ausgezeichnet gewesen. Diese Frau entwickelte sich zu einer erstklassigen Vernehmungsleiterin.

Es dauerte über zwei Stunden, sämtliche Alben durchzublättern. Kirstine taute nach und nach auf und erzählte bereitwillig, wer und was auf den Fotos zu sehen war. Es muss eigenartig für sie sein, dachte Flemming, vier, fünf Jahre ihres Lebens auf Fotos zu sehen.

Auf den meisten Bildern war die populäre Schauspielerin allein, ohne ihre wechselnden Liebhaber zu sehen. Im örtlichen Supermarkt, wo sie das Preisschild an einer Palette mit Toilettenpapier studierte; auf dem Weg zum Bus in der Gothersgade; vor dem Restaurant Nimb im Tivoli mit einer Kollegin; in einer Schlange vor dem Kartenverkauf des Dagmar-Kinos.

Auf einigen war sie allerdings in Begleitung eines Mannes zu sehen. Genau genommen nicht eines Mannes, sondern eines Mannes nach dem anderen. Einige von ihnen waren sogar bekannt. Ein Theaterdirektor, ein populärer Jetset-Makler, ein schwedischer Bestsellerautor. Flemmings Schätzung von sechs, acht Herrenbekanntschaften erwies sich als Untertreibung. Mit neun Männern hatte sie in der Zeit eine Beziehung gehabt, in der Mogens sie mit seiner Kamera verfolgte. Alle neun waren verheiratet – wohlgemerkt, mit anderen Frauen als Kirstine. Es gibt eindeutig ein Muster, dachte Flemming und notierte sorgfältig jeden neuen Namen, den sie der Liste hinzufügte.

Irgendwann tauchte eine andere Art von Fotos auf, die nicht diesen typischen Paparazzi-Charakter hatten. Es waren gestellte Bilder, auf denen Kirstine still stand und in die Kamera lächelte, offensichtlich einverstanden damit, fotografiert zu werden.

»Zu diesem Zeitpunkt müssen Sie ihn kennengelernt haben«, sagte Pia.

»Ja, das passt ziemlich gut.«

Eine dieser gestellten Aufnahmen hatte ein Album für sich allein. Auf ihr waren Mogens und Kirstine gemeinsam zu sehen. Es steckte nicht wie die übrigen in einer Plastikhülle, sondern klebte mitten auf einem Bogen Karton.

»Dieses Foto hat Dan gemacht«, erzählte Kirstine. »Es ist das einzige, das uns beide zeigt.« Sie betrachtete das Foto einen Moment, bevor sie den Ordner mit einem Knall zuklappte und nach der letzten Mappe griff. Als sie zu den Fotos mit der Picknickdecke und der pinkfarbenen Kühltasche kam, flammten ihre Wangen erneut auf. Sie sagte jedoch nichts, hielt ihren Blick starr auf das Album gerichtet und blätterte weiter, bis es nichts mehr zu sehen gab.

»So«, sagte sie und lehnte sich zurück. »Das war's.«

»Fehlt keine Ihrer Herrenbekanntschaften? Ist die Chronologie in Ordnung, wenn ich es mal so ausdrücken darf?«

»Hundert Prozent.«

»Ich muss dir doch noch eine letzte Frage stellen«, sagte Flemming, als sie nach ihrer Handtasche griff.

»Ja?« Sie hatte ihr Gesicht wieder unter Kontrolle.

»Hast du dich je von Mogens belästigt gefühlt?«

»Belästigt?«

»Hat er Annäherungsversuche unternommen?«

»Niemals. Ich glaube nicht einmal, dass er sich für so etwas überhaupt interessiert hätte.«

37

Es waren rund vierundzwanzig Stunden vergangen, seit Kirstine der Polizei eine Liste ihrer ehemaligen Liebhaber geliefert hatte, und ein Teil der Ermittlungsgruppe hatte die verstrichene Zeit damit verbracht, mit so vielen wie möglich zu sprechen. Jetzt saßen sie am Konferenztisch des kleinsten Sitzungszimmers zur letzten Sitzung des Tages, um sich gegenseitig auf den neuesten Stand zu bringen. Die Kollegen nehmen es erstaunlich gelassen, am Grundlovsdag arbeiten zu müssen, dachte Flemming. Normalerweise war der Jahrestag der dänischen Verfassung ein Feiertag.

Svend Gerner hatte sich freiwillig gemeldet, Pizza zu holen, und

Flemming hatte nach einigem Überlegen eine Variante mit Rucola und Thunfisch gewählt. Das müsste doch einigermaßen gesund sein, dachte er sich, während er versuchte, die Augen vor der beeindruckenden Menge Öl und geschmolzenem Mozzarella zu verschließen, die den Rest der Pizza bedeckte.

»Also, lasst uns zusammentragen, was wir wissen.« Er tupfte sich die Mundwinkel mit einer Papierserviette und richtete den Blick auf einen jüngeren Mann am Kopfende des Tisches. »Fängst du an, Janssen? Du siehst aus, als hättest du bereits aufgegessen?«

»Ja.« Frank Janssen trank den letzten Schluck seiner Cola und wischte die Krümel von der Tischplatte, bevor er seinen Notizblock vor sich legte. »Glücklicherweise wohnen die meisten von Kirstine Nylands Verflossenen auf Seeland, und Waage, Gerner und ich haben den Tag damit verbracht, herumzufahren und mit ihnen unter vier Augen zu reden. Wir haben mit dem Makler, dem Theaterdirektor, dem Rezensenten und einem von ihren Schauspielerkollegen gesprochen. Lorenz Birch haben wir verständlicherweise übersprungen, er hat ja nun wirklich das beste Alibi der Welt.« Frank machte eine Pause, während seine Kollegen grinsten. Birch saß nach einer komplizierten Affäre, die die Ermittlungsgruppe im Vorjahr aufgeklärt hatte, noch immer im Gefängnis. Frank räusperte sich und fuhr fort: »Der Golfprofi ist vor ein paar Jahren nach Thailand gezogen, wir konnten ein Webcam-Gespräch mit ihm über Skype führen. Ebenso mit dem Schweden. Der Einzige, mit dem wir nicht gesprochen haben, ist unser Hollywoodstar.«

Flemming nickte. »Ihn habe ich übernommen. Ich habe den größten Teil des Tages damit verbracht, alle möglichen Fäden zu ziehen, um ein kurzes Gespräch mit ihm führen zu können, doch seine Managerin achtet gut auf ihn und seinen Ruf. Allerdings glaube ich, dass ich jetzt endlich so weit bin und ihn mit ein bisschen Glück morgen im Laufe des Tages erwische.«

»Es gibt doch wohl niemanden, der ihn ernsthaft für den Täter hält?« Svend Gerner stand an der Tür, faltete seine Pizzaschachtel zusammen und stopfte sie in den Papierkorb. »Wenn er gerade einen Film auf der anderen Seite des Erdballs dreht, ist das jedenfalls ziemlich unwahrscheinlich.«

Flemming zuckte die Achseln. »Das Motiv passt mindestens ebenso gut zu ihm wie zu den Übrigen auf der Liste. Und wenn er jemanden umbringen wollte, könnte er auch irgendjemanden dafür bezahlen, es zu tun. In diesem Fall hilft uns sein Alibi überhaupt nicht weiter. Ich finde, der guten Ordnung halber sollten wir einfach …« Er blickte auf seinen Kollegen am Kopfende des Tisches. »Entschuldige, Janssen. Ich habe dich unterbrochen, bevor du überhaupt richtig angefangen hast.«

»Keine Ursache.« Frank schaute auf seine Liste. »Wir haben also mit sechs ehemaligen Liebhabern von Kirstine Nyland gesprochen. Weder der schwedische Autor noch der Golfspieler waren in den letzten sechs Monaten in Dänemark. Und dafür gibt es Zeugen, sagen sie. Wir überprüfen das natürlich – aber unmittelbar bin ich geneigt, ihnen zu glauben. Keiner der beiden schien sonderlich alarmiert darüber, dass wir mit ihnen in Kontakt getreten sind. Der Makler reagierte allerdings panisch, als wir in seinem Büro auftauchten. Er betreibt seinen Laden zusammen mit seiner Frau und hat eine Heidenangst davor, sie könnte etwas erfahren.«

»Das klingt, als hätte er zumindest ein Motiv«, sagte Flemming.

»Absolut. Zu seinem Glück hat er auch ein ausgezeichnetes Alibi. Er war Samstagabend bei einem Familienfest auf Bornholm. Seine Frau und seine beiden Kinder sind zusammen mit ihm an

Christi Himmelfahrt hinübergefahren, und sie haben die Fähre zurück erst am Sonntag nach dem Mittagessen genommen.«

»Wie schön für ihn.«

»Der Theaterdirektor und der Rezensent sind inzwischen von ihren Gattinnen geschieden, keiner der beiden hat ein besonderes Interesse mehr, die Affäre mit Kirstine Nyland geheim zu halten. Der Theaterchef hat zudem ein exzellentes Alibi, während das des Rezensenten nicht ganz so astrein ist. Er war angeblich mit ein paar Freunden auf einer Kneipentour, allerdings hatte er große Probleme, sich zu erinnern, wo sie gewesen sind – und in welcher Reihenfolge.«

»Und der Letzte? Der Kollege?«

»Konnte sich kaum an seine Affäre mit Kirstine Nyland erinnern. Zumindest behauptete er das. Es wären so viele gewesen, hat er gesagt. Offenbar ist er noch promiskuitiver als sie.«

»Kirstine Nyland ist doch nicht promiskuitiv«, ging Pia Waage dazwischen, als empfände sie plötzlich den Drang, ihre Geschlechtsgenossin verteidigen zu müssen. »Ihr Verhalten nennt man eher serielle Monogamie.«

»Ist das nicht dasselbe?«

»Überhaupt nicht. Ist man promisk, vögelt man, grob gesagt, kreuz und quer durch die Gegend, ohne irgendwelche tieferen Gefühle. Ist man seriell monogam, löst eine Beziehung die nächste ab und man ist seinem jeweiligen Partner treu – unabhängig von der Länge der Beziehung. Vielleicht glaubt man sogar, dass jeder Liebhaber der einzig Richtige ist und die Liebe den Rest des Lebens andauern wird. Es ist eher ein wenig tragisch, finde ich, wenn sie es tatsächlich so erlebt.«

»Tja.« Frank blickte wieder auf seine Liste. »Egal, dieser Bock ist jedenfalls promisk. Und seine Frau weiß das ganz genau. Wie sich herausstellte, wusste sie alles über die alte Affäre mit Kirstine Nyland. Sie konnte sich sogar deutlicher daran erinnern als ihr Mann.«

»Damit fehlt bei ihm also das Motiv«, stellte Flemming fest.

»Unmittelbar schon. Außerdem hat er das gesamte Wochenende mit seiner Frau verbracht, die ihn aus welchen Gründen auch immer wirklich zu lieben scheint.«

»Okay. Danke für die Zusammenfassung, Janssen. Vielleicht kommen wir damit ein bisschen weiter, obwohl es nicht sehr vielversprechend aussieht.«

Einen Augenblick herrschte Schweigen rund um den Tisch. Dann lehnte Flemming sich zurück und ergriff noch einmal das Wort. »Eine Sache dürfen wir nicht vergessen. Kirstine Nyland hat auf ein sehr zentrales Problem bei diesem Fall hingewiesen: Wenn Mogens Kim Pedersen ermordet wurde, um ihn daran zu hindern, irgendeine Affäre mit Kirstine auszuplaudern, und wenn der Einbruch in die Wohnung des Opfers aus dem gleichen Grund geschah – warum fehlt dann keines der Fotos? Das ist schlichtweg unlogisch.«

»Wenn das deine Meinung ist, wieso haben wir dann einen ganzen Feiertag damit vergeudet, mit all ihren Verflossenen zu reden?« Frank Janssen versuchte, neutral zu klingen, wobei die Verärgerung direkt unter der Oberfläche lauerte.

»Wir konnten es uns nicht erlauben, es nicht zu tun. Nur weil ein technisches Detail nicht stimmt, können wir doch nicht die Augen vor der einzigen Spur verschließen, die wir momentan haben.«

»Aber ...«

»Sagen wir, so hat es sich abgespielt. Der Mörder brach ein, um die Fotos an sich zu bringen. Mogens hatte ihm davon erzählt oder damit gedroht. Und dann ist irgendetwas passiert, und der Betreffende musste verschwinden, bevor er die Zeit fand, die Ordner durchzusehen.«

»Oder sie«, sagte Pia Waage automatisch.

»Wenn es einer von Kirstine Nylands ehemaligen Liebhabern war, dann sprechen wir von einem Mann, Waage.« Flemming grinste. »Tut mir leid.«

»Okay, okay.«

»Im Prinzip hast du natürlich recht«, fuhr Flemming fort. »Vor allem, wenn wir den Blick in ein paar andere Richtungen lenken. Die Exgeliebten müssen ja nicht der einzig richtige Weg sein.« Er blickte seine Kollegen der Reihe nach an. Niemand schien erpicht darauf, einen eigenen Beitrag zu leisten, nur Svend Gerner rutschte unruhig auf seinem Stuhl hin und her. Flemming nickte ihm zu. »Was ist mit dir, Gerner? Hast du eine Idee?«

Der große, schlaksige Mann richtete sich auf. »Ich verstehe einfach nicht ...«, begann er und hielt inne.

»Ja?«

»Ich finde es eigenartig, dass wir nur einen einzigen Zeugen gefunden haben, der Mogens an dem Nachmittag in Yderup gesehen hat. Also, ich weiß, dass es geregnet hat und es sich bei Yderup auch nicht um den lebhaftesten Ort handelt, den man sich vorstellen kann, dennoch ...« Svend Gerner stand auf und ging an die Tafel, an der eine detaillierte Karte des Dorfes mit Reißzwecken aufgehängt war. »Mogens verließ sein Auto vor Birgit Sommerdahls Haus, hier.« Er zeigte auf ein rotes Kreuz. »Ungefähr eine Viertelstunde später wurde er an der Kreuzung gesehen, hier.« Noch ein Kreuz. »Er sah sich den Teich an und aß einen Keks. Und ein paar Stunden später wird er erdrosselt, hier.« Der Finger zeigte auf ein drittes Kreuz am Rand der Karte. »Mir geht einfach die Frage nicht aus dem Kopf, wo war er in der Zwischenzeit? Was hat er gemacht?

Hat ihn wirklich niemand bemerkt? Das begreife ich nicht.« Gerner ließ die Hand sinken und sah seine Kollegen an. »Ein kleines, verschlafenes Dorf, wo sich nur selten Fremde hin verirren, ich verstehe das einfach nicht.«

»Wir haben mit fast jedem Bewohner dieses Fleckens geredet. Kinder, Demente und Blinde eingerechnet«, erklärte Frank Janssen. »Und diese Frau, die Mogens an der Kreuzung gesehen hat, haben wir gleich zwei Mal verhört. Ich bin sicher, dass sie alles gesagt hat, was sie weiß. Ich sehe nicht, was wir noch machen können.«

Svend Gerner hob die Schultern.

»Worauf willst du hinaus, Gerner?«, fragte Flemming nach. »Es klingt, als hättest du einen Vorschlag?«

»Na ja, ich weiß nicht genau, wo uns das hinführt, aber ich habe mir gedacht, vielleicht ist die Erklärung ganz einfach: Mogens ist in der Zeit bis zu seinem Tod nicht draußen gewesen. Eventuell ist er irgendwo hineingegangen, nachdem er an der Kreuzung gesehen wurde.«

»Mogens Kim Pedersen hatte Angst vor anderen Menschen, Gerner. Das wissen wir inzwischen ohne jeden Zweifel. Er wäre niemals mit irgendjemandem in ein fremdes Haus gegangen.«

»Und wenn es überhaupt nichts mit anderen Menschen zu tun hat? Wenn er sich einfach nur wegen des Regens unterstellen wollte? Vielleicht in einer Garage, einem Nebengebäude, einem Holzschuppen oder einer Werkstatt.« Er wandte sich wieder der Karte zu. »Wenn wir uns die Häuser ansehen, die in der Nähe der Kreuzung liegen – oder am Weg zurück zu Birgit Sommerdahls Haus …« Sein Zeigefinger zeichnete eine Amöbenform um einen Ausschnitt des Stadtplans. »Dann gibt es mehrere Stellen, wo er sich hätte unterstellen können. Die meisten Gebäude haben mindestens einen Anbau.«

Flemming Torp erhob sich und ging zur Karte. »Du hast recht«, sagte er und schob die Brille in die Stirn, als er sich den Plan genau ansah. »Wir müssen uns morgen all diese Räume genau ansehen. Das ist bestimmt keine Zeitverschwendung.« Er setzte sich wieder an seinen Platz und ließ die Brille zurück auf die Nase gleiten.

»Ich verstehe nicht ganz, Gerner«, kam von Frank. »Stellst du dir vor, Mogens hätte sich in einer Garage untergestellt, und dann wäre irgendein Verrückter vorbeigekommen, der plötzlich die Idee hatte, ihn zu ermorden, oder was? Nichts in dem Obduktionsbericht deutet darauf hin, dass dieser Mord ein spontaner Einfall gewesen ist. Die Schlaftabletten, die Plastiktüte … Vielleicht war der Mord nicht in all seinen Details geplant, das Resultat eines spontanen, heftigen Streits zwischen zwei Menschen, die sich nicht kannten, war es keinesfalls.«

»Nein, aber Mogens hatte keinerlei Verbindungen nach Yderup, abgesehen von Birgit Sommerdahl. Und auch dieser Kontakt kam nur indirekt durch Kirstine und Dan zustande«, sagte Flemming.

»Aber es gab auch keine Spuren, dass jemand ihn gezwungen hat, Tabletten einzunehmen, Torp. Er hat sie selbst genommen. Als er etwas gegessen oder eine Tasse Kaffee getrunken hat. Schaut euch die Fotos an.« Frank Janssen wies auf die Tafel, an der eine Reihe Farbfotos von Mogens' entblößter Leiche neben dem Stadtplan hingen. »Es gibt keine Läsionen in oder um den Mund herum, und wir hätten so etwas gefunden, wenn jemand ihm die Medikamente unter Zwang verabreicht hätte.«

»Du hast natürlich recht, Janssen. Aber wir müssen dieser Idee nachgehen. Vielleicht hat er ja doch jemanden getroffen, den er kannte. Wir können es nicht wissen, wenn wir es nicht untersuchen. Weitere nützliche Vorschläge?«

Pia Waage und Frank Janssen tauschten einen Blick aus. Dann

ergriff Pia das Wort: »Wir halten Dan Sommerdahl doch für vollkommen unschuldig, oder?«

»Ja, das denke ich schon. Wenn Kirstine Nyland nicht seine unmittelbare Komplizin ist, sehe ich nicht, was er mit dem Tod von Mogens zu tun haben sollte.«

Pia warf Frank einen Seitenblick zu. »Na ja, wir haben uns überlegt, es wäre vielleicht eine gute Idee …«

»Was?«

»Wenn wir Dan miteinbeziehen würden.«

Flemming hob eine Augenbraue. »Das musst du mir jetzt genauer erklären.«

»Ich habe Dan gestern in Yderup getroffen. Wir haben ein bisschen geplaudert, und ich habe ihn gefragt, ob er seine Mutter besuchen wollte, und da sagte er …«

»Komm schon raus damit, Waage. Hat er dir von dem alten Fall erzählt, an dem er arbeitet?«

Pia nickte. »Ich weiß in groben Zügen, worum es geht. Und um wen es geht. Seinem Gefühl nach könnte sein Fall möglicherweise mit unserer Mordsache zusammenhängen.«

»Ja, womit hast du denn sonst gerechnet?« Torp erhob sich und stellte sich ans Fenster; er lehnte den Hintern an den Heizkörper, seinen Rücken hätte man vom Rathausmarkt aus erkennen können. »Selbstverständlich denkt er, dass alles mit allem zusammenhängt. Wie sollte er auch sonst eine Entschuldigung dafür finden, sich schon wieder in unsere Arbeit einzumischen?« Flemming klang ein wenig angespannt.

»Könnten wir anderen vielleicht auch kurz informiert werden?«, erkundigte sich Frank.

»Gern.« Flemming lieferte ein ultrakurzes Referat, es folgte ein kurzes Schweigen, als die Gruppe die Informationen verdaute.

»Es wäre schon einigermaßen seltsam, Torp, wenn diese beiden Fälle überhaupt nichts miteinander zu tun haben sollten«, erklärte Pia Waage beharrlich. »Ein Dorf mit knapp fünfzehnhundert Einwohnern. Wie groß ist die Wahrscheinlichkeit, dass dort innerhalb weniger Jahre drei Morde begangen werden? Beziehungsweise, dass es drei Morde gibt, bei denen eine Verbindung zu diesem Dorf existiert, muss man wohl sagen.«

»Nur gibt es niemanden, der mit Sicherheit zu sagen weiß, ob die beiden Jugendlichen tatsächlich ermordet wurden«, widersprach Flemming. »Oder hat er vergessen, dir das zu erzählen?«

Pia entschied sich, die Frage als rhetorisch aufzufassen. »Bei allen drei Morden wurden die Opfer zunächst betäubt und hinterher auf andere Weise getötet. Wie oft passiert so etwas?«

Flemming zuckte die Achseln, ohne zu antworten.

»Außerdem finde ich, dass Gerners Idee mit den leeren Nebengebäuden sehr gut dazu passt.«

»Was meinst du?«

»Dan arbeitet für Thomas Harskov, nicht wahr? Harskov wohnt auf Lindegården. Der Hof liegt weniger als fünfzig Meter von der Stelle entfernt, an der Mogens zuletzt gesehen wurde. Und auf Lindegården gibt es drei Gebäudeteile, die nur aus Werkstatt, Lager und so weiter bestehen.«

»Die aber sicherlich verschlossen sind.«

»Nicht alle. Dan hatte dieselbe Idee wie Gerner. Er hat Harskovs Frau gefragt, wo normalerweise abgeschlossen wird. Wie sich herausstellte, wird die Tür zum Heizungsraum des Gebäudes nie abgeschlossen. Und diese Tür führt zur Straße, damit der Heizungsraum bei Öllieferungen oder Wartungsarbeiten bequem zu erreichen ist. Mogens könnte tatsächlich dort Schutz vor dem Regen gesucht haben, ohne dass ihn jemand gesehen hat. Dan ist davon überzeugt.«

»Ihr beide scheint euch ja richtig gut unterhalten zu haben, was?« Flemming konnte seine Irritation nicht verbergen. »Hatte er auch eine Theorie über den Rest? Das Motiv, zum Beispiel?«

»Dan meint, Mogens könnte möglicherweise Zeuge … irgendwie … durch einen unglücklichen Zufall … na ja, als er herumlief und …« Pia unterbrach sich und sah ihren Chef an. »Aber wenn du nichts davon hältst, dann werden wir natürlich nicht …«

»Ich rufe Dan später selbst an«, erklärte Flemming. »Natürlich müssen wir ihn anhören, wenn er ausnahmsweise mal etwas Vernünftiges beizutragen hat.«

»Dazu kommt«, wurde Pia durch Frank Janssen unterstützt, »dass Dan bereits eine Zeit lang im Dorf an seinem Fall arbeitet. Das heißt, er weiß eine Menge über die Leute, die dort leben, oder? Also nicht nur über die Familie Harskov. Du weißt doch, wie er ist. Er redet doch mit Gott und der Welt. Egal, ob die beiden Fälle zusammenhängen oder nicht, es wäre gar nicht schlecht, ihn dabeizuhaben, wenn wir laut über den Fall nachdenken.«

»Ja, okay, ich hab doch gesagt, ich rufe ihn an.«

Verdammter Mist, dachte Flemming, als die Gruppe sich eine Viertelstunde später zerstreut hatte, um endlich ihr Wochenende zu beginnen. Er hatte überhaupt keine Lust, Dan in einen weiteren Fall einzubeziehen. Vor allem nicht, weil auch diesmal bekannte und weniger bekannte Prominente darin verwickelt waren und die Arbeit ein gewisses Fingerspitzengefühl erforderte. Zudem spielte seine Freundin eine gewisse Rolle – wie bescheiden sie auch sein mochte.

Auf der anderen Seite existierte die nicht unbedeutende Erwartungshaltung, dass es die verdammte Pflicht der Polizei war, Verbrechen, wenn irgend möglich, vorzubeugen. In diesem besonderen Fall entsprach es nur dem gesunden Menschenverstand, Dans

Wissen anzuzapfen. Wenn der Mann recht hatte und es sich bei dem Tod der beiden Harskov-Kinder um Mord handelte, war die Wahrscheinlichkeit für Malthes Tod nicht gering. Vorausgesetzt, alle Theorien Dans waren stichhaltig, blieb nur noch ein knapper Monat bis zum 4. Juli, an dem der Junge das magische Alter erreichte. Das bedeutete, er und seine Leute mussten sich beeilen. Vier Wochen waren keine lange Zeit, wenn man einen Täter überführen wollte, der vielleicht – und dieses »vielleicht« musste man unterstreichen – drei gut vorbereitete Morde auf dem Gewissen hatte. Flemming wusste, wie groß Dans Vorarbeit in dem Harskov-Fall bereits war, und er wusste, dass der Ermittlungsgruppe sehr viele anstrengende Stunden erspart blieben, wenn man sich dieses Wissen zunutze machte. Natürlich könnten sie ihn zu einem Marathonverhör einbestellen, aber Flemming kannte Dans Mentalität gut genug, um zu wissen, dass dies sicherlich nicht der konstruktivste Weg war. Lieber zusammenarbeiten als konkurrieren. Außerdem zeigte die Erfahrung, dass ein gewisses Teamwork mit Dan häufig ganz fruchtbar war – und Flemmings eigene Mitarbeiter erklärten ihm schließlich ganz offen, den kahlköpfigen Amateur gern dabeizuhaben.

Auf ein Neues, dachte Flemming und richtete sich hinter seinem Schreibtisch auf. Er tippte die Nummer seines alten Freundes ein.

38

»Okay, ich denke jetzt einfach mal laut nach«, sagte Frank Janssen am Montagvormittag, als sie wieder am Konferenztisch im zweiten Stock saßen.

Dan Sommerdahl war gerade ans Ende eines zweistündigen Vortrags über die Vorgänge gekommen, die man intern den Harskov-Fall getauft hatte. Er hatte die Hintergründe referiert und der Ermittlungsgruppe einige seiner Theorien vorgestellt, Flemming hatte Fotos der toten Kinder gezeigt. An kritischen Fragen fehlte es zwischendrin nicht, im Großen und Ganzen war man sich jedoch einig, dass Dan einer ernsten Sache auf der Spur war. Außerdem schien es eine gewisse Wahrscheinlichkeit zu geben, dass der Mord an Mogens Kim Pedersen mit dem Tod der Harskov-Kinder zusammenhing. Zumindest gab es niemanden, der dies offen bezweifelte.

Dan hatte während seines Referats in diesem ganz besonderen Modus gearbeitet, der eigentlich der Kampagnen-Präsentation bei potenziellen Werbekunden vorbehalten war – adrenalingeladen, hypersensibel gegenüber den Reaktionen der Zuhörer, in rhetorischer Topform. Einmal in Fahrt gekommen, war Dan ein überzeugender Verkäufer, es war eine seiner größten Stärken gewesen, als er noch als Kreativdirektor in einer Werbeagentur gearbeitet hatte. Heute spielte sich sein berufliches Leben auf einem etwas anderen Niveau ab. Als Werbetexter musste er nur gelegentlich auf ausladende Armbewegungen und sinnreiche Verkaufszahlen zurückgreifen, und in seinem Nebenberuf als Detektiv gehörte es zu den absoluten Ausnahmen. Im täglichen Leben vermisste er diese ziemlich anstrengende Seite seines alten Jobs nicht, doch es gefiel ihm ziemlich gut, mal wieder in diese Rolle zu schlüpfen und die Fertigkeit wiederzuentdecken, die ihn damals zu einem Star der Branche hatte werden lassen.

»Ja?«, sagte er und lehnte sich zurück. »Schieß los.«

»Also«, begann Frank Janssen. »Deine Theorie läuft darauf hinaus, dass Mogens Pedersen irgendetwas gesehen hat, das seine Aufmerksamkeit erregte, als er an diesem Tag in Yderup durch den Regen lief.«

»Richtig.«

»Vielleicht hat er sogar ein Foto davon gemacht, und die Kamera ist deshalb verschwunden.«

»Das ist nicht auszuschließen.« Dan dachte einen Moment nach. »Man sollte diesen Gedanken weiterverfolgen. Wenn der Mörder nach dem Mord die Fotos der Speicherkarte geprüft hat, hat er sicher gesehen, dass es sich bei den meisten Bildern eher um Paparazzi-Fotos handelte. Vielleicht bekam er …« Dan hörte, wie Pia Waage Luft holte, um etwas zu sagen, und ergänzte rasch: »… oder sie die Idee, es könnte noch andere Fotos geben, auf denen er oder sie zu sehen ist. Ergibt das einen Sinn?«

»Ich verstehe, was du meinst«, sagte Flemming und drückte ein Nikotinkaugummi aus der Plastikfolie. »Du meinst, der Mörder fuhr zu Mogens' Wohnung, um sicherzugehen, das es keine weiteren Fotos mit entlarvenden Details gibt.« Er steckte das Kaugummi in den Mund. »Das Problem ist nur, Dan, wir sind sämtliche Fotos mehrfach durchgegangen. Es fehlen keine Bilder. Alle Motive sind sorgfältig und in der richtigen Reihenfolge einsortiert, irgendwelche Lücken hätten uns auffallen müssen.«

»Vielleicht hat er nicht gefunden, wonach er suchte?« Dan ignorierte Pias Gesichtsausdruck. Es dauerte einfach zu lange, jedes Mal er oder sie zu sagen. Laut fügte er hinzu: »Vielleicht sollten wir versuchen, es aus einer anderen Perspektive zu betrachten. Es könnte doch sein, dass irgendetwas auf einem der Fotos zu sehen ist, was dort nicht hingehört. Vielleicht irgendjemand, der im Hintergrund steht?«

Flemming seufzte. »Wir haben wirklich nicht die Manpower, um uns all diese alten Ordner noch einmal vorzunehmen, Dan. Du bist natürlich herzlich eingeladen, es selbst zu übernehmen.«

»Bisher hat sich noch niemand die Fotos mit den Nummernschildern angesehen«, sagte Pia Waage. »Das müssten wir schon noch tun.«

»Ja«, unterstützte Dan sie. »Mir gehen diese Zahlen nicht aus dem Kopf. Sechzehn und siebenundzwanzig. Ich glaube noch immer, dass sie irgendeine Bedeutung haben. Vielleicht sind sie Teil eines Kennzeichens? Das ist zumindest nicht vollkommen ausgeschlossen.«

Flemming hob eine Augenbraue, sagte aber nichts. Es war offensichtlich, was er von dieser Theorie hielt.

»Gut«, sagte er und erhob sich. »Waage, du bringst Dan ins große Sitzungszimmer, dort bekommen die Fotoalben eine allerletzte Chance. Vielleicht ist es eine Idee, die Texte der Notizbücher mit den einzelnen Fotoserien zu vergleichen. Das haben wir bisher nicht getan. Und ja, natürlich müssen die Nummernschilder durchgesehen werden. Mir ist es egal, wie lang Dan dafür braucht, Waage, du opferst dafür nicht mehr als eine, höchstens zwei Stunden, okay? Hinterher kannst du Janssen helfen.«

»Okay.«

»Und was ist mit uns?« Svend Gerner hatte die Tassen auf dem Tisch zusammengeräumt und stellte sie auf ein Tablett. »Soll ich mit den Nebengebäuden anfangen?«

»Nehmt ein paar Beamte und Hundestaffeln mit nach Yderup und durchkämmt den ganzen Ort. Fangt am Lindegården an und macht weiter bei den Grundstücken rund um die Kreuzung. Ihr sucht in erster Linie nach dem Fotoapparat. Vielleicht hat ihn gar nicht der Täter. Mogens könnte die Kamera verloren haben. Vielleicht liegt sie einfach irgendwo herum, achtet auch auf andere Hinweise, die mit Mogens zu tun haben könnten. Und lasst vor allem die Hunde arbeiten. Fragt die Hausbesitzer, ob ihre Garagen und andere Räume an diesem Nachmittag abgeschlossen waren.«

Er wandte sich an Frank Janssen. »Und du, Janssen, nimmst dir die Zeugenaussagen noch einmal vor, die ihr gestern gesammelt habt. Sämtliche Verflossenen. Überprüf ihre Alibis, ich will wissen, wer wirklich unverdächtig ist. Nur der guten Ordnung halber.«

»Die Verflossenen?« Dan sah Flemming an. »Wer ist das?«

»Kirstine Nylands ehemalige Liebhaber. Wir haben gestern mit allen geredet. Oder jedenfalls mit denen, mit denen sie in den letzten fünf Jahren zusammen war.«

»Um Himmels willen. Das klingt ja, als sei das eine ganze Kompanie.«

Flemming hob die Hände. »Insgesamt sind es neun. Also mit dir.«

»Neun?« Dan fand das ziemlich viel. Und nun sollte er sich seine Vorgänger ansehen? Vielleicht gab es Bilder, die ebenso intim waren wie die Fotos, die Mogens von Kirstine und ihm gemacht hatte? Das war eine Perspektive, die er überhaupt nicht bedacht hatte, als er einer Zusammenarbeit bei diesem Fall zustimmte.

Flemming stand auf. »Ich werde meine diplomatischen Bemühungen um eine Zusammenarbeit mit Hollywood fortsetzen, und ich besorge uns eine formale Genehmigung, Dan Sommerdahl noch einmal als externen Berater anheuern zu dürfen.« Er nickte in die Runde und ging.

»Komm, Dan.« Pia Waage ging die schmale, mit Teppich bezogene Hintertreppe voraus und blieb am Ende des langen Flurs vor einer Tür stehen. Sie holte eine Schlüsselkarte heraus, steckte sie ins Schloss und tippte einen Code ein. Die Tür öffnete sich mit einem metallischen Klicken, dann standen sie in einem länglichen Raum mit hellen Schrägen und einem modernen Konferenztisch, dessen matt lackierte Stahlbeine eine dünne, weiße Tischplatte trugen. Es sah aus, als könnte die zarte Konstruktion unter dem Stapel randvoller Ordner jeden Moment zusammenbrechen. In der Ecke stand ein schmaler Arbeitstisch mit einem betagten Computer aus der Zeit vor den Flachbildschirmen.

»Ich glaube, es ist am sinnvollsten, wenn du die Ordner von Anfang an durchgehst«, meinte Pia und ordnete die Stapel am Kopfende des Tisches. Daneben stellte sie die roten Notizbücher. »Lass dir Zeit. Ich habe jedes Mal auf einem Post-it Namen und Informationen vermerkt, wenn ein Exliebhaber den andern ablöste. Wie du ja unten gehört hast, haben wir mit den meisten schon gesprochen, Janssen überprüft ihre Aussagen noch einmal.«

Sie wich seinem Blick aus, offenbar war sie ebenfalls der Ansicht, dass die Situation ein wenig peinlich war. Dan stimmte durchaus mit ihr überein.

»Ich fange mal mit den Nummernschildern an«, fuhr sie fort und schob die grünen Mappen beiseite, damit sie an die blauen kam, die im Laufe der Ermittlungen ganz nach unten gerutscht waren. »Aber wonach um alles in der Welt soll ich suchen, ich habe keine Ahnung.«

Dan stellte sich neben sie, als sie das älteste Album aufschlug. Es war sieben Jahre alt. Er sah ihr über die Schulter, als sie mit einem resignierten Gesichtsausdruck blätternd ein Foto nach dem anderen betrachtete. Sie zeigten ausschließlich Nummernschilder. Die einzige Variation bestand darin, dass hin und wieder ein ausländisches Kennzeichen auftauchte. Ansonsten war es absolut eintönig. Jedes Foto hatte ein Datum. Das war alles.

»Gibt es keine Nummernschilder, die älter sind?«

»Oh doch«, antwortete Pia. »In dem Karton, dort …« Sie wies mit dem Kopf auf einen Umzugskarton, der auf einem Stuhl stand. »… gibt es haufenweise Kladden mit Autonummern. Mogens hat sie seit seiner Kindheit notiert. Es ist genug zu tun.«

»Das kann man wohl sagen«, erwiderte Dan, der den Deckel des Kartons angehoben hatte und nun auf eine beeindruckende Sammlung von Heften starrte.

Er ließ den Deckel wieder fallen und setzte sich auf seinen Stuhl. Griff zum ersten Fotoalbum. Dann suchte er sich das entsprechende Notizbuch aus dem Stapel und schlug die erste Seite auf. Der Text war sorgfältig niedergeschrieben, ein organisch wogendes Muster, bei dem jeder Buchstabe einzeln kalligrafiert schien und es keinen Abstand zwischen den Zeilen gab.

03.05.04, 14:09 Uhr:
Die Göttin im Kaufhaus Magasin. Sie probiert ein Paar braune Sandalen, drei schwarze und einige silberne. Kauft ein Paar schwarze. Isst Eis an der Bar (je eine Kugel Kaffee, Schokolade, Erdbeere). Geht zum Hotel d'Angleterre, Kongens Nytorv.
17:46 Uhr:
Die Göttin bleibt drei Stunden und sechs Minuten im Hotel d'Angleterre, danach geht sie nach Hause in ihre Wohnung Nørre Voldgade. Alarmniveau: 7–8.

Die Göttin? Sollte das Kirstine sein? Was war das für ein komischer Ausdruck? Und was wollte sie im d'Angleterre – drei Stunden lang? Dan schlug das Fotoalbum auf und erhielt die Antwort, als er die Fotos fand, die laut Datumszeile am folgenden Tag aufgenommen worden waren. Darauf sah man Kirstine zusammen mit einem Mann, dessen braun gebranntes Konterfei die ganze Welt kannte. Sie saßen sich in einem Straßencafé am Nyhavn gegenüber, und die Verliebtheit leuchtete ihnen aus den Augen, obwohl sie sich auf keinem der Fotos berührten.

Dan bemerkte, dass er den Atem anhielt. Der Anblick von Kirstine mit einem anderen Mann ging ihm doch näher, als er gedacht hatte. Neun Männer, hatte Flemming gesagt. Wie sollte er das schaffen? Dan blätterte weiter. Erst las er die sonderbaren Texte des Notizbuchs, dann verglich er sie mit den Fotos. Eins nach dem anderen, als ob ihn die methodische Vorgehensweise beruhigen könnte.

»Man müsste Mathematiker sein«, murmelte Pia nach einer halben Stunde konzentrierten Schweigens. »Ich kann kaum noch eine Zahl erkennen. Das sagt mir alles überhaupt nichts.«

»Was meinst du?«

»Diese bescheuerten Nummernschilder natürlich. Ich habe keine Ahnung, wonach ich suchen soll. Vielleicht ist es dieses ganze Gerede über Codes, das mich verwirrt hat.«

»Wenn ich du wäre ...«, begann Dan und unterbrach sich.

Sie drehte ihm den Kopf zu. »Ja?«

»Na ja, ich will dich ja nicht belehren, wie du deinen Job zu machen hast, aber wenn ich hier irgendetwas herausfinden sollte, dann würde ich einfach die Halter der einzelnen Wagen überprüfen. Vielleicht liegt da der Hund begraben.«

»Das meinst du doch nicht ernst?« Pia verdrehte die Augen. »Du hast doch selbst gehört, wie Torp gesagt hat, eine Stunde oder zwei. Es sind Tausende von Nummernschildern. Ich habe keine Chance!«

»Dann lass mich sie überprüfen.«

»Du? Solltest du nicht die Fotos durchgehen?«

»Schon, aber ...« Er betrachtete kurz den Superstar, der Kirstine einen flirtenden Blick zuwarf. »Ihr habt sie doch schon durchgesehen, oder?«

»Mehrfach.«

»Und die Notizbücher?«

»Nicht ganz so gründlich. Ist auch eine ziemlich eintönige Lektüre. Es braucht eine Unmenge Zeit, um das alles ordentlich zu lesen und zu interpretieren. Und wenn sich die Lösung überhaupt nicht darin befindet?«

»Auf jeden Fall läuft uns keine dieser Spuren davon«, erklärte Dan und schob mit einer gewissen Erleichterung den gelben Ringordner beiseite. »Lass mich die Kennzeichen durchgehen. Ich bin, was Zahlen und Systeme angeht, ein größerer Freak als du.«

Ihr Lächeln verschwand ebenso so rasch, wie es aufgetaucht war. »Ich darf dir keinen Zugriff auf unser System geben.«

»Offiziell bin ich jetzt aber ein Teil der Ermittlungsgruppe.«

Pia sah ihn an. »Ich muss auf jeden Fall erst Flemming fragen.«

»Mach das.«

Sie rief an. Dreißig Sekunden später legte sie auf. »Ab sofort ist das hier dein Spiel«, erklärte sie und stand auf. »Du hast grünes Licht vom Chef.«

Pia schaltete den Computer ein. Eine Reihe blinkender Zeichen zeigte, dass die Maschine hochfuhr. Als ein Fenster mit zwei leeren Zeilen auftauchte, loggte sich Pia mit Namen und Passwort ein. Dann drückte sie die Enter-Taste und bekam Zugriff auf das passende Register.

»So«, sagte sie und richtete sich auf. »Hier kannst du die Autonummern eingeben.« Sie zeigte auf ein leeres Feld. »Einen Augenblick später hast du den Namen des derzeitigen Fahrzeughalters. Du kannst am Datum auch sehen, wann der Betreffende als Halter registriert wurde.«

»Und wenn ich sehen will, wer der Eigentümer des Wagens war, als das Foto gemacht wurde?«

»Sollte es frühere Eigentümer gegeben haben, können wir das

nicht selbst überprüfen. Dann müssen wir im Zentralregister für Motorfahrzeuge nachfragen, es kann mehrere Wochen dauern, bis wir von denen eine Antwort bekommen.«

»Hm.« Dan setzte sich. »Trotzdem danke.«

Pia ging zur Tür. »Ich habe zu danken«, sagte sie. »Du tust mir einen großen Gefallen, mir diesen Zahlenkram abzunehmen. Ich mache lieber richtige Polizeiarbeit.«

»Stets zu Diensten.«

Sie blieb an der Tür stehen. »Wenn du einen Kaffee brauchst oder sonst irgendetwas, dann ...«

»Danke. Vorläufig komme ich zurecht. Ist es okay, wenn ich die Tür auflasse, sollte ich mal auf die Toilette müssen? Ich habe ja keine Zugangskarte.«

»Es wird schon nichts passieren. Hauptsache, du lässt die Tür nicht stundenlang offen stehen.«

39

Dan holte einen Stapel Notizbücher aus dem Umzugskarton und legte sie neben den blauen Ringordner mit den Fotos der Nummernschilder. Er griff nach einer der Kladden und schlug sie an einer beliebigen Stelle auf:

23. 04. 81, 13.06: ER 11991. Valby Langgade vor Nr. 43
25. 05. 91, 09.43: UG 87654. Gammel Kongevej vor Nr. 123
25. 05. 81, 10.50: HI 41411. Vodroffsvej vor Nr. 4

Und so weiter. Seite um Seite mit Datumsangaben, Uhrzeiten, Adressen und Autonummer, die nur eines gemeinsam hatten: Die

Zahlen auf den einzelnen Kennzeichen folgten einer logischen Reihenfolge – numerisch, symmetrisch oder visuell. Dan konnte Mogens' Überlegungen durchaus folgen und spürte zum ersten Mal eine Art Verbindung zu dem Mann.

Er schnappte sich eines der blauen Alben mit Fotos. Auf jedem Blatt waren acht Nummernschilder notiert. Vier auf der Vorder-, vier auf der Rückseite. Wo sollte er anfangen? Nicht von vorn, so viel war sicher. Die Autos, die Mogens in den Siebziger- und Achtzigerjahren notiert hatte, waren sicher längst verschrottet. Sollte er von hinten, mit dem letzten Wagen der Mappe beginnen? Vielleicht.

Plötzlich hatte Dan eine Idee. Wenn er recht hatte, dass Mogens' Tod etwas mit den Morden an den beiden Harskov-Kindern zu tun hatte, sollte er vielleicht um die beiden Todesdaten herum suchen. Er nahm sich den Ringordner aus dem Jahr 2003 und blätterte bis Juni. Der Monat, in dem der Kopf des jungen Rolf Harskov im idyllischen Nordseeland von einem Zug zermalmt worden war.

Er nahm den Ordner mit zum Computer und fing an. Auf ein kariertes A4-Blatt schrieb er jede einzelne Autonummer, gefolgt vom Namen und von der Adresse des registrierten Fahrzeughalters. Langsam und sorgfältig arbeitete er sich durch die Kennzeichen des gesamten Monats. Insgesamt waren es vierunddreißig, und er brauchte über eine Stunde, um die Liste fertigzustellen. Keiner der Namen sagte ihm etwas.

Der nächste Ordner sollte den August 2005 abdecken. Dan musste ein wenig auf dem Tisch suchen, bis er den richtigen Ordner in einem der Stapel gefunden hatte. Er schlug den August auf und setzte sich wieder an den Computer.

Wieder nichts, stellte Dan fest, als er fertig war. Ein wenig missmutig starrte er auf seine Liste. Sie war kürzer als die vom Juni

2003. Elf Nummernschilder weniger. Möglicherweise hatte Mogens damals ein paar Tage Urlaub gemacht? Wenn man sich die Jahreszeit ansah, war das nicht unwahrscheinlich.

Dan hatte beide Listen vor sich liegen und ließ den Blick über die unbekannten Namen und Adressen schweifen. Irgendetwas meldete sich in seinem Hinterkopf. Irgendetwas fehlte, und plötzlich wusste er auch, was.

Er holte eine der Kladden, schlug eine zufällige Seite auf, legte das Heft neben seine eigene Liste und sah sofort, dass er sich richtig erinnert hatte. In Mogens' Notizen stand immer, wo in der Stadt er sich das jeweilige Nummernschild aufgeschrieben hatte. Nicht aber in den Fotoalben. Und das konnte einfach nicht stimmen. Mogens war ein Mensch, der seine Gewohnheiten nie veränderte. Seit dem Kauf der Digitalkamera 2002 ersetzten Fotos die Notizen in den Kladden. Aber in den Fotoalben gab es keine Adressen. Also mussten diese Informationen irgendwo anders stehen, und es gab nur eine einigermaßen logische Möglichkeit.

Dan rannte fast zur Tür, stellte einen Ordner zwischen Tür und Rahmen und stürzte in großen Sprüngen die Hintertreppe hinunter.

Pia Waage beendete ein Telefonat und legte den Hörer auf, dann sah sie ihn mit hochgezogenen Augenbrauen an. »Ja?«

»Ich brauche deine Hilfe.«

»Hast du etwas herausgefunden?«

»Ich weiß es nicht. Aber ich muss etwas überprüfen.«

»Was?«

»Hatte Mogens einen Computer?«

»Ja.«

»Weißt du, wo der ist?«

Pia dachte einen Moment nach. »Ich glaube, die IT-Leute haben

ihn gecheckt, aber dort ist er nicht mehr. Soll ich mal nachfragen?«
Sie rief eine interne Nummer an, danach eine weitere. Dann nickte sie Dan zu und stand auf. »Komm mit in den Keller.«

Sie quittierte den Empfang bei einem Beamten, der für das Aufbewahren von Beweismaterialien zuständig war, und zog das Notebook aus der Transporttasche. Dann wies sie auf ein Stück Papier hin, das am Bildschirm klebte.

»Der Computer ist mit einem Passwort geschützt, das unsere IT-Leute geknackt haben: UV 52505. Es ist das Kennzeichen von Mogens' Auto. Eigentlich hätten wir auch selbst darauf kommen können.«

»Nice.« Dan nahm den Computer entgegen. »Danke, Pia.«

Der Inhalt war ausgesprochen schlicht. Die Datei bestand ausschließlich aus Fotos, die nach dem Speicherdatum auf dem Computer sortiert waren, sodass die Fotos der Autokennzeichen sich mit den Fotos von Kirstine Nyland mischten. Im Textfeld jedes einzelnen Fotos hatte Mogens die Observationsadresse mit der Uhrzeit und dem Datum festgehalten, genau wie in den alten Kladden. Mit anderen Worten, es war möglich, den Fundort jedes einzelnen Kennzeichens zu finden. Sehr gut.

Dan nahm seine Liste zur Hand und fügte sorgfältig die neuen Informationen hinzu. Er begann mit dem Juni 2003. Vordergründig war nichts auffällig. Alle Autos hatten im Raum Kopenhagen geparkt: Valby, Frederiksberg, Innenstadt. Nicht ein Foto stammte aus Vejby, Christianssund oder Yderup. Er überprüfte die 2005er-Liste. Mit einem Mal war er verwirrt. Die Fotos im Archiv des Computers stimmten nicht mit den Fotos im Album überein. Dan runzelte die Augenbrauen und begann von vorn, sortierte die Fotos ohne Nummernschilder heraus, aber es passte nicht. Dann nahm er sich Foto für Foto vor, und plötzlich entdeckte er den

Fehler. Im Ringordner waren acht Fotos weniger als im Computerarchiv. Acht fortlaufend nummerierte Fotos, wohlgemerkt.

Die Schlussfolgerung war einfach. Im Album fehlte schlichtweg eine Seite. Natürlich musste das nicht unbedingt etwas zu bedeuten haben, doch Dan wusste, dass es durchaus richtig war, seinen Instinkten zu vertrauen, wenn sie sich derart deutlich meldeten. Er wusste ganz einfach, dass jemand in die Wohnung eingebrochen war, den richtigen Ringordner geöffnet, die Seite mit den acht Fotos entfernt und das Album wieder an seinen Platz gestellt hatte. Still und leise. Es war reiner Zufall, dass er es entdeckt hatte. Hätte man nicht die beiden Fälle gemeinsam betrachtet, wäre man höchstwahrscheinlich nie auf die Idee gekommen, zu suchen. Die Möglichkeit einer Kopie im Computer hatte der Täter allerdings übersehen.

Dan kopierte die acht Fotos in eine neue Datei des Computers und sah sie sich genauer an. Eine Gänsehaut breitete sich auf seinen Armen aus, als er sehr schnell drei Dinge bemerkte. Drei der acht Fotos waren am Abend des 17. August aufgenommen worden – jenem Tag, an dem Gry Harskov die tödliche Dosis Koks geschnieft hatte. Dann entdeckte er, dass eines der Fotos von dem Parkplatz an der Nørre Voldgade am Ørstedsparkes stammte – nur ein paar Hundert Meter von dem Haus an der Nørregade entfernt, in dem Gry und Christoffer sich ein Zimmer geteilt hatten. Das ist durchaus logisch, dachte Dan. Zu diesem Zeitpunkt hatte Mogens ja bereits angefangen, Kirstine zu verfolgen, ihre Wohnung lag dem Parkplatz, auf dem er das Kennzeichen fotografiert hatte, direkt gegenüber.

Er klickte auf das Foto, das nun den ganzen Bildschirm ausfüllte. Nicht überraschend zeigte es ein Nummernschild. Die Nummer sagte Dan unmittelbar nichts: IL 77088. Die wenigen Details allerdings, die man von dem Auto sehen konnte, erkannte Dan mühelos wieder, und bei genauer Betrachtung richteten sich die kleinen Härchen auf seinen Armen erst recht auf. Eigentlich war es nicht notwendig, das Kennzeichen im Register aufzurufen, Dan tat es trotzdem. Und natürlich hatte ihn sein Gedächtnis nicht im Stich gelassen.

Er saß einige Minuten ganz still, Gedanken schossen ihm durch den Kopf. Die Puzzleteile passten noch nicht richtig zusammen. War es tatsächlich möglich, die Situation so falsch eingeschätzt zu haben? Eigentlich musste er umgehend in den zweiten Stock gehen und Flemming und dem Rest der Gruppe berichten, was er herausgefunden hatte. Auf der anderen Seite ... Und wenn es sich nur um ein großes Missverständnis handelte?

Dan erhob sich. Er faltete seine Notizen zusammen und steckte sie in die Gesäßtasche seiner Jeans, fuhr den Computer herunter und schaltete die Schreibtischlampe aus, bevor er den Raum verließ. Diesmal stellte er keinen Ordner zwischen Tür und Rahmen. Er ging die Hintertreppe hinunter zum Hof, ohne noch einmal den Kopf bei den anderen hineinzustecken.

*

Der Himmel war bedeckt, doch die Luft mild. Dan hatte das Dach des Audi heruntergelassen, er spürte den Wind im Gesicht, war aber viel zu angespannt, um es wie gewöhnlich genießen zu können. Seine Hände umklammerten das Lenkrad regelrecht, und die fünfzehn Kilometer bis Yderup kamen ihm sehr lang vor. Es war eine willkommene Unterbrechung, als sein Handy klingelte. Kirstine. Er unternahm einen verbissenen Versuch, seinen ganzen Gedankenwust in den Hinterkopf zu verbannen, und versuchte, entspannt zu klingen, als er nach ihrem Befinden fragte.

»Mir geht's gut«, erwiderte sie. »Ich habe gerade mit Flemming gesprochen.«

»Flemming? Was wollte er? Seid ihr nicht bald mit allem durch?«

»Ich habe ihn angerufen, weil ich wissen wollte, wann Mogens' Leiche dem Bestattungsinstitut übergeben wird.«

»Ach?« Dan wusste nicht recht, was er dazu sagen sollte. »Entschuldige, aber wieso mischst du dich da ein?«

»Weil ich für die Beerdigung sorgen werde.«

»Du sorgst …? Was meinst du damit?«

»Ich organisiere das Begräbnis. Mogens hat offenbar genug Geld, um es selbst zu bezahlen, trotzdem muss irgendwer …«

»Woher weißt du von Mogens' finanziellen Verhältnissen?«

»Ich habe das Bezirkspsychiatrische Zentrum in Valby angerufen und seiner Sachbearbeiterin gesagt, dass ich gern seine Beerdigung bezahlen würde. Sie sagte, das sei nicht nötig. Mogens hätte Geld genug, die Beisetzung könne aus seinem Vermögen bezahlt werden. Wir haben verabredet, uns bei den Vorbereitungen zu unterstützen.«

Dan atmete tief durch. »Vorbereitungen?«, fragte er dann mit seiner geduldigsten Stimme. »Sag mal, worüber redest du eigentlich, Kis? Willst du dem Mann einen Leichenschmaus ausrichten?«

»Nur eine Tasse Kaffee im Gasthaus haben wir vereinbart.«

»Im Gasthaus?« Dan merkte, dass sein Beitrag zu dem Gespräch in erster Linie darin bestand, einzelne Worte zu wiederholen, aber zu etwas anderem war er ganz einfach nicht in der Lage.

»Ja, im Gasthaus von Yderup.«

»Jetzt bin ich total verwirrt. Du willst Mogens in Yderup begraben?«

»Nein. Seine Urne kommt in das Familiengrab auf dem Vestre Kirkegård. Das ist längst entschieden. Die Begräbnisfeier findet in der Kirche von Yderup statt. Da waren deine Mutter und ich uns einig. Weil er doch dort gestorben ist.«

»Meine Mutter? Sag mal, was geht hier eigentlich vor?«

»Jetzt musst du nicht gleich sauer werden.«

»Verflucht, wieso hast du meine Mutter da mit hineingezogen? Sie kannte ihn doch überhaupt nicht.«

»Ich brauchte doch die Telefonnummer des Pastors.«

»Hast du mit ihm gesprochen? Also mit dem Pastor?«

»Er ist einverstanden. Wir setzen ein Datum fest, sobald ich von der Polizei eine Antwort bekomme.«

Noch ein tiefer Atemzug. »Kirstine, ich …«

»Hör bloß auf, dich zu beschweren, Dan. Mogens hatte keine Familie und kannte eigentlich auch niemanden außer dem Personal des Bezirkspsychiatrischen Zentrums – und mir. Und dir natürlich. Es ist schlicht unsere christliche Pflicht, uns der Beisetzung dieses Mannes anzunehmen.«

»Du bist doch sonst nicht so religiös, Schatz.«

»Davon weißt du doch überhaupt nichts. Bisher haben wir darüber noch nie geredet, wenn ich mich recht entsinne. Und hör bitte auf, mich Schatz zu nennen, wenn du wütend auf mich bist.«

»Ich bin nicht wütend auf dich. Ich versuche nur, das alles zu begreifen. Du willst also das Begräbnis deines persönlichen Verfolgers organisieren? Entschuldige, das ist verdammt eigenartig, Kis.«

»Es ist bestimmt nicht eigenartiger, als sich in die Aufklärung seiner Ermordung einzumischen.«

»Das kann man überhaupt nicht vergleichen. Ich glaube, dass sein Tod zusammenhängt mit …«

»Spar dir das, Dan. Du nutzt nur die erstbeste Gelegenheit, um dich wieder im Scheinwerferlicht zu zeigen. Hier bin ich, hier kommt der kahlköpfige Detektiv!« Sie machte sich lustig über ihn.

»Die Polizei ist durchaus in der Lage, die Verbrechen selbst aufzuklären. Und das weißt du genau.«

Dan schnappte nach Luft. »Jetzt hör aber auf, Kirstine! Feg doch vor deiner eigenen Tür!«

»Was meinst du denn damit?«

»Findest du nicht, dass du dich mal einen Moment hinsetzen und darüber nachdenken solltest, warum du partout die treibende Kraft bei Mogens' Beerdigung sein willst?«

»Was zum Teufel willst du damit andeuten?«

»Ich sehe doch die Schlagzeilen schon vor mir: ›Filmstar in Tränen aufgelöst: Ein letzter Gruß an den ermordeten Stalker‹. Oder das große exklusive Interview in einer Sonntagszeitung: ›Der schwachsinnige Mogens war der Einzige, der mich verstanden hat‹. Verdammt gute PR, das musst du zugeben. Und dafür hattest du ja schon immer ein Händchen.« Mit einem Mal war die Leitung tot. Kirstine hatte aufgelegt.

40

»Ich wollte eigentlich mit Arne reden.«

»Er ist gerade gegangen.« Vibeke Vassing stand in der Tür. Sie hatte Oskar fest am Halsband gepackt, sodass der enorme Hund Dan nicht anspringen konnte. »Aber ich denke, Sie erwischen ihn noch. Er ist zu Fuß unterwegs und wollte in die Gaststätte.«

»Danke.« Dan tätschelte die Deutsche Dogge. »Hat er eine Verabredung? Ich will ihn nicht stören.«

»Es geht um irgendeine Veranstaltung des Dartclubs heute Abend. Arne hat versprochen, ein paar Preise zu beschaffen, wahrscheinlich bringt er sie gerade vorbei.«

»Spielt er selbst auch Dart?«

»Ein bisschen. Zumindest reicht es, um in der Dorfmannschaft zu sein. Aber es geht ihm wohl eher um die Gemeinschaft.«

Der kurze Weg zum Gasthaus führte Dan am Dorfteich vorbei. Dänemarks größten Dorfteich, behaupteten die Einheimischen. Allerdings hatte Dan von einem anderen Dorf gehört, das sich mit dem gleichen Superlativ brüstete – irgendwo in Ostjütland. Groß war der Dorfteich auf jeden Fall, egal, ob es sich tatsächlich um den größten handelte oder nicht. Der Verband der Grundeigentümer sorgte dafür, dass die Bepflanzung rund um den Teich gepflegt wurde und das Wasser sauber blieb. Grauenten, Blesshühner, Schwäne und ihre Nachkommen lebten unter den großen Trauerweiden am Ufer und auf der kleinen, künstlich angelegten Insel. Es war schön hier. Dan verstand durchaus, dass man an Yderup Gefallen fand und den Rest seines Lebens hier verbringen wollte. Für ihn warf der Gedanke an die drei Morde, die in den letzten Jahren mit dem Ort in Verbindung gebracht werden konnten, allerdings ein ganz neues Licht auf die dörfliche Idylle. Plötzlich erschien sie ihm künstlich.

Dan versuchte, das unangenehme Gefühl abzuschütteln. Der Streit mit Kirstine hatte ihm nicht unbedingt gute Laune beschert, und der Gedanke, sein Verdacht könnte sich möglicherweise bestätigen, war ebenfalls nicht gerade geeignet, sein Stimmungsniveau zu heben. Trotzdem riss er sich zusammen und trat ein.

Der nachmittägliche Betrieb hatte begonnen, in dem großen Lokal mit den niedrigen Decken saßen fünfzehn, zwanzig Gäste an den Tischen. An der Theke standen Lene Harskovs Helfer Eigil und der Wirt. Sie tranken Schwarzbier und hörten einer offensichtlich sehr langen Geschichte zu, die ein korpulenter Herr mit einer Baseballmütze erzählte. Dan nickte im Vorübergehen und erntete ein paar müde Blicke. Der Dicke war vielleicht doch nicht so unterhaltsam, wie er selbst glaubte.

»Ja?« Ein dunkelhaariges Mädchen mit einem kräftigen Silberring in der Augenbraue kam auf Dan zu. »Möchten Sie etwas essen?«

»Nein, danke. Ich suche Arne Vassing.«

»Den Pastor? Er ist hinten im Anbau. Beim Dartclub. Kennen Sie den Weg, oder soll ich Sie hinbringen?«

»Ich finde mich zurecht, danke.«

Dan ging durch den Schankraum und nickte denjenigen höflich zu, die ihn neugierig betrachteten. Er war sich bewusst, dass alle wussten, wer er war, obwohl er nicht den Hauch einer Ahnung hatte, wer die Leute hier waren. In Yderup kannten ja nicht nur die Fernsehzuschauer sein kahlköpfiges Konterfei. Hier war er als Birgit Sommerdahls Sohn mindestens genauso bekannt. Der mit dem Sportwagen, der ständig die Neuen auf Lindegården besuchte. Ja, es gab Gerede, und Dan war zweifellos eine lokale Berühmtheit.

Der Küster stand an der Tür zum Anbau und rauchte. Er hob eine Hand zum Gruß.

»Na, was gibt's?«, fragte er. »Kommen Sie, um uns zu helfen?«

»Gegen wen treten Sie denn an? Wieder gegen den Centerpub?«

»Nein, heute Abend ist die Mannschaft vom Glumshøj Kro dran. Die schlagen wir, auch wenn man uns eine Hand auf den Rücken bindet. Ihr bester Mann hat eine Magen-Darm-Grippe.«

»Igitt. Klingt nicht gut.«

»Des einen Tod, des anderen Brot. Sagt man das nicht so?« Ken B. schlenderte zu den Gartentischen, um seine Zigarette auszudrücken.

»Ist der Pastor hier?«

Der Küster wies mit dem Kopf auf die Tür des Anbaus. »Er ist dabei, die Preise aufzubauen«, sagte er. »Soll ja nach was aussehen, oder?« Er ging auf das Hauptgebäude zu. »Ich muss los, hab Kartoffeln auf dem Herd stehen«, erklärte er. »Man sieht sich.«

Arne Vassing drehte sich nicht um, als Dan hereinkam. Er hatte ein paar Flaschen Wein auf einen Tisch an der Wand gestellt und legte gerade Plaketten mit goldenen Zahlen und Seidenbändern um die Flaschen. Rot für den Sieger, blau für die Nummer zwei und grün für den dritten Platz.

»Hej, Arne.«

»Ja?« Der Pastor richtete sich auf und warf einen letzten Blick auf sein Werk, bevor er sich dem Besucher zuwandte. »Hej, Dan.«

»Haben Sie zehn Minuten?«

Arne Vassing sah auf seine Uhr. »Ja klar, das geht schon«, erwiderte er. »Hauptsache, es dauert nicht länger. Ich habe versprochen, die Kleinen heute ins Bett zu bringen, bevor ich zum Dartspielen aufbreche.«

»Setzen wir uns draußen hin«, schlug Dan vor.

»Möchten Sie etwas trinken? Ein Bier oder eine Cola?« Der Pastor griff zu seiner Jacke, die über einer Stuhllehne hing. »Vielleicht ein Glas Wein?«

»Danke, nein. Eigentlich denke ich, dass wir woanders hingehen sollten«, sagte Dan mit einem Blick auf den Hof, wo der Küster und Eigil inzwischen an einem Tisch saßen und Arne und Dan neugierig beobachteten. »Ich möchte unter vier Augen mit Ihnen sprechen.«

»Dann machen wir das.«

Sie unterhielten sich erst wieder, als sie auf einer Bank am Dorfteich saßen.

»Ich habe gerade mit Kirstine Nyland gesprochen«, berichtete

Arne. »Sie haben eine wirklich anständige Freundin, Dan, mit einem großen Herzen.«

Dan zuckte die Achseln. »Ich sehe nicht so ganz, wozu es gut sein soll. Ich meine, sich bei dieser Beerdigung einzumischen.«

»Kirstine war der einzige Mensch, mit dem sich Mogens verbunden fühlte. Ich verstehe gut, dass sie das Gefühl hat, eine gewisse Verantwortung übernehmen zu müssen.«

»Der Mann hatte eine Betreuerin. Und sicher auch einen Arzt.«

»Nun ja, die sind schließlich auch daran beteiligt«, sagte der Pastor und streckte die Beine aus. »Sie regeln gerade, was gemacht werden muss. Aber ich denke nicht, dass Sie darüber mit mir reden wollten?«

»Nein.« Dan sah sein Gegenüber direkt an. »Sie erinnern sich bestimmt daran, dass Sie mir sagten, im Ausland gewesen zu sein, als Gry Harskov vergiftet wurde?«

Arne Vassing runzelte die Stirn. »Ich war im Sudan, ja.«

»Könnten Sie …« Dan räusperte sich. »Haben Sie die Möglichkeit, das zu beweisen? Einen Visumstempel oder so etwas?«

»Ich habe einen Ein- sowie einen Ausreisestempel, und ich war zusammen mit mehreren anderen Freiwilligen dort unten, die das bestätigen können. Außerdem müssten sogar die Flugtickets noch irgendwo in meinen Abrechnungen liegen. Wieso?«

»Würden Sie mir die Namen einiger Leute geben, mit denen Sie zusammen waren?«

»Sicher. Sie können die Namen haben – und sämtliche Kontaktdaten, die ich von ihnen habe. Das steht alles in meinem Computer.«

»Danke.« Dan erhob sich. »Dann mal los.«

»Okay.« Der Pastor folgte ihm. »Ich wäre Ihnen sehr dankbar, wenn Sie mir sagen würden, worum es geht.«

»Später vielleicht.«

Oskar war außer sich vor Begeisterung, Dan und Arne zu sehen. Der große Hund sprang herum und wedelte mit dem Schwanz, einige Möbel waren der akuten Gefahr ausgesetzt, umgeworfen zu werden. Er beruhigte sich erst wieder, als die Männer im Arbeitszimmer saßen und ihn sein Herrchen in seinen Korb geschickt hatte. Dort lag die schwarz-weiße Deutsche Dogge und hatte ihre dunklen Augen kummervoll auf Dan geheftet, während Arne Vassing seinen Computer hochfuhr.

»Sehen Sie«, sagte er nach einigen Minuten und schob Dan ein Blatt Papier zu. »Mit diesen Leuten war ich in der letzten Phase zusammen. Bei den beiden ersten Namen handelt es sich um dänische Krankenschwestern, und der Letzte ist ein Kinderarzt. Er ist Norweger, aber ich glaube, er arbeitet jetzt in Nordschweden. Er ist auf Facebook, also leicht zu erreichen. Wir haben hin und wieder Kontakt. Die drei können Ihnen sagen, dass ich das Flüchtlingslager mehrere Tage nach Grys Unfall verlassen habe. Und wenn sie sich nicht so genau an das Datum erinnern können, dann gibt es Berichtshefte und Akten, auf die Sie sich stützen können. Wir werden sicher irgendeine Form der Dokumentation finden. Obwohl ich noch immer nicht recht verstehe, wieso Sie …«

»Danke. Ich werde es überprüfen.«

»Hej, Dan.« Vibeke steckte den Kopf zur offenen Tür herein. »Ich habe gar nicht gehört, dass Sie mitgekommen sind.«

»Ich bin gleich wieder weg«, erwiderte Dan und steckte das Blatt in die Tasche. »Können Sie sich zufällig erinnern, wo Sie waren, als Gry damals starb?«

Ihr fröhliches Lächeln verschwand. »Selbstverständlich«, sagte sie. »Arne war im Sudan und ich in Kanada.«

»In Kanada?«

»Vibekes Vater wohnt in Vancouver«, warf der Pastor ein.

»Ich war nur eine Woche drüben, um das neue Baby meines Vaters zu sehen. Meinen kleinen Bruder. Ich glaube, ich werde mich nie daran gewöhnen. Er ist ungefähr im Alter meiner eigenen Kinder.«

»Tja, das klingt ein bisschen ...«

»Ich war damals bereits einige Monate mit Sara schwanger. Vollkommen absurd.«

»Haben Sie die Flugtickets noch?«

Sie lachte. »Nein. Nur Arne hält richtig Ordnung in seinen Sachen. Ich weiß noch, dass ich an einem 17. geflogen bin, weil ich mir hinterher ausgerechnet habe, im Flugzeug über dem Atlantik gesessen zu haben, als es passierte – diese Geschichte mit Gry. Merkwürdig, sich an so etwas zu erinnern, ich weiß.«

»Und als Sie nach Dänemark zurückkehrten, war sie bereits tot?«

»Ja.« Sie sah ihn an. »Ich war rechtzeitig zu ihrer Beerdigung zurück.«

»Können Sie mir die Telefonnummer Ihres Vaters geben?«

»Wozu?«

»Ach, ich bin dabei, lose Enden aufzusammeln. Im Augenblick überprüfe ich alle. Arne hat mir gerade eine Menge Informationen zu den Leuten gegeben, mit denen er zusammen war.«

»Natürlich.« Sie holte ihr Handy, rief die Nummer auf und leitete sie an Dans Telefon weiter, bevor sie zurück zu ihren Kindern ging.

»Ich denke, ich muss jetzt ...« Der Pastor warf einen diskreten Blick Richtung Tür. »Ich habe es Vibeke versprochen.«

Dan stand auf und war schon auf dem Weg, als er abrupt stehen blieb. »Einen Augenblick noch«, sagte er und sah den Pastor an.

»Haben Sie nicht mal gesagt, Ihr Küster würde hin und wieder Ihr Auto benutzen?«

»Ken B.? Ja.«

»Kann er sich die Autoschlüssel jederzeit nehmen?«

»Nein. Nur, wenn er den Wagen reparieren soll.«

»Erinnern Sie sich, ob er nach dem Wagen sehen sollte, als Sie im Sudan waren?«

Arne Vassing kniff die Augen ein wenig zusammen, als er nachdachte. »Nicht direkt«, sagte er dann. »Das ist ein paar Jahre her. Aber es ist zumindest möglich. Wir haben häufig die Gelegenheit zur Inspektion genutzt, wenn ich unterwegs war und das Auto nicht brauchte. Soll ich das überprüfen?«

»Ich wäre Ihnen sehr dankbar.«

»Das war 2005, oder?« Arne ging zu einem niedrigen Regal, in dem ein ganzes Brett voller Hefte mit Spiralrücken stand. »Glücklicherweise hebe ich immer meine alten Kalender auf«, erklärte er und zog ein paar heraus. »Schauen wir mal.« Er begann zu blättern. »Ich bin im Frühsommer dort runter, daran erinnere ich mich. Es war ein schwachsinniges Timing, so rein wettertechnisch. Mitten in der Regenzeit. Es hat so häufig geregnet, dass unsere gesamte Ausrüstung immer feucht war, und es war so heiß, dass man kaum atmen konnte. Jeden Tag über fünfunddreißig Grad. Alle hatten irgendwelche Infektionen, grauenhaft.« Während der Pastor redete, überflog er die Seiten des Kalenders. Plötzlich hielt er inne. »Hier ist es«, sagte er und drehte den Kalender so, dass Dan hineinsehen konnte. »Ich bin am Dienstag abgereist. Und hier, am Montag ... steht eine Liste aller Dinge, die es vor der Abreise noch zu erledigen galt.«

Aus einem der Zimmer kam plötzlich das Geräusch eines Kindes, das hysterisch schrie. Arne schaute unruhig zur Tür, während

Dan die Liste betrachtete. Und dort stand es. Zwischen »Malariatabletten nicht vergessen«, »Öllieferanten informieren« und »Bank anrufen« stand »Bremsklötze«.

»Bedeutet das, der Amazon sollte repariert werden?«

»Was sonst?«

»Und der Küster sollte das erledigen?«

»Er sieht sich den Wagen immer zuerst an, wenn irgendetwas nicht in Ordnung ist. Nur, wenn er es nicht selbst reparieren kann, kommt er in die Werkstatt.«

»Und wie kommt der Wagen dann in die Werkstatt? Er hat doch keinen Führerschein mehr, nicht wahr?«

»Normalerweise würde ich fahren, nachdem ich damals nicht zu Hause …« Arne ging einen Schritt auf die Tür zu. Das Kind schrie noch immer. Es war offensichtlich, dass er jetzt gern seiner Frau behilflich sein wollte.

Dan ignorierte es. »Also ist Ken B. gefahren. Ohne Führerschein?«

»*Wenn* gefahren werden musste, ja. Aber ich erinnere mich wirklich nicht mehr daran, ob es notwendig war.« Er sah Dan an. »Der Mann fährt ausgezeichnet, er hätte ja nur die Fahrprüfung noch mal machen müssen. Das ist alles.«

»Er hatte die Schlüssel, in der ganzen Zeit, in der Sie unterwegs waren?«

»Das nehme ich an.«

Das Geschrei hatte endlich aufgehört.

Dan kratzte sich im Nacken. »Glauben Sie, Vibeke hat Zeit, zwei Minuten mit mir zu reden?«

Arne seufzte. Offenbar hatte selbst seine Geduld Grenzen. »Nur zwei Minuten, ja? Die Kinder sind vollkommen übermüdet, und ich habe versprochen …«

»Nur zwei Minuten.«

Vibeke hatte rote Wangen, als sie auftauchte. »Ja?«

»Können Sie sich erinnern, ob Ken B. damals im Sommer den Wagen repariert hat?«

»In dem Sommer, als Gry starb?« Sie strich sich eine feuchte Haarlocke aus der Stirn. »Also, das weiß ich wirklich nicht mehr. Doch, jetzt, wo Sie es sagen. Es war, kurz bevor ich nach Kanada flog. Einer der wärmsten Tage des Jahres. Er lag hier auf dem Hof unter dem Wagen. Ich erinnere mich, dass ich diese Morgenübelkeit hatte. Es sah aus, als hätte er das ganze Auto auseinandergenommen. Ja, er hat den Wagen repariert.«

41

»Was ist mit dir, Mads? Möchtest du noch ein Stück Torte?«

»Nein, danke.« Mads hält sich den Bauch. »Ich bin pappsatt.«

»Kasper?«

»Vielen Dank.«

Mutter sieht mich an. Ich schüttele den Kopf. Dann Vater. Die gleiche Reaktion. Sie setzt sich.

»Können wir jetzt hochgehen?«, frage ich, nachdem es ein paar Sekunden still war. Scharrende Stühle, Teller, die abgeräumt werden, Mads und Kasper danken für die Einladung.

Endlich können wir in mein Zimmer. Mads öffnet das Fenster zum Garten, lehnt sich hinaus und zündet sich eine Zigarette an.

»Sie kann es riechen«, sage ich.

»Wir lassen's einfach offen stehen«, erwidert er und zieht. »Sie kommt doch in der nächsten Stunde nicht hier hoch, oder?«

»Was glaubst du, weshalb ich ein Schloss an der Tür habe?«

»Von wem hast du das?« Kasper steht an der Kommode, auf die ich meine Geburtstagsgeschenke gelegt habe. Er hält ein Buch hoch, die neue Ausgabe von *Graffiti World*. »Von meinen Alten«, sage ich. »Sie haben mir auch GTA4 geschenkt.« Ich zeige ihm die DVD, die noch eingeschweißt ist. »Und den Schlafsack. Also, den habe ich mir nicht ausdrücklich gewünscht ...«

»Ist doch klasse, den wirst du in Roskilde brauchen«, sagt Kasper und geht meine Geschenke weiter durch. »Was ist hiermit?« Er hält ein silberfarbenes Kunststoffetui mit drei Dartpfeilen in der Hand.

»Ach, die.« Ich zucke die Achseln. »Die sind vom Küster.«

»Ich wusste gar nicht, dass du Dart spielst?«

»Mach ich auch nicht. Er ist nicht ganz dicht.«

Ich will ihm das nicht erklären. Nur weil ich mich mal in den Dartclub verirrt habe, glaubt der alte Trottel, dass ich ganz scharf darauf bin, in die Mannschaft zu kommen. Man wirft einmal mit einem Pfeil, und schon glaubt er, dass man es ständig machen will. Typisch Erwachsene. Sie beißen sich an irgendeinem winzigen Detail fest und interpretieren es, wie's ihnen gerade passt – und bleiben dabei, egal, was man sagt. (»Aber du spielst doch gern Schach!« »Ich spiele nicht gern Schach. Scheiße, ich habe einmal mit dir gespielt, als ich elf Jahre alt war. Und das war total langweilig.« »Ach, komm, spielen wir eine Partie, Malthe. Du bist doch verrückt nach Schach.« Stöhn.)

»Was ist das?« Jetzt ist Mads dazugekommen. Er stinkt nach Zigarettenrauch. »Dartpfeile? Spielen wir 'ne Runde?«

»Ich habe keine Scheibe.« Ich hebe ein anderes Geschenk hoch. »Hier, seht euch das an. Das ist das coolste Geschenk überhaupt.«

Ein schwarzes T-Shirt. Vorn das Cover der letzten Platte von Malk de Koijn, hinten »Malthe Koijn« in großen weißen Buchstaben.

»Wow!«

»Ist das nicht total geil?«

»Muss 'ne Sonderanfertigung sein.« Mads berührt vorsichtig die Buchstaben. »Wer hat dir das geschenkt?«

»Ihr wisst schon, der Hund, mit dem ich hin und wieder Gassi gehe.«

»Du hast es von einem Hund?«

Sie brüllen vor Lachen.

»Scheiße, nein. Von den Leuten, denen der Hund gehört, ihr Spastis.« Mehr sage ich nicht. Wenn sie wüssten, dass der Pastor und der Küster mir etwas geschenkt haben, würden sie mich ernsthaft für seltsam halten. »Na ja, die Frau in der Familie, sie hat es für mich gemacht.«

»Cool.«

»Aber ich freue mich auch über eure Geschenke«, füge ich rasch hinzu. »DVD-Rohlinge sind super.« Sie haben mir eine Hunderterpackung geschenkt. Und die brauche ich auch – bei all den Filmen, die ich gerade herunterlade.

»Wir haben noch etwas«, sagt Kasper. »Das wollten wir dir nicht geben, solange deine Eltern dabei waren.« Er nimmt seine Jacke vom Bett. Aus der Tasche zieht er eine Plastiktüte und überreicht sie mir. Darin sind zwei Joints.

»Wow! Fett. Danke. Wo habt ihr die her?«

»Man hat so seine Verbindungen«, erklärt Mads und sieht enorm überlegen aus.

»Wollen wir nicht einen rauchen?«, fragt Kasper.

»Nicht hier im Haus«, sage ich. »Wir gehen woandershin. Vielleicht in den Wald.«

Plötzlich klopft es an der Tür. Wir zucken zusammen, obwohl wir wissen, dass die Tür abgeschlossen ist.

»Ja?«, rufe ich, stecke die beiden Joints wieder in die Tüte und lege sie in meine Schultasche.

»Habt ihr Lust, Monopoly zu spielen, Jungs?«, fragt Mutter von der anderen Seite der Tür.

Wir sehen uns an und grinsen lautlos. Mads tut so, als müsse er sich übergeben, und ich verdrehe die Augen.

»Nein danke!«, rufe ich.

Mit Vater Monopoly spielen? Sie hat sie doch nicht mehr alle. Als würde ich meinen Freunden so etwas zumuten wollen. Mit meinem Vater zu spielen, ist grauenhaft. Er will ganz einfach gewinnen, und das schafft er auch fast jedes Mal. Sollte es dennoch misslingen, ist er noch Tage später stinksauer. Der Mann kann einfach nicht verlieren. Ich wage gar nicht daran zu denken, was passiert, wenn er nicht zum Vorsitzenden dieser Scheißpartei gewählt wird.

»Kannst du nicht aufschließen, Malthe?«

Mads und Kasper können sich kaum halten und grinsen lautlos vor sich hin.

Ich versuche, ernst zu bleiben. »Wir machen gerade was«, sage ich dann. »Wir kommen aber gleich runter.« Einen Moment ist es ganz still. Dann: »Ihr raucht doch nicht etwa da drinnen, oder? Ich glaube, ich rieche Rauch?«

Mads wälzt sich jetzt auf dem Boden und versucht, nicht laut loszulachen. Kasper stützt sich an der Wand ab.

»Nein, natürlich nicht«, bringe ich heraus. »Du riechst wahrscheinlich Vaters Pfeife. Wir kommen gleich, Mutter.«

Endlich geht sie, und wir können losprusten. Scheiße, es ist einfach zu komisch. Man sollte jeden Tag Geburtstag haben, damit immer jemand da ist, mit dem man zusammen lachen kann.

42

»Okay, was haben wir?« Flemming stand in seiner bevorzugten Stellung am Fenster, mit dem Hintern am kalten Heizkörper und einer Flasche Mineralwasser in der Hand. Obwohl er braun gebrannt war und eben erst aus dem Urlaub zurück, sah er müde aus. »Das meiste wissen wir alle, aber ich denke, es ist gut, wenn wir das ganze Material noch einmal zusammen durchgehen, bevor wir weitermachen. Kannst du anfangen, Waage?« Der Polizeikommissar nickte der Ermittlerin zu.

»Ja.« Pia trat an den Projektor. Während sie darauf wartete, bis der Apparat seine Betriebstemperatur erreicht hatte, sah sie sich im Kreis ihrer Kollegen um. »Ich habe sämtliche Informationen gesammelt, die wir über den Hintergrund des Mannes ausgraben konnten, und ich kann es ebenso gut gleich sagen: Ich glaube, Dan hat recht, wir sollten uns auf Ken B. Rasmussen konzentrieren.«

Dan betrachtete Pia Waage von seinem Platz ganz hinten im Raum aus und stellte einmal mehr fest, dass die junge Polizeiassistentin sich in den letzten Jahren gewaltig entwickelt hatte. Ihre früher nervöse Verlegenheit darüber, an der Aufklärung von Mordfällen beteiligt zu sein, hatte sie vollkommen abgelegt. Ruhig und selbstsicher stand Pia Waage vor dem Whiteboard und berichtete, ohne mehr als unbedingt nötig in ihre Unterlagen zu schauen, die auf dem Tisch neben ihr lagen.

»Der vollständige Name des Verdächtigen ist Ken Blinckow Rasmussen«, begann sie. »Geboren 1949. Er ist seit zwölf Jahren Küster in Yderup, davor war er Lehrer an einer Schule in Ishøj mit den Fächern Werken und Mathematik. Ken Blinckow, wie er sich damals nannte, war ein ungewöhnlich beliebter Lehrer. Schüler und Eltern mochten ihn, und er galt als Kollege, auf den man sich immer verlassen konnte. Er organisierte Feste, Ausflüge, Seminare, was auch immer. Ein Gewinn für jede Schule.«

Pia warf einen Blick in ihre Notizen und räusperte sich. »Blinckow war einige Jahre mit einer Frau namens Anette verheiratet. Auch sie war ursprünglich ausgebildete Lehrerin mit den Fächern Physik und Chemie, unterrichtet hat sie nie. Ken und Anette bekamen früh Kinder, sie blieb zu Hause, bis der Jüngste im Konfirmandenalter war. Danach gründete sie ihre eigene Firma. Sie hat lange mit einem neuen Imprägniermittel experimentiert, bis sie schließlich ein Patent anmeldete und sich sehr schnell einen großen Kundenstamm aufbaute.«

Pia klickte auf die Fernbedienung, und ein Foto erschien auf der Leinwand. Es zeigte eine jüngere, etwas korpulentere Frau. Sie lachte und versuchte, sich das halblange Haar aus dem Gesicht zu streichen. Hinter ihr sah man einen Laden mit einem großen Schild über einem bescheidenen Schaufenster, in dem ein paar Mäntel und ein Gartenstuhl mit gestreiftem Polster sich den Platz streitig machten. Auf dem Schild stand in einer einfachen schwarzen Schrift: DRY & SAFE. *Blinckow Textilimprägnierung.*

»Das Foto stammt aus der örtlichen Wochenzeitung«, fuhr Pia Waage fort. »Nach einem Jahr fingen die Schwierigkeiten an. Wie sich herausstellte, gab es ernsthafte Umweltprobleme mit Anette Blinckows Erfindung. Ich habe mit dem Chemiker gesprochen, der damals als Experte und Gutachter in dem Fall auftrat, ich habe inzwischen eine einigermaßen klare Vorstellung davon, um welche Probleme es sich handelte, obwohl ich nur sehr ungern in die Details gehen würde. Das Imprägniermittel, für das Anette und ihr Mann Haus, Heim und all ihr Erspartes geopfert hatten, reagierte ausgesprochen giftig, wenn es in Kontakt mit gewissen anderen Stoffen kam. Es gab schnell Beschwerden über Ausschläge und Atemprobleme – und wer Kleidung einmal mit dem Imprägniermittel behandelt hatte, bekam es nicht mehr ab. Schließlich musste sämtliche mit dem Mittel von ihr imprägnierte Kleidung eingesammelt und entsorgt werden. Anette Blinckow hatte die Kosten zu erstatten.«

»Arme Frau«, sagte Flemming. Er sah sich das fröhliche Gesicht auf der Leinwand an.

Pia Waage nickte. »Ja, es war traurig. Was zuerst wie ein potenzieller Welterfolg aussah, erwies sich als Katastrophe. Anette Blinckow hatte dem chinesischen Labor blind vertraut, das ihr bei der Entwicklung des Imprägniermittels geholfen hatte, und das hätte sie natürlich nicht tun sollen. Sie hätte nie in die Produktion gehen und es anwenden dürfen, bevor es nicht abschließend getestet worden war. Hätte sie gewartet, bis das Patentamt den Fall abgeschlossen hatte, wären die Probleme noch überschaubar gewesen, aber genau das hatte sie nicht getan.«

»Und zu diesem Zeitpunkt starb sie?«

»Nein, es vergingen noch ein paar Monate.« Pia Waage blätterte in ihren Unterlagen. »Genauer gesagt, ein halbes Jahr. Der Konkurs stand zu diesem Zeitpunkt bereits fest, die Familie hatte ihr Haus verkauft und war in eine 4-Zimmer-Wohnung in irgendeinem Betonklotz in Ishøj gezogen. Anette hatte sogar einen Job als Aushilfe an einer Schule in der Nähe gefunden. Es sah tatsächlich so aus, als würden sie die Krise überstehen. Arm wie die Kirchenmäuse zwar, aber immerhin.« Pia zuckte die Achseln. »Doch so kam es nicht. Die Umweltaktivisten, die den Fall aufgedeckt hatten, zogen mit Erstattungsklagen für einige Leute vor Gericht, die von dem Imprägniermittel krank geworden waren, ihre Presseabteilung sorgte zudem dafür, dass die Boulevardpresse mit Schreckensgeschichten gefüttert wurde.«

Pia drückte ein paarmal auf die Fernbedienung, und die Gruppe betrachtete schweigend die Titelseiten mit Fotos der Opfer von

»Gift-Anette«, wie man die unglückselige Frau getauft hatte. Eins schlimmer als das andere.

»Nach mehreren Wochen auf den Titelseiten fand man Anette Blinckow auf einem Dachboden im Kopenhagener Stadtteil Østerbro. Sie hatte sich erhängt.«

Flemming änderte seine Haltung. »Wieso in Østerbro? Sie wohnten doch in Ishøj?«

»Sie hatte den Schlüssel zur Wohnung einer Freundin. Und offenbar auch zum Dachboden. Sie goss in den Sommerferien die Balkonpflanzen der Freundin. Vermutlich entschied sie sich, nicht in ihrer Wohnung Selbstmord zu begehen, um sicher zu sein, dass weder ihr Mann noch ihre Kinder sie fanden. Aber das weiß man nicht genau. Es gibt keinen Abschiedsbrief von ihr. Wie alle hier wissen, ist es ziemlich ungewöhnlich für einen Selbstmörder, nicht irgendeine Form von Erklärung zu hinterlassen – oder zumindest einen Abschiedsgruß. Vor allem, wenn Kinder und ein Ehepartner betroffen sind. Der fehlende Abschiedsbrief war der Grund, warum die Kollegen der Kopenhagener Polizei an der Selbstmordtheorie zweifelten.«

Wieder klickte die Fernbedienung. Eine Titelseite des *Ekstra Bladet* erschien. »Gift-Anette tot aufgefunden«. Erneutes Klicken. »Mysteriöser Tod von Gift-Anette«. Klick. »Anettes Ehemann verhört«. Klick. »Polizei: Gift-Anette von ihrem Ehemann ermordet«. Auf dieser Titelseite hatte man Anettes Foto gegen ein Foto von Ken ausgetauscht. Er ist leicht wiederzuerkennen, dachte Dan. Obwohl das Foto mindestens fünfzehn Jahre alt war und die Redaktion einen schwarzen Balken über die Augen gelegt hatte. Der sorgfältig geschnittene Schnurrbart, die charakteristische kurze Nase, der absolut gleichmäßige Amorbogen. Ein Irrtum war kaum möglich.

»Die Polizei vermutete damals, Ken Blinckow hätte seine Ehefrau ermordet, weil sie wegen ihrer Ungeduld und ihres unvorsichtigen Vorgehens alles ruiniert hatte, wofür sie gemeinsam ihr ganzes Leben geschuftet hatten. Laut Ermittlungsgruppe ging es allerdings nicht nur um Geld. Man war der Ansicht, Ken hätte das Gefühl gehabt, dass auch sein Lebenswerk vernichtet worden war, da er mit großem Engagement die Firma seiner Frau mitaufgebaut hatte. Er ließ keinerlei Zweifel daran, dass er einen frühzeitigen Ruhestand in einem Liegestuhl an der französischen Riviera genießen wollte.«

»Tja, daraus ist nichts geworden«, warf Frank ein.

»Wie ihr euch vielleicht erinnert«, fuhr Pia Waage fort, »verbrachte Ken Blinckow Rasmussen fast anderthalb Jahre im Gefängnis. Zuerst in Untersuchungshaft, später im normalen Vollzug, nachdem ihn das Gericht für schuldig befunden hatte. Er wurde entlassen, als eine höhere Instanz ihn aus Mangel an Beweisen freisprach.«

»Mangelnde Beweise. Pfff. Er war es!«, rief Svend Gerner dazwischen. »Ich war damals bei der Kopenhagener Polizei und einen Monat Mitglied der Ermittlungsgruppe. Wir waren uns hundertprozentig sicher. Es lag nur an juristischen Winkelzügen, dass er rauskam.«

»Glücklicherweise reicht es nicht, einen Mann zu verurteilen, nur weil die Ermittler sich ihrer Sache sicher sind«, erwiderte Flemming ruhig. »Jedenfalls nicht in Dänemark. Es braucht handfeste Beweise.«

»Du findest also, dass es besser ist, einen Mörder frei herumlaufen zu lassen?« Svend Gerner hatte sich auf seinem Stuhl umgedreht und starrte seinen Chef wütend an. »Wäre er damals verurteilt worden, hätten nicht drei weitere Menschen ihr Leben verlieren müssen.«

»Das Landgericht hat ihn freigesprochen, und die Anklagebehörden haben auf eine Berufung verzichtet. Dafür muss es gute Gründe gegeben haben.«

Svend Gerner öffnete den Mund, um weiter zu argumentieren, aber Pia unterbrach ihn: »Konzentrieren wir uns auf die Gegenwart, Gerner.«

Ihr Kollege sank zurück in den Stuhl, ohne zu antworten.

»Darf ich etwas sagen?« Pia Waage nickte Dan zu, und er sagte: »Ich verstehe das einfach nicht. Die Ermittlungen in dem Mord an Mogens laufen jetzt schon seit ein paar Wochen und niemand hat herausgefunden, dass einer der Beteiligten solch einen Hintergrund hat? Ich fasse es nicht.«

»Das mag vielleicht seltsam erscheinen«, erwiderte Flemming, »doch wir hatten bisher keinen Anlass, die Vergangenheit sämtlicher Bürger von Yderup zu durchleuchten. Der Ort hat fünfzehnhundert Einwohner, und es gab keinen Grund, dem Küster besondere Aufmerksamkeit zu widmen, bevor du diese Verbindung herausgefunden hast.«

»Tja, trotzdem«, widersprach Dan. »Wieso hast du, Svend, Ken B. nicht wiedererkannt, du warst damals doch sogar bei den Verhören dabei?«

»Ich habe ihn überhaupt nicht gesehen. Sonst hätte ich bestimmt zwei und zwei zusammengezählt.«

»Früher oder später«, ergänzte Flemming, »wären wir natürlich auf den Mann gestoßen. Machen wir weiter.«

Pia Waage drückte noch einmal auf die Fernbedienung und eine neue Titelseite erschien: »Aus Mangel an Beweisen: Gift-Anettes Ehemann freigesprochen«. Diesmal waren Ken Blinckow Rasmussens Augen nicht von einem schwarzen Balken verdeckt. Das Foto zeigte ihn, wie er vor dem Landgericht in der Bredgade in ein Taxi stieg. Er blickte mit einem ernsten Gesichtsausdruck direkt in die Kamera.

»Er sieht nicht sonderlich glücklich aus«, sagte Frank Janssen und griff nach der Thermoskanne. »Man sollte doch meinen ...«

»Ken Blinckow hatte alle möglichen Gründe, unglücklich zu sein, trotz seines Freispruchs«, erläuterte Pia. »Im Laufe des Verfahrens hat er erfahren, dass seine beiden Kinder sich entschieden hatten, weiterhin bei ihren Großeltern mütterlicherseits leben zu wollen, egal, wie die Sache ausging. Sie wollten ihren Vater künftig weder sehen noch von ihm besucht werden oder sonst mit ihm kommunizieren.«

»Wie alt waren sie zu diesem Zeitpunkt?«

»Der Junge war gerade achtzehn geworden, das Mädchen sechzehn. Sie waren zu alt, um sie zu irgendetwas zu zwingen.«

»Also hielten sie ihren Vater für schuldig?«, fragte Frank und trank einen Schluck Kaffee. »Auch nach dem Freispruch?«

»Sie und ihre Großeltern, ja. In der Zeit nach dem Freispruch erschienen mehrere Interviews mit den Kindern und den beiden älteren Herrschaften, in denen sie an der Grenze zur üblen Nachrede balancierten. Hätte Ken Blinckow sie angezeigt, wären sie höchstwahrscheinlich verurteilt worden.«

»Und warum hat er es nicht getan?«

Pia Waage verzog das Gesicht. »Es waren schließlich seine Kinder. Er hat es offenbar nicht fertiggebracht.« Wieder klickte sie. »Hetze gegen Gift-Anettes Ehemann«. »Wie auch immer, er bezahlte einen hohen Preis bei der ganzen Geschichte. Sein gesamtes Hab und Gut hatte er bereits verloren, als Anettes Firma Konkurs anmelden musste. Die Frau tot, er anderthalb Jahre im Gefängnis. Und nun hatte er auch seine Kinder verloren, die nicht aufhörten, ihn öffentlich zu beschuldigen. Sein alter Arbeitgeber hatte ihn nach der langen Abwesenheit gefeuert, niemand sonst wollte ihn einstellen. Die Nachbarn sahen ihn misstrauisch an, es wurde geredet.«

»Bla, bla, bla«, knurrte Svend Gerner. »Ja, wie tut er uns leid. Der Kerl bekam eine Riesensumme als Schadenersatz.«

»Richtig, er bekam einen Betrag für den Verdienstausfall und die unberechtigte Inhaftierung. Aber bei Weitem nicht so viel, dass es ihm einen Neuanfang ermöglicht hätte, Gerner. Die Gläubiger prügelten sich um das Geld wie hungrige Kinder, viel ist ihm davon nicht geblieben.« Pia drückte erneut auf die Fernbedienung, und das Foto des taubenblauen Volvo Amazon des Pastors tauchte auf. »Das Einzige, was Ken Blinckow besaß, war tatsächlich dieses Auto. In der Zeit seiner Inhaftierung stand es aufgebockt in einer Garage, es war zu diesem Zeitpunkt in einem so miserablen Zustand, dass keiner der Gläubiger sich dafür interessierte. Das Auto war nur ein paar Kronen wert, aber es wurde für längere Zeit sein Lebensinhalt. Er setzte es komplett instand, bettelte bei einem Schrotthändler um Ersatzteile und machte sämtliche Reparaturen selbst. Glücklicherweise fanden seine Gläubiger nie heraus, was der Wagen inzwischen wert war, und als er ihn ein paar Jahre später dem Gemeindepastor von Yderup verkaufte, informierte er selbstverständlich niemanden.«

Svend Gerner zog die Augenbrauen zusammen. »Wenn ihm so viel an dem Wagen lag, wieso hat er ihn dann verkauft?«

»Vermutlich wird er das Geld gebraucht haben«, meinte Frank Janssen.

Pia öffnete den Mund, um ihn zu korrigieren, doch Dan kam ihr zuvor: »Es gab noch einen anderen Grund. Ken B. musste seinen Führerschein abgeben. Alkohol am Steuer, soweit ich weiß. Der stand nur noch in der Garage und verstaubte. Als Arne Vassing

2001 Pastor der Gemeinde wurde, hat er sich auf der Stelle so in die alte, komplett renovierte Schönheit in der Garage des Küsters verliebt, dass Ken B. nachgegeben hat und sie verkaufte. Außerdem war es ja ideal, denn er durfte sich auch weiterhin um das Auto kümmern.«

»Dan hat recht. Rasmussens Führerschein wurde 1999 nach mehreren Anzeigen wegen Alkohol am Steuer eingezogen«, bestätigte Pia. »Er hätte natürlich versuchen können, die Fahrerlaubnis wiederzubekommen, entschied jedoch, dafür weder Zeit noch Geld zu opfern.«

»1999? Da war er bereits in Yderup angestellt«, stellte Dan fest. »Was hat denn der Kirchenvorstand dazu gesagt?«

Pia zuckte die Achseln. »Sie haben es offenbar großzügig übersehen. Was weiß ich?«

»Wie kam der Mann überhaupt an den Posten des Küsters?«, wollte Svend Gerner wissen. »Diesen Teil der Geschichte habe ich nicht mitbekommen.«

»Als Ken Blinckow im Gefängnis saß, hat er oft mit dem Gefängnispastor gesprochen, und als er wieder draußen war, hielt er weiterhin Kontakt zur Kirche. Er war bereits einige Zeit arbeitslos, bis er eines Tages eine Stellenanzeige sah, in der ein neuer Küster in Yderup gesucht wurde. Er bewarb sich und bekam die Stelle. Früher übernahm der örtliche Lehrer häufig die Aufgaben des Küsters, der Sprung war also nicht so ungewöhnlich.«

»Und der Kirchenvorstand in Yderup hatte keine Bedenken, einen Mörder einzustellen?«

»Gerner, Mann, hör endlich auf. Der Kirchenvorstand wusste natürlich, wer er war und was er durchgemacht hatte, aber man hatte Ken Blinckow doch eindeutig freigesprochen, obwohl ihn große Teile der Bevölkerung durch die Berichterstattung der Boulevardblätter als schuldig ansahen. Er musste als unschuldig vor Gott und den Menschen gelten und brauchte einfach einen Neuanfang. Neue Nachbarn, neue Stadt, neuer Job. Sogar seinen Zweitnamen Blinckow legte er ab. Von dem Tag an nannte er sich nur noch Ken B. Rasmussen.«

»Wäre es nicht einfacher gewesen, einen ganz neuen Namen anzunehmen?«, erkundigte sich Dan. »Heutzutage hat man doch mehr oder weniger die freie Wahl bei all diesen seltsamen Fantasienamen, mit denen die Leute herumrennen. Gusti Glockenblume oder wie auch immer.«

»Keine Ahnung«, sagte Pia. »Wir können ihn ja danach fragen, wenn er hier ist. Vielleicht war er der Ansicht, dass es so aussehen könnte, als sei er wirklich schuldig, wenn er seinen Namen komplett aufgibt. Ich weiß es nicht.«

43

»Danke, Waage«, sagte Flemming und trat an das Whiteboard. »Wie ihr alle wisst«, begann er seinen Teil des Berichts, »haben wir in den letzten Tagen versucht, eine Verbindung zwischen Ken B. Rasmussen und den beiden Morden herzustellen, die wir in die Ermittlungen miteinbezogen haben. Zunächst möchte ich mich ganz besonders bei Dan bedanken, weil er die Sache mit den fehlenden Nummernschildern entdeckt hat. Wenn du nicht gewesen wärst, hätte es sehr viel länger gedauert, bis wir auf Rasmussen gestoßen wären. Allerdings hätte ich es vorgezogen, wenn du zu mir oder einem anderen aus der Gruppe gekommen wärst, anstatt nach Yderup zu fahren und den Besitzer des Wagens auf eigene Faust zu verhören. Ich bin sicher, das wird sich nicht wiederholen.«

Dan senkte den Kopf, ohne etwas zu erwidern, erleichtert, dass er so billig davonkam.

»So wie ich es sehe«, fuhr Flemming fort, der sich mit der Wasserflasche vor sich ans Ende des Tisches gesetzt hatte, »ist die Beweislage bei den Harskov-Morden schwierig.«

»Aber ...«, begann Dan.

Flemming hob abwehrend die Hand. »Ich weiß genau, was du sagen willst, Dan. Und ich glaube auch mehr und mehr an deine Theorie, dass ein und derselbe Täter für alle drei Morde verantwortlich ist. Hier und jetzt geht es nur um Indizien, die Ken B. Rasmussen mit dem Mord an Gry Harskov in Verbindung bringen. Nicht mit dem Tod von Rolf Harskov. Wir wissen, dass Rasmussen der Einzige war, der zu diesem Zeitpunkt Zugriff auf den Amazon hatte. Wir wissen, dass sich der Wagen in der unmittelbaren Nähe von Grys Wohnung befand, und wir wissen, dass sowohl der Pastor als auch seine Frau sich an diesem Tag an anderen Orten auf der Welt aufhielten. Die Schlussfolgerung ist logisch, und mit großer Wahrscheinlichkeit wird auch ein Richter es so sehen. Abgesehen davon hatte der Küster zu beiden Kindern Kontakt. Sie kamen regelmäßig auf den Pfarrhof, wo Ken B. Rasmussen ebenfalls häufig zugegen war. Zweifellos haben sie den Mann gekannt, seit sie in das Dorf gezogen sind. Vermutlich haben sie ihm vertraut, und sicher hatte er genügend Gelegenheiten, ihnen so nahezukommen, dass er ihnen zum Beispiel etwas zu trinken anbieten konnte.«

»Oh«, war von Dan zu hören.

»Was ist?«

»Mir ist gerade etwas eingefallen.« Dan erzählte die Geschichte vom Hof des Pfarrhauses, als Ken B. höhnisch Malthes Wunsch zurückgewiesen hatte, mit den Erwachsenen ein Bier zu trinken. »Er hat gesagt, dass Malthe ein Bier bekommen könne, wenn er sechzehn sei und alt genug, um sich selbst eines zu kaufen.«

»Ja?«

»Gestern Abend bekam ich eine SMS von Malthe. Er ist bekanntlich vor drei Tagen sechzehn geworden, und ... Augenblick ...« Dan fummelte sein Handy aus der Tasche, rief die SMS-Funktion auf und fand den Text. »Malthe schreibt: ›Hi D. Breaking News. Gartenzwerg hat Pils spendiert. Yay! C ya.‹ Der Gartenzwerg, das ist der Küster, sollte jemand es nicht mitbekommen haben.«

»Du meinst, Rasmussen macht das jedes Mal so? Ein Bier wird attraktiv, weil er es den Jugendlichen zuerst verweigert. Um es ihnen nach ihrem sechzehnten Geburtstag dann anzubieten?«

»Ja, auf diese Weise kann er sicher sein, dass sie sein Bier trinken. Und dann mischt er das Gift bei und ... nein.« Dan legte das Handy mit einem enttäuschten Gesichtsausdruck beiseite. »Wie soll er das denn bei einer Bierdose machen?«

»Spielen wir es trotzdem weiter durch. Vielleicht läuft es so, dass er in der kommenden Zeit hin und wieder ein Bier mit Malthe trinken wird. Um eine Art Vertrauen aufzubauen. Und ihn, wenn es so weit ist, umzubringen. Es ist der 4. Juli, hast du gesagt, oder?« Dan nickte, und Flemming fuhr fort: »Vielleicht plant er, zum Roskilde-Festival zu fahren und Malthe auf ein Bier einzuladen, in das er dann Gift mischt.«

Dan lachte. »Wie lange ist es her, dass du in Roskilde gewesen bist? Es sind viel zu viele Menschen dort, als dass es sich dabei um einen auch nur ansatzweise realistischen Plan handeln könnte. Sollte der Mann an allen sieben Tagen zwischen den Zelten herumstapfen, wären seine Chancen, auf Malthe zu stoßen, immer noch verschwindend gering. Roskilde ist ein Albtraum, wenn man jemanden sucht.«

»Wahrscheinlich hast du recht. Trotzdem sollten wir weiter darüber nachdenken.« Flemming trank einen Schluck Wasser und schraubte den Deckel sorgfältig auf seine Flasche. »Nachdem wir nicht wissen, mit welchem Mittel die beiden Kinder vor den Morden betäubt wurden, wird es schwierig werden, eine Verbindung zwischen Ken B. Rasmussen und dem Giftstoff herzustellen. Aber ich habe darüber nachgedacht und finde, das passt alles wunderbar zusammen. Anette Blinckow war Physik- und Chemielehrerin. Sie hat zu Hause relativ lange diverse Versuche unternommen. Wie ihr wisst, erfand sie ein Imprägniermittel. In ihrer Wohnung muss es also ein kleines Labor und einige Ingredienzien gegeben haben, die für alles Mögliche verwendet werden konnten. Außerdem hatte Rasmussen selbst großes Interesse am Geschäft seiner Frau. Sicherlich hatte er auch Zugang zu ihrem Labor. Ist es da nicht naheliegend, dass er noch immer im Besitz einiger Substanzen sein könnte? Und ist es nicht vorstellbar, dass sie genau die Wirkung haben, nach der wir suchen? Und bei Standarduntersuchungen nicht auffallen.«

Vereinzeltes beifälliges Gemurmel rund um den Tisch.

»Ich bin kein Chemiker, also will ich hier nicht den Schlaumeier spielen. Wir müssen mit Fachleuten reden, sobald wir etwas mehr wissen. Aber wie gesagt: Es erfordert einige Arbeit, um eine Verbindung zwischen Rasmussen und dem Tod der beiden Kinder zu beweisen, obwohl es ausgerechnet ein Detail in Verbindung mit dem Mord an Gry war, durch das wir ihm auf die Spur gekommen sind. Der Mord an Mogens Kim Pedersen hingegen ... Hier haben wir ganz andere Möglichkeiten, sein Alibi zu überprüfen, es gibt ein paar frische Spuren, es könnte Zeugen geben und so weiter.«

Flemming beugte sich ein wenig vor: »Nehmen wir einmal an, der Mann hätte damals wirklich seine Frau ermordet und es möglicherweise genauso gemacht wie bei den drei anderen Morden. Betäubung mit einer bisher unbekannten Substanz, gefolgt von einer Todesursache, die als Selbstmord akzeptiert wird, ohne dass die Rechtsmediziner den ganz großen Apparat anwerfen, um ein seltenes Betäubungsmittel zu finden.«

»Sehr einverstanden«, sagte Svend Gerner und setzte zum ersten Mal im Verlauf des Meetings einen zufriedenen Gesichtsausdruck auf. »Das stinkt zum Himmel.«

»Das Problem ist nur«, warf Dan ein, »das Betäubungsmittel kann unmöglich bei allen vier Todesfällen identisch gewesen sein. Wir wissen, was Mogens bekommen hat. Ein ganz gewöhnliches Schlafmittel, das auf der Screening-Liste der Gerichtsmediziner steht. Es kann unmöglich derselbe Stoff gewesen sein, mit dem die beiden Kinder und Anette betäubt worden sind, das wäre bei den Untersuchungen aufgefallen.«

»Vielleicht war das seltene Gift alle, nachdem er Gry ermordet hat?«

»Oder er hebt die letzte Portion für Malthe auf, damit alle drei Kinder der Harskovs gleich behandelt werden.«

»Zumindest fehlt es dir nicht an Fantasie, Dan.« Flemming schüttelte den Kopf. »Gut, spielen wir den zweiten Gedanken durch. Wenn Anette Blinckow ermordet wurde, könnte das Motiv für die drei letzten Morde auf den ersten zurückgeführt werden, bei dem Rasmussen rein faktisch ein ordentliches Motiv hatte. Die beiden Kinder könnten irgendetwas über den Küster herausgefunden haben. Vielleicht haben sie Detektiv gespielt, oder ... ich weiß es nicht.«

»Entschuldige, dass ich schon wieder unterbreche«, sagte Dan. »Ich finde, es gibt zu viele offene Fragen. Okay, nehmen wir an, die Kinder hätten Detektiv gespielt. Klingt eigenartig, ist aber nicht unmöglich. Dennoch ist das mit der Erpressung zu weit hergeholt, Flemming. Mogens hätte niemals freiwillig mit einem Fremden geredet.«

Flemming blickte ihn missmutig an. »Hast du eine bessere Idee?«

»Eigentlich schon.« Dan lehnte sich zurück und musste ein triumphierendes Lächeln unterdrücken. »Ihr seid nämlich nicht die Einzigen, die heute viel beschäftigt waren. Ich hatte auch etwas zu erledigen.«

»Jetzt sag schon.«

»Ich bin deiner Meinung, dass die vier Todesfälle miteinander zusammenhängen, ich bin jedoch keineswegs davon überzeugt, dass es sich bei dem ersten um Mord handelt. Wie ich euch vor einer Woche erklärt habe, bin ich mir sicher, die Morde an den beiden Harskov-Kindern richten sich in Wahrheit gegen ihre Eltern. Sie sind ein Racheakt. Und mir kam der Gedanke, dass entweder Lene oder Thomas Harskov etwas mit der Sache zu tun haben könnten, die Anette Blinckow und ihren Mann ruinierte.«

»Lass mich raten«, sagte Flemming. »Bei diesem selbstzufriedenen Gesichtsausdruck bin ich mir sicher, dass du recht hattest.«

»Das hatte ich allerdings. Lene Harskov war damals in der Umweltschutzorganisation aktiv, von der die Geschichte an die Boulevardpresse weitergegeben wurde. Die Gruppe hat die entscheidenden Fotos der Opfer gesammelt und veröffentlicht.«

»Was?«

»Es stimmt, Flemming. Ich habe es überprüft.«

»Du willst mir hoffentlich nicht erzählen, du hättest ohne uns weitere Zeugen vernommen?«

»Nein, nicht doch. Ich kenne einen Journalisten, der damals mit dem ersten Teil des Falls befasst war, den Pia uns präsentiert hat. Den mit Gift-Anette, meine ich. Anders Weiss hatte damals den Kontakt zu den Leuten, er hat auch mit den Menschen gesprochen, die von dem Imprägniermittel krank geworden sind. Er war unglaublich hilfsbereit und hat mir unter anderem erzählt, dass ...«

»Was!? Anders Weiss? Du bist zum *Ekstra Bladet* gegangen? Willst du, dass die ganze Geschichte morgen auf der Titelseite steht? Bevor wir überhaupt eine Chance hatten, mit dem Verdächtigen zu reden?«

»Beruhige dich. Anders unternimmt nichts. Und er wird auch in der Redaktion den Mund halten.«

»Scheiße noch mal, Dan! Wie ich die kenne, haben sie längst Ken B. Rasmussen und sämtliche Bewohner von Yderup alarmiert.«

»Er hat einen guten Grund, so etwas nicht zu machen, Flemming. Ich habe ihm die Story exklusiv versprochen, wenn die Sache läuft. Aber nur, wenn er bis dahin seine Klappe hält.«

»Zu derartigen Versprechen bist du überhaupt nicht berechtigt.« Flemming war so wütend, dass er aufgestanden war. »Was zum Teufel bildest du dir eigentlich ein?«

Auch Dan hatte seinen Stuhl zurückgeschoben und sich erhoben. »Ich kann ihm doch ein Interview mit mir versprechen. Das geht dich doch gar nichts an.«

»Weißt du Amateur eigentlich, wie viel Ärger das geben kann? Unser Presseverantwortlicher wird ...«

»Ich scheiße auf euren Presseverantwortlichen. Ich habe eine Reihe von Informationen beschafft, die der Schlüssel zu diesem Fall sein können. Bedeutet das denn überhaupt nichts?«

»Wenn du für uns arbeitest, musst du verflucht noch mal ...«

»Willst du wissen, was ich herausgefunden habe, oder soll ich sofort gehen?«

44

Flemming sah ihn einen Augenblick an, bevor er sich wieder setzte und die Arme vor der Brust faltete. »Spuck's aus.«

»Also gut.« Auch Dan nahm wieder am Sitzungstisch Platz. »Lene Harskov war damals nicht nur Mitglied dieser Organisation. Durch ihre Arbeit als Innenarchitektin war sie die Erste, die von den Problemen mit dem Imprägniermittel hörte. Sie war es, die mit dem Patentamt Kontakt aufnahm, sie sorgte dafür, dass der Pressekoordinator der Umweltschutzorganisation informiert wurde – sie hat ganz einfach sämtliche Fäden gezogen.«

Ein paar Sekunden war es still im Sitzungszimmer.

»Du behauptest also«, begann Flemming dann, »Lene Harskov ist für den ganzen Ärger verantwortlich: die Zeitungskampagnen, den Konkurs, den Selbstmord, den langen Gefängnisaufenthalt, die verlorenen Kinder, die Arbeitslosigkeit? Sie hat Rasmussens Leben zerstört?«

»Laut meinen Informationen, ja. Jedenfalls könnte man sich gut vorstellen, dass er selbst es so sieht. Wir kennen das ja alle: Sobald irgendetwas Unangenehmes passiert, versuchen wir jemanden zu finden, dem wir die Schuld dafür geben können.«

Die anderen nickten.

»Ken B. dürfte es nicht schwergefallen sein, die Umweltschutzorganisation als Schuldigen auszumachen, oder? Und es ist vergleichsweise einfach herauszufinden, wer damals die zentralen Mitglieder gewesen sind. Jedenfalls sagt das meine Quelle.«

»Auf jeden Fall reicht das für ein langes Gespräch mit Lene Harskov, und zwar so schnell wie möglich«, sagte Flemming.

»Ken B. Rasmussen hat sich vielleicht deshalb auf den Job beworben und ist nach Yderup gezogen.« Pia Waage hatte während der erregten Auseinandersetzung schweigend dagesessen, nun ergriff sie das Wort. »Weil er herausgefunden hatte, dass Lene dort wohnte. So war er ganz in ihrer Nähe.«

»Das können wir definitiv ausschließen«, erwiderte Dan. »Ken B. wurde vor etwas über zwölf Jahren Küster in Yderup, und die Harskov-Familie zog erst ein Jahr später nach Seeland. Thomas war damals schon im Folketing und hatte die ewige Pendelei satt. Vorher wohnten sie in Vejle und hatten keinerlei Verbindung nach Yderup. Ich wette aber, dass Ken B. einen Schock bekam, als er entdeckte, wer die neuen Eigentümer von Lindegården waren.«

Pia sah ihn an. »Wir wissen von dem fehlenden Bogen mit Fotos in Mogens' Album«, sagte sie langsam. »Und da auch der Fotoapparat des Mannes verschwunden ist, gibt es eine gewisse Wahrscheinlichkeit, dass sein Tod in irgendeiner Weise mit diesen Fotos zusammenhängt. Aber woher konnte Rasmussen wissen, dass Mogens Pedersen Fotos aus dem Jahr 2005 hatte? Das ergibt für mich keinen Sinn.«

»Ich weiß es nicht.« Dan erwiderte ihren Blick. »Ken B. hat vielleicht gesehen, wie Mogens den Amazon fotografierte.«

»Und vermutete dann sofort, der Mann würde dieses Auto nicht zum ersten Mal fotografieren? Ach, Dan. Irgendwie ist das doch unwahrscheinlich.«

»Es kann auch eine ganz andere Verbindung geben. Vielleicht ist das mit der Kamera nur ein Zufall. Vielleicht hat Mogens gesehen, wie der Küster irgendwelches Beweismaterial vernichtete. Es könnte doch sein, dass Ken B. nervös wurde, weil ich plötzlich anfing, den alten Fall wieder auszugraben, nicht wahr? Ich weiß es nicht. Ihr werdet es sicher herausfinden, wenn ihr ihn verhört.«

»Danke«, sagte Flemming. »Wir werden unser Bestes tun.«

»Aber eigentlich gibt es da eine andere Sache, die mir an meiner Theorie nicht gefällt«, fügte Dan hinzu. »Das ist die Geschichte mit den sechzehn Jahren und siebenundzwanzig Tagen. Eins, sechs, zwei, sieben. Ich muss immer wieder darüber nachdenken. Ich finde keine Erklärung dafür. Es passt auch mit anderen Details nicht zusammen, die bereits erwähnt wurden. Könnten die Zahlen mit der Rezeptur für das Imprägniermittel zusammenhängen? Oder mit dem Zeitpunkt, an dem Anette tot aufgefunden wurde? Ich habe größte Lust ...«

»Vergiss es, Sommerdahl«, unterbrach ihn Frank Janssen. »Entschuldige, wenn das jetzt etwas hart klingt. Ich weiß, dass es ursprünglich gerade das übereinstimmende Alter war, wodurch das Misstrauen der Eltern geweckt wurde. Trotzdem kann es sich immer noch um reinen Zufall handeln.«

»Vielleicht.« Könnte sein, dass Frank recht hatte. Aber Dan glaubte es nicht. Er musste weiter daran arbeiten, wenn er allein war. Es könnte der Code eines Safes sein. Oder eine Uhrzeit mit einer besonderen Bedeutung. Vielleicht fand er die Erklärung in den alten Zeitungsausschnitten. Aber dazu würde er erst morgen kommen. Im Moment konnte er nichts mehr aufnehmen.

Die anderen sahen inzwischen auch einigermaßen erschöpft aus. Es war fast acht Uhr, sie waren seit dem frühen Morgen auf den Beinen. Flemming richtete sich in seinem Stuhl auf und räusperte sich. »Okay«, sagte er. »Gute Arbeit, auch von dir, Dan.« Er sah seinen alten Freund einen Moment an, bevor er sich wieder an seine Mitarbeiter wandte. »Waage, du besorgst einen Durchsuchungsbeschluss. Wir holen Rasmussen in den Morgenstunden zur Vernehmung und lassen die Techniker das Kirchenbüro und seine Wohnung durchkämmen. Finden wir Beweise, die ihn mit einem oder mehreren der drei Morde in Verbindung bringen, versuchen wir, im Laufe des Tages einen Haftbefehl zu erwirken. Gerner, du verstärkst die Ermittlungen in Yderup. Überprüft sämtliche Schuppen und Nebengebäude noch einmal. Und finde um Himmels willen diese Kamera. Sie muss dort sein. Und wenn wir in diesen verdammten Dorfteich steigen müssen, wir müssen sie finden.«

»Was ist mit Lene Harskov? Und Malthe? Und der Familie des Pastors?«

»Dazu komme ich noch, Dan. Immer der Reihe nach.« Flemming schien beinahe durchsichtig, so müde war er, aber seine Stimme hatte nichts an Autorität verloren. »Janssen, du redest mit dem Pastor. Finde alles heraus, was wir über das Verhältnis von Ken B. Rasmussen zur Familie Harskov wissen müssen. Rede auch mit Malthe. Er muss wissen, ob …«

»Lass mich mit ihm reden«, sagte Dan. »Ihr bekommt kein Wort aus ihm heraus.«

»Kommt überhaupt nicht infrage. Wir sind ausgebildet, mit Menschen zu kommunizieren, die nicht reden wollen. Vergiss es, Dan.«

Dan zuckte die Achseln.

»Ich selbst rede mit Lene Harskov im Laufe des Tages«, fuhr Flemming fort. »Waage und ich, meine ich.«

»Und was mache ich?«, wollte Dan wissen.

»Nichts. Ab jetzt ist es ganz gewöhnliche Polizeiarbeit. Und damit musst du deine Zeit nicht vergeuden. Noch einmal vielen Dank für deinen Einsatz, Dan. Ich rufe dich morgen an und halte dich auf dem Laufenden.«

Dan half, die Tassen und Gläser in die Spülmaschine zu räumen, bevor er seine Jacke anzog und die Treppe hinunterging. Er blieb an der Schranke stehen und redete einen Moment mit dem Wachhabenden, einem netten, älteren Beamten mit einer beeindruckenden Vollglatze unter ein paar fettigen Haarsträhnen, die quer über den Kopf gekämmt waren. Dann wünschte er eine gute Nacht, öffnete die Tür und verließ das Präsidium.

Ein paar Minuten lang beobachtete er das Gewimmel auf dem Rathausplatz. Er hatte das Gefühl, lange fort gewesen zu sein, obwohl er erst vor wenigen Stunden in das Universum der Ermittlungsgruppe eingetreten war. Der laue Abend hatte die Bürger von Christianssund auf die Straßen gelockt, in den Straßencafés gab es kaum noch einen freien Platz, vor den Pølserwagen standen Menschen aller Altersgruppen. Auf dem Rand des Springbrunnens saßen ein paar junge Mädchen, die offenbar ein bisschen Zeit herausgeschunden hatten, bevor sie ins Bett mussten. Sie kicherten, flüsterten und ließen hin und wieder ein lautes Kreischen hören. Unten am Kai standen sieben, acht ältere Menschen und blickten übers Wasser. Sie waren ordentlich gekleidet, Krawatten, Schmuck, Manschettenknöpfe und Handtaschen. Sie sehen aus, als hätten sie zusammen zu Abend gegessen, dachte Dan und bemerkte, dass zwei Mitglieder der Gruppe Händchen hielten.

Mit einem Mal vermisste er Marianne so sehr, dass es fast physisch wehtat. Das Gefühl ihrer warmen, starken Hand in seiner. Der Duft ihres Lieblingsshampoos mit einem Hauch von Vanille. Der Klang ihrer Stimme, wenn sie ihn fragte, wie sein Tag gewesen war. Oder wenn sie ihn erbarmungslos mit seiner Eitelkeit aufzog. Oder sich über irgendeinen Idioten erregte, über den sie sich beim Autofahren geärgert hatte. Ihr Lachen. Ja, vor allem ihr Lachen. Zusammen mit Laura. Die beiden konnten in Lachanfälle ausbrechen, bei denen alle anderen mitlachen mussten. Je länger er darüber nachdachte, war es eigentlich nicht allein seine Exfrau, nach der er sich sehnte. Er vermisste auch seine Kinder, sein gemütliches Haus, seinen Hund. Das Abendessen in der Küche, die Fernsehabende, bei denen Marianne regelmäßig einnickte, die

Diskussionen über ihre Urlaubsziele im Sommer. Kurz gesagt, er vermisste seine Familie. Dan wusste, dass es idiotisch war. Es gab niemanden, der ihn zwang, hier mutterseelenallein zu stehen und all den anderen zuzusehen, die einen Partner hatten. Er hatte ja auch eine Freundin. Sogar eine nette, kluge und hübsche Freundin, die stets sagte, lieber heute als morgen seine neue Familie sein zu wollen. Wenn er um ihre Hand anhielte, würde sie sofort Ja sagen; wünschte er sich noch ein Kind, würde sie es mit Freude bekommen. Wenn Dan wollte, könnte er in Rekordzeit eine neue Familie gründen.

Das Problem war nur, dass er nicht wollte. Die Familie, nach der er sich sehnte, hatte keine kleinen Kinder, die Ehefrau, die er vermisste, war nicht Kirstine. So einfach war das. So einfach, und so unfassbar kompliziert. Denn plötzlich wurde ihm bewusst, was er in nicht allzu langer Zeit zu tun hatte. Er durfte Kirstine nicht zum Narren halten. Sie war jetzt Ende dreißig. Er musste die Beziehung beenden, damit sie in ihrem Leben weiterkam und vielleicht jemanden fand, der ihr das geben konnte, wovon sie träumte, bevor sie zu alt war. »Dan?« Flemmings Stimme riss ihn aus seinen Gedanken. »Willst du nicht nach Hause?«

»Ja, sicher. Ich habe nur einen Moment hier gestanden …«

»Hast du auf mich gewartet?«

Hatte er? »Nein, ich habe einfach meinen Gedanken nachgehangen. Eigentlich habe ich ziemlichen Hunger. Wollen wir nicht …« Er nickte in Richtung Hotel Marina.

»Vielen Dank, aber Ursula hat gekocht.«

»Klingt gut.«

»Ich würde dich ja gern einladen, aber …«

»Nein, nein, mach dir deshalb keine Gedanken«, sagte Dan rasch. »Ich hole mir unterwegs eine Pizza.«

»Um ehrlich zu sein, bin ich ziemlich erledigt. Ich will nur noch ein bisschen was essen und dann in die Falle.«

»Du wirst doch hoffentlich nicht wieder krank?«

»Nein, ich bin einfach nur müde. Wir sehen uns morgen, okay?«

»Abgemacht«, erwiderte Dan. »Ach, da war noch etwas.«

»Ja?«

»Ich bin ja jetzt offiziell Mitglied der Ermittlungsgruppe. Könnte ich da meine eigenen Aktenkopien dieser beiden alten Fälle bekommen? Ich muss mir einen Überblick verschaffen. Mir wäre einfach wohler, wenn ich eine Erklärung für diese Zahlen fände.«

»Natürlich. Erinnere mich, wenn du nicht alles bis morgen Nachmittag hast.«

45

»Was sind das für Leute, die da drüben stehen?« Dan nickte diskret in Richtung des älteren Paars, das dem Leichenwagen hinterherblickte, der langsam zur Einfahrt des Kirchhofs rollte und in Richtung Hauptstraße verschwand.

»Das ist die Frau, die die Leiche gefunden hat«, antwortete Flemming. »Und ihr Mann, vermute ich. Sie ging spazieren, als sie Mogens im Wald entdeckte.«

»Puh, ein ziemlicher Schock, oder?«

»Ganz sicher.«

»Tatsächlich sieht sie noch immer ziemlich mitgenommen aus«, meinte Pia Waage. »Lass uns mit ihr reden, bevor sie geht. Vielleicht braucht sie noch weitere psychologische Unterstützung.«

Flemming Torp und Pia Waage gingen auf die schmächtige grauhaarige Dame zu, die sich jetzt die Nase putzte, während ihr Mann ihr etwas linkisch mit der Hand über den Rücken fuhr.

Seit der Sitzung auf dem Polizeipräsidium waren fünf Tage vergangen, eine Zeit, in der sich die Ereignisse überschlagen hatten. Zunächst war der Dart spielende Küster Ken B. Rasmussen verhaftet worden, vorläufig wurde ihm der Mord an Mogens Kim Pedersen vorgeworfen. Bei der Hausdurchsuchung hatte die Polizei mehrere Gegenstände gefunden, die den Verdacht gegen den Küster bekräftigten. In seinem Medikamentenschrank lag eine halb volle Packung des Schlafmittels, mit dem Mogens betäubt worden war, und ganz hinten in einer Küchenschublade hatten die Polizeitechniker eine Rolle dünner grauer Müllsäcke der Marke gefunden, mit der Mogens erstickt worden war. Und nicht zuletzt fanden sich Spuren einer Kunststoffhülle von der Sorte, die Mogens für seine Alben benutzte. Die verbrannten, zusammengeschmolzenen Reste hatten an der Stelle gelegen, wo der Friedhofsgärtner die Gartenabfälle verbrannte.

Dan sah sich in der beeindruckenden Trauergemeinde um, die zusammengekommen war. Mogens hat in seinem ganzen Leben garantiert nicht mit so vielen Menschen geredet, dachte er. Journalisten, Fotografen, Neugierige aus dem Dorf, Fans von Kirstine, die ihre Autogrammblöcke gezückt hatten.

Dans Mutter und Vibeke Vassing redeten leise mit Lene Harskov. Lene sieht fürchterlich aus, dachte Dan. Blass und mit schweren Tränensäcken unter den Augen. Er hatte sie noch nie so erschöpft gesehen. Die Vernehmungen im Zusammenhang mit der Verhaftung von Ken B. Rasmussen hatten deutliche Spuren hinterlassen. Es war bestimmt nicht so leicht zu verdauen, dass sie selbst die Schuld am Tod ihrer beiden ältesten Kinder trug – egal, wie indirekt es auch sein mochte.

Neben ihnen, mit gereckten Hälsen, damit sie bloß nichts verpassten, standen Helge und Lilly Johnsen. Was machen sie eigentlich hier, ging Dan durch den Kopf. Es war sicherlich reine Sensationslust, die sie zur Beisetzung eines Mannes trieben, zu dem sie keinerlei Beziehung hatten. Vielleicht war Lilly Johnsen auch der Ansicht, aufgrund ihres Sitzes im Kirchenvorstand von Yderup an allen kirchlichen Ereignissen teilnehmen zu müssen. Der Anblick der Johnsens ließ irgendetwas ganz hinten in Dans Bewusstsein aufblitzen. Irgendetwas hatte er vergessen. Konnte es etwas mit den vier mysteriösen Ziffern zu tun haben? Es irritierte ihn noch immer, keine Erklärung für die Zahlen gefunden zu haben, der Versuch, sie mit dem Fall Ken B. Rasmussen in Verbindung zu bringen, hatte ihm mehrere schlaflose Nächte bereitet. Aber nein. Das beschäftigte ihn im Moment weniger. Es ging bei den beiden dort drüben um etwas ganz Konkretes – etwas, das sie gesagt hatten? Dan trat ein paar Schritte zur Seite und nahm sein Mobiltelefon zur Hand. Mit etwas Glück hatte er die Aufnahme des Gesprächs mit den Johnsens noch. Er überprüfte Datum und Uhrzeit des Besuchs im Kalender des Handys und orientierte sich an Zeitangaben in der Liste seiner Aufnahmen im Handy. Als er die richtige Datei gefunden hatte, stellte er fest, dass die Aufnahme über vierundvierzig Minuten lang war. Er musste mit dem Abhören warten, bis er nach Hause kam. Nach Hause ... Dort ist auch irgendetwas, dachte Dan und steckte das Handy wieder in die Tasche. Etwas, das er irgendwo gesehen hatte. Vielleicht ein Buch? Vielleicht war es auch mehr als nur ein Ding. Er beschloss, ein allerletztes Mal sämtliche Unterlagen durchzugehen, bevor er den Fall endgültig als geklärt archivierte.

Dan sah sich nach Kirstine um. Er entdeckte sie nicht sofort, doch es war nicht schwer, sich auszurechnen, wo sie sich befinden musste. Die Journalistenschar, die über die Beisetzung des letzten Opfers des Yderup-Mörders berichtete, folgte ihr auf Schritt und

Tritt. Im Augenblick stand sie vor dem Eingang zum Kirchenbüro, also musste sie dort sein. Dan ging an den Fotografen vorbei, nickte einigen, die er wiedererkannte, freundlich zu, wimmelte den Reporter einer Illustrierten ab, der wissen wollte, ob er in der Kirche geweint hätte, und betrat schließlich das Kirchenbüro, in dem Kirstine und der Bestatter irgendwelche Papiere durchgingen.

Kirstine blickte auf. »Zehn Minuten«, sagte sie. »Jørgensen hat eine weitere Beerdigung in einer Stunde.«

»Dann gehe ich schon mal vor«, erwiderte Dan. »Wir können die Leute da draußen nicht länger warten lassen.«

»Gut.« Sie vertiefte sich wieder in die Papiere.

Dan betrachtete ihren Hinterkopf einen Moment, bevor er das Büro verließ.

*

Als die Gäste kurz darauf an den Tischen der Dorfgaststätte saßen, entspannte sich die Stimmung spürbar. Nur sehr wenige Menschen unter den Trauergästen hatten den Verstorbenen überhaupt gekannt, niemand trauerte wirklich. Die Leute fingen sofort an, über alles Mögliche zu plaudern, während sie sich auf die hausgemachten Hefekringel stürzten.

Dan setzte sich mit seiner Mutter und Lene Harskov an einen Fenstertisch. Einen Augenblick später stießen Arne und Vibeke Vassing zu ihnen. Dan hängte sein Jackett über die einzige freie Stuhllehne, damit der Platz nicht von irgendeinem Journalisten belegt wurde, bevor Kirstine kam.

Als er aufblickte, sah er Flemming auf sich zukommen, dicht gefolgt von Pia Waage.

»Ist bei euch schon besetzt?«, fragte Flemming, als er bei ihnen war.

»Ja, ich habe Kirstine versprochen, ihr einen Platz …«

»Schon okay. Wir setzen uns da drüben hin.« Flemming nickte in Richtung Nachbartisch. »Dan, ich wollte eigentlich gern … hast du fünf Minuten?«

»Jetzt?«

»Na ja, es kann warten, bis wir hier fertig sind.«

Dan widmete seine Aufmerksamkeit wieder dem eigenen Tisch. Der Pastor hatte seinen breiten Kragen abgenommen und aß einen gigantischen Kringel. Dan betrachtete Vibeke, die am Fenster in der Sonne saß. Ihr Blick verursachte eine unerwartete Hitzewelle in seinem Körper, er musste ein vollkommen anderes, gänzlich asexuelles Gesprächsthema finden. »Wer passt denn auf die Mädchen auf?«

Vibeke lächelte. »Sie sind beide bei ihrer Tagesmutter.«

»Ich dachte, Sie sind tagsüber zu Hause?«

»Das ist grundsätzlich auch so. Aber ein paar Stunden am Tag sollten sie mit anderen Kindern zusammen sein. Außerdem ist es ganz schön, wenn man ein bisschen Zeit zum Waschen und Einkaufen hat, ohne dass die Kinder ständig dabei sind.«

»Haben Sie nie daran gedacht, wieder zu arbeiten?«

»Doch, der Gedanke ist mir durchaus gekommen. Eigentlich ist es ganz schön, hin und wieder andere Menschen zu sehen.«

»Andere Menschen?«, warf der Pastor ein und griff nach einem weiteren Kringel. »Ich dachte, du sagst immer, es gäbe keinen Moment Ruhe bei uns zu Hause. Yderup Hauptbahnhof. So nennst du den Hof doch?«

»Das ist nicht dasselbe, Arne.« Sie sah ihn an, während er einen ordentlichen Bissen nahm. »Bist du sicher, dass es gut für dich ist, wenn du noch einen Kringel isst?«

Er schluckte und schüttelte lächelnd den Kopf. »Das ist nicht fair«, sagte er und tupfte sich die Krümel mit einer Serviette aus den Mundwinkeln. »Nur weil man ein kleines gemütliches Bäuchlein hat.«

»Klein?« Vibeke lachte. »No comments.« Sie warf ihrem Mann einen Kuss zu. Dan wandte sich an Lene Harskov. »Wie geht es dir denn? Besser?«

Lene zuckte die Achseln. »Ich werde mich nie daran gewöhnen, die Sache selbst ausgelöst zu haben.« Sie räusperte sich. »Aber ja. Es ist eine Erleichterung, dass es überstanden ist.«

»Gut.«

»Ich bin so froh, nicht nervös sein zu müssen, wenn Malthe zum Roskilde-Festival fährt. Jedenfalls nicht mehr als andere Eltern, meine ich.«

»Das verstehe ich gut.«

Dan hatte Schwierigkeiten, sich auf das Gespräch zu konzentrieren. Er wurde das Gefühl nicht los, irgendetwas übersehen zu haben. »Ach, und mir ging noch etwas durch den Kopf«, sagte Lene und lehnte sich hinüber zu Dan. »Die Sache ist jetzt ja ausgestanden, wir sollten regeln, was wir dir noch schulden.«

»Ja. Das klären wir bei Gelegenheit. Ich habe die Stunden notiert, das muss ja nicht jetzt sein, oder?«

»Nein, nein. Das besprichst du einfach mit Thomas. Ich habe eigentlich an etwas anderes gedacht.« Lene wischte ein paar Krümel von der weißen Tischdecke. »Ich wollte dir etwas Persönliches schenken, Dan. Du warst eine große Stütze für uns. Das musst du wissen.«

»Na ja.«

»Doch, doch. Du hast dich uns allen gegenüber fantastisch verhalten.«

»Das war nichts Besonderes, Lene. Hör schon auf.«

»Thomas und ich haben beschlossen, dir das blaue Sofa zu schenken, das dir so gefallen hat. Das im Fenster stand, als du mich im Laden besucht hast.«

»Das Finn-Juhl-Sofa? Das meinst du doch nicht im Ernst? Das ist doch ein Vermögen wert.«

»Längst nicht so viel, wie Malthe uns wert ist. Du hast sein Leben gerettet, Dan. Das werden wir dir nie vergessen.«

»Aber das kann ich nicht annehmen, ich habe doch nur meinen Job gemacht, Lene«, widersprach Dan. »Ich berechne euch die Zeit, die ich dafür aufgewendet habe. Es geht doch nicht ...«

»Dan, halt einfach den Mund. Wir möchten dir dieses Sofa schenken. Willst du es nicht?«

»Natürlich möchte ich es. Es ist nur so ...« Dan atmete tief ein. »Ja, sicher. Selbstverständlich will ich es«, wiederholte er dann. »Tausend Dank, Lene. Das ist fantastisch. Es bekommt einen Ehrenplatz in meinem Erker.«

In der übrigen Zeit nahm Dan nur sporadisch an den Gesprächen am Tisch teil. Er versuchte in Gedanken zu analysieren, warum es ihm so unangenehm war, das kostbare Geschenk zu akzeptieren, das er zusätzlich zu seinem Honorar bekommen sollte. Er hatte es doch eigentlich verdient, oder? Der Mörder war gefunden. Mit einem absolut plausiblen Motiv. Die Dankbarkeit seiner Klienten war berechtigt. Das Problem war nur, dass dieses vage Gefühl, das ihn beim Anblick der Johnsens überkommen hatte, noch immer in seinen Gehirnwindungen gärte. Und wenn er sich geirrt hatte? Wenn Ken B. Rasmussen gar nicht der Mörder war? Wenn es sich um reinen Zufall handelte, dass der Wagen des Pastors an jenem Abend an der Nørre Voldgade stand?

46

»Entschuldigung«, sagte Kirstine ganz außer Atem und nahm Dans Jackett von der Lehne, bevor sie sich setzte. »Das Gespräch mit dem Bestatter hat etwas länger gedauert. Gibt es noch Kaffee?«

»Ich hole frischen«, bot Vibeke an. »Wahrscheinlich wollen noch mehr Leute eine Tasse.«

Die Stimmung änderte sich schlagartig, als Kirstine erschien. Alle am Tisch richteten sich auf, räusperten sich, fuhren sich mit der Hand durchs Haar oder fummelten an der Serviette herum. Alle lächelten ein wenig zu zuvorkommend, oder überhaupt nicht; entweder schauten sie Kirstine direkt an oder wandten die Blicke ab. Die Stimmlagen veränderten sich, die Bewegungen wurden linkisch, die Muskeln erstarrten. Alles schien mit einem Mal aus dem Gleichgewicht zu geraten.

Dan kannte dieses Phänomen. So war es immer, wenn Kirstine zu einer Gruppe Menschen stieß, die sie noch nie persönlich erlebt hatten. Alle kannten sie ihre Gesichtszüge beinahe so gut wie die eines Familienmitgliedes, und alle waren verlegen, egal, wie sehr sie es zu verbergen suchten. Es gab immer eine gewisse Kennenlernphase, bevor Kirstine ein einigermaßen entspanntes Gespräch mit fremden Menschen führen konnte. In manchen Fällen gelang es nach wenigen Minuten, in anderen dauerte es länger, bis die Promibarriere überwunden war. Es muss furchtbar ermüdend sein, dachte Dan, aber Kirstine hat sich vermutlich daran gewöhnt.

Vibeke kam mit einer vollen Thermoskanne zurück, schenkte allen ein, die noch eine Tasse Kaffee wollten, und setzte sich wieder neben ihren Mann.

»Na«, sagte Kirstine und schaute sich am Tisch um. »Ist es ein anständiger Leichenschmaus? Ist alles so, wie es sein soll?«

»Sehr schön vorbereitet«, erwiderte Lene.

»Und die Kringel sind fantastisch«, fügte Arne hinzu. »Sie sollten einen probieren.«

»Nein danke.« Kirstine war wie gewöhnlich auf Diät. »Ich habe keinen Hunger.«

»Ich finde es toll, wie Sie sich um diese Beerdigung gekümmert haben«, sagte Lene. »Wirklich.«

»Na ja, wer hätte es denn sonst machen sollen? Mogens hatte nicht viele Bekannte. Und er war immerhin mein kleines Maskottchen.«

»Trotzdem, ich finde es toll.«

Dan bemerkte Flemmings Blick hinter Kirstines Rücken. Er nickte in Richtung Tür, und Dan nickte zurück, erleichtert, dass er eine Entschuldigung hatte, der hölzernen Stimmung am Tisch entgehen zu können.

Er beugte sich vor: »Ich muss einen Moment vor die Tür, Kis.«

»Jetzt?«

»Ich muss kurz mit Flemming sprechen.« Er ignorierte ihren Blick und folgte seinem alten Freund durch die Tür des Gastraums.

Flemming hatte ein Nikotinkaugummi aus dem Cellophan gedrückt und steckte es mit einer Grimasse in den Mund.

»Klappt's mit dem Aufhören?«

Flemming zuckte die Achseln. »Muss ja.« Er warf der kleinen Gruppe von Rauchern einen Blick zu, die ein paar Meter entfernt standen. »Lass uns ein wenig spazieren gehen«, schlug er vor.

Dan sah ihn von der Seite an, als sie schweigend in Richtung Dorfteich gingen. »Worüber wolltest du mit mir reden?«

»Über Malthe.«

Dan blieb stehen. Auf seinem Gesicht zeigte sich ein breites Grinsen. »Ihr gebt also auf, etwas aus ihm herauszubekommen zu wollen? Das habe ich erwartet.«

Flemming kaute einige Sekunden verbissen auf seinem Kaugummi, bevor er antwortete. »Dem Jungen ist nicht ein Wort zu entlocken. Nun ja, er antwortet auf unsere Fragen, allerdings nur sehr einsilbig.«

»Redet Janssen mit ihm?« Dan war wieder ernst geworden.

»Ja. Normalerweise kommt er mit Jugendlichen gut zurecht, diesmal ist er mit seinem Latein am Ende. Mit Malthe zu kommunizieren, scheint nicht einfach zu sein.«

»Was genau wollt ihr von dem Jungen wissen?«

»Wir möchten nur etwas über sein Verhältnis zu Ken B. Rasmussen erfahren. Wie viel sie miteinander zu tun hatten, ob der Küster je etwas Merkwürdiges zu ihm gesagt hat, so etwas. Und dann würden wir natürlich gern wissen, ob er sich erinnern kann, Rasmussen mit Gry oder Rolf gesehen zu haben, obwohl das ja viele Jahre her ist.«

»Ich glaube, er kann sich durchaus erinnern.«

Sie hatten eine Bank erreicht, Flemming setzte sich. »Ich hoffe es. Wir brauchen sämtliche Informationen, die wir bekommen können, wenn uns dieser Fall vor Gericht nicht um die Ohren fliegen soll.« Flemming lehnte sich zurück. Er sah müde aus.

Auch Dan setzte sich. »Ich könnte das Gespräch mit dem Handy aufnehmen.«

»Das wird vor Gericht nicht anerkannt. Aber mach es trotzdem. Falls er etwas Brauchbares sagt, musst du ihn überreden, es unter formaleren Bedingungen zu wiederholen.«

Dan nickte.

Sie blieben ein bisschen in der Sonne sitzen und genossen die Stille des verschlafenen Dorfes.

Kurz darauf erhob sich Flemming. »Gehen wir. Ich habe heute Nachmittag noch einiges zu erledigen.«

»Wie läuft es eigentlich mit dem Küster?«, erkundigte sich Dan, als sie zurück zum Gasthaus gingen.

»Überhaupt nicht. Er streitet alles ab.«

»Und was ist mit den Sachen, die ihr bei ihm gefunden habt?«

»Er behauptet, das sei Zufall. Die Tabletten hätten seit Jahren dort gelegen, und die Plastiktüten wären eine handelsübliche Marke. Und er behauptet, von der verbrannten Kunststoffhülle keine Ahnung zu haben.«

»Wie erklärt er, dass der Amazon ausgerechnet an dem Abend, an dem Gry vergiftet wurde, in der Nørre Voldgade stand?«

»Gar nicht. Er will es nicht erklären.«

»Er leugnet also nicht, dass der Wagen dort war?«

»Wie sollte er? Das Foto spricht ja eine deutliche Sprache. Da gibt's nichts zu leugnen. Aber er kommentiert es nicht.«

»Was sagt sein Verteidiger?«

»Es sei Rasmussens gutes Recht, die Aussage zu verweigern. Ich wette, dass sie schon den ein oder anderen Kampf ausfechten, wenn sie allein sind.«

»Wie viel Zeit bleibt euch?«

»Die Untersuchungshaft dauert vier Wochen. Vom 11. Juni an.«

Dan rechnete es nach. »Also bis zum 9. Juli ... Dann sitzt er auf jeden Fall hinter Schloss und Riegel, wenn Malthe in Roskilde ist.«

»Ja, egal, was passiert.«

»Das ist immerhin etwas.«

»Wir haben noch nicht aufgegeben, Dan. Glaub das nicht.« Flemming blieb stehen, seine Hand lag auf dem Türgriff des Gasthauses. »Die Ermittlungen laufen weiter auf Hochtouren und die Techniker analysieren jedes Staubkorn aus Rasmussens Wohnung.«

»Sag Bescheid, wenn ich bei irgendetwas behilflich sein kann.«

»Falls es dir gelingt, Malthe ein wenig zum Plaudern zu bringen, wäre ich dir schon ausgesprochen dankbar, Dan.«

»Ich werde mein Bestes versuchen.«

*

Dan fuhr Kirstine nach dem Leichenschmaus zurück nach Kopenhagen. Sie hatte nur eine Stunde Zeit, um sich auszuruhen, bevor sie ins Theater musste, er kam nicht mit in ihre Wohnung. Zum zweiten Mal an diesem Nachmittag ignorierte er die stumme Frage in ihrem Blick, küsste sie auf die Wange und verschwand.

Mist. Er musste es ihr endlich sagen. Jetzt, wo er sich entschieden hatte, konnte er es fast nicht ertragen, in ihrer Nähe zu sein. Er musste weg. Nicht jetzt, nicht in den Stunden vor einer Vorstellung. Das brachte er einfach nicht fertig. Eigentlich, dachte er, als er auf die Gyldenløvesgade bog, wäre es am rücksichtsvollsten, zu warten, bis das Stück abgesetzt wurde. Es gab nur noch wenige Spieltage, und in der Zwischenzeit musste er nur ein paar glaubwürdige Erklärungen erfinden, warum sie sich nicht treffen konnten.

Zurück in Christianssund machte er zuerst einen langen Lauf. Unterwegs hörte er Musik. Vor ein paar Wochen hatte er ein Album mit Malthes Lieblingsband heruntergeladen, Malk de Koijn, und nachdem sich die erste Überraschung über die komplexe, widerspenstige Musik und die seltsamen Texte gelegt hatte, begann er langsam zu verstehen, warum der Junge so begeistert war. Es waren Songs über die Pubertät, über das Erwachsenwerden, über Identität, Sex, Drogen und Körperlichkeit. Sie waren schonungslos, sperrig und originell. Je öfter Dan die fünfzehn Songs des Albums hörte, desto mehr fand er, dass sie auch von ihm handelten. Dem ewigen Teenager mit dem heftigen Drang nach Anerkennung und dem verschrobenen Humor. Ein paarmal ertappte er sich geradezu dabei, dass er laut auflachte, während der Schweiß ihm beim Laufen aus allen Poren tropfte. Nach dem Abendessen ging er rasch das Hintergrundmaterial einer neuen Werbekampagne durch, mit der er beginnen wollte, sobald er die letzten Details des Harskov-Falls überprüft hatte.

Sein Telefon klingelte. »Ja?«

»Dan, ich bin's.« Marianne.

»Ja, hej!«

»Dan, es geht um ...« Weinte sie?

»Was ist los?« Laura? Rasmus? Seine Mutter? Der Hund?

»Es geht um Flemming.«

»Was ist mit Flemming?«

»Er wurde ins Krankenhaus eingeliefert.«

»Ich habe doch gerade noch mit ihm gesprochen. Das ist erst ein paar Stunden her.«

»Er ist plötzlich umgekippt.«

»Wo?«

»Zu Hause.«

»Ist er ...?«

»Nein, es geht ihm einigermaßen, aber seine Blutwerte sind extrem schlecht. Sie haben eine Menge Untersuchungen veranlasst, Dan ...« Marianne machte eine kleine Pause. »Flemming ist sehr krank. Er hat mich gebeten, dir das zu sagen.«

Dan setzte sich. »Was hat er?«

»Akute Myeloische Leukämie, AML.«

»Leukämie, ist das nicht so 'ne Art Krebs?«

»Blutkrebs.«

»War das der Grund, weshalb es ihm in letzter Zeit so schlecht ging? Er war ja monatelang krank.«

»Nein, bis vor Kurzem war es etwas anderes. Eine Blutkrankheit. Sie war ernst genug, doch damit hätte er noch jahrelang leben können. Jetzt hat sie sich zu einer akuten Leukämie entwickelt. So etwas passiert nicht oft, aber es passiert.«

»Kann man nichts machen?«

»Doch. Eine Chemotherapie und in schweren Fällen eine Stammzellentransplantation. Es sind noch weitere Untersuchungen nötig, bis über die weiteren Behandlungen entschieden werden kann, auf jeden Fall ist es ein langer Prozess.«

»Wo bist du, Marianne?«

»Im Krankenhaus.« Sie klang plötzlich so hilflos. »Aufgang 4, 5. Stock. Intensivstation. Ich sitze im Warte…« Ihre Stimme brach ab.

»Soll ich kommen?«

Sie weinte.

»Marianne, soll ich?«

»Ja, bitte.« Sie weinte noch immer. Putzte sich die Nase. »Ich habe versprochen, auf Ulrik und Louise zu warten. Sie sind unterwegs.«

»Ist Ursula auch dort?«

»Sie sitzt bei ihm, bis er eingeschlafen ist.«

»Ich komme sofort.«

»Danke.«

Jacke. Schuhe. Schlüssel. Handy. Portemonnaie. Dan war froh, sich mit ein paar praktischen Dingen beschäftigen zu können. Erst im Wagen bemerkte er, dass er die Luft anhielt. Flemming. Scheiße. Plötzlich war alles andere belanglos. Die Beziehung zu Kirstine. Der neue Werbekunde. Sogar die Arbeit an dem Harskov-Fall. All das war momentan vollkommen egal.

47

»Sag das bitte noch einmal. Und langsam, danke.«

»Polycythaemia vera.« Marianne betonte jede Silbe sorgfältig.

»Gibt's dafür auch ein dänisches Wort?«

»Nein, es gibt keinen dänischen Namen. Tut mir leid. Wir nennen es der Einfachheit halber PV.« Marianne räusperte sich. »PV ist sehr kurz erklärt eine Überproduktion der weißen wie der roten Blutkörperchen, und auch der Blutplättchen. Die Symptome erhöhen das Risiko für Thrombosen, Störungen im Stoffwechsel, die Tendenz zu Blutungen.«

»Deshalb hatte Flemming so oft Nasenbluten?«

»Ja, und all die blauen Flecken.«

»Die habe ich nicht gesehen.« Dan pustete auf den brühend heißen Kakao aus dem Automaten und trank einen kleinen Schluck. »Hast du nicht gesagt, er hätte Krebs?«

»Na ja, bei PV handelt es sich nicht um Krebs, obwohl es viele Ähnlichkeiten gibt. Man kann damit ausgezeichnet jahrelang leben und ein ganz normales Leben führen, wenn man die richtigen Medikamente bekommt.« Sie blickte auf ihre Hände, die gefaltet im Schoß lagen. »Es ist über ein Jahr her, dass Flemming seine Diagnose nach einer Knochenmarksuntersuchung bekam.«

»Im letzten Sommer?«

Marianne zuckte die Achseln. »Das war in der Zeit, als ihr kein Wort miteinander geredet habt. Du wirst dich daran erinnern?«

»Ja, danke.«

»Außerdem lag ihm sehr daran, dass niemand erfuhr, wie krank er ist. Sogar Ursula hat er erst eingeweiht, als sie beschlossen zusammenzuziehen. Ich glaube, er hätte es ihr auch damals nicht erzählt, wenn ich nicht darauf bestanden hätte. Er geht still und heimlich zu seinen Behandlungen, nimmt seine Medikamente …«

»Du hast meine Frage nicht beantwortet. Hat Flemming Krebs?«

»Polycythaemia vera und die anderen Blutsymptome der gleichen Gruppe können sich in Einzelfällen – ich glaube, es sind bis zu fünf Prozent – zu einer akuten Leukämie entwickeln.«

»Und das ist in seinem Fall geschehen?«

»Ja.«

»Und daran stirbt man, oder?«

Marianne sah ihn an. Ausnahmsweise zeigte sich in ihren dunklen Augen unter dem langen, struppigen Pony nicht ein Gran Humor. »Ja, das tut man. Aber wie gesagt, es gibt noch vieles, was man tun kann. Zuerst müssen wir ihn gründlich untersuchen, damit wir die richtige Behandlungsmethode finden.«

Dan stellte den Plastikbecher auf den hässlichen Couchtisch des Wartezimmers. »Wann wolltest du mir das eigentlich sagen? Ich bin sein ältester Freund. Findest du nicht, es wäre angemessen gewesen, es …«

»Ich habe mich darauf konzentriert, dass er es seiner Lebensgefährtin erzählt, Dan. Das war trotz allem wichtiger.«

»Und wann sollte ich es erfahren? Bei der Beerdigung?«

»Hör jetzt auf, du Drama-Queen. Ausnahmsweise geht es nicht um dich.«

»Also, ganz ehrlich?«

»Flemming wollte nicht, dass du es erfährst, Dan. So einfach ist das. Und du kannst ihn gern selbst fragen, warum.«

»Du hättest trotzdem etwas sagen können.«

»Nicht ich bin es, die du beschimpfen solltest. Es war nicht meine Entscheidung.«

»Es wäre doch nichts passiert, wenn du …«

»Stopp, Dan. Sagt dir das Wort Schweigepflicht etwas?«

Dan sank in seinem Stuhl zusammen. »Ich habe das Gefühl, dass ich momentan nichts anderes höre. Pastoren und Ärzte ... Ihr und eure Schweigepflicht. Verfluchter Mist!«

Eine Weile sprachen sie kein Wort. Auf dem Krankenhausflur herrschte trotz der späten Stunde reger Betrieb. Zwei Frauen in weißen Kitteln gingen vorbei und unterhielten sich leise; eine junge Frau hastete mit einem Metallbecken in der Hand vorüber; ein älterer Mann in Anzug und karierten Hausschuhen stand vollkommen verloren vor dem Empfang.

Dan schaute seine Exfrau an. Sie ließ die Arme hängen, ein zusammengeknülltes Blatt Toilettenpapier in der einen Hand. Ihr Blick war auf den Boden gerichtet, als ob sie einen Fleck auf dem Linoleum studierte. Er sah plötzlich, dass sie älter geworden war. Ihre Haut lag nicht mehr so straff über den hohen Wangenknochen, und um die Augen zeigte sich ein feines Netz von Falten. Eine Träne lief ihr langsam über die Wange und hinterließ einen kleinen feuchten Fleck auf der Bluse. Sie hob das Toilettenpapierknäuel und tupfte sich die Augen.

»Was glaubst du, Marianne? Glaubst du, er überlebt es?«

Sie schaute ihn an. »Ich weiß es nicht, Dan.« Sie erhob sich und warf das Knäuel in den Mülleimer. »Die gute Nachricht ist, dass die Leukämie so frühzeitig entdeckt wurde. Wegen der PV haben ich und die Spezialisten hier sehr aufmerksam alle Entwicklungen verfolgt; Flemming wurden sehr häufig Blutproben entnommen, sodass man sehen konnte, ob es zu Veränderungen kam.«

»Und die schlechte?«

»AML ist eine sehr aggressive Form von Krebs. Das ist die schlechte Nachricht. Eine Chemotherapie kann sehr effektiv sein, ja, aber in Flemmings Altersgruppe stehen nur siebzig Prozent der Patienten eine volle Behandlung durch.«

»Wie ist die Überlebensstatistik?«

Sie wand sich. »Mit Statistiken muss man vorsichtig sein. So viele Dinge beeinflussen den Verlauf, also …«

»Sag schon.«

»Akute Leukämie bekommen häufig ältere Menschen, das muss man in jedem Fall in Betracht ziehen. Die meisten sind über sechzig Jahre alt, und allein das drückt ja die durchschnittliche Überlebenszeit.«

»Marianne.«

Sie holte tief Luft. »Fünfundzwanzig Prozent der männlichen Patienten sind nach einem Jahr noch am Leben.«

»Fünfundzwanzig? Das sind nicht viele.« Dan spürte, wie sich sein Magen zusammenzog. »Nach nur einem Jahr?« Er stand auf, trat ans Fenster. Starrte auf den Krankenhausparkplatz. »Wie viele von ihnen leben nach zehn Jahren noch?«, fragte er mit dem Rücken zu seiner Exfrau.

Sie antwortete nicht.

Dan drehte sich um. »Sag schon?«

»Nach zehn Jahren sind lediglich sechs bis sieben Prozent noch am Leben.«

»Verfluchter Mist.«

Marianne drehte sich um und bemerkte zwei junge Menschen, die am Empfang warteten.

»Da sind Ulrik und Louise«, sagte sie und stand auf. »Kein Wort mehr über die Statistik, Dan. Hörst du?«

»Ich bin schließlich kein Idiot.«

Flemmings erwachsene Kinder strahlten beim Anblick der bekannten Gesichter in dem fremden und erschreckenden Krankenhaus. Dan und Marianne kannten Ulrik und Louise seit ihrer Geburt. Ihre eigenen Kinder hatten während ihrer gesamten Kindheit mit ihnen gespielt, sie hatten die Ferien zusammen verbracht, waren in dieselbe Schule gegangen, hatten zusammen Sport getrieben, eine Menge wichtiger Erfahrungen geteilt, und sie waren in beiden Elternhäusern wie selbstverständlich ein und aus gegangen. Dazu kam, dass Marianne in den ganzen letzten Jahren die Hausärztin der Familie Torp gewesen war. Es war nicht überraschend, dass die beiden keine Sekunde an ihrer Autorität und Urteilskraft zweifelten, als sie ihnen eine ziemlich geschönte Erklärung darüber gab, was ihrem Vater fehlte und warum sie nur kurz zu ihm hineingehen und ihn begrüßen durften.

»Ihr müsst morgen wiederkommen, wenn er geschlafen hat«, sagte Marianne. »Ihr habt doch Zeit, so lange zu bleiben?«

»Ja, natürlich«, sagte Louise. Sie hatte das schmale Gesicht und die leicht hervortretenden Augen ihrer Mutter. Soweit Dan sich erinnerte, studierte Louise Geschichte. Nettes Mädchen, ein wenig still. »Ich fange erst in vierzehn Tagen mit meinem Ferienjob an, das ist kein Problem.«

»Wir schlafen zu Hause«, sagte Ulrik. »Ich habe mit Ursula gesprochen.« Er hielt die Arme um seine Schwester. Seine Augen waren gerötet, sonst war er ruhig und gefasst wie eigentlich immer; er erinnerte mehr und mehr an seinen Vater, dachte Dan. Ulrik ging auf die Handelshochschule. Studierte Wirtschaftswissenschaft. Oder war es Wirtschaftsrecht? Dan konnte es sich nie merken.

Die beiden Kinder gingen ins Zimmer ihres Vaters. Dan konnte über Mariannes Schulter kurz ins Krankenzimmer blicken. Ursula saß mit gesenktem Kopf am Bett, schaute aber auf, als Flemmings Kinder hereinkamen. Ein kleines Lächeln zeigte sich um ihren Mund. Flemming sah er lediglich als eine längliche Form unter einer hellblauen Bettdecke mit einer Menge Apparate und Bildschirme, die man zu einem düsteren Stillleben am Kopfende des Bettes arrangiert hatte. Die Tür schloss sich.

»Warte mal, ich muss eben ...« Marianne hatte den diensthabenden Arzt gesehen und lief rasch auf ihn zu.

Dan blieb stehen. Er fühlte sich wie in einem Vakuum. Auf der anderen Seite der Tür, hinter wenigen Zentimetern Sperrholz und Farbe, lag sein bester Freund, vollkommen außer Reichweite. Am Empfang stand seine Exfrau und sprach mit einem müden Arzt in einem weißen Kittel. Sie war ebenso weit weg wie Flemming, jedenfalls mental. Dieses Gefühl der Isolation, des unersetzlichen Verlustes, das Dan kürzlich auf dem Rathausplatz überkommen hatte, schien ihm auch jetzt wieder die Luft abzudrücken.

Hätte man doch die Zeit zurückdrehen können. Nur um etwas mehr als ein Jahr, dachte Dan. Damals war Flemming noch gesund, Dan wohnte in der Gørtlergade und war mit Marianne verheiratet. Er hätte so vieles anders gemacht und alles darangesetzt, nicht Monate ihrer Freundschaft zu verschwenden, in denen er und Flemming sich beleidigt aus dem Weg gegangen waren. Die Teilnahme an dieser schwachsinnigen Reality-Show hätte er abgelehnt und wäre niemals Kirstine Nyland begegnet. Er würde sich seiner Frau gegenüber anständig benehmen. Er würde auf alles, wofür er dankbar war, achtgeben, statt es einfach wegzuwerfen und aufzugeben.

Doch dazu war es jetzt zu spät, dachte er und richtete sich auf. Es war Zeit- und Kraftverschwendung, hier zu stehen und sein Verhalten zu bereuen. Mit Reue würde er nicht weiterkommen. Vielleicht gab es ja stattdessen ein, zwei Dinge, die er in Zukunft anders machen konnte, sofern er die Chance dazu bekam. Vielleicht, dachte er, als Marianne das Gespräch mit dem Arzt beendet hatte und seinem Blick begegnete. Vielleicht ...

Marianne schüttelte den Kopf, als sie auf ihn zukam.

»Was ist?«, wollte Dan wissen.

»Noch nichts Neues«, sagte sie, als sie wieder neben ihm stand. »Sein Zustand ist stabil, aber er bleibt vorerst hier auf der Intensivstation. Die Testergebnisse kommen frühestens morgen im Laufe des Tages.« Sie schwieg. Dan legte die Arme um sie, er spürte, wie sie eine Sekunde erstarrte und sich dann entspannte. Sie lehnte sich an ihn, wie sie es Tausende Male zuvor getan hatte.

Einen Augenblick später riss sie sich los. »Komm schon«, forderte sie ihn auf und wischte sich die Tränen mit dem Ärmel aus dem Gesicht. »Wir können hier nicht herumstehen und heulen. Die beiden kommen jeden Moment wieder heraus.«

»Wartest du auf sie?«

»Nein, eigentlich wollte ich nach Hause fahren«, sagte sie. »Ich muss morgen früh in die Praxis.«

»Bist du mit dem Wagen da?«

»Ich hatte ein paar Gläser Rotwein getrunken, als Ursula anrief, deshalb habe ich ein Taxi genommen. Kannst du mich mitnehmen?«

»Natürlich.«

Marianne hatte sein neues Auto noch nicht gesehen und freute sich wie ein Kind, als er das Verdeck verschwinden ließ. Die kühle Abendluft beruhigte sie offenbar, denn sie lächelte, als sie sich im Sitz zurücklehnte und in den Nachthimmel blickte.

Dan fuhr so langsam wie möglich, ohne dass es auffiel. Er fürchtete sich vor dem Augenblick, an dem die Fahrt vorbei war und er sich verabschieden musste. Seit zehn Monaten hatte er nicht mehr so viel Zeit allein mit Marianne verbracht, ohne sich mit ihr zu streiten. Wer wusste schon, wann er wieder die Gelegenheit haben würde, in ihrer Nähe zu sein – ohne Kirstine oder den etwas zu korrekten Henrik. Es könnten durchaus wieder zehn Monate vergehen. Oder mehr.

»Kommst du noch mit rein?«, fragte Marianne, als er vor der Gørtlergade 8 hielt. »Ich brauche jetzt einen großen Cognac und ein bisschen Gesellschaft.«

Ja! »Oh, vielen Dank.« Dan ließ den Blick über die parkenden Autos gleiten. »Dort ist ein freier Parkplatz. Ich kann den Wagen ja die Nacht über hier stehen lassen und morgen holen. Dann kann ich auch was trinken.«

Sie hakte sich bei ihm unter, als sie die kurze Strecke zurück zum Haus gingen. Vielleicht, dachte er. Vielleicht.

»Ist Laura nicht zu Hause?«

»Sie lernt bei Pernille fürs Examen. Sie ist schon seit Tagen nicht mehr zu Hause gewesen.«

»Worin wird sie geprüft?«

»Ich glaube, in Deutsch. Dann fehlt ihr nur noch eine Prüfung bis zu den Sommerferien.« Marianne steckte den Schlüssel ins Schloss, und einen Augenblick später wurde Dan fast umgeworfen, als Rumpel ihm jubelnd in die Arme sprang.

»Na, ich muss schon sagen«, lachte Dan. »Bist du noch immer Papas kleiner Meisterspringer?«

Er ging mit der wuscheligen Hündin einmal um den Block. Als sie wieder nach Hause kamen, rannte Rumpel an ihm vorbei, sprang aufs Sofa, wo sie sich mit einem selbstsicheren Ausdruck direkt in die Mitte setzte und aufgeregt mit dem Schwanz wedelte. Marianne kam mit zwei Cognacschwenkern und einer nahezu vollen Flasche aus der Küche. »Na, da freut sich aber jemand, was?«

»Das kann man wohl sagen.«

Das erste Glas tranken beide in wenigen Schlucken. Ohne weiter darüber nachzudenken. Das zweite genossen sie in einem etwas angemesseneren Tempo, und am dritten nippten sie langsam, während sie redeten. Und redeten. Und redeten. Und zwischen-

»Ich dachte …«

»Dan.«

Er schwieg.

»Es war ein Fehler, Dan. Ich war betrunken und aus dem Gleichgewicht. Wir hätten das niemals tun dürfen.«

»Na ja, wir könnten uns doch zumindest zusammensetzen und …«

»Nein.« Sie klang, als würden ihr gleich die Tränen kommen. »In dieser Situation mit Flemming, also, ich übersehe das nicht mehr, Dan … Du darfst jetzt keinen Druck ausüben.« Sie legte auf. So sah es aus. Die beiden Menschen, die den größten Teil seiner Aufmerksamkeit in Anspruch nahmen, waren außer Reichweite. Flemming wollte nicht über die einzige Sache diskutieren, die Dan gern mit ihm besprechen wollte, und Marianne wollte ihn nicht sehen. Dan war in einer frustrierenden Situation, in einer unerträglichen Warteposition, in der nicht einmal eine besonders lange Joggingtour am Sonntagabend Abhilfe schaffte. Am Montagmorgen stand Dan früh auf, fest entschlossen, sein Gehirn mit etwas anderem zu beschäftigen.

Schon vor Tagen hatte er das gesamte Material der Harskov-Morde sorgfältig geordnet, um das Ganze noch einmal durchzugehen und den Fall dann abzuschließen, aber seine persönlichen Probleme hatten ihn dermaßen abgelenkt, dass es lediglich bei den guten Absichten geblieben war.

Jetzt griff er sich den ersten Papierstapel und setzte sich auf das Finn-Juhl-Sofa. Es stand erst seit ein paar Tagen in dem Erker zum Fjord, sah jedoch von Anfang so aus, als hätte es schon immer dort gestanden. Dans Meinung nach war es perfekt.

Die Unterlagen, mit denen er beginnen wollte, waren seine eigenen Notizen aus der Anfangsphase seines Auftrags. Er hatte sie sich seit mehreren Wochen nicht mehr angesehen, weil es so viele andere und konkretere Dinge gab, mit denen er sich beschäftigen musste: die Kopien der alten Polizeiakten, diverse Zeitungsartikel, das Material gegen Ken B. Rasmussen.

Ganz oben lagen die Notizen, die er sich bei der Lektüre der anonymen Briefe an Thomas Harskov gemacht hatte. Namen, Adressen, Datumsangaben, nutzlose Kritzeleien, die lediglich zur Verwirrung beigetragen hatten. Er schaute eine Weile auf die Liste der anonymen SMS. Irgendetwas war nicht in Ordnung, aber er wusste nicht genau, was. Er starrte lange darauf, bevor er sie beiseitelegte. Die Fotokopien der Briefe lagen unter seinen Notizen, ein perfider, wütender, dämlicher Brief nach dem anderen. Er las sie noch einmal, um zu sehen, ob er irgendetwas fand, worüber Gry Harskov, wie die Frau des Pastors berichtet hatte, so sehr erschrocken war, aber er hatte keine Ahnung, welcher Brief es sein könnte. Er las erneut die Briefe des wütenden Nerzzüchters, des übergangenen Parteifreundes, des verletzten Nachbarn. Helge Johnsen, ja. Irgendetwas war mit ihm. Der Entschluss, sich die Aufnahme ihres Gesprächs noch einmal anzuhören, war ebenfalls im schnellen Fluss der Ereignisse untergegangen.

Er setzte sein iPhone auf die Dockingstation, suchte die richtige Datei und drückte auf »Play«. Sofort erfüllten die Stimmen der beiden verbitterten, älteren Menschen den Raum. Helge und Lilly Johnsen lösten einander ab; ein boshafter Tratsch nach dem anderen, Dan ertrug es kaum, sich ihr Gezeter noch einmal anzuhören, doch er riss sich zusammen und lauschte aufmerksam jedem Wort. Thomas Harskovs unzählige Liebhaberinnen, das Pornofilmstudio in den Stallungen, der Missbrauch der kleinen Tochter. Dan wurde übel. Vielleicht war es eine unbewusste Übersprunghandlung, dass sein Blick immer wieder die Liste der anonymen SMS überflog, die auf dem Sideboard lag. Als ob ein Teil seines Gehirns aufmerksam der Johnsen-Aufnahme zuhörte, während ein anderer Teil geduldig versuchte, ihm irgendetwas begreiflich zu machen. Etwas, das mit dieser Liste zu tun hatte. Etwas stimmte an der Liste mit den SMS-Nachrichten nicht, dachte er, doch er kam einfach nicht darauf, um was es sich handelte. Und genauso wenig wusste er, wonach er in der Aufzeichnung des Gesprächs mit den Johnsens eigentlich suchte. Doch als er plötzlich diese kleine boshafte Bemerkung wieder hörte, die sich zwischen alle anderen schob, hatte Dan auf einmal eine Assoziation, die nicht wieder verschwinden wollte. Vielleicht war es eine Lüge, aber es könnte doch sein? Er stand auf und holte sich den Bericht über die Ermittlungen bei Rolf Harskovs Tod. Er überflog ihn, bis er die Stelle fand, nach der er suchte. Dan nahm die Fernbedienung, stellte das Geschwätz ab und vertiefte sich in seine Aktenkopie des Rolf-Harskov-Falls. Er begann von vorn. Las die Akte langsam und systematisch. Alle Verhörprotokolle, alle Testresultate, die Schlussfolgerungen des Staatsanwalts. Danach las er ebenso sorgfältig die Akten des Mordes an Gry Harskov. Noch immer mit seiner neuen, langsam keimenden Idee im Hinterkopf. Als er eine Stunde später die Unterlagen beiseitelegte, war er sicher, dass es noch eine unbekannte Spur gab, der nachgegangen werden musste. Er rief Pia Waage an. »Wie sieht's aus?«

»Nicht lustig, aber wir kommen zurecht.« Sie trank irgendetwas. Schluckte. »Eigentlich wollte ich Torp im Krankenhaus besuchen, aber seine Freundin meinte, dass er keine weiteren Besucher empfangen könnte.«

»Wer hat seinen Aufgabenbereich übernommen?«

»Bis auf Weiteres ist Frank Janssen verantwortlich. Der Hauptkommissar hat gerade ein paar aufmunternde Worte an die Abteilung gerichtet; er hat es tatsächlich geschafft, triefend sentimental und geradezu lähmend zynisch zugleich zu sein.«

»Das glaube ich dir gern.«

»Es ist ja auch schwer zu begreifen, Dan. Torp und ich waren ja normalerweise ein Team … Ich hoffe, er bekommt so schnell wie möglich eine effektive Behandlung.«

»Das hoffe ich auch. Wirklich.«

Eine Pause. »Äh, wolltest du etwas Bestimmtes, Dan?«

»Eigentlich schon.« Er räusperte sich. »Wenn es in einem Fall, der wie ein Unfall aussieht, eine bestimme Spur gibt, wie lange werden die entsprechenden Beweisstücke aufbewahrt?«

»Das kommt darauf an. Um was für eine Spur geht es denn?«

»In diesem Fall um ein paar Haare.«

»Und wie alt ist der Fall?«

»Knapp sechs Jahre. Es geht um Rolf Harskov.«

»Wurde damals eine technische Analyse vorgenommen?«

»Nicht, soweit ich sehen kann. Man hielt das wohl nicht für relevant.«

»Bist du sicher, dass es keine Zeitverschwendung ist, Dan?«

»Es ist nur eine Vermutung, die ich habe.«

»Okay. Wenn du mir die Aktennummer des Falls gibst, überprüfe ich es. Es gibt zumindest eine Chance.«

Dan las ihr die Nummer auf dem Etikett auf der Vorderseite der Mappe vor. »Ach, und noch etwas«, fügte er hinzu.

»Ja?«

»Wenn sich herausstellt, dass diese Haare noch da sind …«

»Ja?« Pia klang ein wenig müde.

»Kannst du dann einen Vergleich veranlassen mit einem anderen Haar, das ich besorge?«

»Jetzt verlangst du aber ein bisschen viel, Dan.«

»Das kann doch nicht so schwer sein. Ich bitte dich ja nicht um eine DNA-Analyse. Jedenfalls nicht sofort. Es geht um den mikroskopischen Vergleich des Querschnitts von zwei Haaren – stammen sie von ein und derselben Person oder nicht. Das kann nicht allzu lange dauern.«

»Du redest, als ob du etwas davon verstehen würdest. Wir sind dabei, halb Yderup zu analysieren. Staub, Holzsplitter, Stoffreste und andere spannende Kleinigkeiten, die in einem steten Strom hier bei uns landen – verpackt in hübsche, kleine, wiederverschließbare Plastiktüten. Die Techniker ertrinken in dem Zeug.«

»Versuch es trotzdem. Ich glaube, es ist wichtig.«

Sie seufzte. »Mal sehen, ob ich die Haare überhaupt finde. Dann sehen wir weiter. Eine Freundin von mir arbeitet im Labor. Aber ich kann dir nichts versprechen!«

Vor dem Kühlschrank aß er im Stehen ein Käsebrot. Er hätte abwaschen müssen. Wenn's einen Tag länger steht, ist es auch nicht schlimm, dachte er sich und ging zurück ins Wohnzimmer. Er lehnte sich über den Schreibtisch, um den Computer auszuschalten.

Als er sich aufrichtete, fiel sein Blick noch einmal auf die Papiere, die er gelesen hatte. Obenauf lag ein Zettel mit den anonymen SMS, sorgfältig notiert in Thomas' zierlicher Schrift.

12 / 5 01: Fick dich, du fettes Schwein.
29 / 6 03: Du weißt, wieso.
1 / 9 03: Lass die Finger von der Quotenregelung.
10 / 3 04: Ich fick deine Tochter, du fettes Schwein.
10 / 3 04: Ich ficke deine Frau in den Arsch.
17 / 8 05: Begreif es endlich.
12 / 2 07: NEGERfreund! SCHAFficker! NILLE!

Plötzlich stutzte er. Zwei Nachrichten waren exakt an den Tagen verschickt worden, an denen die beiden ältesten Harskov-Kinder verunglückt waren. An dem Tag, an dem Rolf starb, hatten seine Eltern eine SMS mit dem Text »Du weißt, wieso« erhalten. Und als die jüngere Schwester gut zwei Jahre später vergiftet wurde, hatte irgendjemand die Nachricht »Begreif es endlich« geschickt. Es musste einen Zusammenhang geben. Unbedingt, dachte Dan und setzte sich. Die beiden Nachrichten stammten von dem Mörder, daran zweifelte er keinen Augenblick. Er begriff nicht, warum ihm das nicht längst aufgefallen war. Die Telefonnummern der kurzen Liste hatte er irgendwann überprüft und wusste, dass einige der Nachrichten – darunter diese beiden – von einem Handy mit Prepaidkarte verschickt worden waren. Und die ließ sich nicht aufspüren. Das Datum passte, der rachsüchtige Ton ließ keinen Zweifel zu. Hatte Ken B. diese Nachrichten verschickt? War er boshaft genug, auf so perfide Weise in der offenen Wunde trauernder Eltern zu bohren? Irgendetwas an dieser Vorstellung schien einigermaßen unwahrscheinlich, ohne dass Dan genau sagen konnte, was. Aber noch etwas war eigenartig. Etwas mit Ken B. Und Lene.

In diesem Moment wurde Dan klar, was ihn störte. Die beiden SMS waren nicht an Lene Harskovs Telefon verschickt worden. Ihr Mann hatte sie erhalten. Er saß ganz ruhig da, während die Bedeutung dieser Entdeckung sich langsam Platz in seinem Gehirn verschaffte. Wenn Ken B. die beiden Kinder aus Rache an ihrer Mutter ermordete – hätte er dann nicht eine SMS an sie geschickt? Dan griff noch einmal zum Telefon.

»Harskov Classics, Sie sprechen mit Lene.«

»Ich bin's, Dan.«

»Hej, Dan. Steht das Sofa?«

»Ja, danke. Es ist toll.« Dan hörte, dass er nicht enthusiastisch genug klang, also legte er noch eins drauf: »Es ist absolut fantastisch, Lene! Nochmals herzlichen Dank!«

»Ganz meinerseits.«

»Tatsächlich rufe ich nicht deshalb an, Lene.«

»Weshalb denn? Sag schon, ich habe keine Kunden im Laden.«

»Gut. Seit wann hast du ein Mobiltelefon?«

»Schon lange.« Die Frage überraschte sie, aber sie ließ es sich nicht anmerken. »Das erste war ein Nokia 3210, das war damals gerade auf den Markt gekommen. Den Rest kannst du dir selbst ausrechnen.«

»Das heißt, du hattest in jedem Fall vor sechs Jahren schon ein Handy?«

»Natürlich, ganz bestimmt.«

»Hattest du eine geheime Nummer?«

»Nie.«

»Und Thomas?«

»Ja. Nur genützt hat es nichts, wer ihn erreichen wollte, hat es immer irgendwie hingekriegt.«

»Das klingt jetzt vielleicht eigenartig: Hat jemals irgendjemand versucht, dich über Thomas' Telefon zu erreichen?«

»Wieso sollte jemand so etwas tun?«

»Sein Telefon ist nicht auf deinen Namen registriert oder so?«

»Nein. Wieso?«

»Ich bin mir nicht sicher, ob es etwas zu bedeuten hat.«

49

Die Tür wurde sofort geöffnet, als ob Lilly Johnsen im Eingang gestanden und ihn erwartet hätte. Aus dem Wohnzimmer hörte Dan den Fernseher, der in voller Lautstärke lief. Es klang nach irgendeiner Sportsendung. Er bat Helge, den Ton abzudrehen.

Diesmal wurde ihm weder Kaffee noch Selbstgebackenes angeboten. Sie setzten sich auf das schwarze Ledersofa. Helge hielt noch immer die Fernbedienung in der Hand. Er ergriff zuerst das Wort: »Sie haben uns angelogen.«

»Was meinen Sie?« Dan nahm in einem Sessel Platz.

»Sie schreiben gar kein Buch über den da drüben.« Helge wies mit dem Kopf in Richtung Lindegården. »Sie haben uns mit falschen Behauptungen in die Falle gelockt, um mit uns zu reden.«

»Wir könnten Sie anzeigen«, sagte Lilly Johnsen. »Störung der Privatsphäre und Betrug.«

»Entschuldigen Sie«, erwiderte Dan. »Zum damaligen Zeitpunkt war eine gewisse Diskretion nötig.«

»Wir rufen das *Ekstra Bladet* an.« Lilly sah ihn an. »Die werden es vermutlich sehr interessant finden, wie der kahlköpfige Detektiv sich benimmt. Der Liebhaber von Kirstine Nyland. Ganz bestimmt.«

»Willkommen auf der Titelseite«, sagte Helge grinsend. Es war das erste Mal, dass Dan eine Regung in Helges Gesicht registrierte. »Ich finde, Sie sollten das machen«, entgegnete Dan. »Wenn Sie ihnen all die spannenden Geschichten erzählen, die Sie mir erzählt haben, bin ich sicher, dass die Zeitung ein paar davon druckt. Die Redaktion kann sich ja jederzeit damit verteidigen, dass sie nur boshaften Nachbarschaftstratsch wiedergeben, es reicht, wenn sie es irgendwo im Artikel unterbringen. Und dann kann Thomas Harskov sich in einem Artikel daneben verteidigen. *Schockierte Nachbarn: Folketing-Abgeordneter treibt Inzest und dreht Pornofilme.* Den Stoff kann man sich nicht entgehen lassen.«

»Das glaube ich auch«, meinte Helge und lächelte noch einmal.

»Und wissen Sie, was dann passiert?« Dan sah die beiden an. »Dann werden Sie eine Anzeige wegen Verleumdung und übler Nachrede bekommen – und eine Schadenersatzforderung in einer Größenordnung, die Sie ruinieren wird. Haben Sie das bedacht?«

Lilly antwortete nicht. Sie wischte ein paar Krümel vom Tisch.
»Was wollen Sie?«, erkundigte sich Helge.

Dan holte sein Handy heraus. Er hatte die richtige Stelle bereits eingestellt. Er schaltete den Lautsprecher des Telefons an und drehte die Lautstärke auf Maximum. Play. Die Johnsens saßen still da und hörten ihre eigenen Stimmen, die Anklagen gegen ihre Nachbarn, ihren Hass und ihre Verbitterung.

Als die relevante Stelle beendet war, schaltete Dan das Telefon ab. Er sah erst Helge in die Augen, dann Lilly, dann wieder Helge. »Wenn man solche Geschichten erzählt«, sagte er, »sollte man beweisen können, dass sie wahr sind.«

»Wenn Sie wüssten, wie oft der Mann Frauen mit nach Hause gebracht hat, wenn seine Frau nicht zu Hause war. Wir haben mit unseren eigenen Augen gesehen, wie er …«

»Und Ihre üble Nachrede betrifft ja nicht nur Thomas Harskov«, fuhr Dan fort, ohne die Unterbrechung zu beachten. »Was glauben Sie, wird der Pastor dazu sagen, wenn ein Mitglied seines Kirchenvorstands derartige Gerüchte über seine Frau verbreitet? Sie müssen doch nicht ganz bei Trost sein, ihr zu unterstellen, sie hätte ein sexuelles Verhältnis mit einem Teenager gehabt. Man kann doch nicht derartige Behauptungen aufstellen, ohne sie beweisen zu können.«

»Genau das«, stieß Helge aus, der einen knallroten Kopf hatte. »Genau diese Sauerei, da bin ich mir hundertprozentig sicher. Ich habe es damals mit eigenen Augen gesehen, drüben im Wohnzimmer. Sie kam zu Besuch, als Rolf allein zu Hause war, und dann haben sie im Wohnzimmer gesessen und ...« Er hielt inne.

»Und was?«

»Ja, was glauben Sie denn?«, übernahm Lilly. »Helge hat es mir sofort erzählt, als er nach Hause kam. Der Junge saß auf dem Sofa, und sie auf ihm. Ohne Höschen. Die Frau des Pastors! Und was sagen Sie jetzt?«

Dan sah Helge an. »Wie konnten Sie das denn sehen? Die Fenster des Lindegården gehen doch in den Garten hinaus? Dort kann niemand hineinsehen?«

Helges Gesichtsfarbe wurde noch ein wenig dunkler. »Ich ... ich hatte etwas an der Grundstücksgrenze zu erledigen.«

»Der Grundstücksgrenze? Dort steht doch auf der ganzen Länge eine Haselnusshecke. Von dort können Sie unmöglich irgendetwas gesehen haben. Man muss schon direkt im Garten stehen, vielleicht sogar auf der Terrasse, um ins Wohnzimmer sehen zu können. Ist es nicht so?«

Helge antwortete nicht.

»Also, was wollten Sie dort drüben?«

»Ich dachte, es sei niemand zu Hause.«

»Und?«

»Die haben mein Haus zerstört.« Er kniff die Lippen zusammen. Dan sah Lilly an. Sie wandte den Blick ab. Er schaute zurück auf Helge. »Wenn die Harskovs nicht zu Hause sind, laufen Sie dort herum und schauen in die Fenster?«

»Ja.«

»Machen Sie das oft?«

»Wie soll ich denn sonst verfolgen, was die dort drinnen treiben? Die haben unsere Küche herausgerissen und ganz neue Fenster eingebaut. Sie haben den teuren Parkettboden entfernt, sodass die hässlichen alten Bretter wieder zum Vorschein kamen. Alles, was wir verbessert haben, wurde wieder ausgebaut. Damals hatten sie gerade die Terrasse ruiniert. Ich hatte sie selbst mit denen hier gefliest.« Er hielt seine knochigen Hände hoch. »Und das waren teure Fliesen. Richtige SF-Steine, genau wie die, die sie bei der Gemeinde verwenden. Nicht kaputt zu kriegen. Wieso mussten die ausgetauscht werden?«

Lilly legte ihre Hand auf seine, drückte sie ein bisschen.

»Ich wollte ja nur sehen, wie sie die Terrasse fliesen wollten«, fuhr Helge etwas leiser fort. »Was so viel besser war als die Fliesen, die wir ausgesucht hatten. Das ist doch kein Verbrechen?«

Dan betrachtete die beiden Menschen, die ihm gegenüber auf dem Sofa saßen. Plötzlich erkannte er, wie verletzt sie waren. Erst jetzt wurde ihm klar, wie groß die Demütigung gewesen sein musste. Die Scham und die Trauer, den Hof der Familie aufgeben zu müssen, hatten sich vervielfacht, als Lene Harskov so konsequent begann, sämtliche Spuren der ehemaligen Eigentümer auszuradieren, als sie alles wegwarf, was an sie erinnerte. Wirtschaftlich am Ende zu sein, war das eine. Etwas anderes aber, als Mensch nicht anerkannt zu werden. Vielleicht war die Verbitterung der Johnsens gar nicht so überraschend, dachte Dan.

»Weshalb um alles in der Welt sind Sie bloß hier wohnen geblieben, direkt neben dem Lindegården?«

Die beiden älteren Leute schauten sich an.

»Wohin hätten wir denn ziehen sollen?«, fragte Lilly. »Es war das einzige Haus, das zum Verkauf stand.«

»Sie hätten ganz wegziehen können. In einen anderen Ort. Es muss doch hart sein, so dicht neben …« Dan bemerkte plötzlich den verständnislosen Ausdruck in beiden Gesichtern. Der Gedanke war offenbar so ungeheuerlich, dass er ihnen nicht einmal gekommen war. Man zieht doch nicht von dem Ort fort, in dem man wohnt. Dem Ort, in dem man geboren und aufgewachsen ist. Das gehört sich einfach nicht. Das stand ihnen ins Gesicht geschrieben, ohne dass sie überhaupt den Mund öffnen mussten.

Er gab es auf. »Sie sind also bereit zu schwören, an diesem Tag Vibeke Vassing im Wohnzimmer gesehen zu haben?«, wandte er sich an Helge. »Es war kein anderes blondes Mädchen? Eine in Rolfs Alter?«

»Sie war es«, antwortete er bloß. Sein Blick flackerte zum Fernsehschirm, auf dem das Spiel noch immer tonlos lief.

Dan erhob sich. »Danke für Ihre Hilfe. Und entschuldigen Sie, dass ich ein bisschen tricksen musste, als ich das erste Mal bei Ihnen war.«

»Das war nicht schön von Ihnen«, sagte Lilly.

Helge stellte den Ton wieder an, und der ohrenbetäubende Lärm eines überdrehten Kommentators und der exaltierten Fußballzuschauer erfüllte das Wohnzimmer und ließ jede weitere Form der Kommunikation unmöglich werden.

Dan hob zum Abschied die Hand und verließ das kleine rote Backsteinhaus mit der Bierbank, den schmiedeeisernen Lampen und dem Plastikstorch. Ach je.

*

Thomas war zu Hause. Der viel beschäftigte Mann gönnte sich offenbar einen Tag Heimarbeit. Er empfing Dan in kurzer Hose, Sandalen und mit einem höflichen Lächeln, die Irritation hinter der entgegenkommenden Fassade war nicht zu übersehen. Dan hatte durchaus Verständnis dafür. Da hatte der arme Mann endlich mal einen Tag für sich, und dann kam Dan und wollte etwas von ihm. »Bringst du mir die Rechnung?«, erkundigte sich Thomas. »Die hättest du auch schicken können. Oder hattest du sowieso hier zu tun?«

»Ich bin noch nicht dazu gekommen«, erwiderte Dan. »Die Rechnung wird noch ein paar Tage auf sich warten lassen.«

»Okay.«

»Ich wollte dich noch nach ein paar anderen Kleinigkeiten fragen.«

Thomas trat zur Seite, eine stumme Einladung.

»Ich mache es kurz«, sagte Dan, als er Thomas auf die Terrasse folgte. »Ich versprech's.«

Thomas nickte. Er wollte ihm ein Glas von der Flasche anbieten, die offen im Weinkühler stand, überlegte es sich dann anders und holte Dan stattdessen ein kaltes Mineralwasser.

Während Thomas in der Küche war, schaute Dan sich den Terrassenbelag an. Hübsche Granitpflastersteine, professionell verlegt in einem zierlichen Muster aus überlappenden Kreisen. Kein Zweifel, das war überlegter als Johnsens Betonfliesen, die auch die Gemeinde verwendete. Und mindestens fünfzigtausend Kronen teurer.

»Danke«, sagte er, als Thomas die Flasche vor ihn stellte.

»Ich dachte, der Fall ist geklärt«, fragte Thomas und begann, seine Pfeife zu stopfen. »Sitzt der Küster nicht noch immer in Untersuchungshaft?«

»Ja.«

»Aber?«

»Ich finde, es gibt noch ein paar offene Fragen.«

»Die da wären?«

»Ich will dir nicht deinen kostbaren Nachmittag mit der Aufzählung verderben.« Dan trank einen Schluck Wasser. »Ich habe ein paar Sachen, die ein wenig … intim sind.«

»Raus damit.« Thomas steckte sich die Pfeife an. Er saß ganz ruhig da und paffte ein paarmal, während Dan seine Frage herausstotterte. »Ich habe dir das doch erzählt«, sagte er, als Dan fertig war. »Es war meine Schwester, sie musste mit mir reden. Sie war ein paarmal hier, und diese Wahnsinnigen dort drüben haben dann offenbar ...«

»Nicht nur die Johnsens behaupten, dass du im Laufe der Zeit einige Geliebte hattest. Ich bin häufiger auf dieses Gerücht gestoßen.«

Thomas betrachtete einige Sekunden die Glut in seiner Pfeife. Dann hob er den Kopf. »Ist das wirklich relevant?«

»Keine Ahnung«, erwiderte Dan. »Oder doch, auf eine eher indirekte Weise. Es ist nicht sicher, dass eine eventuelle Affäre eine Rolle spielt, aber wenn deine Nachbarn mit einer ihrer Geschichten recht haben, dann stimmen vielleicht auch andere. Ich würde gern auch noch etwas über eine andere Behauptung von ihnen wissen. Die mit deinen möglichen Geliebten ist zunächst einfach leichter zu überprüfen. Ich wollte sie wie eine Art Lügendetektor verwenden. Verstehst du, was ich meine?«

Thomas erhob sich, stand mit dem Rücken zu Dan und betrachtete offensichtlich die Aussicht. Man konnte seine Gehirnwindungen fast knistern hören, so intensiv dachte er nach. »Na schön«, sagte er dann, ohne sich umzudrehen. »Wenn ich dir jetzt etwas erzähle, dann hältst du Lene gegenüber den Mund, okay?«

»Wenn es keine Bedeutung für den Fall hat, ja.«

»Und Gott sei dir gnädig, sollte auch nur ein Wort an die Zeitungen durchsickern.«

»Falls doch, dann stammt es bestimmt nicht von mir.«

Thomas stand ganz ruhig da, rauchte seine Pfeife, entschied sich. Er setzte sich wieder auf seinen Stuhl. »Im Laufe der Zeit hat es die eine oder andere gegeben. Nicht, dass ich stolz darauf wäre, aber …«

»Hast du sie mit hierhergenommen?«

»Nicht um mit ihnen Sex zu haben, falls du das vermutest.«

»Aber sie waren hier?«

»Ein paar von ihnen, ja. Eine Politikerkollegin, eine Pressemitarbeiterin aus Christiansborg.« Er dachte nach. »Und die Fotografin einer Illustrierten. Wir haben uns hier getroffen, weil sie eine Reportage machen wollte.« Er zuckte die Achseln.

»Hat sie diese wunderbaren Bilder von euren Kindern gemacht?«

»Du hast ein gutes Erinnerungsvermögen.«

»Hast du irgendwann etwas mit Vibeke Vassing gehabt?«

»Der Frau des Pastors?« Thomas konnte ein verblüfftes Grinsen nicht zurückhalten. »Nicht dass ich Nein zu ihr sagen würde, aber nein, Dan. Jetzt geht die Fantasie mit dir durch. Eine Pastorenfrau macht so etwas doch nicht.«

»Okay. Du hattest also mehrere Frauen zu Besuch. Aber du hattest hier nie mit einer von ihnen Sex?«

»Niemals. Sie kamen hierher, um mich zu einer Sitzung oder einer Reise abzuholen.«

»Und du bist absolut sicher, dass du niemals eine von ihnen auf eine Weise berührt hast, die missverstanden werden konnte? Ein Kuss? Ein kleiner Klaps auf den Hintern?«

»Na ja.« Thomas dachte nach. »Vielleicht nicht ganz. Aber das hat niemand gesehen. Wenn Lene dabei war, habe ich immer weiten Abstand zu anderen Frauen gehalten, und in der Öffentlichkeit würde ich so etwas nie tun. Das wäre doch der reine Wahnsinn, bei dem Gerede der Leute. Ich muss schließlich an meine Karriere denken.«

»Also kein Handauflegen im öffentlichen Raum. Ist es nicht

doch vorstellbar, dass du dich im Wohnzimmer kurz hast umarmen lassen, wenn deine Frau sich woanders im Haus befand?«

Thomas veränderte seine Stellung und legte die Pfeife weg. »Tja, also, Dan. Bist du sicher, dass es etwas zu bedeuten hat?«

»Ich bin mir mehr und mehr sicher.« Dan erhob sich. »Ich danke dir für deine Offenherzigkeit, Thomas. Es bleibt unter uns.«

»Ich weiß es zu schätzen.«

Dan schaute auf den Terrassenboden. »Hübscher Belag. Du erinnerst dich nicht, wann ihr den habt machen lassen?«

Thomas hob die Schultern. »Vor vier oder fünf Jahren vielleicht.«

»Du weißt es nicht genauer?«

»Ich kann nachsehen.«

»Danke.«

»Du meinst, du willst es jetzt wissen?«

»Wenn das möglich ist?«

Thomas schüttelte den Kopf und ging voraus in sein kleines Arbeitszimmer im ersten Stock. Während Dan an der Tür wartete, blätterte Thomas einen Ordner mit Belegen durch.

»Hier«, sagte er und zeigte auf eine maschinengeschriebene Rechnung eines Gärtners aus dem Dorf. »Es ist sechs Jahre her. Am 17. Juni 2003.«

»Die Arbeiten wurden vermutlich in den Wochen kurz davor ausgeführt«, sagte Dan langsam. »Kurz bevor ...«

»Ja.« Thomas stellte den Ordner zurück an seinen Platz. »Jetzt, wo ich darüber nachdenke, erinnere ich mich. Wir hatten nach Rolfs Beerdigung einige Leute zu Gast, und eine von Lenes Cousinen war so taktlos ... Sie sagte, wie gut, dass die Terrasse noch vor dem Besuch all dieser Menschen fertig geworden ist.«

50

Dan setzte sich ins Auto und ließ den Motor an. Er brauchte Ruhe, um die neuen Aspekte des Falls zu durchdenken.

Seine Entdeckungen verwirrten ihn. Hatte Vibeke Vassing tatsächlich ein Verhältnis mit dem jungen Rolf Harskov gehabt? Es war unwahrscheinlich, aber nicht unmöglich, dachte er. Es wäre nicht das erste Mal in der Weltgeschichte, dass ein junger Bursche einer erfahrenen Frau verfiel. Doch wohin führte das? War es überhaupt relevant? Es eröffneten sich natürlich einige bisher nicht geahnte Möglichkeiten, wenn sich herausstellte, dass Vibeke in der betreffenden Nacht in Vejby versucht hatte, Rolf zu treffen. Zum ersten Mal im Verlauf der Ermittlungen würde ein anderer Mensch am Tatort auftauchen; ein Mensch, der wohlgemerkt nicht an der Fete in Nordseeland beteiligt war. Doch selbst wenn Vibeke dort gewesen sein sollte, musste das nicht bedeuten, dass sie ihren jungen Liebhaber umgebracht hatte. Sie wäre ihm allerdings nah genug dafür gewesen.

War sie Gry ähnlich nahegekommen? Hatte Gry Vibeke so viel Vertrauen entgegengebracht, dass sie sich mit ihr verabreden konnte und ein Getränk von ihr entgegennahm? Vielleicht. Gry ging im Pfarrhaus ein und aus, auch nach dem Bruch mit ihren Eltern. Sie fühlte sich wohl bei Vibeke. Und hätte aller Wahrscheinlichkeit nach eher einem Besuch von ihr als von dem Küster zugestimmt, überlegte Dan.

Aber wie passte Mogens in dieses Bild? Eigentlich war Dan die ganze Zeit der Ansicht gewesen, es sei unwahrscheinlich, dass Mogens sich mit seinem Mörder unterhalten hatte. Der kleine Mann redete niemals freiwillig mit irgendjemandem, abgesehen von Kirstine. Mit einem Mal fiel Dan auf, wie ähnlich sich Vibeke und Kirstine waren. Natürlich nicht äußerlich. Sie waren eher wie Tag und Nacht, obwohl der Schöpfer ganz bestimmt bei beiden eine glückliche Hand gehabt hatte. Die beiden Frauen hatten allerdings etwas gemeinsam. Ihre sanfte Art, ihr Lächeln, ihre Ausstrahlung.

So betrachtet änderte sich das Bild. Wenn Mogens an diesem Samstag den Volvo Amazon fotografiert hatte ... und Vibeke war aus dem Pfarrhaus gekommen ... Sie sah, dass Mogens ein wenig eigenartig war, redete freundlich mit ihm, bot ihm vielleicht sogar irgendwelche Süßigkeiten an. Mogens hätte sich in ihrer Nähe und bei ihren interessierten Fragen bestimmt sicher gefühlt, davon war Dan überzeugt. Vielleicht so sicher, dass er ganz von allein erzählte, wann und wo er genau dieses taubenblaue Auto mit dem schwarzen Nummernschild schon einmal gesehen hatte. Eigentlich war das nicht so unwahrscheinlich, dachte Dan. Jedenfalls weitaus wahrscheinlicher als dasselbe Szenario mit Ken B. in Vibekes Rolle.

Sollte es sich so abgespielt haben, war es plötzlich auch logisch, warum Mogens sterben musste. Plötzlich taucht dieser Mann auf Vibekes Hof auf, und es stellt sich heraus, dass er sie mit dem einzigen Ort in Zusammenhang bringen kann, an dem sie um alles in der Welt an dem betreffenden Abend nicht hatte sein dürfen. Es dürfte leicht für sie gewesen sein, Mogens ein kaltes Glas Wasser, ein Stück Kuchen oder was auch immer mit den zerstoßenen Schlaftabletten anzubieten. Ihn in den Wald zu fahren und zu erdrosseln, seine Adresse im Rucksack zu finden und den Fotoapparat herauszunehmen. Vielleicht hatte sie auch seine Hausschlüssel benutzen wollen, es aber verworfen. Wenn sie fehlten, würde niemand an Selbstmord glauben. Dann lieber mit Gewalt in seine Wohnung einbrechen. Die Kunststoffhülle im Pfarrhof hätte ebenso gut Vibeke selbst verbrannt haben können. So könnte es durchaus gewesen sein, dachte Dan – und schon einen Augenblick später ging ihm durch den Kopf, dass es sich unmöglich so zugetragen haben konnte. Vibeke hatte ein Alibi für den Abend, an dem Gry vergiftet worden war und der Amazon in der Nähe der Wohnung des jungen Mädchens parkte. Deckte die Frau des Pastors etwa Ken B.? Wenn er die beiden Kinder ermordet und Vibeke Mogens aus dem Weg geschafft hatte, um den Küster zu beschützen … Hatten sie auch eine Affäre? Ken B. und Vibeke Vassing? War das wahrscheinlicher als ihr Verhältnis zu Rolf? In Dans Kopf überschlugen sich die Hypothesen. Jedes Mal, wenn er meinte, eine interessante Spur gefunden zu haben, löste sie sich ebenso schnell wieder auf, wie er sie gefunden zu haben glaubte. Dan musste einige weitere Punkte überprüfen, bevor seine losen Gedanken die Chance hatten, sich zu einer haltbaren Theorie zu vereinigen, die er anderen erklären konnte. Er rief noch einmal bei Pia Waage an. »Dan, ich bin auf dem Weg zum Training.«

»Kannst du mir die Erlaubnis beschaffen, mit Ken B. Rasmussen zu reden?«

»Im Gefängnis? Ich glaube kaum.«

»Versuch es. Es ist wichtig.«

»Erzähl mir, worum es geht, dann werde ich ihm schon die richtigen Fragen stellen.«

»Du würdest nichts aus ihm herausbekommen, Pia. Mir vertraut er.«

»Oh, Dan, Scheiße noch mal!«

»Versuch es.«

Sie seufzte. »Ich werd's versuchen, obwohl es sämtlichen Regeln widerspricht.«

»Ich bin sicher, du schaffst das irgendwie.«

»Oh, tausend Dank für dein Vertrauen.« Trotz ihres Sarkasmus klang Pia ein bisschen weniger gereizt, als sie hinzufügte: »Ich habe übrigens gerade mit meiner Freundin aus dem Labor geredet.

Wenn wir das alte und ein neues Haar beschaffen können, macht sie sich an die vergleichende Analyse, um die du gebeten hast. Aber du stehst ziemlich weit hinten in der Schlange, nur, dass du es weißt.«

»Und was heißt das?«

»Es kann Wochen dauern.«

»So viel Zeit haben wir nicht, Pia.«

»Take it or leave it.«

»Wir brauchen das Resultat, so schnell es geht.«

»Jetzt werd nicht melodramatisch.«

»Vielleicht irre ich mich. Aber wenn nicht, dann geht es hier darum, einen weiteren Mord zu verhindern.«

»Kannst du mir bitte mal erzählen, was los ist?«

»Ich will meiner Sache nur noch ein bisschen sicherer sein, dann erfährst du alles, was ich weiß. Ich verspreche es.«

»Gut. Ich rede noch einmal mit ihr.«

Dan ließ den Wagen stehen und ging die wenigen Hundert Meter zum Pfarrhof.

»Oskar! Aus!«, hörte er Vibekes Stimme irgendwo hinter den Büschen neben dem Haus. Eine Sekunde später hatte der Riesenhund seine offensichtliche Lieblingsposition eingenommen und versuchte, dem Neuankömmling das Gesicht abzulecken. Diesmal erschrak Dan kaum noch. Er schob die großen Pfoten von sich und befahl der überdrehten Deutschen Dogge »Sitz!«, bevor Vibeke sie erreicht hatte. »Oh, entschuldigen Sie«, sagte sie verlegen, während sie auf ihn zulief und mit einem festen Griff das Halsband des Hundes packte. »Ich dachte, ich hätte die Pforte zum Garten geschlossen. Oskar, verdammt!« Sie sah den Hund streng an, der fröhlich ihren Blick erwiderte – mit aus dem Maul hängender Zunge, eifrig wedelndem Schwanz und aufgestellten Ohren. Er war zu jedem Spaß bereit. Und noch mehr für ein Leckerli. Dafür ganz besonders. Er hatte mit anderen Worten überhaupt nichts begriffen. Vibeke lachte. »Ach, du bist ein hoffnungsloser Fall, du blöder Hund!«

»Was machen Sie eigentlich, wenn Sie Besuch von einer zierlichen alten Dame aus der Gemeinde bekommen? Sie bekommt doch einen Herzschlag bei diesem Empfang?«

»Normalerweise ist Oskar hinter dem Haus. Und die Pforte ist gewöhnlich geschlossen. Er ist aber besonders überdreht, wenn er Sie wittert, Dan. So behandelt er nicht alle Menschen.«

»Nein, das hoffe ich nicht.« Dan lachte. Sie gingen ums Haus in den Garten auf der Rückseite, wo die beiden kleinen Mädchen in einem Sandkasten spielten. Nur die Älteste hob den Kopf. Sara. Hübsches Kind. Um die Kinder lagen Bälle, ein paar Eimerchen, Puppen und ein Bollerwagen. Auf einem niedrigen Schemel standen eine Kanne Saft und zwei orangefarbene Plastikbecher. Daneben lag eine geblümte Decke, darauf ein Kissen und ein aufgeklapptes Taschenbuch. Alles strahlte Sonne, Sommer und Familienidylle aus. »Wo ist Arne?«

»Einkaufen. Er kommt gleich nach Hause. Möchten Sie mitessen?«

»Oh, vielen Dank, nein. Ich glaube, ich schaue auf dem Heimweg noch bei meiner Mutter vorbei. Vielleicht hat sie eine Frikadelle übrig.«

Dan sah Vibeke nach, als sie ins Haus ging, um ihm eine Cola zu holen. Das runde Hinterteil schaukelte unter ihrem kurzen Sommerkleid. Die Haut an den Kniekehlen war heller als der Rest ihrer Beine. Ihr blondes Haar schimmerte. Ein Konzentrat aus Liebreiz und Weiblichkeit. Könnte sie tatsächlich …? Dan konnte den Gedanken eigentlich nicht zu Ende denken. Es war sehr, sehr schwer, sich diese Frau als Mörderin vorzustellen. Nahezu unmöglich.

Und warum um alles in der Welt hätte sie es tun sollen? Die dreijährige Sara kam auf Dan zugelaufen. Wortlos legte sie ihm eine Handvoll abgerissenes Gras auf die Knie. Dann sah sie ihn an und lächelte, bevor sie sich wieder umdrehte und davonlief. Er wusste nicht recht, was von ihm erwartet wurde, also ließ er das kleine grüne Bündel liegen und griff nach dem kalten Getränk, als die Mutter der Mädchen zurückkam.

Kurz darauf tauchte auch Arne auf. Der warme Nachmittag ging langsam zu Ende. »Ich verstehe gut, dass Sie noch warten und nicht gleich wieder arbeiten wollen, Vibeke«, sagte Dan. »Ein herrliches Leben ist das. Zeit genug und jede Menge ...«

»Na, na, ganz so rosarot ist es auch wieder nicht.« Sie lachte. »Als Frau eines Pastors kann man ein ziemlich stressiges Dasein haben, das kann ich Ihnen versichern.«

»Das kann ich nur unterschreiben«, sprang Arne ihr bei. »Keiner von uns beiden kann sich erlauben, einen Tag bei Kaffee und Kuchen zu verplaudern.«

»Und abgesehen davon«, fügte seine Frau hinzu, »habe ich schon angefangen, mich ein bisschen umzusehen.«

»Wieder im Jugendclub?«

»Nein, ich möchte eigentlich mal wieder in meinem Beruf arbeiten. Im Krankenhaus von Christianssund wird immer Personal gesucht.« Sie wandte sich an ihren Mann. »Es ist gerade eine Stelle als Mutterschaftsvertretung frei geworden, die wäre ideal für mich, Arne. Vom 1. August an, im OP. Halbtags.«

»Sie sind OP-Schwester? Das wusste ich gar nicht«, sagte Dan.

»Ja, Anästhesie-Schwester. Aber ich kann durchaus auch einem Chirurgen assistieren. Ich habe das schon sehr oft getan.«

»Ist das üblich? Ich dachte, das wären zwei verschiedene Bereiche?«

»Üblich ist es nicht, aber …«

»Sehen Sie, Dan«, unterbrach sie Arne. »Vibeke war im Lauf der Jahre viel im Auslandseinsatz. An vielen Orten hatte man nur ein paar Zelte und eine ganz kleine Gruppe von Mitarbeitern zur Verfügung. Dasselbe Team impft Kinder, hilft bei Geburten, führt Blinddarmoperationen durch und auch Amputationen. Es hilft nichts, wenn man zu sehr auf seiner Spezialisierung besteht.«

»Mit welcher Organisation waren Sie eigentlich unterwegs?«

»Anfangs war es Ärzte ohne Grenzen«, antwortete Vibeke. »In den letzten Jahren haben wir für das Rote Kreuz gearbeitet.«

»Und es reizt Sie nicht, noch einmal aufzubrechen?«

»Mit den beiden Mädchen?« Vibeke schaute auf ihre Kinder, die an den Johannisbeersträuchern herumtollten. »Nie im Leben. Ich würde meinen Kindern niemals zumuten, sie mitzunehmen, und ich würde sie auch niemals hier zurücklassen können. Nein, mit den Auslandseinsätzen ist es bei mir vorbei.«

»Du hast deinen Wehrdienst abgeleistet«, stimmte ihr Mann zu. »Oder besser, wir beide.«

»Wie lange waren Sie unterwegs, Vibeke?«, erkundigte sich Dan.

Sie zuckte die Achseln, sah Arne an. »Beim ersten Mal war ich gerade mit der Ausbildung fertig, 1989. Äthiopien. Es war schrecklich.«

»Trotzdem haben Sie weitergemacht?«

»Mexiko, Bangladesch, Sudan, Darfur. Überall, ja. Manchmal für ein Jahr, manchmal nur für ein paar Monate. Es geht ins Blut über. Fragen Sie Arne. Er hat auch so gelebt.«

Sie wurden von einem verzweifelten Schrei unterbrochen. Eines der Mädchen war über die Stange des Bollerwagens gefallen, es saß brüllend auf der Erde und hielt sich die Stirn. Vibeke stand sofort auf und lief zu ihr, um sie zu trösten.

»Entschuldigung. Ich habe gar nicht gefragt«, begann Arne. »Wollten Sie mit mir reden, oder sind Sie einfach nur auf einen Plausch vorbeigekommen?«

»Ich wollte mich nur ein bisschen unterhalten«, erwiderte Dan und erhob sich. »Und Ihnen eine gute Reise zum Roskilde-Festival wünschen. Wann werden Sie fahren? Schon jetzt am Sonntag, wenn die Campingbereiche geöffnet werden?«

»Nein, wir warten bis nächsten Mittwoch. Dann können wir noch mithelfen, vor der offiziellen Eröffnung am Donnerstagmorgen den Stand aufzubauen. Ich glaube, fünf Tage reichen uns.«

»Und Malthe?«

»Er will einen guten Platz für sein Zelt, deshalb fährt er mit ein paar Freunden schon an diesem Wochenende, sie wollen dort sein, sobald die Tore sich öffnen.«

»Stimmt es, dass Sie irgendeine Absprache mit Lene und Thomas getroffen habt? Über Malthe, meine ich.«

»Ja, ja, so unter uns, er weiß nichts davon. Wir haben versprochen, den Jungen im Auge zu behalten und für ihn da zu sein, wenn er die Hilfe eines Erwachsenen brauchen sollte.«

»Er ist ja auch erst sechzehn. Und es ist sein erstes Festival.«

»Das kommt noch dazu. Aber im Grunde ist es ... na ja, Sie kennen ja Lene. Sie hat immer noch Angst vor diesem magischen Datum. Egal, wie oft wir ihr erklärt haben, dass der Mörder gefunden und Malthe jetzt außer Gefahr ist, Lene macht sich weiterhin Sorgen. Es ist sicher auch schwer, so ein Gefühl abzuschütteln, wenn es sich einmal festgesetzt hat.«

»Sie sollen also auf ihn achten?«

»Ja, soweit er es zulässt. Glücklicherweise versteht er sich gut mit Vibeke, ich glaube deshalb kaum, dass es ein großes Problem geben wird.«

»Das ist doch gut«, erwiderte Dan etwas geistesabwesend. Sein Gehirn arbeitete mit Hochdruck. Ausgerechnet Vibeke sollte also auf Malthe an dem Tag aufpassen, an dem er das kritische Alter erreichte. Plötzlich hatte Dan das Gefühl, sehr viel zu tun zu haben. »Na, ich will nicht länger stören«, sagte er. Der Hund hob den Kopf und machte ein paar symbolische Bewegungen mit seinem Schwanz, bevor er sich wieder hinlegte, um weiterzuschlafen. »Wer kümmert sich eigentlich um Oskar, wenn Sie weg sind?«

»Eigentlich hätte es Ken B. tun sollen. Jetzt war Ihre Mutter so freundlich und hat sich als Hundesitterin angeboten.«

»Sehr gut. Sie liebt Hunde.« Dans Blick schweifte in den hinteren Teil des Gartens, wo Vibeke und ihre beiden Töchter jetzt irgendein Singspiel spielten. »Darf ich eben noch mal auf die Toilette?«

»Natürlich. Finden Sie den Weg?«

»Sicher. Bleiben Sie sitzen. Vielen Dank, Arne.«

Die Eingangshalle erschien dunkel, wenn man direkt aus dem hellen Licht eines sonnigen Tages kam. Dan blieb einen Moment stehen, bis seine Augen sich daran gewöhnt hatten. Dann ging er auf die Gästetoilette, einen hübsch tapezierten Raum mit frischer Seife und sauberen weißen Handtüchern. Nicht ein Haar zu finden.

Er musste ins Badezimmer der Familie.

Dan schaute aus dem kleinen Fenster der Toilette, um sicherzugehen, dass niemand auf dem Weg ins Haus war. Vibeke hielt sich mit den Mädchen noch im hinteren Teil des Gartens auf, und der Pastor hatte sich mit der aktuellen Ausgabe der *Berlingske Tidende* an den Gartentisch gesetzt. Oskar lag auf den Fliesen in der Sonne.

Die Treppe zum ersten Stock nahm Dan in langen Sprüngen.

Ohne Zeit zu verlieren, lief er den Flur hinunter und schob jede einzelne Tür auf, bis er fand, was er suchte.

Ein Korb mit bunten Badetieren. Eine große Badewanne. Eine kleine Palme stand auf der Fensterbank. Alte, leicht gelbliche Kacheln. Ordnung auf allen Regalbrettern, sauber in allen Ecken. Man sah, dass hier eine Krankenschwester wohnte. Leider, dachte Dan. Er musste die Stelle finden, an der Vibekes Bürste lag. Eindeutig nicht hier. Vermutlich im Schlafzimmer.

Sie lag mitten auf dem Toilettentisch. Und darin steckten Haare, jede Menge Haare. Lang und blond, verfilzt zwischen den Borsten der Bürste. Dan zog sie mit einem Ruck heraus und stopfte das Haarbüschel in die Tasche. Er ging zum Fenster, um sich noch einmal abzusichern. Und bekam einen Schock, als er den Gartentisch sah. Die *Berlingske* lag noch dort, aufgeschlagen vor dem leeren Stuhl. Aber Arne Vassing war nicht mehr im Garten.

In diesem Moment hörte Dan Schritte auf der Treppe. Der Pastor kam herauf. Musste er ausgerechnet jetzt …, dachte Dan und suchte hektisch nach einem Versteck. Er kroch – oh, Klischee – unters Doppelbett. Die Tagesdecke hing bis auf den Boden und verbarg ihn. Er konnte nur hoffen, dass der Mann seinen Hund nicht mitbrachte. Oskar würde nur wenige Sekunden brauchen, um ihn unter dem Bett aufzuspüren. Dan hielt die Luft an, während schwere Schritte sich näherten.

Die Tür ging auf, der Pastor stand mitten im Zimmer. Glücklicherweise ohne Oskar, wie es aussah. Arne summte leise vor sich hin, während er auf und ab ging. Irgendwann setzte er sich auf die Bettkante, und Dan glaubte, sein Herz müsse durch die Matratze und die dicke Bettdecke zu hören sein.

Arne Vassing stand auf. Er ließ einen dröhnenden Furz fahren und stieß ein tief empfundenes »Ahhh« aus. Dan war kurz davor, in hysterisches Gelächter auszubrechen. Dann verließ der Pastor das Schlafzimmer, und eine andere Tür schloss sich. Kurz darauf hörte Dan, wie auf der anderen Seite der Wand die Dusche angestellt wurde. Dan atmete auf, krabbelte heraus, sah an sich herab und stellte fest, dass nicht alle Ecken des Hauses vollkommen staubfrei waren. Er bürstete sich mit der Handfläche ab und schaute aus dem Fenster. Mutter und Kinder saßen auf der geblümten Decke. Die kleine Anna hatte eine Nuckelflasche im Mund, Vibeke schaute sich mit Sara ein Bilderbuch an. Oskar schlief noch immer in der Sonne.

Dan blieb einen Augenblick vor der Badezimmertür stehen, hörte das Geräusch eines Mannes, der zu pfeifen versuchte, während er duschte, und verließ das Haus, so rasch er konnte.

51

Birgit Sommerdahl freute sich sehr, als ihr Sohn plötzlich in der Tür stand und mitteilte, er habe Hunger. Sie habe lediglich für einen Salat Niçoise eingekauft, entschuldigte sie sich, aber sie könne in die Gefriertruhe schauen, ob es noch ein Steak oder so etwas gebe.

»Nein danke, Mutter«, unterbrach sie Dan und umarmte sie. »Salat ist okay. Vielleicht kochst du ein paar Eier dazu.«

»Gutes Brot habe ich auch«, sagte seine Mutter und ging voran in die Küche.

Dan bekam ein Bier und setzte sich auf einen Küchenstuhl, während seine Mutter den Salat zubereitete. Er hatte es immer geliebt, ihr beim Kochen zuzusehen. Längst hatte er aufgehört, ihr seine Hilfe anzubieten – er wusste, dass sie im Grunde am liebsten alles allein machte. Die Aufregung nach dem Raubzug im Pfarrhaus steckte ihm noch in den Knochen, allerdings sank das Adrenalinniveau merklich mit jedem kleinen Schluck Bier; er beobachtete die routinierten Bewegungen seiner Mutter. »So.« Sie wischte sich die Hände an der Schürze ab. »Wenn du das Tablett nimmst, komme ich mit dem Salat nach. Lass uns im Garten essen.«

Im Schatten war es bereits zu kühl, also stellten sie den Tisch in die Sonne. Aßen. Und unterhielten sich. Dan erzählte die wenigen Dinge, die er über Flemmings Zustand wusste. Birgit hatte natürlich gehört, dass Flemming im Krankenhaus lag, wie schlimm es um ihn stand, wurde ihr jetzt erst bewusst. Sie kannte Flemming seit seiner Kindheit. Zeitweilig hatte er sich fast ebenso viel bei ihr aufgehalten wie zu Hause, sie mochte ihn sehr und fing an zu weinen, als Dan ihr erklärte, wie schlecht die Prognose war. Das will mir nicht in den Kopf, sagte sie wieder und wieder. »Triffst du dich hin und wieder mit Marianne?«, fragte Dan, um sie auf andere Gedanken zu bringen.

»Ich dachte, das hättest du wieder übernommen?« Birgit putzte sich die Nase.

Dan hob die Augenbrauen. »Was hat sie denn erzählt?«

»Nichts.«

»Komm schon.«

Seine Mutter schüttelte den Kopf. »Sie ist entsetzt über sich, wenn du es genau wissen willst. Dass sie so leicht nachgegeben und sich in eine derartige Situation gebracht hat. Sie wünschte, sie wäre vorsichtiger gewesen, Dan. Und das kann man ihr nicht verdenken. Nach all dem, was sie durchgemacht hat. Du warst ja auch nicht gerade nett zu ihr.«

Dan zuckte die Achseln, wandte den Blick ab.

»Na«, sagte er dann. »Ich muss los.«

»Schon?«

»Ich habe noch eine Menge zu erledigen.«

»Um acht Uhr abends?«

»Ja.« Er stand auf. »Vielen Dank für das Essen.«

»Wohl bekomm's.«

Sie begleitete ihn zum Auto.

»Übrigens«, sagte Dan, als er eingestiegen war. »Die Frau des Pastors ...«

»Ja?«

»Wie gut kennst du sie?«

»Dan, fang bloß nichts mit ihr an. Vibeke ist eine verheiratete Frau, und das wäre doch wirklich dumm, jetzt, wo du und Marianne vielleicht wieder ...«

»Also Mutter! Darum geht es überhaupt nicht. Ich habe meine eigenen Gründe, mich ein wenig für sie zu interessieren. Und die sind ganz bestimmt nicht von der Art, an die du gerade denkst. Weißt du beispielsweise, wie alt sie ist?«

»Anfang vierzig, glaube ich. Warum?«

»Ach, nichts. Ihr Alter ist nur schwer zu schätzen.« Er fummelte an seinem Schlüsselring. »Weißt du, wie sie hieß, bevor sie geheiratet hat?«

Birgit stellte den Blick auf unendlich und stand ganz still, während sie nachdachte. Dann schüttelte sie langsam den Kopf. »Ich kann mich nicht mehr erinnern. Ein Doppelname, glaube ich.«

»Na egal. Ich finde es auf eine andere Art heraus.«

»Vielleicht fällt es mir irgendwann ein. Es ist irgendwo hier drin.« Sie klopfte sich mit einem Finger gegen die Stirn.

»Streng dich nicht an.« Er ließ den Wagen an. »Bis bald!«

Dan rollte langsam auf die Straße und bog rechts auf die Hauptstraße von Yderup, als er eine große, schlaksige Gestalt am Straßenrand bemerkte. Die Jeans des Burschen hingen so weit hinunter, dass man seine weiße Unterhose aus weiter Entfernung sah. Der Kopf war eingekapselt von einem Paar kolossaler Kopfhörer aus silberfarbenem Kunststoff. Schwarzes T-Shirt mit weißem Text. Malthe.

Der Junge sah nichts, er ging in Gedanken vor sich hin und starrte auf den Asphalt. Dan fuhr neben ihn.

»Dan?« Malthe schob den Kopfhörer in den Nacken und stellte seinen MP3-Player ab. »Bist du bei uns gewesen? Ich habe dich gar nicht gesehen.«

»Ist auch schon ein paar Stunden her. Du warst wahrscheinlich nicht zu Hause. Ich habe bei meiner Mutter zu Abend gegessen.«

»Also hast du keinen Hunger mehr?«

»Nein, nicht wirklich. Und du?«

»Na ja.«

»Habt ihr noch nicht gegessen?«

»Ich habe mir nur ein Brot gemacht.«

»Wohin willst du?«

»Nirgendwohin. Ich musste nur mal raus. Die Alten streiten sich.«

Dan bemerkte ein hoffnungsvolles Glimmen in Malthes Blick. »Willst du mitfahren?«

»Wohin?«

»Wir könnten zu McDonald's in Christianssund.«

»Ja, schon, aber der letzte Bus zurück geht schon um …«

»Ich fahre dich hinterher natürlich auch wieder nach Hause. Spring rein!«

Malthes Gesicht leuchtete auf. »Awesome«, sagte er und schnallte sich an.

»Willst du nicht zu Hause Bescheid sagen?«

»Keine Lust, jetzt mit ihnen zu reden. Ich schicke eine SMS.«

Malthe tippte einige Sekunden konzentriert. »So«, sagte er dann und steckte das Telefon ein. Er legte den Kopf zurück, der Wind zerzauste sein Haar. »Geiles Gefühl.«

»Ja, im Sommer geht nichts über ein offenes Auto.«

Malthe bekam ein XL-Menü, mit einem riesigen Haufen Pommes, einem riesigen Burger und einem ganzen Eimer Cola mit zerstoßenem Eis. Dan begnügte sich mit einer Tasse Kaffee und einem Donut.

»An was kannst du dich eigentlich erinnern, als du klein warst, Malthe?«

»Wie klein?« Der Junge trank einen Schluck Cola. »Aus der Zeit, bevor ich zur Schule kam?«

»Ich denke eher an damals, als Rolf und Gry noch lebten.«

Malthe sah ihn an. Nickte. »Ich kann mich an ziemlich viel erinnern.«

»Erinnerst du dich, was Rolf kurz vor seinem Tod so gemacht hat?«

»Er war ständig beim Training oder bei Spielen und nicht so oft zu Hause.« Malthe stopfte sich ein paar Pommes in den Mund. »Ein richtiger Fußballfreak.«

»Warst du mal dabei, wenn er gespielt hat?«

»Nee, irgendwie kam es nie dazu. Doch! Ich war einmal als Zuschauer bei einem Spiel, in Kalundborg, glaube ich.«

»Bist du mit deinen Eltern hingefahren, um es dir anzusehen?«

»Meinen Eltern?« Er schnitt eine Grimasse. »Die hatten doch für so was keine Zeit. Schon damals nicht. Nein, ich bin mit Vibeke gefahren. Das war zu der Zeit, als sie noch im Club arbeitete.« Er biss ein großes Stück von seinem Burger ab.

»Mit ihr kommst du noch immer gut klar, oder?«

»Hm.«

»Sie ist ja auch nett.«

»Hm.« Malthe kaute weiter, ohne aufzublicken.

»Kam sie oft mit zu Rolfs Spielen?«

»Woher soll ich das wissen?«

»Vielleicht hast du es ja irgendwie gemerkt. Kinder bekommen so etwas doch mit.«

Malthe stopfte den Rest seines Burgers in den Mund und kaute langsam. »Ja«, sagte er dann. »Möglicherweise schon. Also, sie war hin und wieder bei den Spielen. Aber das war ja auch nicht merkwürdig.«

»Was meinst du?«

»Einige von den Jungs aus der Mannschaft kamen auch zu ihr in den Club.«

»Hatte Vibeke eine enge Verbindung zu ihnen?«

Malthe zuckte die Achseln. »Frag sie selbst. Ich weiß nur, dass die Jungs total scharf auf sie waren.«

»Wer wäre das nicht? Sie ist hübsch.«

Wieder zuckte Malthe die Achseln.

»Hat sie Rolf jemals von zu Hause abgeholt?«

»Glaub ich nicht. Vielleicht.«

»Du kannst dich nicht erinnern, ob sie ihn besucht hat? Oder bei euch zu Hause mit ihm geredet hat?«

Der Junge schüttelte den Kopf.

»Und Gry? Hat sie sich auch um Gry gekümmert oder nur um Rolf und seine Freunde?«

»Weiß ich nicht.« Malthe stellte den Pappeimer beiseite. »Was ist das hier eigentlich für ein Verhör? Du klingst wie die Bullen.«

»Beruhige dich. Wir reden nur.«

»Dann find ein anderes Thema, Dan. Ist ja toll, dass du mir den

Burger und so spendiert hast. Aber ich habe keinen Bock, hier zu sitzen und über Vibeke zu tratschen.«

»Bist du empfindlich, wenn es um sie geht?«

»Scheiße, wie meinst du das denn?«

»Ich dachte nur.«

»Und was geht dich das eigentlich an?«

»Okay«, erwiderte Dan und stellte die Pappschachtel, Servietten und den leeren Pappbecher auf das Tablett. »Entschuldige. Reden wir einfach über etwas anderes. Kein Problem. Hast du gehört, dass Malk de Koijn neulich ein Probekonzert im JazzHouse gegeben hat? Es soll supergut gewesen sein.«

Malthe strahlte. »Ja, ein Freund von mir hat mir den Link zu einer Kritik geschickt. Das wird super in Roskilde. Ich freue mich total darauf.«

Den Rest der Zeit unterhielten sie sich weitaus entspannter. Dan betrachtete den hochgewachsenen Jungen. Malthe hatte es nicht leicht. Daran zweifelte Dan keine Sekunde. Ganz sicher litt er nicht an der großen Depression, die seine Eltern beschrieben hatten, aber ein ganz normaler Pubertäts-Weltschmerz konnte schlimm genug sein. Vor allem, wenn er von einer Familie heftig befeuert wurde, die sich seit Jahren in der Krise befand. Die Trauer um den Tod der beiden älteren Kinder, viel zu viele Jahre hektische Geschäftigkeit rund um die Uhr, eine brüchige Beziehung. Das alles hinterließ Spuren, und wie so oft bezahlte die jüngere Generation einen erheblichen Teil des Preises. Malthe bemerkte, dass Dan ihn beobachtete, und unterbrach sich bei einer detaillierten, kritischen Analyse der Musik von Balstyrko, einem Ableger von Malk de Koijn. »Was ist?«, fragte er.

»Nichts«, erwiderte Dan und rieb sich die Augen. »Sorry. Ich bin wohl müde. Fahren wir nach Hause?«

Dan kaufte dem Jungen noch ein Softeis, und Malthe schielte geradezu, als er tief konzentriert daran leckte. Dan musste ein Lächeln unterdrücken. Malthe war doch noch ein Junge. Ein kleiner, 1,90 Meter großer Junge. Das vergaß man leicht. Als er seinen jungen Freund eine Dreiviertelstunde später abgeliefert hatte und nach Christianssund zurückgekehrt war, ging er zum Präsidium. Der nette Beamte stand hinter der Schranke. »Haben Sie einen Briefumschlag hier?«, erkundigte sich Dan.

»Wie groß soll er denn sein?«

»Ein kleiner genügt.«

Er schrieb Pias Namen darauf und ergänzte nach einem Moment des Nachdenkens: »Wie versprochen. Liebe Grüße Dan«. Er schaute sich den Text an. Strich »Liebe Grüße« durch und ersetzte es durch »Viele Grüße«. So gute Freunde waren sie trotz allem auch wieder nicht. Er fischte das Haarknäuel aus seiner Hosentasche. Steckte es in den Umschlag und klebte ihn sorgfältig zu. Er reichte den Brief über die Schranke. »Können Sie dafür sorgen, dass Pia Waage den Umschlag bekommt, sobald sie auftaucht?«

»Selbstverständlich. Ich lege ihn noch heute Abend persönlich auf ihren Schreibtisch.«

»Vielen Dank. Und gute Nacht.« Dan drehte sich um.

Der Wachhabende räusperte sich. »Entschuldigung, aber …«

»Ja?«

»Wissen Sie, wie es Kommissar Torp geht? Wir erfahren hier nicht sehr viel.«

»Ich weiß nur, dass morgen vermutlich der Vorschlag für einen Behandlungsplan vorliegen wird.«

»Aber muss er … Sie wissen schon … sich einer Chemotherapie unterziehen?«

»Ich denke schon.«

»Oje.«

»Tja. Warten wir's ab.«

52

Freitagvormittag öffnete Frank Janssen die Tür des kleinen Vernehmungsraums. »Das bleibt die absolute Ausnahme, Dan, du solltest nicht damit rechnen, die Erlaubnis noch einmal zu bekommen.« Er trat einen Schritt zur Seite, sodass Dan in den Raum konnte. »Das soll ich dir mit freundlichen Grüßen vom Staatsanwalt ausrichten. Es geht sowieso nur, weil du durch deinen Vertrag formal ein Angestellter der Abteilung bist.«

»Soll ich jetzt auf den Knien rutschen vor Dankbarkeit? Ich dachte, ich helfe euch bei den Ermittlungen?«

»Waage und ich sitzen hinter dem Spiegel dort drüben. Wir können euch sehen, aber ihr könnt uns nicht sehen.«

»Ich kenne das Prinzip, Frank.« Dan sah sich in dem nackten Raum um. »Ich habe auch schon mal einen Krimi im Fernsehen gesehen. Außerdem bin ich hier schon mal gewesen.«

»Brauchst du noch etwas?«, erkundigte sich Pia. »Eine Kanne Kaffee?«

»Ja, danke. Und …«, Dan hielt eine Plastiktüte hoch, »es würde die gute Stimmung sicher befördern, wenn ihr hier ein Auge zudrückt.«

»Was ist das?«

»Ein Sixpack Tuborg und eine Schachtel Zigaretten.«

»Dan, also wirklich. Im gesamten Gebäude herrscht Rauchverbot. Das weißt du doch genau.«

»Wer sollte es erfahren?«

»Das riecht man doch sofort«, sagte Frank. »Vergiss es, Dan.«

»Wir machen ein Fenster auf. Wir möchten doch, dass der Mann sich entspannt und wohlfühlt? Und das passiert ganz sicher nicht ohne Nikotin.«

Frank und Pia sahen sich an. Frank zuckte die Achseln. »Eigentlich auch schon egal, ich hole den Kaffee.«

»Diese Haare ...«, sagte Pia, als sie allein waren.

»Ja?«

»Wenn alles geklappt hat, sind sie bereits im Labor.«

»Fantastisch. Danke für die Hilfe.«

»Schon gut.« Sie ging zur Tür. »Ich hole Rasmussen.«

Dan trat ans Fenster und öffnete es. Er blieb stehen und blickte über den Hof des Polizeipräsidiums. Er war müde. So müde, dass er sich bei dem Gespräch, das ihm bevorstand, zusammenreißen musste. Endlich hatte er die Erlaubnis, mit Ken B. zu sprechen. Und er wollte etwas aus ihm herausbekommen. Doch er hatte das Gefühl, nur Hafergrütze im Kopf zu haben, seine Glieder schmerzten und waren schwer. Es war eine harte Woche gewesen.

Die letzten Tage hatte er nachts lange schlaflos dagelegen. Gedanken kreisten in seinem Kopf. Blonde Haare, unfertige Terrassen, ehrgeizige Politiker und Grenzen auslotende Teenager mischten sich in der nächtlichen Dunkelheit mit den Bildern des Abends vor einem Jahr, als Marianne ihn heulend vor Wut hinausgeschmissen hatte, und den so viel angenehmeren Erinnerungen an die Nacht, die er erst kürzlich mit ihr verbracht hatte. Jetzt wies sie ihn wieder ganz und gar zurück, und offensichtlich gab es nichts, was er dagegen tun konnte. Die Sorge um Flemming, die Ungewissheit über sein Schicksal, hatte sich wie ein Basslauf hinter die flirrenden Gedankensplitter gelegt. Man hört ihn nicht sofort, dennoch war er da und bestimmte die Stimmung von allem anderen. Sorge? Das war nicht das richtige Wort. Angst beschrieb

Dans Gefühl besser. Eine Angst, die ihm bisweilen die Luft abschnitt. Wieder und wieder machte er sich Vorwürfe, dass er die Veränderungen nicht bemerkt hatte, die sich in den letzten Monaten bei Flemming zeigten. Hätte man wirklich nichts tun können? Marianne und die Krankenhausärzte sagten Nein, und doch quälte Dan ein schlechtes Gewissen – obwohl er nicht einmal genau wusste, weshalb. Wenn er doch nur etwas netter zu Flemming gewesen wäre, ihn etwas weniger provoziert hätte.

Den Dienstag hatte Dan vertrödelt, außerstande, mit der Arbeit an der Werbekampagne zu beginnen, mit der er beauftragt worden war. Auch zu irgendwelchen anderen Tätigkeiten hatte er sich nicht durchringen können. Am späten Nachmittag hatte Marianne angerufen. »Es gibt einen Behandlungsplan«, hatte sie erzählt. »Flemming fängt mit der ersten Chemo bereits am Montag in einer Woche an.«

»Am 6. Juli. Das geht ja schnell.«

»Er hat Glück, dass er in einer Gemeinde mit kurzen Wartelisten lebt.«

»Und dich kennt.«

»Vielleicht auch das, ja.«

»Wie geht es ihm?«

»Erstaunlich gut. Er ist wieder zu Hause.«

»Wurde er entlassen?«

»Es gab keinen Grund, ihn im Krankenhaus zu behalten, wo er sich nur langweilt. Er ist zu Hause und kann Ursulas gute Küche genießen, spazieren gehen oder sich vor dem Fernseher entspannen.«

»Will er arbeiten?«

»Soweit er es schafft. Wir müssen abwarten.«

»Und was ist, wenn die Chemo beginnt?«

»Dann muss er natürlich immer wieder eine gewisse Zeit im

Krankenhaus verbringen. Er wird isoliert, wenn das Immunsystem am Boden ist. Die Reaktion auf eine Chemo ist sehr verschieden, aber die meisten Patienten werden ziemlich krank. Nur, damit du es weißt.«

»Verflucht.«

»Ja, es ist beschissen.«

Eine kleine Pause. Dann: »Marianne, ich habe sehr viel nachgedacht. Über uns, meine ich. Sollten wir nicht …«

»Ich habe keine Zeit mehr, Dan. Lass uns ein andermal reden.« Und dann hatte sie aufgelegt, bevor er noch etwas sagen konnte. Es war jedes Mal dasselbe.

Am folgenden Tag hatte er Flemming und Ursula besucht, und dieser Besuch hatte ihn ein wenig beruhigt. Flemming wirkte nicht wie ein Mann, der kampflos aufgeben wollte, und auch Ursula schien sehr gefasst zu sein, als sie selbst gebackene Roggenbrötchen mit Lachs und einem kleinen Schnaps servierte. Seitdem hatte Dan etwas besser geschlafen, und er hatte sogar die Vorschläge für die Werbekampagne rechtzeitig vorlegen können, doch die Angst steckte ihm noch immer Tag und Nacht in den Knochen und ließ alles andere geradezu gleichgültig werden. Bei dem Gespräch, das er gleich zu führen hatte, war das ein Problem. Dan wusste, dass er nur eine Kugel im Lauf hatte, er musste einfach wach und aufmerksam bleiben. Ken B. Rasmussen saß jetzt seit dem 11. Juni in Untersuchungshaft. Seit über zwei Wochen. Flemming, Frank und Pia hatten sich mit den Verhören abgewechselt. Stunde um Stunde, Tag für Tag. Mit den unterschiedlichsten Ansatzpunkten. Der Mann war standhaft geblieben, beantwortete geduldig alles, wonach sie ihn fragten, und weigerte sich beharrlich, sich im Sinne der Anklage schuldig zu bekennen.

Außerdem lehnte er es kategorisch ab zu erklären, wie es dazu kommen konnte, dass der Volvo Amazon des Pastors an jenem Abend, an dem Gry die tödliche Dosis Kokain verabreicht worden war, in der Nørre Voldgade parkte. Wieso glaubte Dan eigentlich, den schweigsamen Küster zu einer Aussage bewegen zu können, wenn die Profis bisher kein Glück gehabt hatten? Kurz darauf saßen sie sich gegenüber.

Ken B. sah aus wie immer. Der graue Schnurrbart war sorgfältig getrimmt, seine Leibesfülle hatte sich während der Untersuchungshaft nicht gerade verringert. Beim Anblick des Zigarettenpäckchens und der Grøn-Tuborg-Dosen ging ein Leuchten über sein Gesicht, und es dauerte nur einige wenige Sekunden, bis er sich bei den Mitbringseln bedient hatte.

Dan schaltete das Tonbandgerät ein. »Möchten Sie, dass Ihre Anwältin dabei ist?«

»Nein.« Ken B. Rasmussen stellte die Bierdose ab und rülpste diskret hinter der geballten Faust. »Sie ist nicht sonderlich effektiv, wenn Sie mich fragen.«

»Wieso?«

»Ich wäre doch schon längst hier raus, wenn sie einen guten Job machen würde? Schließlich habe ich nichts verbrochen, und die Beweise sind hauchdünn.«

»Wie Sie wissen, können Sie relativ lange hier festgehalten werden. Egal, wie unschuldig Sie sind.«

»Ja, stimmt. Man kann sogar verurteilt werden, obwohl man unschuldig ist. Das war damals ein ziemlicher Schock für mich, das muss ich sagen. Glücklicherweise waren die in der Revision beim Landgericht vernünftiger.« Der Küster zog an der Zigarette und betrachtete die Glut, während er langsam den Rauch ausstieß. »Ich hoffe jedenfalls, dass es nicht wieder anderthalb Jahre dauert.«

»Ich glaube kaum.«

»Was meinen Sie denn?«

»Ich arbeite momentan daran, Sie zu entlasten.«

Ken B. sah ihn an, wobei er die Augen wegen des Rauchs zusammenkniff. »Wie bitte?«

»Ich glaube nicht, dass Sie es getan haben, Ken, und wenn ich das beweisen kann, wird man Sie sofort gehen lassen.«

»Und wer war es Ihrer Meinung nach?«

»Ich muss erst hundertprozentig sicher sein.«

»Wieso?«

»Meinen Sie nicht auch, ich hätte schon genügend Unheil in dieser Sache angerichtet?«

Der Küster hielt seinen Blick weiterhin auf Dan gerichtet. »Dann waren Sie also schuld, dass man mich kassiert hat.« Es war eine Feststellung, keine Frage.

»Jedenfalls bin ich für die Sache mit dem Nummernschild verantwortlich.«

»Na, herzlichen Dank.« Der Küster schüttelte eine zweite Zigarette aus der Packung. »Dafür bin ich Ihnen ausgesprochen dankbar.«

»Tut mir leid. Facts sind Facts.«

»Was wollen Sie von mir?«

»Wer fuhr am Abend des 17. August 2005 den Wagen?«

»Keine Ahnung.«

»Aber Sie waren es nicht?«

»Ich verweigere die Aussage. Das habe ich schon gesagt.«

»Kommen Sie doch zur Vernunft, Mann.«

»Vergessen Sie's.«

»Ken B., verdammt!« Dan bekämpfte einen Hustenanfall, als eine Rauchwolke zu ihm herübergepustet wurde. »Ich finde, Sie könnten die Komödie jetzt beenden.«

Der Küster antwortete nicht.

Dan entschloss sich, auf Risiko zu spielen. »Und wenn ich sage, ich weiß, dass Sie den Wagen nicht gefahren haben?«

»Woher wollen Sie das wissen?«

»Vielleicht gibt es jemanden, der es mir erzählt hat?«

Ken B.s Blick flackerte. Er kniff die Lippen zusammen und schüttelte den Kopf. Dan sah ihn an. »Ich bin sicher, Vibeke wäre meiner Meinung.«

»Vibeke?«

»Ja, ihr ist es natürlich vollkommen klar, dass Sie an dem Abend den Wagen nicht gefahren haben. Ich weiß nicht, warum sie nicht einfach sagt, wie es ist, aber ...«

»Sie will ...« Den Rest des Satzes sprach er nicht aus.

»Was sagen Sie?«

Ken B. räusperte sich. »Sie will mich schützen.«

»Früher oder später wird sie in jedem Fall gezwungen sein zu sagen, was sie weiß. Darüber sind Sie sich doch im Klaren?« Als sein Gegenüber nicht antwortete, fuhr Dan fort: »Möchten Sie wirklich, dass sie all dem ausgesetzt wird? Ein Verhör nach dem anderen, bis sie aufgibt? Hat sie das verdient?«

Bewegte sich etwas auf der anderen Seite des Spiegelglases? Ein Licht, das ein- und wieder ausgeschaltet wurde? Eine Tür? Dan hatte einen Moment Sorge, jemand könnte hereinkommen und das Gespräch abbrechen, bevor es richtig begonnen hatte. Aber es war falscher Alarm.

Ken B. rauchte schweigend und blickte aus dem Fenster, in den blauen Himmel. Dann wandte er Dan den Kopf zu. »Ich verliere meinen Job«, sagte er. »Sollte diese Geschichte auffliegen, bin ich wieder arbeitslos.«

Dan spürte, wie sich innerlich etwas löste. Seine Schultern entspannten sich. Jetzt wusste er, es würde gelingen. Er würde bekommen, was er haben wollte. »Ist es nicht besser, seine Arbeit zu verlieren, als für einen Mord verurteilt zu werden?«

»Sie haben keine Ahnung, wie schwer es für mich gewesen ist, überhaupt eine Arbeit zu bekommen.« Ken B. drückte die Zigarette aus, trank einen Schluck Bier. »Es war die Hölle.« Er schob den Aschenbecher beiseite.

»Na ja, es hat dann ja doch geklappt.«

»Ja, und wenn Sie wüssten, wie froh ich darüber war. Ich habe mich in Yderup eingelebt, ich habe die besten Arbeitgeber, die ich mir vorstellen kann, ich freue mich über das kleine Haus, das mir die Gemeinde vermietet hat. Mein Leben ist wieder intakt, und ich hatte mir nicht vorstellen können, dass so etwas noch einmal möglich sein würde.«

»Dann geht es jetzt nur darum, hier herauszukommen und Ihre Unschuld zu beweisen.«

»Wenn ich Ihnen erzähle, warum es hundertprozentig sicher ist, dass ich das Auto nicht in der Nørre Voldgade geparkt haben kann, verliere ich all das.«

»Weshalb sind Sie davon so überzeugt?«

»Als ich damals die Stellung bekam, musste ich natürlich von meiner Vergangenheit erzählen. Nicht nur von der Gefängnisstrafe, auch von dem Alkoholmissbrauch und davon, den Kontakt zu meinen Kindern verloren zu haben.«

»Ja.«

»Alle haben Verständnis gezeigt und mir geholfen. Als mir ein paar Jahre später dann mein Führerschein entzogen wurde, hing mein Job bereits an einem seidenen Faden. Es war nur eine sehr kleine Mehrheit im Kirchenvorstand, die mir noch eine Chance gab. Ein weiterer Fall von Alkohol am Steuer hätte zu meiner umgehenden Entlassung geführt.«

»Dann hat diese Sache etwas mit Fahren unter Alkoholeinfluss zu tun?«

»Ja.«

Dan schaute ihn einen Moment an. »Ich verspreche Ihnen, beim Pastor und beim Kirchenvorstand ein gutes Wort für Sie einzulegen.«

»Beim Pastor?« Ken B. lachte freudlos. »Der hat sich doch am meisten aufgeregt.«

»Erzählen Sie's mir einfach. Es kann unmöglich schlimmer sein als die Vorwürfe, denen Sie ohnehin ausgesetzt sind.«

Wieder Schweigen. Dan holte eine weitere Bierdose aus der Plastiktüte, die Frank Janssen neben die Tür gestellt hatte.

Ken B. blickte auf. Öffnete die Dose. Trank. »Okay«, sagte er dann. »Der Pastor war auf irgendeiner Hilfsmission. Irgendwo in Afrika.«

»Sudan.«

»Ja, kann sein. Er hatte mir die Schlüssel zu seinem Auto gegeben, ich sollte in seiner Abwesenheit ein paar Kleinigkeiten reparieren. Die Bremsklötze wechseln, glaube ich. So was. Dann kam ich auf die Idee, den Motor mal wieder ordentlich zu überholen, jetzt, da ich Zeit dazu hatte. Es war über siebzigtausend Kilometer her, seit ich den Keilriemen gewechselt hatte. Und es wird scheißteuer, wenn er irgendwann kaputtgeht.«

»Ja, danke, ich weiß Bescheid. Bei mir war der ganze Zylinderkopf hin.«

»Genau. Ich besorgte mir einen neuen Keilriemen und fing an, den Motor auseinanderzubauen. Und genau da, zum allerdämlichsten Zeitpunkt, entdeckte ich, dass auch noch andere Teile ausgewechselt werden mussten. Den Amazon konnte ich ja nicht nehmen, um die Ersatzteile zu besorgen, also lieh ich mir Vibekes Ford Ka.«

»Ohne Führerschein?«

»Ohne Führerschein und mit fünf, sechs Bieren in der Birne.«

»Wieso hat Vibeke Sie nicht gefahren?«

»Sie hatte zu tun, steckte mitten in Reisevorbereitungen. Ich glaube, sie wollte nach Kanada. Und im Übrigen war ihr übel. Sie erwartete damals ihre Älteste. Sara.«

»Wusste sie, dass Sie ihr Auto nahmen?«

»Ja, natürlich, ich bin doch kein Dieb. Sie hat mir selbst die Schlüssel gegeben.«

»Wusste sie auch, dass Sie getrunken hatten?«

»Nicht zu dem Zeitpunkt.« Vielleicht war es die Assoziation, die ihn einen langen Schluck trinken ließ. Er rülpste. »Entschuldigung.«

»Sie fuhren also mit dem Ka?«

»Vielleicht fuhr ich ein bisschen zu forsch. Die Werkstatt mit den Ersatzteilen schloss in einer Viertelstunde, und ich wollte die Arbeiten am Amazon an diesem Abend noch beenden. Und dann habe ich Folgendes gemacht.« Mit demonstrativen Bewegungen zog er eine Zigarette aus der Packung und steckte sie in den Mund. Schnippte das Feuerzeug an und beugte sich darüber. »In genau diesem Moment, als ich den Blick eine Sekunde auf die Flamme richtete, tauchte das Reh auf. Es stand plötzlich vor dem Auto und starrte mir direkt in die Augen, als ich den Kopf hob.«

»Haben Sie es überfahren?«

»Ich konnte das Lenkrad noch nach rechts reißen und verfehlte das Vieh um zwei Millimeter. Der Wagen fuhr über einen Graben und blieb an einem Strommast hängen.«

»Wie sah er aus?«

»Die Frontpartie war total eingedrückt. Es hatte ziemlich gekracht. Glücklicherweise hatte der Wagen Airbags, und ich war angeschnallt. Das hat mir das Leben gerettet. Aber ich hatte mir einen Fuß gebrochen.« Er schnitt eine Grimasse. »Und es tat höllisch weh.«

»Gab es Zeugen?«

»Nein, niemand in Sicht. Es war idyllisch. Eigentlich völlig absurd. Der schönste warme Sommertag, mitten im Wald und mit Vögeln, die zwitscherten, als würden sie dafür bezahlt, während ich mit einem gebrochenen Fuß in einem Auto saß, das ich nicht weiterfahren konnte. Ohne Führerschein und zu viel Alkohol im Blut.«

»Was haben Sie gemacht?«

»Tja, was sollte ich schon tun? Ich habe Vibeke angerufen, ihr die Situation so gut es ging erklärt, und sie ist sofort gekommen.«

»War ihr nicht übel?«

»Ja, aber Sie kennen sie ja. Wenn jemand Hilfe braucht, ist sie da. Egal, um was es geht.« Ken B. sank ein wenig zusammen. »Sie kam mit dem Fahrrad. Es waren nicht mehr als vier, fünf Kilometer, aber dennoch. Ich liebe diese Frau. Also nicht so … Na ja, Sie wissen schon.«

Dan nickte.

»Sie hat mir aus dem Auto geholfen und den Abschleppdienst angerufen. Ein Krankenwagen hat mich abgeholt, der Wagen wurde in die Werkstatt gebracht. Sie behauptete, am Steuer gesessen zu haben. Ich wäre nur mitgefahren. Und sie hat dafür gesorgt, dass niemand die Polizei rief. Glücklicherweise hat die Versicherung den Schaden dann übernommen.«

»Und das Fahrrad?«

»Mit dem ist sie nach Hause gefahren, als der Abschleppwagen und der Krankenwagen verschwunden waren.«

»Und Ihr Fuß?«

»Das war nichts, nur ein kleiner Bruch. Ich bekam einen Verband und wurde nach Hause geschickt. Am nächsten Morgen habe ich eine Handvoll Schmerztabletten genommen und den Motor des Amazon zusammengebaut. Damit sie ein Auto hatte, solange ihr eigenes in der Werkstatt war.«

»Dann hat sie also den Amazon gefahren?«

Ken B. zuckte die Achseln. »Ich habe sie nie damit fahren sehen.«

»Und Sie haben nichts ihrem Mann erzählt?«

»Es gab keinen Grund. Als er aus dem Sudan zurückkam, war Vibekes Auto längst wieder aus der Werkstatt zurück, und der Bruch war ausgeheilt. Es war das Beste, die ganze Geschichte zu vergessen. Da waren Vibeke und ich einer Meinung.«

Wieder sah Dan den Küster eine Weile an. »Waren Sie in den Tagen nach dem Unfall bei Vibeke?«

Ken B. schüttelte den Kopf. »Ich bin zu Hause geblieben. Die Leute hätten mir zu viele Fragen wegen des Fußes gestellt, oder? Außerdem musste Vibeke ein paar Tage später nach Kanada.«

»Erinnern Sie sich, wann sie abgeflogen ist?«

»Nicht genau. Ich weiß nur, dass sie angefangen hatte zu packen, als der Unfall passierte.«

Dan stand auf. »Danke.«

»Ihnen auch.« Ken B. erhob sich ebenfalls. »Darf ich die Packung mitnehmen?«

»Natürlich. Und die restlichen Dosen auch.« Dan blieb an der Tür stehen. »Über eine Sache habe ich mir noch Gedanken gemacht.«

»Ja?«

»Sie sind ein Jahr vor der Familie Harskov nach Yderup gezogen, nicht wahr?«

»Ja, schon.«

»Also konnten Sie nicht wissen, dass Sie beinahe Tür an Tür mit ihnen wohnen würden?«

»Nein.«

»Was haben Sie sich gedacht, als Sie ihr plötzlich gegenüberstanden?«

»Lene Harskov? Gar nichts. Allenfalls, dass es ein sonderbarer Zufall ist.«

»Sie hat vor Gericht gegen Sie ausgesagt.«

»Lene hat fünf Sätze gesagt, ungefähr. Und dabei ging es nicht um mich. Bei ihrer Zeugenaussage ging es um die Probleme, die meine Frau mit ihrer Firma hatte.«

»Aber Sie wussten, wer Lene war?«

»Sie hat sofort Kontakt zu mir aufgenommen, als sie nach Yderup zog, weil sie meinte, wir könnten nicht einfach so tun, als wäre nichts gewesen, wenn wir so eng beieinanderwohnen. Sie hat sich sehr bei mir entschuldigt.«

»Weil sie gegen Ihre Frau vorgegangen war?«

»Nein, nein, das war ja ihr gutes Recht. Da gab es nichts zu entschuldigen. Sie hat doch nur ihre Arbeit getan.« Ken B. hob die Tüte mit den restlichen Bierdosen vom Boden auf. »Sie hat sich im Namen der Anklagebehörde regelrecht dafür entschuldigt, was ich durchgemacht hatte. Weil sie das Gefühl hatte, an dem ganzen Komplott mitschuldig gewesen zu sein – was sie bestimmt nicht war.«

»Sie tragen ihr also nichts nach?«

»Überhaupt nicht.«

»Es sieht allerdings so aus, als sei sie ziemlich überzeugt, dass Sie ihre Kinder aus Rache ermordet hätten.«

Ken B. hob die Schultern. »Das ist doch ganz praktisch, oder?

Jemandem die Schuld geben zu können. Ich kann verstehen, dass sie als Mutter so denkt.«

»Vielleicht. Na, ich muss jetzt los. Passen Sie auf sich auf.«

»Sie tun, was Sie können, oder?«

»Ja. Erwarten Sie keine Wunder, Ken. Die Dinge brauchen Zeit, nicht wahr? Ich muss zuerst einmal die Polizei davon überzeugen, dass ich recht habe.«

»Ach, das schaffe ich schon. Ich dachte eher an meinen Job. Bitte reden Sie mit dem Pastor. Und dem Vorsitzenden des Kirchenvorstands.«

»Natürlich.«

53

»Ich wünsch dir einen schönen Tag, Malthe. Wir sehen uns heute Abend.«

»Glaub ich nicht. Ich gehe um sieben.«

»Wo willst du … ach ja, du gehst auf diese Party. Hattest du ja erzählt.« Mutter greift auf dem Rücksitz nach ihrer Tasche. »Hier. Ein bisschen Geld, damit du ein paar Tüten Chips und Limonade kaufen kannst.« Sie gibt mir einen Zweihundertkronenschein. »Und wenn es so spät wird, dass du den letzten Bus verpasst, rufst du an, ja?«

»Ja, ja.«

Ich öffne die Wagentür. »Hast du das Prüfungszeugnis?«

Ich hebe den gelben A4-Umschlag hoch. »Alles im Griff, Mama. Und danke für das Geld.«

Ich sehe ihr nach, als sie zurück nach Christianssund fährt. Sie ist schon okay. Nur manchmal ein bisschen naiv. Limonade. Bei einer Abschlussparty der Neunten? Niemals! Aber super, dass die

Prüfungen und die Entlassungsfeier überstanden sind. Mit einem Durchschnitt von 7,1 Punkten. Damit kann man nicht viel anfangen, aber es geht noch. Nach den Ferien will ich ohnehin aufs Gymnasium. Eigentlich hätte ich am liebsten ein Sabbatjahr eingelegt, das läuft natürlich nicht. Die Alten glauben wahrscheinlich, man wird drogensüchtig, wenn man nicht sofort aufs Gymnasium geht. Jetzt laufe ich ein bisschen im Haus herum und warte auf den Abend. Ich freue mich, obwohl es mir schon ein bisschen auf die Nerven geht, dass die Party bei Stine steigt, dieser Bitch. Stines Eltern haben das größte Haus, es gab also gar keine Diskussion. Hauptsache, sie benimmt sich nicht wieder so affig. Mädchen werden immer so furchtbar anhänglich, wenn sie was getrunken haben. Auch die, mit denen man längst Schluss gemacht hat. Oder vielleicht vor allem die.

Noch zwei Tage, bis wir nach Roskilde fahren. Wahrscheinlich bin ich deshalb so nervös und checke zum siebten Mal die Sachen, die ich schon herausgelegt habe. Meinen neuen Schlafsack, die Isomatte, Toilettenartikel, Unterhosen, Regenumhang, Gummistiefel, eine Tüte mit Konserven. Gestern war ich mit Mads bei Netto, wir haben jede Menge Konservendosen gekauft, Makrele in Tomatensoße, Thunfisch und Baked Beans. Und so eine Art Corned Beef. Sieht voll krass aus das Zeug, aber wir wollen es mal ausprobieren. Fleisch ist Fleisch, oder? Ist doch total egal. Wir teilen uns ein Dreimannzelt – Mads, Kasper und ich. Das wird total geil.

Ich sehe mir die Sachen an. Dann beschließe ich, mit Oskar Gassi zu gehen, nur so, um mir die Zeit zu vertreiben. Das Wetter ist super, und ich habe mir gerade eine Menge Musik heruntergeladen, die ich mir anhören kann. Vielleicht rauche ich auch den letzten meiner beiden Geburtstagsjoints. Ich stecke die Tüte in die hintere Hosentasche.

»Hej, Malthe!« Vibeke öffnet. »Alles klar für Roskilde?«
»Ja.«
»Freust du dich schon?«
»Und wie.«

Wir bleiben einen Moment stehen. Ich weiß nicht so genau, was ich sagen soll.

»Kommst du, um Oskar zu holen?«
»Ja.«

»Er ist im Garten hinter dem Haus. Du kannst ihn einfach mitnehmen.« Sie gibt mir die Leine und ein paar Hundebeutel. Oskar kommt sofort angelaufen und wedelt mit dem Schwanz, als ich den Karabinerhaken am Halsband befestige. Wir gehen rechts hoch in Richtung Wäldchen.

»Malthe?«

Ich drehe mich um. Es ist Vibeke. Sie läuft mit dem Kinderwagen hinter mir her und lächelt, ganz außer Atem. »Dürfen wir mitkommen?«, fragt sie, als sie mich eingeholt hat. »Ich muss mich auch ein bisschen bewegen.«

»Ist schon okay«, sage ich. Den Joint kann ich ja ein andermal rauchen. Die Kleine ist fast eingeschlafen. Der rote Schnuller wippt im Takt ihrer Saugbewegungen, die Augen verschwinden unter ihren halb geschlossenen Lidern. Ich schaue Vibeke von der Seite an, während wir nebeneinandergehen. Sie sieht anders aus. Irgendwie gut. Hat sie sich umgezogen? Ja, das muss es sein. Als sie mir vor ein paar Minuten die Tür aufgemacht hat, hatte sie ein altes Hemd an. Nun trägt sie ein enges lilafarbenes T-Shirt mit einem tiefen V-Ausschnitt, sodass man richtig sehen kann, was für geile Brüste sie hat.

»Hübsches Shirt«, sage ich und bereue es sofort. Jetzt kann sie sich ja denken, dass ich sie angestarrt habe. »Ich mag … die Farbe.«

Ein Rettungsversuch. »Ich fand schon immer, dass Lila … ziemlich … äh … hübsch ist.« Kann mich mal irgendwer stoppen?

Vibeke legt lediglich ihren Kopf ein wenig in den Nacken und sieht mich an. Lächelt. Ich versuche, cool auszusehen. Ein bisschen schwer, wenn der Schwanz so steif ist, dass man ihn schon am Oberschenkel spürt. Der Weg wird schmaler, und glücklicherweise können wir nicht mehr nebeneinandergehen. Ich lasse sie mit dem Kinderwagen vorausgehen. Die Kleine schläft jetzt fest. Ich versuche, an alles Mögliche zu denken, nur nicht an ihre Brüste. Und dieses Lächeln. Irgendwie muss sich dieser steife Schwanz wieder beruhigen. Aber das ist schwer. Vor mir ihr runder, weicher Arsch in strammen Jeans. Ich kann meine Augen nicht davon abwenden, so gern ich es auch möchte. Das Ganze kommt ein bisschen überraschend, finde ich. Natürlich habe ich schon oft an sie gedacht; wenn ich ehrlich sein soll, gibt es nicht sehr viele Frauen, an die ich nicht irgendwann einmal gedacht habe, und sie ist für eine Vierzigjährige ziemlich klasse. Aber ich hätte nie gedacht, dass es mal so … konkret werden könnte. Eine Sache ist es, über alle möglichen Frauen zu fantasieren – das machen bestimmt alle Jungen –, eine andere, unmittelbar so geil auf jemanden zu werden, der so viel älter ist als man selbst.

»Sieh mal, Malthe.« Vibeke ist stehen geblieben. Sie ist an einen großen Baum getreten, mit der Nase ganz dicht an der Borke, während sie sich irgendetwas ansieht. »Stammt das nicht von einem Specht?«

Ich gehe zu ihr und sehe, worauf sie zeigt. Ein unregelmäßiges Muster in der Borke. »Nein«, sage ich. »Das ist von einem Insekt. Vielleicht einem Nachtschwärmer. Ich bin nicht ganz sicher, aber …« Es ist total angenehm, über etwas gänzlich Ungefährliches zu reden. »Ein Specht war das ganz bestimmt nicht.«

Plötzlich steht Vibeke ganz dicht neben mir. Sie duftet nach frisch gemähtem Gras, als sie ihre Hände um meinen Nacken legt und meinen Kopf an sich zieht. Dann küsst sie mich. Es ist schön. Weich und glatt. Und frech. Sehr viel frecher als mit Stine. Sie presst ihren Körper gegen meinen, und ich weiß, dass sie spüren kann, wie steif er ist. Und mit einem Mal ist es mir egal. Ich wünsche mir nichts anderes, als mit den Armen um Vibeke hier zu stehen und ihre Zunge in meinem Mund zu spüren, ihre Hände auf meinem Hintern.

Plötzlich wird Oskar ungeduldig und zerrt an der Leine, wir werden auseinandergerissen. Vibeke lacht. Ich ziehe sie wieder an mich. Sie legt die Hand in meinen Schritt, auf die Hose. Es fühlt sich an, als würde ich platzen. Wieder küsst sie mich mit der Zunge und bewegt ihre Hand auf meinem Schwanz. Ich komme, bevor auch nur eine Minute vergangen ist. Vibeke nimmt Oskars Leine, als ich hinter ein paar Büschen verschwinde, um mich mit einem feuchten Papiertuch abzuwischen, das sie mir gegeben hat. Dann gehen wir nach Hause. Wir halten nicht Händchen oder so etwas, wir gehen einfach nur nebeneinanderher; sie mit dem Kinderwagen, ich mit Oskar an der Leine. Wir küssen uns nicht noch einmal, reden auch nicht über das, was vorgefallen ist. Fast ist es so, als hätte ich es mir nur ausgedacht.

Als wir vor dem Pfarrhof stehen, nimmt sie mir die Hundeleine ab und verabschiedet sich. »Dank dir, Malthe. Ich freue mich auf Roskilde.« Und dann blinzelt sie mir zu. Sie blinzelt! Ich weiß nicht, was ich darauf antworten soll. Murmele nur irgendetwas, drehe mich um und laufe nach Hause. Was meint sie? Wird sie es wieder tun? In Roskilde? Auf dem Festival? Mit einer Million anderer Menschen um uns herum? Würde sie mit ins Zelt kommen? Vielleicht will sie mit mir in meinem Schlafsack liegen. Kann man in einem Schlafsack ficken? Ist da überhaupt Platz genug? Mein Schwanz steht schon wieder, nur bei dem Gedanken daran. Ärgerlich, dass ich es niemandem erzählen kann. Weder Mads noch den anderen. Ich will ja nicht, dass die ganze Schule darüber quatscht. Stell dir vor, der Pastor erfährt es. Oder meine Eltern.

Ich könnte höchstens bei Dan Sommerdahl ein bisschen angeben. Aber das wäre auch nicht sonderlich intelligent. Ich habe gesehen, wie er Vibeke angestarrt hat, als er glaubte, niemand würde es sehen. Er muss ja nicht wissen, dass sie wirklich zu einer ganzen Menge bereit ist. Man muss ihn nicht auch noch auf die Idee bringen. Gegen ihn hätte ich keine Chance. Trotz allem.

54

Heute musste es sein. Koste es, was es wolle. Flemming war schweißnass, obwohl er sich viel Zeit gelassen hatte, um die Hintertreppe hinaufzusteigen. Er war so müde, dass er sich kaum aufrecht halten konnte. Es änderte nichts an seinem Entschluss. Er musste heute ins Präsidium. Flemming ärgerte sich über Dan. Er wusste genau, sein alter Freund würde nur aus edelsten Motiven weiter im Harskov-Fall herumwühlen, und er wusste auch, wie oft Dan recht behielt, wenn seine Intuition ihn auf eine neue Spur führte. Doch jetzt brachte der Mann Unruhe und Unsicherheit in die Ermittlungsgruppe. Frank Janssen hatte am Telefon geklungen, als würde er tatsächlich an Ken Blinckow Rasmussens Schuld zweifeln. Und wenn der amtierende Leiter erst einmal wackelte, wirkte sich das auf die Arbeit der gesamten Abteilung aus. Für so etwas hatten sie schlichtweg keine Zeit. Heute war Montag, der 29. Juni, es blieben ihnen nur noch zehn Tage Untersuchungshaft, und viel bewegt hatte sich in den letzten Tagen nicht. Flemming hatte ziemlich früh eingesehen, dass er sein bisschen Zeit für die Beschaffung weiterer Beweise nutzen musste, da ein einzelnes Foto eines Nummernschilds allerhöchstens als Indiz gewertet werden konnte. Auf keinen Fall ließ sich darauf eine dreifache Mordanklage aufbauen. Das Problem war, dass das Labor eine negative Analyse nach der anderen lieferte. Sie hatten lediglich die Reste der Plastikhülle, und die konnte streng genommen auch von jedem anderen verbrannt worden sein. Sowohl die Schlaftabletten wie die Plastiktüten waren absolut handelsüblich und fanden sich in vielen dänischen Haushalten. Der Fotoapparat war auch noch nicht wiederaufgetaucht. Und jetzt fing Dan an, von Vibeke Vassing als möglicher Verdächtigen zu fantasieren. Flemming fand keine Worte, für wie lächerlich er diese Idee hielt. Gut, es gab ein paar Dinge, die auf sie als eventuelle Akteurin in dem Drama hinwiesen, aber warum um alles in der Welt sollte diese liebevolle Mutter von zwei kleinen Kindern einen Mord nach dem anderen begangen haben? Flemming war überzeugt, dass sie schon wegen ihres vertrauten Umgangs mit den Jugendlichen des Ortes allerhöchstens eine Nebenrolle spielte. Vielleicht konnte sie sogar den endgültigen Beweis gegen Ken Blinckow liefern. Zumindest hoffte er es.

Deshalb hatte sich Flemming heute aufs Präsidium geschleppt. Er wollte hören, ob ihnen irgendeine von Dans Schlussfolgerungen nützen konnte, außerdem wollte er ihm ein für alle Mal erklären, dass er sich nicht in die Polizeiarbeit einzumischen und die Klappe zu halten hatte. Und das wollte er vor der versammelten Mannschaft tun, damit keinerlei Zweifel aufkamen, wer das Sagen hatte. Dieses Vorgehen hätte zudem den Effekt, dass Flemming auf diese Weise all den Gerüchten über sein baldiges irdisches Ende entgegentreten konnte. Er kannte die Prognosen für AML, und er war sich durchaus bewusst, wie ernsthaft krank er war. Er wusste auch, dass die Behandlung, der er sich zu unterziehen hatte, ihn für die gesamte nächste Zeit mehr oder weniger arbeitsunfähig machen würde. Aber wenn jemand glaubte, dass er aufgab und kampflos den Löffel abgab, dann hatte er sich gewaltig geirrt. Flemming hatte vor, diesen Kampf zu gewinnen und zu überleben. Und wenn er gesund war und wieder seiner Arbeit nachgehen konnte, sollte ganz klar sein, wer Chef der Abteilung ist. Ob bei den Vorgesetzten, den Mitarbeitern oder den Untergebenen. Seine Krankheit hatte ihm zu einer Entschlossenheit verholfen, die er bisher von sich nicht kannte. Flemming erreichte sein Büro, ohne irgendjemandem zu begegnen. Auch dies war das Ergebnis eines sorgfältig geplanten Manövers. Die gewöhnliche Dienstzeit begann erst in einer halben Stunde, die Flure waren noch menschenleer. Er schloss die Tür hinter sich ab und legte sich aufs Sofa, um sich für einige Minuten auszuruhen, bevor er sein Handy aus der Tasche nahm und zu Hause anrief. »So«, teilte er mit. »Ich bin im Präsidium.«

»Gut, dass du anrufst«, sagte Ursula. »Ich wurde schon ein bisschen nervös. Wie geht es dir?«

»Gut«, log er. »Sehr gut.«

»Pass auf dich auf.«

»Mach ich.«

»Du kommst nach Hause, sobald die Sitzung beendet ist, ja?«

»Worauf du dich verlassen kannst.«

»Ich liebe dich.«

»Und ich dich, Urs.«

Er lag mit geschlossenen Augen ganz ruhig auf dem Sofa und hörte, wie das Gebäude sich langsam mit Leben füllte, während er wieder zu Kräften kam.

Fünf Minuten vor Beginn der Sitzung verließ er sein Büro. Auf dem Weg zur Herrentoilette begegnete er einigen Kollegen, die sich nach seinem Befinden erkundigten. Jede freundliche Frage erschöpfte ihn mehr, und innerlich wünschte er seine besorgten Kollegen dorthin, wo der Pfeffer wächst. Dennoch lächelte er, nickte, bestätigte, dass er auf sich achtgeben würde, die erste Chemotherapie erst am Montag bevorstünde und er guten Mutes sei.

Als er sich die Hände gewaschen hatte, ging er eilig zum Sitzungszimmer. Ausnahmsweise nahm er nicht seinen Lieblingsplatz an der Heizung ein, sondern setzte sich ans Kopfende des Tisches. Es war eine ungemeine Erleichterung, sich setzen zu können, ein Glas Wasser zu trinken und tief durchzuatmen. Flemming ließ den Blick durch den Raum schweifen, er betrachtete die Gesichter am Tisch. Frank Janssen beschäftigte sich mit irgendwelchen Unterlagen. Kurt Traneby von der Spurensicherung säuberte sich die Fingernägel. Pia Waage goss Kaffee in eine Tasse und schob sie ihrem Chef zu. Svend Gerner lächelte angestrengt vor sich hin. Wie einige andere auch. Der Einzige, der sich einigermaßen entspannt benahm, war Dan Sommerdahl. Aber er hatte Flemming ja auch mehrfach besucht und Zeit gehabt, sich an die Situation zu gewöhnen. »Gut«, begann Flemming, »bringen wir es hinter uns. Wie ihr wisst, bin ich momentan krank, und das bedeutet, ich werde zeitweise zur Behandlung ins Krankenhaus müssen. In diesen Phasen ist Frank Janssen euer Vorgesetzter.« Er räusperte sich. »Ihr solltet jedoch nicht davon ausgehen, dass ihr mich los seid. Ich verfolge, was hier drin passiert, und ich habe gute Quellen.« Höfliches Gelächter am Tisch. »Ich habe mir gedacht, von der Seitenlinie mitzuspielen – jedenfalls solange wir im Harskov-Fall ermitteln.«

»Das freut uns aufrichtig«, sagte Frank Janssen und bekam sofort einen feuerroten Kopf, weil er offenbar selbst hörte, wie unterwürfig es klang.

»Danke«, lächelte Flemming, ohne sich etwas anmerken zu lassen. Er trank einen Schluck Wasser. Nicht weil er besonders durstig war, eher, um seinem Gehirn eine kleine Pause zu gönnen. Und weil er bereits den Grad seiner Erschöpfung spürte. »Zweck dieser Sitzung ist es, uns auf den aktuellen Stand in dem Fall zu bringen. Uns bleiben, wie ihr wisst, nur noch zehn Tage, bevor die Untersuchungshaft von Ken B. Rasmussen beendet ist. Bis dahin müssen wir genügend Material zusammengetragen haben, um eine Haftverlängerung beantragen zu können – oder mit ansehen, wie Ken Blinckow Rasmussen entlassen wird.« Er wartete, bis ein allgemeines Gemurmel sich gelegt hatte. »Ich weiß, dass Traneby« – Flemming nickte ihm zu – »schon bald die Dinge analysieren wird, die man in Yderup und in Mogens Kim Pedersens Wohnung gefunden hat. Janssen wird uns, hoffentlich einigermaßen kurz, informieren, wie weit wir mit den Vernehmungen der Zeugen sind. Waage hat das Wochenende damit verbracht, noch einmal die Ermittlungsakten der Morde an Rolf und Gry Harskov durchzugehen. Falls du darin etwas Neues gefunden hast, würden wir uns freuen, wenn du es uns mitteilen könntest.« Er sah Pia an, die nickte, ohne etwas zu sagen. Pause. Noch ein Schluck Wasser. »Doch zuallererst«, fuhr er fort, »wird Dan Sommerdahl ein paar neue Überlegungen ausführen, die er sich zu dem Fall gemacht hat. Du hast das Wort, Dan.« Flemming lehnte sich zurück und versuchte, sich zu entspannen.

Dan begann mit dem Mord an Rolf Harskov. Er berichtete, was Helge Johnsen durch das Wohnzimmerfenster von Lindegården gesehen hatte und dass das Datum auf der Rechnung des Gärtners den Zeitpunkt des Vorfalls bestätigt hatte. »... und dann bin ich an diesem Wochenende noch einmal nach Vordingborg gefahren und habe mit Rolfs bestem Freund, Christoffer Udsen, gesprochen«, fügte Dan hinzu. »Ich wollte herausfinden, ob er meinen Verdacht bestätigen konnte, dass Vibeke Vassing und Rolf Harskov eine Beziehung hatten. Ich musste ihn ein wenig unter Druck setzen, dann räumte er ein, dieser Gedanke sei ihm mehr als ein Mal gekommen. Er hatte bemerkt, wie oft sie als Zuschauerin bei Spielen dabei war, und er erinnerte sich, wie Rolf aussah, wenn er von ihr sprach.«

»Nun ja, Dan«, sagte Frank. »Ein sechzehnjähriger Junge und eine Frau im Alter von ... wie alt war sie damals?«

»Mitte dreißig.«

»Das sind zwanzig Jahre Altersunterschied!«

Dan zuckte die Achseln. »Das hat es schon häufiger gegeben. Außerdem ...« Er sah Pia Waage an. »Gibt es etwas Neues von der Analyse?«

»Sofern es um die Haarprobe geht«, mischte sich Kurt Traneby ein und hielt einen Umschlag in die Luft, »ist die Antwort Ja. Wir haben sie uns angesehen. Es sind die Haare von zwei Menschen. Von jemandem, der seine Haare bleicht, und von jemandem, der es nicht tut. Wenn ich mit einer Vermutung kommen darf, dann stammt die erste Probe von einem Erwachsenen, die zweite von einem Kind.«

»Was ist mit den alten Haaren?«

»Denen aus dem Rolf-Harskov-Fall?« Traneby sah ihn an. »Die Antwort ist Ja.«

»Ja?« Dan strahlte. »Ja wie: Ja, es gibt eine Übereinstimmung?«

»Genau. Das Haar aus der Innenseite von Rolf Harskovs T-Shirt stammt aller Wahrscheinlichkeit nach von der Person, die ihr Haar bleicht. Ganz sicher können wir nicht sein. Es ist kein Haarbalg dabei, sodass eine DNA-Analyse nicht möglich ist. Aber das Resultat unter dem Mikroskop ist ziemlich eindeutig.«

Dan sah sich triumphierend in der Runde um. »Dieses Haar, von dem hier die Rede ist, gehört Vibeke Vassing. Das unterstützt meine Theorie über ihr Verhältnis mit Rolf – und es führt sie mit einiger Wahrscheinlichkeit nach Vejby Strand in jener Nacht. Wie sonst hätte der Junge eines von ihren Haaren an die Innenseite seiner Kleidung bekommen können?«

»Dafür könnte es mehrere Erklärungen geben. Zu Hause in Yderup zum Beispiel, bevor er zu dem Fest aufbrach.« Flemming rückte seine Brille zurecht. »Wie hast du eigentlich ein ganzes Büschel von Vibeke Vassings Haaren bekommen, Dan?«

»Aus ihrer Bürste.«

»Und wo hattest du die her?«

»Ist das jetzt nicht egal?«

»Nicht, wenn wir das irgendwann vor Gericht verwenden wollen.« Flemming sah Dan einen Augenblick an, bevor er ihm mit der Hand ein Zeichen gab. »Aber sprich weiter.«

Dan fuhr mit Ken B.s Geschichte des Unfalls mit Vibeke Vassings Auto fort. »Ich würde vorschlagen, dass wir seine Geschichte mit dem Krankenhaus abgleichen. Wenn wir in einem Krankenbericht sehen, dass ein Bruch am rechten Fuß behandelt wurde, konnte er den Volvo am 17. August nicht gefahren haben.«

»Das habe ich bereits am Freitag veranlasst, als du gegangen bist«, erklärte Frank Janssen und klopfte mit dem Finger auf einige zusammengeheftete Papiere, die vor ihm lagen. »Ken Blinckows Erklärung stimmt hundertprozentig mit den Aufzeichnungen des Krankenhauses überein. Mit Ausnahme eines Punktes: Der Arzt, der sich mit mir die Krankenakte und die Röntgenbilder angesehen hat, ist keineswegs überzeugt, dass es unmöglich ist, mit einem gebrochenen Fuß Auto zu fahren. Der Bruch war unbedeutend, und mit einem Stützverband und drei, vier Schmerztabletten ist es höchstwahrscheinlich schon möglich, Auto zu fahren. Das beweist mit anderen Worten nichts anderes, als dass Vibeke Vassing eine loyale Freundin ist, die Menschen in Schwierigkeiten nicht im Stich lässt.«

»Aber ...«

»Janssen hat recht«, sagte Flemming. »Es beweist nichts. Aber mach ruhig weiter, Dan. Du kannst ja trotzdem richtigliegen.«

»Tja, wenn ihr mir nicht glauben wollt.« Dan richtete sich auf. »Ich bin überzeugt davon. Ich glaube, Vibeke Vassing hat zuerst Rolf und dann Gry ermordet. Und ich glaube auch, dass sie Mogens umgebracht hat.«

»Warum?«

»Mogens hatte ein gutes Gedächtnis, darin sind wir uns doch einig. Er konnte sich die merkwürdigsten Fakten über Kirstine Nyland merken, und ich bin sicher, er erinnerte sich auch an alle Nummernschilder, die er in all den Jahren fotografiert hat.« Dan machte eine Kunstpause. »Ich glaube«, fuhr er dann fort, »Mogens ging an diesem Tag zum Dorfteich, als er Kirstine und mir nach Yderup gefolgt war. Wahrscheinlich war es ihm zu langweilig, im Auto zu warten, vielleicht brauchte er ein bisschen Bewegung. Mogens wurde an dem Teil des Teichs gesehen, der dem Haus meiner Mutter am nächsten liegt – und direkt auf die Einfahrt des Pfarrhofes zeigt. Meine Theorie ist, dass er den Amazon dort hat stehen sehen. Er hat das Nummernschild wiedererkannt und ging auf den Hof, um ein neues Foto davon zu machen, nur spaßeshalber. Vibeke kam aus dem Haus, fragte ihn, warum er den Wagen ihres Mannes fotografierte, und erfuhr so die ganze Geschichte, wo und wann Mogens den Wagen schon einmal gesehen hatte. Sie wusste sofort, wie gefährlich dieses Wissen für sie war, überredete ihn, eine mit Schlaftabletten versetzte Limonade zu trinken, fuhr ihn in den Wald und brachte ihn um.«

Frank Janssen schaute ihn missmutig an. »Mutmaßungen.«

»Ja, Mutmaßungen. Was soll ich denn sonst machen? Das ist lediglich eine Theorie, okay? Wir wissen ja nichts.«

Frank blätterte wieder in seinen Unterlagen.

»Wieso kann man sich den ganzen Ablauf nicht mit Ken Blinckow in der Hauptrolle vorstellen?«, fragte Svend Gerner. »Er hält sich viel auf dem Pfarrhof auf, er achtet sehr auf das alte Auto, und er ist bedeutend kräftiger als Vibeke Vassing. Und er hat schon einmal getötet.«

»Mogens hatte Angst vor Männern«, antwortete Dan ihm. »Er hätte sich keinesfalls auf ein Gespräch mit einem Mann eingelassen. Hätte sich Ken B. an ihn gewandt, hätte er einsilbig geantwortet und wäre so schnell wie möglich verschwunden. Mogens hätte ihm nie erzählt, wo er den Wagen schon einmal gesehen hatte. Und wenn er die Geschichte nicht aus eigener Initiative erzählt hat, wie sonst hätte der Mörder es herausbekommen sollen?«

»Da könnte etwas dran sein«, räumte Flemming langsam ein.

»Ja, nicht wahr?« Zum ersten Mal im Verlauf der Sitzung lächelte Dan, und Flemming wurde plötzlich klar, wie nervös Dan sein musste. »Als Vibeke Mogens umgebracht hatte, nahm sie zuerst die Kamera und ...«

Ein uniformierter Beamter steckte den Kopf zur Tür herein. »Entschuldigung, Waage, Telefon. Es ist dringend.«

Pia stand auf und verschwand. »Wo zum Teufel ist dieser Fotoapparat?«, fragte Flemming. »Wir haben den gesamten Ort fein säuberlich durchkämmt. Ich fürchte allmählich, wir finden ihn nie.«

»Wieso besorgt ihr euch nicht einen Durchsuchungsbeschluss für den Pfarrhof?«

»Dan, also wirklich.« Flemming sah ihn müde an. »Selbst, wenn man deiner seltsamen Theorie folgt, warum um alles in der Welt sollte Vibeke Vassing ein entscheidendes Beweisstück zu Hause verstecken?«

Dan zuckte die Achseln. »Vibeke hasst es, Dinge wegzuwerfen, wenn sie nicht kaputt sind. Und Mogens' Kamera ist absolut in Ordnung. Man kann sich durchaus vorstellen, dass sie den Apparat gesäubert hat und vielleicht sogar benutzen wird, wenn alles ausgestanden ist.«

»Das wäre doch schwachsinnig.«

»Finde ich nicht. Wer sollte die Kamera wiedererkennen? Es ist eine ganz gewöhnliche Marke, ein Modell, von dem es Tausende gibt. Sie braucht einfach nur die Reste des Aufklebers mit Feuerzeugbenzin zu entfernen, dann ist sie so gut wie neu.«

»Welcher Aufkleber?«

»Ein grüner Aufkleber mit Mogens' Initialen MKP. Den bekommt man leicht ab, keine Frage …«

»Dan hat recht«, unterbrach ihn Kurt Traneby. »Klebereste sind leicht zu entfernen, aber es wäre auch abgesehen davon kein Problem, Mogens Kim Pedersen einen Fotoapparat zuzuordnen, der ihm jahrelang gehört hat.«

»Ihr müsst die Kamera nur finden.«

»Ja, da hast du wohl recht.«

»Und dann die Sache mit den Handys«, fuhr Dan fort. Er erklärte die Übereinstimmung zwischen den Mordtagen und den Zeitpunkten, an denen die anonymen SMS geschickt wurden. Und die Besonderheit, dass beide Nachrichten an Thomas' Mobiltelefon gingen, und nicht an Lenes. »Die ganze Anklage gegen Ken B.

baut darauf auf, dass er gute Gründe hatte, Lene Harskov zu hassen, oder?«

»Ja, auch darauf.« Frank Janssen klang zurückhaltend.

»Warum sind diese Kurznachrichten dann an ihren Mann geschickt worden? Lene hatte selbst ein Handy. Und er, nicht sie, hatte eine Geheimnummer.«

»Was ist mit Malthe?«, fragte Svend Gerner. »Wenn wir davon ausgehen, Vibeke Vassing hatte eine sexuelle Beziehung zu Rolf und war Grys Vertraute, wie ist ihr Verhältnis zu Malthe? Wäre sie gegebenenfalls in der Lage, ihm ebenfalls so nahezukommen?«

»Malthe kommt täglich ins Pfarrhaus, er hat ganz offensichtlich ein sehr enges Verhältnis zu Vibeke.« Dan lehnte sich auf dem Stuhl zurück. »Und er reagiert sehr aufgebracht, wenn man versucht, ihn nach ihr zu fragen. Da liegen die Nerven blank.«

»Du meinst, er ist noch immer in Gefahr?«

»Ich bin mir sicher, Vibeke wird versuchen, ihn zu ermorden.« Dan strich sich über die Glatze. »Das einzige Problem ist ... sie hat noch immer ein sicheres Alibi.«

»Nicht mehr«, sagte Pia Waage, die in diesem Moment zurück ins Sitzungszimmer kam.

»Wie meinst du das?«

»Ihr Vater behauptet zwar, Vibeke sei am 17. August nach Vancouver gekommen, aber es stimmt nicht.«

»Wie?« Dan saß plötzlich auf der Stuhlkante.

»Der Vater muss sich im Datum irren. Ich habe gerade mit der Fluggesellschaft telefoniert. Es gab gar keinen Direktflug nach Vancouver, weder am 16. noch am 17. August. Man fand sie auf der Passagierliste am 18. August, einen Tag nachdem Gry vergiftet wurde.«

Es wurde still im Raum.

Dan sah Flemming an. »Verstehst du mich jetzt?«

»Dan, verdammt, wo ist das Motiv? Warum sollte Vibeke Vassing drei Menschen umbringen und den Mord an einem vierten planen? Das klingt wie reine Spekulation.«

»Genau das wollen wir doch herausfinden. Wenn ich nur ihren Mädchennamen wüsste und an ein paar Informationen über ihre Vergangenheit käme, dann könnte ich vielleicht …«

»Sie hieß Fink-Jørgensen, bevor sie heiratete. Geboren am 18. Januar 1967«, kam es trocken von Frank Janssen, der noch immer in seinen Papieren kramte.

»Danke.« Dan notierte sich die Information. »Wir müssen überprüfen, ob sie früher Kontakt zu Thomas Harskov hatte. Vielleicht hängt es mit ihren Auslandsreisen zusammen. Vielleicht waren sie und Thomas Harskov in ihrer Jugend ja Drogenkuriere oder …«

»Danke, Dan«, würgte Flemming ihn ab und erhob sich. »Interessante Einlage. Auf jeden Fall gibt es einige Dinge, über die wir uns Gedanken machen sollten.«

Dan sah überrascht aus. »Und jetzt?«

»Wir laden Vibeke Vassing aufgrund deiner Theorie zu einem längeren Gespräch ein.« Flemming ging zur Tür und öffnete sie. »Es hat uns gefreut, dich in unserem Team zu haben, Dan. Vielen Dank für deine Hilfe.«

Dan stand ebenfalls auf. »Schmeißt du mich jetzt raus?«

»So würde ich es nicht ausdrücken. Du hast deine Rolle gespielt. Wir müssen jetzt weiterarbeiten, wenn wir es in zehn Tagen schaffen wollen.«

»Das ist nicht fair, Flemming.«

»Vergiss deine Jacke nicht.«

Flemming fühlte sich miserabel, als er die Tür hinter seinem besten Freund schloss und sich seinen schweigenden Mitarbeitern zuwandte. Miserabel, doch er hatte allen deutlich gemacht, wer hier zu bestimmen hatte.

55 Dan tobte. Seiner Meinung nach hatte er den Fall so klar und unzweideutig dargestellt, dass niemand, der seinen Verstand auch nur einigermaßen beieinanderhatte, irgendetwas anderes schlussfolgern konnte als er selbst. Vibeke musste schuldig sein. Natürlich war es zulässig, nicht seiner Meinung zu sein. So war es nun einmal, mit einer größeren Gruppe Profis zu arbeiten, in der jeder die Ermittlungsergebnisse auf seine Weise interpretierte. Uneinigkeit musste nicht unbedingt etwas Negatives sein. Auch Flemming war dieser Ansicht, und Dan wusste das. Uneinigkeit trieb die Ermittlungen oft in die richtige Richtung. Das ließ sein Verhalten an diesem Vormittag umso unverständlicher werden. Warum hatte er so gereizt auf die neuen Aspekte reagiert, die Dan vorgebracht hatte? Wie konnte er so leichtfertig die Beweise, nun gut, Indizien, übergehen, die Dan beschafft hatte? Sogar ihr Alibi war geplatzt. Und dann wollten sie nicht einmal das Haus durchsuchen. Wie konnte ihn Flemming von den Ermittlungen ausschließen, nachdem er ihnen gerade eine ganz neue Spur auf dem Silbertablett serviert hatte? Dans einzige Erklärung war ein Aufblitzen der beruflichen Eifersucht seines alten Freundes. Dan hätte gern Verständnis aufgebracht für Flemmings ständiges Markierungspinkeln in seinem Territorium, nicht zuletzt in der aktuellen Situation. Die Götter wussten, dass auf Dans Wunschliste ganz bestimmt keine neuerliche Feindschaft stand, zumal Flemming offenbar nur eine verhältnismäßig bescheidene Chance hatte, in einem Jahr noch am Leben zu sein. Tatsächlich war es doch vollkommen absurd, sich gerade jetzt zu streiten, und Dan war zum Nachgeben bereit.

Flemmings Reaktion heute erschwerte diese tolerante Haltung allerdings. Er hatte Dan vor den Augen der ganzen Gruppe gedemütigt. Darauf gepfiffen. Über verletzte Gefühle und beschämte Eitelkeit würde er hinwegkommen, schließlich war er erwachsen. Unverzeihlich fand Dan allerdings, dass Flemming mit seiner Handlungsweise Malthes Leben aufs Spiel setzte. Wenn Vibeke Vassing heute oder morgen zum Verhör geholt wurde und sie auf diese Weise erfuhr, was Ken B. erzählt hatte, war sie gewarnt. Möglicherweise gingen sie derart ungeschickt vor, dass sie auch noch andere Überlegungen und Spuren verrieten, die Dan der Gruppe mitgeteilt hatte. Unmöglich vorauszusagen, wie sie reagieren würde. Wenn nicht gleichzeitig dafür gesorgt wurde, Malthe an einem sicheren Ort unterzubringen, war der Junge ernsthaft in Gefahr.

Dan könnte natürlich selbst zum Roskilde-Festival fahren und während der gefährlichen vierundzwanzig Stunden an Malthe kleben. Aber was würde passieren, wenn Vibeke durch das Verhör ernsthaft aufgeschreckt wurde? Vielleicht geriet sie in Panik? Er konnte sich durchaus vorstellen, dass sie den Zeitpunkt ihres nächsten Mordes vorverlegte. Sie und ihr Mann wollten sich mit Malthe treffen, sobald sie übermorgen in Roskilde ankamen. Im Grunde musste sie nicht warten. Sie konnte sofort beginnen.

Er wählte Malthes Handynummer. Keine Antwort. Das war nicht so überraschend, wenn man bedachte, wo er sich aufhielt. Dan schicke ihm stattdessen eine SMS: »Alles ok? Ruf an, wenn Du Zeit hast. LGD«. Eigentlich hatte er keine Ahnung, was er sagen sollte, wenn Malthe tatsächlich zurückrief. Er verspürte nur das Bedürfnis, seine Stimme zu hören, sicherzugehen, dass alles in

Ordnung war. Dan band seine Laufschuhe zu, stopfte die Stöpsel des Kopfhörers in die Ohren und lief eine besonders lange Strecke, um die Frustration aus seinem Körper zu vertreiben und die Gedanken aus dem Labyrinth zu zwingen, in dem sie unablässig kreisten. Als er wieder zu Hause war, überprüfte er sofort, ob der Junge angerufen oder eine Nachricht hinterlassen hatte. Nein. Dan versuchte es noch einmal. Noch immer kein Kontakt.

Es nützte nichts, weiter so zu tun, als ob er nicht wüsste, was zu tun sei. Die Polizei würde ihm nicht dabei helfen, den nächsten Mord zu verhindern, es sei denn, Dan fand das Motiv für die Morde. Er musste selbst herausfinden, warum Vibeke Vassing zur Mörderin geworden war. Wenn ihm das gelänge, konnte er mit der Hilfe der Profis rechnen, um Malthe zu beschützen, sonst war er tatsächlich auf sich allein gestellt. Der Junge war seit dem Vortag in Roskilde. Aller Wahrscheinlichkeit nach war er bis Mitternacht am Freitag außer Gefahr, dann brach der 4. Juli an. Heute war Montag. Er hatte vier Tage Zeit, um die fehlenden Puzzleteilchen zu beschaffen, das ging nun einmal am besten von seinem eigenen Arbeitszimmer aus – und nicht von einem stickigen Zelt ohne Internet und mit einem infernalischen Lärm im Hintergrund.

*

Mehrere Stunden später stand Dan auf und streckte sich. Es war dunkel geworden, während er am Computer gesessen und auf jede denkbare Art und Weise gesucht hatte. Er hatte Vibekes jetzigen Namen und ihren Mädchennamen gegoogelt. Ihren Nachnamen mit Thomas' Namen kombiniert. Den Namen ihres Mannes mit Thomas' Namen. Den Namen ihres Mannes in Kombination mit Lenes Namen. Ihren eigenen Mädchennamen mit Lenes Mädchennamen. Ein Versuch nach dem anderen, er gab nicht auf. Er las sämtliche Artikel, Blogeinträge und Wikipedia-Texte, die erschienen. Er fand nichts Brauchbares. Adresse, Telefonnummer, ein Leserbrief in der Lokalzeitung über die Pflegezusagen der Kommune, ein kurzer Text auf der Homepage der Kirchengemeinde. Nichts, was irgendwie nützlich war.

Irgendwann hatte er Anders Weiss angerufen, seinen Zeitungskontakt. »Ich brauche deine Hilfe«, hatte er gesagt.

»Du weißt, dass es bereits zehn Uhr abends ist, oder?«

»Ich benötige alles, was du über eine Frau namens Vibeke Fink-Jørgensen finden kannst. Gern alten Stoff. Jedenfalls älter als sechs Jahre. Ich weiß nicht, wie weit wir zurückgehen müssen.«

»Vielleicht schaffe ich es bis morgen Abend, Dan.«

»Das ist zu spät. Ich brauche es jetzt.«

»Wir sind bei Freunden zu Besuch.«

»Ich dachte, du bist noch in der Redaktion.«

»Ich bedauere sehr, aber ich habe heute Abend frei. Morgen kann ich wie gesagt ...«

»Kannst du mir nicht deinen Infomedia-Code geben, damit ich selbst in euer System komme?«

»Den darf ich nicht weitergeben. Das weißt du genau.«

»Komm schon, Anders. Es ist wichtig.«

»Na gut. Aber ich habe ihn nicht dabei, und ich weiß ihn auch nicht auswendig. Ich schicke ihn dir, sobald wir zu Hause sind.«

»Wann wird das sein?«

»Keine Ahnung. Gegen Mitternacht vermutlich.«

»Kannst du ihn nicht jetzt besorgen?«

Ein tiefer Seufzer. »Nein, Dan«, erwiderte Anders langsam und geduldig. »Kann ich nicht. Willst du ihn noch heute Nacht?«

»Danke. Ich geb das nächste Mal einen aus.«

»Einen? Das wird nicht reichen, mein Freund.«

Dan schaute ein paar Stunden fern. Irgendeine schwachsinnige Reality-Show. Zwischendurch überprüfte er immer wieder, ob es ein Lebenszeichen von Malthe gab oder Anders Weiss den Code geschickt hatte. Vergeblich. Als er sich nicht mehr wach halten konnte, leerte er sein Rotweinglas, putzte sich die Zähne und ging ins Bett. Ausnahmsweise schlief er ein paar Stunden.

*

Am nächsten Morgen setzte sich Dan sofort mit einem Kaffee an den Computer. Anders hatte sein Versprechen gehalten. Dan schickte ihm einen telepathischen Dank, gab den Code ein und begann mit der Suche. In der gewaltigen Artikeldatenbank der dänischen Medien, in der die Chance, eine Geschichte älteren Datums zu finden, immer noch größer war als im Internet, gab er diesmal ganz einfach nur »Fink-Jørgensen« ins Suchfeld ein. Und er hatte Glück.

Es gab eine ganze Reihe von Hinweisen auf Artikel eines Dr. phil. Holger Fink-Jørgensen, geboren 1938 und offensichtlich Experte für moderne deutsche Literatur. Vibekes Vater? Es gab noch ein paar Fink-Jørgensens, die vor zwanzig, dreißig Jahren in den dänischen Medien veröffentlicht hatten, keiner der Texte war auffällig, bis Dans Blick plötzlich auf eine Reihe von Artikeln aus dem Sommer 1985 fiel. Nicht nur einer, sondern insgesamt dreizehn Artikel unterschiedlicher Länge erzählten dieselbe tragische Geschichte.

Ein junger Mann namens Bo Fink-Jørgensen war gestorben, nachdem er fast eine ganze Flasche Wodka getrunken hatte. Das Unglück war auf dem Roskilde-Festival passiert, und allein aus diesem Grund erinnerte Dan sich sogar an einige Details der Geschichte. Kurz bevor er Vater geworden war, hatte er in diesem Jahr selbst zum letzten Mal am Festival teilgenommen, und wie alle anderen hatte auch ihn der Todesfall erschüttert. Er hatte erst einige Tage nach dem Festival von dem Unfall gehört, als er zu seiner hochschwangeren Frau nach Hause gekommen war.

Vor allem die Details, die später an die Öffentlichkeit kamen, hatten ihn schockiert. Die Umstände waren eigenartig. Bo Fink-Jørgensen hatte mit einem etwas älteren Kerl um die Wette getrunken. Sie hatten jeder eine Flasche Wodka und tranken sehr schnell, ein Glas nach dem anderen, bis Bo nach einiger Zeit so betrunken war, dass er bewusstlos umfiel. Der andere Junge verschwand auf dem Festivalgelände. Als der am wenigsten betrunkene Freund von Bo sich endlich zusammengerissen und einen Krankenwagen gerufen hatte, war es zu spät gewesen. Bo war tot, bevor er im Krankenhaus ankam. Er hatte 4,3 Promille.

Doch der unheimlichste Teil der Geschichte wurde erst später bekannt, als die Polizei ihre Untersuchungen abgeschlossen hatte. Es stellte sich nämlich heraus, dass nur Bos Flasche Wodka enthielt. Der andere Kerl hatte Leitungswasser getrunken.

Es handelte sich höchstwahrscheinlich um einen Dummejungenstreich, so die Polizei, dennoch forderte man den anderen Jungen auf, sich zu melden. Immerhin konnte man ihm fahrlässige Tötung vorwerfen, auch wenn es keine Absicht gewesen war. Es war natürlich das einzig Richtige, dass ein Gericht darüber befinden sollte.

Doch niemand meldete sich. Der Junge blieb wie vom Erdboden verschluckt. Man hatte nicht einmal richtige Fingerabdrücke. Bos Freunde waren ebenfalls keine Hilfe, wenngleich sie untröstlich über den Todesfall waren. Sie kannten den Namen des anderen Jungen nicht und lieferten nur eine sehr rudimentäre Personenbeschreibung. Dan blickte über den Fjord, während er über die alte Geschichte nachdachte. Irgendetwas passte perfekt zum Harskov-Fall. Die drei scheinbar unabhängigen Todesfälle von Teenagern hatten etwas gemeinsam, einen melancholischen Ton, ein Gefühl unfassbarer Verschwendung. Vielleicht lag es auch daran, dass alle drei wie Unfälle aussahen, es sich aber dennoch um Morde handelte. Denn das waren sie doch, oder? Wenn der junge Kerl 1985 Bo bewusst Wodka gegeben und selbst nur Wasser getrunken hatte, dann war das doch eine Art Mord. Aber wie hing das alles zusammen? Und wie kam Vibeke hier ins Spiel? Dan war verwirrt. Er ging in die Küche, schmierte sich ein Käsebrot und kochte sich einen neuen Kaffee. Er stand vor seinem Schreibtisch und nahm die kleine Zwischenmahlzeit zu sich, wobei er geistesabwesend auf den Computer starrte. Der Artikel, den er zuletzt überflogen hatte, wurde noch immer auf dem Bildschirm angezeigt. Mit einem Mal fiel sein Blick auf eine einzelne Information, bei der sich seine Nackenhaare aufrichteten. Die Müdigkeit und Verwirrung waren plötzlich wie weggeblasen. Dan rief die dreizehn Artikel noch einmal auf, einen nach dem anderen. Er druckte sie aus und fing an, sie nacheinander langsam und sorgfältig zu lesen. Auf einem Block notierte er systematisch die Fakten. Bo Fink-Jørgensen. Wohnort: Espergærde. Geboren am 1. Juni 1969, gestorben am 28. Juni 1985. Kein weiteres Detail, das Dans Aufmerksamkeit hätte wecken können. Lange betrachtete Dan das Foto eines lächelnden Bo. Das Haar war halblang und blond, ein wenig zerzaust. Schmale Augen mit dunklen Augenbrauen und Wimpern. Welche Bands hatte Bo in jenem Jahr in Roskilde wohl gehört? Dan versuchte, sich an ein paar Namen zu erinnern. The Clash waren in jedem Fall dort gewesen, soweit er sich entsann.

Und The Cure. Wer noch? Er nahm das Internet zu Hilfe. Fand rasch die Homepage des Festivals und scrollte sich zum Menü »Geschichte«. Die richtige Jahreszahl und ... ja natürlich ... Scheiße, dachte er. Es war das Jahr, in dem Nina Hagen am Samstag auf der Orange Scene aufgetreten war. Dan konnte sich genau daran erinnern. Ein fantastisches Konzert. Ob der junge Bo auch auf Punk stand? Oder war er einer der weicheren Typen, die den Freitagabend in Gesellschaft von Leonard Cohen verbracht hatten? Nein, fiel Dan ein, am Freitag war Bo ja bereits tot. Er hatte lediglich einen Tag des Festivals erlebt, auf das er möglicherweise monatelang gespart und sich gefreut hatte. So war es jedenfalls bei Dan im ersten Jahr gewesen. Genau wie bei Malthe.

Wie jung Bo gewesen ist. Nicht älter als sechzehn Jahre und ... Dan schaute ungläubig auf die beiden Daten, die er aufgeschrieben hatte. Subtrahierte sie voneinander. Noch einmal. Sechzehn Jahre und siebenundzwanzig Tage. *Sechzehn Jahre und siebenundzwanzig Tage.* Als die Erkenntnis ihn traf, hatte er das Gefühl, als würde sein Blut aufhören zu zirkulieren, als stünde es mehrere Sekunden in den Venen still, bis es mit einem ohrenbetäubenden Brüllen wieder zu kreisen begann.

Bo Fink-Jørgensen starb im Alter von sechzehn Jahren und siebenundzwanzig Tagen. Er starb, weil irgendjemand ihn dazu gebracht hatte, eine ganze Flasche Schnaps auszutrinken. Und Dan war völlig klar, wer dieser »Jemand« gewesen sein musste.

56

Es wäre vielleicht schlauer gewesen, vorher anzurufen. Denn es war niemand zu Hause. Abgesehen von der getigerten Katze natürlich, die um die Hausecke strich, als Dan den

Finger auf den Klingelknopf von Lindegården drückte. Sie kam direkt auf ihn zu, rieb sich an seinem Bein und schnurrte so laut, dass es fast auf dem ganzen Hof zu hören war.

Dan versuchte, Thomas auf dem Handy zu erreichen. Keine Antwort.

Er rief Lene an. »Weißt du, wo ich Thomas erwischen kann?«

»Gar nicht, Dan. Er ist auf einer Strategiesitzung in London, mit seinem Pressereferenten, dem Parteivorsitzenden und noch ein paar Leuten aus dem inneren Kreis. Sie würden ihre Handys ausschalten, hat er gesagt, um keine Unterbrechungen zu riskieren. Bevor sie morgen nach Hause kommen, soll die Strategie für die Vorstandswahlen feststehen. Sie findet ja schon in einem Monat statt.«

»Dann kommt er morgen erst nach Hause? Ich muss ihn dringend sehen.«

»Frühestens gegen neunzehn Uhr, ja.«

»Ich muss ihn unbedingt vorher sprechen.«

»Wenn es wirklich so eilig ist, schick ihm eine SMS. Normalerweise sieht er sich die Nachrichten jeden Abend an.«

»Mist!«

»Was ist denn los?«

»Ich habe einige Informationen, die ich dringend mit ihm besprechen muss. Es eilt.«

»Ich kann dir nicht helfen?«

»Tja.« Dan dachte nach. »Vielleicht. Seit wann bist du mit Thomas zusammen?«

»Seit dem 20. Oktober 1985.« Es kam ohne jedes Zögern.

»Ihr habt euch erst im Oktober kennengelernt? Dann warst du in dem Jahr nicht mit ihm auf dem Roskilde-Festival?«

»Ich? Ich war noch nie auf einem Rockfestival. Im Müll anderer

Leute zu waten und möglicherweise auch noch im Schlamm, also nein, für mich ist das nichts.«

»Weißt du, ob Thomas 1985 in Roskilde war?«

Eine kleine Pause. »Wieso fragst du?«

»War er da?«

»Ich weiß, dass er mehrfach in Roskilde gewesen ist, als er jung war, ich habe keine Ahnung, ob er auch 1985 dort war. Wie gesagt, wir kannten uns damals ja noch nicht.«

»Lene, kannst du mir einen Gefallen tun? Wenn du mit ihm sprichst, bitte ihn, mich umgehend anzurufen. Machst du das?«

»Ja, sicher, worum geht es denn eigentlich?«

»Ich habe eine Idee, die vielleicht nichts zu bedeuten hat. Bitte ihn einfach, mich anzurufen.«

Dan ging über den Hof und stellte sich ans Tor. Von dort konnte er über den Dorfteich bis zur Fassade des Pfarrhauses blicken. Sollte er Vibeke jetzt besuchen? Nein, dachte er. Erst sollte Thomas die alte Geschichte zugeben. Auf diese Weise hatte er einen wirklich hieb- und stichfesten Beweis, der Flemming davon überzeugen würde, dass die Polizei ihm helfen musste, einem neuen Verbrechen vorzubeugen.

*

Den Rest des Tages und des Abends vertrödelte Dan. In regelmäßigen Abständen versuchte er, Kontakt zu Thomas zu bekommen, und er hinterließ eine Unmenge Nachrichten bei Malthe – weder vom einen noch vom anderen kam ein Lebenszeichen.

Um sich die Zeit mit irgendetwas Vernünftigem zu vertreiben, fing er an, die Wohnung zu putzen. Er hatte gar nicht gemerkt, wie schmutzig es inzwischen geworden war, dachte er, als er einen

Müllsack nach dem anderen zu den Mülltonnen im Hof trug. Alte Pizzaschachteln, übervolle Papierkörbe, diverse Plastikverpackungen. Dann brummte die Spülmaschine, und Tisch, Fußboden und Fensterbänke tauchten unter dem aufgewischten Staub wieder auf. Es tat ausgesprochen gut, etwas Praktisches tun zu können. Dan genoss es geradezu. Zumindest half es, die Gedanken von den beiden abzulenken, die noch immer nicht zurückgerufen hatten.

Gegen Mitternacht ging er in sauberem Bettzeug schlafen. Weder Harskov junior noch Harskov senior hatten ein Lebenszeichen von sich gegeben.

*

Auch am Donnerstagmorgen gab es nichts Neues. Aus reiner Verzweiflung erfand Dan eine wolkige Entschuldigung und rief auf dem Pfarrhof von Yderup an. Nein, sie wären noch nicht losgefahren, erzählte Arne. Vibeke hatte den ganzen Mittwochnachmittag mit einer Vernehmung bei der Polizei von Christianssund verbracht, sodass sie die Abfahrt hatten verschieben müssen. Sie mussten ja enorm viel mitnehmen. Für die Kinder und so. Was die Polizei von ihr wollte? Ehrlich gesagt hatten sie noch nicht darüber geredet. Es wurden wohl noch immer Informationen über die Harskov-Kinder und den Küster gesammelt, da lag es ja auf der Hand, Vibeke zu befragen, die allen dreien sehr nahestand. Ob Dan selbst mit ihr reden wollte? Aber nein, Dan wollte nicht stören. Er hoffte nur, dass sie ein großartiges Festival erlebten. Das Wetter könnte ja nicht besser sein.

Tatsächlich, dachte er, als er auflegte, war das Wetter fast zu gut. Die Sonne brannte schon seit Tagen ununterbrochen. Die Temperaturen lagen bei circa dreißig Grad, alles war staubtrocken. Die Boulevardpresse hatte bereits begonnen, Schreckensgeschichten von einer enormen Wolke aus urinhaltigem Staub zu verbreiten, die angeblich vom Festivalgelände in Roskilde aufstieg und sich über ganz Dänemark ausbreiten würde. Noch im tiefsten Jütland könnte man in den kommenden Tagen die Spuren der alkoholgesättigten Pisse von siebzigtausend Festivalgästen nachweisen, so die Experten. Es musste auf dem Gelände bereits jetzt unerträglich sein. Brütend heiß, staubig, dazu ein unglaublicher Gestank. Aber kein einziger Teilnehmer beklagte sich, stellte Dan fest, nachdem er sich Nachrichten über das Musikfestival angesehen hatte. Viele hatten an dem Schlammbad vor ein paar Jahren teilgenommen, sie wollten lieber in der Sonne braten als im Dreck ersaufen. Darin waren sich alle einig. Die Leute ertrugen Hitzschläge, Sonnenbrände, Durst und Gestank, ohne ihre gute Laune zu verlieren, rissen in regelmäßigen Abständen die Arme in die Luft und jubelten: »ROS-KIL-DEEEEE!« Dan musste unwillkürlich lächeln. Er konnte sich noch gut erinnern, wie fantastisch er es selbst als junger Mann fand. Inzwischen konnte er gut darauf verzichten. Er lief eine lange Tour und aß zu Mittag, bevor er bei Lene anrief. Nein, sie hatte nichts von Thomas gehört. Vermutlich hat er zu viel um die Ohren, sagte sie, ohne die Irritation in ihrer Stimme unterdrücken zu können. Dan beschloss, sie nicht wieder anzurufen, es sei denn, es wäre unumgänglich.

Es war bereits nach vier, als der Anruf endlich kam.

»Was ist denn bloß so wichtig?« Thomas' Stimme klang ungeduldig.

»Bist du am Flughafen?«

»Ich bin in Heathrow. Am Gate. Die Maschine geht in zwanzig Minuten. Ich sehe, dass du versucht hast, irgendeinen SMS-Rekord zu schlagen, und Lene sagt, du willst mich unbedingt sofort erreichen. Also?«

»Ich muss mit dir reden, sobald du gelandet bist.«

»Das ist ausgeschlossen. Ich habe eine Sitzung. Wir können uns morgen Nachmittag sehen, wenn es so ... Ach nein, da ist ebenfalls eine Sitzung. Was ist mit Samstagvormittag, Dan? Ich kann einfach nicht früher.«

»Unmöglich, Thomas. Ich muss dich heute Abend sprechen. Bist du mit dem Wagen am Flughafen?«

»Nein, ich nehme mir mit den anderen ein Taxi.«

»Ich hole dich in Kastrup ab, fahre dich zu deinem nächsten Termin, und wir reden unterwegs.«

»Dan, ich ...«

»Ich würde nicht darauf bestehen, wenn es nicht nötig wäre. Es geht um Leben oder Tod!«

»Ich kann wirklich nicht, Dan. Na, das ist der letzte Aufruf.«

»Thomas, es geht darum, deinen eigenen ...«

»Ich rufe dich morgen früh an, Dan.«

Das Gespräch wurde unterbrochen, und als Dan einen Moment später versuchte, noch einmal anzurufen, erklärte eine Frauenstimme, das Telefon sei nicht erreichbar. Thomas hatte sein Handy ausgeschaltet. Idiot.

Noch eine Stunde frustrierender Wartezeit. Dan ging zu einer Imbissbude und aß einen Burger. Hinterher rief er seine Mutter an. Ja, der Pastor war mit Oskar bei ihr gewesen. Ein wirklich schöner Hund, obwohl sie ihn doch ziemlich groß fand. Ja, soweit sie wusste, waren die Vassings losgefahren. Sie begriff nicht, was sie dort wollten. Und dann auch noch mit den Kindern! Birgit hätte sich die Kraft gewünscht, sich auch als Kindermädchen anzubieten. Nein, Arnes Eltern wohnten irgendwo in Südjütland, das war ein bisschen weit weg. Vibekes? Von ihnen hatte Birgit nie gehört. »Nein, du solltest Oskar sehen«, unterbrach sie sich selbst. »Er hat bereits herausgefunden, wo die Hundekekse sind, und jetzt versucht er, seinen Riesenkopf in den Schrank zu stecken.«

Dan konnte das Gespräch mit ihr schließlich beenden. Er war schweißnass, obwohl sämtliche Fenster offen standen und die Fjordluft direkt durch seine glänzend saubere Wohnung strich. Er ging noch einmal unter die Dusche, zum dritten Mal an diesem Tag.

Und dann war es endlich Zeit aufzubrechen. Er hatte das Verdeck heruntergelassen und achtete sorgfältig darauf, die Tachonadel nicht über die zugelassene Höchstgeschwindigkeit steigen zu lassen. Es war einer dieser Tage, an denen man leicht von einer Geschwindigkeitskontrolle erwischt werden konnte.

4 STAUBWOLKEN IM JULI

Jetzt ist es Zeit! Wofür?
Um die Zigarre anzuzünden
Und das Wort ist geboren und wir sind sein Vater
Wir wissen, was geht, bei uns gibt's kein Gelalle
Butter bei die Fische, und Fleisch für die Qualle

Malk de Koijn, »Sneglzilla«

57 Donnerstag, 2. Juli. Noch neunundzwanzig Stunden, doch Dan befand sich schon jetzt in höchster Alarmbereitschaft. Die Ankunftshalle im Terminal 3 war voller Menschen, dennoch fielen ihm Thomas Harskov und seine Kollegen sofort auf, als sie durch die Stahltür kamen. Die Parteivorsitzende, eine elegante Frau um die sechzig, grüßte den berühmten Detektiv überschwänglich und beglückwünschte ihn für die rasche Aufklärung des tragischen Falls.

Thomas stand ein paar Schritte daneben, beschäftigte sich mit seiner Pfeife und dem Tabakbeutel. Sein hellgraues Jackett war zerknittert, und die Ringe unter seinen Augen zeigten deutlich, wie abgespannt er war. Als Dan sich ihm zuwandte und noch einmal vorschlug, zusammen zu fahren, zuckte er nur die Achseln. Er gab seinen Parteifreunden die Hand und küsste die Vorsitzende auf die Wange. »Du wolltest zu einer Sitzung, gibst du mir die Adresse?«, fragte Dan, als sie im Fahrstuhl zu den Kurzzeitparkplätzen standen. »Es gibt keine Sitzung«, erwiderte Thomas und steckte sich die Pfeife in den Mund. »Ich habe das nur gesagt, um dich loszuwerden.«

»Wieso?«

»Weil ich todmüde bin.« Er sah Dan an. »Und weil ich eine Vermutung habe, worüber du mit mir reden willst.«

»Wie kommst du auf diese Vermutung?«

Sie traten aus dem Fahrstuhl und gingen zu Dans Wagen.

»Lene hat gesagt, du hättest sie nach dem Roskilde-Festival 1985 gefragt. Also konnte ich mir ein ungefähres Bild davon machen, worauf es hinausläuft.«

»Weiß sie etwas?«

»Niemand weiß etwas. Ausgenommen ich und – jetzt leider auch du.«

»Wenn dies hier ein Krimi wäre, würdest du mich umbringen, bevor ich es irgendjemandem erzählen könnte.«

»So schwachsinnig bin ich auch wieder nicht.«

»Es würde auch nichts nützen. Ich habe alles aufgeschrieben.«

»Sieh mal einer an. Man sollte den Wahrheitsgehalt von Krimis nicht zu hoch ansetzen.« Thomas legte sein Handgepäck auf den Rücksitz und stieg ins Auto. »Darf ich rauchen?«

»Wenn du es schaffst, dass dir die Pfeife während der Fahrt nicht ausgeht, bitte sehr.«

Als sie das Flughafengelände verlassen hatten und auf der Autobahn in südlicher Richtung fuhren, fragte Dan: »Erzählst du mir deine Version?«

»Ich verstehe einfach nicht …« Thomas stieß eine bläuliche Wolke aus. Sie löste sich sofort im Luftzug auf und verschwand. »Wieso ist das so wichtig? Hast du nicht herausgefunden, dass Ken B. der Mörder ist? Er hat doch mit der alten Geschichte nichts zu tun?«

»Erzähl mir diese Geschichte, Thomas.«

Und Thomas erzählte. Anfangs etwas stockend, dann fließend und mit zahlreichen Details, als hätte er in den dazwischenliegenden Jahren sehr oft daran gedacht; er schien geradezu erleichtert, dass er endlich jemandem davon erzählen konnte. 1985 war Thomas fünfundzwanzig Jahre alt gewesen. Nur eine Prüfung fehlte ihm zu seinem Abschluss in Politologie, er hatte bereits einen Fuß auf die unterste Stufe der Karriereleiter in der komplizierten Parteihierarchie gesetzt. In Roskilde war er zusammen mit ein paar Freunden aus dem Studium, sie hatten den ganzen ersten Tag über zusammen getrunken.

Am Freitagnachmittag war Thomas der Einzige der Gruppe, der seinen Rausch nicht ausschlief. Durch seinen Kater war er unfähig, irgendetwas zu unternehmen, er versuchte, mit einem Bier wieder auf die Beine zu kommen – allerdings ohne großen Erfolg. Gegen halb fünf hatte er sich vor die Orange Scene gesetzt und darauf gewartet, dass Anne Linnet & Marquis de Sade auftraten. Neben ihm stand eine Gruppe lautstarker Teenager aus Nordseeland, die damit prahlten, wer von ihnen den meisten Schnaps vertrug. Sie brüllten und hüpften in der Menschenmenge herum, traten auf die Hände der Leute und luden geradezu dazu ein, ihnen ein paar Ohrfeigen zu versetzen. Thomas war in seinem verkaterten Zustand derartig gereizt, dass er aggressiv reagierte, als einer von ihnen sein Bier umwarf. »War das Bo?«, wollte Dan wissen.

Thomas nickte. »Ich verlangte von dem Rüpel, mir ein neues Bier zu kaufen, aber er weigerte sich. Also stand ich auf, um ihn dazu zu zwingen. Und plötzlich, tja, wurde mir unglaublich schlecht. Der Kater, die Hitze und das Bier, das ich dämlicherweise getrunken hatte, dazu kam die Erregung über diese Rotzlöffel. Außerdem war ich viel zu hastig aufgestanden. Ich fing einfach an zu kotzen.« Thomas sah Dan an. »Kannst du dir das vorstellen? Die Leute saßen wie die Heringe in der Tonne, und mittendrin stand ein Mann und kotzte sich die Seele aus dem Leib. Ich muss mindestens fünf Leute getroffen haben. Es war einfach wahnsinnig demütigend.«

»Das glaube ich dir gern.«

»Dieser Typ und seine Freunde brüllten vor Lachen, zum Glück brachten mich ein paar von den Mädchen, die bei ihnen waren, aus dem Publikumsbereich und besorgten mir etwas Wasser. Ich habe ihnen wohl leidgetan. Sie sahen ja, wie peinlich es mir war.« Er räusperte sich. »Die Geschichte hätte damit enden können, wenn der kleine Scheißer mich später nicht auch noch damit verhöhnt hätte, wohl überhaupt nichts vertragen zu können, wenn mir schon nach einem Glas Bier so übel würde. Er könnte mich jederzeit unter den Tisch trinken, behauptete er.«

»Oh.«

»Ja, oh. Das war schon immer mein Schwachpunkt, Dan. Ich kann Herausforderungen nicht ablehnen. Wenn jemand sagt: ›Du traust dich nicht!‹, kannst du sicher sein, dass ich genau das ausprobieren werde. Und wenn jemand sagt: ›Ich kann dich schlagen!‹, bin ich gezwungen, ihm das Gegenteil zu beweisen.«

»Möglicherweise keine ganz schlechte Eigenschaft für einen Politiker?«

»Das mag sein. Es kann eine fatale Schwäche und eine große Stärke sein. In diesem Fall war es natürlich katastrophal. Du kennst offenbar den Rest der Geschichte – wo auch immer du sie ausgegraben hast. Wir verabredeten, uns eine Stunde später am Zelt der Jugendlichen zu treffen, wenn ich den Schnaps geholt hätte. Sie erklärten mir den Weg, und ich erschien mit zwei Flaschen, eine war mit Wasser und eine mit Wodka gefüllt.«

»Fand Bo es nicht verdächtig, dass jeder aus einer eigenen Flasche trinken sollte?«

»Ich sagte zu ihm, das sei eine alte Tradition, eine der Regeln bei den Saufwettbewerben an der Universität von Aarhus – weil man so die Mengen vergleichen kann, egal wie besoffen man ist. Das habe ich natürlich in dem Moment erfunden, doch dieser Idiot ging mir auf den Leim und hielt es für eine fantastische Idee. Die anderen saßen um uns herum und sahen zu, wie wir unsere Gläser füllten, uns zuprosteten und austranken. Wieder und wieder.«

Thomas schwieg. Zog eine Weile nur an seiner Pfeife. »Es war ja nicht beabsichtigt, dass so etwas passierte, Dan«, sagte er dann. Seine Stimme klang belegt, als hätte er den Schock nie ganz überwunden. »Ich wollte ihn einfach an der Nase herumführen. Verstehst du das nicht? Ich wollte weitermachen, bis diesem Bengel genauso übel wurde wie mir und er sich übergeben musste. Dann wollte ich über ihn lachen und gehen. Eins zu eins. Allerdings hatte ich nicht daran gedacht, dass ich überhaupt kein Gespür dafür hatte, wie betrunken er wurde. Weil ich ja nur Wasser trank. Und wir tranken wirklich schnell. Es gab keine Pausen. Eben war er noch ganz munter, dann wurde er innerhalb von wenigen Minuten vollkommen bewusstlos.«

»Wieso bist du nicht geblieben und hast ihm geholfen, Mann? Du warst doch der einzige Erwachsene, der dort war?«

»Ich bekam Panik. Ich musste einfach weg. Ich hatte Angst, seine Freunde würden mich verprügeln, wenn sie herausfinden, was ich getan hatte.«

»Und später? Als du gehört hast, dass er tot war?«

Thomas seufzte. »Was glaubst du, wie es mir in meinem politischen Leben ergangen wäre, wenn ich mich gemeldet hätte? Denkst du, ich hätte dann überhaupt eine Karriere?«

»Es war Übermut, ein Dummejungenstreich. Allerhöchstens fahrlässige Tötung.«

»Du weißt nicht viel über Politik, oder? Die Leute zerstören ihre gesamte Zukunft mit weit geringeren Verfehlungen. Alkohol, Steuerbetrug, Ladendiebstahl, Schulden. Was ist das gegen den Tod eines Teenagers durch grobe Fahrlässigkeit?«

»Vermutlich hast du recht.«

»Darauf kannst du Gift nehmen, dass ich recht habe. Wie ich schon sagte, habe ich diese Geschichte noch nie erzählt. Und ich würde es sehr zu schätzen wissen, wenn du deinen Mund halten könntest. Wie hast du das eigentlich herausgefunden? Durch deine berühmte Intuition?«

»Kannst du dich an die anderen erinnern, die dabei gewesen sind? Bos Freunde?«

Thomas schüttelte langsam den Kopf. »Es waren so viele. Bestimmt acht oder zehn, und ich fand, sie sahen alle gleich aus. Mit ihren Pickeln, Zahnspangen und den fettigen Haaren. Mir ist keiner von ihnen besonders aufgefallen.«

»Gab es auch Mädchen?«

»Ein paar, ja. Und keine, die man sich zwei Mal ansehen musste. Wieso?«

»Bos große Schwester war dabei.«

Thomas hob die Schultern. »Schon möglich.«

»Eine Blonde. Sie war etwas älter als die anderen. Neunzehn.«

»Das sagt mir nichts.«

»Sie ist heute dreiundvierzig.«

»Ah ja.«

»So alt wie Vibeke Vassing.«

Thomas sah ihn an. »Und?«

»Vibekes Mädchenname war Fink-Jørgensen.«

Dans Beifahrer zuckte zusammen. »Ganz sicher?«

»In diesen beiden Punkten, ja. Bos Schwester war dabei, und sie hieß Vibeke. Ich bin natürlich nicht hundertprozentig sicher, dass es in diesem Jahrgang nur eine Vibeke Fink-Jørgensen gibt. Das lässt sich jedoch herausfinden.«

»Und du glaubst …?«

»Ich bin mir absolut sicher.«

Im Wagen blieb es ein paar Minuten still. Thomas' Pfeife war ausgegangen, aber sie steckte noch immer in seinem Mund. Die Schatten unter seinen Augen waren noch dunkler geworden, bemerkte Dan, als sie vor Lindegården hielten. Er stellte den Motor ab. »Und Thomas ... Dass wir diese Geschichte für uns behalten können, kannst du getrost vergessen.«

»Was meinst du?«

»Begreifst du denn nicht? Spätestens bei der Gerichtsverhandlung muss die Frage beantwortet werden, welches Motiv Vibeke für den Mord an Rolf und Gry hatte.«

»Wer sagt denn, dass sie es deshalb getan hat? Wieso bist du dir da so sicher?«

»Hast du jemals ausgerechnet, wie alt Bo Fink-Jørgensen war, als er starb?«

»War er nicht sechzehn?«

»Er war exakt sechzehn Jahre und siebenundzwanzig Tage alt.«

»Was?«

»Du hast gehört, was ich gesagt habe, Thomas. Die vier Ziffern waren weder ein Code noch eine Uhrzeit oder sonst etwas anderes Kryptisches. Es war ganz einfach das Alter des Jungen. Wir hätten uns eine Menge kostbarer Zeit sparen können, wenn du dir die Mühe gemacht hättest, das zu untersuchen, als du und Lene die identischen Todeszeitpunkte bei Rolf und Gry bemerkt habt.«

Thomas sank auf dem Beifahrersitz zusammen. Er verbarg sein Gesicht in den Händen. »Es wusste doch niemand davon. Ich habe die Geschehnisse nie miteinander in Verbindung gebracht.«

»Das ist allerdings nur schwer nachvollziehbar, Thomas. Wie konntest du die Augen vor all den Warnungen verschließen, die sie dir hat zukommen lassen?«

Er hob den Kopf? »Warnungen?«

»Wenn jemand Blut an die Haustür schmiert und damit GESTEHE an die Mauer schreibt.«

»Glaubst du, sie war das?«

»Wer denn sonst?«

»Ich hatte gerade mit einer Frau Schluss gemacht. Sie war ziemlich empört. Ich dachte wirklich, sie wäre es gewesen. Oder einer der Pelzzüchter.«

»Und die anonymen Briefe, in denen gedroht wurde, deine Kinder nacheinander zu töten, wenn du nicht zur Polizei gehst und irgendetwas gestehst, das nicht näher definiert wurde – was ist damit?«

»Was weißt du davon?«

»Deine Tochter hat sie gefunden, bevor du sie wegwerfen konntest. Sie hat dem Pastor davon erzählt. Sie war zutiefst schockiert.«

»Woher weißt du, dass ich sie weggeworfen habe?«

»Das konnte ich mir ausrechnen. In der Kiste ist nicht ein einziger Brief, der dem entsprach, was mir der Pastor erzählt hat.« Dan sah ihn an. »Was hast du denn gedacht, was du gestehen solltest?«

Thomas schüttelte den Kopf. »Ich weiß es nicht. Ich stand in dieser Zeit unter ziemlichem Druck, sehr viele Leute regten sich über alle möglichen Umweltfragen auf. Und dann war da ja auch noch meine Exgeliebte. Sie hat mir mehrfach gedroht. Mir ist überhaupt nicht in den Sinn gekommen, dass es um die Sache damals in Roskilde gehen könnte.«

»Warum hast du den Brief dann weggeschmissen?«

»Ich wollte ihn nicht zu Hause liegen haben, er war zu ekelhaft. Ich zerriss ihn und spülte ihn die Toilette hinunter.«

»Aber warum hast du mir nichts davon gesagt, als du mir die

Kiste mit den anderen Briefen gegeben hast? Wie konntest du so tun, als wäre das nicht passiert? Es war doch logisch, dass genau dieser Brief mit dem Mord an deinen Kindern zusammenhängen konnte?«

»Ich dachte nicht, dass jemand …«

»Vibeke Vassing hat mindestens zwei Mal versucht, dir zu verstehen zu geben, du seist entlarvt. Wahrscheinlich hat es noch einige weitere Warnungen gegeben. Vibeke wollte dich zwingen, dich zu stellen, öffentlich Buße zu tun und dich wie ein verantwortungsbewusster Mensch zu benehmen. Zumal du und deine Partei behauptet, dass du es bist. Hättest du das getan, könnten deine beiden Kinder noch leben, Thomas.«

Er begrub sein Gesicht in den Händen.

»Für einen intelligenten Mann verhältst du dich manchmal unglaublich dumm«, fuhr Dan fort. »Du weißt doch, dass dein jüngster Sohn in Roskilde ist, oder?« Als Thomas nickte, fügte er hinzu: »Die Vassings sind ebenfalls dort. – Habt ihr mit Vibeke vereinbart, dass sie den Jungen im Auge behalten soll?«

Thomas weinte. »Du erzählst die Geschichte Lene besser selbst. In ein paar Tagen wird sie ganz Dänemark kennen. Es wäre unfair, sie nicht vorher zu warnen.«

Thomas hob den Kopf und sah ihn mit schimmernden Augen an. »Ist es wirklich nötig, damit an die Öffentlichkeit zu gehen?«

»Ich will dir das jetzt nicht noch einmal erklären. Ich habe nicht einmal Mitleid mit dir. Ich finde diese Sache so tragisch, mir fehlen die Worte dafür. Und persönlich fühle ich mich vollkommen der Lächerlichkeit preisgegeben, nur damit du es weißt.«

»Warum?«

»Wie viele Stunden haben wir drei damit verbracht, eure Vergangenheit zu durchleuchten? Nur um herauszufinden, ob irgendjemand euch so hassen könnte, dass er aus Rache eure Kinder tötet.«

Wieder bedeckte Thomas die Augen.

»Scheiße, wie konntest du diese Sache mir gegenüber nur für dich behalten? Und auch deiner Frau nichts darüber sagen?«

Er antwortete nicht.

»Raus aus meinem Wagen.«

58

»Wach auf, Malthe!« Irgendjemand rüttelt mich, und ich tauche langsam an die Oberfläche. Ich öffne die Augen einen Spalt weit und schließe sie sofort wieder. Die Welt ist rot. Knallrot. Und die Luft kocht. Hier ist es so heiß, dass ich kaum atmen kann, der Schweiß rinnt mir aus sämtlichen Poren.

»Malthe, verdammt, wach jetzt auf!« Ein neuer Stoß. Es ist Mads. Seine Stimme klingt total daneben. »Wach auf!«

Ich versuche zu antworten, kann aber den Mund nicht öffnen, so trocken ist er. Ich will wieder einschlafen. »Kannst du ihn nicht zum Leben erwecken?« Kaspers Stimme.

»Ich glaube, der hat 'nen Hitzschlag«, sagt Mads. »Wir müssen ihn aus dem Zelt schaffen.«

Irgendjemand fasst mir um die Knöchel. Es wird heftig gezogen. Ich spüre, wie mein Rücken über die Isomatte schleift; der Schlafsack, mein Rucksack, der Reißverschluss des Zeltes, das Gras vor dem Zelt. Mit einem Mal ist es etwas kühler, und als ich erneut versuche, die Augen zu öffnen, ist die rote Farbe verschwunden. »Hier, Malthe.« Mia. Stines älteste Freundin. »Trink das.« Jemand hält meinen Nacken, und ein Plastikbecher mit lauwarmem Wasser wird an meine Lippen gepresst. Mir läuft ebenso viel Wasser die Wangen hinunter wie in den Mund, aber es ist okay. Mit geht es gleich besser.

»Hey, er schlägt die Augen auf!« Mads.

»Meint ihr, wir sollten ihn zu den Sanitätern bringen?«, fragt Mia. »Ich glaube, ein Hitzschlag ist gefährlich. Vor allem, wenn man so viel getrunken hat wie er letzte Nacht.«

»… geht's gut«, stöhne ich, niemand hört es.

»Er muss nur hier im Schatten liegen und braucht eine Menge Wasser«, behauptet Kasper. »Dann ist er in ein paar Stunden wieder fit.«

Ich hebe den Kopf. »Mir geht's gut«, wiederhole ich ein wenig lauter.

Dann fangen sie an, Sanitäter zu spielen. Ob ich weiß, wie ich heiße? Weiß ich. Ob ich weiß, wo ich bin? Weiß ich auch. Ob ich weiß, welcher Tag heute ist? Das ist schon schwieriger, ich schätze, es wird Freitagmorgen sein. Sie nicken, offenbar stimmt es.

Mia und Kasper holen mehr Wasser für mich, und ich fühle mich immer besser – abgesehen davon, dass ich wohl noch ziemlich besoffen bin. Mein Kopf schmerzt, aber das ist nichts Neues. Ich habe einen Sonnenbrand, zu wenig geschlafen und einen permanenten Kater. Ich sollte es hassen und finde es total geil, hier zu sein! Es war auch genau richtig, schon am vergangenen Wochenende zu kommen. Sonst hätten wir nie diesen Superplatz in der G-Sektion bekommen, das steht fest. Wir haben die vier Zelte so aufgeschlagen, dass die Öffnungen aufeinander zeigen. Auf diese Weise haben wir unseren eigenen kleinen Hof, wo wir in Ruhe chillen können. Mads' Mutter hatte noch einen Gartenpavillon, den wir über den Mittelplatz gestellt haben. Superschatten.

Eigentlich hatten nur Mads, Kasper und ich mit ein paar Jungs aus der B-Klasse fahren wollen, es endete damit, dass wir sehr viel mehr wurden. Mia. Und Stine, die Schlampe. Sie wirft mir total geile Blicke zu, aber das kann sie vergessen. Ich habe Besseres zu tun. Viel Besseres! Vibeke ist nämlich gekommen. Ich war gestern bei ihrem Wohnwagen, um zu fragen, ob ich irgendetwas helfen kann. Arne bat mich, ein paar kalte Bier für ihn und Apfelsaft für die Kleinen zu besorgen. Schon okay, nur hinterher war es nicht sonderlich gemütlich. Er und Vibeke hatten mit ihren Klappstühlen und Wickelkissen, Luftmatratzen und Windelpackungen zu tun und eigentlich überhaupt keine Zeit für mich. Sara versuchte die ganze Zeit auszurücken, und Anna schrie bloß. Vibeke entschuldigte sich und bat mich, heute zum Sanitätszelt zu kommen. Dann hätte sie mehr Zeit für mich, meinte sie.

Nachdem ich noch eine Runde geschlafen habe und mich einigermaßen fit fühle, gehe ich zu ihr. Sie lächelt, als sie mich sieht, und sagt den anderen Sanitätern, sie würde eine halbe Stunde Pause machen. Wir gehen zur Orange Scene, wo gleich Volbeat auftreten soll. Es ist total voll, und es werden immer mehr Leute, je näher wir dem Zuschauerbereich kommen. Eine erstaunliche Menge an Rockern und Bodybuildern, viele mit widerlichen, krassen Tätowierungen. »Es ist so schön.« Vibeke hakt sich bei mir unter. »Hier mit dir zu gehen, meine ich.«

Ich weiß nicht, was ich sagen soll, also halte ich den Mund. Wir kommen an einem Kebab-Stand vorbei. Es riecht gut.

»Hast du keinen Hunger?«, frage ich sie. Denn ich merke plötzlich, wie hungrig ich bin.

Vibeke stellt sich auf die Zehen und flüstert mir ins Ohr: »Ich habe nur Hunger nach dir.« Ihre Lippen streifen meinen Hals.

Peng! Und wieder stehe ich mit einem Ständer und roten Ohren da. »Na ja, aber dagegen können wir doch etwas tun.« Ich finde, das klingt total cool.

»Komm«, sagt sie nur und greift nach meiner Hand.

Sie führt mich zu einem Toilettenwagen, und bevor ich mitbekomme, was sie da tut, hat sie mich in eine der Kabinen gezogen. Es stinkt fürchterlich, aber das vergesse ich sofort, als sie mir einen Zungenkuss gibt. Mann, ist sie geil.

»Ich habe Angst«, sagt sie plötzlich.

»Ich kann mir ein Kondom besorgen.«

»So etwas habe ich.« Eine kleine weiße Packung liegt auf ihrer Handfläche. Allein dieser Anblick und der Gedanke daran, was es bedeutet, genügt, um meine Hose fast zum Explodieren zu bringen. »Ich habe es aus dem Sanitätszelt mitgenommen. Aber nicht davor habe ich Angst«, sagt sie und schließt die Hand um das Kondom.

»Mmmm?« Ich versuche, sie noch einmal zu küssen.

»Warte einen Moment.« Sie schiebt mich sanft von sich. »Hör zu, was ich dir sage. Ich brauche deine Hilfe.«

»Ich würde alles für dich tun«, sage ich ziemlich nassforsch. In diesem Moment bin ich zu allem bereit, Hauptsache, wir fangen bald an zu vögeln. »Dieser Dan«, sagt sie.

»Ja?«

»Er will mir ans Leder.«

»Wer würde das nicht wollen?« Ich versuche zu grinsen, aber sie bleibt ernst.

»Ich habe Angst vor ihm.«

»Will er dich vergewaltigen?«

»Jedes Mal, wenn ich allein mit ihm bin, versucht er, mich anzutatschen.« Sie schüttelt den Kopf. »Gestern kam er zu mir, als ich allein zu Hause war, er wollte mich küssen. Er packte meine Bluse und hat sie zerrissen.«

»Das Schwein musst du anzeigen.«

»Das wollte ich ja auch, nur …« Eine Träne läuft ihr über die Wange. »Als ich Arne davon erzählte, hat er mir nicht geglaubt. Er und Dan sind inzwischen dicke Freunde. Arne hat gesagt, ich hätte es selbst darauf angelegt. Als ich darauf bestand, dass es sich um einen Vergewaltigungsversuch gehandelt hätte, hat er mich geschlagen. Hier, sieh mal.« Vibeke schiebt die Bluse hoch und zieht den BH herunter, sodass eine ihrer Brüste zum Vorschein kommt. Ein großer lilafarbener Fleck ist darauf zu sehen. Die Brust ist groß. Etwas schlaff vielleicht, aber rund und einladend. Ich habe den total kranken Drang, sie anzufassen, kann mich kaum beherrschen.

Es fällt mir schwer, mir vorzustellen, wie der Pastor seine Frau so schlägt, dass ein Bluterguss zurückbleibt, doch wenn Vibeke es sagt, muss es stimmen. »Solche Schweine«, sage ich. »Sowohl Dan als auch Arne.« Ich zwinge mich, den Blick von ihrer Brust zu wenden und ihr ins Gesicht zu sehen. »Was soll ich tun?«

»Arne ist überzeugt, etwas würde nicht mit mir stimmen, ich würde halluzinieren oder so. Und ich habe das Gefühl, Dan wird aufs Festival kommen, um mit ihm zu reden. Ich habe Angst, dass sie versuchen werden, mich zwangsweise einzuliefern.«

»Scheißkerle.«

»Sobald Dan hier ist, brauche ich einen Ort, um mich zu verstecken, Malthe. Wollen wir uns zusammen verstecken?« Sie nimmt meine Hand und legt sie an ihre nackte Brust. Es fühlt sich kühl und nicht sehr fest an. Sondern weich. Sehr weich. Ich wiege die Brust ein bisschen in meiner Hand, sie protestiert nicht. »Willst du?«

»Selbstverständlich.«

»Dan hat gute Kontakte, Malthe. Es gibt einen Grund, dass ich Angst vor ihm habe.«

»Er hat auch schon versucht, mich zu verarschen.«

»Wie?«

»Er hat mich nach dir und Rolf ausgefragt. Und wie ich zu dir stehe und so. Ich habe nichts gesagt. Aber es war schon klar, dass er scharf auf dich ist.«

Ich erzähle ihr auch von den Kurznachrichten, die der Mann mir ständig sendet. Sie findet es vernünftig, nicht darauf zu reagieren. Tatsächlich meint sie, ich solle nur noch Kurznachrichten und Anrufe von ihr beantworten. Dan könnte durchaus auf die Idee kommen, Mittelsmänner einzusetzen.

Dann küssen wir uns ein bisschen, und plötzlich ist das Ernsthafte wieder verschwunden. Bei dem langen Zungenkuss habe ich meine Hand an ihrer Brust. Ich weiß nicht genau, ob es unhöflich wäre, die Hand woanders hinzulegen. Vibeke hat meine Hose geöffnet, bevor ich es richtig bemerkt habe. Sie schiebt mich auf die Klobrille, zieht ihr Höschen aus und setzt sich auf mich. Mein Schwanz steht zwischen uns in der Luft. Ich kann ihre Muschi sehen. Ich sterbe bereits, als sie mir das Kondom überstülpt. Sie lässt sich hinuntergleiten, sodass ich sofort tief in sie eindringe. Es ist eng, weich und heiß. Sie schnauft leise, feuchte Laute in mein Ohr, während sie mich reitet. Ich habe die Hände an ihrem Hintern, während sie sich auf und ab bewegt, und verflucht, sie ist einfach total geil. Das ist ... ja, das ist es. Ich sterbe. Sie küsst mich noch einmal, dann hilft sie mir, das Kondom zu entfernen und mich abzuwischen. Hinterher kauft Vibeke mir einen Kebab, und ich begleite sie zum Sanitätszelt. Dann gehe ich zur Pavillonbühne, esse meinen Kebab und fühle mich erwachsen. Ich habe im Programm gesehen, dass eine Band namens Fucked Up spielen soll. Allein der Name genügt, damit ich die Gruppe erleben will. Ich bin noch immer total high. Sich vorzustellen, dass man seine Jungfräulichkeit in Roskilde verliert. Das ist doch Rock'n'Roll, oder?

59 Freitag, 3. Juli, nur noch ein halber Tag, bis es passieren musste. Auf dem Festivalgelände herrschte tatsächlich kein so großer Lärm, wie Dan befürchtet hatte. Sicher, überall, wo man sich aufhielt, hörte man Musik, doch daran gewöhnte man sich rasch. Schlimmer war die Hitze. Mitten am Nachmittag hatte man in der trockenen, staubigen Luft das Gefühl, in einem Backofen zu stecken. Dan zog seine Baseballkappe tiefer, sodass sein Gesicht etwas mehr Schatten bekam, und betrachtete geistesabwesend Frank Janssen, der einige Meter entfernt stand und eine Gruppe Ordner in selbstleuchtenden Nylonwesten instruierte. Pia Waage stand neben ihm und teilte einen Stapel A4-Blätter mit Fotos von Malthe und Vibeke aus. Ganz unten stand ein Hinweis, die Gesuchten nicht selbst anzusprechen, sondern umgehend das Polizeirevier des Festivals anzurufen. Das Blatt wurde an alle Ordner des Festivals und des Campingplatzes ausgeteilt. Außerdem wollte man versuchen, sämtliche Stände und Buden zu informieren, damit deren Personal ebenfalls Ausschau halten konnte.

Erst vor wenigen Stunden mussten sowohl die Polizei als auch Arne Vassing akzeptieren, dass Vibeke tatsächlich verschwunden war.

Am Vorabend war Dan direkt zu Flemming gefahren, der auf dem Sofa lag und bei dem Gedanken an weitere Theorien von Dan nicht glücklich ausgesehen hatte. Doch als er nach und nach von den neuen Aspekten erfuhr, kehrte etwas von seiner Energie zurück. Bereits am Vormittag versammelte sich die Ermittlungsgruppe wieder, und es dauerte nur wenige Minuten, um die anderen von einem koordinierten Einsatz zu überzeugen. Man beschloss, das Verhör von Thomas Harskov auf Montag zu verschieben. Es lief ja auf ein klares Geständnis hinaus, es gab also keinen Grund zur Eile. Frank und Pia wollten selbst nach Roskilde, um Vibeke zu verhaften, und Dan durfte mitfahren. Man wusste ja nicht, ob zusätzliche Hilfe gebraucht würde. Als Pia den Pastor für eine Beschreibung des Standplatzes ihres Wohnwagens anrief, frühstückte Vibeke gerade mit ihrem Mann und den Kindern. Arne lieferte die gewünschte Beschreibung umstandslos, beendete das Gespräch und erzählte seiner Frau, dass die Polizei auf dem Weg sei, um noch einmal mit ihr zu sprechen. Vibeke hatte darauf wohl nur genickt, dann stand sie auf, küsste ihren Mann auf die Wange und ging. Seitdem hatte sie niemand mehr gesehen.

»Wo könnte sie nur sein?«, fragte Frank eine Viertelstunde später, als er, Pia und Dan den Wohnwagen gefunden hatten. »Sie hat gesagt, dass sie Milch kaufen wollte«, antwortete der Pastor. »Okay. Warten wir, bis sie wiederauftaucht.«

Es war eng und brütend heiß in dem Wohnwagen. Vier Erwachsene, zwei Kinder und eine düstere Stimmung – man konnte kaum atmen. Sie setzten sich nach draußen.

Frank zeichnete Hunde, Katzen und Pferde für die Kinder. Er ist verblüffend talentiert, dachte Dan und wischte sich den Schweiß von der Stirn.

»Was wollen Sie denn eigentlich von ihr?«, erkundigte sich Arne Vassing nach einigen peinlichen Minuten, in denen sie sich lediglich mit den Kindern befasst hatten. »Hat das nicht Zeit?«

»Dann wären wir nicht gekommen«, antwortete Frank und klaubte Annas Schnuller aus dem Gras. Sie blieben noch eine Weile sitzen und versuchten, sich die Zeit zu vertreiben. Dann erhob sich Dan. »In welcher Richtung liegt denn die Bude, an der man Milch kaufen kann? Ich glaube, ich werde ihr entgegengehen.«

»Bude? Wenn Sie es so nennen wollen.« Der Pastor schmunzelte. »Es gibt einen großen Supermarkt hier auf dem Campinggelände.

Wenn Sie dort entlanggehen ...« Er zeigte es. »... kommen Sie direkt darauf zu.«

Einen Supermarkt, dachte Dan, zu seiner Zeit musste man bis Roskilde laufen, wenn man Lebensmittel und Bier zu normalen Ladenpreisen kaufen wollte. Wieso können das die jungen Leute heutzutage nicht auch, dachte er und fühlte sich wie ein alter Knacker. Auf dem Weg zum Netto sah er sich sorgfältig um, und in dem Laden hielt er sofort Ausschau nach einem blonden Haarschopf. Erfolglos. Er kehrte unverrichteter Dinge zurück.

Frank schüttelte den Kopf, als Dan ihn fragend ansah.

»Eigenartig«, sagte der Pastor, der eine Kanne Kaffee gekocht hatte, obwohl das so ungefähr das Letzte war, worauf jemand in dieser Hitze Lust hatte. »Das sieht ihr überhaupt nicht ähnlich. Hoffentlich ist nichts passiert.«

»Kann man sie vielleicht auf dem Handy erreichen?«, fragte Pia.

Niemand nahm den Anruf entgegen. Der Pastor versuchte es noch einmal. Keine Antwort. »Das verstehe ich nicht«, sagte Arne. »Sie weiß doch, dass sie mich jetzt ablösen muss. Meine Standwache beginnt in zehn Minuten, ich muss ...«

Pia schüttelte nur den Kopf. Währenddessen hatte Dan noch einmal Malthes Nummer angerufen. Mit dem gewohnten Resultat.

»Ich glaube, die sind zusammen unterwegs«, sagte er zu Frank.

»Wer?« Der Pastor putzte gerade Sara die Nase.

»Vibeke und Malthe«, antwortete Frank Janssen.

»Warum um alles in der Welt sollten sie zusammen sein? Er war gestern kurz hier, ja, aber ich glaube nicht ... Wieso sollten sie zusammen sein?«, wiederholte er und zog Anna zurück, die dabei war, unter den Wohnwagen zu kriechen.

Die beiden Ermittler wechselten einen Blick.

»Arne, gibt es jemanden, der für ein oder zwei Stunden auf die Kinder aufpassen könnte?«, fragte Pia dann. »Wir müssen ausführlich mit Ihnen besprechen, was hier vor sich geht.«

»Nein, eigentlich nicht.« Er sah sich unschlüssig um. »Vielleicht einer der anderen Helfer am Stand vom Roten Kreuz, aber wir sind ohnehin schon unterbesetzt.«

»Ich mache mit den Mädchen einen Spaziergang«, bot Dan an, der keinerlei Lust hatte, sich mit anzuhören, wie der sympathische Pastor darüber informiert wurde, dass seine Frau allem Anschein nach eine dreifache Mörderin war. »Sie haben doch einen Kinderwagen dabei, oder?«

»Ja, sicher. Er steht gleich hier.« Arne zauberte einen Zwillingskinderwagen hervor, in dem die beiden kleinen Mädchen unter einem Sonnenschirm mit pinkfarbenen Kängurus sitzen konnten. Er packte Einwegwindeln, zwei Pappkartons mit Apfelsaft, eine Rolle Kekse und ein paar Schnuller in eine Tüte. »Vergessen Sie die Sonnencreme nicht«, sagte Arne und steckte die Flasche mit dem Faktor 35 zu den anderen Dingen. »Wir schmieren sie einmal in der Stunde ein. Vor allem Anna ist sehr empfindlich.«

»Ja, ja«, sagte Dan und brach hastig auf, bevor die Jüngste entdeckte, dass es ohne ihre Eltern losgehen würde.

Als Dan einige Zeit später mit zwei schlafenden Mädchen zurückkam, stellte sich eine von Arne Vassings Kolleginnen vom Stand als Kindermädchen zur Verfügung, solange es notwendig war. Alle begriffen, dass der arme Pastor in seinem Zustand nicht in der Lage war, sich allein um seine Kinder zu kümmern.

Zunächst hatte Arne sich geweigert, die Geschichte zu glauben, die sie ihm erzählten, doch als sie ihm nach und nach die Fakten des Falls erklärten, musste er der Wahrheit ins Auge sehen. Er kannte die Tragödie, die Vibekes Familie zerstört hatte, erzählte er, hatte jedoch keine Ahnung, welche Rolle Thomas Harskov dabei spielte. Überhaupt hatten sie über die Sache so gut wie nie gesprochen. Seine Frau wollte die Vergangenheit auf sich beruhen lassen, und er akzeptierte das. Es gab viele Formen der Trauer, und eine ist nicht notwendigerweise besser als eine andere.

Der Pastor erzählte, Vibekes Mutter habe nach Bos Tod allen Lebensmut verloren. Als sie einige Monate später plötzlich einen Schlaganfall bekam, wunderte es niemanden wirklich.

Die Jahre bis zu ihrem Tod 1996 musste die teilweise gelähmte Frau in einem Pflegeheim verbringen, ohne reden oder sich bewegen zu können. Vibekes Vater lebte noch, doch er hatte nur gelegentlich Kontakt zu seiner erwachsenen Tochter. Nach dem Tod seiner Frau war er nach Vancouver in Kanada gezogen, er unterrichtete dort deutsche Literatur an der Universität und hatte inzwischen eine neue Frau sowie Kinder im Alter seiner Enkel. Mit den Jahren war er ein wenig konfus geworden, weshalb Arne es für durchaus wahrscheinlich hielt, dass er sich an das Datum des Besuchs seiner ältesten Tochter vor vier Jahren nicht mehr genau erinnern konnte. Leider, fügte er hinzu. Vibeke hatte mit anderen Worten nur Arne. Er war ihr fester Haltepunkt, ihr Ein und Alles. Das glaubte er noch immer, auch als Frank ihn informierte, was man über ihr Verhältnis zu dem jungen Rolf wusste. Es müsse sich um ein Missverständnis handeln, erklärte Arne wieder und wieder, während er in regelmäßigen Abständen versuchte, über sein Handy Kontakt zu seiner Frau zu bekommen. Dan hatte eine Idee. Er trat einen Schritt beiseite und rief seine Tochter an. Ohne irgendwelche Zeit zu verschwenden, erklärte er ihr, es sei sehr ernst und er brauche die Telefonnummer eines der beiden Jungen, von denen Dan mit Sicherheit wusste, dass sie mit Malthe zusammen waren. Sie gingen auf dieselbe Schule, auf der auch Laura bis vor zwei

Jahren gewesen war. Es war eine Chance, obwohl er nur die Vornamen kannte. Laura überprüfte blitzschnell über die Homepage der Schule Malthes Klasse, fand Mads' und Kaspers Nachnamen und suchte sie danach auf Facebook. Glücklicherweise hatte Mads Oldhus ein offenes Profil, in dem seine Handynummer angegeben war. Bingo. Die kleine Ermittlung hatte weniger als drei Minuten gedauert. Lang lebe das Internet.

»Du bist ein Schatz«, bedankte sich Dan und legte auf. Er tippte die Nummer ein, die sie ihm gegeben hatte, und schickte ein stummes Gebet an die höheren Mächte, während es klingelte.
»Ja?«, brüllte eine heisere Stimme durch ein lärmendes Inferno.
»Mads?«, brüllte Dan beinahe ebenso laut. Pia Waage drehte sich zu ihm um und sah ihn fragend an. Er ging ein Stück zur Seite.
»Ja?«
Es entwickelte sich ein absurdes und sehr lautes Gespräch. Mads, der eindeutig irgendetwas getrunken oder genommen hatte, kam nach einiger Zeit des Nachdenkens darauf, jemanden zu kennen, der Malthe hieß. Und dass er mit diesem Malthe in Roskilde war. Er teilte – nach einer weiteren langen Zeit des intensiven Nachdenkens – leider auch mit, keine Ahnung zu haben, wo Malthe sich gerade aufhielt. Dan beendete das Gespräch, nicht sehr viel klüger – abgesehen davon, dass sein Verdacht sich bestätigte. Er ging zu den anderen und beantwortete Pias Blick mit einer resignierenden Geste. Malthe war nicht bei seinen Freunden.

Pia rief die Kollegen in Christianssund an, um eine GPS-Ortung von Vibekes und Malthes Handys zu veranlassen, und sie schickte Svend Gerner nach Yderup, um die Eltern des Jungen auf dem Laufenden zu halten. »Aber beunruhige sie nicht allzu sehr«, sagte sie. »Es gibt keinen Grund, gleich das Schlimmste zu vermuten.«

Am Nachmittag hatte Frank sowohl mit dem Chef des Polizeireviers auf dem Festival wie mit einem Repräsentanten der Festivalleitung konferiert. Sie hatten die Aufgaben verteilt. Und sie hatten glücklicherweise zugehört, als Dan sie inständig bat, von irgendwelchen öffentlichen Suchaufrufen auf den Bühnen abzusehen. Dan hatte das Gefühl, Vibeke wäre ohnehin vollkommen verzweifelt. Es gab keinen Grund, sie so sehr in die Enge zu treiben, dass man damit Kurzschlusshandlungen provozierte, die sich durch ein etwas gelasseneres Eingreifen verhindern ließen.

»Es sind noch immer einige Stunden bis zum 4. Juli«, sagte er zu Frank, der von seinem Briefing der Ordner in ihren neonleuchtenden Westen zurückkam. »Sie wird ihn frühestens nach Mitternacht ermorden.«

60

»Weißt du eigentlich, dass ich hier mit einem Bullen am Arsch herumlaufen würde, wenn Ken B. nicht verhaftet worden wäre?«

»Warum das denn?«, ruft Vibeke.

Wir stehen vor der Orange Scene und warten darauf, dass Nine Inch Nails um ein Uhr auftreten. Die herumschreienden Besoffenen machen einen Scheißlärm. Ich lege meinen Mund an ihr Ohr und rufe: »Dan hat gesagt, ich sei den ganzen 4. Juli über in Gefahr, ich sollte Polizeischutz bekommen. Und der 4. Juli hat vor einer halben Stunde angefangen.«

»Wow!«, ruft sie zurück.

Wir schauen auf die Bühne, wo ein paar Roadies in schwarzen T-Shirts irgendetwas aufbauen. Sie laufen mit Kabelrollen und Tape herum und schwitzen wie die Schweine. Es ist noch immer brütend heiß, obwohl es mitten in der Nacht ist. Vibeke zündet einen Joint an und reicht ihn mir sofort. Sie selbst raucht nicht viel. Es war wohl eher wegen mir, dass sie am Nachmittag einem Typen ein paar Tüten abgekauft hat. Sie ist einfach total cool. Sie zieht mich am Ärmel, und ich beuge mich zu ihr hinunter. »Sind sie sicher, dass er es war?«, schreit sie.

»Ken B.? Ja, sicher. Wer sollte es denn sonst sein?«

»Weiß ich nicht.« Sie legt die Arme um mich. »Ich freue mich, dass sie ihn geschnappt haben.«

»Ich mich auch.«

Wir küssen uns, und ich zünde den Joint, der inzwischen ausgegangen ist, noch einmal an. Wieder zieht sie mich am Ärmel. »Ich passe auf dich auf, wenn du auf mich aufpasst!«, ruft sie.

Das ist überhaupt keine Frage, denke ich. Wir sind ja die ganze Zeit zusammen, einfach irre. Ich bin vollkommen verwirrt von all dem, was am Nachmittag passiert ist, seit sie mich plötzlich anrief und weckte, um mir zu sagen, dass sie von ihrem Mann abgehauen ist. Er und Dan Sommerdahl wären ihr auf den Fersen, sagte sie, und sie wolle ein paar Tage mit mir zusammen sein. Jetzt sind wir zusammen, Vibeke und ich. Sie holt mir einen runter, wann immer ich will, und das ist natürlich geil. Auf der anderen Seite ist es auch ein bisschen krass, dass sie ständig bei mir ist. Am liebsten würde sie mich auch aufs Klo mitnehmen. Sie will nicht allein sein, sie hätte solche Angst vor Dan, sagt sie. Und vor ihrem Mann. Ich fühle mich schon geschmeichelt, dass sie glaubt, ich könnte sie vor den beiden schützen, so sicher bin ich mir nämlich nicht. Vielleicht könnte ich Arne Vassing schaffen, aber Dan Sommerdahl? Nee. Come on. Ein bisschen paranoid ist sie schon. Ihre neueste Idee ist, ihr eigenes und mein Handy in einem Schließfach der Garderobe-Insel einzuschließen. Sie hat Angst, dass Dan seine Kollegen von der Polizei bittet, uns durch die Mobiltelefone aufzuspüren. Das klingt wie bei den Schlapphüten, wenn ihr mich fragt. Wenn man es abstellt, können sie überhaupt nichts machen. Aber okay, ich bin ehrlich gesagt total zufrieden mit dem Arrangement. Eigentlich ist es mir sowieso lieber, wenn mein iPhone sicher in einem Schließfach liegt und ich nicht ständig darauf aufpassen muss. Aufgeladen werden müsste es auch. Mistding.

Es ist ein bisschen peinlich, wenn die anderen über Vibeke reden. Also weniger die Jungen. Mads und Kasper sieht man ja an, dass sie scharf auf sie sind. Aber die Mädchen. Meine Fresse, wie die zicken. Stine kommt ständig mit irgendwelchen blöden Kommentaren über Vibekes Alter. Aber scheiß drauf. Von jetzt an sind Vibeke und ich ein Paar, und das müssen sie einfach akzeptieren. Auf jeden Fall dauert es nicht mehr allzu lange, bis wir sie ganz los sind. Vibeke hat nämlich einen geilen Plan: Sobald es geht, fliegen wir nach Los Angeles. Sie hat ein bisschen Geld, sagt sie, das sie am Montag abheben kann. Und sie kennt eine Menge cooler Leute drüben. Wir könnten zusammenwohnen – weit weg von all den Idioten hier. Natürlich haben wir vereinbart, es absolut für uns zu behalten. Sollte es zu viel Gerede geben, kommt womöglich noch jemand auf die Idee, uns aufzuhalten. Ich bin ja noch keine achtzehn.

Wenn wir in den USA wohnen, wird sie vermutlich aufhören, so an mir zu hängen. Dann ist sie ja außer Gefahr.

Gleich geht es los. Man spürt, wie das Publikum vor der Bühne enger zusammenrückt. Oben wird das Licht ausgeschaltet. Vibeke muss sich auf die Zehenspitzen stellen, damit sie noch etwas sieht. Sie sieht süß aus.

Ich bücke mich, um ihr irgendetwas Liebevolles zu sagen, doch dann wird die Bühnenbeleuchtung eingeschaltet. Nine Inch Nails stehen auf der Bühne, und das Publikum dreht durch. Ich vergesse alles. Zusammen mit den anderen hebe ich die Arme hoch über den Kopf und brülle mit aller Kraft. Mann, was bin ich plötzlich bedröhnt.

61

Der 4. Juli war angebrochen. Dan hatte kaum geschlafen. Er war die ganze Nacht herumgelaufen, hatte jedes einzelne der tausend Gesichter betrachtet, die ihm in der Menge entgegenkamen. Immer wieder war er stehen geblieben, wenn sein Blick auf einen langen, dünnen Jungen mit sichtbarer Unterhose über dem Nietengürtel und mittelblonden Locken auf dem Kopf fiel. Bisher war er stets enttäuscht worden.

Als die Uhr Mitternacht überschritt, spürte er, wie ihm die Angst langsam den Hals zuschnürte. Von jetzt an zählte jede Minute. Es ließ sich unmöglich sagen, wann Vibeke Vassing handeln würde. Sie hatte Rolf ermordet, als der Tag erst wenige Stunden alt war. Gry durfte unbekümmert bis zum Abend leben. Es konnte jederzeit passieren. Als es hell wurde und die Festivalbesucher allmählich in ihre Zelte krochen, kehrte Dan in das provisorische Polizeiquartier zurück, um eine Pause zu machen. Pia Waage sah sofort, wie erschöpft er war. Sie überredete ihn, ein bisschen zu schlafen, während die anderen weitersuchten. Dan wälzte sich daraufhin ein paar Stunden auf einer unbequemen Pritsche herum, doch er fand höchstens hin und wieder für ein paar Minuten in den Schlaf. Gegen neun stand er auf und zwang sich, ein paar Brötchen und eine Tasse Kaffee zu sich zu nehmen, bevor er seine Wanderung fortsetzte. Er streifte über die Wege des Festivalgeländes, zwischen den Zelten des Campingareals, während die Mehrzahl der Besucher ihren Rausch in den inzwischen ziemlich ramponierten Zelten ausschlief. Viele hatten sich entschieden, sich ins Freie unter einen der vielen weißen Gartenpavillons zu legen, die überall standen und in der gleißenden Vormittagssonne Schatten spendeten. Sie waren einfach zu überprüfen, ohne dass er sich wie ein Spanner fühlen musste. Schlimmer war es bei denen, die in den Zelten schliefen. Dan steckte den Kopf in eine Reißverschlussöffnung nach der andern. Mit dem Ergebnis einiger misslauniger Bemerkungen und erschrockener Schreie, obwohl er in den meisten Fällen auf eine Mauer aus bewusstlosem Schweigen traf. Zwischen den Zelten liefen einige Helfer mit schwarzen Müllsäcken umher und sammelten leere Bierdosen ein. Jemand sollte dasselbe mit dem übrigen Abfall tun, dachte Dan und schlug einen Haken um einen Haufen voller Mülltüten. In der Hitze stank es sofort nach verdorbenen Lebensmittelresten. Wurden dadurch nicht auch Ratten angelockt?

Hin und wieder traf er die anderen: Frank oder Pia oder einen der lokalen Beamten. Niemand hatte etwas gesehen oder gehört. Malthe und Vibeke waren wie vom Erdboden verschluckt, und man hatte bereits die Hälfte dieses kritischen Tages hinter sich.

Er rief noch einmal Malthes Freund Mads an, diesmal antwortete niemand. Der Junge lag sicher irgendwo bewusstlos und schlief seinen Rausch aus, dachte Dan und fluchte innerlich darüber, dass er nicht nach der Platznummer gefragt hatte, als er am Vortag mit ihm gesprochen hatte. Dann hätte er wenigstens eine Stelle, von der aus er starten konnte, sagte er zu Frank Janssen, als sie sich irgendwann trafen und zusammen eine kalte Cola tranken.

»Oh, verflucht, Dan. Entschuldige. Das habe ich vergessen, dir zu erzählen«, sagte Frank und zog ein verlegenes Gesicht. »Wir haben Mads Oldhus' Handy heute Morgen via GPS geortet. Es lag unter einem Toilettenwagen. Der Bursche muss sein Handy gestern verloren haben, es bringt nichts, ihn noch einmal anzurufen.«

»Was ist mit den beiden anderen Mobiltelefonen? Habt ihr die aufgespürt?«

»Die haben wir bereits heute Nacht gefunden.« Frank trank seine Dose aus. »Sie lagen in der Gemeinschaftsgarderobe, eingeschlossen in einem Schließfach.«

»Beide an derselben Stelle?«

»Beide Handys, ja. Vibeke und Malthe sind zusammen, Dan. Du hattest recht.«

Dan rief den Pastor an, als er kurz darauf wieder allein war. Er sei nach Hause gefahren, sagte Arne mit einer Stimme, die nur allzu deutlich verriet, dass er ebenfalls keinen Schlaf gefunden hatte. Die Verantwortung für die zwei kleinen Mädchen auf dem hektischen Campingplatz sei ihm einfach zu viel geworden, erklärte er. Jetzt waren sie wieder daheim in ihrer vertrauten Umgebung, und Arne hatte bereits einige Frauen aus der Nachbarschaft mobilisiert, die sich dabei abwechselten, ihm zu helfen und sich um die Mädchen zu kümmern. Sobald es etwas Neues gäbe, könnte er schnell wieder auf dem Festival sein.

Ein paar Stunden später aß Dan an einer Bude einen Döner, umgeben von jungen hungrigen Menschen, die zu diesem Zeitpunkt schon etwas mitgenommen aussahen. Trotz öffentlich zugänglicher Duschen, eines Badesees, einer drolligen Waschanlage und anderer hygienischer Einrichtungen waren viele Teilnehmer nach mehreren Tagen auf dem überhitzten Platz vollkommen verdreckt. Der Staub klebte auf der schweißnassen Haut und in den Haaren, fast alle sahen aus, als hätten sie gerade mit knapper Not eine Survival-Expedition überstanden. Dan schluckte den letzten Bissen und wollte sich vom Tresen ein Stück Küchenrolle holen. Es gab keine, und das Personal sah nicht so aus, als ob es bereit wäre, nach Servietten für ihn zu suchen. Also wischte er sich die Hände an den Hosenbeinen ab. Es gab ohnehin niemanden hier, der einen Fleck mehr oder weniger bemerken würde. Noch einmal ging er zurück zu dem Bauwagen der Polizei, um zu hören, ob es etwas Neues gab. Er nickte ein paar Ordnern zu, mit denen er am Vormittag geredet hatte. Sie grüßten mit ernsten Mienen zurück. Keiner der Eingeweihten fühlte sich wohl in dieser Situation. Dan war so müde, dass er kaum noch die Augen aufhalten konnte, es war also der richtige Moment für eine Pause. Pia Waage war auch gerade von einer Runde über die am weitesten entfernt liegenden Campingbereiche zurück. Sie sah nicht weniger erschöpft und frustriert aus als Dan. Sie legten sich nebeneinander in den Schatten hinter dem Bauwagen. Pia fächelte sich mit einem Festivalprogramm Luft zu, das sie vom Boden aufgesammelt hatte. Ihr dunkles Haar war schweißnass, längst hatte sie ihr Hemd ausgezogen und trug nur ein ärmelloses Top. Dan lag träge neben ihr und sah, wie ihre Muskeln sich unter der braun gebrannten Haut bewegten. Kein Zweifel, diese Frau nimmt ihre Trainingseinheiten ernst, dachte er zerstreut und ließ den Blick über das zusammengefaltete Festivalprogramm gleiten, das sich vor ihrem Gesicht auf und ab bewegte. Auf und ab, auf und ab. Er wurde regelrecht hypnotisiert durch die sich wiederholende Bewegung. Plötzlich hatte er einen Einfall. Er setzte sich auf. »Darf ich mal in das Programm sehen?«, sagte er und griff nach dem Heft. »Such dir doch selbst eins«, erwiderte Pia, ohne die Augen zu öffnen. Ihre Stimme klang, als würde sie gleich einschlafen. »Die liegen hier doch überall herum.«

»Gib schon her.« Dan zog ihr das Heft aus der Hand. »Ich muss nur was nachsehen.«

Sie öffnete die Augen. »Was denn?«

»Warte«, sagte er und fand die richtige Band, die richtige Bühne, den richtigen Zeitpunkt. »Yes!«, rief er aus. »Ich weiß, wo wir ihn heute Abend finden werden!«

»Ja?« Auch Pia richtete sich auf.

»Hier.« Dan zeigte ihr das zerknüllte Programm. »Malk de Koijn um zwei Uhr nachts. Arena Scene. Das wird er sich um nichts auf der Welt entgehen lassen.«

»Um zwei?« Pia ließ sich wieder auf den Rücken fallen. »Um diese Uhrzeit ist es nicht mehr der 4. Juli. Dann ist es zu spät.«

»Du weißt nicht viel über Malk de Koijn, was?« Dan faltete das Programm wieder zusammen und gab es ihr zurück. »Es ist ihr erstes richtiges Konzert seit fünf Jahren.«

»Na und?« Sie fing wieder an zu fächeln.

»Du solltest wissen, wie wichtig das für ihre Fans ist. Malk de Koijns Bühnenshow ist legendär, und die Gerüchte sagen, dass es diesmal einfach fantastisch wird. Diese Band hat nicht einfach nur Fans, sie hat fanatische Fans, die sie lieben und verehren und ihre merkwürdigen Texte auswendig können. Alle Malk-Fans haben seit Monaten auf diesen Auftritt gewartet. Glaub mir, Pia. Ich habe verdammt viele Stunden mit einem von ihnen verbracht. Malthe wird sich dieses Konzert nicht entgehen lassen.« Er schwieg einen Augenblick, bevor er fortfuhr. »Vor der Arena ist nur Platz für ein paar Tausend Menschen. Es wird ein Kampf sein, bis ganz nach vorn an die Bühne zu kommen. Ich fresse meine alte, verschwitzte Kappe, wenn sich nicht schon Stunden vorher Schlangen vor dem Zelt bilden. Vom frühen Abend an, würde ich vermuten. Wir sollten gegen acht Uhr dort auftauchen …«

»Ich begreife noch immer nichts«, sagte Pia. Sie hatte die Augen wieder geschlossen. »Wenn Malthe dazu imstande ist«, erklärte Dan mit dem geduldigsten Tonfall, der ihm möglich war, »steht er heute Abend dort in der Schlange. Ich glaube, wir erwischen ihn und vielleicht auch Vibeke, wenn wir ganz unauffällig am Eingang der Arena Scene warten.«

»Sollen wir uns als Hip-Hopper verkleiden?« Pia kicherte. »Dazu sind wir zu alt.«

»Niemand wird uns in dem Gedränge bemerken. Wir ziehen uns einfach beide total verdreckte Klamotten an, dann fallen wir überhaupt nicht auf.«

»Gut. Dann brauchen wir uns ja nicht umzuziehen.« Sie drehte sich auf die Seite. »Ich muss jetzt einfach mal eine halbe Stunde die Augen zumachen, Dan. Kannst du solange die Klappe halten?«

»Natürlich.« Einen Augenblick später verriet ihre Atmung, dass sie tief schlief.

Dan legte sich auf den Rücken und versuchte, Pias vernünftigem Beispiel zu folgen, doch er war viel zu aufgeregt. Er wusste, es würde ihm nicht gelingen zu schlafen, und er war erleichtert, als kurz darauf sein Telefon klingelte. Er blickte aufs Display. Lene Harskov.

»Wir kommen jetzt«, sagte sie.

»Was meinst du?« Dan war ein Stück von der schlafenden Polizeiassistentin abgerückt. »Ihr kommt nach Roskilde?«

»Wir können doch nicht einfach hier zu Hause sitzen. Unser … Ihre Stimme brach. »Unser Sohn ist verschwunden. Wir müssen doch …«

»Und was ist, wenn er nach Hause kommt? Sollte dann nicht jemand dort sein, der ihn empfangen kann?«

»Ja, natürlich.« Sie atmete tief durch und fuhr dann mit fester Stimme fort. »Ich bitte Eigil hierzubleiben. Nur zur Sicherheit.«

»Hast du mit Thomas geredet?«

»Ja, er hat alles erzählt. Dieser Idiot. Ich finde keine Worte, so wütend bin ich. Aber das will ich jetzt überhaupt nicht diskutieren. Ich will nur meinen Sohn zurück.« Sie fing an zu weinen.

»Gib mir mal Thomas.«

Als er Malthes Vater am Apparat hatte, erklärte er ohne Umschweife, zu welchem Eingang sie kommen sollten. Er versprach, den Ordnern Bescheid zu geben, dass die Harskovs hereingelassen und zum provisorischen Polizeirevier gebracht werden sollten.

*

Endlich wurde es acht Uhr, Zeit, zur Arena Scene zu gehen. Frank Janssen, den Dan über seinen Plan informiert hatte, folgte einem inzwischen ziemlich nervösen Repräsentanten der Festivalleitung. Pia und Dan gingen zusammen. Keine Uniformen. Alles sollte unauffällig bleiben. Die beiden Gruppen platzierten sich in passendem Abstand zum Eingang des Bühnenzeltes, wo sich jetzt fünfzig bis sechzig junge Männer aufhielten. Dan hatte sämtliche Muskeln angespannt und betrachtete jeden, der an ihm vorbeiging. Immer wieder meinte er, Malthe zu sehen, nie war er es. Gegen zehn stupste ihn Pia an die Schulter. »Es tut mir leid«, schrie sie ihm ins Ohr. »Ich habe fürchterliche Bauchschmerzen.«

»War es der Kebab?«, schrie Dan zurück.

Sie schnitt eine kurze Grimasse und verschwand.

Und natürlich sah Dan die beiden genau in dem Moment, als er allein auf seinem Posten stand. Vielmehr bemerkte er Vibekes blondes Haar, das aus den schwarz gekleideten Gestalten um sie herum hervorleuchtete. Einen Augenblick später sah er auch das T-Shirt mit MALTHE KOIJN auf dem Rücken.

Dan hatte sich entschieden, die Regeln einzuhalten. Er gab sich nicht zu erkennen, sondern begnügte sich damit, das ungleiche

Paar fest im Auge zu behalten, während er die Mobilnummer des Ermittlungsleiters wählte. Er blieb sogar ganz artig stehen und wartete auf Verstärkung, obwohl die Ungeduld und Frustration ihn schier zerrissen.

Sie standen inmitten einer Gruppe junger Leute, vermutlich Malthes Schulfreunde, die wahrlich nichts anbrennen ließen. Nichts deutete darauf hin, dass Vibeke versuchte, ihren Haschkonsum zu bremsen. Es sah beinahe so aus, als hätte sie den Stoff besorgt. Zumindest beobachtete Dan, wie sie die Hand in die Tasche steckte und einem der Jungen einen Joint gab. Sie drehte den Kopf, sah sich um. Und mit einem Mal starrte sie Dan direkt in die Augen. Ihr Lächeln erstarrte. Sie packte Malthe, schrie irgendetwas und zog an seinem Arm. Der Junge folgte ihrem Blick, entdeckte Dan und lief ihr nach. Sie bahnten sich ihren Weg gegen den Strom, fort von Dan, in Richtung des östlichen Eingangs.

62

Scheiße, Scheiße, Scheiße. »Wir verlieren unseren Platz in der Schlange!«, rufe ich.

Vibeke antwortet nicht. Sie umklammert meinen Arm nur noch fester und arbeitet sich durch die Menge. Hin und wieder schubst sie jemanden energisch beiseite, wenn es zu lange dauert, bis er Platz macht; sie entschuldigt sich nicht einmal, sondern drängelt einfach weiter. So habe ich sie noch nie erlebt. Sie muss wirklich Angst vor Dan haben.

Ich sehe mich um. Seine nackte Glatze ist noch ein Stück hinter uns, aber ich glaube, er könnte uns einholen. Vibeke hat es offenbar auch bemerkt, denn sie legt noch einen Zahn zu.

Irgendjemand hat einen Rucksack mitten auf den Weg gelegt.

Als ich ihn sehe, ist es schon zu spät. Ich stolpere, und sofort zerrt Vibeke mich wie eine Stoffpuppe wieder hoch. Meine Fresse, sie ist eine verdammt kräftige Frau. Ihre Augen sind vollkommen ausdruckslos. Nicht einmal die Andeutung eines Lächelns sehe ich darin. Plötzlich sieht sie alt und verzweifelt aus. Überhaupt nicht sexy. Wenn ich nicht wüsste, dass es sich um dieselbe Frau handelt, die mir noch vor einer Stunde im Zelt einen geblasen hat, würde ich es für eine Lüge halten. »Wo willst du hin?«, schreie ich, als sie mich weiterzerrt.

»Ich weiß ein Versteck«, schreit sie zurück. »Wir sind gleich da.« Sie verlässt den Weg und zieht mich in eine Campingzone. Hier sind nicht so viele Menschen, die Zelte stehen dicht nebeneinander, und es erfordert unsere ganze Aufmerksamkeit, den Leinen, Klappstühlen und Müllhaufen auszuweichen. Ein Deutscher ruft uns irgendetwas hinterher, als wir eine Abkürzung unter seinem Gartenpavillon nehmen, Vibeke dreht nicht einmal ihren Kopf nach ihm um.

»Was ist mit dem Konzert?« Ich bin allmählich außer Atem. Und auch etwas angepisst, muss ich zugeben. Wieso muss ich das ausbaden? Schließlich habe ich doch nicht versucht, sie zu vergewaltigen. Dan holt auf. Er ist nicht dadurch behindert, dass er jemand anderen an der Hand halten muss, er kann problemlos zwischen den Zelten hin und her springen. »Lass mich los, dann können wir schneller laufen«, rufe ich.

»Wir sind gleich da.« Sie lässt nicht los.

»Stopp!« Das ist Dan. »Stopp, Vibeke!«

Sie läuft weiter, als hätte sie ihn nicht gehört.

»Lassen Sie den Jungen gehen!«, ruft Dan. »Er ist unschuldig!«

What the fuck? Wovon redet der Mann? Meine Verwirrung lässt mich einen Moment zögern.

Vibeke zerrt an meinem Arm. »Komm schon. Wir sind gleich da.«

Ich sehe mich um. Dan ist nur zehn Meter entfernt.

»Vibeke, bleiben Sie stehen! Thomas ist hier.«

Mein Vater? Wieso? Will er sie etwa auch vergewaltigen?

»Komm!«, ruft sie nur und zieht mich weiter.

»Wir kennen die ganze Geschichte!«, schreit Dan, der klingt, als sei er ziemlich außer Atem. »Der Mann wird seine Strafe bekommen.«

»Ja, das wird er!«, antwortet Vibeke und lässt meinen Arm los.

Wir haben die Hecke erreicht, die den Campingbereich begrenzt. Es stinkt nach Pisse, man kann kaum atmen, aber Vibeke scheint das nicht zu stören. Sie steht mit dem Rücken zur Hecke und holt irgendetwas aus ihrer Tasche.

»Thomas erhält den letzten Teil seiner Strafe in wenigen Augenblicken!«, ruft sie.

»Hey, warte mal«, sage ich. »Scheiße, was läuft hier eigentlich? Was hat mein Vater getan?«

»Gehen Sie ein Stück zurück, Dan!«, brüllt sie, ohne mich zu beachten. »Sie sind zu nah.«

Dan tritt ein paar Schritte zurück. »Wir müssen darüber reden, Vibeke. Malthe ist nicht nur Thomas' Sohn. Sie bestrafen nicht nur ihn. Lene hat Ihnen nie etwas getan.«

»Daran hätte er früher denken müssen.«

»Es ist nicht ihre Schuld. Können Sie sich nicht vorstellen, wie schrecklich es wäre, wenn eine Ihrer Töchter …«

»Zurück!«, befiehlt sie nur, und ich spüre einen stechenden Schmerz in der Seite.

»Aua!« Ich fasse dorthin und spüre etwas Warmes und Feuchtes an den Fingern. Ich halte mir die Hand vors Gesicht. Blut.

»Finger weg, Malthe«, sagt Vibeke scharf.

Ich sehe sie an. Sehe das Messer in ihrer Hand. Sehe die Handschellen, die sie nun um eines meiner Handgelenke legt.

»Beide Hände auf den Rücken, Malthe.« Ihre Stimme ist leise, kalt und gefühllos.

Ich habe immer gedacht, man würde ein bisschen Spaß haben, wenn eine geile Frau ein Paar Handschellen aus der Tasche zieht. Doch das hier ist bestimmt kein Sexspiel. So viel begreife ich, als Vibeke die Messerspitze noch einmal ein paar Millimeter in mich bohrt, um ihrem Wunsch Nachdruck zu verleihen. Mir kommen vermutlich die Tränen. Sie schließt die Handschellen mit einem Klicken.

»Vibeke, verflucht!«, ruft Dan, der jetzt die Tastatur seines Handys bedient. Vermutlich ruft er die Bullen. Es ist verdammt lang her, dass ich mir gewünscht habe, einen Bullen zu sehen.

»Auf den Boden«, flüstert sie mir ins Ohr.

»Was soll das, Vibeke«, sage ich. »Was machst du denn?«

»Auf den Boden«, wiederholt sie. »Setz dich hin, sofort!«

Ich setze mich in das nach Pisse stinkende Gras. Es ist gar nicht so einfach, sich mit auf dem Rücken gefesselten Händen hinzusetzen. Vibeke hockt sich hinter mich. Ihre Brüste berühren meinen Rücken, und ich garantiere, dass mich nicht einmal der Schatten einer Erektion streift. Inzwischen hat sich eine neugierige Zuschauermenge gebildet.

»Dan!«, ruft Vibeke hinter mir.

Er steckt das Handy ein. »Ja?«

»Sorgen Sie dafür, dass diese Idioten verschwinden. Sonst …«

Wieder spüre ich, wie die Messerspitze sich durch meine Haut bohrt.

»Sitz still!«, zischt sie mir ins Ohr, als ich zusammenzucke.

Ich beginne zu schluchzen, und es ist mir egal, ob jemand es bemerkt. Dan sieht sich um. Sagt etwas zu einem Ordner, einem blonden Mädchen mit Pferdeschwanz und Weste. Sie spricht in ihr Walkie-Talkie und fängt an, die Zuschauer zurückzudrängen. Einen Augenblick später wird sie von weiteren Ordnern unterstützt. Mehr und mehr Menschen kommen, die Ordner kämpfen, um sie auf Abstand zu halten.

»Thomas ist auf dem Weg!«, ruft Dan.

»Hierher?«

»Er kam vor einer Stunde an. Er will mit Ihnen reden. Sich entschuldigen.«

»Entschuldigen? Er kann mich mal. Dazu ist es zu spät.«

Ich würde eigentlich gern fragen, was hier vor sich geht, aber es herrscht ein zu großes Chaos in meinem Kopf. Das Malk-de-Koijn-Konzert, das ich nicht miterleben kann, das Blut, das jetzt überall ist. Die Löcher, die das Messer in mein neues T-Shirt gebohrt hat. All der Sex, den ich nie bekommen werde. Los Angeles. Echte Liebe. Meine unfassbare Naivität. Mein Zimmer. Meine Mutter. Der Tod.

63 »Nicht näher kommen!«, schrie Vibeke und legte das Messer an Malthes Hals. Sie hockte hinter dem Jungen auf den Knien. Ihr blondes Haar war grau von all dem Staub, auf ihrem Gesicht hinterließen die Schweißtropfen, die sich unablässig ihren Weg durch die Staubschicht bahnten, Streifen. An den Händen hatte sie Flecken von frischem Blut.

Malthe saß zusammengesunken vor ihr, die Hände auf dem Rücken gefesselt. Die Kleidung an seiner rechten Seite war blutig von den Stichwunden, die sie ihm zugefügt hatte. Tränen strömten über seine Wangen, aus seinem Blick sprachen Angst und Verwirrung. Dan hatte so viel Mitleid mit ihm, dass er es als physischen Schmerz in der Brust spürte.

»Lassen Sie ihn gehen«, sagte er laut. »Thomas ist unterwegs. Sie können es an ihm auslassen, wenn Sie wollen. Nicht an Malthe.«

Vibeke verzog ihr Gesicht zu einer Grimasse, die vermutlich ein Lächeln darstellen sollte, und strich sich das Haar aus der Stirn. Ihre Finger hinterließen einen blutigen Strich direkt unter dem Haaransatz. »Als ob ich nicht wüsste, was ihm am meisten wehtut, Dan. Ich bin kein Idiot.« Sie warf einen Blick auf den weinenden Jungen. »Diesmal darf das Schwein sogar zusehen.«

»Sie bestrafen zuerst einmal Malthe. Und er hat nichts getan.«

»Ich habe zugesehen, wie Thomas Bo ermordet hat. Vergessen Sie das nicht!«

Malthe sah Dan an. Die Frage in seinem Blick blieb unbeantwortet, der Junge senkte den Kopf.

»Bringen Sie das wirklich fertig?« Dan wies auf den schockierten Jungen. »Sie sind doch selbst Mutter.«

»Halt die Schnauze!«

»Vibeke, ich bitte Sie.« Dan streckte unwillkürlich eine Hand aus, und die desperate Reaktion kam sofort, indem sie die Messerspitze unter Malthes Kinn setzte. Ein Streifen Blut lief den Hals des Jungen hinunter, und sein trockenes, hicksendes Schluchzen setzte wieder ein. Sie beachtete es nicht. »Schön Abstand halten, Dan!«, rief sie.

Wieder trat Dan ein paar Schritte zurück, während er versuchte, einigermaßen logisch und strategisch zu denken. Es war schwer, sich nicht von Gefühlen überwältigen zu lassen, solange er Malthe dort sitzen sah, blutig, unglücklich und in Todesangst. Er brauchte einen Plan.

Um ihn herum standen inzwischen mehrere Hundert Menschen. Pia und Frank hatten zusammen mit der uniformierten Polizei und den Ordnern alle Hände voll zu tun, die Zuschauer unter Kontrolle zu halten. Sie warteten auf die Verstärkung der Abteilung, die auf Verhandlungen mit Geiselnehmern spezialisiert war. Die Leute waren betrunken, bekifft, neugierig. Eine kleine Gruppe Jugendlicher war überzeugt, es würde sich eigentlich um eine Filmaufnahme handeln, sie diskutierten lautstark, wer die beiden Schauspieler sein könnten – »Ich hab sie schon mal in dieser Serie gesehen, du weißt schon, in der mit diesem ...« – und wo die Kamera wohl stand. Irgendwo rechts erkannte Dan einen Klatschreporter, dessen Augen leuchteten, als er die Kamera seines Mobiltelefons bediente. Er drehte ihm rasch den Rücken zu.

Vibekes Blick flog von einer Seite zur anderen, sie scannte die Menschenmenge. Ihr gesamtes Bewusstsein konzentrierte sich offensichtlich auf die Konfrontation, die sie nach all den Jahren herbeisehnte.

Wo zum Teufel blieb Thomas Harskov?

»Nein, Malthe!« Ein schriller Schrei hinter Dan.

»Nein!«

»Mama!«, rief Malthe.

Dan konnte Lene gerade noch festhalten, als sie auf die beiden Gestalten an der Hecke zustürzte. Während er die Arme um die hysterisch schreiende Frau schlang, trat ihr Mann einen Schritt vor.

»Ich bin gekommen, um Entschuldigung zu sagen, Vibeke«, erklärte Thomas, als er sich in Hörweite befand. »Eine riesengroße Entschuldigung.«

»Du irrst dich, Thomas. Deshalb bist du nicht hier. Du bist gekommen, um zuzusehen, wie dein letztes Kind stirbt«, antwortete Vibeke.

»Nein!« Bei Lenes Schrei zuckte Vibeke zusammen, ihr rutschte das Messer ab. Der Blutstreifen an Malthes entblößtem Hals wurde breiter.

»Lass ihn gehen«, sagte Thomas jetzt. Vernünftigerweise blieb er dabei stehen. »Malthe ist unschuldig.«

»Findest du nicht, dass du es verdient hast?«

Thomas atmete tief ein. »Vermutlich schon«, gab er dann zu. »Aber was ist mit seiner Mutter? Was ist mit Lene? Hat sie nicht genug gelitten?«

Wieder begann Lene zu jammern. Dan versuchte, sie an seine Schulter zu drücken, sodass die Schreie von seinem Hemd gedämpft wurden.

»Litt meine Mutter etwa nicht, als du ihren einzigen Sohn ermordet hast?«, schrie Vibeke und versuchte, die andere Frau zu übertönen. »Sie ist daran zugrunde gegangen. Doch darauf scheißt du ja, Hauptsache, dir und den Deinen passiert nichts.«

»Nein, so ist es nicht. Du weißt nicht, was ich … Ich wünschte, ich könnte die Zeit zurückdrehen.«

»Das geht nicht, Thomas. Bo und Mutter sind tot. Mein Vater ist ans Ende der Welt geflohen und hat sich eine neue Familie gesucht. Du hast mir alles genommen, du eiskaltes Schwein.«

»Du hast vollkommen recht. Trotzdem hast du deine Rache gehabt. Findest du nicht? Du hast Rolf und Gry getötet. Reicht das nicht? Leg bitte das Messer weg, Vibeke.« Thomas machte eine Bewegung auf sie zu. »Lass uns darüber reden.«

»Bleib stehen!«

In diesem Moment spürte Dan, wie sich eine Hand auf seinen Arm legte. Es war Pia, die ohne ein Wort seinen Griff um Lene löste und die schockierte Frau zu einem älteren Mann mit einer braunen Arzttasche führte. Dan glaubte, ihn vom Sanitätszelt wiederzuerkennen. Er sah nicht, ob Lene eine Beruhigungsspritze bekam, ein Teil seines Gehirns registrierte, dass sie jetzt zumindest nicht mehr zu hören war. Er konnte seine ganze Aufmerksamkeit wieder auf die drei Menschen richten, die sich im Zentrum des Halbkreises aus Neugierigen befanden.

Thomas und Vibeke sprachen noch immer miteinander. Argumentierten über den Kopf des blutenden, zu Tode erschrockenen Jungen hinweg.

»Wieso hast du dich nicht an die Presse gewandt?«, fragte Thomas. »Wäre es nicht Strafe genug gewesen, wenn du mich auf die Titelseite des *Ekstra Bladet* gebracht hättest? Es hätte mich alles gekostet.«

»Deine Familie wäre dir geblieben.«

»Ich hätte alles andere verloren. Wäre das nicht Rache genug gewesen?«

»Ich habe darüber nachgedacht. Es hätte Behauptung gegen Behauptung gestanden – und was glaubst du, wem man geglaubt hätte? Dem großen humanistischen Umweltaktivisten, dem Beschützer der Schwachen, dem Schrecken der Reichen? Oder einer hysterischen Frau ohne den Hauch eines Beweises? Nein, sogar das *Ekstra Bladet* kennt den Verleumdungsparagrafen. Es hätte niemals funktioniert.«

»Du hättest mich warnen können.«

»Wie viele Warnungen brauchtest du denn?«, schrie Vibeke zurück. »Schweineblut an deinem Haus, ein anonymer Brief. Ich habe dir sogar einen alten Zeitungsausschnitt geschickt, um dein Gewissen auf Vordermann zu bringen!«

»Ich habe nie einen Zeitungsausschnitt bekommen.«

Sie zuckte die Achseln. »Ich will meine Rache.«

Malthe weinte nicht mehr, er saß jetzt mit hängendem Kopf im

Gras. Armer Kerl. Er sah nicht aus, als würde er hören, was die beiden Erwachsenen sich zu sagen hatten; der Schock hatte offensichtlich einen Teil seiner Gehirnfunktionen blockiert.

Die Diskussion drehte sich im Kreis. Thomas war entschuldigend, kriecherisch, appellierend. Vibeke anklagend, selbstgerecht, wütend.

Dan sah sie an. Irgendetwas passte nicht. Wäre Vibeke wirklich so fest entschlossen gewesen, Malthe umzubringen, warum tat sie es dann nicht einfach? Sie hatte drei Mal zuvor getötet. Was hielt sie zurück? Sie musste doch wissen, dass drei oder vier Morde kaum Auswirkungen auf das Strafmaß hatten. Was gab es noch zu überlegen? Sein Blick glitt über die beiden Gestalten, die so dicht beieinander im Gras saßen. Vibeke auf den Knien hinter Malthe, sie hielt seinen Körper mit einer Hand fest, in der anderen hatte sie das Messer. Dans Blick heftete sich an ihre linke Hand. Sie kam von hinten, von oben; den Ellenbogen hatte sie auf das Schlüsselbein des Jungen gestützt, sodass ihre Brust wie ein Kissen gegen sein Schulterblatt drückte und die Finger der linken Hand gespreizt auf seinem Brustkasten lagen. Immer wieder bewegte sie die Hand ein bisschen, um ihr Opfer zu beruhigen. In dieser sicherlich unbewussten Berührung lag etwas Intimes, beinahe Fürsorgliches. Ein Gefühl, das den Kontrast zu der Entschlossenheit und Brutalität erhöhte, der von ihrem rechten Arm ausging. Eine Assoziation flimmerte plötzlich durch Dans Gehirn. *Dr. Seltsam.* Stanley Kubricks Film über den genialen Wissenschaftler, dessen Körper gespalten ist – in einen freundlichen Humanisten und einen mörderischen Nazi. Die beiden Hälften kämpfen gegeneinander, prügeln sich geradezu im Streit, ob die Welt gerettet oder ausgelöscht werden soll. Genau so sah Vibeke aus, ging ihm durch den Kopf: die linke Hälfte gut, die rechte böse. Er schaute ihr ins

Gesicht, blendete das Geschrei aus, ließ die Worte Hintergrundlärm werden, konzentrierte sich auf ihre Mimik. Plötzlich sah er die Angst in ihrem Blick. Er sah, dass sie ebenso erschrocken war wie der Junge, den sie opfern wollte, ebenso verzweifelt wie der Vater des Jungen. Und mit einem Mal wusste er, was er längst hätte sehen sollen: Vibeke wollte Malthe überhaupt nicht töten. Sie hatte sich selbst in diese verzweifelte Lage gebracht und fand nun keinen Ausweg mehr. Sie würde die Chance ergreifen, den Jungen leben zu lassen, sofern man sie ihr gab.

Die Idee kam Dan, ohne dass er danach gesucht hätte. Er richtete sich auf und ging einen Schritt auf die drei Gestalten am Zaun zu. »Ich habe einen Vorschlag«, sagte er, bevor Vibeke ihm zurufen konnte zurückzugehen. »Es erfordert, dass ihr euch einen Moment entspannt und zuhört, alle beide.«

Es dauerte. Während Dan redete, kam das Einsatzkommando und umstellte sie. Die Neugierigen wurden noch weiter zurückgedrängt. Visiere, schusssichere Westen, Gewehre tauchten im Halbdunkel auf. Vibeke fing an, sich unruhig umzusehen. Es war offensichtlich, wie sehr ihre Konzentration und Verhandlungsbereitschaft nachließen. Dan bekam Augenkontakt zu Frank Janssen, der glücklicherweise begriff, was zu tun war. Er veranlasste den Leiter der Spezialkräfte, sich ein bisschen zurückzuziehen.

»Wenn ich das tue, was du vorschlägst, ist meine Karriere nicht mehr zu retten«, sagte Thomas, als Dan seinen Plan erklärt hatte.

»Und deine Karriere«, erwiderte Dan so neutral, wie es ihm möglich war, »ist dir offenbar mehr wert als das Leben deines Sohnes.«

»Wie kannst du so etwas sagen?«

»Oder traust du dich etwa nicht?«

»Aber …«

»Beweise es. Geh auf die Orange Scene und erzähl die ganze Geschichte, damit alle sie hören können.«

»Ja, mach das, Thomas«, sagte Vibeke. »Das würde ich gern sehen.«

»Erst musst du Malthe loslassen, Vibeke. So kommt ihr nicht durch die Menschenmenge. Das ist einfach zu gefährlich.«

»Ha!« Sie packte den Jungen wieder fester. »Das könnte dir so passen.«

»Augenblick. Ich muss nachdenken.« Dan betrachtete Vibeke. Sie sah müde aus. Er durfte kein Risiko eingehen. Sein Gehirn arbeitete verzweifelt.

Aus den Augenwinkeln sah er, dass Frank Janssen und der Leiter des Einsatzkommandos miteinander sprachen. Frank sah hinüber zu Dan und hielt drei Finger in die Luft. Drei Minuten. Das war nicht viel.

»Okay«, sagte Dan und richtete seinen Blick wieder auf Vibeke. »Wenn ich dafür sorge, dass Sie alles sehen und hören können, versprechen Sie, Malthe hinterher gehen zu lassen?«

Vibeke schaute auf einen der bewaffneten Beamten. Dann wandte sie sich an Dan. »Ich könnte aufstehen und mich erschießen lassen, lebend komme ich hier doch ohnehin nicht mehr raus.«

»Sollen Anna und Sara aufwachsen, ohne ihre Mutter richtig kennengelernt zu haben?«

»Ist eine tote Mutter nicht besser als eine Mutter, die lebenslänglich im Knast sitzt? Ich glaube schon.«

»Darüber gibt es Untersuchungen«, mischte Thomas sich plötzlich ein. »Kinder können durchaus ein enges Verhältnis zu einem Elternteil im Gefängnis entwickeln. Die Mädchen haben jedenfalls eine Chance verdient.«

Vibeke schüttelte den Kopf. Ihr standen Tränen in den Augen.

»Versprechen Sie, Malthe dann gehen zu lassen?«, fragte Dan noch einmal.

Sie nickte. »Aber nur, wenn Thomas alles macht, was Sie sagen. Alle sollen wissen, was dieses Schwein getan hat.« Sie drückte das Messer gegen Malthes Hals. »Und denk daran, der 4. Juli dauert nicht einmal mehr eine Stunde. Wenn Sie das nicht bis zwölf Uhr geregelt haben, dann …« Sie wies mit dem Kopf auf das Messer.

»Warten Sie hier«, sagte Dan.

In wenigen Sekunden hatte er Frank und dem Leiter der Bereitschaftskräfte erklärt, worauf sein Plan hinauslief. Schon nach einem Anruf hatte Dan Kontakt mit TV 2 News. Er erklärte ihnen einige Minuten die Situation, bevor er das Gespräch beendete und das Handy in die Tasche steckte.

»Und, was ist?«, rief Vibeke, die zehn Meter entfernt saß und ihn beobachtete.

Dan ging zu ihr. »Ein Kamerateam ist unterwegs«, sagte er. »Legen Sie bitte das Messer weg, Vibeke.«

»Hau ab!« Wieder packte sie Malthe fester, der vollkommen passiv dasaß und weinte. »Weniger als eine halbe Stunde«, sagte sie.

Als eine Viertelstunde später ein atemloser Journalist und ein durchgeschwitzter Kameramann auftauchten, stöhnte Dan erleichtert auf. »Ihr könnt hier stehen«, unterbrach er den Journalisten, der sofort anfing, einen Haufen Fragen zu stellen. »Die Täterin soll alles hören, was Thomas Harskov zu sagen hat.«

»Wäre es nicht besser, wir drehen von hier aus?«, fragte der Kameramann und trat ein paar Schritt beiseite. »Dann hätten wir die Geiselnehmerin im Hintergrund und …«

»Es kommt garantiert keine Geiselnehmerin in irgendeinen Hintergrund«, fauchte Dan. »Wenn ihr diese Geschichte exklusiv haben wollt, befolgt ihr meine Anweisungen. Ist das klar?«

Der Kameramann nörgelte, dann tat er, was man ihm sagte. Thomas stellte sich an die Stelle, die Dan ausgewählt hatte. Nah genug bei Vibeke, damit sie jedes Wort hören konnte, wenn er in wenigen Sekunden live gesendet wurde.

Der Journalist wartete, bis der Produzent ihm über die Ohrstöpsel freie Hand gegeben hatte. Dann nickte er dem Kameramann zu und begann. »Wir senden direkt vom Roskilde-Festival, wo die Polizei den ganzen Tag verdeckt gearbeitet hat, um einen dramatischen Fall von Geiselnahme aufzuklären. TV 2 News hat als einziger Kanal …«

Bla, bla, bla, dachte Dan und sah hinüber zu Vibeke. Sie hatte zu seiner großen Erleichterung das Messer ein wenig heruntergenommen, es lag nicht mehr direkt an Malthes Hals.

Dann ergriff Thomas das Wort: »Mein Name ist Thomas Harskov. Es ist meine Schuld, dass mein Sohn als Geisel gefangen gehalten wird. Ich habe der Geiselnehmerin versprochen, ein Verbrechen zu gestehen, um das Leben meines Sohnes zu retten.«

Um sie herum war es vollkommen still. Selbst die hundertköpfige Schar der Neugierigen hielt den Mund, obwohl sie keine Ahnung hatten, was dort vor sich ging. Thomas arbeitete sich durch seinen Bericht. Er erzählte gut. Es war ja auch das dritte Mal innerhalb weniger Tage. Erst Dan, dann Lene – und nun dem Rest der Welt.

64

Die Krankenhausbettdecke fühlt sich kühl an auf meiner Haut. Ein seltsames Gefühl, nach den langen, brütend heißen Tagen im Staub von Roskilde nicht mehr zu schwitzen und sauber zu sein.

Bevor ich mich duschen durfte, hat ein Rechtsmediziner Haar- und Speichelproben von mir genommen, vom Dreck unter den Fingernägeln und was weiß ich nicht alles. Außerdem wurde ich genäht. Mit insgesamt sieben Stichen, die Wunden wären total oberflächlich, haben sie gesagt.

Eigentlich wundert es mich schon, dass sie mich hinterher nicht gleich nach Hause geschickt haben, aber das wollten sie nicht. Es hat wohl auch etwas mit Mutter zu tun. Sie hat irgendetwas zur Beruhigung bekommen und liegt im Bett neben mir beinahe im Koma. Ich will eigentlich nicht weg von ihr. Vater ist im Gefängnis, sagen sie. Scheiße, was für eine Geschichte. Wer würde so etwas bei seinem eigenen Vater vermuten? Es ist aber auch total stumpf, einen Typen dazu zu bringen, sich totzusaufen. Einen Typen in meinem Alter. Fuck. Und Vibeke. An sie würde ich am liebsten gar nicht mehr denken. Vielleicht sitzen sie und Vater ja in Nachbarzellen. Sitzen Männer und Frauen eigentlich im gleichen Gang? Wohl kaum. Sie ist natürlich nach Christianssund ins Gefängnis gebracht worden. Vater sitzt hier in Roskilde, hat Dan gesagt. Weil sein Verbrechen damals in den Achtzigern hier begangen wurde. Ich habe echt gedacht, dieses Weibsstück würde mich umbringen. Während Vater auf sie einredete, standen diese ganzen Bullen in Kampfausrüstung um uns herum und glotzten uns an. Und jedes Mal, wenn einer von ihnen zu nahe kam, bohrte Vibeke das Messer in eine neue Stelle, bis sie sich wieder zurückzogen. Eigentlich sind die Bullen schuld, dass sie mich so durchlöchert hat. Dan rief ihnen zu, dass sie wegbleiben sollten, und sie haben glücklicherweise gemacht, was er gesagt hat. Danke schön, sage ich nur. Sie hätte mir glatt die Kehle durchgeschnitten, wenn sie dort geblieben und mit ihren Zielfernrohren herumgewedelt hätten.

Als Vater aufgehört hatte zu reden, war es ganz still geworden.

Dann kam Dan auf uns zu. »So, Vibeke«, hat er gesagt. »Das war's. Jetzt hoffe ich, Sie werden Ihren Teil der Abmachung einhalten.«

Sie hat ihm überhaupt nicht geantwortet, sondern saß ganz ruhig da, die Messerspitze auf meine Kehle gerichtet, direkt unter dem Adamsapfel. Sie war wie versteinert, sagte kein Wort. Auch Dan sagte nichts, er blieb stehen und sah sie an.

Plötzlich merkte ich, dass sie angefangen hatte zu weinen. Sie legte ihre Wange an meinen Kopf und schluchzte. Einen Augenblick später hat sie das Messer weggeworfen. Dann passierte eine Menge auf einmal. Also sämtliche Bullen, die dort in ihren Kampfuniformen standen und nicht schießen durften ... sie mussten sich irgendwie abreagieren. Ich glaube, es haben sich mindestens fünfundzwanzig von ihnen auf Vibeke gestürzt. Na ja, okay, vielleicht keine fünfundzwanzig. Viele waren es auf jeden Fall.

Gleichzeitig kamen meine Mutter und diese Tante von der Polizei auf mich zugelaufen. Meine Mutter wollte überhaupt nicht wieder aufhören, mich zu küssen und zu umarmen, während die Polizeitante aus Vibekes Hosentasche einen Schlüssel holte und die Handschellen aufschloss. Sie brachte Mutter auch dazu, für einen Moment aufzuhören, damit ich aufstehen konnte.

Hinterher hat sie uns hierhergefahren. Und jetzt liege ich hier.

Die anderen sind noch immer bei dem Malk-Konzert. Wer weiß, ob irgendjemand von denen überhaupt mitgekriegt hat, was hier abgegangen ist? Bestimmt sind sie total bekifft und singen bei sämtlichen Nummern mit, ohne auch nur einen Scheiß zu ahnen. Ej, wie gern wäre ich dabei. Na ja, es sei ihnen gegönnt. Künftig werde ich es jedenfalls sein, der die unglaublichste Roskilde-Anekdote überhaupt zu erzählen hat.

65 Flemming sah verblüffend frisch aus. Müde natürlich, doch mit ein bisschen Farbe auf den Wangen und einem zufriedenen Ausdruck im Gesicht. Er saß auf einer Gartenliege und trank ein Bier mit Dan, während Ursula die Lammkoteletts auf dem Grill umdrehte. Dan lehnte sich zurück und genoss das Gartenidyll in vollen Zügen. Die Müdigkeit nach den vielen Tagen ohne nennenswerten Schlaf und der extreme Stress der letzten Nacht steckten ihm noch in den Knochen, obwohl er den größten Teil des Tages tief geschlafen hatte. Eine lange Dusche, ein ordentliches englisches Frühstück und 7,2 Kilometer mit Tom Waits in den Ohren hatten ihm gutgetan, aber vermutlich würde es noch ein paar Tage dauern, bis er wieder richtig fit war. Am späten Nachmittag hatte Flemming angerufen. Ob Dan nicht Lust hätte, zum Abendessen zu ihnen zu kommen? Dan sagte sofort zu. Im Grunde war diese Einladung genau das, was er jetzt brauchte. Es sei der letzte Abend vor der Chemotherapie, erklärte Flemming jetzt, und diesen Abend wolle er gern mit seiner Frau und seinem besten Freund verbringen.

»Frau?« Dan hob die Augenbrauen. »Gibt es etwas, wovon ich nichts weiß?«

Flemming lächelte Ursula zu. »Wir haben am Freitag geheiratet«, sagte er. »Nur unsere Kinder waren dabei. Klein, aber fein.«

»Eine ausgezeichnete Idee«, meinte Dan, während er den ehrlichen Versuch unternahm, nicht beleidigt zu sein. »Herzlichen Glückwunsch euch beiden!«

»Danke, danke. Ja, wir dachten, es wäre am besten zu heiraten. Bei den Prognosen, weißt du … Und Ursula, die gerade ihren Job und die Wohnung aufgegeben hat, um hier zu wohnen. Ich wollte vermeiden, dass sie auf die Straße gesetzt werden kann, sollte ich ihr wegsterben.«

»Hör auf, so etwas zu sagen.«

»Früher oder später ist es so weit. Für dieses Mal habe jedoch unbedingt vor zu überleben.«

Dazu gab es wenig zu sagen, sodass die beiden Freunde eine Weile schwiegen, während Ursula den Tisch deckte, den Grill versorgte und das Dressing über den Salat gab.

»Gibt's was Neues in unserem Fall?«, fragte Dan, als die Pause lang genug geworden war. »Hast du mit den anderen gesprochen?«

»Ich habe vorhin mit Janssen telefoniert. Und ich habe natürlich die Berichterstattung verfolgt«, antwortete Flemming und reichte Dan ein paar Boulevardblätter. *Der kahlköpfige Detektiv in nervenaufreibendem Geiseldrama* lautete die Schlagzeile auf einer Titelseite, *Kahlköpfiger Detektiv überführt Pastorenfrau* in einer anderen Zeitung. »Wie ich das sehe, schulden wir dir einmal mehr Dank, Dan.«

»Die Rechnung kommt mit der Post.« Dan lächelte.

»Ich freue mich, dass Janssen die Belege diesmal unterschreiben muss. Und ich hoffe, du kommst auf deine Kosten.« Flemming drückte ein Nikotinkaugummi aus der Verpackung und steckte es in den Mund. »Bekommst du nicht auch noch Honorar von den Harskovs? Ursprünglich haben sie dich doch engagiert?«

»Ja, mal sehen, wie viel sie freiwillig herausrücken, wenn es so weit ist.« Dan kratzte sich im Nacken. »Allerdings kann ich mir nicht vorstellen, dass ich momentan auf Lindegården besonders gern gesehen bin.«

»Ach, du hast ihnen ihr Kind zurückgebracht.«

»Ja, ja, allerdings nicht ohne Unkosten für die Familie. Was ist eigentlich mit Ken B.?«

»Dem Küster? Er wurde heute Mittag entlassen.«

»Und Vibeke Vassing? Hattet ihr schon Zeit, sie zu vernehmen?«

»Waage und Janssen haben mehrere Stunden mit ihr geredet.

Sie bestätigt den Fall, wie du ihn dargestellt hast. Bis in die Details.«

»Okay.«

»Janssen hat sie gefragt, wann sie sich zu ihrer Racheaktion gegen Thomas Harskov entschlossen hat.«

»Das habe ich mich auch gefragt.«

»Sie behauptet, sie habe den Mann sofort wiedererkannt, als sie ihm begegnet sei – wenige Wochen nachdem sie und Arne nach Yderup gezogen waren.«

»Das kann nicht stimmen. Sie muss sein Gesicht in den Medien sehr viel früher gesehen haben. Thomas ist doch eine öffentliche Person gewesen.«

»Du vergisst, dass Vibeke und ihr Mann lange Zeit im Ausland gewesen sind, bevor sie sich hier niederließen. Ihre Kenntnisse der aktuellen dänischen Politik könnten durchaus löchrig gewesen sein.«

»Ja, natürlich.«

»Ihre Geschichte ist jedenfalls, dass sie erschüttert war, als er bei ihrer Begegnung nicht reagierte. Sie hat lange darauf gewartet, dass Thomas Harskov sie aufsucht, um sich zu entschuldigen. Und sie hatte ausgiebige, detaillierte Fantasien über dieses Treffen, sie wollte großzügig sein und ihm Vergebung versprechen, sofern er sich selbst stellte und die Schuld auf sich nahm. Dazu kam es nie, und ihr Hass wurde mit der Zeit immer größer.«

»Hat sie es Arne erzählt?«

»Offenbar nicht. Er kannte die Tragödie mit dem Tod ihres Bruders, von der Rolle, die Thomas spielte, hat Vibeke nichts erzählt.«

»Eigenartig.«

Flemming zuckte die Achseln. »Die Leute sind manchmal seltsam. Vielleicht hat sie bereits damals unbewusst Rachepläne geschmiedet, und vielleicht wollte sie ihren anständigen Ehemann und Pastor nicht mit hineinziehen. Wer weiß?«

»Sie hat Thomas tatsächlich mehrfach aufgefordert, sich selbst anzuzeigen.« Dan erinnerte Flemming an das Schweineblut, den verschwundenen Brief und Vibekes Überlegungen, zur Presse zu gehen. »Wer weiß, wann sie sich entschlossen hat, so weit zu gehen.«

»Als sie entdeckte, wie Thomas seine Familie behandelte, sagt sie. Sie fand es haarsträubend, wie wenig dieser Mann, der für den Tod ihres Bruders verantwortlich war und immer noch frei herumlief, seine Frau und seine Kinder wertschätzte. Nie hatte er Zeit für sie, immer hatte die Arbeit Vorrang, und außerdem war er seiner Frau untreu.«

»Woher wusste sie das?«

»Das mit der Untreue?« Flemming schüttelte den Kopf. »Das war im Dorf offenbar allgemein bekannt.«

»Ja, ich bin auch ein paarmal auf derartige Gerüchte gestoßen, und Thomas hat es mir gegenüber auch bestätigt.«

»Es gibt natürlich noch immer eine Menge Details, für die wir keine Erklärung haben«, fuhr Flemming fort. »Zum Beispiel würde ich nur zu gern wissen, woher Vibeke das Gift hatte. Das Zeug, mit dem sie Rolf und Gry betäubt hat.«

»Da habe ich ja eine Theorie«, mischte sich Ursula ein. »Ist es nicht so, dass Vibeke Vassing an allen möglichen merkwürdigen Orten gearbeitet hat?«

»Ja«, bestätigte Dan. »Sie und ihr Mann waren überall auf der Welt an Hilfsaktionen beteiligt.«

»Waren sie auch mal in Mexiko?« Ursula stellte die Salatschüssel ab.

»Hm, ja, ich glaube schon. Wieso?«

»Ich weiß, dass es dort einen Indianerstamm gibt, der seit dem Altertum ein bestimmtes Pflanzengift benutzt, um Menschen in Trance zu versetzen, bevor sie geopfert werden.«

»Menschenopfer? Das gibt's doch nicht mehr.«

»Nein, die Rituale aber schon. Man benutzt das Gift noch immer, um die Auserwählten in eine tiefe Trance zu versetzen, bevor der traditionelle Tanz aufgeführt und die Opferung simuliert wird.«

»Ha!«, stieß Dan aus. »Ein südamerikanisches Hypnosegift. Dann war es gar nicht so übel, dass ich auf Tim und Struppi und *Die sieben Kristallkugeln* kam. Das wird meinen Pharmazie-Freund freuen.«

»Wo um alles in Welt hast du denn diesen Blödsinn her, Urs?«, wollte Flemming wissen.

»Ich schaue gern Discovery Channel. Das weißt du doch.«

»Und wie ist Vibeke Vassing an das Gift gekommen?«, fragte Dan. »Die laden schließlich keine Touristen zu ihren Menschenopfertänzen ein, oder?«

»Sie war ja auch kein Tourist. Sie war als Krankenschwester vor Ort. Vielleicht hat ihr jemand den Giftstoff als Dank für eine Impfung gegeben. Was weiß ich?«, erwiderte Ursula und schaute nach den Koteletts. »Wollt ihr sie rosa oder durch?«

»Rosa.«

»Durch.«

Sie lachte. »Dann nehme ich jetzt die Hälfte runter. Ihr könnt euch setzen.«

»Okay«, sagte Dan, doch er konnte sich noch nicht von dem Thema losreißen. »Vibeke unterhielt doch allem Anschein nach ein sexuelles Verhältnis zu Rolf Harskov. Das wissen wir. Der Gedanke liegt also nahe, ihn in dieser Nacht in Vejby heimlich getroffen zu haben. Das erklärt jedoch nicht, wie es dazu kam, dass sie Gry an jenem Abend allein antraf?«

»Sie war, wie du weißt, in vielerlei Hinsicht Grys Vertraute. Als sie anrief und Gry darauf aufmerksam machte, sie sei an diesem Abend genauso alt wie ihr älterer Bruder geworden, lag es nahe, gleichzeitig einen Besuch anzubieten. Sie wollten über Rolf sprechen und darüber, was sein Tod ihnen beiden bedeutete. Und das ist ihr gelungen, berichtet Vibeke. Gry ging nicht mit zum Fußball und empfing die nette Pastorengattin, die zwei leckere Stück Kuchen gekauft – und das von Gry vergiftet hatte. Den Rest der Geschichte hast du dir selbst vor mehreren Wochen zusammengereimt. Als Gry gelähmt war, pustete Vibeke ihr mit einer Ohrenspritze die Mischung aus Kokain und Rattengift in die Nase. Sie ließ das Mädchen bewusstlos zurück. Als sie am nächsten Morgen nach Vancouver flog, war sie überzeugt, dass Gry tot war.«

»Das glaubte sie jedenfalls, als sie Thomas die SMS schickte.«

»Ja.«

»Und Mogens? Hat sie auch den Mord an ihm gestanden?«

»Ja. Es hat sich exakt so abgespielt, wie du vermutet hast, Dan. Sie hat uns sogar erzählt, wo wir seinen Fotoapparat finden würden.«

»Wo denn?«

»In der Kirche. Auf einem großen Schrank in der Vorhalle.«

Dan schüttelte den Kopf. »Ach wie schön. Da hättet ihr von allein nie nachgesehen.«

»Früher oder später schon.« Flemming setzte sich Dan gegenüber an den sorgfältig gedeckten Gartentisch. »Mich würde interessieren, woher sie das Kokain hatte. Ich kann mir das nicht richtig vorstellen – die ordentliche, schwangere Pastorengattin geht in eine der zwielichtigen Kneipen Christianssunds und kauft harte Drogen? Klingt nicht sehr wahrscheinlich, oder?«

»Dazu kann ich eine Vermutung beitragen«, sagte Dan. »Der Pastor von Yderup ist bekannt für seine Fähigkeit, den Mund zu halten. Er nimmt seine Schweigepflicht ungewöhnlich ernst, eigentlich egal, worum es geht.«

»Danke, das haben wir auch schon herausgefunden.« Flemming griff nach der Platte mit dem Fleisch und dem gegrillten Gemüse. »Dem Mann kommt man nicht bei.«

»Rolf Harskovs bester Freund, der später mit Gry Harskov zusammen war, heißt Christoffer Udsen. Ein ungewöhnlich vernünftiger junger Mann«, erzählte Dan und suchte sich ein Kotelett aus. »Ich bin voriges Wochenende kurz nach Vordingborg gefahren, um ihm ein paar zusätzliche Fragen zu stellen. Er hat mir anvertraut, dass Arne Vassing unter den Jugendlichen im Dorf einen gewissen Ruf genießt, weil er ihnen bei Festen Drogen abgenommen hat. Darüber gesagt hat er nie etwas, weder der Polizei noch den Eltern. Er konfiszierte einfach den Stoff und schickte die Übeltäter nach Hause.«

»Ich weiß nicht recht, was ich davon halten soll«, meinte Flemming. »Setz dich doch, Urs.«

»Ich will nur …« Und schon lief sie ins Haus, um irgendetwas zu holen, das sie vergessen hatte.

»Na ja, das Besondere daran ist«, fuhr Dan fort, »dass der Pastor die Drogen nie vernichtet hat. Er hat sie in einem kleinen, abgeschlossenen Lager aufbewahrt. Hasch, Ecstasy und so weiter. Alle Jugendlichen im Ort wussten das. Sie hätten jederzeit kommen können, um sich ihr Zeug wieder abzuholen, vorausgesetzt, sie hätten ein Gespräch mit dem Pastor darüber geführt.«

»Und dazu hatten nicht allzu viele Lust?«

»Christoffer meinte, es sei nie passiert.«

»Also hatten die Vassings alle möglichen Drogen bei sich zu Hause?«

»Genau.«

»Auch Kokain?«

»Stoffer erzählte mir, dass zu dem Zeitpunkt, als Gry vergiftet wurde, zwei Gramm Koks in dem Schrank lagen. Da war er sich absolut sicher. Denn der Pastor hatte ihm den Stoff abgenommen.«

»Also hätte Vibeke das Koks nehmen, es mit Rattengift mischen und Gry in die Nase pusten können? Pfui Teufel. Vor allem, wenn man weiß, wie man nach einer Vergiftung mit Rattengift stirbt. Die inneren Organe lösen sich regelrecht …«

»Also wirklich«, unterbrach ihn Ursula. Sie hatte sich endlich neben Flemming gesetzt. »Erspar uns das bitte, während wir essen.«

»Natürlich, Schatz. Entschuldige.«

Den Rest der Mahlzeit sprachen sie über alles Mögliche. Wie es den Kindern ging. Ursulas kürzlich überstandene Verabschiedung aus dem Internat. Ob Pia Waage wirklich lieber Frauen mochte. Über alles andere als den Harskov-Fall und Flemmings Krankheit.

Die wurde erst thematisiert, als Dan auf dem Gehweg stand und sein Fahrrad aufschloss. Flemming hatte ihn nach draußen begleitet.

»Na«, sagte Dan und richtete sich auf. »Ich kenne die korrekte Wortwahl nicht, wenn jemand in die Chemotherapie muss. Was meinst du, wie heißt das? Hals- und Beinbruch? Toi, toi, toi?«

Flemming stützte sich aufs Gartentor und lächelte etwas angestrengt. »Du warst zu viel mit Schauspielern zusammen. Meinst du nicht, dass gute Besserung reicht?«

»Ja, vielleicht. Dann eben gute Besserung.« Eine Weile sagte keiner der beiden etwas. »Glaubst du, dass du deine Haare verlieren wirst?«, fragte Dan dann und schaltete seine LED-Beleuchtung ein.

»Ich bin ziemlich sicher, dass es so sein wird. Gefragt habe ich nicht.«

»Ist ja auch ganz okay, kahlköpfig zu sein.« Dan legte eine Hand auf seine Glatze und grinste. »Tatsächlich gibt es einige, die das ziemlich sexy finden.«

Plötzlich zog sich ein breites Lächeln über Flemmings Gesicht. »Hast du daran schon mal gedacht ... Wenn ich die Haare verliere, sind wir zwei Glatzköpfe, die in Christianssund Verbrecher jagen.« Er kicherte. »Zwei kahlköpfige Detektive.«

»Mann, Flemming!«

Sie standen auf dem Gehweg und lachten, bis Ursula herauskam, um zu sehen, was vor sich ging. Mit festem Griff packte sie ihren Ehemann am Arm und zog ihn in die Wohnung. Dan bemerkte ein erleichtertes Aufblitzen in Flemmings Augen. Er war wohl doch erschöpfter, als er zugeben wollte.

*

Dan fuhr auf einem Umweg durch die helle Sommernacht nach Hause. Durch die Straßen des Villenviertels der Weststadt, vorbei an einer Schule, einem Spielplatz und der Badminton-Halle. Vorbei am Industriegebiet, wo der Silvan-Baumarkt von Scheinwerfern erleuchtet wurde, zum Strandvejen und wieder nach rechts in die Stadt. Er fuhr langsam, ließ die Füße einen ruhigen, meditativen Rhythmus finden, von dem er hoffte, dass er sich auf seine Gesamtstimmung übertrug. Die übliche Erleichterung nach Abschluss eines Falls wollte sich nicht einstellen. Um zu viele Menschen musste man sich Sorgen machen. Er dachte an den Pastor, der jetzt seine beiden Töchter allein großziehen musste. An Malthe und seine Mutter, die mit der Wahrheit über Thomas leben mussten. Und auch ein bisschen an Kirstine, obwohl er versuchte, diesen Gedanken zu verdrängen. Am meisten sorgte er sich um Flemming. Der gute, robuste Flemming mit dem phlegmatischen Gemüt und dem hintergründigen Humor. Was würde mit ihm in den kommenden Monaten geschehen? Wie würde sein Körper auf die Chemotherapie reagieren? Und seine Psyche? Es gab nur einen einzigen Menschen, mit dem sich Dan jetzt gern unterhalten hätte. Nur einen, der Flemming ebenso gut kannte und liebte wie er. Marianne würde wissen, wie weh die Ungewissheit tat. Dan beschloss, sie anzurufen, sobald er nach Hause kam. Sie musste doch verstehen, dass sie sich gerade in diesen Zeiten gegenseitig brauchten; gerade heute Abend konnten sie sich die Geborgenheit geben, die sie nirgendwo sonst bekamen. Wenn sie das nicht verstand, dachte er, dann war sie ganz einfach ... Und dann stand sie plötzlich vor ihm.

Er hatte am Straßenrand gehalten und wollte gerade den Hausschlüssel aus der Tasche ziehen, als eine Gestalt sich in der Dunkelheit unter den Kastanienbäumen bewegte.

»Dan?« Sie trat einen Schritt vor in das Licht der Straßenlaterne. Sie trug eine rote Jacke, registrierte er noch, als sie die Straße überquerte und die Arme um ihn legte. Sie hatte geweint.

»Komm mit rauf«, sagte Dan kurz darauf. Sie riss sich los. »Das ist also nicht ... du musst nicht glauben, dass ich ...«

»Nein, nein«, sagte er und ließ sie die Treppe vorausgehen. »Nur ruhig. Ich glaube überhaupt nichts.«

»Ich konnte nicht allein sein. Nicht heute Abend«, sagte sie, als sie sich in der Wohnung gesetzt hatten.

»Das brauchst du auch nicht«, erwiderte er und achtete darauf, dass er seine Hände bei sich behielt. »Du hast doch mich.«
»Ja. Und darüber bin ich froh.«

VIELEN, VIELEN DANK ...

... euch allen, die ihr mit Kenntnissen und Rat dazu beigetragen habt, dass dieser Roman entstehen konnte.

Dank an meinen Erstleser, *Jesper Christiansen*, für deine nie nachlassenden Ermunterungen.

Dank an *Rune David Grue* und *Hanna Wideman Grue* für einen weiteren gründlichen und konstruktiven Durchgang.

Dank an *Johan August Christiansen* für eine lebendige Reportage aus erster Hand über die Schlange beim Malk-de-Koijn-Konzert in Roskilde 2009.

Dank an *Astrid Marie Christiansen*, weil du mir so oft das richtige Wort schenkst – in der Regel, ohne es zu wissen.

Dank an die Psychiaterin *Gudrun Skov-Petersen*, die Rechtsmedizinerin *Christina Jacobsen* und den praktischen Arzt *Claus Bregengård*, die ihr großes medizinisches Wissen mit mir geteilt haben.

Dank an den Kriminalassistenten *Alex Knudsen*, der geduldig versucht, mir das korrekte Vorgehen beizubringen, und niemals ärgerlich wird, wenn ich mich trotzdem entscheide, es ganz anders zu machen.

Dank an *Tessa Caroline Henglein* für einen Schnellkurs in der Sprache der Sechzehnjährigen.

Dank an *Susanne Staun*, die sich durchgewühlt und mich im letzten Moment gerettet hat.

Dank an *Sara Blædel*, die mir ihr Schreibexil genau zum richtigen Zeitpunkt überlassen hat.

Dank an *Lotte Garbers*, weil du nie *zu* beschäftigt bist.

Dank an *Charlotte Weiss* und *Lene Juul* für die ausgezeichnete Autorenpflege.

Dank an *Trine Licht* für einen Rieseneinsatz im Ausland.

Dank an das hilfsbereite Personal des Roskilde-Festival-Büros.

Und schließlich ein RIESEN-Dankeschön an meine wichtigsten Sparringspartner im Alltag: *Anne Christine Andersen*, Lektorin der Weltklasse, und *Lars Ringhof*, Agent par excellence.

Danke, danke, danke!

Und so geht es weiter: Sommerdahls fünfter Fall ...

Die Wurzel des Bösen

Aus dem Dänischen
von Ulrich Sonnenberg

Atrium Verlag · Zürich

DONNERSTAG, 16. DEZEMBER 2010

1 Nick zog die Kapuze seiner Winterjacke über den Kopf, von der schwarzen Strickmütze war nur noch ein schmaler Streifen über der Stirn zu sehen.

»Ich gehe jetzt«, sagte er. »Willst nicht auch bald Feierabend machen?«

Christina schüttelte den Kopf. »Ich habe dem Meister versprochen, heute noch fertig zu werden.«

»Streikbrecherin.« Nick sah sie an. »Vergiss nicht, hinter dir abzuschließen.«

Christina stellte sich ans Fenster. Sie blickte dem Malergesellen nach, der den Hof überquerte und im dunklen Torbogen verschwand. Als er die Tür zur Straße öffnete, schien für einen Moment ein schräges Rechteck aus Licht auf dem Asphalt auf. Sie blieb einen Augenblick stehen, die Stirn an die kühle Fensterscheibe gelehnt. Es war bereits dunkel, obwohl es erst vier Uhr nachmittags war. Seit gut einer Stunde fiel Schnee, und es war deutlich zu sehen, wo Nick, Jørn und die anderen entlanggelaufen waren. Ihre Spuren führten von der Tür des Hinterhauses, in dem sie am Fenster stand, zum Tor und kreuzten lange, geschwungene Fahrradspuren, die unter dem Vordach am anderen Ende des Hofes begannen.

Als Christina ganz sicher war, dass alle anderen Handwerker verschwunden waren, ging sie zurück in das Zimmer, in dem sie arbeitete. Auf dem Weg stellte sie den Ghettoblaster ab. Wenn sie nur noch eine weitere Minute die manisch plappernden Moderatoren auf »Voice« ertragen müsste, würde sie schreien. Oder heulen. Das war einer der Nachteile des Lehrlingsdaseins – man musste hören, was die Gesellen hören wollten. Und das hieß in diesem Fall Radio Voice. Nick und Jørn schworen auf diesen Sender.

Andererseits würden die beiden bei der Musik, die jetzt durch Christinas Kopfhörer drang, garantiert die Augen verdrehen. Christina stellte ihren iPod lauter, bis sie nur noch Patsy Clines Stimme hörte, und sang aus vollem Hals mit: »Crazyyy, I'm crazy for being so lonelyyy. I'm crazyyy, crazy for feeling so bluuuue.« Gut, dass niemand sie hören konnte.

Singend reinigte Christina den unhandlichen fünfunddreißig Zentimeter breiten Spachtel, mit dem sie den ganzen Nachmittag über gekämpft hatte. Sie nahm sich einen schmaleren Spachtel, bevor sie die Spachtelmasse in den Plastikeimer füllte und in dem Zimmer weiterarbeitete, für das sie verantwortlich war. Ihr rechter Arm und die Schulter schmerzten, weil Nick und Jørn sie den ganzen Tag mit dem breiten Spachtel hatten arbeiten lassen. »Sonst kommen wir nicht voran, Mädel«, hatte Nick erklärt, und der etwas ältere Jørn hatte mit eingestimmt: »Es kann nicht angehen, dass wir nicht weiterkommen, nur weil wir ein Weibsbild in der Kolonne haben.«

Beide Gesellen konnten problemlos mit dem großen Spachtel arbeiten. Es sah so leicht aus, wie Jørn in kurzer Zeit einen Quadratmeter Wand spachtelte, ohne sich nach mehr Spachtelmasse bücken zu müssen. So tüchtig wollte Christina auch werden. Aber zwischen einem erfahrenen, muskulösen 1,90 Meter großen Mann und einem schmächtigen, 21-jährigen, 1,62 Meter großen Mädchen bestand nun einmal ein Unterschied. Natürlich konnte sie ein ebenso gutes Finish wie Jørn und Nick abliefern, aber sie würde niemals so schnell sein wie die beiden. Vielleicht war sie tatsächlich nicht kräftig genug, dachte sie und wuchtete den Eimer auf die oberste Stufe der Leiter. Das Problem war nur, dass sie genau diesen Beruf lernen wollte. Sie würde vermutlich nie ein großer Fan von Vorarbeiten werden, aber sie liebte es zu malern und zu tapezieren, sorgfältig die Ecken und Kanten zu bearbeiten, und es war für sie eine Frage der Ehre, die Tapetenbahnen perfekt aneinanderzukleben, sodass die Nähte unsichtbar blieben.

Alles in allem gefiel ihr die Arbeit, nur die Gesellen waren ein bisschen anstrengend. Sie hatte vorgegeben, am Vormittag einen Arzttermin zu haben, damit sie nun in aller Ruhe arbeiten konnte, ohne die Musik und die hämischen Bemerkungen von Nick und Jørn. Wenn ich ausgelernt habe, dachte Christina und zog sorgfältig die fette, hellgraue Spachtelmasse in einer gleichmäßigen Schicht aus, werde ich meinen eigenen Betrieb gründen. Mein eigener Meister sein. Ein kleiner Einmannbetrieb, mit dem man ganz gewöhnlichen Menschen dabei helfen kann, ihre Wohnungen zu verschönern. Sie stellte sich vor, wie sie die Kunden bei Farbzusammenstellungen und Tapetenmustern beriet und wie sie mit ihnen eine Tasse Kaffee trank, wenn die Arbeit erledigt war. Vielleicht könnte sie mit einem Schreiner zusammenarbeiten, der Regale und Schränke nach Maß baute. Am besten eine Frau.

Nach einer Stunde machte Christina eine Pause. Sie stand am Fenster und pustete Zigarettenrauch durch einen schmalen Spalt ins Freie, jetzt mit einem alten Dixie-Chicks-Album in den Ohren. Etwas bewegte sich auf dem dunklen Hof, ein Schatten huschte in Richtung Tor. Einen Augenblick später sah Christina durch den Torbogen erneut das schräge Lichtrechteck auf der Straße, das sogleich wieder verschwand. Merkwürdig, dachte sie. Sie hätte schwören können, die Letzte gewesen zu sein. Christina warf den Zigarettenstummel aus dem Fenster und schloss es. Dann ging sie wieder an die Arbeit.

Gegen acht goss Christina die überschüssige Spachtelmasse zurück in den Eimer und verschloss ihn sorgfältig mit einem Deckel. Dann reinigte sie den Spachtel, legte ihren Overall an die Eingangstür, zog Jacke und Skihose an und setzte ihren Fahrradhelm auf.

Auf dem Heimweg biss ihr die Kälte in die Wangen und drang durch die Schlitze zwischen Jackenärmeln und Handschuhsäumen. Es herrschte kaum noch Verkehr, das schlimmste vorweihnachtliche Gewühl war vorbei. Unterwegs überlegte Christina, was sie ihrer Mutter schenken sollte, die sich wie gewöhnlich weigerte, einen Wunsch zu äußern. Der Lohn als Lehrling ließ ihr keine allzu großen Spielräume, aber ein bisschen was konnte sie sich schon leisten.

Der Weg hinauf zum Skolevænget war steil, und der Asphalt war glatt vom gefrorenen Schnee. Nach wenigen Hundert Metern stieg Christina ab und schob den Rest des Wegs.

Das Haus ihrer Eltern war einmal das schönste der ganzen Straße gewesen, mit weißen Sprossenfenstern und schwarz lasierten Ziegeln. In den vergangenen Jahren hatten sich allerdings unübersehbare Spuren des Verfalls gezeigt. Es gab Risse im dunkelroten Putz, und die Weide im Vorgarten, die früher zur Weihnachtszeit Lichterketten getragen hatte, war nur noch ein Schatten zwischen anderen Schatten. Der Gartenweg war geräumt, aber nicht gestreut. Vor seinem Unfall war das die Aufgabe von Christinas Vater gewesen, doch nun musste ihre Mutter all diese Dinge erledigen, und das fiel ihr bestimmt nicht leicht, dachte Christina mit einem Anflug von schlechtem Gewissen.

Als sie ihr Fahrrad abgeschlossen hatte, blieb Christina einen Moment vor der Haustür stehen, an der ein großer Kranz mit vergoldeten Tannenzapfen hing – ein Zeichen für eine geborgene, bürgerliche Weihnacht. Ihre Mutter hielt noch immer an den alten Traditionen fest.

Über einen Besuch würden sich ihre Eltern sicher freuen. Es war mehrere Tage her, dass Christina zum letzten Mal nach ihnen gesehen hatte. Aber Christina ertrug die unterschwelligen Vorwürfe ihrer Mutter nur schwer. »Hauptsache, du fühlst dich nicht einsam, Schatz« oder »Dein Vater ist ja so froh, dass du dir Zeit für ihn nimmst!« oder »Ist doch wunderbar, dass du auch an etwas anderes denken kannst als nur an die ganzen Sachen hier zu Hause«. Ihre Mutter verstand es ausgezeichnet, Schuldgefühle zu erzeugen. Jedes Mal, wenn Christina die Wohnung ihrer Eltern im Obergeschoss des Hauses verließ, quälten sie Selbstvorwürfe und Fragen. Warum hatte sie keinen Freund? Sollte sie mehr aus sich machen? Wieso ging sie nie mit ihrem Vater, der im Rollstuhl saß, spazieren? Weshalb half sie ihrer Mutter nicht mehr bei den täglichen Arbeiten? War sie einfach ein schlechter Mensch?

Christina ging hinter dem Haus die Kellertreppe hinunter, schloss die weiß lackierte Tür auf und stand in ihrem warmen Flur. Die Wohnung hatte sie selbst renoviert, als sie sich für die Malerlehre entschieden hatte. Sie hatte ein überraschend geräumiges Wohnzimmer mit einer Nische, in die sie ein Spülbecken, einen Herd und einen Kühlschrank eingebaut hatte. Auf der anderen Seite des Flurs lagen ihr Schlafzimmer und ein kleines Badezimmer mit einer Toilette und einem Waschbecken. Um zu duschen oder ein Bad zu nehmen, musste sie das Badezimmer ihrer Eltern benutzen.

Als sie die Jacke auszog, merkte Christina, dass sie genau das brauchte: ein wärmendes Vollbad. Sie hörte Schritte in der Etage über ihr. Es war fast neun. Ihre Mutter trug das Tablett mit dem Kaffee ins Wohnzimmer, gleich würden die Nachrichten im Fernsehen beginnen. Christina sah ihren Vater im Rollstuhl vor sich, zusammengesunken und das gestreifte Plaid über den Beinen.

Einen Moment blickte sie in ihren leeren Kühlschrank, außerstande, sich zu entscheiden, ob sie hochgehen sollte. Hier unten hatte sie Ruhe – aber nicht viel mehr. Oben erwarteten sie der Redefluss ihrer Mutter, die Blicke ihres Vaters und ein plappernder Fernseher. Aber auch eine warme Mahlzeit und eine Badewanne. Die Badewanne gab den Ausschlag. Christina löschte das Licht im Wohnzimmer, ging in den Flur, durchquerte den gemeinsamen Waschkeller und stieg mit drei großen Schritten die Treppe zur Wohnung ihrer Eltern hinauf.

Die Zeit der Vergeltung wird kommen ...

Julie Hastrup
Vergeltung
Thriller

Aus dem Dänischen
von Hanne Hammer
Piper Taschenbuch, 400 Seiten
€ 9,99 [D], € 10,30 [A]*
ISBN 978-3-492-27268-1

In einer warmen Sommernacht wird die junge Anna ermordet aufgefunden, nicht weit entfernt von ihrem Elternhaus in einer dänischen Kleinstadt. Die Polizei zieht die Sonderermittlerin Rebekka Holm hinzu. Die findet bald heraus, dass das Verbrechen bis in seine Einzelheiten an einen 20 Jahre zurückliegenden Mord an einer jungen Frau erinnert. Hat sich das Verbrechen von damals wiederholt? Hat Erik, Sohn des örtlichen Pfarrers, seine Freundin umgebracht? Doch dann wird ein zweijähriges Mädchen entführt. Ihr Name: Anna.

Leseproben, E-Books und mehr unter **www.piper.de**

Ein neuer Fall für Ermittlerin Rebekka Holm

*Cover- und Preisänderungen vorbehalten

Julie Hastrup
Blut für Blut
Thriller

Aus dem Dänischen
von Hanne Hammer
Piper Taschenbuch, 448 Seiten
€ 9,99 [D], € 10,30 [A]*
ISBN 978-3-492-30114-5

Die bekannte Sozialarbeiterin Kissi Schack wird brutal misshandelt und ermordet aufgefunden. Gleichzeitig erschüttert eine Serie bestialischer Vergewaltigungen Kopenhagen, die große Ähnlichkeit mit einem früheren Verbrechen hat. Rebekka Holm ermittelt zusammen mit ihren Kollegen Reza Aghajan und Niclas Lundell in zwei Fällen, die sich mit Fortschreiten der Ermittlungen allmählich zu einem nicht enden wollenden Albtraum verflechten …

PIPER

Leseproben, E-Books und mehr unter www.piper.de

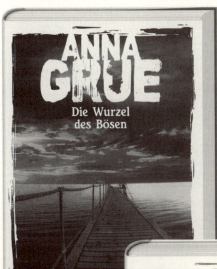

»Herrlich böse!«
*Elmar Krekeler,
Die Welt*

480 Seiten
19,99 € [D] / 20,60 € [A]
ISBN 978-3-85535-204-3

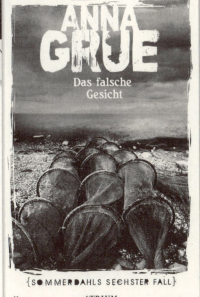

512 Seiten
19,99 € [D] / 20,60 € [A]
ISBN 978-3-85535-206-7